KB107243

개구리

蛙

蛙

by Mo Yan (莫言)

세계문학전집 364

모옌

심규호·유소영 옮김

민음사

차례

한국어 판 서문

나는 왜 『개구리』를 썼는가?

『개구리』 한국어 번역본이 곧 출판된다는 소식을 듣고 기쁜 마음에 몇 줄 적어 친애하는 한국 독자들과 마음을 나누고자 한다.

일찍이 많은 중국 독자가 왜 이런 소설을 썼느냐고 나에게 물었다. 그때마다 나는 이렇게 대답했다. 나에게 오십여 년간 시골 마을에서 산부인과 의사를 했던 고모가 있다. 소설 속에서처럼 성격이 분명하고 화려한 경력의 소유자인데 우리 가오미 둥베이향에서 상당한 명성을 누리고 있으며, 우리 가족 중에서도 가장 연장자에 속한다. 우리 둥베이향의 아이들은 몇 대에 걸쳐 그녀의 손을 거쳐 세상에 나왔는데, 나는 물론이고 나의 여식 또한 그녀가 받은 아이들 가운데 하나다. 그녀는 지금 여든이 넘어 이미 수년 전에 퇴직했지만 여전히 여인들이 진료를 받거나 문의를 하러 찾아오고 있다. 지난 세기 1980년

대부터 창작 활동을 시작한 나는 고모에 대한 소설을 쓰겠다고 마음을 먹고 있었다. 2002년 일본 작가 오에 겐자부로 선생이 나의 고향을 방문했을 때 나는 그분에게 고모를 소개해 드린 적이 있다. 그는 고모의 이야기를 듣고 상당히 감동을 받았는데, 이는 내가 고모에 관한 이야기를 소설로 쓰는 데 큰 격려가 되었다. 그럼에도 나는 한동안 손도 대지 못하고 있었다. 쓸 생각을 하지 않은 것이 아니라 쓸 수가 없었던 것이다. 왜냐하면 고모에 대해 쓰려면 중국의 '계획생육'에 대해 언급하지 않을 수 없는데, 이는 중국의 기본적인 국책으로 대단히 민감한 문제이고, 수년 동안 서방에서도 이 문제를 가지고 중국을 비판해 오고 있기 때문이다. 그러나 만약 고모에 대해 쓰면서 '계획생육'의 문제를 회피한다면 근본적으로 소설이 성립될 수 없다. 왜냐하면 고모라는 인물의 다양성과 다면성이 바로 '계획생육'에서 드러나기 때문이다.

이른바 '계획생육'은 인구를 계획적으로 조절한다는 뜻이다. 이는 그 자체로 잘못이 없으며, 문명사회에서 당연히 필요한 것이기도 하다. 그러나 중국의 '계획생육'은 문제가 지극히 복잡하다. 1980년부터 중국 정부는 도시에서 '독생자녀(獨生子女)' 정책을 실시했다. 부부가 평생 아이 한 명만 낳을 수 있도록 하는 것이다. 농촌에 사는 부부가 남자아이를 낳을 경우 더 이상 자녀를 낳지 못하며, 만약 첫째가 딸일 경우 팔 년이 지난 후에 한 명을 더 낳을 수 있도록 했다. 이런 정책은 인구가 급증하고 있는 중국에서 어쩔 수 없는 일인지도 모른다. 그러나 이는 수많은 가정에 셀 수 없을 정도의 고통과 비극을 안겼다. 도시에서 '독생자녀' 정책을 시행하는 것은 그나마 어려움이 덜했지만, 광대한 농촌 사회에서 이를 시행하자 요즘 사람들이 상상할 수 없을 정도로 저항이 격렬했다.

정책이 시행되던 그 몇 년 동안 중국 각급 정부는 '계획생육' 정책의 관철과 실행을 가장 중요한 과제로 간주했다. 지방 정부의 각종 과업이 아무리 뛰어난 성과를 올렸다고 할지라도 일단 생육지표를 초과하면 간부들이 비판과 처벌을 받아야만 했다. 이렇게 해서 그 어떤 대가를 치르더라도 생육지표를 끌어내려야 한다는 것이 지방 각급 정부의 공통된 인식이었다. 이런 상황에서 일부 야만적이고 비인도적인 행위가 발생하는 것은 어찌 보면 필연적인 일이었다. 내 고모는 우리 가오미 둥베이향에서 가장 유명한 산부인과 의사였기 때문에 자연스럽게 '계획생육'의 거센 바람을 온몸으로 맞을 수밖에 없었다. 산부인과 의사로서 그녀는 아이들의 울음소리를 듣거나 산부나 가족들의 웃는 얼굴을 보는 데 익숙했다. 그러나 돌연 모든 것이 뒤바뀌면서 그녀는 병원에 끌려온 임부의 임신 중절 수술을 해야 했고 그녀들의 통곡 소리와 그 가족들의 욕설을 감수해야만 했다. 그녀의 깊은 마음속 고통과 모순은 내가 상상할 수 있는 정도를 벗어난 것이었다.

나는 세월이 흐른 뒤에야 비로소 고모의 이야기를 쓰기 시작했다. 그것은 갑자기 용기가 생겼기 때문이 아니라 문제를 해결하는 방법을 찾았기 때문이다. 그 방법은 사실 간단했다. 그것은 바로 고모를 대상으로 쓰는 것이었다. 나는 아주 분명하게 나 자신에게 일렀다. 나는 중국 '계획생육'의 역사를 쓰는 것이 아니라 소설을 쓰는 것이며, 소설을 쓰는 데 가장 중요한 것은 바로 사람을 쓰는 것이라고. 나는 '사람을 똑바로 보고 쓰기'로 했다. 고모를 원형으로 하고 허구와 상상을 덧붙여 세계 문학에서 일찍이 출현한 적이 없는 인물을 만들어 내는 것이다. 만약 그런 인물을 제대로 묘사해 낸다면 소설은 성공할 것이고 그렇지 않다면 실패할 것이다. 이렇게 쓴다면 '계획생육'은 역사적 배경이 될 것이고, 인물을 형상화하는 데 필요한 것이 될 것이다.

물론 창작 과정에서 많은 어려움을 만났지만 나는 나의 문학적 지혜를 통해 이를 극복하고자 했다. 나는 소설 구성에서 서신체와 연극을 서로 결합시킨 새로운 형식을 창조했다. 이는 분량이 너무 많다는 문제를 해결해 줄 것이며, 동시에 허구와 진실이 번갈아 등장하는 방식과 '연극 속에 연극이 있는' 일종의 소격 효과는 소설의 서사 공간을 크게 확대시켜, 소설을 더욱 풍부하고 다의적으로 만들 것이다.

작년 8월 『개구리』로 8회 마오둔 문학상을 수상한 바 있다. 그 이전에도 내가 쓴 『탄샹싱(檀香刑)』과 『사십일포(四十一炮)』가 마오둔 문학상에 후보로 올라간 적이 있는데, 최종심에서 수상 기회를 놓치고 말았다. 마오둔 문학상은 중국에서 가장 중요한 문학상으로 사 년에 한 번 작품을 선정한다. 『개구리』가 수천 편의 소설 중에서 두각을 나타내 마오둔 문학상에 선정되었다는 것은 분명 쉬운 일이 아니다. 이 역시 부분적이기는 하나 '사람을 똑바로 보고 쓴다.'라는 나의 창작 이념이 『개구리』에서 제대로 체현되었다는 것을 보여 준다.

또한 작년 8월에 나는 한국의 만해대상을 받았다. 중국 작가 가운데 최초 수상이라는 점에서 대단히 자부심을 느꼈으며 동시에 심히 부끄럽기도 했다. 부끄러운 이유는 내가 본래 소설을 더욱 잘 쓸 수 있었지만 내심의 한계로 인해 보다 자유로운 사고를 발휘하는 데 영향을 받았기 때문이다. 한국에 가서 상을 받을 때 나는 만해 스님의 인물상 앞에서 속으로 이렇게 맹세했다. 잘 써야지! 독자를 위해 그리고 나 자신을 위해.

『개구리』를 통해 한국 독자들이 필자의 자비심에서 발로한 서원을 이해하고 아울러 인간의 고통과 존엄을 느낄 수 있게 되기를 바라 마지않는다.

2012년 5월 5일

모옌

1부

존경하는 스기타니 요시토 선생님께

헤어진 지 한 달이 다 되어 가는데도 고향에서 조석으로 선생님과 함께했던 시간이 아직도 눈에 선합니다. 연로하신 데다 몸도 허약하신데 타국 땅 외진 이곳을 찾아 저와 제 고향 문학 애호가들과 더불어 문학에 대해 흥겨운 이야기를 나누시던 모습이 정말 감동적이었습니다. 정월 초이틀 오전, 현(縣) 초대소 강당에서 「문학과 생명」이란 제목으로 긴 시간 동안 강의를 해 주셨지요. 강의 내용을 글로 정리했습니다. 허락해 주신다면 그날 강연을 듣지 못한 이들도 선생님의 향기 가득한 언어를 통해 가르침을 얻을 수 있도록 현의 문학 예술가 연합회 내부 간행물인 《와명(蛙鳴)》에 발표하고 싶습니다.

정월 초하루 오전, 제가 선생님을 모시고 오십 년 넘게 산부인과 의사로 일한 제 고모를 찾아간 일이 있지요. 고모가 말이 워낙 빠른 데다 사투리도 심해서 아마도 제대로 알아듣진 못하셨을 겁니다. 하지만 분명히 고모에게 깊은 인상을 받으셨으리라 확신합니다. 이튿날 강연에서 선생님의 문학관에 대해 이야기하실 때도 여러 차례 고모를 언급하셨으니까요. 선생님 머릿속에 자전거를 타고 꽁꽁 언 강을 달려가는 여의사의 모습이 생생하게 그려진다고 하셨죠. 약 상자를 등에 메고, 우산을 들고, 바짓가랑이를 접어 올리고 개구리 떼와 씨름하며 바삐 길을 서두르는 여의사, 소매가 온통 피로 얼룩진 채 한 손에 갓난아기를 받쳐 들고 큰 소리로 환하게 웃고 있는 여의사, 구깃구깃한 옷에 수심이 가득한 얼굴로 담배를 물고 있는 여의사……. 마치 한 사람의 모습을 담은 여러 점의 조각상들처럼 때로 이런 모습이 모두 겹쳐 하나가 되기도 하고, 또다시 하나하나의 형상을 이루기도 한다고 말씀하셨습니다. 현의 문학 애호가들에게 우리 고모를 소재로 감동적인 소설이나 시, 극본 같은 작품을 써 보라고 하셨죠. 선생님, 선생님 말씀 덕분에 많은 이가 창작에 대한 열정을 불태우며 펜을 들었습니다. 그중 현 문화관의 한 문우가 발 빠르게 시골 산부인과 의사를 소재로 소설을 썼습니다. 고모에 대해서라면 제가 그 친구보다 더 많이 알고 있긴 하지만 그래도 서로 중복되는 것을 원하지 않기에 소설은 그 친구에게 양보하기로 했습니다.

선생님, 고모의 일생을 극본으로 구성해 보려고요. 초이틀 밤, 저희 집에 마주 앉아 이야기를 나눌 때 선생님은 프랑스 작가인 사르트르의 희곡을 높이 평가하면서 섬세한 필치와 독특한 안목에 대해 말씀하셨습니다. 저는 그 순간 뭔가에 얻어맞은 듯 문득 큰 깨달음을 얻고 눈앞이 환하게 밝아 오는 걸 느꼈습니다. 극본을 쓰기로 결심한 것입니다. 사르트르의 「파리」, 「더러운 손」처럼 우수한 극본을 쓰기로요. 위대한 극작가가 되기 위해 용맹정진하리라! 저는 선생님 가르침대로 마치 개구리가 연잎에 앉아 곤충이 나타나길 기다릴 때처럼 차분히 인내하기로, 조급해하지 않기로 했습니다. 개구리가 뛰어올라 잽싸게 곤충을 낚아채는 것처럼 충분히 생각한 후, 일필휘지로 글을 쓰겠습니다.

칭다오 공항에서 선생님이 탑승 직전에 저에게 말씀하셨지요. 편지 형식으로 고모 이야기를 알려 달라고요. 고모가 인생을 다 사신 것은 아니지만 지금까지 사신 것만으로도 충분히 파란만장하다고 말할 수 있지요. 고모에 관한 이야기가 너무 많아 편지가 얼마나 길어질지 모르겠습니다. 그렇더라도 널리 양해하고 받아 주십시오. 펜 가는 대로 쓸 수 있는 만큼 쓰겠습니다. 컴퓨터 시대에 종이와 펜으로 편지를 쓴다는 것이 이미 사치스러운 일이 되어 버렸습니다만 어찌 보면 즐거운 일이기도 합니다. 제 편지에서 옛 정취를 느끼셨으면 하는 바람입니다.

그러고 보니 꽃 소식도 전해야겠네요. 아버지가 전화했는데 정월 25일 나무 모양이 특이해서 선생님이 '팔방미인'이라고 이름을 붙이신 우리 집 마당의 매화 고목이 붉은색 꽃망울을 터뜨렸다고 합니다. 사람들이 우리 집에 매화 구경을 하러 몰려들었다고 하네요. 고모도 왔대요. 아버지 말씀이 그날 하늘에서 보송보송한 함박눈이 내리면서 눈꽃 속에 가득 퍼진 매화 향기에 머리가 맑아지는 것 같았다고 합니다.

2002년 3월 21일 베이징에서
선생님의 제자 커더우 올림

1

선생님, 우리 고장에는 예전에 아이가 태어나면 신체 부위나 신체 기관으로 이름을 짓는 풍습이 있었습니다. 예를 들어, 천비[陳鼻], 자오옌[趙眼], 우다창[吳大腸], 쑨젠[孫肩] 같은. 왜 이런 관습이 생겼는지 생각해 본 적은 없지만 아마도 천한 이름이 장수한다는 생각 때문이거나 어머니들이 아이를 제 몸에서 떨어져 나온 살덩이라고 생각한 데서 비롯된 것 같습니다. 요즘 젊은이들은 자기 아이들에게 이런 괴상한 이름을 붙이고 싶어 하지 않기 때문에 이런 관습은 오래전에 사라졌습니다. 이제 우리 고장 아이들은 대부분 홍콩이나 타이완, 심지어 일본이나 한국 드라마에 등장하는 주인공들처럼 우아하고 개성 있는 이름을 가지고 있습니다. 과거 신체 기관이나 신체 부위가 이름이었던 아이들 역시 대부분 우아한 이름으로 개명했습니다. 물론 천얼[陳耳], 천메이[陳眉]처럼 개명하지 않은 사람들도 있긴 합니다.

천얼과 천메이의 아버지 천비는 제 소학교 동창으로 어린 시절 친구입니다. 우리는 1960년 가을, 다양란 소학교에 입학했습니다. 굶주림의 시대였기에 제 기억에 가장 깊이 각인된 것들은 대부분 먹는 것과 관련이 있습니다. 석탄 덩어리를 먹었던 기억도 그중 하나입니다. 제가 멋대로 꾸며 낸 이야기라고 생각하는 이도 많지만 그냥 아무렇게나 꾸민 이야기가 아니라 모두 명명백백한 사실임을 제 고모의 이름을 걸고 맹세할 수 있습니다.

룽커우 광산에서 생산되는 양질의 석탄은 어찌나 반짝반짝 윤이 나는지 석탄 단면에 사람의 모습이 비칠 정도였습니다. 그때 이후 단 한 번도 그처럼 질 좋은 석탄을 본 적이 없습니다. 동네 마부였던 왕자오[王脚] 아저씨가 현성(縣省)에서 마차로 석탄을 실어 왔습니다. 왕자오는 머리통이 네모 반듯하고, 목이 굵은데 말을 더듬거립니다. 말을 하려고 하면 먼저 두 눈부터 번뜩이기 시작하고 숨이 막힌 듯 얼굴이 온통 벌겋게 달아오르지요. 그의 아들 왕간[王肝]과 딸 왕단[王膽]은 일란성 쌍둥이로 모두 제 친구입니다. 왕간은 몸집이 크지만 왕단은 영원히 자라지 않는 엄지공주 같습니다. 좀 심하게 말하면 난쟁이지요. 엄마 배 속에 있을 때 왕간이 영양분을 모두 독차지하는 바람에 왕단이 그렇게 작다고들 말합니다. 석탄을 마차에서 내리는 시간이 마침 학교가 파할 시간이라 책가방을 멘 아이들이 우르르 마차로 모여들었습니다. 왕자오는 커다란 철 삽을 이용해 마차에서 석탄을 날랐습니다. 석탄 더미에 다시 석탄이 와르르 쏟아졌습니다.

왕자오는 목에 땀이 차면 허리춤에 차고 있던 파란색 천을 풀어 땀을 닦았습니다. 그러다가 아들 왕간과 딸 왕단의 모습을 발견하면 버럭 소리를 질렀습니다. 집에 가서 어서 풀이나 베! 그러면 왕단은 잽싸게 뒤돌아 달려갔습니다. 중심을 잡지 못한 채 온몸을 뒤뚱거리며 뛰어가는 모습이 꼭 처음 걸음마를 배우는 아이 같아 귀여웠습니다. 하지만 왕간은 뒤로 주춤거리며 물러날 뿐 집으로 돌아가지 않았습니다. 왕간은 아버지의 직업을 대단히 자랑스럽게 생각했죠. 요즘 소학생들은 아마 아빠 직업이 비행기 조종사라고 해도 왕간처럼 자기 아빠를 자랑스럽게 생각하지 않을 겁니다. 커다란 마차가 덜커덩거리며 달려가면 바퀴 주변에 먼지가 뿌옇게 일어났습니다. 끌채에 메인 말은 퇴역한 군마로 군대에서 포탄을 날랐는데, 엉덩이에 찍힌 낙인은 전공을 세웠기 때문이라고 하더군요. 끌채 옆에 있다가 발길질에 사람이 다치기도 했습니다. 때로 사람을 물기도 하는 성질 고약한 수컷입니다.

노새는 성질이 더럽지만 힘이 장사인 데다 엄청나게 빨리 달렸습니다. 이 미친 노새를 다룰 수 있는 사람은 오직 왕자오뿐이었습니다. 마을에는 그의 직업을 부러워하는 사람도 많았지만 노새 때문에 선뜻 나서질 못했습니다. 아이를 둘이나 물어뜯었거든요. 처음 당한 아이는 위안롄[袁臉]의 아들 위안싸이[袁顋]였고, 그다음은 왕단입니다. 한번은 집 앞에 마차가 도착했을 때 노새가 집 앞에서 놀고 있던 왕단의 머리통을 다짜고짜 깨물어 버렸지요.

그런 사고가 생기면 우리는 왕자오의 놀라운 괴력을 다시금 확인하게 됩니다. 왕자오는 키가 190센티미터에 어깨가 떡 벌어지고 힘이 장사였어요. 200근이나 나가는 돌 궁글대를 두 손으로 잡은 다음 어깨에 한번 힘을 주면 머리 꼭대기까지 들어 올릴 수 있었습니다. 무엇보다도 더욱 경이로운 것은 그의 놀라운 채찍질입니다. 미친 노새가 위안싸이 머리를 깨문 순간 왕자오가 마차를 멈추더니 두 다리를 벌리고 끌채 옆에 서서 채찍으로 노새 엉덩이를 내리쳤습니다. 채찍질할 때마다 찰싹 소리와 함께 노새 몸에 핏자국이 피어났습니다. 처음에 뒷발질하던 노새는 잠시 후 온몸을 부르르 떨며 앞다리를 꿇고 앉아 고개를 아래로 숙인 채 주둥이로 흙을 쓸더니 엉덩이를 치켜들고 꼼짝하지 못했습니다. 후에 위안싸이의 아버지인 위안롄이 “왕 씨, 그만 용서해 줘!”라고 말한 후에야 왕자오는 씩씩거리며 손을 거두었습니다. 위안롄은 당 지부 서기로 마을에서 가장 높은 관리였어요. 왕자오 입장으로는 그의 말을 무시할 수가 없었죠.

미친 노새가 왕단을 물어뜯었을 때 우리는 다시 한 번 아저씨의 채찍질을 기대했습니다. 하지만 왕자오는 채찍을 들지 않았습니다. 왕자오는 길가 석회 더미에서 석회 한 줌을 쥐어 왕단 머리에 뿌린 후 집으로 데려갔습니다. 왕자오는 노새 대신 아내를 채찍으로 때리고 왕간을 발로 걷어찼어요. 우리는 미친 다갈색 노새 이야기에 열을 올렸습니다. 앙상하게 비쩍 마른 몸매에 눈두덩은 달걀을 올려놓을 수 있을 정도로 움푹 파이고 애잔한 눈망울은 언제라도 왈칵 눈물을 쏟아 낼 것 같았습니다. 이렇게 비쩍 마른 노새가 그처럼 엄청난 괴력을 낼 수 있다니, 도무지 상상할 수 없었습니다.

이렇게 이야기를 나누며 노새에게 다가가자 왕자오가 삽질을 멈추더니 매서운 눈초리로 우리를 째려보았습니다. 화들짝 놀란 우리는 계속 뒷걸음질 쳤습니다. 학교 취사장 앞에 자꾸만 석탄이 쌓이면서 마차 위 석탄은 점점 줄어들었습니다. 우리는 약속이나 한 듯 모두 코를 벌름거렸습니다. 야릇한 냄새가 났어요. 송진이 타는 냄새 같기도 하고, 감자 굽는 냄새 같기도 했습니다. 냄새에 이끌려 우리는 일제히 반들반들 윤이 나는 석탄으로 눈길을 옮겼습니다. 왕자오는 말과 노새를 몰아 학교를 떠났습니다. 평소 우리는 마차를 쫓아가며 위험천만하게 날아오르는 채찍 끝을 향해 뛰어올랐지만 그날은 달랐습니다. 우리의 눈은 서서히 석탄 더미를 향했습니다.

학교 주방장 왕 씨 아저씨가 흔들흔들 물 두 통을 메고 다가왔습니다. 아저씨 딸이자 우리 친구인 왕런메이[王仁美]는 나중에 제 아내가 되었습니다. 런메이는 당시로는 드물게 신체 기관의 이름을 따지 않은 아이였어요. 학교 주방장 아저씨가 배운 사람이었거든요. 아저씨는 원래 공사 목축장 소장이었는데 말실수를 하는 바람에 공직을 박탈당하고 고향으로 돌아왔어요. 왕 씨 아저씨가 잔뜩 의심스러운 얼굴로 우리를 바라보았습니다. 우리가 취사장에 들어와 음식물을 훔치려 한다고 생각했겠죠? 아저씨가 말했어요. 꺼져, 개새끼들아! 여기 너희 먹을 것 없어. 집에 가서 엄마 젖이나 먹어. 물론 그의 말을 듣고 정말 그대로 해 볼까 하는 생각도 해 봤지만 욕이 분명했습니다.

모두 예닐곱 살이나 된 아이들이 어떻게 엄마 젖을 먹겠어요? 하긴 젖을 먹으려 해도 아사 직전이라 가슴에 찰싹 달라붙은 젖꼭지에서 무슨 젖이 나오겠어요? 하지만 왕 씨 아저씨 말을 따지고 드는 사람은 없었습니다. 우리는 석탄 더미 앞에서 허리를 구부리고 고개를 숙였습니다. 마치 지질학에 심취한 사람들이 기이한 광석을 들여다보고 있는 것 같았습니다. 우리는 폐허에서 먹이를 찾는 개들처럼 코를 벌름거렸습니다. 여기서 우선 천비에게 그리고 왕단에게 고마운 마음을 전해야겠습니다. 제일 먼저 석탄 덩이를 집은 사람이 천비였으니까요. 천비는 석탄을 코끝에 대고 냄새를 맡더니 마치 뭔가 중요한 문제를 고민하는 것처럼 눈살을 찌푸렸습니다. 천비의 주먹코는 언제나 우리에게 웃음거리였습니다. 그 애는 잠시 뭔가 생각하는 것 같더니 손에 쥐고 있던 석탄을 커다란 석탄 덩이 위에 세차게 내리쳤습니다. 석탄이 소리를 내고 부서지면서 향긋한 냄새가 주위에 퍼졌습니다. 천비가 작은 석탄 덩이를 하나 들어 올리자 왕단도 따라 작은 덩이 하나를 들어 올렸습니다. 그가 석탄을 혀로 핥아 맛을 음미하더니 눈알을 뱅그르르 돌리며 우리를 바라보았습니다. 왕단도 천비를 따라 석탄을 핥더니 우리를 바라보았습니다. 두 아이는 이내 서로 바라보며 배시시 웃은 후 약속이나 한 듯 조심스럽게 앞니로 석탄을 조금 갉아 먹어 보더니 다시 덥석 한 입 베어 물어 신나게 씹어 먹기 시작했습니다.

흥분한 기색이 역력했습니다. 천비의 커다란 코가 벌게지며 땀방울이 송골송골 맺혔습니다. 왕단의 작은 코에 시커멓게 탄가루가 묻었습니다. 우리는 멍하니 두 아이가 석탄 갉아 먹는 소리를 들었고, 두 아이가 석탄을 씹어 삼키는 모습에 경악했습니다. 두 사람은 정말 석탄을 먹었습니다! 천비가 속삭였습니다. 애들아, 맛있어! 왕단이 새된 목소리로 외쳤습니다. 오빠, 어서 먹어 봐! 천비가 다시 석탄 하나를 쥐더니 더 신나게 씹어 먹기 시작했습니다. 왕단이 작은 손으로 커다란 석탄 덩이 하나를 들어 왕간에게 건넸습니다. 우리는 두 아이처럼 먼저 석탄을 부순 다음, 조각을 집어 앞니로 조금 베어 물어 맛을 봤습니다. 이에 좀 끼긴 했지만 맛은 괜찮았어요. 천비가 석탄 한 덩이를 들어 올리며 기꺼이 우리에게 먹는 요령을 가르쳐 주었습니다. 애들아, 이렇게 먹어 봐, 이렇게 먹어야 맛있어. 그가 엷은 호박색을 띤 반투명한 부분을 가리키며 말했다. 여기, 송진이 있는 이 부분이 맛있어. 우리는 자연 시간에 수세기 전 지층에 파묻힌 나무가 변해 석탄이 된다는 것을 배웠습니다.

자연 과목 담당은 교장인 우진방 선생님이었습니다. 우리는 교장 선생님 말씀이나 교과서에 나오는 내용도 모두 믿지 않았습니다. 숲은 초록빛인데 어떻게 검은색 석탄이 돼? 교장 선생님이나 교과서 모두 엉터리라고 생각하던 우리는 석탄 안의 송진을 발견하고 나서야 교장 선생님도, 교과서도 거짓말한 것이 아니라는 사실을 깨달았습니다. 우리 반 서른다섯 명 학생 가운데 여학생 몇 명을 제외하면 모두 그 자리에 있었습니다. 우리는 각자 석탄 한 덩이씩을 들고 와그작와그작 깨물어

먹기 시작했습니다. 누구라 할 것 없이 모두 설렘과 흥분으로 가득 차 있었습니다. 마치 즉흥적으로 연기를 하며 기괴한 놀이를 하는 것 같았습니다. 샤오샤춘[肖下唇]은 경멸스러운 표정으로 석탄을 들고 이리저리 살피기만 할 뿐, 입에 대지 않았습니다. 배가 고프지 않았으니까요. 아빠가 공사 식품 창고 관리인이었으니 배가 고플 리가 없었지요. 왕 씨 아저씨가 깜짝 놀라 손에 밀가루를 묻힌 채 달려 나왔습니다. 세상에, 아저씨 손에 밀가루가 묻어 있었어요! 당시 학교 주방에서 식사하는 사람이라곤 교장 선생님과 지도주임 선생님, 그리고 마을에 파견 나온 공사 간부 두 사람뿐이었는데 말이죠! 왕 씨 아저씨가 놀라서 소리쳤습니다. 얘들아! 대체 뭐 하는 거야? 너희들…… 석탄 먹어? 그걸 어떻게 먹어? 왕단이 작은 손으로 커다란 석탄 덩이를 들고 가녀린 목소리로 말했습니다. 아저씨, 진짜 맛있어요. 아저씨도 하나 먹어 봐요. 아저씨가 고개를 흔들며 말했습니다. 왕단! 이 조그만 계집애까지 망나니 녀석들을 따라 덩달아 난리를 피우고 있구먼!

왕단이 석탄을 한 입 베어 물며 말했습니다. 아저씨, 정말 맛있어요. 붉은 해가 서쪽으로 기울며 벌써 날이 어두워지고 있었습니다. 이곳에서 식사하는 공사 간부 두 사람이 자전거를 타고 돌아오다 이 광경을 보고 멈춰 섰습니다. 왕 씨 아저씨가 멜대를 휘두르며 우리를 쫓아냈어요. 옌씨 성을 가진 공사 간부(아마도 그 사람이 부주임이었던 것으로 기억합니다.)가 아저씨를 제지했습니다. 아저씨는 얼굴이 일그러지더니 손사래를 친 후 주방으로 들어갔습니다.

다음 날 수업 시간, 우리는 위 선생님 수업 시간에 석탄을 먹었습니다. 주둥이가 온통 시커멓게 물들고 입가는 석탄 가루로 범벅되었습니다. 남학생뿐만이 아니었습니다. 첫날 '석탄 시식 모임'에 참가하지 않았던 여학생들까지 왕단의 지도 아래 석탄 먹기에 돌입했습니다. 학교 주방장 왕 씨 아저씨의 딸(제 첫 번째 아내)인 왕런메이가 가장 들떠 있었습니다. 지금 생각하니 아마도 그때 런메이는 치주염이 있었던 것 같습니다. 석탄을 먹을 때 입가에 온통 피가 묻어 있었거든요. 위 선생님이 칠판에 몇 줄 쓰다 말고 우리를 돌아보았습니다. 선생님은 먼저 자신의 아들이자 우리 친구인 리서우[李手]에게 물었어요. 서우, 뭘 먹고 있는 거지? 석탄 먹고 있어요, 엄마. 그때 앞자리에 앉아 있던 왕런메이가 석탄을 들어 올리며 큰 소리로 말했습니다. 우리 모두 석탄 먹고 있는데 선생님도 먹어 볼래요? 큰 소리라고 해 봤자 사실 새끼 고양이 울음소리 정도였습니다. 위 선생님이 교탁에서 내려와 왕단 손에 들려 있던 석탄을 잡아 코 밑에 갖다 댔습니다. 그냥 구경하는 것 같기도 하고 냄새를 맡는 것 같기도 했습니다. 한참 만에 선생님은 아무 말 없이 석탄을 돌려주고 입을 열었습니다.

여러분, 오늘은 6과 「까마귀와 여우」를 공부하겠어요. 고기 한 점을 얻은 까마귀가 의기양양하게 나뭇가지에 서 있었어요. 나무 아래에서 여우가 까마귀에게 말했어요. 까마귀 아줌마, 아줌마 노랫소리가 너무 아름다워요. 아줌마가 노래를 부르면 세상 모든 새가 입을 다물어요. 여우의 말에 혹한 까마귀가 입을 벌리는 순간 고기가 여우 입속으로 떨어졌어요.

위 선생님이 선생님을 따라 책을 읽으라고 하셨어요. 우리는 시커먼 입으로 선생님을 따라 교과서를 읽었습니다.

우리 위 선생님은 배운 사람이지만 우리 마을 사람들 관습대로 당신의 아들에게 리서우라는 이름을 지어 주었어요. 나중에 리서우는 우수한 성적으로 의과대학에 입학해서 졸업 후 현 의원의 외과의사가 되었습니다. 천비가 풀을 베다 손가락 네 개가 잘렸을 때 리서우가 손가락 세 개를 접합해 줬어요.

2

천비는 왜 남달리 코가 컸을까요? 천비의 어머니만이 그 이유를 분명하게 말할 수 있을 것 같습니다.

천비의 아버지 천어[陳額]는 자(字)가 톈팅으로, 우리 마을에서 유일하게 아내가 둘이나 됩니다. 그는 학식이 풍부하고 해방 전에는 밭을 1만 평이나 소유했습니다. 그뿐만이 아닙니다. 양조장도 경영하고 하얼빈에서 장사도 했다고 합니다. 우리 마을 사람인 큰마누라는 그와 사이에 네 딸을 두었습니다. 해방 전에 도주한 그를 해방 후, 대략 1951년쯤에 위안롄이 민병 둘을 이끌고 둥베이 지역에 가서 압송해 왔습니다. 그는 아내와 딸들을 집에 가둬 두고 혼자 도주했는데 돌아올 때는 또 다른 여인 한 명을 데려왔습니다. 노랑머리에 자줏빛 눈동자를 가진 여인은 대충 서른 초반 정도이며 이름이 아이렌이었습니다. 아이렌은 품에 점박이 강아지 한 마리를 안고 있었습니다. 천어가 아이렌과 결혼한 건 해방 전이었기 때문에 그는 합법적으로 아내를 두 명 다 거느릴 수 있었습니다.

마을의 가난뱅이 총각들은 이런 천어에게 불만이 이만저만이 아니었습니다. 농담 반, 진담 반으로 그들이 천어에게 마누라 하나 양보하라고 말할 때마다 천어는 입을 헤벌리고 난처한 표정을 지었습니다. 천어의 두 아내는 처음에 한 마당에 살았는데 어찌나 살벌하게 싸우는지 집안이 편할 날이 없었습니다. 위안렌의 동의하에 작은마누라는 학교 옆 두 칸짜리 사랑채에 살게 되었습니다. 원래 학교 건물이 천어의 양조장 건물인지라 두 칸짜리 사랑채 역시 그의 소유였습니다. 천어는 두 여인과 상의한 끝에 양측에 번갈아 가며 머물기로 약속했습니다. 노랑머리 여인이 데리고 온 점박이 강아지는 마을 똥개의 구박을 받아 죽고 말았습니다. 아이렌은 배불뚝이 몸으로 개를 장사 지내고 얼마 후에 천비를 낳았어요. 누군가 천비는 바로 그 점박이 강아지가 환생한 거라고 말했어요. 후각이 민감한 것도 그것 때문이라고요. 당시 저희 고모는 이미 현성에서 신식 산파 교육을 마치고 마을의 전문 조산원으로 활동하고 있었습니다. 그때가 1953년이었습니다.

1953년 당시, 마을 사람들은 신식 분만에 대해 아직 거부감을 가지고 있었습니다. '늙은 산파들'이 악담을 하고 다녔거든요. 그들은 신식 분만법에 따라 아이를 낳으면 아이가 풍에 걸릴 수 있다고 소문을 냈습니다. 왜 이런 소문을 내고 다녔을까요? 그야 신식 분만이 대세가 되면 자기들 밥벌이가 위협을 받을 수 있으니까요. 산파들은 아이를 받는 대가로 산모

집에서 한 끼 그럴싸하게 대접받고 수건 두 장에 달걀 열 개 정도를 답례로 받았습니다. 이런 '늙은 산파들' 이야기만 나오면 고모는 치를 떨었어요. 얼마나 많은 아이와 산모들이 이런 늙은 요괴들의 손에 죽어 갔는지 모른다고 욕을 했습니다. 이런 고모의 말 때문에 저는 그들이 무시무시하게 느껴졌어요. 마치 '늙은 산파들'은 긴 손톱에 귀신처럼 눈에서 푸른 광채가 번뜩이고 입에서는 악취가 풍긴다고 생각했습니다. 고모는 그들이 밀대[1]로 산모의 배를 누르고, 마치 아이가 입으로 삐져나오기라도 할 것처럼 낡은 천 조각으로 산모의 입을 틀어막는다고 했어요. 해부학에 대한 지식이라곤 털끝만큼도 없는 그들이 산모의 생리학적 구조를 알 리가 없다고 하셨죠. 난산일 때는 손을 질 안으로 집어넣어 무지막지하게 아기를 끄집어낸다고 했습니다. 심지어 자궁이 태아와 함께 질 밖으로 빠져나오기도 한다고 했어요.

한동안 만약 누가 저에게 가장 나쁜 인간을 꼽으라고 했다면 설사 총살하겠다고 으름장을 놓아도 주저 없이 '늙은 산파들'이라고 외쳤을 것입니다. 그런데 시간이 흐르면서 저는 고모의 반응이 지나치다는 것을 깨닫게 되었습니다. 물론 야만적이고 우매한 '늙은 산파들'도 있었겠지요. 하지만 오랜 경험을 바탕으로 여성의 신체를 파악하고 있는 '늙은 산파들' 역시 있었을 겁니다. 사실 우리 할머니가 바로 그런 '늙은 산파'였습니다. 할머니는 아무것도 거들지 않고 산모 스스로 분만할 것

---

1) 밀가루 반죽을 얇게 펼 때 사용하는 밀방망이.

을 주장하는 '늙은 산파'였어요. 과실이 익으면 절로 떨어지는 것처럼 훌륭한 산파는 산모를 달래고 격려하면서 아이가 나오길 기다렸다가 가위로 탯줄을 자르고 생석회를 발라 잡아매면 그만이라고 생각했습니다. 하지만 우리 할머니는 인기가 별로 없는 산파였어요. 사람들 모두 할머니를 게으른 산파라고 말했거든요. 사람들은 안팎을 뛰어다니며 수선을 떨고 고함지르며 산모와 함께 땀을 흥건하게 흘리는 '늙은 산파들'을 더 좋아하는 것 같았습니다.

저희 고모는 큰할아버지 딸입니다. 큰할아버지는 팔로군의 군의관이었죠. 처음에 한의학을 공부하다가 군대에 들어간 후 닥터 노먼 베순[2]을 따라 서양 의학을 공부했습니다. 닥터 노먼 베순의 죽음에 충격을 받은 큰할아버지는 중병에 걸렸습니다. 더 이상 회복될 가망이 보이지 않자 큰할아버지는 고향 집이랑 아내가 너무 그리웠답니다. 군에서도 그런 큰할아버지 모습을 보고 귀가하여 요양하도록 허락해 주었습니다. 큰할아버지가 고향으로 돌아왔을 때는 저한테 증조할머니가 되는 큰할아버지의 어머니가 아직 살아 계셨을 때지요. 큰할아버지는 집에 들어서는 순간 녹두죽 냄새를 맡았습니다. 증조할머니는 재빨리 솥을 닦고 불을 지펴 녹두죽을 끓였습니다. 며느리가 죽 끓이는 일을 거들겠다고 하자 한옆에서 막대기로 죽을 젓도록 했습니다. 큰할아버지는 문지방에 앉아 죽이 끓

2) Henry Norman Bethune(1890~1939). 캐나다 출신의 외과 의사로 중일 전쟁에서 많은 중국인을 구하여 은인으로 추앙받고 있다.

기만을 초조하게 기다렸습니다. 고모는 당시 벌써 글을 쓸 줄 아는 나이였는데, 큰할아버지가 '아빠'라고 부르라 해도 아무 말 없이 그저 큰할머니 등 뒤에서 몰래 큰할아버지를 훔쳐봤다고 합니다.

어려서부터 엄마와 할머니가 주고받는 이야기로만 아버지라는 존재를 알다가 막상 아버지 얼굴을 보니 마냥 낯설게 느껴졌답니다. 문지방에 앉아 있던 큰할아버지는 장발에 얼굴은 누렇게 뜨고 이가 목 주위를 스멀스멀 기어 다니고 솜옷은 다 터져 솜이 밖으로 삐져나와 있었습니다. 고모의 할머니, 그러니까 우리 증조할머니는 불을 때며 눈물을 흘렸습니다. 녹두죽이 다 끓자 큰할아버지는 더는 못 참겠다는 듯 뜨거운 죽을 그대로 들이켰습니다. 증조할머니가 말했어요. 아들아, 천천히 먹어, 아직도 솥에 많아! 고모 말이 큰할아버지가 두 손을 바들바들 떨었다고 하더군요. 한 그릇, 다시 또 한 그릇을 먹었습니다. 녹두죽 두 그릇을 비운 후 큰할아버지는 더 이상 손을 떨지 않으셨대요. 땀이 귀밑머리를 따라 흘러내리고 눈이 점점 생기를 되찾으면서 얼굴에도 혈색이 살아났습니다. 큰할아버지 배 속에서 마치 맷돌을 갈듯 꾸르륵 소리가 들렸습니다. 두 시간쯤 지난 후 변소에 가신 큰할아버지가 어찌나 주룩주룩 설사를 해 대는지 창자까지 다 쏟아 놓을 것 같았답니다. 큰할아버지는 그 후 조금씩 좋아지더니 두 달 후에는 기력을 되찾아 말짱한 모습으로 힘차게 생활하셨대요.

저는 고모에게 『유림외사』에서 이와 유사한 이야기를 본 적이 있다고 말했습니다. 고모가 물었어요. 『유림외사』가 뭔데?

전 고전 문학의 명저라고 알려 주었어요. 고모가 눈을 동그랗게 뜨고 나를 바라보더니 고전 문학에도 등장하는 이야기를 왜 못 믿느냐고 말했습니다.

큰할아버지는 몸이 다 낫자 타이항산 부대로 돌아가겠다고 했습니다. 증조할머니가 말했어요. 아들아, 내가 살면 얼마나 살겠느냐, 나 죽거들랑 가거라. 큰할머니는 차마 자기 입으로는 말할 수가 없었는지 고모에게 대신 이야기를 시켰다고 합니다. 아빠! 엄마가 그러는데, 가도 좋으니 남동생 하나만 만들고 가래요.

그때 팔로군의 자오둥 지역 군구(軍區)에서 사람이 찾아와 큰할아버지에게 입대를 명령했습니다. 큰할아버지는 노먼 베순의 제자였기 때문에 명성이 자자했거든요. 큰할아버지는 자신이 진차지[3] 군구 소속이라고 말했습니다. 그러자 자오둥 군구에서 온 사람이 다 같은 공산당인데 어느 곳에 있어도 마찬가지 아니냐며 큰할아버지를 설득했습니다.

우리가 있는 곳은 당신 같은 사람이 부족합니다. 무조건 당신을 데리고 가야겠소. 쉬 사령관께서 말씀하셨소. 가마로 모셔 오지 못하거들랑 밧줄로라도 묶어 오라고. 무례하더라도 일단 먼저 모셔 온 후 크게 대접을 할 테니!

이렇게 해서 큰할아버지는 자오둥 군구에 합류하여 팔로군 시하이 지하 병원의 창설자가 되었습니다.

---

3) 중국 항일 전쟁 시기 중국 공산당의 근거지 가운데 한 곳이다. 진[晋]은 산시성, 차[察]는 차하르, 지[冀]는 허베이성을 말한다.

이 지하 병원은 실제로 지하에 있었습니다. 지하도를 따라 소독실, 치료실, 수술실, 요양실이 이어져 있었는데, 그때 모습이 지금도 그대로 보존되어 있습니다. 당시 큰할아버지 옆에서 간호사로 일하던 왕슈란이란 노부인이 있습니다. 현재 여든여덟의 나이로 라이저우시(市)의 위투완진(鎭) 주씨 집성촌에서 건강하게 살고 있습니다. 그곳의 요양실 몇 곳은 출구가 우물로 나 있었습니다. 당시 한 젊은 처자가 우물에서 물을 긷고 있었는데 물통이 뭔가에 걸렸는지 끌어 올릴 수가 없었습니다. 고개를 숙여 안을 들여다보니 우물 안 벽에서 부상을 입은 젊은 팔로군이 귀신같은 얼굴로 그녀를 올려다보고 있었답니다.

큰할아버지의 뛰어난 의술 실력은 순식간에 자오둥 지역에 소문이 퍼졌지요. 쉬 사령관의 어깻죽지 사이에 박힌 탄환을 큰할아버지가 뽑아냈고, 정치위원 리 동지의 아내가 난산으로 죽기 일보 직전까지 갔는데 큰할아버지 덕분에 산모와 아이 모두 목숨을 건질 수 있었습니다. 핑두성 안의 일본인 사령관인 스기타니까지도 큰할아버지의 명성을 알고 있었습니다. 병사를 이끌고 소탕 작전에 나선 어느 날, 그가 타고 있던 대양마[4]가 지뢰를 밟았습니다. 그는 말을 버리고 도주했고요. 큰할아버지가 수술하여 치료가 끝난 후 멀쩡히 달리게 되자 샤 단장이 자신의 말로 삼았습니다. 이후 옛 주인을 그리워한 말이 줄을 끊고 핑두성으로 도망쳤어요. 애마가 돌아온 것을

4) 大洋馬. 일본군이 타던 몸집이 큰 말.

보고 뛸 듯이 기뻤던 스기타니는 몰래 중국인 첩자를 보내 적진을 염탐했습니다. 그는 바로 자신의 코앞에서 팔로군이 병원을 차렸고, 병원 원장인 명의 완류푸, 즉 우리 큰할아버지가 다 죽어 가는 말을 살려냈다는 사실을 알게 되었습니다. 자신도 의학도였던 스기타니 사령관은 남다른 애정으로 큰할아버지를 투항토록 하여 곁에 두고 싶어 했습니다. 사령관은 『삼국연의』에 나오는 간계를 이용해 몰래 큰할아버지 고향으로 밀정을 보내 우리 증조할머니와 큰할머니, 고모를 인질로 핑두성에 납치한 다음 우리 큰할아버지에게 서신을 보냈습니다.

큰할아버지는 의지가 강한 공산당원이었습니다. 사령관의 편지를 읽은 큰할아버지는 편지를 구겨 내동댕이쳤어요. 병원의 정치위원이 이 편지를 주워 군구로 보냈고, 이에 쉬 사령관과 정치위원 리 동지는 연합으로 일본 사령관에게 서신을 보내 그의 졸렬한 행동을 비난했습니다. 만약 인질들을 털끝이라도 건드리면 자오둥 지역의 모든 병력을 동원해 핑두성을 공격하겠다고 답신을 보냈습니다.

고모 말이 두 할머니와 핑두에서 지낸 석 달 동안 잘 먹고 마시며 별로 괴롭힘을 당한 일이 없었다고 합니다. 스기타니 사령관은 하얀 얼굴에 흰 테 안경을 끼고 팔자수염을 살짝 길렀으며, 학식도 풍부하고 중국어를 매우 잘했답니다. 그는 증조할머니를 큰어머님, 큰할머니를 아주머님, 고모를 착한 조카라고 불렀습니다. 고모는 그를 나쁜 사람이라고 생각하지 않았어요. 물론 이런 이야기는 가족들끼리 주고받는 말이었고, 외부 사람에게 한 적은 없습니다. 다른 이들에게는 두 할머니가 일본인들에게 모진 고문과 협박을 당하면서도 전혀 동요함이 없었다고 말했습니다.

선생님, 우리 큰할아버지 이야기는 사흘 밤낮을 해도 끝이 없을 겁니다. 나중에 여유가 있을 때 다시 말씀드릴게요. 하지만 큰할아버지의 희생에 대해서만은 잠시 이야기하고 넘어가야겠습니다. 고모 말에 의하면, 큰할아버지는 지하에서 부상자들을 수술하다가 적의 독가스에 중독되어 돌아가셨다고 합니다. 현의 정치협상위원회에서 작성한 역사 자료에도 이런 기록이 남아 있습니다. 하지만 큰할아버지가 허리에 수류탄 일곱 개를 달고 노새를 타고 홀로 핑두성으로 들어갔다고 몰래 말해 주는 사람도 있습니다. 큰할아버지가 외로운 영웅의 모습으로 아내와 딸, 노모를 구하려 하였지만 불행하게도 자오자거우 민병의 연환뢰[5]를 밟았다고요. 이 소식을 전한 샤오상춘이란 자는 언행이 괴상망측한 인물로 해방 후 공사 식량 창고의 보안 관리를 맡았습니다. 한때 효과가 강력한 쥐약을 발명해 이름을 날렸는데 이름자 가운데 '춘(春)'을 신문에 낼 때는 '춘(純)'으로 바꾸었습니다. 이후 그가 발명한 쥐약에 나라에서 사용을 금지한 맹독성 농약이 들어 있다는 사실이 밝혀졌습니다. 고모와 원한이 있는 자라 전 그의 말은 믿을 수 없습니다.

그는 저에게 너희 큰할아버지가 조직의 명령을 거부한 채 병원 부상자들을 내팽개치고 영웅 행세를 했다고 말했습니다.

---

5) 항일 전쟁 당시 사용하던 지뢰의 일종.

큰할아버지가 용기를 내느라 가기 전 고구마 소주를 두 근이나 마시고 비틀거리다 바보같이 자기편 지뢰를 밟았다는 겁니다. 상춘은 누렇고 큼지막한 이를 드러내며 신바람이 나서 떠들었습니다. 너희 큰할아버지와 노새 모두 지뢰가 폭발하면서 산산조각이 났어. 광주리 두 개에 팔이랑 노새 발굽을 담아다 관에 아무렇게나 쏟아 부었지. 관은 좋았어. 란촌의 한 부잣집에서 강제로 징발해 왔거든. 제가 그의 말을 고모에게 전하자 고모는 눈을 부릅뜨며 정색했습니다. 언젠가 그 망할 놈의 거시기를 잘라 버릴 테다!

고모가 단호하게 말했습니다. 얘야! 네 큰할아버지에 대해서는 항일 영웅이자 혁명 열사였다는 것 이외에 아무것도 믿으면 안 돼. 영령산에도 큰할아버지 묘가 있고, 열사 기념관에도 큰할아버지가 쓰시던 수술칼하고 구두가 전시되어 있어. 영국제 구두인데, 바로 닥터 노먼 베순이 돌아가시기 직전에 큰할아버지에게 주신 거야.

3

선생님, 이렇게 저희 큰할아버지에 관해 간략하게나마 이야기한 건 저희 고모 이야기를 차근차근 하나씩 들려 드리기 위해서입니다.

고모는 1937년 6월 13일에 태어났습니다. 음력으로 5월 초닷새입니다. 아명은 돤양[端陽], 본명은 완신[萬心]입니다. 큰할아버지가 지어 주신 이름인데요, 지역 풍습을 존중하는 뜻과 함께 매우 깊은 의미를 담고 있습니다. 큰할아버지가 희생당하신 후 증조할머니는 핑두성에서 병으로 세상을 떠나셨습니다. 자오둥 군구는 내선을 이용해 큰할머니와 고모를 구출했습니다. 큰할머니와 고모는 이렇게 해서 해방구에 들어갔습니다. 고모는 해방구 항일 소학교에서 공부했고, 큰할머니는 피복 공장에서 신발 안창 박는 일을 했습니다. 해방 후 고모 같은 열사의 후손들은 출세할 기회가 많았지만 큰할머니가 고향을 떠나고 싶어 하지 않았기 때문에 고모 역시 차마 큰할머니 곁을 떠날 수 없었답니다. 현의 지도자가 고모에게 무슨 일을 하고 싶냐고 묻자 고모는 아버지의 가업을 잇고 싶다고 했습니다. 그렇게 해서 고모는 전구[6] 위생학교에 들어가게 되었습니다. 위생학교를 졸업할 당시 고모는 겨우 열여섯 살이었습니다. 그 후 고모는 진(鎭)의 위생소에서 의료 활동을 했어요. 현의 위생국에서 신식 조산 훈련반을 열자 고모는 그곳으로 배치되었습니다. 그때부터 고모는 이 신성한 일과 깊은 인연을 맺게 되었습니다. 1953년 4월 4일, 난생처음으로 아이를 받은 후 작년 설까지 고모가 받은 아이가 모두 1만 명입니다. 두 사람이 함께 받은 경우에는 두 명을 한 명으로 계산해서요. 고모가 직접 선생님에게 말씀드린 숫자입니다. 1만 명은 조금 과장된 것 같기도 하지만 그래도 칠팔천 명은 되지 않을까 생각합니다. 고모는 모두 일곱 제자를 키웠는데 그중 새끼 사자란 뜻의 '샤오스쯔'[小獅子]란 별명을 가진 사람이 있습니다. 머리는 부스스하고 납작한 코에 푹 퍼진 입, 여드름이 많이 나 있었어요. 고모가 설사 누군가를 죽이라고 해도 막무가내로 칼을 들고 돌진할, 그런 여자였습니다.

앞에서도 말했듯이 1953년 봄이라면 저희 고장의 여자들 모두 신식 분만에 대해 심리적으로 저항감이 심할 때였고, '늙은 산파들'까지 악담을 퍼뜨리고 다니던 때였어요. 당시 고모 나이 겨우 열일곱이었지만 어린 나이에도 경력이 만만치 않

---

6) 專區. 성과 현의 중간 행정 단위.

았습니다. 게다가 출신 성분까지 화려하니 이미 우리 둥베이 가오미 지역에 영향력이 대단해서 뭇사람이 우러러보는 중요한 인물이었죠. 물론 고모는 빼어난 미모의 소유자이기도 했지요. 머리나 얼굴은 물론이고 코나 눈, 심지어 치아까지 정말 예뻤습니다. 우리 지역 지하수는 불소 함량이 많아서 남녀노소 할 것 없이 모두 이가 까맣습니다. 고모는 어렸을 때 자오둥 해방구에서 오랫동안 생활하며 그곳 샘물을 먹고 자란 데다 팔로군을 따라다니며 양치질하는 습관이 잘 들었기 때문에 이가 아주 깨끗했습니다. 고모는 우리가 부러워하는, 특히 아가씨들 사이에서 선망의 대상인 하얀 치아를 가지고 있었어요.

고모가 받은 첫 번째 아이는 천비였습니다. 고모는 이 일을 매우 아쉽게 생각한다고 말한 적이 있습니다. 첫 번째 받은 아이는 당연히 혁명 후손이었어야 하는데 지주의 개자식을 받다니 말도 안 된다는 겁니다. 하지만 구시대의 분만 방식을 근절하고 새로운 시대를 열어야 했기 때문에 고모는 이런 문제까지 생각할 틈이 없었다나 봐요.

고모는 아이렌이 아이를 낳을 것 같다는 소식에 약통을 둘러멘 채 당시에는 매우 귀했던 자전거를 타고 향(鄕) 위생소에서 우리 마을까지 10리 길을 단 십 분 만에 달려왔습니다. 얼마나 쏜살같이 달렸는지 조그만 다리에서 놀고 있던 강아지가 너무 놀라 개울로 곤두박질쳤다고 합니다.

고모가 약통을 들고 아이렌이 사는 두 칸짜리 사랑채로 들어가 보니 마을의 '늙은 산파'인 톈구이화가 벌써 도착해 있었습니다. 앙상하게 여위어 볼살이 홀쭉한 톈구이화는 이미 예순이 넘은 할머니였어요. 진작 흙으로 돌아갔어야 하는 나인데, 아미타불! 톈구이화는 매우 적극적인 산파에 속하는 인물이었습니다. 문 안으로 들어선 고모는 구이화가 산모를 올라타고 불뚝 솟은 산모의 배를 힘껏 누르고 있는 모습을 발견했습니다. 만성 기관지염을 앓고 있었던 구이화의 기침 소리와 돼지 멱따는 듯한 산모의 외침이 뒤섞여 분위기가 거의 비장하다고 말할 정도였지요. 지주인 천어는 구석에 무릎을 꿇고 앉아 방아벌레처럼 자꾸만 머리를 벽에 찧으면서 무슨 말인가 계속 구시렁거리고 있었고요.

저는 천비 집에 자주 갔기 때문에 집 구조를 잘 알고 있어요. 사랑채는 서향으로 난 문에 처마는 낮고 매우 비좁습니다. 들어가자마자 부뚜막이 있고 부뚜막 뒤에 두 척 정도 높이의 벽이 있고 벽 뒤에 방구들이 있지요. 고모는 아마 사랑채에 들어서는 순간, 방구들 위에서 펼쳐지는 광경을 볼 수 있었을 겁니다. 그 광경을 보고 고모는 분노를 누를 길이 없었습니다. 고모 말에 의하면, 정말 화가 머리끝까지 치솟았다는군요. 고모는 약통을 내동댕이치고 빛의 속도로 달려들어 왼손으로 산파의 왼쪽 팔을, 오른손으로 오른팔을 잡은 다음, 오른쪽 뒤켠으로 힘껏 산파를 끌어당겼습니다. 그 바람에 구들장 밑으로 떨어진 산파 할멈은 별로 다치지도 않았는데 비명을 지르며 난리법석을 피웠습니다. 보통 사람 같으면 그 소리를 듣고 놀라 자빠졌겠지만 고모는 전혀 두렵지 않았답니다. 큰 세상을 보고 온 사람이니까요.

고모는 구들장 앞에서 고무장갑을 끼고 엄숙한 목소리로 아이렌에게 말했습니다. 울지 말고, 소리도 지르지 말고! 울고 소리 질러 봐야 아무 소용 없으니까요. 살고 싶으면 내 말대로 해요. 내가 시키는 대로 하라고요! 아이렌은 고모 말에 놀라 옴짝달싹할 수조차 없었습니다. 고모의 영광스러운 출신 성분이나 소설 같은 이력을 전부터 알고 있었으니까요. 고모가 말했어요. 노산이라 태아 위치가 안 좋아요. 보통은 아이가 머리부터 나오는데 당신 아이는 손부터 나오고 있어요. 머리가 안쪽에 있어요.

나중에 고모는 천비를 이렇게 놀려 대곤 했지요. 마치 세상을 향해 뭔가를 달라는 듯 손부터 먼저 나오더군! 그럴 때마다 천비는 언제나 이렇게 대답했답니다. 밥 빌어먹으려고요!

고모는 처음인데도 전혀 당황하지 않고 차분하게 이성적으로 한껏 능력을 발휘했습니다. 고모는 타고난 산부인과 의사예요. 아기를 받을 때마다 고모의 두뇌는 매우 재빠르게 돌아가고 손은 매우 감각적으로 움직입니다. 고모가 아기를 받는 모습을 보거나 고모의 도움으로 분만한 여자들은 고모의 능력에 경탄을 금치 못해 오체투지라도 할 정도입니다. 생전에 저희 어머니는 고모 손은 보통 사람 손이 아니라고 몇 번이나 말했어요. 사람들은 대부분 손이 차가울 때도, 따뜻할 때도, 굳어 있을 때도, 땀이 날 때도 있지만 고모 손은 언제나 부드럽고 차갑단다. 그냥 말랑말랑 부드러운 게 아니고 그러니까…… 뭐라고 해야 할까……. 가방끈이 긴 형이 옆에서 끼어

들었어요. '외유내강'이나 '면리장침'[7] 같은 표현이 어울리지 않을까요? 어머니가 맞장구쳤어요. 바로 그거야. 내가 말하는 차가운 손이란 얼음처럼 차갑다는 것이 아니라 그러니까……. 그러자 가방끈이 긴 형이 다시 나서서 어머니 말을 거들었어요. 그러니까 비단처럼 속은 따뜻하고 겉만 차가운 것, 보옥같이 안은 뜨거운데 겉만 차가운 것 말씀이시죠? 어머니가 말했어요. 그래, 바로 그거야! 고모 손이 환자에게 닿기만 하면 통증이 다 사라져 버렸거든. 고모는 마을 여인들에게 거의 신적인 존재였습니다.

아이렌은 운이 좋은 여자였어요. 무엇보다도 똑똑한 여자이기도 했고요. 고모의 손이 자기 배에 닿는 순간 아이렌은 어떤 힘을 느낄 수 있었대요. 후에 사람들을 만날 때마다 아이렌은 고모가 대장의 품격이 있으며 이런 고모에 비하면 요강 옆에서 울고불고 난리를 치던 산파 할멈은 어릿광대나 다름없다고 했습니다. 고모의 과학적인 처치와 위풍당당한 모습에 산모는 희망과 용기를 얻었고, 온몸이 찢어지는 고통을 많이 덜 수 있었습니다. 아이렌은 울음을 멈추고 고모가 명령하는 대로 고모의 동작에 맞추어 힘을 주었고 마침내 코가 큰 아기를 세상에 내놓았어요.

처음에 천비는 숨을 쉬지 않았습니다. 고모가 아기를 거꾸로 들어 등짝과 앞가슴을 치자 아기는 고양이 같은 울음소리를 터뜨렸습니다. 고모가 말했어요. 요놈 봐라, 무슨 코가 이

---

7) 綿裏藏針. 솜 속에 감춘 바늘이라는 뜻.

렇게 크지? 꼭 미국놈 같잖아? 고모는 순간 마음이 정말 흐뭇했대요. 마치 장인이 첫 번째 작품을 마친 것 같았다나요? 산모의 피곤한 얼굴에 찬란한 웃음이 피어올랐습니다. 고모는 계급 의식이 강한 사람이었지만 아이를 산도에서 끄집어내는 순간만은 계급이니 투쟁이니 하는 것들을 모두 잊어버렸어요. 고모가 느끼는 희열은 순수하고 순결한 감정이었습니다.

작은마누라가 사내아이를 출산했다는 말에 구석에서 일어난 천어는 쩔쩔매며 좁은 부뚜막을 빙빙 돌았습니다. 핼쑥한 눈두덩에서 닭똥 같은 눈물이 흘러내렸습니다. 그는 기쁨을 말로 표현할 수가 없었습니다. 하고 싶은 말이 많았지만 감히 입 밖으로 꺼낼 수가 없었어요. 이런 사람 입에서 자손이니 가문이니 하는 말이 나오는 것 자체가 죄악이니까요.

고모가 천어에게 말했습니다. 이 아이 코 좀 보세요, 아이 이름을 아예 천비라고 하는 게 어때요?

고모는 농담처럼 말했지만 천어는 그 순간 마치 성지(聖旨)라도 받드는 사람처럼 허리를 굽히고 고개를 끄덕이며 말했습니다. 이렇게 이름까지 지어 주시다니 정말 감사합니다. 천비! 좋네요! 그래요, 천비라고 하지요!

연거푸 감사의 인사를 쏟아 내는 천어와 눈물이 그렁그렁한 아이렌이 지켜보는 가운데 고모는 약통을 정리하며 돌아갈 채비를 했습니다. 고모는 벽에 등을 대고 깨진 요강을 마주한 채 앉아 있는 톈구이화를 보았습니다. 마치 잠을 자는 것 같았대요. 고모는 구이화가 언제부터 그런 자세로 앉아 있었는지, 그 난리법석을 언제 멈췄는지 알 수가 없었어요. 하지만 어둠 속에서 구이화의 눈이 고양이처럼 푸른 광채를 내는 순간 아직 그녀가 살아 있음은 알 수 있었습니다. 고모의 마음속에 분노의 파도가 일렁였어요. 고모가 물었습니다. 왜 아직 안 가고 있어요? 그러자 할멈이 뜻밖의 말을 꺼냈어요. 우리 둘이 반씩 일했으니 내 몫은 수건 한 장에 달걀 다섯 알이야. 하지만 이렇게 내 머리를 다치게 했으니 그걸로 안 되지. 네 어머니 체면을 봐서 고발은 하지 않겠어. 대신 상처를 잡아매야 하니 네 수건도 내놓고, 몸도 추슬러야 하니 네 달걀도 내놔! 그제야 이 '늙은 산파'의 속셈을 분명히 알게 된 고모는 치를 떨었습니다.

뻔뻔스러워! 정말 너무 뻔뻔해! 고모는 이를 악물고 말했습니다. 반은 당신이 했다고? 당신을 그대로 내버려 뒀다면 지금 구들장 위에 남아 있는 건 시신 두 구밖에 없을걸? 마귀 같은 할멈, 여자 산도가 무슨 힘만 주면 달걀이 나오는 암탉 엉덩이인 줄 알아? 그렇게 해 놓고도 아기를 받았다고 할 수 있어? 아니! 그건 살인이야! 그런데 고발을 하겠다고? 고모가 튀어 올라 늙은 산파의 아래턱을 걷어찼습니다. 수건이랑 달걀을 달라고? 고모는 다시 늙은 산파의 엉덩이를 걷어찬 후 한 손으로는 약통을, 다른 한 손으로는 산파의 뒷머리를 낚아채서 질질 끌고 마당으로 나갔습니다. 천어가 따라오며 고모를 말리자 고모는 화가 나서 호통쳤습니다. 어서 돌아가요! 가서 아주머니나 돌봐주세요!

고모는 평생 처음으로 사람을 때렸습니다. 고모는 자신이 사람을 칠 수 있으리라고는 꿈에도 생각하질 못했대요. 고모는 다시 산파의 엉덩이를 향해 발길질을 했습니다. 산파가 나뒹굴다가 다시 일어나 바닥에 앉더니 두 손으로 바닥을 치며 고함을 질렀습니다. 사람 살려! 이년이 마구 사람을 패네! ……완류푸의 저 딸년, 저 도둑년이 사람 죽이네…….

마침 해가 서산으로 기울면서 저녁노을이 지고 미풍이 불기 시작한 때라 마을 사람들 대부분이 큰 사발을 받쳐 들고 길가에서 밥을 먹고 있었습니다. 소란스러운 소리가 들리자 사람들이 종종걸음으로 달려왔습니다. 촌 지서[8]인 위안렌, 대대장인 뤄야도 끼여 있었습니다. 텐구이화는 뤄야의 먼 친척 아주머니입니다. 그래도 친척이라고 뤄야가 역성을 들었습니다. 완신, 어떻게 시퍼렇게 젊은 애가 노인네를 쳐? 부끄럽지도 않냐?

그때를 회상하며 고모는 우리에게 이렇게 말했습니다. 뤄야, 그깟 게 뭔데? 마누라를 두들겨 패서 짐승처럼 바닥을 박박 기게 만드는 놈이 감히 날 가르치려 들어?

하여튼 고모는 지지 않고 이렇게 받아쳤대요. 노인네라고요? 늙은 요괴, 악마겠죠! 직접 물어보세요. 자기가 무슨 일을 했는지!

당신 손에 얼마나 많은 사람이 죽었는지 알아? 이 아줌마 손에 총이 있었다면 당신은 이 자리에서 그냥 황천행이야! 고모가 오른손 검지로 산파의 머리를 가리켰습니다. 당시 열일곱밖에 되지 않은 고모가 스스로 자신을 '아줌마'라고 칭하자

8) 支書. 지부의 서기를 이르는 말.

사람들이 모두 웃음을 터뜨렸습니다.

뤄야가 그래도 톈구이화를 거들려고 나서려는 순간, 지서인 위안롄이 입을 열었습니다. 완 선생 말이 맞소. 사람 목숨을 가지고 장난질이라니! 이런 무당 같은 여자는 엄벌에 처해야지! 구이화, 생떼 쓰지 마쇼! 유치장에 들어가야 할 걸 이 정도로 끝나 다행이라고 생각해! 오늘 이후로 산달이 다가온 산모가 있는 집은 모두 완 선생을 찾아가도록! 구이화, 다시 한 번 아기를 받았다가는 그놈의 손가락을 모두 잘라 버릴 테니 알아서 하쇼!

고모는 위안롄이 비록 배운 건 없지만 새로운 시대에 걸맞은 합리적인 인물이자 훌륭한 간부라고 말했습니다.

4

선생님, 저는 고모가 받은 두 번째 아기입니다.

출산이 임박하자 할머니는 오랜 관습대로 손을 씻고 옷을 갈아입은 다음 조상의 위패 앞에 향 세 자루를 피우고 머리를 세 번 조아렸습니다. 그런 다음 집안의 남자들을 모두 밖으로 내보냈습니다. 어머니는 이미 형 둘과 누나 한 명을 낳았기 때문에 초산이 아니었습니다. 할머니가 어머니에게 말했습니다. 처음이 아니니 혼자서 찬찬히 낳아 보려무나. 어머니가 할머니에게 말했대요. 어머니, 느낌이 좋지 않아요. 다른 때하고 달라요. 할머니는 무슨 소리냐는 듯 이렇게 말했답니다. 다르긴 뭐가 달라? 기린이라도 한 마리 낳는다는 거냐?

하지만 어머니의 느낌이 맞았습니다. 저희 형이나 누나 들은 머리가 먼저 나왔지만 전 다리 하나가 먼저 나왔거든요.

제 다리를 보고 할머니는 놀라서 어찌할 바를 몰랐습니다.

시골 속담에 다리가 먼저 나오면 귀신이 빚 독촉을 한다는 말이 있거든요. 그게 무슨 말이냐면, 우리 집안사람 가운데 누군가 전생에 다른 이에게 빚을 졌는데, 그 사람이 우리 집안 아이로 환생해서 산모에게 고통을 주는 거래요. 산모랑 함께 죽어 버리거나 아니면 어느 정도 성장한 다음 죽어서 가족에게 커다란 물질적 손실과 정신적 고통을 안겨 준다는군요. 할머니는 그래도 짐짓 아무렇지도 않은 듯 말했습니다. 이 아이는 커서 심부름꾼이 되려나 보다. 관아에 가서 사환이나 하려나. 걱정하지 마라. 내가 다 알아서 해 줄 테니. 할머니는 마당에 나가 청동 대야를 찾아 들고 구들장 앞에 서서 밀개로 마치 징을 울리듯 쟁쟁 소리를 냈습니다. 할머니가 대야를 두드리며 소리 질렀어요. 나와라, 어서 나와, 할아버지가 급하게 보낼 편지가 있단다. 어서 나와서 심부름 가거라. 빨리 안 나오면 맞을 줄 알아!

상황이 심각하다고 생각한 어머니는 창문을 향해 아궁이 청소용 빗자루를 던져서 마당에서 안을 들여다보고 있던 우리 누나를 불렀습니다. 만[嫚]아! 어서 가서 고모 데리고 와!

영특한 누나는 그 길로 마을 사무실로 뛰어가 위안롄에게 위생소에 전화를 걸어 달라고 했습니다. 전 아직도 그 오래된 공전식 전화기를 가지고 있습니다. 그 전화기 덕분에 제가 살았으니까요.

6월 초엿새, 자오허강에 작은 물난리가 난 날이었어요. 다리가 잠겼지만 다리 석판에 부딪히는 물보라를 봐서는 아직 다리로 다닐 만할 것 같았습니다. 강가에서 한가하게 낚시하던 두보쯔가 맞은편 강둑 위로 자전거를 타고 쌩쌩 달려오는 고모를 발견했습니다. 자전거가 일으키는 물보라가 1미터가 넘었다는군요. 그때 그 거센 물살에 고모가 쓸려 내려갔으면 아마 지금의 저는 존재하지 않겠지요.

고모는 물에 흠뻑 젖어 집으로 뛰어들었습니다.

어머니는 고모를 보자 마치 청심환을 먹은 것 같은 기분이었답니다. 고모는 들어오자마자 할머니를 밀치며 비웃었어요. 그렇게 북 치고 장구 치면 애가 감히 밖으로 나오겠어요? 할머니는 그래도 억지를 부렸어요. 모름지기 아이들이란 떠들썩한 걸 좋아하게 마련이야. 북 치고 장구 치면 지들이 안 나오고 배겨? 얼마 후 고모가 마치 무를 뽑아내듯 제 다리를 잡고 뽑아냈다고 합니다. 물론 농담이겠지만요. 고모가 천비랑 저를 받은 후 천비 어머니와 우리 어머니는 고모의 홍보대사가 되었습니다. 두 분이 가는 곳마다 자기 경험담을 늘어놓았고, 위안롄의 아내와 한량인 두보쯔 역시 만나는 사람마다 붙잡고 고모의 자전거 묘기를 떠벌리고 다니는 바람에 고모의 명성은 하늘 높은 줄 모르고 올라갔습니다. 결국 더 이상 '늙은 산파'를 찾는 사람이 사라지면서 산파 할머니는 역사 속 인물이 되고 말았습니다.

1953년부터 1957년까지, 중국은 국가 생산력이 향상하고 경제가 번영하던 시기였어요. 우리 지역 역시 호시절을 맞이하여 해마다 풍작을 기록했습니다. 의식주가 편안해진 사람들은 즐거운 시간을 보냈고, 여자들은 앞다투어 아이를 낳았습니다. 시절이 그러니 고모도 엄청나게 바빠졌지요. 고모는 가오미 둥베이향 열여덟 개 마을의 거리와 골목 곳곳을 자전거로 누비고 다녔습니다. 수많은 집에 고모의 발자국이 남았지요.

1953년 4월 4일부터 1957년 12월 31일까지 고모는 모두 1612번 출동해서 1645명의 아이를 받았습니다. 그중 죽은 아이가 여섯 명 있었는데, 다섯 명은 이미 배 속에서 죽은 상태였고, 한 명은 선천성 질환이 있었다고 하니 정말 완벽에 가까운 솜씨입니다.

1955년 2월 17일, 고모는 중국 공산당에 가입했습니다. 그날은 고모가 1000번째 아이를 받은 날이기도 합니다. 그 아이가 바로 우리 선생님 아들인 리서우입니다.

고모는 우리 위 선생님이야말로 가장 화끈한 산모였다고 말했습니다. 고모가 분만 준비에 한창일 때 위 선생님은 책을 들고 수업 준비를 했다고 하네요.

나이가 든 후 고모는 자주 그 시절을 그리워합니다. 그때가 중국의 황금기이자 고모의 황금기였대요. 고모가 그리움이 가득한 표정으로 두 눈을 반짝이며 말한 적이 한두 번이 아니에요. 그때 나는 살아 있는 보살이자 삼신 할멈이었어. 온갖 꽃향기로 가득한 내 곁에 꿀벌과 나비 들이 떼를 지어 날아다녔지. 지금은 망할 놈의 파리들만 꼬여…….

제 이름도 고모가 지어 준 거예요. 본명은 완쭈[萬足]이고 아명은 샤오파오[小跑]예요.

죄송합니다, 선생님. 제가 미리 말씀드렸어야 하는데, 완쭈가 제 본명이고, 커더우[蝌蚪]는 올챙이란 뜻으로 제 필명입니다.

5

고모의 혼기가 꽉 찼을 때였습니다. 하지만 월급 받으며 상품량[9)]을 먹는 공무원인 데다 출신 성분도 뛰어난 고모에게 감히 접근하는 총각이 있었겠습니까. 당시 다섯 살이던 저는 큰할머니가 자주 우리 할머니를 찾아와 고모 혼사에 대해 의논하는 이야기를 들었습니다. 큰할머니가 근심스레 말했습니다. 완신 작은엄마! 완신이 벌써 스물둘이오, 완신과 동갑인 친구들은 모두 애가 둘씩인데! 그런데 그 애는 아직 선도 들어오질 않으니, 원! 할머니가 말했어요. 형님, 뭐 그리 급해요? 완신 정도면 황궁의 황후마마인들 못 되겠어요? 그렇게 되면 황제 장모님이 되시는 거잖아요? 우린 황친이 되고 말이에요.

---

9) 商品粮. 보급품으로 지급되는 식량. 도시에 호적이 있고 배급 식량을 받아 생활하는 것을 '상품량을 먹는다.'라고 한다.

그럼 덩달아 복이 터지는 건 시간문제 아니에요? 큰할머니가 말했어요. 무슨 망발을! 황제 목이 날아간 지가 언젠데, 인민공화국 시대에는 주석이 대장이지!

우리 할머니가 말했어요. 주석이 대장이면 그럼 주석에게 시집보내면 되겠네. 큰할머니가 버럭 화를 냈습니다. 이 양반아, 어째 시대는 바뀌었는데 머리는 해방 전인고? 할머니가 말했어요. 난 형님과 달라요. 평생 이 허핑촌을 떠나 본 적이 없어요. 형님이야 해방구에도 가 보고, 핑두성에도 가 봤잖아요. 큰할머니가 말했어요. 그놈의 핑두성 이야기 좀 꺼내지 말게. 그 이야기만 들으면 머리가 다 쭈뼛해진다고! 내가 일본군에게 잡혀가 호의호식한 줄 아나? 항상 이런 식으로 말을 주고받다가 결국 두 동서 간에 싸움이 시작되곤 했습니다. 이렇게 마치 다시는 안 볼 것처럼 씩씩거리며 헤어진 큰할머니는 다음 날이면 다시 나타났어요. 할머니 두 분이 고모 혼사에 관해 이야기를 나눌 때마다 우리 어머니는 몰래 웃음을 지었습니다.

어느 날 저녁 무렵, 우리 집 암소가 새끼를 낳았습니다. 그런데 그 암소가 우리 어머니 흉내를 내는 건지, 아니면 그 송아지가 내 흉내를 내는 건지, 송아지 다리가 먼저 나오다가 그만 배 속에서 걸려 버렸어요. 암소가 답답해서 음매 소리를 지르는 모양새가 무척 괴로워 보였습니다. 할아버지랑 아버지 모두 조급한 마음에 손을 비비고 발을 동동 구를 뿐 달리 아무런 손을 쓰지 못했습니다. 소는 농민들에게 밥줄이나 마찬가지잖아요. 게다가 생산대의 소를 맡아 기르던 중이었거든요. 이러다 진짜 죽기라도 한다면 큰일이 나는 거였어요. 어머니가 살며시 우리 누나에게 말했어요. 만아, 고모가 돌아온 것 같은데. 어머니 말이 채 끝나기도 전에 누나가 달려 나갔어요. 아버지가 어머니를 흘겨보며 말했어요. 지금 뭐 하는 거요? 그 애는 사람 살리는 의사 아니오! 어머니가 말했어요. 사람이나 동물이나 똑같죠.

고모가 누나를 따라 들어왔습니다.

고모는 문 안에 들어서자마자 신경질을 냈어요. 지금 누구 죽일 일 있어요? 아기 받는 것만 해도 바빠서 미칠 지경인데 이젠 송아지까지 받으라고 해요?

어머니가 웃었어요. 아가씨, 그러기에 누가 우리 집안에 태어나래요? 아가씨 아니면 누구에게 부탁해요? 사람들이 모두 아가씨더러 부처가 환생한 거라고 하는데, 부처가 중생을 제도하고 만물을 구해야지요. 소가 축생이긴 하지만 마찬가지로 살아 있는 생명이잖아요. 죽어 가는 걸 보고 안 구해 줄 수 있어요?

고모가 말했어요. 언니, 언니가 글자를 모르는 게 다행이네. 글자까지 많이 알면 어디 이 조그만 허핑촌으로 만족할 수 있었겠어요?

어머니가 말했어요. 내가 아무리 아는 글자가 많다 한들 아가씨 발뒤꿈치라도 따라가겠어요?

고모는 여전히 화난 표정을 지었지만 마음이 다 풀린 것이 분명했습니다. 날이 이미 어두웠던 터라 어머니는 집 안의 불이란 불은 죄다 밝히고 등 심지를 최대로 올린 다음 외양간으로 향했습니다.

암소는 고모를 보자마자 앞다리를 굽혀 바닥에 엎드렸습니다. 고모의 눈에서 눈물이 왈칵 쏟아졌어요.

우리도 덩달아 모두 눈물을 흘렸습니다.

고모가 소를 살펴보더니 동정 반 농담 반으로 말했습니다. 또 다리가 먼저 나오는 놈이 있네.

고모는 혹시라도 우리가 충격을 받을까 봐 우리를 마당으로 쫓아냈습니다. 우리는 고모가 큰 소리로 지시하는 걸 들으면서 아버지와 어머니가 고모의 지휘 아래 암소의 분만을 도와주는 모습을 상상했어요. 음력 보름밤, 남동 방향에 떠오른 달이 세상을 하얗게 비출 때 고모가 소리쳤습니다. 좋아. 이제 됐어!

우리는 환호성을 지르며 외양간으로 뛰어들었습니다. 어미소 뒤에 온몸에 점액이 잔뜩 묻어 있는 아기 송아지가 있었습니다. 흥분한 아버지가 소리쳤어요. 옳거니, 암송아지로군!

고모가 씩씩거리면서 말했습니다. 정말 이상하네. 여자가 딸을 낳으면 남자는 우거지상이 되던데. 소가 암송아지를 낳으니까 남자 입이 헤벌어지네!

아버지가 말했습니다. 암송아지는 자라면 다시 새끼를 낳잖아!

고모가 말했어요. 사람은요? 여자아이도 커서 시집을 가면 아기를 낳잖아요?

아버지가 말했어요. 그거야 다르지.

고모가 말했어요. 뭐가 달라요?

아버지는 고모가 대들자 그냥 입을 다물어 버렸습니다.

어미 소가 고개를 돌려 송아지 몸에 달라붙은 점액질을 핥아 주었습니다. 마치 혀에 무슨 만병통치약이라도 들어 있어서 소가 핥고 지나가는 곳마다 송아지에게 생기를 불어넣어 주는 듯했습니다. 모두가 감개무량하게 이 광경을 지켜보았어요. 고모의 반쯤 벌어진 입과 자상한 눈길을 저는 몰래 훔쳐보았습니다. 마치 어미 소의 혀가 고모를 핥고 있는 것 같기도 하고, 고모 혀가 송아지를 핥고 있는 것 같기도 한 표정이었습니다. 어미 소가 송아지의 몸을 거의 다 핥았을 때였어요. 송아지가 몸을 바들바들 떨며 자리에서 일어났습니다.

우리는 고모가 손을 씻을 수 있도록 대야에 물도 채우고 비누랑 수건을 챙겨 주었어요.

할머니가 아궁이 앞에 앉아 풀무로 불을 지피고, 어머니는 그 앞에서 밀가루 반죽을 밀고 있었습니다.

고모가 손을 씻고 말했어요. 배고파 죽겠어요. 오늘 저녁은 언니네 집에서 해결해야겠네!

어머니가 말했습니다. 여기가 아가씨 집 아니에요?

할머니가 말했습니다. 아니지, 한 상에서 밥을 먹지 않은지 몇 년인데!

그때 큰할머니가 우리 집 담장 밖에서 고모에게 밥 먹으라고 소리를 질렀어요.

고모가 말했습니다. 이 집 일 그냥 해 줄 수 있어? 여기서 먹을게요.

큰할머니가 말했어요. 너희 작은엄마가 얼마나 빠듯하게

사는데, 거기서 국수 한 그릇 먹었다가 너 평생 빚지고 산다!

우리 할머니가 부지깽이를 들고 담장으로 달려 나가 말했어요. 먹고 싶거든 건너와서 한 그릇 드쇼. 그런 거 아니면 저리 꺼지시고!

큰할머니가 말씀하셨어요. 그 집 건 안 먹어!

국수가 삶아진 후 어머니는 큰 사발에 국수를 가득 담아 누나를 시켜 큰할머니에게 갖다 드렸습니다. 그런데 사실 그날 누나는 허겁지겁 달려가다 앞으로 푹 고꾸라져 국수도 다 쏟고 그릇도 깨뜨렸다는군요. 누나가 혼날까 봐 큰할머니가 주방에서 사발을 찾아 들려 보냈다는 사실은 몇 년이 지난 후에야 알았습니다.

고모는 입담이 정말 좋아서 우리 모두 고모 이야기 듣는 걸 좋아했어요. 국수를 다 먹은 후 고모가 우리 집 구들장 벽에 기대앉아 이야기보따리를 풀어 놓았습니다. 이집저집 다닌 곳도 엄청나고, 각양각색 별별 사람들을 다 만나고, 재미있는 이야기도 수없이 들은 데다 중간중간 맛깔나게 양념도 팍팍 쳐 주는 바람에 고모 이야기는 마치 평서[10]처럼 우리를 폭 빠져들게 했습니다. 1980년대 초 텔레비전에서 류란팡[11]의 평서가 방영될 때면 어머니가 말했습니다. 저거 분명히 너희 고모 아니지? 너희 고모는 의사가 아니고 평서를 했어도 이름깨나 날렸을 거다!

10) 評書. 중국 민간 문예의 일종. 부채, 딱딱이 등을 이용해 손짓과 함께 장편의 고사를 이야기한다.

11) 劉蘭芳. 유명한 평서 공연 예술가, 국가 1급 연기자.

그날 저녁 이야기는 핑두성에서 일본군 사령관인 스기타니와 지혜와 용기를 겨루던 일부터 시작되었습니다. 당시 저는 겨우 일곱 살이었어요. 고모가 절 바라보더니 말했어요. 샤오파오 정도 나이였을 때 너희 증조할머니랑 큰할머니를 따라 핑두성에 갔어. 컴컴한 방에 갇혔는데, 입구에 거대한 셰퍼드 두 마리가 우리를 감시하고 있었지. 그 셰퍼드들은 평소에 사람 고기도 먹는 놈들이라 아이만 보면 혀를 날름거려. 너희 증조할머니랑 큰할머니는 밤새도록 울었지만 난 울지 않았어. 그냥 꼬꾸라져서 다음 날 해가 중천에 뜰 때까지 잠을 잤어. 어두컴컴한 방에서 몇 날 며칠을 갇혀 있었는지 몰라. 그러더니 우리를 작은 독채로 옮기더라. 정원에 라일락이 한 그루 있었는데 향기가 어찌나 진한지 머리가 어찔할 정도였어. 긴 두루마기에 예모를 쓴 마을 유지 한 사람이 와서 사령관이 우리를 연회에 초대했다고 전하는데, 할머니 두 분은 그저 울기만 하고 감히 나서질 못했어.

그 아저씨가 나에게 말했어. 꼬마 아가씨! 할머니랑 엄마한테 무서워하지 말라고 해. 사령관님은 너희 가족을 해칠 생각이 없어. 그저 완류푸 선생과 친구가 되고 싶을 뿐이야. 내가 말했지. 할머니, 엄마, 울지 마세요. 울어 봤자 무슨 소용이 있어요? 운다고 날개가 돋아요? 아니면 운다고 만리장성이라도 무너뜨릴 수 있어요? 아저씨가 손뼉을 치며 말했어. 말 잘하네! 꼬마 아가씨가 대단해, 대단한 인물이 되겠어. 내 말에 할머니 두 분이 울음을 그쳤어. 우린 그 아저씨를 따라 까만 노새가 끄는 마차를 탔어. 모퉁이를 몇 개나 돌았을까, 높은 대문을 지나 너른 마당으로 들어섰어. 입구에 초소가 두 개 있었는데 왼쪽 초소는 매국노 중국인이, 오른쪽 초소는 일본 병사가 보초를 서고 있었어. 정원이 얼마나 깊숙한지 대문으로 들어선 후 걷고 또 걸어도 계속 다른 정원이 이어지는 것 있지. 영원히 정원이 끝나지 않을 것 같았어. 마지막으로 거대한 화원에 자리잡은 응접실에 들어섰어. 문이랑 창문, 장지 모두 꽃문양이 조각되어 있었어. 중국 고가구 의자도 모두 박달나무 재질이더라. 기모노를 입은 사령관이 쥘부채를 쥐고 우아하게 흔들고 있었어. 교양 있는 사람이란 인상을 받았지.

몇 마디 인사치레가 오간 후 사령관이 우리에게 자리를 권했어. 커다란 원탁에 산해진미가 가득했지. 두 할머니는 선뜻 음식에 손을 대지 못했지만 난 별 신경을 쓰지 않고 왜놈 음식을 먹었어. 젓가락질이 잘 안 돼서 아예 손으로 음식을 덥석 집어 먹었어. 사령관이 술잔을 들고 이런 내 모습을 미소를 지으며 바라보더라고. 배를 채운 후 두 손을 식탁보에 닦고 나니 졸음이 밀려왔어.

스기타니 사령관이 나에게 물었어. 꼬마 아가씨, 아빠에게 여기 오라고 해 주겠니? 내가 눈을 뜨고 말했어. 싫어요.

스기타니가 다시 물었지. 왜 싫은데? 내가 말했어. 우리 아빠 팔로군이고, 아저씨는 일본인이잖아요. 팔로군이 일본군을 공격하는데 아저씨는 우리 아빠가 무섭지 않아요?

여기까지 말한 고모가 소매를 걷더니 시계를 보았어요. 당시 가오미현을 통틀어 손목시계를 가진 사람이 열 명도 채 안 됐는데 그중 한 사람이 고모였습니다. 와우! 우리 큰형이 환호성을 질렀어요. 우리 집에서 손목시계를 본 사람은 큰형이 유일했습니다. 큰형은 당시 현의 제1고등학교 학생이었는데 소련에서 유학하고 돌아온 선생님 한 분이 시계를 차고 있었대요. 큰형이 다시 소리 질렀습니다. 시계다! 저와 누나 역시 따라서 소리를 질렀어요. 시계다!

고모는 짐짓 아무렇지도 않다는 듯 소매를 풀고 말했어요. 이깟 손목시계 가지고 왜 호들갑이야? 일부러 대수롭지 않게 말하는 고모 말투에 우리는 더 구미가 당겼습니다. 큰형이 먼저 궁금하다는 듯 말했어요. 고모, 시계라고는 지 선생님 시계를 멀리서 본 게 전부거든. 시계 좀 보여 줄 수 있어? ……우리도 형을 따라 말했어요. 고모, 우리도 좀 보여 줘!

고모가 웃으며 말했습니다. 요 녀석들, 정말 성가시게 구네. 낡은 시계가 뭐 볼 게 있다고! 말은 그렇게 했지만 고모는 시계를 풀어 큰형에게 건넸습니다.

옆에 있던 어머니가 다급하게 말했어요. 조심해라!

큰형이 조심조심 시계를 받아 손바닥에 받쳐 들고 구경하더니 귓가에 대고 소리를 들어 보았어요. 형이 시계를 다 보고 누나에게 주었고, 누나가 다 보고 다시 둘째 형에게 건네줬습니다. 시계를 받은 둘째 형이 미처 소리를 들어 보기도 전에 큰형이 다시 시계를 낚아채서 고모에게 돌려주었습니다. 잔뜩 기대에 차 있던 저는 화가 나서 울기 시작했습니다.

어머니가 절 나무랐어요.

고모가 말했어요. 샤오파오, 이담에 커서 멀리, 높이 뛸 사람이 그깟 시계 하나 못 가질까 봐 걱정하는 거야?

저래서 시계를 차겠어? 내일 내가 먹물로 손목에 시계 하나 그려 줄게. 큰형이 말했습니다.

사람은 겉모습으로 판단할 수 없고 바닷물은 되로 헤아릴 수 없다고 했어. 샤오파오가 못생겼어도 커서 엄청나게 출세할지 어떻게 알아? 고모가 말했어요.

누나가 말했어요. 쟤가 출세하면 저 우리에 있는 돼지도 호랑이가 되겠다!

큰형이 물었어요. 고모, 그건 어느 나라 건데? 상표는 뭔데?

고모가 말했어요. 스위스 에니카!

와! 큰형이 놀라서 환호성을 질렀어요. 둘째 형이랑 누나도 따라서 소리를 질렀어요.

저는 화가 났습니다. 체! 뭐가 좋다고!

어머니가 물었어요. 아가씨, 이런 건 얼마나 해요?

고모가 말했어요. 몰라요. 친구가 준 거예요.

친구가 이렇게 귀한 것도 선물해요? 어머니가 고모를 훑어보며 말했습니다. 재네 고모부 될 사람이에요?

고모가 자리에서 일어나며 말했어요. 12시가 다 됐네. 자러 가야겠어요.

어머니가 말했어요. 세상에 고맙기도 해라. 아가씨도 마침내 임자가 생겼네.

함부로 떠벌리고 다니지 마요. 아직 시작도 안 했는데! 고모가 고개를 돌리며 우리에게 당부했어요. 너희도 밖에서 헛소리하지 마. 그랬다만 봐라, 껍질을 확 벗겨 버릴 테니까.

다음 날 아침, 큰형은 아마도 전날 저에게 고모 시계를 보여 주지 않았던 것이 마음에 걸렸는지 만년필로 제 손목에 시계를 그려 주었습니다. 마치 진짜 시계처럼 정말 멋있었어요. 전 그 '시계'를 정말 애지중지했습니다. 세수할 때는 혹여 물이 튈세라 조심조심하고, 비가 올 때면 손목을 감싸고, 색이 바래면 큰형에게 덧칠해 달라고 해서 장장 석 달을 버텼습니다.

6

우리 고모에게 에니카 손목시계를 선물한 사람은 공군 조종사였어요. 그 시절에 공군 조종사라니! 이 소식이 전해지자 형들이랑 누나는 개구리처럼 개굴개굴 소리 지르고 저는 공중제비를 했어요.

우리 집뿐만 아니라 우리 마을의 경사가 아닐 수 없었거든요. 다른 이들도 한결같이 조종사라니, 그야말로 고모에게 딱 어울리는 배필이라고 생각했어요. 학교 주방장 왕 씨 아저씨는 항미원조 전쟁[12]에 참전한 적이 있습니다. 아저씨가 조종사는 황금으로 만들어진 사람이라고 했어요. 황금으로도 사람을 만드나요? 전 의아해서 물어보았습니다. 식사 중인 선생님과 공사 간부 들 앞에서 아저씨가 말했습니다. 샤오파오, 이

---

12) 중국에서는 6·25 한국 전쟁을 항미원조 전쟁이라고 한다.

바보야. 내 말은 나라에서 조종사 한 명을 육성하는 데 거액의 비용이 든다는 이야기야. 그 비용을 금으로 환산하면 70킬로그램은 든다는 이야기지. 저는 집에 돌아간 후 왕 씨 아저씨 이야기를 어머니께 해 드렸습니다. 어머니가 말했어요. 세상에! 나중에 고모부가 우리 집에 오면 대접을 어떻게 해야 하나?

그 후 한동안 우리 아이들 사이에서 조종사에 대한 여러 가지 신비한 이야기가 유행처럼 번져 나갔습니다. 천비는 자기 엄마가 하얼빈에서 소련 조종사를 만났는데, 사슴가죽 재킷 차림에 입에서 금니가 번쩍이고, 금시계를 차고 다니며 레프 빵[13]만 한 소시지와 맥주를 먹고 마신다고 했습니다. 식량 창고 관리인인 샤오상춘의 아들 샤오샤춘(肖下唇, 이후 肖夏春으로 개명)은 중국 조종사들이 소련 조종사들보다 더 좋은 음식을 먹는다고 했어요. 샤춘은 마치 조종사들 식사 담당이라도 되는 것처럼 그들이 먹는 음식들을 나열했습니다. 아침은 달걀 두 개에 우유 한 잔, 중국식 파이 네 개, 만두 두 개, 두부 간장조림, 점심은 삼겹살 간장 조림 한 그릇에 참조기 한 마리, 찹쌀떡 두 덩이에 양고기 만두, 좁쌀죽 한 그릇 등이야. 이 밖에도 식사 후에 바나나, 사과, 배, 포도 등 과일을 양껏 먹을 수 있고, 다 먹지 못하면 집에 가져갈 수도 있어. 조종사들이 입는 재킷은 커다란 주머니가 두 개 달렸어. 왜 그런지

13) 레프는 러시아어로 흑빵을 의미하는 '흘레프'에서 온 말. 1950년대 중국에서 유행한 빵으로 큰 것은 농구공 반만 했다.

알아? 과일을 넣게 해 놓은 거야……. 조종사들의 일상을 늘어놓는 그의 말에 우리는 자꾸만 침이 꼴까닥 넘어갔습니다. 모두 이다음에 커서 조종사가 돼서 신선 같은 생활을 해야겠다고 마음먹을 정도였습니다.

공군은 현의 제1고등학교 학생 중에서 항공병을 선발했기 때문에 우리 큰형은 신이 나서 자원했습니다. 우리 할아버지는 지주 아래에서 오랫동안 고용농으로 일했고 그 후 해방군 밑에서 짐을 나르며 멍량구 전투[14]에 참여했습니다. 국민당 제74사단을 지휘한 장링푸 사단장의 시신도 할아버지가 산 아래로 날랐다고 했어요. 할머니 역시 빈농 출신이며 여기에 더해 큰할아버지는 혁명 열사이니 우리 가족은 출신 성분, 사회 관계 모두가 기준 이상으로 훌륭합니다. 우리 큰형은 고등학교에서 원반던지기 선수였어요. 어느 날 집에서 양 꼬리 요리를 먹은 형이 학교에 간 후 힘쓸 곳이 없었는지 원반을 잡아 힘껏 던졌는데, 원반이 그대로 휙 날아가 학교 담장을 넘어 밭으로 떨어졌어요. 때마침 밭에서 농부 하나가 소를 몰며 밭을 갈고 있었는데요, 더도 덜도 말고 딱 소뿔에 원반이 맞았답니다. 소뿔은 그 자리에서 동강이 났습니다. 그러니까 제가 말하고 싶은 건, 우리 큰형은 훌륭한 출신 성분에 공부도 잘하고, 몸도 튼튼하고 게다가 장차 고모부가 될 사람이 조종사니 만약 우리 현에서 조종사를 단 한 명 선발한다면 그건 바

14) 1947년 중국 공산당의 인민 해방군이 국민당의 혁명군 정예 부대 제74사단을 상대로 승리를 거둔 전투.

로 큰형이 될 거라고 모든 사람이 생각했다는 이야기입니다. 하지만 형은 낙방했습니다. 이유인즉슨, 어릴 때 다리에 난 종기 상처 때문이었습니다. 학교 주방장 왕 씨 아저씨 말이 몸에 상처가 있으면 절대 안 된다고 했어요. 조종사는 하늘 높이 올라가야 하는데 몸에 상처가 있으면 압력이 센 하늘에서는 그냥 터져 버린다는 거예요. 몸의 상처 외에 두 콧구멍 크기가 달라도 문제가 된다고 했습니다.

어쨌거나 우리 고모가 조종사와 연애를 시작한 후 우리는 공군에 관한 일이라면 무조건 촉각을 곤두세웠습니다. 전 지금 쉰이 넘은 나이에도 과시욕이 있는 편입니다. 100위안짜리 복권에 당첨되어도 그 즉시 커다란 나팔로 도시 전체에 방송하고 싶어 안달이 날 정도니까요. 그런 제가 소학교 입학 후 조종사가 고모부가 된다는 생각에 어떤 모습을 보였을지 상상이 가지 않으십니까.

우리가 사는 곳에서 남쪽으로 50리 떨어진 곳에는 자오저우 공항, 서쪽으로 60리 떨어진 곳에는 가오미 공항이 있었어요. 자오저우 공항 비행기는 크고 육중하고 시커먼 모습이 어른들 말에 의하면 폭격기라고 했어요. 가오미 공항의 비행기는 날개가 후미를 향하고 있고 몸체가 은회색으로 고공에서 연기를 내며 공중제비를 할 수 있었습니다. 형은 그 비행기 이름이 '젠 5'로 소련의 '미그 17'을 본떠 만든 진짜 전투기라고 알려 주었어요. 한국전쟁에서 미국의 전투기를 공격해 꽁무니를 빼게 한 바로 그 전투기라고 했습니다. 우리 미래의 고모부는 당연히 이런 전투기 조종사였습니다. 당시는 전운이 감돌던 때라 가오미 비행장에서는 거의 매일 비행 훈련을 했습니다. 비행기들이 날렵하게 날개를 펴고 우리 둥베이 마을 상공을 날아오르면, 우리 머리 위는 바로 전쟁터가 되었습니다.

전투기 세 대가 보이는가 싶다가 금세 다시 여섯 대가 되었어요. 전투기 한 대가 다른 전투기 꼬리를 물고 자꾸만 원을 그렸습니다. 갑자기 전투기 한 대가 곤두박질칩니다. 금방이라도 우리 마을 커다란 미루나무에 부딪칠 것 같던 비행기가 갑자기 다시 기체를 뒤집어 마치 한 마리 매처럼 솟구쳐 올라갔습니다.

하루는 하늘에서 거대한 굉음이 들려왔어요. 고모가 그러는데, 언젠가 나이 많은 산모의 아기를 받으러 간 적이 있었답니다. 너무 긴장한 산모가 부들부들 떨었대요. 막 수술칼을 대려고 할 때 갑자기 밖에서 폭발 소리가 들렸습니다. 주의가 산만해진 산모가 차츰 경련이 가라앉으면서 힘을 주는 순간 아기가 나왔다나 봐요. 하여간에 굉음 때문에 집집마다 창호지가 터졌어요. 우리는 깜짝 놀랐습니다. 멍하니 정신을 차리지 못하던 우리를 데리고 선생님이 교실 밖으로 나가 하늘을 보았습니다. 파란 하늘에 꼬리에 원통형 물건을 매단 비행기 한 대가 선두에 서고 그 뒤를 비행기 몇 대가 따르고 있었습니다. 원통형 물건 주위로 하얀 연기가 폭발하며 피어오르더니 뒤이어 우르르 쾅 하는 포성이 들렸습니다. 하지만 방금 전 제가 들었던 소리에 비하면 이 소리는 새 발의 피입니다. 교실에서 들었던 소리는 제가 평생 들어 본 소리 가운데 두 번째로 큰 소리입니다. 커다란 버드나무를 두 동강 낸 천둥도 그렇게 엄청나진 않았으니까요. 마치 그 조종사들이 일부러 과녁을 명중시키지 않은 것처럼 포탄이 연이어 폭발하며 내뿜은 하얀 연기는 과녁 주위를 맴맴 돌았고, 과녁이 우리 시야에서 사라질 때까지 아무도 명중시키지 못했습니다. 천비가 그에게 '새끼 양놈'이란 별명을 안겨 준 코를 문지르며 경멸하듯 말했어요. 중국 조종사 아저씨들은 영 기술이 없네. 소련 조종사들이었다면 한 방에 명중시켰을 텐데! 전 천비가 왜 그런 말을 하는지 알고 있었습니다. 저에 대한 질투 때문이었죠. 우리 마을에서 태어나 우리 마을에서 자라 소련 거라면 개 한 마리도 보지 못한 녀석이 어떻게 소련 조종사들 솜씨가 중국 조종사들보다 나은지 알겠습니까?

외진 시골 마을에 살던 우리 같은 아이들은 당시 중국과 소련의 관계가 악화일로를 걷고 있었다는 사실을 몰랐습니다. 천비가 그런 식으로 중국 조종사들을 깎아내리는 모습에 사람들, 특히 저는 기분이 좀 나쁘긴 했지만 그 누구도 별다르게 생각하지 않았습니다. 수년 후 문화 대혁명이 시작되었을 때 우리는 소학교 5학년이었습니다. 친구인 샤오샤춘이 당시 일을 들춰내는 바람에 천비는 호되게 곤욕을 치렀을 뿐만 아니라 천비의 부모님은 모진 고초를 겪은 끝에 결국 세상을 떠났습니다. 그의 집을 수색하여 찾아낸 『진정한 인간』[15]이란 소련 소설에는 실제 두 다리를 잃고도 다시 비행에 성공한 공

15) 보리스 니콜라예비치 폴레보이(Boris Nikolaevich Polevoy, 1908~1981)의 소설 『진실한 사람 이야기』를 말한다.

군 영웅의 모습이 그려져 있었습니다. 명실상부 진정한 혁명의 의지를 북돋우는 소설 한 권이 뜻밖에 천비의 엄마 아이렌을 수정주의 조종사의 정부로 만들었고, 천비는 아이렌과 수정주의 조종사가 남긴 씨앗이라는 증거가 되었습니다.

가오미 비행장의 '젠 5' 전투기는 주로 낮에 연습 비행을 했는데, 자오저우 비행장의 비행기는 좀이 쑤시는지 밤에도 출동했습니다. 거의 매일 밤 9시, 현의 유선 방송이 끝나 갈 무렵이면 비행장의 탐조등이 환하게 불을 밝혔습니다. 굵직한 빛 기둥이 우리 마을 상공을 비출 때면 이미 빛은 매우 엷어진 상태였지만 그래도 저는 정말 깜짝 놀랐습니다. 전 어리석게도 항상 엉뚱한 말을 했습니다. 저런 손전등 하나 있으면 얼마나 좋을까! 그럴 때마다 둘째 형은 욕을 하며 손가락으로 제 정수리를 세게 눌렀습니다. 바보! 물론 미래의 고모부 때문에 둘째 형 역시 반은 항공 전문가가 되어 있었습니다. 형은 지원군 공군[16] 영웅들의 이름을 술술 열거하면서 그들의 영웅적인 업적을 정확하게 늘어놓았습니다. 언젠가 제가 작은형 머리의 이를 잡아 주기 전, 작은형은 예전에 창호지를 찢어 버린 그 거대한 소리가 '충격파 폭음', 즉 초음속 비행기가 음속을 통과할 때 내는 소리라고 알려 주었습니다. 왜 초음속이라고 하는지 알아? 소리보다 빠르다는 말이야! 이 멍텅구리야! 자오저우 비행장의 비행 훈련은 매혹적인 탐조등 불빛 이외에는 별로 볼 것이 없었습니다. 어떤 사람들은 그게 연습 비행이

---

16) 한국 전쟁 당시 공군에 지원한 중국 인민 해방군을 가리킨다.

아니라 길 잃은 비행기를 유도하는 것이라고 했어요. 그 거대한 빛 기둥들이 허공을 훑고 지나가며 때로 교차하고 때로 평행을 이뤘습니다. 때로는 비행기가 빛 기둥 속에서 어쩔 줄 모르고 허둥대는 새처럼 보였습니다. 마치 병 속에 떨어진 파리 같았습니다. 언제나 탐조등이 켜진 후 몇 분이 지나면 공중에서 비행기 굉음이 들리고 잠시 후 머리와 꼬리, 두 날개의 불빛으로 대충 윤곽만 보여 주던 시커먼 물체가 빛 기둥 속에 모습을 드러냈습니다. 마치 빛 기둥을 따라 아래로 미끄러지며 자기 둥지로 돌아가는 것 같았습니다. 비행기도 새처럼 둥지가 있었던 거예요.

7

1960년 말, 그러니까 우리가 석탄을 먹던 시절에서 얼마 지나지 않았을 때입니다. 고모와 조종사의 결혼 소식이 들려왔습니다. 예물 문제로 큰할머니가 우리 집에 들러 어머니와 상의를 하더니 담장 밖 백 년 묵은 가래나무를 베어 마을에서 솜씨가 제일 좋다는 판 씨 아저씨에게 가구 제작을 부탁하기로 결정했습니다. 아버지가 판 씨 아저씨와 나무를 재던 모습이 아직도 눈에 선합니다. 앞으로 닥칠 운명에 놀랐는지 나무줄기가 덜덜, 잎이 부르르 떨리는 모습이 마치 울고 있는 것 같았습니다.

하지만 혼사는 이루어지지 않았고 고모도 오랫동안 돌아오지 않았습니다. 큰할머니 댁에 달려가 소식을 묻자 큰할머니는 다짜고짜 몽둥이를 휘두르며 저를 내쫓았습니다. 문득 큰할머니가 전설에 나오는 파파 할머니처럼 늙어 보였습니다.

그해 처음으로 눈이 내린 아침이었습니다. 태양이 유난히 붉게 보였어요. 짚신을 신고 학교에 가던 저는 손도 발도 꽁꽁 얼어 버렸습니다. 조금이라도 몸을 덥히기 위해 운동장을 내달렸습니다. 갑자기 공중에서 무시무시한 굉음이 들려왔습니다. 우리는 입을 떡 벌리고 고개를 들었습니다. 뭉실뭉실 검은 연기를 내뿜으며 커다란 눈에 빨건 불을 밝히고, 하얗고 큼지막한 이빨을 드러낸 채 암홍색의 거대한 물체가 우리를 향해 부르르 떨며 날아오고 있었습니다. 비행기다! 세상에, 비행기가! 저게 우리 운동장으로 떨어지는 건 아니겠지?

우리는 그처럼 가까운 거리에서 비행기를 본 적이 없었습니다. 비행기 날개가 일으키는 바람에 땅 위의 닭털과 마른 나뭇잎이 말려 올라갔습니다. 운동장에 내려오면 얼마나 좋을까. 가까이 가서 볼 수도, 손을 뻗어 만져 볼 수도 있을 텐데. 운이 좋으면 비행기 속으로 들어가 놀 수도 있을 텐데. 비행사에게 전투 이야기를 들을 수 있을지도 몰라. 장래 고모부의 전우일 수도 있겠지? 아냐. 우리 고모부가 모는 '젠 5'는 저 시커먼 놈보다 훨씬 더 멋있어. 우리 고모부가 이런 미련퉁이 같은 비행기를 모는 사람과 전우일 리가 없어. 하지만 글쎄, 뭐랄까, 이런 비행기를 몰 수 있는 것만으로도 정말 대단한 것 아닐까? 이처럼 육중한 강철 덩어리를 하늘로 끌고 올라갈 수 있다는 것 자체만으로도 영웅이 아닐까? 저는 비행사의 얼굴을 보지 못했지만 제 친구들은 나중에 맹세까지 하면서 비행기 머리 쪽 창문 너머로 비행사 얼굴을 봤다고 말했습니다. 우리 곁으로 내려올 것 같았던 비행기는 고개를 들기 싫었는지 갑자기 우측으로 몸을 틀더니 비행기 배 부분으로 우리 마을 동쪽 끄트머리의 커다란 미루나무 가지 끝을 스치고 드넓은 보리밭으로 곤두박질쳤습니다. 어마어마한 굉음이 들려왔습니다. 지난번 '충격파 폭음'보다 훨씬 더 충격적이었습니다. 발 아래 땅이 부르르 떨리고 귀는 웅웅 울리고 눈앞에 수많은 별이 반짝였습니다. 이어 짙은 연기가 검붉은 불기둥과 함께 하늘로 치솟았습니다. 순간 하늘빛이 검은 핏빛으로 물들었습니다. 숨을 쉴 수 없을 정도로 매캐하고 이상한 냄새가 퍼졌습니다.

얼마나 지났을까, 정신을 차린 우리는 마을 입구로 달리기 시작했어요. 마을 입구 큰길까지 나오자 뜨거운 열기가 훅 하고 우리를 덮쳤습니다. 비행기가 이미 몇 동강이 난 가운데 날개 하나가 비스듬히 땅에 박혀 있었습니다. 마치 거대한 횃불 같았어요. 보리밭에 불길이 무섭게 타오르고 가죽 태우는 냄새가 났습니다. 그때 거대한 굉음이 들려왔습니다. 이런저런 경험이 많은 왕 씨 아저씨가 큰 소리로 외쳤어요. 엎드려!

우리는 모두 엎드린 채 왕 씨 아저씨가 시키는 대로 오던 길을 되돌아 기어갔습니다. 어서 빨리! 비행기 날개 아래 폭탄이 있어!

나중에 안 일이지만 원래 비행기 날개 아래에는 폭탄이 네 개 들어 있는데 그날은 두 개밖에 들어 있지 않았대요. 만약 네 개가 모두 달려 있었다면 우리 모두 날아갈 뻔했습니다.

비행기 사고가 난 지 사흘째 되던 날, 아버지는 마을 남자들과 수레를 밀고 가서 비행기 잔해와 비행사 시신을 실어 날랐습니다.

막 집에 돌아왔을 때 큰형이 숨을 헐떡이며 대문 안으로 뛰어들었습니다. 뛰어난 운동선수인 형이 현의 제1고등학교에서 집까지 단숨에 뜀박질해 온 거였어요. 50리 길이었으니 마라톤이나 다름없었겠지요. 고모……. 마당으로 들어서자마자 형은 겨우 이 말만 한 채 바닥에 곤두박질치면서 입에 거품을 물고 눈을 까뒤집으며 기절했습니다.

식구들 모두 형을 구하러 달려들었습니다. 인중을 누르는 사람, 범아귀를 짚는 사람, 가슴을 치는 사람 등 가지각색이었습니다.

고모가 어떻게 됐는데?

고모가 뭐?

깨어난 형이 입을 삐쭉거리더니 왕 하고 울음을 터뜨렸습니다.

어머니가 물독에서 표주박에 차가운 물을 떠서 형 입에 조금 부은 후 나머지를 얼굴에 뿌렸습니다.

어서 말해 봐. 고모가 어떻게 됐는데?

우리 고모의 그 조종사…… 그 조종사가 배신하고 비행기를 몰고 도망가 버…….

어머니 손에 들린 표주박이 땅에 떨어지며 산산조각이 났습니다.

어디로? 아버지가 물었습니다.

어디로 갔겠어요? 큰형이 소매로 얼굴에 묻은 물을 닦고 이를 바득바득 갈며 말했어요. 타이완이지! 배신자! 그 배신자가 타이완의 장제스에게 투항해 버렸다고요!

네 고모는? 어머니가 물었어요.

현 공안국에서 데려갔어요. 큰형이 말했습니다.

어머니의 두 눈에 눈물이 그렁그렁 맺혔어요. 어머니는 절대 이 사실을 큰할머니가 알게 해서는 안 되며, 밖에 나가 허튼소리를 하고 다니지 말라고 우리에게 당부했습니다.

큰형이 말했습니다. 우리가 떠들 필요도 없어요. 현 사람들도 다 안다고요.

어머니가 안에서 커다란 호박 하나를 가져다 누나에게 주며 말했습니다. 가자, 나랑 큰할머니 보러 가자.

잠시 후 누나가 헐떡이며 뛰어 돌아와, 마당에 들어서자마자 외쳤습니다.

할머니, 엄마가 빨리 오시래요. 큰할머니가 금방이라도 돌아가실 것 같아요.

8

사십 년 후 우리 큰형의 막내아들 샹췬이 항공대학에 입학했습니다. 세월이 흐르고 세상만사 모든 것이 변화의 물결을 타면서 신성불가침의 영역이었던 것들이 지금은 한낱 우스갯거리가 되고, 사람들이 추앙하던 숱한 직업들 모두 천한 직업이 되었습니다. 그러나 그 와중에도 '항공대학 입학' 소식은 온 가족을 흥분의 도가니로 몰아넣고 이웃의 선망의 대상이 되는 대단히 큰 경사였습니다. 그래서 이미 교육국 국장 자리에서 은퇴한 큰형까지 특별히 마을로 돌아와 축하 잔치를 열고 친지와 친구 들을 초대했습니다.

저녁에 둘째 형네 마당에서 잔치가 열렸습니다. 실내에서 전깃줄을 끌어오고 커다란 전구를 달아 마치 대낮처럼 환하게 밝혔습니다. 식탁 두 개를 붙이고 식탁을 빙 둘러 의자를 스무 개 넘게 마련하여 우리 모두 다닥다닥 붙어 앉았습니다.

식당에 요리를 주문했습니다. 닭고기, 오리고기, 생선 등 온갖 색채와 맛이 어우러진 산해진미가 한 상 가득 차려졌습니다.

큰형수가 옌타이 억양이 강한 말투로 말했습니다. 차린 게 별로 없어요. 모두 편하게 드세요.

아버지가 말했어요. 그렇게 말하면 쓰나. 1960년대를 생각해 봐. 마오 주석께서도 못 먹던 음식들인데.

항공대학에 입학한 조카가 말했어요. 할아버지는 호랑이 담배 피울 적 이야기를 하고 그러세요?

술이 몇 순배 돌고 나자 아버지가 말했습니다. 우리 집안에서도 드디어 비행기 조종사가 나오는구나! 네 아빠가 다리 흉터 때문에 항공학교에 입학할 수 없었는데, 이제 샹췬이 우리 집안의 꿈을 이룬 거야.

샹췬이 입을 삐쭉하며 말했습니다. 비행사가 별건가요? 진짜 잘났으면 정부 관리가 되거나 돈을 벌어야죠!

무슨 말을! 아버지가 술잔을 들어 벌컥벌컥 비운 후 거칠게 식탁에 내려놓았습니다. 비행기 조종사야말로 인재 중의 인재지. 당시 네 고모할머니와 사귀었던 그 왕샤오티란 사람, 거참! 서 있으면 마치 한 그루 푸른 소나무 같고, 앉아 있을 땐 청동으로 만든 종을 보는 것 같았는데! 걸어갈 땐 위풍당당한 그 모습이……. 그 녀석, 그때 잠시 머리가 어떻게 되는 바람에 타이완으로 날아가 버리지 않았더라면 지금쯤 공군 사령관이 되었을지도…….

그런 일이 있었어요? 샹췬이 놀라서 물었습니다. 고모할머니 남편은 점토 공예가가 아니었어요? 비행기 조종사라뇨?

우리 큰형이 말했습니다. 모두 지난 일을 가지고, 아서라!

샹췬이 말했습니다. 아뇨! 고모할머니에게 물어봐야겠어요. 왕샤오티라고요? 타이완에 비행기를 몰고 가 버렸다고요? 아주 흥미진진한데요?

큰형이 걱정스러운 듯 말했습니다. 흥미진진은 무슨! 사람이 말이야, 나라를 사랑해야지, 더군다나 군인이 돼 가지고! 비행기 조종사라면 더더욱 그렇지. 사람이란 도둑질, 강도질, 살인 방화는 할 수 있어도……. 내 말뜻은 그러니까, 절대 반역을 해서는 안 된다는 이야기야. 그런 자들은 대대손손 욕을 먹어. 결말이 좋은 사람이 하나도 없지…….

놀라시기는! 샹췬이 상관없다는 듯 말했습니다. 타이완도 우리 조국이잖아요. 한번 날아가 보는 것도 괜찮죠.

얘가! 큰형수가 말했습니다. 그런 생각이 있다면 아예 비행기 조종사 같은 건 꿈도 꾸지 마라. 인민무장부 류 부장에게 전화를 걸어 버릴까 보다!

안심하세요, 엄마! 조카가 말했습니다. 내가 그렇게 바보 같은 줄 아세요? 나 좋으라고 가족들 생각은 안 할 줄 아세요? 그리고 이제 국민당이나 공산당이나 모두 한가족이 되었잖아요. 비행기를 몰고 가도 아마 다시 돌려보낼걸요?

그거야말로 우리 완씨 집안의 가풍이지. 큰형이 말했습니다. 왕샤오티라는 놈 말이야, 책임감이라고는 눈곱만큼도 없는 비열한 놈, 네 고모할머니 삶을 망쳐 놓아도 유분수지!

누가 내 이야길 하는 거야? 우렁찬 목소리와 함께 문을 밀고 들어서던 고모가 눈부신 불빛에 실눈을 떴습니다. 고모는 몸을 돌리더니 작은 선글라스를 꼈어요. 멋들어진 것 같기도 하고, 좀 우스꽝스럽다는 생각도 들었습니다. 아니, 왜 이렇게 큰 등을 켜고 그래? 할머니 하신 말씀 생각 안 나? 컴컴해도 밥이 콧구멍으로 들어가진 않는다고. 전기는 석탄으로 돌리고, 석탄은 사람이 캐는 거야. 석탄 캐기가 얼마나 힘든지 알잖아! 생지옥 같은 지하 1,000미터 아래로 들어가야 해. 탐관오리에 악독한 탄광 사장들은 광부들 목숨을 발톱의 때만큼도 생각하지 않는다고. 석탄 하나하나에 광부들의 피가 묻어 있어. 고모가 오른손으로 허리를 받친 채 왼손 둘째, 셋째 손가락을 똑바로 펴서 앞으로 뻗었습니다. 뚱뚱한 몸매에 흰머리가 성성한 고모는 1970년대 유행했던 디췌량[17] 군복 차림이었습니다. 마치 문화 대혁명 후기의 현사[18] 간부 같았습니다. 만감이 교차했습니다. 진흙에서 피어난 연꽃 같았던 고모가 이런 모습이 되다니!

원래 고모를 잔치에 초대해야 할지 아버지와 상의했을 때, 아버지는 잠시 생각해 보더니 이렇게 말했습니다. 그냥 내버려 두지. 지금…… 어차피 우리 마을에 살지도 않고…… 나중에 말하지, 뭐.

고모의 출현에 난처해진 사람들은 모두 자리에서 일어나 멍하니 서 있었습니다.

---

17) 的确良. 데이크론의 음역. 질기고 세탁이 쉬운 실용적인 옷감.

18) 縣社. 현에서 운영하는 공급 합작사의 약칭. 농기구나 생필품 등을 판매하고 아울러 농민들에게 농산품을 사들이는 일종의 조합이다. 문화 대혁명 당시 지나친 좌경화로 문제를 일으켰다.

왜들 그래? 평생 타향을 전전하다가 이제 겨우 친정에 왔는데 앉을 자리도 안 내주는 거야? 고모가 신경질적으로 말했습니다.

모두 그제야 너도나도 자리를 양보하느라 정신이 없었습니다.

큰형이랑 큰형수가 부랴부랴 변명을 늘어놓았어요. 맨 처음으로 생각한 사람이 고모였어요. 우리 완씨 집안 서열 1위는 영원히 고모잖아요!

흥! 고모가 아버지 옆자리에 걸터앉아 큰형 이름을 외치며 말했습니다. 완커우야! 네 아버지가 설혹 돌아가신다 해도 서열 1위는 내가 아니야. 시집간 딸이야 이미 내질러진 물이지, 안 그래요? 큰오빠?

네가 어디 그냥 평범한 딸이냐? 우리 가족의 공신이지. 아버지가 모인 친척들을 가리키며 말했습니다. 우리 아래로 네 덕에 세상에 나오지 않은 놈이 있어?

멋있는 사람일수록 지나간 과거는 들먹거리지 않는 거야. 그 시절…… 그때 이야기해 봐야 뭐해요? 술이나 마셔요. 이건 또 뭐야, 내 술잔도 없는 거야? 술도 가져왔는데. 고모가 큼지막한 주머니에서 마오타이 한 병을 꺼내 탁자에 툭 내려놨습니다. 팅란시 관리가 준 거야. 그 관리보다 스물여덟 살이나 어린 둘째 각시가 죽어도 아들을 낳아야겠다는 거 아니냐? 글쎄 나한테 태아를 남자로 바꾸는 비방이 있다는 거야. 꼭 자길 도와줘야 한다는 것 있지? 내가 그거 다 사기꾼들이 지어낸 말이라고 해도 믿질 않고 눈물을 글썽거리며 죽어도 그냥 갈 수 없다는 것 있지? 거의 무릎을 꿇다시피 해서 큰 부인이 딸만 둘을 낳았으니 자기가 아들을 낳아야 남자를 빼앗아 올 수 있다고 하더라? 그 남자, 남존여비, 봉건사상에 찌든 작자야. 그 정도 위치면 생각하는 수준도 좀 올라가야 하는 것 아닌가? 흥! 고모가 씩씩거리며 말했습니다. 어차피 그 사람들 돈, 정상으로 번 것도 아닐 텐데, 그런 놈들 등쳐 먹지 않으면 누구 돈을 등쳐 먹겠어? 그래서 되는대로 당귀, 마, 숙지, 감초같이 10전이면 한 움큼씩 주는 약재들을 골라 아홉 첩을 지어 주었어. 모두 합쳐 봤자 30위안도 안 돼. 그걸 한 첩당 100위안씩 받았다니까! 그 여자 어찌나 기뻐하던지, 알랑방귀를 뀌며 빨간색 차에 오르더니 휭 가 버렸어. 그런데 오늘 오후에 그 관리하고 여자가 통통한 아들을 안고 고급술하고 담배를 가지고 답례라며 들고 왔더라고! 내가 준 영약을 먹어서 정말 행운이라는 것 있지? 안 그랬으면 어떻게 이렇게 잘난 아들을 낳았겠느냐고 말이야. 하! 하! 고모가 큰 소리로 웃으며 큰형이 고모 앞에 공손히 갖다 바친 술잔을 단숨에 비우더니 허벅지를 치며 말했습니다. 정말 너무 재미있어! 그래도 관직에 있으면 어느 정도 학식이 있는 사람들 아냐? 그런데 어쩌면 그렇게 멍청해? 태아의 성별을 어떻게 바꿔? 정말 내가 그렇게 신통하면 벌써 노벨 의학상을 받았게? 안 그래? 술 좀 따라 봐! 고모가 빈 잔을 기울이며 말했습니다. 이 마오타이는 따지 않을게. 큰오빠, 됐다 마셔!

아버지가 황급히 말렸습니다. 아냐, 아냐! 갑자기 이런 술 마시면 배탈 난다! 고모가 마오타이 술병을 아버지 손에 쥐여 주며 말했습니다. 내가 주는 거니까 마셔! 아버지가 술병에 달린 비단 띠를 매만지며 조심스레 물었습니다. 이런 술은 한 병에 얼마나 하는데? 큰형수가 말했습니다. 못 줘도 8000위안은 될걸요? 요즘 가격이 또 올랐다던데! 세상에! 아버지가 말했습니다. 그게 무슨 술이야, 용의 침, 봉황의 피를 모았다 해도 그 정도는 안 되겠네. 보리는 한 근에 80전인데 이깟 술 한 병이 보리 만 근 값이라고? 한 해 뼈 빠지게 일해도 술 반병도 사질 못하겠군. 아버지가 술을 고모 쪽으로 밀며 말했습니다. 그냥 가져가라. 이런 걸 어떻게 마시냐? 갑자기 이런 술 마시면 제 명에 못 죽을 것 같다! 고모가 말했습니다. 내가 주는 거니까 그냥 마시래도! 내 돈 주고 산 것도 아닌데, 왜 그냥 버려요? 핑두성에 갔을 때 말이야, 그때하고 똑같다고! 그 일본 왜놈이 차려 준 밥상 그거, 먹어도 그만, 안 먹어도 그만 아니었어? 공짜를 왜 안 먹어? 우리 아버지가 말했습니다. 그야 따지고 보면 그렇지. 하지만 이깟 '매운 물'이 대체 왜 그렇게 비싼 거냐? 고모가 말했습니다. 오빠, 그건 오빠가 모르는 소리야. 이런 술 마시는 작자들, 자기 돈 내고 사 먹는 사람 없어. 자기가 돈 내는 거면 이런 걸 마시겠어? 고모가 술잔을 들어 단숨에 마셔 버렸습니다. 여든이 넘은 양반이 실컷 마셔 봐야 몇 년이나 마시겠어? 고모가 가슴을 치며 호탕하게 말했습니다. 자라나는 새싹들 앞에서 이 늙은 고모가 장담하겠어. 오늘부터 오빠 마오타이는 내가 댈게! 무서울 게 뭐 있어? 예전에야 이것도 저것도 오금 저린 것투성이였잖아요, 그런데 두려운 마음이 생길수록 귀신이 더 달라붙더라고! 술 따라! 눈치가 없어, 사람들이! 술이 아까워? 고모는 무슨 말씀을! 맘껏 드세요! 허! 맘껏 마셔 봤자 얼마나 마시겠어. 고모가 마음이 아린 듯 말했습니다. 인민공사 놈들하고 죽자고 술 마셨을 때 말이야, 그 사내라는 것들이 내 추태를 보려고 안달이 났어. 그런데 결과는 어땠는지 알아? 내가 모두 묵사발을 만들어 버렸지. 모두 헬렐레 정신을 못 차리고 탁자 밑으로 기어들어 개가 되었어. 자, 우리 젊은이들, 건배합시다! 고모, 음식 좀 드세요. 음식은 무슨! 옛날에 너희 큰할아버지랑은 대파 하나 놓고 고량주 반 단지를 마셨어. 진정한 애주가란 그런 거야! 안주? 그런 게 어디 있어? 이거 완전히 '안주발'들이잖아? 큰오빠! 고모는 열이 올라오는지 가슴팍의 단추를 풀어 헤치더니 아버지 어깨를 치며 말했다. 내가 마시라면 마셔! 우리 세대에 우리 둘밖에 더 남았어? 안 먹고, 안 마시고 그렇게 아껴서 뭐할 건데? 돈은 써야 돈이지, 안 쓰면 그게 그냥 종이지, 돈이야? 내게 기술이 있는데, 돈이 없어 굶어 죽기야 하겠어? 관리고 나발이고 모두 병나면 우리를 찾게 되어 있어. 게다가 이 몸이 태아의 성별까지 바꾸는 별난 재주가 있잖아? 고모가 껄껄 웃으며 말했습니다. 여자아이를 남자아이로 바꾸는 절묘한 기술을 가지고 있으니 돈이 얼마든 기꺼이 들고 온다고! 하지만 네가 지어 준 약 먹고도 딸을 낳으면 어떡하고? 아버지가 걱정스러운 표정으로 물었습니다. 그건 오빠가 모르는 소리! 한의사라는 게 원래 반은 점쟁이잖아? 점쟁이들이 말을 요리 돌리고 조리 돌리면서 점치러 오는 사람들을 홀리지만 자기까지 정신이 나가 버리는 건 아니라고요.

고모가 담배에 불을 붙이고 끽연을 하는 틈을 놓치지 않고 샹췬이 물었습니다. 고모할머니! 그 비행기 조종사 이야기 좀 해 주실래요? 어느 날 갑자기 저도 불끈해서 타이완에 있는 그 아저씨 보러 갈지도 모르잖아요?

큰일 날 소리를! 우리 큰형이 말했습니다.

입조심 못 하니? 큰형수도 말했습니다.

고모는 능숙하게 담배를 피우고 있었습니다. 담배 연기가 고모의 흐트러진 머리카락 사이로 스멀스멀 피어올랐습니다.

지금 생각해 보면……. 고모가 잔에 든 술을 비우더니 말을 이었습니다. 그이가 날 망친 건 사실이지만 그렇다고 피해만 준 건 아니야.

고모가 담배를 힘껏 몇 모금 빨더니 중지를 이용해 담뱃재를 떨었습니다. 암홍색 불똥을 실은 담뱃재가 곡선을 그리며 멀리 포도나무 시렁을 향해 날아갔습니다. 자, 많이 마셨네. 이쯤 하고 돌아가자. 고모가 자리에서 일어났습니다. 둔해 보이는 육중한 몸을 이리 비틀, 저리 비틀거리며 대문을 향해 걸어갔습니다. 우리는 황급히 따라 나가 고모를 부축했습니다. 고모가 말했어요. 내가 정말 취한 줄 알아? 그럴 일 없다! 고모는 아무리 마셔도 안 취해. 하오다서우 고모부가 대문 밖에서 있었습니다. 얼마 전 '민간 공예 미술 대사'라는 칭호를 받은 점토 공예가 고모부가 그곳에서 조용히 고모를 기다리고 있었습니다.

9

선생님! 그다음 날 현에 사는 제 조카가 오토바이를 몰고 나타나 저희 아버지에게 부탁했습니다. 같이 고모에게 가서 왕샤오티에 대해 물어보자고요. 저희 아버지는 난처한 듯 말했습니다. 가지 않는 게 좋지 않을까. 고모할머니도 일흔이 다 되었어. 평생 결코 녹록지 않은 길을 걸어왔지. 옛일을 들춰내면 마음이 아플 거다. 그리고 네 고모할아버지 앞에서 말하기도 좀 껄끄러운 일이고!

제가 말했습니다. 샹췬, 할아버지 말씀이 옳아. 그게 그렇게 알고 싶으면 내가 알고 있는 걸 이야기해 줄게. 사실 네가 인터넷만 뒤져 봐도 대충 사건의 내막을 알 수 있어.

난 고모 이야기를 소설로 쓰려고 이십 년 동안 준비해 왔고(지금은 극본으로 바꿨지만) 그중 왕샤오티가 매우 중요한 인물이었기 때문에 이쪽저쪽 인맥을 동원해 당사자들을 만나 보기도 했어. 왕샤오티가 근무했던 비행장 세 곳이랑 저장에 있는 왕샤오티의 고향, 왕샤오티 중대의 전우들, 중대장과 부중대장도 만나 봤지. 그뿐만 아니라 왕샤오티가 몰았던 '젠 5'도 타 봤고, 당시 현 공안국의 보안방첩과 과장도 만나 보고, 현 위생국 보위과 과장도 만나 봤어. 그 누구보다도 내가 그분에 대해 잘 안다고 말할 수 있어. 하지만 단 하나 유감스러운 점이 있다면 그건 그분의 얼굴을 직접 본 적이 없다는 거야. 샹췬, 너희 아버지가 고모할머니 허락을 받고 영화관에 미리 들어가 있다가 고모가 그 사람 손을 잡고 들어오는 것을 봤다고 하더라. 왕샤오티의 자리가 너희 아버지 자리 바로 옆이었대. 후에 너희 아버지에게 듣기로 왕샤오티는 키가 175, 176센티미터쯤 되고, 길쭉한 얼굴이 좀 야위어 보였대. 눈은 크진 않았지만 상당히 총기가 넘쳤고, 하얗고 가지런한 치아가 윤이 났다고 했어.

너희 아버지 말이 그날 저녁 영화는 오스트롭스키[19]의 『강철은 어떻게 단련되었는가』를 영화화한 것이라고 했어. 아버진 처음엔 왕샤오티와 고모할머니를 훔쳐봤지만 점점 갈수록 혁명과 애정을 그린 스크린 속 영화로 빠져들었대. 당시 중국 학생 중에는 소련 학생과 펜팔을 하는 이들이 많았는데, 네 아버지와 펜팔을 하고 있던 소련 여학생이 정말 우연하게도 이름이 '토냐'였거든. 영화에 빠져 임무를 잊어버린 것도 당연한

---

19) 니콜라이 알렉세예비치 오스트롭스키(Nikolai Alekseevich Ostrovskii, 1904~1936). 러시아의 사회주의 리얼리즘 소설가.

일이지. 물론 수확이 전혀 없진 않았어. 영화가 시작되기 직전, 왕샤오티의 얼굴도 봤고, 영사기의 필름을 교환하는 동안(당시 영화관에 영사기가 한 대뿐이었으니까.) 그의 입에서 풍기는 사탕 냄새도 맡았으니까. 물론 그 역시 앞뒤에 앉은 사람들이 땅콩이나 씨를 까먹는 소리도 듣고, 냄새도 맡았겠지. 당시에는 영화관에서 음식을 먹을 수 있었어. 껍질 있는 것, 껍질 없는 것 모두! 발아래 사탕 껍질, 각종 씨앗 껍질이 수북하게 쌓였어. 영화가 끝난 후 영화관 입구 조명 아래에서 왕샤오티가 자전거를 밀며 고모할머니를 위생국 숙소(당시 고모할머니는 임시로 위생국에서 일하고 있었거든.)로 데려다주려는데, 고모할머니가 웃으며 말했어. 왕샤오티, 소개해 줄 사람이 있어요. 너희 아버지는 영화관 입구 기둥 뒤에 숨어 차마 얼굴을 내밀지 못하고 있었는데, 그때 왕샤오티가 사방을 두리번거리며 말했대. 누구? 어디 있는데? 완커우! 이리 나와! 너희 아버지는 그제야 기둥 뒤에서 쭈뼛거리며 나왔어. 키는 왕샤오티와 비슷했지만 몸은 아직 나무젓가락처럼 비쩍 말랐어. 학교에서 원반을 던져 쇠뿔을 부러뜨렸다는 말도 사실은 허풍이었지. 꼭 까치집처럼 덥수룩한 머리를 가리키며 고모할머니가 말했어. 내 조카예요. 완커우! 아하! 왕샤오티가 힘껏 너희 아버지 어깨를 내리치며 말했어. 알고 보니 정탐꾼이 있었네! 완커우라! 이름 정말 좋은데? 왕샤오티가 손을 내밀며 말했어. 자, 우리 인사나 할까? 내 이름은 왕샤오티야! 너희 아버지는 과분한 응대에 놀라 두 손으로 왕샤오티의 손을 꼭 잡고 힘껏 흔들었대.

너희 아버지 말씀이 후에 비행장으로 놀러 가서 왕샤오티와 공군 조종사들 식사를 함께한 적도 있었대. 대하찜, 닭고기 고추 볶음, 원추리 계란 볶음, 찐밥 등, 모든 음식을 마음대로 먹을 수 있었다는구나. 너희 아버지 이야기를 듣고 우리는 너무 부러웠어. 정말 기분 좋았겠지! 왕샤오티 때문만이 아니야. 너희 아버지 때문이기도 했어. 너희 아버지가 바로 내 큰형이니까, 와! 우리 큰형이 공군이 먹는 음식을 먹었다니!

왕샤오티가 네 아버지에게 종달새표 하모니카를 선물했어. 상당히 고급 하모니카야. 네 아버지 말이 왕샤오티는 다재다능한 사람이라고 했어. 농구도 정말 잘했대. 드리블 슛이나 손을 바꿔 슛을 날리는 모습도 끝내줬다고 하더라. 하모니카에 아코디언도 연주하고 만년필 글씨도 정말 멋있었고, 거기에 그림도 잘 그렸다더군. 너희 아버지가 벽에 연필 소묘로 그린 고모 초상화가 걸려 있는 걸 봤대. 집안은 또 어떻고? 더더욱 흠잡을 구석이 없었지. 아버지는 고위급 간부에 어머니는 대학교수였으니까. 이런 사람이 왜 타이완으로 날아가 사람들에게 두고두고 욕을 먹는 반역자가 되었을까?

왕샤오티의 중대장이 그러는데, 그가 단파 라디오로 몰래 타이완 방송을 들었대. 국민당 방송국 아나운서 가운데 별명이 '밤하늘의 장미'인 아나운서가 있었는데, 목소리가 정말 끝내줬다는군. 고모부가 결국 달콤하고 매혹적인 그 아나운서 목소리에 반해 도주했다는 거야. 그럼 고모는요? 고모 정도면 상당히 뛰어난 여성이었잖아요? 나이가 지긋한 중대장도 고모를 칭찬했어. 고모야 당연히 훌륭한 여성이지. 집안 좋고, 단정한 데다 당원이었고. 당시 기준으로 보면 진짜 최고의 여성이었어. 그때 사람들 모두 왕샤오티를 얼마나 부러워했는데! 하지만 고모는 너무 반듯하고 혁명적이었어. 왕샤오티처럼 자산 계급에 중독된 사람들에겐 매력이 없는 여성이지. 후에 보위부에서 왕샤오티의 일기를 조사했는데, 그 일기에 고모 별명이 '붉은 목석'이라고 적혀 있었대. 중대장님 말이 다행히 그 일기 덕분에 고모가 절망의 구렁텅이에서 벗어날 수 있었다고 하더라. 그렇지 않았으면 황허강에 뛰어들어도 누명을 벗을 수 없었을 거라고.

선생님! 전 조카에게 이렇게 말했습니다. 고모는 물론이고, 너희 아버지까지 공안국에 몇 번을 불려 갔는지 몰라. 하모니카도 왕샤오티가 청년 동지를 매수하기 위해 준 뇌물이라고 몰수되었어. 왕샤오티 일기에 '붉은 목석'이 머저리같이 생긴 조카를 데려와 소개했는데, 그 애 역시 새끼 '붉은 목석'에다 이름까지 무슨 입이 만 갠가 하는 '완커우(萬口)'였다고 써 놓았대. 왕샤오티의 일기가 없었으면 네 아버지도 덩달아 재수 없이 말려들었을 거다!

조카는 아마도 왕샤오티가 일부러 그렇게 적어 둔 것 같다고 말했습니다. 그래서 어제저녁에 고모가 "그이가 날 망친 건 사실이지만 그렇다고 피해만 준 건 아니야."라고 말했던 것일까요.

선생님, 사실 제 조카가 더 관심이 있는 쪽은 왕샤오티가 어떤 식으로 망명했는가 하는 겁니다. 왕샤오티의 뛰어난 비행술에 감탄, 또 감탄하고 있거든요. 조카 말이 '젠 5'는 수면 5미터 높이에서 시속 800킬로미터로 비행해야지, 조금이라도 오차가 있으면 그대로 바닷속으로 곤두박질친대요. 그야말로 대담하지 않습니까? 명실공히 왕샤오티는 최고의 기술을 자랑하는 전천후 조종사였습니다. 도망가기 전 매일 우리 마을 상공에서 펼쳤던 그의 비행 연습을 보며 사람들은 혀를 내둘렀습니다. 당시 우리는 그가 마을 동쪽 수박밭까지 날아와 손을 뻗어 수박 서리를 한 다음 그대로 날개를 치켜 다시 구름 속으로 사라진다고 허풍을 쳤습니다.

왕샤오티는 정말 타이완에서 5000량의 황금을 포상으로 받았을까요? 조카가 물었습니다.

진짜 그랬겠지? 하지만 설사 1만 량을 받았다 해도 별 가치가 없어. 샹췬, 넌 절대 그런 걸 부러워하면 안 돼. 돈이니 미인이니 하는 건 그저 스쳐 가는 연기 같은 거야. 우리에게 소중한 건 조국과 명예, 가족 같은 거야.

조카가 말했습니다. 셋째 삼촌 정말 재미있으시네요, 지금 시대가 어느 땐데 그런 말을 하세요?

10

1961년 봄, 고모는 왕샤오티 사건에서 벗어나 다시 공사 위생원 산부인과에서 일을 시작했습니다. 하지만 당시 이삼 년 동안 우리 공사 소속 사십여 개 마을에서는 단 한 명의 아이도 태어나지 않았습니다. 이유가 무엇이겠습니까? 굶주림 때문입니다. 얼마나 굶주렸는지 여자들은 달거리를 하지 않았고, 남자들은 모두 내시가 되었습니다. 공사 위생원 산부인과에는 고모와 황씨 성을 가진 중년 여자 의사가 한 명 있었습니다. 황 선생은 명문 의대 졸업생이었지만 출신 성분이 나쁜데다 자신도 우파인 까닭에 시골로 좌천되었습니다. 고모는 매번 황 선생 이야기가 나올 때마다 분통을 터뜨렸어요. 그 여자 정말 이상한 여자야. 하루 온종일 말 한마디 안 할 때도 있고, 정나미 떨어지는 쌀쌀맞은 표정으로 가래 뱉는 그릇을 앞에 두고 끊임없이 주절주절 일장연설을 늘어놓거든.

큰할머니가 돌아가신 후 고모는 우리 집에 오는 일이 거의 없었습니다. 그래도 집에 조금만 맛있는 것이 생기면 어머니는 누나를 시켜 고모에게 가져다주었어요. 아버지가 밭에서 야생 토끼 반 토막을 주운 적이 있었는데 아마도 매가 먹다 남긴 것 같았어요. 어머니는 밭에서 푸성귀를 캐다 토끼 고기를 넣고 푹 고았습니다. 그릇 한가득 토끼탕을 담아 보자기로 싼 다음 누나에게 심부름을 시켰는데 누나가 가기 싫다고 해서 대신 제가 심부름을 가겠다고 나섰습니다. 어머니는 심부름 가는 건 좋은데 대신 가다가 몰래 먹지 말고, 또 그릇을 깨뜨리지 않도록 땅을 잘 살피며 걸어가라고 당부했어요.

우리 마을에서 공사 위생원까지는 10리 길입니다. 토끼 고기가 식기 전에 가야겠다는 생각에 처음에는 거의 뛰다시피 종종걸음을 쳤습니다. 하지만 얼마 가지 않아 다리에 힘이 쭉 빠지고 배에서는 자꾸만 꼬르륵 소리가 났습니다. 온몸에서 식은땀이 흐르고 현기증이 일면서 자꾸만 별이 보였지요. 배가 고팠어요. 아침에 먹은 풀죽은 소화가 된 지 한참이 지났거든요. 그때 보자기 사이로 토끼 고기 냄새가 폴폴 흘러나왔습니다. 한 덩어리만 먹자! 그러자 마음속 또 하나의 제가 외쳤습니다. 안 돼! 착한 아이는 엄마 말을 들어야 해. 몇 번이나 제 손이 보자기 매듭을 풀었다 묶었다 했는지 모릅니다. 그때마다 어머니의 눈초리가 머릿속에 떠올랐습니다. 우리 마을에서 위생원으로 가는 길가 양쪽에 뽕나무들이 줄지어 심겨 있었습니다. 뽕나무 잎은 배고픈 사람들이 이미 다 따 버린 후였어요. 저는 나뭇가지 하나를 꺾어 잘근잘근 씹었습니다. 어찌나 쓴지 목구멍으로 넘길 수가 없었습니다. 그때 뽕나무 가지에 이제 막 허물을 벗은 매미가 보였어요. 엷은 황색에 날개도 아직 촉촉했습니다. 저는 신바람이 나서 나뭇가지를 내팽개치고 매미를 손안에 움켜잡은 뒤, 생각이고 뭐고 할 겨를도 없이 입속에 쑤셔 넣었습니다. 매미는 맛이 일품인 데다 최고의 보양식이었어요. 보통은 불에 익혀 먹지만 전 시간도, 땔감도 절약할 겸 날로 먹었습니다. 익혀 먹는 것보다 날로 먹는 게 훨씬 영양이 풍부할 거라고 확신했습니다. 가는 내내 길가 나뭇가지를 살피던 저는 매미 대신 인쇄가 잘된 컬러 전단을 발견했습니다. 전단에는 혈색이 좋은 청년이 선녀처럼 아름다운 여인을 안고 있었습니다. 전단 아래쪽에 "어둠을 벗어나 광명을 찾은 공비 조종사 왕샤오티, 국군 소령 직함과 함께 상으로 황금 5000량을 받고, 유명 가수인 타오리리와 환상의 짝을 이루다."라는 글귀가 적혀 있었습니다. 저는 배고픈 것도 잊고, 벅찬 감동에 큰 소리로 고함을 질렀습니다. 학교에서 국민당이 풍선을 이용해 반동 전단을 살포하고 있다는 소식을 들었습니다. 뜻밖에 제가 그걸 주운 거예요. 반동 전단이 이처럼 훌륭할지 정말 꿈에도 생각지 못했습니다. 게다가 사진 속 여인은 확실히 우리 고모보다 훨씬 매혹적이었습니다.

제가 위생원 산부인과 진료실에 뛰어들었을 때 고모는 황 선생과 다투고 있었습니다. 황 선생은 검은 테 안경에 매부리코, 얇은 입술에 시퍼런 잇몸이 다 드러났습니다. 나중에 고모는 몇 번이나 저에게 신신당부했어요. 차라리 홀아비로 늙어 죽으면 죽었지 잇몸 드러나는 여자랑은 결혼하지 마! 그 여자 눈빛이 얼마나 살벌한지 저는 등골이 다 오싹해졌습니다. 그 여자가 말했습니다. 네가 뭔데 이래라저래라 해? 내가 의과대학 다닐 때 개구멍바지나 입던 주제에!

고모도 살벌하게 맞받아쳤어요. 그래, 황추야[黃秋雅], 나도 네가 자산 계급 아씨 마님인 건 알아, 의과대학 꽃이었다면서? 일본 놈들 쳐들어올 때 깃발 들고 환영했겠지? 보나마나 일본 군관 새끼들이랑 사교댄스도 췄겠지? 네가 일본 새끼들이랑 춤출 때 이 몸은 핑두성에서 온갖 지혜를 동원해 일본군 사령관에게 용감하게 맞서고 있었어!

그 여자가 코웃음을 쳤어요. 누가 봤어? 누가 봤냐고! 누가 네년이 일본 사령관에게 맞서는 모습을 봤느냐고!

고모가 말했습니다. 역사와 이 산하가 증인이야!

그때 저는 정말 치명적인 실수를 하고 말았습니다. 들고 있던 알록달록한 전단을 고모에게 건네주는 게 아니었는데!

넌 왜 왔어? 그건 또 뭐야? 고모가 쌀쌀맞게 물었어요.

반동 전단, 국민당 반동 전단요! 잔뜩 흥분한 제 목소리가 떨렸습니다.

처음에는 그냥 쓱 전단을 흘겨보던 고모가 갑자기 감전이라도 된 듯 몸을 부르르 떨었습니다. 고모 눈이 휘둥그레지며 얼굴이 새하얗게 질렸습니다. 이어 마치 뱀을 버리듯, 아니, 개구리 한 마리를 내동댕이치듯 전단을 내동댕이쳤습니다.

갑자기 고모가 뭔가 깨달은 듯 다시 전단을 주우려 했지만 이미 물은 엎질러진 뒤였어요.

황추야가 전단을 들어 훑어보더니 고개를 들어 고모를 바라본 다음 다시 전단으로 눈길을 돌렸습니다. 두꺼운 안경알 너머 황 선생의 눈에서 퍼런 불길이 번뜩이는가 싶더니 곧이어 냉소를 지었습니다. 고모가 앞으로 나가 전단을 뺏으려 했지만 황추야가 뒤돌아서며 고모의 손길을 피했습니다. 고모가 황추야의 옷 뒷자락을 움켜쥐고 소리 질렀습니다. 돌려줘!

황추야가 앞으로 발버둥 치자 윗옷이 찍 찢어지면서 개구리 배 같은 허연 등살이 드러났습니다.

돌려줘!

황추야는 전단 잡은 손을 등 뒤로 돌리고 몸을 부르르 떨면서 문을 향해 한 걸음 한 걸음 뒷걸음질 쳤습니다. 그리고 음험한 목소리로 득의양양하게 말했습니다. 돌려달라고? 흥! 개 같은 스파이, 반동 주제에! 반동 새끼와 놀아난 쓰레기 같은 년! 너도 무서운 게 있나 보지? 왜, 그 잘난 '열사의 후손' 또 한 번 지껄여 보시지!

고모가 미친 듯이 황추야를 향해 달려들었습니다.

복도 쪽으로 뛰어나간 황추야가 날카롭게 비명을 질렀어요. 스파이, 간첩, 저년 잡아요!

고모가 달려가 황추야의 머리카락을 움켜쥐었습니다. 황추야는 머리통이 젖혀진 채 있는 힘껏 전단을 든 손을 앞으로 쭉 뻗으며 더욱 처참하게 비명을 질렀어요. 당시 공사 위생원은 진료소와 사무실 건물, 두 동이었습니다. 사람들이 너나 할 것 없이 모두 소리를 듣고 밖으로 뛰어나왔습니다. 고모는 황추야를 바닥에 찍어 누르고 허리에 올라탄 채 필사적으로 전단을 빼앗으려 했습니다.

원장이 달려 나왔어요. 대머리 중년 남자였습니다. 길게 쭉 찢어진 두 눈, 축 늘어진 눈두덩, 지나치게 하얀 의치가 눈에 띄었어요. 그가 호통쳤습니다. 어서 그만 못 합니까? 대체 뭐 하는 짓들입니까?

고모는 원장의 호통에도 아랑곳없이 더 맹렬한 기세로 황추야의 손을 헤집었습니다. 황추야의 입에서 나오는 소리가 비명을 넘어 곡성으로 변했습니다.

완신, 그만해요! 다급해진 원장이 낭패스러운 표정으로 주위에 모여든 사람들에게 소리 질렀어요. 저 사람들 떼어 놓지 않고 모두 뭐 하고 있는 겁니까!

남자 의사들 몇 명이 달라붙어 황추야를 덮친 고모를 힘껏 밀쳐 냈어요.

여자 의사들은 황추야를 바닥에서 일으켜 세웠고요.

황추야는 안경이 떨어지고, 잇새로 피가 흐르고, 움푹 파인 두 눈에서는 희뿌연 눈물이 흘러내렸습니다. 하지만 그 와중에도 전단을 손에 꼭 쥐고 있었습니다. 황 선생이 통곡하며 말했습니다. 원장님, 정말 이건 아니에요!

고모는 옷이 엉망으로 흐트러진 채 얼굴이 시퍼렇게 질려 있었습니다. 뺨 위에 움푹 파인 두 줄기 상처에서는 피가 흐르고 있었고요. 분명히 황추야가 손톱으로 할퀸 자국이었습니다.

완신, 대체 왜들 그러는 거요? 원장이 물었습니다.

고모는 참담한 듯 헛웃음을 지었어요. 두 줄기 눈물이 주르륵 흘러내렸습니다. 고모는 손에 쥐고 있던 전단 조각들을 갈기갈기 찢어 던지더니 한마디 말도 없이 휘청거리며 산부인과 사무실로 들어갔습니다.

황추야는 마치 역경을 헤치고 큰 공이라도 달성한 것처럼 꾸깃꾸깃 뭉쳐진 전단을 원장에게 내민 후 바닥에 꿇어앉아 더듬거리며 안경을 찾기 시작했어요.

황 선생은 다리 하나가 부러진 안경을 콧잔등에 걸친 채 손으로 안경을 잡고 주위를 살펴보았습니다. 고모가 던져 버린 전단 조각들을 발견한 황 선생은 재빨리 무릎을 꿇고 벅벅 기어가 마치 보물이라도 발견한 것처럼 전단을 잡아채고 바닥에서 일어났습니다.

이게 뭔가? 원장이 전단을 펼쳐 보며 물었습니다.

반동 전단이에요. 황추야가 보물을 건네듯 전단 조각을 원장에게 내밀며 말했어요. 여기도 있어요. 타이완으로 도주한 반동 새끼 왕샤오티가 완신에게 보낸 전단입니다!

주위에 몰려 있던 의사와 간호사 들 입에서 경탄이 흘러나왔어요.

가물가물 전단이 잘 보이지 않는지 원장은 손을 멀찌감치 뻗어 초점을 맞췄습니다. 의사와 간호사 들이 주위로 우르르 몰려들었어요.

뭘 봅니까! 뭐 좋은 일이라고! 어서 돌아가 일들 하십시오! 원장은 전단을 말면서 사람들을 꾸짖은 후 다시 황추야에게 말했어요. 황 선생은 날 따라오시오!

황추야가 원장을 따라 사무실로 들어가자 의사와 간호사 들이 삼삼오오 짝을 지어 몰래 쑥덕거리기 시작했습니다.

그때 산부인과 사무실에서 고모의 통곡 소리가 들려왔어요. 전 그 순간 제가 사고를 쳐도 단단히 쳤다고 생각하고 잔뜩 움츠린 채 쭈뼛거리며 안으로 들어갔습니다. 고모가 의자에 앉아 머리를 책상에 박은 채 흐느끼며 주먹으로 책상을 내리치고 있었어요.

고모, 엄마가 토끼탕 가져다주랬어요. 제가 말했어요.

고모는 본체만체 울기만 했어요.

고모, 울지 마요, 고모, 토끼 고기 좀 먹어 봐요……. 제가 울먹거리며 말했습니다.

저는 손에 들고 있던 보따리를 탁자에 올려 두고 토끼탕을 꺼내 고모 머리맡에 놓았습니다.

고모가 팔을 휘둘러 그릇을 내동댕이쳤어요. 그릇이 바닥에 떨어져 산산조각이 났습니다.

꺼져! 어서 꺼져 버려! 고모가 고개를 들더니 버럭 소리 질렀어요. 망할 놈의 자식, 저리 안 꺼져?

11

그제야 전 제가 얼마나 큰일을 저질렀는지 실감했습니다.

제가 병원을 뛰쳐나온 후 고모는 왼쪽 손목의 동맥을 그은 다음 오른손 검지에 피를 묻혀 혈서를 썼습니다. 왕샤오티를 증오합니다. 나는 공산당의 사람으로 태어났으니 죽어서도 공산당의 귀신이 되겠습니다!

황추야가 우쭐대며 사무실로 들어섰을 때는 고모의 선혈이 벌써 입구까지 넘쳐흐르고 있었습니다. 황추야는 외마디 비명을 지르며 바닥에 쓰러졌습니다.

고모는 목숨은 건졌지만 당의 관찰 대상 처분을 받았습니다. 왕샤오티와 고모의 관계가 의심스러워서가 아니라 고모가 자살이라는 방식을 택해 당에 시위했다는 것이 처분 이유였습니다.

12

1962년 가을, 가오미 둥베이향 90만 평에 고구마가 풍년이 들었습니다. 거의 삼 년 동안 전혀 수확을 내지 못한 골칫덩어리 땅이 타고난 후덕하고 인자한 본성을 살려 기꺼이 우리에게 풍년을 선사한 것입니다. 그해 30평당 평균 고구마 수확량이 1만 근을 넘었습니다. 고구마를 수확하던 당시 광경을 떠올리면 저는 지금도 가슴이 뭉클해집니다. 줄기 아래 고구마가 주렁주렁 달려 있었어요. 우리 마을에서 가장 큰 고구마 무게가 자그마치 19킬로그램이나 되었어요. 현 위원회 서기 양린이 그 커다란 고구마를 품에 안고 사진을 찍었고 그 사진이 《대중일보》 1면을 커다랗게 장식했습니다.

고구마는 좋은 작물이에요. 정말, 정말 좋아요. 그해 고구마는 풍작이었을 뿐만 아니라 전분 함량도 매우 높아서 삶기 시작하면 금방 쩍쩍 갈라지며 밤 냄새가 났어요. 식감도 아주 좋고 영양도 풍부했고요. 가오미 둥베이향은 집집이 마당 가득 고구마가 잔뜩 쌓여 있었고, 벽에 철사를 매달아 얇게 썬 고구마를 끼워 말렸습니다. 배부르게 고구마를 먹었습니다. 드디어 초근목피로 연명하던 날들에 종지부를 찍고 배를 불릴 수 있게 되었습니다. 사람들이 굶어 죽는 시절은 다시 오지 않았어요. 다리도 더 이상 붓지 않고, 뱃가죽도 두꺼워지고, 볼록하게 튀어나왔던 배도 점차 줄어들었어요. 뱃가죽 밑으로 점점 지방이 쌓이고, 흐리멍덩하고 어두침침했던 눈빛에도 생기가 돌았습니다. 걸어 다녀도 더 이상 다리가 시큰거리지 않았어요. 우리는 쑥쑥 자랐습니다. 고구마를 한껏 먹은 여자들은 가슴이 점점 커지고 달거리도 제 주기를 찾기 시작했습니다. 남자들 허리도 곧아지고, 입가에도 수염이 자라났으며 점차 성욕도 되살아났습니다. 고구마를 실컷 먹기 시작한 후 몇 달이 지나자 마을의 젊은 여자들은 거의 모두 아기를 가졌습니다. 1963년 초겨울, 가오미 둥베이향에 건국 이후 첫 번째 베이비붐이 일어났습니다. 그해 우리 공사의 쉰두 개 마을에서 2868명의 아이가 태어났어요. 그해 태어난 아이들에게 고모는 '고구마 아기'라는 별명을 붙여 주었습니다. 위생원 원장은 선량한 분이었어요. 고모가 자살미수 사건 직후 집에서 몸을 추스르고 있을 때 원장님이 고모를 찾아왔어요. 원장님은 고모네 외가 당질로 먼 집안 친척이었습니다. 원장님은 고모의 어리석은 행동을 나무라면서 하루빨리 사상 문제에서 벗어나 일에 매진하길 희망한다고 말했습니다. 그는 당과 인민은 눈이 밝기 때문에 절대 좋은 사람에게 누명을 씌우지도,

나쁜 사람을 그냥 내버려 두지도 않는다고 말했어요. 조직을 믿어야 하며, 고모가 실제 행동을 통해 자신의 결백을 증명하고 하루빨리 당적을 회복하기 바란다고 말했습니다. 그가 살짝 고모에게 말했어요. 황추야, 그 여자는 근본이 잘못된 여잡니다. 그 여자랑 동지는 달라요. 동지는 뿌리가 바르고 근본이 뛰어나지 않습니까. 우여곡절이 있긴 했지만 열심히 노력하면 밝은 미래가 기다리고 있을 겁니다.

원장님 말에 고모가 목 놓아 통곡했습니다.

저 역시 울음을 터뜨렸어요.

고모는 상처를 잊고 힘차게 일어서서 불꽃 같은 열정으로 일을 시작했어요. 당시 마을마다 훈련을 거친 산파들이 있었지만 여자들은 대부분 위생원에 와서 아기를 낳고 싶어 했습니다. 고모는 과거의 미움은 떨쳐 버리고 황추야와 힘을 모아 의사 역할, 간호사 역할을 했지요. 때로 며칠 밤을 꼬박 새우며 죽음의 문턱까지 갔던 어린 생명을 구하기도 했습니다. 다섯 달이 조금 넘는 기간 동안 880명의 아이를 받았습니다. 그중 열여덟 명은 제왕 절개로 태어났어요. 당시 제왕 절개는 상당히 복잡한 수술이었어요. 의료진이 두 명밖에 없는 조그만 공사 위생원 산부인과에서 이런 엄청난 일을 할 수 있다는 소식은 한때 큰 화젯거리가 되었습니다. 고모처럼 콧대 높은 여자도 황추야의 세심하고 정교한 의술에는 감탄을 금치 못했어요. 고모가 후에 가오미 둥베이향의 동서양 의술에 두루 능통한 산부인과 명의로 거듭난 것도 이 원수 같은 황추야 덕분이었습니다.

노처녀 황추야는 아마도 평생 연애 한번 제대로 해 본 적이 없을 겁니다. 성격이 괴팍한 것도 이해가 되지요. 나이가 든 후 고모는 우리에게 숙적 황추야에 대한 이야기를 여러 번 해 줬어요. 상하이 자본가의 금지옥엽으로 태어나 명문대까지 졸업했는데 이 시골 마을 가오미 둥베이향까지 밀려왔으니, 황추야야말로 '닭만도 못한 철 지난 봉황'이 아니겠습니까! 누가 닭이냐고요? 고모는 자조하듯 자신이 바로 그 '닭'이라고, 봉황과 앙숙인 닭이라고 말했습니다. 그 여자, 정말 나한테 어찌나 당했는지 나중에는 얼이 다 나갔어. 나만 보면 사시나무 떨듯 온몸을 덜덜 떨었으니까. 마치 아편을 삼킨 도마뱀처럼 말이야. 고모는 감정이 북받쳐 이렇게 말했습니다. 당시에는 정말 사람들이 모두 미친 것 같았어. 생각해 보면 진짜 악몽이 따로 없어. 황추야는 정말 뛰어난 산부인과 의사였지. 그렇게 오전 내내 나에게 정신 못 차릴 정도로 두들겨 맞고도 오후에 수술대 앞에만 섰다 하면 침착하게 오로지 수술에만 집중하는 거야. 아마 창밖에서 한바탕 요란하게 연극이 막을 올려도 꿈쩍도 안 했을걸? 그 여자, 그 여자 두 손은 정말 환상적이야! 아마 여자들 뱃가죽에 수를 놓을 수도 있을 거야……. 매번 여기까지 이야기를 하고 나서 고모는 한바탕 웃기 시작했습니다. 어찌나 웃어 대는지 나중에는 눈물이 나올 정도였습니다.

13

고모의 결혼은 우리 가족 모두의 숙제였습니다. 나이 많은 어르신들뿐만 아니라 저 같은 십 대 덜렁이도 항상 고모가 걱정스러웠으니까요. 하지만 아무도 감히 고모 앞에서는 입을 열 수가 없었어요. 그랬다가는 고모가 불같이 화를 내니까요.

1966년 봄 청명절 아침이었습니다. 고모가 수련생을 데리고 왔습니다. 그때 우리가 알고 있던 건 그냥 '샤오스쯔'라는 별명밖에 없었습니다. 나이는 대충 열여덟, 열아홉 정도, 얼굴에 여드름이 가득하고, 마늘쪽 같은 코에 양미간이 넓고, 헝클어진 머리에 키는 별로 크지 않은데 몸집이 상당히 큰 아가씨였어요. 가임 연령에 해당하는 여성을 대상으로 신체검사가 있다는 것 같았습니다. 일이 끝난 후 고모가 그 아가씨를 집에 데리고 와서 식사했습니다.

전병, 삶은 달걀, 양각총,[20] 두반장.

일찌감치 식사를 끝낸 우리는 고모와 샤오스쯔가 먹는 모습을 바라보았습니다.

샤오스쯔는 수줍음을 많이 타는지 사람들 쪽으로 시선을 주지 못한 채 눈을 내리깔고 있었습니다. 얼굴에는 팥알 같은 여드름이 잔뜩 나 있었어요.

어머니는 이 아가씨가 맘에 들었는지 이것저것 물어보았습니다. 결혼했느냐고 물어보려는데 고모가 끼어들었습니다.

언니, 그만 좀 해요. 왜요, 며느리라도 삼으시려고요?

아이고, 무슨 소리! 우리 같은 농사꾼 집안에서 이런 귀한 아가씨를 데려올 수 있나? 나랏밥을 먹는 양반한테, 이런 조카들이 가당키나 하겠어요? 고모?

샤오스쯔는 자꾸만 고개를 움츠리며 제대로 식사도 하지 못했습니다.

그때 제 친구인 왕간하고 천비가 달려왔습니다. 집 쪽만 보고 달려오다가 땅에 있던 닭 모이통을 냅다 걷어차고 말았습니다.

어머니에게 꾸중을 들은 것도 당연했지요.

이 자식, 앞도 안 보고 다니냐?

왕간이 목을 긁적이며 헤헤거렸어요.

왕간, 누이는 좀 어때? 키 좀 컸어? 고모가 물었습니다.

아직 그냥 그래요……. 왕간이 말했습니다.

집에 가면 아빠에게 말씀 좀 드려. 전병을 먹은 고모가 손

20) 羊角葱. 대파의 일종인 백합과 식물.

수건으로 입을 닦으며 말했습니다. 어쨌거나 이제 너희 엄마는 아기를 더 낳으면 안 돼! 또 낳았다가는 자궁이 땅바닥까지 늘어질 판국이야.

애들한테 그런 이야기 좀 그만해요. 어머니가 말했습니다.

어때서요? 쟤들도 알아야 해요. 여자들이 얼마나 힘든지! 이 마을 여자들 말이에요. 거의 모두 자궁 하수거나 염증이 있다고요. 왕간의 엄마는 마치 썩은 배처럼 자궁이 질 밖으로 빠져나와 있다니까! 그런데도 왕자오는 아직도 아들을 낳고 싶어 하니, 원! 만나기만 해 봐라……. 그리고, 천비! 네 엄마도…….

어머니가 고모 말을 자르며 저에게 호통쳤어요.

어서, 네 어중이떠중이 친구들 데리고 나가 놀아라. 여기서 괜히 밉상처럼 굴지 말고!

골목길로 나온 왕간이 말했어요. 샤오파오! 우리 땅콩볶음 사 줘!

내가 왜?

너에게 가르쳐 줄 비밀이 있거든. 천비가 말했습니다.

뭔데?

먼저 사 주고 나서!

돈 없어!

돈이 왜 없어? 천비가 말했습니다. 국영 농장 기계 창고에서 몰래 쇠붙이 가져다가 1위안 20전에 팔았잖아. 우리가 모를까 봐?

훔친 게 아니야. 사람들이 필요 없다고 버린 거야. 나는 황급히 변명했어요.

훔치지 않았다고 해도 어쨌거나 1위안 20전 번 건 사실이지? 어서 한턱내! 왕간이 탈곡장 옆 그네를 가리키며 말했어요. 저기 땅콩 파는 할아버지 있어.

사람들이 몰려 있고, 그네가 삐걱삐걱 소리를 내고 있었습니다.

30전어치 땅콩을 사서 골고루 나누어 주고 나자 왕간이 엄숙한 표정으로 말했습니다. 샤오파오, 너희 고모가 현 위원회 서기의 재취로 들어간대!

거짓말! 제가 말했습니다.

고모가 현 위원회 서기에게 시집가면 너희 집은 활짝 피는 거잖아. 천비의 말이었습니다. 너네 큰형, 둘째 형, 누나 그리고 너까지. 금방 도시로 가서 직장도 잡고, 나랏밥도 먹고, 대학도 가고, 간부도 되고. 그럼 그때 가서 우리 모른 척하면 안 돼!

그 샤오스쯔라는 여자, 정말 예쁘더라! 왕간이 불쑥 샤오스쯔 이야기를 꺼냈습니다.

14

'고구마 아기'가 태어난 집의 가장들은 공사에 가서 아이를 호적에 올리면 2미터 정도의 천을 살 수 있는 '포표'[21]와 두유 두 근을 배급받았습니다. 쌍둥이를 낳은 가정은 배급이 곱절이었고요. 가장들은 황금색 두유와 잉크 냄새가 나는 '포표'를 만지작거리며 한결같이 두 눈이 촉촉하게 젖어 감격했습니다. 역시 새 시대가 좋아! 아이 낳았다고 선물도 주고. 우리 어머니가 말했어요. 나라에 사람이 모자라니까 손꼽아 아이를 기다리는 거야. 나라에 사람이 귀한 거지!

사람들은 감동과 함께 마음속으로 결심했습니다. 꼭 아이를 많이 낳아서 나라의 은혜에 보답해야지. 공사의 식품 창고

21) 布票. 옷감을 살 수 있는 구매권. 물자가 부족했던 시기 정부에서 직물 제품을 일률적으로 관리하면서 나온 시대적 산물. 1953년부터 실행했고 1980년대 초기 방직업이 발전하면서 자취를 감추었다.

관리인인 샤오상춘의 아내, 그러니까 내 친구 샤오샤춘의 엄마는 샤오샤춘 아래로 누이동생을 세 명이나 낳았습니다. 막내가 아직 젖을 떼지 않았는데도 벌써 다시 배가 부르기 시작했습니다. 방목하고 돌아올 때 저는 샤오상춘이 낡아 빠진 자전거를 타고 작은 다리를 건너는 모습을 자주 목격했습니다. 자전거가 그의 비대한 몸집을 이기지 못해 끽끽거렸어요. 그럴 때마다 마을 사람들이 그에게 농담을 던졌습니다. 어이! 나이가 몇인데, 아직도 밤마다 행사하는감? 그가 웃으면서 대답했어요. 쉴 수 있나, 나라를 위해 아기를 생산해야지, 그런 고생쯤이야!

1965년 말, 인구가 급증하자 지도층은 슬슬 걱정하기 시작했어요. 신중국 성립 후 첫 번째 산아 제한 붐이 일어났죠. 정부는 "하나도 적지 않고, 둘은 적당하며, 셋이면 많다."라는 구호를 선보였습니다. 현의 영화팀에서 영화를 틀어 주러 내려올 때면 극이 시작하기 전 슬라이드로 산아제한에 대한 홍보 필름을 방영했습니다. 스크린에 과장된 남녀 생식기 그림이 나타나면 관중이 어둠 속에서 괴성을 지르기도 하고 미친 듯이 웃어 대기도 했어요. 제 또래 아이들은 덩달아 야단법석을 떨었고, 청춘남녀들은 대부분 가만히 서로 손을 꼭 잡았습니다. 이런 피임 선전은 오히려 출산을 권장하는 정력제 같았어요. 현의 극단에서는 팀을 십여 개로 나누어 각 마을을 돌아다니며 「하늘의 반쪽」[22]이라는 연극을 공연하고 남녀차별 사

22) "여성이 하늘의 반을 떠받치고 있다."라고 한 마오쩌둥의 정책적 구호에

상을 비판했습니다.

당시 고모는 공사 위생원 산부인과 주임 겸 공사 계획생육[23] 지도분과 부과장을 맡고 있었어요. 과장은 공사 당 위원회 서기였던 친산이었는데요, 그는 그냥 이름만 걸어 놓았고, 실제 공사의 계획생육 지도자로서 정책을 짜고 업무를 진두지휘하는 사람은 고모였어요.

당시 고모는 과거보다 살이 좀 찌고 그렇게 남들의 부러움을 사던 하얀 치아는 양치질할 시간도 없이 바쁘게 일한 탓인지 누렇게 변해 있었습니다. 목소리는 잔뜩 쉬어서 여자다움이 많이 없어졌어요. 우리는 확성기 안내 방송에서 자주 고모의 목소리를 들었습니다.

고모의 방송은 대부분 이런 식으로 시작되었어요. 자, 모두 자기가 가장 잘하는 일을 하는 거지요! 무슨 일이든 열심히 해야 합니다. 직업은 속이지 못한다고 했지요, 제가 오늘 이야기할 내용은 바로 계획생육으로…….

당시 고모의 평판은 예전 같지 않았어요. 고모 은덕을 입은 여자들조차 고모를 비난하기 시작했으니까요.

고모가 아무리 사력을 다해 가족계획 운동을 벌이고 다녀도 효과가 별로 없었습니다. 마을 사람들은 관심조차 두지 않았어요. 현 극단이 마을에 공연을 왔어요. 여자 주인공이 무대 위에서 소리 높여 외쳤습니다. 시대가 달려졌어, 남녀는 평

서 비롯된 표현.

23) 計劃生育. 중국의 가족계획.

등해. 그러자 왕간의 아버지 왕자오가 무대 아래서 고래고래 욕을 퍼부었습니다. 헛소리하고 자빠졌네! 평등? 어디서 감히 평등이란 말을 해? 무대 아래 관중이 너도나도 그의 말에 맞장구치면서 금세 분위기가 소란스러워졌습니다. 사람들이 벽돌 조각이랑 기와 파편을 무대 위로 던지자 연기자들이 머리를 감싸 안은 채 도망을 쳤습니다. 그날 고량주를 네댓 잔 마신 왕자오가 술기운에 난리 법석을 피우며 사람들을 헤치고 무대 위로 올라왔어요. 그는 손짓 발짓 해 가며 일장 연설을 늘어놓기 시작했습니다. 세상 천지를 휘두르다 못해 이제는 백성들 애새끼 낳는 것까지 지들 마음대로 간섭하려 들어? 어디, 능력 있으면 새끼줄 가져다 여자들 거기까지 꿰매 버리시지! 무대 아래 사람들이 한바탕 웃음을 터뜨렸어요. 그러자 한층 더 기세가 오른 왕자오가 장막 앞 가로대에 걸려 있는, 눈이 부실 정도로 환한 가스등을 향해 무대에서 주운 기와 조각을 냅다 던졌어요. 요란한 소리와 함께 가스등이 꺼지고 무대 위아래 할 것 없이 모두 어둠에 휩싸였습니다. 그 사건으로 보름 동안 구류되었던 왕자오는 풀려난 뒤에도 여전히 기세등등한 모습으로 만나는 사람마다 이렇게 말했어요. 어디, 할 수 있으면 이 몸의 거시기도 한번 잘라 보시지!

몇 해 전까지 고모가 집에 왔다 하면 설레발을 치며 고모 주위를 맴돌던 사람이 그때만은 이따금 고모가 집에 와도 냉랭하게 고모를 피해 다녔습니다.

우리 어머니가 고모에게 물었습니다. 고모가 하는 계획생육이라는 운동이 괜히 고모 혼자 애써 추진하는 일이에요, 아니면 상부에서 시켜서 어쩔 수 없이 하는 일이에요?

애써 추진하는 일이라니요? 고모가 씩씩거리며 말했어요. 이건 당의 부름이자 마오 주석의 지시, 국가의 정책이라고요. 마오 주석이 뭐라고 했어요? 인류는 스스로를 통제해서 계획적으로 성장할 수 있도록 해야 한다고 했어요.

우리 어머니가 고개를 저었어요. 자고로 아이를 낳는 일은 엄연한 자연의 이치예요. 한나라 때는 황제가 조서를 내려 민간 여자들은 만 13세가 되면 반드시 결혼해야 했지요. 결혼하지 않으면 여자의 보호자를 불러 문초했다던데! 여자가 아이를 낳지 않으면 나라는 어디서 징병을 합니까? 매일매일 미국이 쳐들어온다고, 타이완을 해방시켜야 한다고 부르짖으면서 여자들에게 아이를 낳지 말라니, 그럼 병사는 어디서 구해요? 병사가 없으면 누가 쳐들어오는 미국을 막을 거예요? 누가 타이완을 해방시키느냐고요?

올케, 케케묵은 소리 그만해요. 아무렴 마오 주석이 올케만 못하겠어요? 마오 주석이 반드시 인구를 통제해야 한다고 했어요. 아무런 계획도, 질서도 없이 이대로 가다간 인류는 일찌감치 망해 버리고 말 거라고요.

마오 주석이 말했어요. 사람이 많으면 힘도 강하고, 사람이 많으면 일을 하기도 좋다고요. 사람은 살아 있는 보배, 사람이 있어야 비로소 세상이 존재한다고 말했다고요. 마오 주석이 또 뭐라고 했는지 알아요? 하늘의 비가 내리지 못하게 하는 것도, 여자가 아기를 낳아 기르지 못하게 하는 것도 잘못된 일이라고 했어요.

고모가 기가 막힌 듯 말했습니다. 올케, 그건 마오 주석의 어록을 날조하고 왜곡한 거예요. 옛날 같으면 목 날아갈 소리 그만하세요! 아이를 낳지 말라는 이야기가 아니고 다만 좀 계획적으로 적게 낳자는 거예요.

자식을 몇 명 낳을 건지는 다 운명에 정해져 있는 건데! 그런 걸 계획을 해야 해요? 내가 보기엔 고모 쪽 사람들이 괜히 헛수고하는 것 같군요.

확실히 어머니가 말한 것처럼 고모의 노력은 돈만 낭비하는 꼴이었고 고모에게 오명만 안겨 주었습니다. 처음에 나라에서는 공짜로 각 마을 여성 주임에게 콘돔을 주고 이를 가임 여성들에게 배급해서 잠자리에 든 남성들이 반드시 사용하도록 했어요. 하지만 이렇게 배급받은 콘돔을 사람들은 돼지우리에 버리거나 풍선 놀이를 하거나 아예 색을 칠해 아이들이 장난감으로 가지고 놀게 했습니다. 고모는 집집이 돌아다니며 피임약을 나누어 주기도 했어요. 하지만 부작용을 우려한 여성들이 피임약을 거부했습니다. 그 자리에서 억지로 입에 틀어넣어도 뒤로 돌아 손가락이나 젓가락을 입에 넣어 약을 토해 버렸죠. 상황이 이러니 결국 남성에 대한 정관 수술을 시행하게 되었습니다.

그때 마을에 우리 고모와 황추야가 정관 수술을 발명했다는 이야기가 나돌았어요. 어떤 사람은 이론은 황추야가 세우고, 고모가 임상을 맡았다고 하기도 했어요. 샤오샤춘은 결혼도 하지 않은 두 여자가 완전히 변태라고 그럴듯하게 이야기를 꾸며 내기도 했습니다. 쌍쌍으로 다정한 부부들 모습에 질투를 느낀 두 여자가 대를 끊는 방법을 고안해 냈다는 거예요. 샤오샤춘 말에 따르면 우리 고모와 황추야가 수퇘지에 이어 수원숭이를 가지고 실험을 한 다음 사형수 열 명에게 시술한 결과 성공했다는 겁니다. 실험에 참가한 사형수 열 명은 무기징역으로 감형받았고요. 물론 샤오샤춘이 떠벌리는 소리가 모두 거짓임이 금세 판명이 되긴 했지만요.

그즈음 마을 방송에 자주 고모 목소리가 나왔습니다. 각 대대 간부들은 주목하십시오. 공사 계획생육 지도분과 8차 회의 정신에 따라 아이를 셋 이상 낳은 남자는 모두 공사 위생원에 와서 정관 수술을 받으십시오. 수술 후 영양보조비 20위안이 지급되고, 일주일 휴가와 노동 점수가…….

방송을 들은 남자들이 모여 불평을 늘어놓았어요. 세상에, 돼지, 소, 노새, 말을 거세한다는 말은 들어 봤어도 어디 사람을! 황궁에 들어가 내시를 할 것도 아닌데 우리 불알을 까서 뭐한다는 거야? 마을 계획생육 간부가 정관 수술이란 어쩌고 하며 입을 열려고만 하면 그들은 눈을 까뒤집으며 대들었어요. 지금은 저렇게 그럴싸하게 말하지만 일단 침대에 올라가서 마취약 주사하고 나면 아마 불알뿐만 아니라 우리 거시기까지 모두 잘라 버릴지도 몰라! 그렇게 되면 아마 여자들처럼 앉아서 오줌을 싸야 할걸!

여성의 불편을 덜어 주고, 시술도 간편하고 후유증도 별로 없는 정관 수술은 이렇게 극렬한 반대에 부딪쳤어요. 고모 쪽 사람들이 침대를 정리하고 기다렸지만 남자들은 단 한 명도 나타나지 않았습니다. 현의 계획생육 지휘부에서는 매일 전화를 걸어 시술 결과 보고를 독촉하며 고모의 업무에 강한 불만을 나타냈어요.

이에 공사 당 위원회는 회의를 열고 두 가지 결의 사항을 채택했습니다. 첫째, 공사 지도자들부터 정관 수술을 받은 후 이를 일반 간부와 일반 직공까지 확대한다. 마을은 대대 간부에서 시작하여 일반 대중까지 확대한다. 둘째, 정관 수술을 거부하는 사람, 유언비어를 날조 유포하는 사람에 대해서는 무산 계급 전제 정치 방식을 동원하며, 정관 수술 대상자인데도 거부하는 사람은 대대에서 노동권을 박탈한다. 그래도 이를 거부하면 식량 배급을 중지한다. 간부가 저항하면 직위를 해제하며, 직공이 거부하면 해고하고, 당원이 거부하면 당적을 박탈한다.

공사 당 위원회 서기 친산이 직접 방송을 내보냈습니다. 계획생육은 국가 민생에 직결된 중대사로서 각 부서, 각 대대는 반드시 이를 중시해야 합니다. 정관 수술 대상자인 간부, 당원이 솔선수범하여 수술을 받을 계획입니다. 그가 갑자기 어조를 바꿨습니다. 동지 여러분, 제 아내는 병 때문에 자궁 제거 수술을 받았습니다. 하지만 여러분의 두려움을 없애 주기 위해 저 역시 내일 오전 정관 수술을 받기로 결정했습니다.

친 서기는 공산주의 청년단, 부녀협회, 학교가 적극 협력하여 대대적인 선전활동을 통해 '정관 수술' 열풍을 일으켜야 한다고 강조했습니다. 역대 운동과 마찬가지로 우리 학교에서 가장 글솜씨가 뛰어난 쉐 선생님이 빠른 리듬의 시를 짓고, 최대한 빨리 시를 외운 우리는 4인 1조로 나뉘어 종이나 철판을 말아 나팔을 만든 다음 옥상이나 나무로 올라가 큰 소리로 외쳤습니다.

공사 동지 여러분 당황하지 마십시오. 동지 여러분 초조해하지 마십시오. 정관 수술은 간단합니다. 절대 소나 양의 거세 같은 것이 아닙니다. 작은 칼로 손가락 마디만큼 자르면 됩니다. 십오 분 정도밖에 걸리지 않습니다. 피도 안 나고, 땀도 안 나고, 그날 당장 일을 할 수 있습니다…….

결코 평범하지 않았던 그 봄날, 고모 말에 의하면 공사 전체 구성원 가운데 648명이 정관 수술을 받았다고 합니다. 고모는 그중 310건을 맡았습니다. 사실 이치가 분명하고, 정책이 잘 마련된 가운데 지도자가 솔선수범해서 단계별로 실천하면 군중은 모두 이해하고 따른다고 했습니다. 고모가 그렇게 많은 수술을 했지만 절대다수가 마을 간부나 부서 지도자들을 따라온 사람들이었다고 합니다. 막무가내로 소란을 피워 강제 동원을 해야 했던 사례는 단지 두 건밖에 없었습니다. 우리 마을 마부 왕자오와 식량 창고 관리인인 샤오상춘뿐이었습니다.

왕자오는 출신 성분이 좋다는 핑계로 매우 반동적이었고 소란스럽기 이를 데가 없었습니다. 그는 구류소에서 나온 후에도 악다구니를 쓰고 다녔어요. 누가 그에게 수술을 권유하기라도 하면 그는 죽자 사자 달려들어 요절을 냈답니다. 제 친구 왕간은 우리 고모 조수인 샤오스쯔를 좋아했기 때문에 고모 쪽으로 기울었어요. 그는 자기 아버지에게 정관 수술을 받으라고 권하다가 따귀를 맞았어요. 도망치는 왕간 뒤를 왕자오가 채찍을 들고 마을 끝에 있는 연못까지 쫓아왔어요. 부자 둘이 연못 양쪽에서 서로 욕을 퍼부었습니다. 왕자오가 말했어요. 개자식이! 어디 사람이 없어서 아비한테 수술하라고 해! 왕간이 말했습니다. 내가 개자식이면 아버지는 개게! 아들에 대한 욕이 자기에 대한 욕이라는 생각이 들자 왕자오는 연못을 뱅뱅 돌며 아들을 쫓아가기 시작했습니다. 부자 두 사람이 마치 맷돌을 돌리듯 연못 주위를 맴맴 돌았어요. 한가득 모여든 구경꾼들 때문에 소란은 더욱 심해지고 한바탕 이곳저곳에서 웃음이 터져 나왔습니다.

왕간이 집에서 몰래 날카로운 군도를 가지고 나와 자기 아버지가 준비한 흉기라며 촌 지서인 위안렌에게 주었습니다. 자기 아버지가 자기에게 거시기를 잡아매라는 사람이 있으면 그 칼로 요절을 내 버리겠다고 했대요. 위안렌이 다급한 마음에 칼을 들고 공사로 가서 당 위원회 서기 친산하고 고모에게 상황을 보고했습니다. 친산이 화가 머리끝까지 나서 탁자를 내리쳤어요. 당장 처리하시오. 계획생육을 무시하는 건 반혁명적인 행위요. 고모가 말했어요. 왕자오를 해결하지 않으면 상황이 어려워집니다. 위안렌 역시 수술 대상자들이 모두 왕자오의 행보를 지켜보고 있다면서 고모 말에 동조했습니다. 친 서기가 말했어요. 좋은 본보기가 될 겁니다. 어서 잡아 오세요.

공사 공안인 닝 씨가 허리에 모제르총을 차고 호위하는 가운데 지서 위안렌이 부녀회 주임, 민병 연대장, 민병 네 사람과 함께 왕자오의 집에 들이닥쳤어요.

젖먹이 아이를 안고 나무 그늘에서 보릿짚을 엮던 왕자오의 아내가 살벌하게 들이닥치는 사람들을 보더니 일을 멈추고 바닥에 앉아 엉엉 울기 시작했습니다.

왕간은 아무 말 없이 처마 밑에 서 있었고, 왕단은 문지방에 앉아 조그만 거울을 꺼내 작고 어여쁜 얼굴을 들여다보고 있었습니다.

위안롄이 소리쳤어요. 왕자오, 이리 나와. 좋은 말로 할 때 듣는 게 좋을 거야. 닝 공안까지 모두 왔어. 요행히 오늘은 피해 간다 해도 내일은 어림없어. 사내대장부답게 좀 화끈하게 행동하자고!

부녀회 주임이 왕자오의 아내에게 말했어요. 팡롄화, 그만 울고, 어서 남편이나 좀 나오라고 해요.

안에서는 아무런 인기척도 느낄 수 없었습니다. 위안롄이 닝 씨에게 눈짓하자 닝 씨의 손짓과 함께 민병 네 사람이 밧줄을 들고 방 안으로 뛰어들었습니다.

그때 처마 밑에 있던 왕간이 공안을 바라보며 담장 구석에 있는 돼지우리 쪽으로 입을 삐쭉 내밀었습니다.

닝 씨는 짝짝이 다리였지만 동작은 매우 민첩했어요. 그는 쏜살같이 돼지우리로 달려가 모제르총을 꺼내며 소리쳤어요. 왕자오, 어서 나와!

왕자오가 얼굴의 땀을 훔치며 화가 난 모습으로 말했습니다. 이봐, 절뚝이! 소리는 왜 질러? 그 낡아 빠진 고철 덩어리에 내가 겁낼 것 같아?

겁주려는 것 아니니까 얌전히 따라오게. 아무 일도 없을 테니. 닝 씨가 말했어요.

얌전히 안 따라가면 어쩔 건데? 총이라도 쏘시려고? 왕자오가 손가락으로 바짓가랑이를 가리키며 말했어요. 어디, 재주 있으면 여기 한번 맞춰 보시지. 그 여자들에게 칼질을 당하느니 차라리 당신 총에 떨어져 나가는 편이 나으니까.

부녀회 주임이 말했어요. 왕자오! 괜한 트집 잡지 말고, 수술이라는 게 그냥 정관을 묶는…….

그럼 당신 거나 잡아매든지! 왕자오가 부녀회 주임의 바짓가랑이를 가리키며 상스럽게 욕을 퍼부었습니다.

닝 씨가 들고 있던 총을 흔들며 명령을 내렸어요. 체포해!

어디 덤빌 테면 덤벼 봐! 왕자오가 뒤로 돌아 삽을 잡더니 눈을 번뜩이며 사람들을 향해 삽을 들이밀었습니다. 머리를 박살 내 버릴 테다!

그때 가녀린 왕단이 들고 있던 작은 거울을 가지고 자리에서 일어섰습니다. 나이가 벌써 열세 살인데도 키가 겨우 70센티미터 정도밖에 되지 않았어요. 몸은 그처럼 작고 왜소했지만 균형 잡힌 몸매 덕분에 마치 소인국에서 온 작은 미녀 같았습니다. 왕단이 거울로 강렬한 햇빛을 왕자오 얼굴에 반사했어요. 순간 왕단의 입에서 까르르 해맑은 웃음소리가 흘러나왔습니다.

햇빛 때문에 눈이 부신 틈을 타 민병 네 명이 우르르 왕자오에게 달려들어 그의 손에 들려 있던 삽을 빼앗고 두 팔을 꺾었습니다.

민병이 밧줄로 왕자오의 두 팔을 묶으려는 순간 그가 갑자기 대성통곡하기 시작했어요. 울음소리가 얼마나 침통하던지 그의 담벼락이랑 대문에 달라붙어 구경하던 사람들까지 마음이 좋지 않았어요. 순간 당황한 민병들이 손에 밧줄을 든 채 어쩔 줄을 모르는 눈치였습니다.

위안렌이 말했어요. 왕자오! 그러고도 사내대장부라고 할 수 있나? 그깟 수술에 뭘 그렇게 놀라고 그러나! 난 벌써 앞장서서 수술을 받았다네. 아무렇지도 않아. 못 믿겠으면 자네 아내더러 우리 마누라에게 물어보라고 하게!

나리, 그만하쇼. 왕자오가 울면서 말했습니다. 따라가면 될 것 아닙니까.

고모가 말했습니다. 샤오상춘 그 개새끼! 그놈이야말로 공사 직속 기관의 암적인 존재야. 자기가 팔로군 지하 병원에서 들것을 날랐다는 경력을 들이밀면서 죽어라 버티는 거야. 그러다 공사 당 위원회에서 그를 해고해서 농촌으로 쫓아 버리겠다고 결정하자 어쨌는지 알아? 제 발로 낡은 자전거를 타고 위생원을 찾아왔더라고. 게다가 시술자로 날 지목했다니까. 그놈은 상소리를 입에 달고 사는 호색한에 건달이야. 수술 직전 샤오스쯔에게 그 작자가 뭐라고 물었는지 알아? 아가씨, 내가 잘 몰라서 말인데, 옛말에 정력이 너무 세면 정액이 절로 흘러넘친다고 하던데, 당신들이 내 정관을 묶어 버리면 내 정액은 어떻게 되는 거지? 그냥 내 배 속으로 들어가 버리는 건가?

샤오스쯔가 얼굴이 벌게져서 나를 쳐다보기에 내가 말했지. 면도해!

그런데 면도를 하기 시작하자 갑자기 남자 거시기가 불끈 서는 거야. 생전에 이런 걸 본 적이 없는 샤오스쯔가 메스를 버리고 한쪽으로 숨어 버렸어. 내가 말했지. 좀 건전하게 굴 수 없어? 그랬더니 막돼먹은 그자 입에서 나온다는 소리가 걸작이야. 나야 건전하지! 얘가 제멋대로 서겠다는데 난들 어떻게 하겠소? 좋아! 고모가 고무망치를 들어 그곳을 조준한 다음 내키는 대로 내리치자 불끈 솟았던 놈이 그대로 맥없이 꼬꾸라졌습니다.

고모 말이 하늘에 맹세코 그 두 사람에 대한 수술은 완벽했다고 하더군요. 그런데 왕자오는 고모가 자기 신경을 망쳐 놨다고 계속 허리를 구부리고 다니는가 하면 샤오상춘은 끊임없이 병원에 찾아와 소란을 피우고, 그것도 모자라 몇 번이나 현에 찾아가 민원을 제기했대요. 고모 때문에 자기가 성불구가 되었다고요…….

고모가 말했어요. 왕자오는 아마도 순전히 심리적인 문제일 테고, 샤오상춘은 생트집을 잡은 거라고요. 문화 대혁명 기간에 홍위병 대장 노릇을 하는 동안 그자가 얼마나 많은 여자를 희롱했는지 모른다고 했어요. 수술하지 않았다면 자신이 건드린 여자들이 임신하는 바람에 혹 신세를 망치지 않을까 걱정할 수도 있었겠지만 수술했으니 그야말로 자기 세상이 되어 버린 거죠.

15

현 위원회 서기 양린에 대한 비판 투쟁 대회가 열린 자리. 그야말로 인산인해를 이루었습니다. 당시 공사혁명위원회 주임을 맡고 있던 샤오상춘은 기발하게도 자오허 강 북쪽 언덕 저수지를 대회장으로 골랐습니다. 얼음이 두껍게 어는 엄동설한이라 얼핏 세상이 온통 유리로 만들어진 것처럼 보였습니다. 저는 이곳에서 우리 마을 비판 투쟁 대회가 열린다는 사실을 처음 안 사람이었습니다. 자주 몰래 수업을 빠지고 놀러 오던 곳이기 때문이었어요. 그날 수문 다리 밑에서 얼음 구멍을 뚫고 고기를 잡고 있을 때였습니다. 머리 위에서 누군가 고함을 지르는 소리가 들렸어요. 샤오상춘 목소리라는 것을 금방 알 수 있었습니다. 아마 사람이 1만 명가량 몰려 있다 해도 금방 알아차릴 수 있을 거예요. 그가 말했어요. 세상에, 여긴 완전히 북쪽 나라잖아. 비판 대회를 여기서 열어야겠어. 주석

단상을 이 저수지 수문 위에 설치하고!

그곳은 원래 움푹 들어간 저지대였습니다. 이후 하류의 안전을 위해 제방에 저수지를 만들고 여름에 자오허 강이 범람할 때마다 갑문을 열어 물을 방류하면서 호수가 되었습니다. 당시 우리 둥베이 사람들은 정말 불만이었어요. 저지대 웅덩이긴 했지만 그래도 땅은 땅인지라 다른 건 몰라도 수수는 재배할 수 있었거든요. 하지만 나라에서 하는 일에 힘없는 백성이 뭘 어쩌겠습니까. 저는 자주 수업을 땡땡이치고 이곳으로 달려와 열두 개 방류 구멍을 통해 쏟아지는 물줄기를 구경했어요. 거대한 물줄기가 쏟아지고 나면 저수지는 10여 리에 걸쳐 드넓게 펼쳐진 호수가 되었습니다. 호수에는 물고기들이 많이 살았기 때문에 낚시를 하려는 사람이 줄을 이었고, 물고기를 파는 사람도 점점 많아졌어요. 우선 저수지 갑문 위에 판을 벌였다가 그게 안 되면 저수지 동쪽 언덕으로 자리를 옮겨 버드나무 그늘에 줄줄이 좌판을 벌였습니다. 많을 때는 그 길이가 2리나 되었어요. 원래 시장이 열리던 곳은 공사 근처였지만 이곳에 어시장이 형성된 후부터는 점차 재래시장 전체가 이곳으로 옮겨 왔습니다. 채소 장사, 달걀 장사에 이어 땅콩 장사도 모여들었습니다. 공사에서는 무장 민병들을 동원해 여러 번 상인들을 쫓아냈습니다. 일단 민병들 모습이 보이면 장사치들은 재빨리 도망쳤다가도 민병들이 사라지고 나면 다시 눈치껏 모여들었어요. 결국 이렇게 해서 합법적인 형태는 아니지만 그렇다고 완전히 비합법적인 것도 아닌 시장이 형성되었습니다. 저는 생선 구경을 특히 좋아했어요. 잉어, 가물치, 붕어, 연어, 드렁허리, 메기도 보고, 덩달아 게, 미꾸라지도 구경했습니다. 이곳에서 본 생선 가운데 가장 큰 건 백 근이 넘었어요. 허연 뱃가죽이 마치 임신한 여자 같았습니다. 그 생선을 팔던 노인은 겁을 먹은 듯 잔뜩 움츠린 모습이 마치 신령을 지키는 사람 같았어요. 저는 눈과 귀가 사방팔방으로 열려 가장 신통한 정보력을 자랑하는 생선 장수들과 잘 어울렸습니다. 그들은 어쩌다 이처럼 신통방통한 소식통이 되었을까요? 바로 공사 세무서 수납계원들이 늘 그들의 생선을 몰수하러 나타났기 때문입니다. 공사의 일부 잡부들까지 세무서 직원을 사칭하며 사리를 채웠습니다. 제가 봤던 백 근이 넘는 거대한 생선 역시 하마터면 푸른색 제복 차림에 담배를 물고 검은색 가죽 가방을 든 남자 둘에게 몰수당할 뻔했어요. 만약 그 장사치 딸이 재빨리 쫓아와 울고불고 소란을 피우지 않았더라면, 또는 친허가 이 두 사람의 사기극을 간파하지 못했더라면 그 큰 물고기는 꼼짝없이 그자들 수중으로 넘어갔을 겁니다.

친허는 가르마를 탄 머리에 푸른색 개버딘 학생복을 입고 주머니에 '박사(博士)' 만년필과 '신화(新華)' 양색 볼펜을 꽂고 있는 사람이에요. 마치 오사 운동[24] 시기 대학생 같은 모습이었어요. 창백한 얼굴에 우울한 표정, 촉촉한 눈가에서는 금방이라도 눈물이 떨어질 것만 같았으니까요. 그는 언변이 매우 뛰어났어요. 표준어를 썼는데, 말 한마디 한마디가 마치 대사

24) 1919년 5월 4일 베이징에서 학생 주도로 일어난 반제국주의, 반봉건주의 운동으로 중국 신민주주의 혁명의 출발점이 되었다.

를 읊는 것 같았어요. 제가 이후 연극 대본을 쓴 것도 그의 영향을 받은 부분이 있습니다. 그는 언제나 커다란 백자 항아리를 들고 있었어요. 백자 위에는 붉은색으로 오각형 별과 '장(奬)'이란 글자가 적혀 있었습니다. 그는 생선을 파는 사람들 앞에 서서 감정에 복받쳐 입을 열었습니다. 동지, 난 노동 능력을 상실한 사람이오. 동지, 당신이 볼 수 있는 건 그저 내 겉모습뿐, 사실 난 심장병을 앓고 있소. 칼에 심장을 찔린 후 일만 하려고 하면 심장의 상처가 터질 것 같소. 아마 그냥 일하면 일곱 구멍으로 피를 줄줄 흘리며 죽어 버릴 것이오. 동지들, 물고기 한 마리만 주시오. 큰 건 바라지도 않소. 작은 걸로, 제일 작은 걸로 하나만……. 그는 늘 이렇게 해서 생선이나 새우를 얻었어요. 그리고 물가로 가서 작은 칼로 손질한 후 바람 피할 곳을 찾아 건초를 구하고 벽돌로 지지대를 만들어 항아리를 그 위에 놓고 불을 지폈습니다……. 저는 늘 그 뒤에 서서 그가 생선 삶는 모습을 바라보았어요. 구수하고 맛있는 냄새가 항아리에서 풍길 때면 절로 침이 고이면서 은근히 그의 이런 생활이 부러웠습니다…….

친허는 공사 당 위원회 서기 친산의 친아우입니다. 현의 제1고등학교 시절에는 이름 날리는 수재였습니다. 공사 서기 아우가 시장에서 구걸하다니, 분명 복잡한 사연이 있겠지요. 어떤 사람은 그가 우리 고모를 지나치게 사랑한 나머지 정신적 충격을 받아 형 권총으로 자살을 시도했다가 미수에 그쳤고, 그 후유증으로 이 꼴이 되었다고 합니다. 처음엔 그를 비웃는 사람도 있었지만 그가 노인의 커다란 생선을 지켜 준 뒤로 생선 장사들은 그를 다른 눈으로 보기 시작했어요. 왠지 마음이 끌리는 사람입니다. 저는 그에 대해 알고 싶었어요. 그의 촉촉한 두 눈동자를 보며 그에게 동정을 느꼈습니다. 어느 날 저녁, 어시장이 파하고 난 후 그는 홀로 석양을 마주 보고 그림자를 길게 드리우며 서쪽으로 향했습니다. 저는 몰래 그를 뒤쫓았어요. 그의 비밀을 알고 싶었어요. 제가 쫓아온다는 것을 눈치챈 그는 자리에 멈춰 서더니 저를 향해 깊숙이 고개를 숙였습니다. 사랑하는 친구, 그러지 마시오. 저는 그의 말을 흉내 내며 말했어요. 친애하는 친구, 전 아무 짓도 안 했는데요. 그가 불쌍한 모습으로 말했어요. 내 말은 날 따라오지 말라는 겁니다. 제가 말했죠. 그냥 난 내 갈 길을 가는 거예요. 당신 뒤를 쫓아가는 게 아니라고요. 그가 고개를 흔들더니 나지막한 소리로 중얼거렸어요. 친구, 이 불행한 사람을 제발 가엾게 여겨 주시오. 그가 몸을 돌려 다시 발길을 옮겼어요. 저는 계속 그를 쫓아갔습니다. 그러자 그가 걸음을 빨리해 뛰어갔어요. 보폭이 엄청나게 넓은 데다 다리를 높게 들어 올리는 바람에 그의 몸이 종이로 오려 놓은 인형처럼 하늘하늘 흔들거렸습니다. 저는 대충 빠른 걸음으로 그를 뒤쫓았습니다. 그가 멈춰서 숨을 몰아쉬었어요. 얼굴이 마치 금박지 같았습니다. 그가 눈물이 그렁그렁해서 말했어요. 친구…… 제발 나를 놔주시오……. 난 폐인이오. 중상을 입은…….

마음이 약해진 저는 걸음을 멈추고 더 이상 그를 쫓지 않았습니다. 그의 뒷모습을 바라보며 그의 목에서 흘러나오는 울먹임을 들었습니다. 사실 악의가 있어서 그런 건 아니었어요. 그냥 그의 생활을 알고 싶었을 뿐입니다. 예를 들면 밤에는 어디에서 자는지 같은 것들이 궁금했어요.

저는 다리가 길고 가는데 발은 엄청나게 컸어요. 십 대 아이가 사십 문짜리 신발을 신을 정도였으니까요. 어머니는 늘 걱정했어요. 우리 학교 체육 담당 천 선생님은 우리 성 대표 선수 출신이어서 정말 운동을 잘했어요. 그는 우파였습니다. 그는 마치 노새를 고를 때처럼 제 다리랑 발을 눌러 보며 말했습니다. 선생님은 제가 좋은 재목이라고 생각하고 본격적으로 훈련을 시켰어요. 다리를 들어 올리는 법, 내딛는 법, 호흡 조절하는 법, 체력 분배하는 법 등을 가르쳤습니다. 현의 전체 운동회 청소년 부문 3,000미터에서 3등을 한 적도 있습니다. 덕분에 수업을 빼먹고 어시장 구경을 가는 일은 거의 공개적인 행사나 마찬가지였습니다.

저는 그 후로 친허와 친구가 되었습니다. 만날 때마다 그는 저에게 고개를 끄덕이며 마음을 전했어요. 저보다 열 살도 더 많은 친허와 나이를 초월한 우정을 느낄 수 있었습니다. 시장에는 친허 말고도 거지가 두 명 더 있었어요. 어깨가 넓고 손이 커서 엄청나게 힘이 좋을 것 같은 가오먼이란 친구와 황달에 걸린 루화화라는 친구였습니다. 루화화는 어쩌다 그런 여성적인 이름을 갖게 되었는지 모르겠어요. 어느 날, 이 두 거지가 한 손에 버드나무 몽둥이, 또 한 손에는 낡은 신발 한 짝을 들고 죽어라 친허를 패고 있었습니다. 친허는 반격도 하지 않고 그저 계속 이렇게만 말하고 있었습니다.

착한 형님들, 절 죽여 주시면 정말 고맙게 생각하겠습니다.

하지만 개구리는 먹지 마세요……. 개구리는 인류의 친구예요, 개구리를 먹으면 안 돼요……. 개구리는 몸에 기생충이 있어요……. 개구리를 먹는 사람은 백치가 된다고요…….

버드나무 아래 퍼런 모닥불이 피어오르고 그 불더미 속에 반쯤 익은 청개구리들이 보였어요. 모닥불 옆에 널브러진 개구리 껍질, 개구리 뼈에서 비린내가 역하게 풍겼습니다. 그제야 친허가 사람들이 개구리 구워 먹는 것을 말리다가 두들겨 맞고 있다는 것을 알았습니다. 사람들에게 두들겨 맞는 친허를 보니 절로 눈물이 나왔습니다. 굶주리던 시절에는 개구리를 먹는 사람이 많았습니다. 우리 집 식구들은 개구리 먹는 사람들에 대해 반감을 품었어요. 우리 가족들은 죽으면 죽었지 개구리는 먹지 않는다고 믿었어요. 그런 의미에서 본다면 친허가 제 동지가 되네요. 저는 불더미 속에서 타고 있는 나무를 집어 올려 가오먼의 엉덩이와 루화화의 목을 찌른 후 물가를 따라 뛰어갔습니다. 그들이 제 뒤를 쫓아왔어요. 저는 그들과 일정한 거리를 유지하며 그들을 놀렸습니다. 더 이상 그들이 쫓아오지 않자 저는 욕을 퍼부으며 깨진 벽돌 조각과 기와 조각을 던졌습니다.

그날, 우리 공사 마흔여덟 개 마을의 사람들이 붉은 깃발을 메거나 징이나 북, 가재도구를 들고 길을 따라, 또는 강을 건너 모여들었습니다. 그들은 각기 자기 마을 악질 분자들을 끌고 저수지에 당도했습니다. 대회가 열리고 우리 현의 주자파[25)]

25) 공산당 내에서 자본주의 노선을 걷는 실권파의 준말.

우두머리인 양린에 대한 비판 투쟁과 함께 공사 기관, 공사 직속 각 부서, 각 마을의 악질 분자들에 대한 비판 투쟁이 이루어졌습니다. 우리는 번질번질 미끄러운 얼음을 밟으며 강을 건넜습니다. 직접 제작한 목판을 타고 건너는 사람도 있었어요. 제 재능을 발굴해 주신 천 선생님은 종이 고깔을 쓰고 낡은 짚신을 신은 채 배시시 웃으며 마찬가지로 종이 고깔을 쓰고 잔뜩 수심에 잠긴 교장 선생님 뒤를 따라오고 있었습니다. 샤오상춘의 아들, 샤오샤춘이 투창을 들고 뒤에서 그들을 볶아치고 있었어요. 샤오상춘은 공사혁명위원회 주임이 되었고, 아들 샤오샤춘은 우리 학교 홍위병 대장이 되었습니다. 그가 신고 있는 하얀색 후이리[26] 농구화는 천 선생님에게 뺏어 온 거예요. 내가 정말 좋아하던 쌍발 폭죽 신호탄은 원래 공공기물인데 샤오샤춘 허리에 꽂혀 있었고요. 그는 시도 때도 없이 신호총을 꺼내 화약을 장전하고 공중을 향해 발포했습니다. 파! 파! 총소리가 하얀 연기와 함께 울려 퍼지며 공중에 향긋한 초석과 유황 냄새가 가득 퍼졌어요.

혁명 초기, 저 역시 홍위병에 들어가고 싶다고 생각한 적이 있었지만 샤오샤춘에게 거절당했습니다. 샤춘은 제가 우파인 천 선생님이 길러 낸 반동 우등생이고 우리 큰할아버지는 매국노이자 거짓 열사이며, 우리 고모는 국민당 특무로 있는 반역자의 약혼녀이자 주자파의 정부라고 비난했습니다. 저는 그

---

26) 回力. 영어에서 전사를 뜻하는 'warrior'의 음역. 타이어 공장에서 생산되어 한때 크게 유행한 운동화의 상표명.

에게 복수하기 위해 개똥을 나뭇잎에 잘 싸서 손에 꼭 쥐고 그의 앞으로 다가가 이렇게 말했어요. 샤오샤춘, 너 혓바닥이 왜 그렇게 까매졌어? 샤오샤춘은 아무것도 모르고 입을 쩍 벌렸고, 저는 개똥을 그의 입에 밀어 넣고 재빨리 달아났습니다. 그는 절 따라잡을 수가 없었어요. 학교에서 천 선생님을 빼면 절 따라잡을 수 있는 사람은 아무도 없었으니까요.

샤춘은 천 선생님의 신발을 신고, 투창을 들고, 신호총을 허리에 꽂은 채 거만하게 으스댔습니다. 샤춘이 밉고 질투도 났던 저는 그를 단단히 혼내 주기로 결심했어요. 저는 샤춘이 뱀이라면 질색하는 걸 잘 알고 있었습니다. 하지만 늦은 가을이라 뱀을 쉽게 구할 수 없었어요. 저는 강가 뽕나무 아래에서 썩은 밧줄을 발견했습니다. 밧줄을 대충 둥그렇게 말아 등 뒤에 숨긴 후 몰래 샤춘에게 다가가 목에 밧줄을 두르면서 소리 질렀어요. 독사다!

샤춘이 괴성을 지르며 창을 내던지고 황급히 목에 두른 밧줄을 떼어 냈어요. 뱀이 아닌 썩은 밧줄이란 걸 안 후에야 샤춘은 조금 제정신이 돌아오는 것 같았습니다.

샤춘이 창을 들어 올리며 부드득 이를 갈았어요. 샤오파오, 반혁명 분자 새끼!

죽여 버릴 테다! 샤춘이 창을 받쳐 들고 저를 향해 달려왔어요.

저는 도망치기 시작했고, 샤춘은 그런 절 쫓아왔습니다.

빙판 위라 제 달리기 솜씨를 한껏 발휘할 수가 없었습니다. 저는 등 뒤로 전해지는 냉기를 느끼며 창에 찔리지나 않을까 잔뜩 겁이 났습니다. 샤춘이 창끝을 숫돌로 정성 들여 날카롭게 갈았다는 사실도, 샤춘이 얼마나 악랄하고 지독한 놈인지도 잘 알고 있었으니까요. 예리한 병기를 손에 넣은 후 샤춘은 더욱 살기등등해졌습니다. 그는 밑도 끝도 없이 나무를 찌르고, 볏짚으로 인형 모양을 엮어 과녁으로 삼았습니다. 또한 얼마 전에는 짝짓기 중이던 수퇘지를 찔러 죽였어요. 저는 도망치면서 뒤를 돌아보았습니다. 샤춘이 머리카락을 바짝 세우고 두 눈을 부릅뜬 채 쫓아오고 있었습니다. 잡히는 날엔 목숨을 부지하기가 힘들 것이 분명했습니다.

사람들 주위를 뱅뱅 돌기도 하고 사람들 틈을 비집고 들락거리기도 하며 도망 다녔습니다. 순간 빙판에 미끄러진 저는 몸을 일으키려고 허둥대다가 하마터면 샤춘의 창에 찔릴 뻔했습니다. 창이 빙판에 꽂히면서 얼음 부스러기가 튀었습니다. 샤춘도 넘어졌어요. 재빨리 일어나 줄행랑쳤습니다. 샤춘도 빙판에서 일어나 계속 저를 쫓아왔어요. 여자, 남자 할 것 없이 자꾸만 사람들과 부딪쳤어요. 이 자식들이! 이게 무슨 난리야? 아! 사람 살려! 죽여라! 징과 북을 치며 행진하던 사람들이 저랑 부딪치는 바람에 리듬이 엉망이 되어 버렸어요. 몇몇 '악질 분자'들의 고깔모자가 바닥에 떨어졌어요. 그중에는 천비의 아버지 천어, 천비의 어머니 아이롄, 위안싸이의 아버지 위안롄(그도 주자파로 몰렸거든요.)도 있었어요. 주위를 빙 돌아 왕자오 옆에 왔을 때 저는 앞으로 튀어 나갔습니다. 어머니의 얼굴이 눈에 들어왔어요, 고함도 들렸어요. 친한 친구 왕간도 보였습니다. 뒤에서 퍽 하는 소리와 함께 샤춘의 참담한 비명이 들렸어요. 나중에 알고 보니 왕간이 살며시 한쪽 다리를 내밀어 샤춘의 발을 거는 바람에 샤춘이 앞으로 엎어지는 소리였답니다. 빙판에 입술을 부딪쳐 샤춘의 입술이 터졌어요. 그래도 앞니가 나가지 않은 게 다행입니다. 샤춘이 낑낑대며 일어나 왕간에게 복수하려 했지만 오히려 왕자오가 그에게 잔뜩 겁을 줬습니다. 샤오샤춘, 이 개자식아! 왕간 손가락 하나라도 건드리면 눈알을 파 버릴 테니 그런 줄 알아. 우리 집은 삼 대째 고용농이야. 다른 사람들은 널 무서워할지 몰라도 난 하나도 두렵지 않아!

대회장은 인산인해를 이루었습니다. 저수지 수문 위에 목판과 삿자리로 그럴듯한 단상이 마련되었습니다. 당시 공사에서는 무대를 만들거나 선전판을 만드는 사람들을 훈련시키고 있었어요. 그 사람들은 기술이 보통이 아니었습니다. 무대 위에 수십 개의 붉은 깃발을 꽂고, 붉은 천에 흰 글자를 써 넣은 현수막을 걸었어요. 무대 모서리에 세운 두 개의 높은 장대에 확성기 네 대가 묶여 있었습니다. 우리가 그곳에 도착했을 때 확성기를 통해 「어록가」[27]가 울려 퍼지고 있었어요. 마르크스주의의 이치는 천 갈래, 만 갈래이지만 한마디로 말하면 그것은 바로 조반유리![28] 조반유리!

정말 열기가 대단했습니다. 저는 사람들 사이를 필사적으로 비집고 도망 다녔어요. 되도록 무대 가까이 다가가려고 안

---

27) 문화 대혁명 때 마오쩌둥의 어록을 노래로 만들어 군중을 선동하는 데 활용했다.

28) 造反有理. 홍위병의 모든 반항과 반란에는 정당한 도리와 이유가 있다.

간힘을 썼습니다. 저랑 부딪힌 사람들이 인정사정없이 저를 발로 차고, 주먹으로 내리치고, 팔꿈치로 찔렀습니다. 한참 동안 발악하느라 옷은 땀에 흥건하게 젖고, 몸은 이곳저곳 시퍼렇게 멍이 들었는데도 앞으로 다가가기는커녕 무리 밖으로 밀려나 버렸습니다. 빙판에서 빠지직빠지직 소리가 들렸습니다. 예감이 좋지 않았어요. 그 순간 확성기에서 수오리 같은 남자 목소리가 울려 퍼졌어요. 비판 투쟁 대회가 곧 시작됩니다. 빈농, 하중농(下中農) 여러분께서는 모두 조용히 앞자리에 앉아 주십시오, 어서 앉으세요!

저는 뱅 돌아 저수지 수문 서쪽에 이르렀습니다. 그곳에는 세 칸짜리 저장 창고가 있었어요. 저는 창고 뒤쪽 벽돌 틈새를 발로 딛고 손으로 처마를 붙잡은 채 요자번신[29] 자세로 위로 올라갔습니다. 기왓고랑에 납작 엎드려 몰래 용마루까지 올라가 고개를 쭉 빼고 내려다보았습니다. 저만치 아래 한도 끝도 없이 엄청난 군중과 붉은 깃발의 바다가 펼쳐졌습니다. 얼어붙은 호수 때문에 눈이 부셨어요. 무대 서쪽에 수십 명이 쪼그리고 앉아 고개를 숙이고 있었습니다. 조금 있으면 무대로 올라와 비판 투쟁의 대상이 될 '우귀사신'[30]들이었어요. 샤오상춘이 확성기에 대고 고래고래 고함질렀습니다. 초라한 식량 창고 관리인이 그처럼 출세할 줄은 꿈에도 생각지 못했습니다. 문화 대혁명이 시작되자 그는 혁명의 최전선에 서서 '풍

---

29) 鷂子翻身. 양팔을 벌리고 몸을 뒤집는 동작.

30) 牛鬼蛇神. 온갖 잡귀신이나 갖가지 악질 분자를 뜻하는 말. 문화 대혁명 때는 반동적이고 반사회적인 대상을 일컬었다.

폭조반병단'[31]을 결성하고 스스로 사령관 자리에 올랐습니다.

그는 깨끗이 세탁하고 어두운색 천으로 기운 옛 군복 차림에 붉은색 완장을 둘렀습니다. 머리카락이 성긴 정수리 부분이 햇볕에 반짝였어요. 그는 우리가 영화에서 본 주인공들을 흉내 내고 있었습니다. 소리를 길게 빼면서 한 손을 허리에 얹은 채 나머지 한 손을 휘두르며 여러 가지 자세를 취했어요. 확성기를 통해 흘러나오는 그의 목소리가 어찌나 큰지 귀가 다 멍했습니다. 군중의 왁자한 소리가 마치 바위를 때리는 파도 소리 같았습니다. 아마도 대회장에서 소란이 일어난 모양입니다. 한쪽이 조금 잠잠해지면 다시 다른 한쪽에서 소동이 벌어졌어요. 어머니와 마을 노인들이 다칠까 봐 걱정되었습니다. 그들을 찾아보기로 했습니다. 하지만 햇빛이 얼음에 반사되는 바람에 눈이 부셨습니다. 등 뒤로 불어오는 차가운 바람이 낡은 솜옷을 파고들어 무척 추웠습니다.

샤오상춘이 손을 내두르자 나무 막대기를 들고 팔에 '규찰'이라 적힌 완장을 두른 수십 명의 건장한 남자들이 무대 뒤에서 뛰쳐나왔습니다. 그들은 무대 아래로 뛰어내려 긴 막대를 휘두르며 사람들을 진압하기 시작했습니다. 나무 막대 끝에 달린 붉은 천이 마치 횃불처럼 흩날렸습니다. 그들에게 머리를 맞은 젊은 사람 하나가 구시렁거리며 나무 막대기를 잡고 규찰대원에게 시비를 걸다가 가슴팍을 얻어맞았습니다. 규찰

31) 風暴造反兵團. 문화 대혁명 때 주자파에 반대하여 군중 조직이 결성한 무력 집단 중 하나.

대원들은 인정사정없이 막대기를 휘둘렀습니다. 막대기가 날리는 곳마다 사람들이 몸을 숙였습니다. 확성기를 통해 샤오상춘이 목이 터져라 외쳤습니다. 모두 앉아! 앉아! 소란을 피우는 악질들은 모두 끌어내! 규찰대원이 가슴팍을 맞은 청년의 머리채를 휘어잡아 사람들 밖으로 끌어냈습니다……. 마침내 소란이 잦아들었었습니다. 엉거주춤 쪼그린 사람, 앉아 있는 사람, 아무도 감히 일어서지 못했습니다. 규찰대원들이 막대기를 받쳐 든 채 사람들 사이사이에 골고루 자리를 잡았습니다. 마치 논에 서 있는 허수아비 같았어요.

'우귀사신'들을 무대 위로 올려 보내! 샤오상춘이 명령을 내리자 대기하고 있던 규찰대원들이 두 사람당 '우귀사신' 한 명씩을 잡아 발이 땅에 닿지 않게 양쪽에서 바짝 들어 올려 무대 위로 끌고 왔습니다.

고모가 보였습니다.

고모는 고분고분 말을 듣지 않았습니다. 규찰대원이 고모 머리를 눌렀어요. 하지만 손을 놓자마자 고모는 다시 세차게 고개를 쳐들었어요. 고모의 반항에 더 강한 압박이 되돌아왔어요. 결국 고모는 두들겨 맞고 단상에 엎드려 뻗치는 신세가 되었습니다. 규찰대원 하나가 발로 고모의 등을 짓눌렀어요. 누군가 단상으로 뛰어올라 구호를 외쳤습니다. 그러나 단상 아래 사람들은 아무도 화답하지 않았어요. 구호를 외치던 사람은 심드렁해져 단상 아래로 내려갔습니다. 그때 날카로운 울음소리가 사람들 틈에서 터져 나왔습니다. 아이고, 저 불쌍한 것을…… 이 짐승만도 못한 극악무도한 놈들이…….

샤오상춘이 명령을 내리자 '우귀사신'들이 끌려 내려가고 고모만 단상에 남았습니다. 조금 전 고모의 등을 한 발로 짓눌렀던 규찰대원은 여전히 두려움 없이 용감무쌍한 자세를 유지하고 있었습니다. 당시 유행하던 "계급의 적을 바닥에 엎어뜨려 한 발로 밟아라!"라는 구호를 그대로 재현한 모습이었어요. 고모가 죽은 건 아닌가 걱정이 되었습니다. 단상 아래에서는 더 이상 어머니의 울음소리도 들리지 않았어요.

단상 아래로 끌려간 '우귀사신'들이 미루나무 아래 모두 모여 있고, 보병총을 든 규찰대원들이 그들을 지키고 있었습니다. 바닥에 앉아 고개를 숙인 모습이 마치 흙으로 빚은 인형들 같았습니다. 황추야는 벽에 등을 대고 머리를 쳐들고 있었습니다. 음양두[32]로 머리를 민 그녀의 모습은 추하고 끔찍했어요. 문화 대혁명 초기, 고모는 위생 분야에서 '노먼 베순 전투대'의 발기인 가운데 한 사람이었어요. 열성분자였던 고모는 예전에 자신을 보호해 줬던 늙은 원장에 대해서도 인정사정을 보지 않았고, 황추야에 대해서는 더더욱 잔혹했습니다. 사실 고모가 이렇게까지 몰아붙였던 건 자신을 보호하기 위해서였을 겁니다. 밤길을 걷는 사람이 한껏 목청을 높여 노래를 부르는 것도 사실은 두려움을 떨쳐 버리기 위한 것과 마찬가지지요. 원래 인자한 성품인 늙은 원장님은 심한 모욕감을 감당할 수 없었는지 우물에 몸을 던져 자살했습니다. 하지만

---

32) 陰陽頭. 머리를 반쪽만 깎은 모습이 마치 태극의 음양을 닮은 것 같다고 해서 붙은 이름.

황추야는 고모를 적대시하던 사람들 말에 넘어갔는지 아니면 위협을 받았는지, 고모와 반역자 왕샤오티가 비밀리에 연락하고 있다고 고발했습니다.

황추야는 고모가 밤에 잠꼬대할 때 가끔 왕샤오티를 불렀으며, 어느 날 밤, 자신이 당직을 서다 말고 물건을 찾느라 숙소에 가 보니 고모가 자리에 없었던 일을 증거라고 제시했습니다. 황추야는 혼자 사는 여자가 깊은 밤에 갈 데가 어디 있을까 생각하며 걱정했답니다. 그때 자오허 강 언덕 버드나무숲에서 붉은색 신호탄이 세 발이나 올라오더니 이어 공중에서 쌩쌩 비행기 소리가 들렸고, 잠시 후 누군가 몰래 숙소로 들어왔는데, 그림자를 보니 바로 고모였다고 말했습니다. 황추야는 이런 사실을 곧바로 원장에게 보고했지만 주자파였던 원장 또한 완신과 한통속이라 이 일을 그대로 묻어 버렸다고 했습니다.

황추야는 곧바로 두 번째 고발을 했습니다. 고모가 수차례에 걸쳐 현성으로 주자파 양린을 찾아가 동거했고 그의 아이를 임신한 적도 있으며, 중절 수술을 고모 본인이 직접 했다고 말했습니다. 대중이란 창작력과 함께 사악한 상상력도 풍부합니다. 황추야가 폭로한 고모의 양대 죄상은 사람들의 심리적 요구를 한껏 만족시켰습니다. 게다가 고모가 한사코 자신의 죄를 인정하지 않고 계속 반항하는 바람에 분위기가 점차 고조된 비판 투쟁 대회는 우리 둥베이향에 참혹한 비극을 몰고 왔습니다.

높은 곳에서 황추야의 괴상한 머리를 내려다보며 저는 황추야가 원망스럽기도 하고 불쌍하기도 하고, 그런가 하면 뭔가 알 수 없는 두려움과 함께 슬픔이 밀려들었습니다. 저는 지붕 기와 하나를 들어내 황추야의 '음양두'를 겨냥했습니다. 손에서 놓는 순간 기와가 그대로 그 여자 머리 위로 떨어지겠지요. 하지만 한참 망설이다가 그냥 기와를 내려놓았습니다.

여러 해가 지난 후 고모에게 당시 이야기를 해 주었습니다. 고모는 제가 그만뒀으니 망정이지 그렇지 않았더라면 자기 죄가 더 무거워질 뻔했다고 말했습니다. 나이가 들면서 고모는 언제나 자신에게 죄, 그것도 아주 극악무도하고 결코 용서받지 못할 죄가 많다고 했어요. 전 고모가 자신에게 너무 가혹한 것이 아닌가 생각했습니다. 시대가 그랬으니 아마 다른 사람이었다고 해도 고모보다 더 나은 선택을 할 수는 없었을 거라고 말했습니다. 고모는 가슴이 아픈지 이렇게 말했습니다. 넌 몰라…….

양린이 단상으로 끌려 나오자 고모 등을 밟고 있던 규찰대원이 그제야 발을 내려놨습니다. 그들은 고모를 일으켜 양린과 나란히 세운 다음, 고개를 숙이고 두 팔을 뒤로 뻗도록 했어요. 마치 왕샤오티가 몰던 '젠 5'처럼요. 번들번들한 양린의 머리가 보였습니다. 반년 전만 해도 감히 쳐다볼 수도 없는 신적인 존재였는데! 우리 모두 마음속으로 고모와 양린이 좋은 인연을 맺길 학수고대했는데. 고모보다 스무 살이나 많고 아내와 사별한 사람이라 재취로 들어가야 하기는 하지만 그래도 매달 월급이 100위안이 넘는 현 위원회 서기가 아닙니까. 마을에 올 때마다 녹색 지프차를 타고 비서와 경호원을 대동하던 높고 높은 사람이었습니다. 수년이 지난 후 고모 역시 그를 단 한 번밖에 보지 못했다고 말했습니다. 만삭처럼 뚱뚱한 배에 입만 열었다 하면 마늘 냄새가 지독했지. 사실 그도 시골 출신이거든. 그래도 양린에게 시집을 가고 싶었어. 너희들을 위해, 우리 가족을 위해서라도 그에게 시집갔을 거야. 고모가 현성에 가서 양린을 만나고 온 다음 날, 친산이 원장의 접대를 받으며 산부인과에 들렀답니다. 친산은 알랑방귀를 떨며 고모에게 온갖 아첨을 늘어놓았답니다. 그야말로 종이 따로 없었대요. 친산이 얼마나 기세등등한 사람인데, 언제나 위압적으로 사람을 짓누르던 그자가 순식간에 아부하는 꼴이라니, 고모는 만감이 교차했습니다. 그렇게 권력에 빌붙은 소인배들 때문에라도 고모는 시집을 가야겠다고 마음먹었습니다. 그놈의 문화 대혁명만 아니었다면…….

작고 다부진 체격의 여자 홍위병이 해진 신발 두 짝을 들고 오더니 양린과 고모 목에 하나씩 걸어 주었습니다. 세월이 지난 후 고모는 반혁명 분자라느니 첩자라느니 하는 죄명은 참을 수 있었지만 '해진 신발'이란 말로 사생활이 문란한 여자 취급을 받은 일은 정말 모욕적이었다고 했어요. 말도 안 되는 터무니없는 최대의 모욕이었어! 고모는 곧바로 목에 걸린 해진 신발을 힘껏 내동댕이쳤어요. 한데 그 신발이 마치 눈이라도 달린 것처럼 황추야 앞에 떨어졌습니다.

여자 홍위병이 껑충 뛰어올라 있는 힘껏 고모 머리채를 잡아당겼어요. 고모도 질세라 고개를 빳빳이 쳐들며 버텼고요. 고모! 어서 고개 숙여요! 계속 반항하다간 두피까지 송두리째 벗겨질 것 같아! 작고 튼실한 홍위병은 적어도 백 근은 되어 보이는데! 고모 몸에 대롱대롱 매달려 있잖아. 고모가 마치 갈기를 휘두르는 거친 망아지처럼 머리를 세차게 흔들자 여자 홍위병이 머리카락 몇 줌을 꼭 쥔 채 단상 위로 굴러떨어졌어요. 고모의 머리에서 피가 흘러내렸습니다. 아직도 고모 머리에는 동전 두 개만 한 상처가 남아 있어요. 피가 고모의 이마를 따라 귓가로 흘러내렸지만 고모는 꼼짝도 하지 않은 채 똑바로 서 있었어요. 단상 아래에 침묵이 감도는 가운데 수레를 끄는 당나귀 한 마리가 목을 길게 빼고 목청껏 울부짖었어요. 어머니의 울음소리는 들리지 않았습니다. 제 마음에 희뿌연 설움이 내려앉았습니다.

그때 황추야가 앞에 떨어진 해진 신발을 주워 들고 단상 위로 달려왔습니다. 아마 단상에서 무슨 일이 벌어졌는지 몰랐을 거예요. 알았다면 절대 그런 행동은 하지 못했을 겁니다. 단상 위로 올라온 황추야는 눈앞의 광경에 얼이 나간 듯, 신발을 던지고 뭐라고 중얼거리면서 한 발 한 발 뒤로 물러섰어요. 샤오상춘이 저벅저벅 단상으로 올라와 버럭 소리를 질렀습니다. 완신! 제멋대로군! 그가 팔을 휘두르며 직접 구호를 외쳤습니다. 어떻게 해서든지 분위기를 바꿔 어색한 순간을 넘기려는 수작이었습니다. 하지만 단상 아래 어느 누구도 그의 편이 되어 주지 않았습니다. 홍위병 여자아이는 손에 쥐고 있던 머리카락이 뱀이라도 되는 것처럼 털어 버리더니 엉엉 울며 허둥지둥 단상 아래로 내려갔습니다.

거기 서! 샤오상춘이 단상 아래로 내려가는 황추야를 불러

세우더니 땅에 떨어진 해진 신발을 가리키며 말했습니다. 저 여자 목에 걸어!

붉은 피가 고모 귀를 따라 목으로, 눈썹을 지나 눈으로 흘러내렸습니다. 고모가 자기 손으로 얼굴을 닦았습니다.

해진 신발을 집어 들고 덜덜 떨며 고모 앞으로 다가간 황추야는 고개를 들고 고모를 바라본 순간, 괴성을 지르더니 입에 거품을 물고 뒤로 나자빠졌어요.

홍위병 몇 사람이 올라와 죽은 개 끌어내듯 그녀를 단상 아래로 끌어내렸습니다.

샤오상춘이 양린의 옷을 틀어쥐고 치켜 올렸습니다. 양린의 허리가 꼿꼿이 세워졌습니다.

양린은 두 팔이 축 늘어지고 두 다리는 구부정한 모습이 온몸에 힘이 다 빠진 듯했어요. 샤오상춘이 손을 놓으면 그대로 바닥에 고꾸라질 것 같았습니다.

완신이 끝까지 반항하면 남는 건 죽음뿐이야! 샤오상춘이 말했습니다. 저년이 불지 않으니 네가 대신 불어야겠어. 솔직하게 털어놓으면 관용을 베풀겠지만 끝까지 반항하면 엄하게 처벌하겠어! 말해, 너희 둘이 간통했어, 안 했어?

양린은 아무 말도 하지 않았어요.

샤오상춘이 손짓하자 건장한 사내 하나가 올라와 양손으로 양린의 뺨을 십여 차례 사정없이 갈겼습니다. 찰싹찰싹 따귀 소리가 엄청났어요. 하얀 알갱이 몇 개가 단상에 떨어졌어요. 치아였을 거예요. 양린이 휘청거렸습니다. 금방이라도 고꾸라질 것 같았어요. 양린이 넘어지지 않도록 사내가 양린의 멱살을 잡았습니다.

말해, 간통했나, 안 했나?

했습니다…….

몇 번?

한 번…….

사실대로 말해!

두 번…….

사실대로 말 못 해?

세 번…… 네 번…… 열 번……. 아니, 여러 번……. 잘 모르겠습니다…….

날카로운 외마디 비명과 함께 고모가 마치 먹잇감을 덮치는 암사자처럼 양린에게 달려들었습니다. 양린은 단상 위에서 꼼짝하지 않았습니다. 고모는 죽을힘을 다해 얼굴을 잡았고……. 우람한 규찰대원 몇 명이 한참 씨름한 후에야 양린을 잡고 늘어진 고모를 떼어 냈습니다.

그때였습니다. 괴이한 소리와 함께 빙판이 무너져 내리면서 수많은 사람이 얼음물에 빠졌습니다.

2부

경애하는 스기타니 요시토 선생님께

달수로 두 달 동안 써 내려간 편지, 게다가 돈을 아끼려 소포로 보낸 제 장문의 편지를 소중한 시간을 내어 참을성을 가지고 읽어 주신 데 대해 정말 감사를 드립니다. 또한 선생님의 아낌없는 격려와 긍정적인 평가에 감동하면서도 한편으로 죄송한 마음 감출 길이 없습니다.

편지에서 언급한 일제 강점기 핑두성에 주둔했던 일본군 사령관 스기타니가 선생님 부친이라는 소식에 실로 놀라움을 감출 수 없었습니다. 선생님은 이미 고인이 되신 아버님을 대신해 제 고모와 가족, 고향 사람 들에게 사죄하셨습니다. 객관적으로 역사를 보려는 시각과 부채 의식 모두 저에게 큰 감동을 주었습니다. 선생님 편지를 읽고 전쟁 때 선생님과 선생님 어머님이 얼마나 조마조마한 시간을 보냈는지, 또한 전쟁 이

후 얼마나 추위와 굶주림에 시달려야 했는지 잘 알 수 있었습니다. 이런 일을 생각하면 선생님 역시 전쟁의 피해자이며, 선생님 아버님 역시 피해자입니다. 전쟁이 없었더라면 선생님이 말씀하신 대로 아버님은 전도유망한 외과의사로 살아갔을 것입니다. 전쟁이 아버님의 운명을, 아버님의 성격을 바꾼 것입니다. 사람의 목숨을 구할 의사를 사람을 죽이는 군인으로 내몬 것이지요.

저희 고모와 아버지, 이곳에서 전쟁을 겪은 분들에게 선생님 편지를 읽어 주었습니다. 편지 내용을 들은 사람들은 모두 눈물을 글썽이며 마음 아파했습니다. 아버님이 핑두성에 주둔하실 때 선생님은 겨우 네다섯 살 꼬마였지요. 아버님이 핑두성에서 지은 죄를 선생님이 대신 짊어져야 할 필요는 없습니다. 그런데도 선생님은 선뜻 죄를 인정하고 아버님 세대의 죄를 대신 속죄하려 애쓰고 계십니다. 선생님이 이렇듯 죄책감을 갖고 계신 건 가슴 아픈 일이지만 또한 이러한 정신이 얼마나 값진 것인지 잘 알고 있습니다. 요즘 세상 사람들에게 많이 부족한 부분이니까요. 누구나 생각의 틀을 깨어 역사를 되짚고 자아를 반성할 수 있다면 인류는 수없이 많은 어리석은 행동에서 벗어날 수 있을 겁니다.

우리 고모, 아버지, 마을 사람들 모두 선생님이 가오미 둥베이향에 오시길 간절히 바라고 있습니다. 고모는 선생님을 모시고 핑두성을 돌아보고 싶어 합니다. 고모는 저에게 선생님 아버님에 대해 사실 별로 나쁜 인상을 가지고 있진 않다고 슬쩍 말해 줬습니다. 물론 일제 강점기를 배경으로 한 중국 영화에서 묘사하는 것처럼 흉악무도하고 야만적인 일본인 군관이 많았던 것도 사실입니다. 하지만 선생님의 아버님처럼 점잖고 예의 바른 이들도 있었습니다. 고모는 아버님을 "나쁜 무리 가운데 그다지 나쁘지 않은 사람"이라고 평가했습니다.

6월 초에 가오미현으로 돌아왔으니 벌써 한 달이 넘었네요. 그동안 고모를 소재로 한 연극 준비로 조사를 좀 했습니다. 또한 선생님 말씀대로 고모 이야기를 편지로 적고 있습니다. 선생님 뜻에 따라 되도록 제가 직접 겪은 일도 함께 적었습니다.

고모와 아버지가 선생님과 선생님 가족에게 안부를 전해 달라고 했습니다.

가오미 둥베이향 사람들은 모두 선생님을 환영합니다!

2003년 7월 가오미에서

커더우 올림

1

선생님, 1979년 7월 7일은 제가 결혼한 날입니다. 신부 왕런메이는 제 소학교 동창입니다. 왕런메이 역시 저처럼 학같이 긴 다리를 가지고 있습니다. 기다란 두 다리를 보는 순간 저는 가슴이 마구 뛰었습니다. 열여덟 살 때 우물에 물을 길러 갔다가 우물 둔덕에서 그 애를 만났습니다. 그 애가 우물에 던진 물통이 뱅글뱅글 원을 그리며 돌아가고 있었어요. 저는 우물 둔덕에 쪼그려 무릎을 꿇고 런메이와 함께 물통을 끌어 올렸어요. 그날은 운이 좋았습니다. 단번에 런메이의 물통을 끌어 올렸거든요. 런메이가 찬사를 늘어놓았어요. 샤오파오, 물통 올리는 선수네! 당시 런메이는 소학교 체육 과목 임시 교사였습니다. 큰 키에 가늘고 긴 목, 작은 머리, 그리고 뒤로는 양 갈래로 땋은 머리채를 늘어뜨리고 있었습니다. 제가 더듬더듬 입을 열었어요. 왕런메이, 알려 주고 싶은 게 있는데. 런메이가 무슨 일인지 물었습니다. 제가 말했어요. 왕단하고 천비하고 서로 좋아해, 알아? 런메이가 잠시 멍한 표정을 짓더니 갑자기 큰 소리로 웃기 시작했어요. 그리고 이렇게 말했어요. 샤오파오, 너 정말 헛소리 잘하는구나. 왕단처럼 작은 아이하고 대양마 같은 천비하고? 그러더니 뭔가 생각이 난 듯 얼굴이 벌게져서 배꼽을 잡고 웃었습니다. 저는 정색하며 말했어요. 거짓말 아냐. 거짓말이면 내가 개새끼다! 내가 직접 봤다고! 뭘 봤는데? 왕런메이가 물었어요. 제가 숨죽이며 조그만 소리로 말했어요. 절대 다른 사람에게 말하면 안 돼? 어제저녁에 작업시간 기록실에서 나와 탈곡장 쪽 보릿짚 더미 옆을 지날 때였어. 짚 더미 뒤쪽에서 쑥덕거리는 소리가 들려서 살며시 다가가 조심조심 귀를 기울여 봤더니 천비하고 왕단이 소곤거리고 있더라고. 왕단이 그러더라. 천비 오빠, 안심해. 내가 키는 작아도 있을 건 다 있어. 오빠 아들도 낳을 수 있어. 그러자 왕런메이가 다시 배를 잡고 깔깔거리며 웃었어요. 제가 말했습니다. 들을 거야, 안 들을 거야? 런메이가 대답하더군요. 들을게. 어서 말해 봐. 그래서 어떻게 됐는데? 그런 뒤에는 뭘 했어? 제가 말했어요. 아마 입을 맞춘 것 같아. 웃기지 마! 어떻게 했는데? 제가 말했어요. 내가 거짓말할까 봐? 입맞춤을 어떻게 했냐고? 물론 방법이 있지. 천비가 마치 아이를 안듯 왕단을 가슴에 안고 그냥 자기 멋대로 입을 맞추더라고. 왕런메이가 얼굴이 다시 발개지며 이렇게 말했습니다. 샤오파오, 저질! 천비도 마찬가지야! 제가 말했어요. 왕런메이! 천비랑 왕단도 연애하는데 우리도 사귀면 안 되나? 런메이가 잠시 어안이 벙벙한 듯 가만히 있다가 웃음을 터뜨렸어요. 왜 나랑 사귀고 싶은데? 제가 말했죠. 너랑 나랑 모두 다리가 길잖아. 우리 고모가 그랬어. 우리 둘이 결혼하면 분명히 다리가 긴 아이를 낳을 거라고. 그럼 아이를 세계 제일의 선수로 키우는 거야. 왕런메이가 웃으면서 말했어요. 너희 고모 너무 웃긴다! 정관 수술도 진두지휘하시더니, 이젠 중매까지 하시네! 왕런메이가 물통을 메고 걸어갔습니다. 성큼성큼 내딛는 발걸음 따라 멜대가 흔들흔들거리고 위아래로 오르락내리락하는 물통이 마치 날아오르는 것 같았어요. 그 후 저는 군대에 가기 위해 고향을 떠났습니다. 몇 년 후, 샤오샤춘과 그녀의 약혼 소식이 들려왔어요. 샤오샤춘이 농업 고등학교에서 국어 과목 임시 교사를 하고 있다더군요. 샤오샤춘이 「석탄 찬가」라는 산문을 써서 《대중일보》 특별란에 기고했대요. 그 일로 둥베이향이 떠들썩했나 봐요. 전 정말 울컥했습니다. 진짜 석탄을 먹었던 우리는 가만히 있는데 먹지도 않았던 샤오샤춘이 「석탄 찬가」라는 글을 쓰다니요. 왕런메이의 선택이 정확했다는 생각이 들었습니다.

샤오샤춘이 대학에 합격하자 샤춘 아버지는 거리에 1000개짜리 폭죽을 세 묶음이나 터뜨렸는가 하면 영화팀을 초청해서 소학교 운동장에 스크린을 걸어 두고 사흘 밤 내내 영화를 상영했습니다. 그야말로 기고만장함의 극치에서 나온 대단한 위세라고 할 수 있지요.

당시 자위환격 전쟁[33]에서 3등 전공을 세우고 돌아온 저는 정식 군관이 되었습니다. 덕분에 중매가 많이 들어왔어요.

고모가 말했습니다. 샤오파오, 내가 좋은 아가씨 소개해 줄게. 너도 분명히 좋아할 거다. 어머니가 물었어요. 누군데요? 내 밑에서 일하는 샤오스쯔요. 그 아가씨는 서른이 넘었잖아요? 고모가 말했어요. 딱 서른이에요. 샤오파오는 이제야 스물여섯인데. 그러자 고모는 조금 나이가 많은 여자가 사람을 아낄 줄 안다고 했어요. 제가 말했죠. 샤오스쯔도 좋긴 하지만, 왕간이 그 여자를 좋아한 지 십 년이 넘었어요. 친구가 사랑하는 여자를 뺏을 순 없죠. 고모가 말했어요. 왕간? 그 애 주제에 누굴 넘봐? 다른 남자는 다 좋아도 왕간은 싫다고 할 거다! 왕간 아빠가 장날마다 구부정한 허리로 막대기를 짚고 병원에 나타나 생난리를 피우는 바람에 내 체면이 엉망이 된 지 몇 년인지 알아? 아마 나한테 받아 처먹은 '영양비'[34]만 해도 아무리 못해도 800위안은 될 거다. 어머니가 말했어요. 왕자오 그 사람, 엄살이 좀 있지! 고모가 화가 나서 말했어요. 좀은요, 완전히 엄살 덩어리라고요. 나한테서 뜯어낸 돈으로 시장에 달려가 고기에 술까지 처먹고 나면 허리를 꼿꼿이 펴고 온 시장을 다 들쑤시고 다닌다고요. 대체 난 왜 평생 만나는 사람마다 그런 건달 같은 인간들일까요? 샤오상춘, 그 잡것 때문에 문화 대혁명 때 죽을 뻔했잖아요? 그런 자가 지금은 무슨 나리가 된 것처럼 파초 부채를 부치며 집에서 편안하게 온갖 행복을 누리고 있고요. 아들이 대학에 합격했다면서

33) 自衛還擊. 스스로 지키고 반격한다는 뜻. 중국이 베트남과 싸운 전쟁을 말한다.

34) 營養費. 의료 사고 등으로 피해를 입은 사람에게 주는 일종의 보상비.

요? 옛말에 죄는 지은 대로 가고 덕은 닦은 대로 간다고 했는데, 지금은 완전히 정반대예요. 어머니가 말했어요. 그대로 옛말이 맞아요, 다만 아직 때가 오지 않은 거지. 고모가 말했어요. 그게 언젠데요? 벌써 백발이 성성한데!

고모가 돌아간 후 어머니가 한숨을 내쉬었습니다. 고모 일생도 참 기구하구나. 제가 물었어요. 그 후에 양린이 고모를 찾아왔다면서요? 고모가 그러는데 지역 전문위원이 되어서 자가용을 타고 왔더래. 고모에게 사죄하면서 문화 대혁명 때 잘못을 보상하고 싶다고 결혼하자고 했대. 네 고모가 한마디로 거절했지.

어머니와 고모 이야기를 하며 한숨을 짓고 있을 때 갑자기 왕런메이가 들이닥쳤습니다. 런메이가 우리 어머니에게 말했어요. 아주머니, 샤오파오가 신붓감을 구한다던데, 세상에! 그게 사실이에요? 그럼 전 어때요? 아가씨는 이미 약혼자가 있잖아요? 그 사람과는 끝났어요. 대학 붙었다고 여자를 버려? 그야말로 진세미[35]가 따로 없네! 어머니가 분개해서 말했어요. 아주머니, 그 사람이 절 버린 게 아니라, 제가 버렸어요. 대학 합격이 뭐 그렇게 대단하다고 폭죽을 터뜨리고, 영화 상영을 하고, 너무 지나치잖아요? 샤오파오가 더 좋아요. 군관이 되고도 으스대지 않잖아요. 고향에 돌아와 밭일도 할 줄 알고! 아가씨, 우리 집 애는 아가씨하고 맞지 않아요. 아주머니,

35) 陳世美. 중국 전통극 「진향련(陳香蓮)」에서 장원 급제한 후 조강지처를 버리고 부마가 되었다가 포청천에 의해서 죽임을 당한 인물. 출세한 후 여자를 버리는 남자를 비유하는 말.

이런 일은 아주머니 의견도 의견이지만 샤오파오 의견이 중요해요. 샤오파오, 너랑 결혼해서 세계 제일의 아이를 낳아 줄게. 어때? 좋아! 저는 런메이의 다리를 보며 대답했습니다.

2

결혼식 날 아침, 날씨가 음산했습니다. 먹구름이 하늘에 가득했어요. 번개가 번쩍이더니 우르르 쾅쾅 천둥소리가 울려 퍼지고 장대비가 쏟아지기 시작했습니다.

어머니가 중얼거렸어요. 위안싸이 이 사람, 황도길일[36]을 골랐다고 하더니, 저것 좀 봐라. 이러다 물난리 나겠네.

오전 10시가 조금 넘어 장대비가 쏟아지는 가운데 왕런메이가 두 사촌 여동생의 시중을 받으며 우리 집에 도착했습니다. 우비 입은 여자들의 모습이 마치 강둑에 홍수 방제 작업을 하러 나가는 사람들 같았습니다. 마당에 비닐로 천막을 치고 그 안에 간이 부뚜막을 준비했습니다. 저는 부뚜막 앞에 쪼그리고 앉아 풀무로 불을 피워 물을 끓였습니다. 사촌 동생

---

36) 黃道吉日. 혼례나 이사에 적합한 길일.

우관이 좀 삐딱한 말투로 말했어요. 자위환격 전쟁의 영웅이 신부도 왔는데 여기서 쪼그리고 앉아서 무슨 물을 끓이고 있어? 제가 말했어요. 그럼 나 대신 물 좀 끓여. 그러자 우관이 우쭐댔어요. 큰어머니가 폭죽 터뜨리라고 했어. 이렇게 비 오는 날 폭죽을 터뜨리려면 기술이 있어야 하거든. 어머니가 문 어귀에 서서 소리를 질렀어요. 우관, 그만 입 놀리고 어서 폭죽 터뜨려라. 우관은 품에서 비닐로 잘 싸 둔 폭죽 한 줄을 꺼내 기폭 장치에 불을 붙였습니다. 막대에 받치지도 않고 그냥 손으로 폭죽을 들고 장대비 속에 우산을 받쳐 든 채 몸을 기울여 폭죽을 터뜨렸습니다. 비 때문에 연기가 흩어지지 않고 그의 주위를 에워쌌습니다. 하나같이 물에 빠진 생쥐 꼴인 아이들이 손뼉을 치고 발을 동동 구르며 고함을 질렀습니다. 우관, 우관, 머리통이 온통 연기에 휩싸였네. 요 녀석들, 무슨 소릴 하는 게냐! 어머니가 말했습니다.

원래 시댁에 들어서면 신부는 입을 꾹 다문 채 안채를 지나 신방으로 들어가 온돌에 다리 한 짝을 걸치고 앉아야 합니다. 이를 '좌상(坐床)'이라고 합니다. 하지만 왕런메이는 마당에 들어서자마자 우뚝 서서 우관을 구경했습니다. 연기 때문에 얼굴이 마치 아궁이에서 막 나온 사람처럼 시커메진 우관을 보며 왕런메이가 큰 소리로 웃었어요. 신부 들러리를 맡은 사촌 여동생이 살며시 런메이의 옷소매를 잡아끌었지만 런메이는 본체만체했습니다. 플라스틱 하이힐 때문에 키가 어찌나 커 보이는지 나무 한 그루가 서 있는 것 같았습니다.

우관이 아래위로 런메이를 훑어보더니 말했습니다. 형수,

형수랑 뽀뽀하려면 계단이 필요하겠네요! 어머니가 고함을 쳤어요. 우관! 그 입 닥치지 못해? 왕런메이가 말했습니다. 우관, 바보! 왕단하고 천비가 뽀뽀할 때도 계단은 필요 없었어.

신부가 마당에 서서 나이 어린 시동생과 농을 주고받는 것을 보고 아주머니들이 숙덕거렸어요. 제가 쇠 삽을 들고 천막에서 나오자 아이들이 손뼉을 치며 발을 굴렀습니다. 영웅이 나왔다! 영웅이 나왔다!

새 군복을 입고 3등 훈장까지 달았지만 얼굴엔 온통 탄가루가 묻고 손에 삽을 들고 있으니 이도 저도 아닌 것이 어정쩡했지요. 제 모습을 보고 왕런메이가 배꼽을 잡고 웃어 댔습니다. 저는 마음이 어수선하여 웃지도 못하고 울지도 못하는 상태였지요. 왕런메이는 정신이 약간 나간 것 같았어요. 어머니가 소리를 질렀습니다. 어서 신부를 안으로 데리고 들어가지 않고 뭐 하는 거야!

제가 과장된 말투로 말했죠. 부인, 어서 신방으로 듭시다! 왕런메이가 말했어요. 방 안은 너무 답답해요, 밖이 시원하잖아요? 아이들이 박장대소했습니다. 와! 와! 저는 방으로 들어가 사탕을 한 바가지 퍼서 대문으로 달려간 다음 골목에 뿌렸습니다. 벌 떼처럼 몰려든 아이들이 진흙탕 속에서 서로 사탕을 가지려고 난리가 났습니다. 저는 왕런메이의 손목을 잡아 방 안으로 밀어 넣었습니다. 방문이 낮아 런메이가 이마를 부딪히며 꽝 소리가 났어요. 런메이가 소리를 질렀습니다. 에그, 엄마야! 머리 부딪혔잖아! 아주머니들이 배꼽을 잡고 웃었어요.

좁은 방에 많은 사람이 들어오다 보니 옴짝달싹할 수가 없을 정도였어요. 여자 셋이 우의를 벗었습니다. 물이 뚝뚝 떨어지는 우비를 걸 곳이 없어 문고리에 그냥 걸었습니다. 그렇지 않아도 축축한 바닥은 진흙탕을 걸어온 사람들 때문에 더 엉망이 되었습니다. 온돌 마루 길이가 채 2미터도 되지 않는 작은 방이었습니다. 마루 끝자락에 왕런메이가 친정에서 가져온 이불 네 채, 요 두 채, 담요 두 장, 베개 두 개를 올려놓으니 천장에 닿을 정도였습니다. 왕런메이는 구들에 앉자마자 소리를 질렀어요. 에고, 어머나, 이게 어딜 봐서 구들장이야, 꼭 냄비만 하구먼!

어머니가 화가 나서 몽둥이로 바닥을 두드리며 말했어요. 그래, 냄비 맞구먼! 어서 앉아 봐라, 네 볼기가 익나 안 익나 보자!

왕런메이가 다시 요란하게 웃음을 터뜨린 후 작은 소리로 제게 말했어요. 샤오파오, 어머님이 유머가 넘치시네? 내 볼기가 진짜 익으면 어떻게 세계 제일의 손자를 낳아?

화가 나서 머리가 돌 지경이었습니다. 하지만 결혼식 날 화를 낼 수도 없는 일이었습니다. 저는 손을 뻗어 온돌 마루를 만져 보았습니다. 많이 뜨겁더군요. 집에 친척 여자들이 모두 모여 식사를 하려니 부뚜막 두 곳에 계속 불을 지피고 만두랑 국수랑 여러 가지 요리들을 해 대느라 바닥이 흐물흐물해질 지경이었습니다. 저는 개어 놓은 이불 더미에서 이불 하나를 끌어다 네모나게 접어 구석 자리에 놓은 다음 말했습니다. 부인, 여기로 오르시지요! 왕런메이가 킥킥거리며 말했어요. 샤오파오, 너 정말 우스꽝스럽다. 부인이 뭐냐? 그냥 사람들 하는 대로 '여보'라고 부르거나 아니면 옛날처럼 '런메이'라고 불러. 전 할 말이 없었어요. 하긴 이렇게 얼빠진 여자를 데려왔으니 무슨 말을 할 수 있었겠습니까? 사실 런메이가 꼴보기 싫어서 '부인'이라고 비아냥거린 건데 알아듣질 못하니까요. 그래, 여보, 런메이, 온돌에 오르시지요. 저는 사촌 여동생의 도움을 받아 런메이의 신발을 벗기고, 축축하게 젖은 나일론 양말을 벗긴 뒤 온돌로 들어 올렸습니다. 온돌에 오르자마자 런메이가 몸을 일으켰는데 머리가 금방이라도 천장에 닿을 것 같았습니다. 좁고 낮은 곳에 있으니 런메이가 더 커 보였습니다. 학 같은 다리는 알통이 거의 없었어요. 발 크기도 만만치 않아 거의 제 발이랑 맞먹었습니다. 런메이가 맨발로 2제곱미터도 안 되는 곳을 뱅그르르 돌았습니다. 원래 들러리도 함께 신부와 온돌에 올라가야 하지만 왕런메이 한 사람만으로도 온돌 마루가 가득 차니, 두 사촌 여동생은 하나는 벽 구석에, 또 하나는 온돌 마루 가장자리에 앉을 수밖에 없었습니다. 런메이는 키 자랑이라도 하려는 듯 깨금발을 딛고 머리를 천장에 붙였습니다. 마치 무슨 재미난 놀이라도 하듯 계속 깨금발을 딛고 서서 마루 위를 뱅그르르 돌고 자꾸만 펑, 펑 소리를 내며 천장에 머리를 박았습니다. 어머니가 문틀을 잡고 고개를 들이밀었습니다. 며늘아기야, 온돌 무너지겠다, 오늘 밤 어디서 자려고 그러는 게냐? 런메이가 히득히득 웃었어요. 온돌 무너지면 땅바닥에서 자죠.

저녁 무렵, 고모도 식사하러 건너오셨어요. 고모는 대문 안에 들어서기가 무섭게 외쳤습니다. 고모 마님 납시오! 어찌 맞이하는 사람이 하나도 없는고?

우리는 황급히 고모에게 달려 나갔어요. 어머니가 말했어요. 비가 억수같이 와서 안 올 줄 알았죠.

고모는 기름종이로 만든 우산을 들고 바짓가랑이는 걷어붙인 채 맨발이었습니다. 신발은 겨드랑이에 끼고 있었어요.

까짓 비쯤이야, 하늘에서 칼이 내려도 와야지! 우리 영웅 조카가 결혼한다는데 내가 안 올 수 있어요?

제가 말했어요. 고모는! 내가 무슨 영웅이에요? 밥이나 하는 취사병이었는데, 적이라고는 코빼기도 볼 수가 없었다고요.

취사병이 얼마나 중요한데. 금강산도 식후경이라고 했어. 병사들이 제대로 배를 못 채우면 어떻게 적진을 뚫고 승리를 거두겠니? 어서 밥 좀 줘, 빨리 먹고 돌아가 봐야 해. 강물이 불어서 다리가 잠기면 돌아갈 수가 없어.

못 가면 여기서 한 이틀 쉬어 가죠, 뭐. 어머니가 말했어요. 이야기 나눈 지도 오래됐는데, 오늘 저녁엔 고모 이야기나 들어 보게!

안 돼요! 내일 현 정치협상위원회에서 회의가 있어요.

샤오파오, 너 알고 있었냐? 고모가 승진했대. 정치협상위원회 상임위원이란다!

그게 무슨 관직이나 돼요? 그냥 이름뿐인 자리예요.

고모가 서쪽 방에 들어서자 친척들이 부산스럽게 움직였어요. 온돌 위에 앉아 있던 사람들이 고모에게 자리를 양보하려고 허리를 굽히고 온돌 아래쪽으로 다가붙었습니다. 고모가 말했어요. 모두 앉아 있던 곳에 그대로 앉으세요. 난 밥만 먹고 갈 거예요.

어머니가 누나에게 고모 식사를 올리라고 재촉했어요. 고모가 솥뚜껑을 열더니 만두 하나를 꺼냈습니다. 만두가 뜨거운지 후후 불어 가며 이리저리 굴렸습니다. 입에서도 계속 스, 스 소리를 내면서요. 고모가 만두를 반으로 갈라 펀정러우[37]를 몇 젓가락 집어 끼워 넣은 다음 크게 한 입 물고 우물거리며 말했어요. 그냥 이게 좋아, 그릇 같은 거 가져오지 마! 이렇게 먹어야 진짜 맛있지. 내가 이쪽 일을 한 뒤부터는 정식으로 앉아서 밥을 먹은 게 몇 번 안 돼.

고모가 만두를 먹으며 말했어요. 어디, 신방 좀 보자.

왕런메이는 더운 게 싫었던지 창틀에 앉아 창문으로 들어오는 불빛 아래 소인서[38]를 읽으며 키득거리고 있었습니다.

고모 오셨어! 제가 말했어요.

왕런메이가 구들장에서 폴짝 뛰어내려 고모의 한쪽 손을 잡더니 말했습니다. 고모님, 그렇지 않아도 상의할 일이 있었는데 오셨네요.

무슨 일인데? 고모가 물었어요.

왕런메이가 목소리를 깔고 말했어요. 고모님에게 쌍둥이를 낳는 약이 있다면서요?

고모가 불편한 표정으로 말했어요. 누가 그래?

---

37) 粉蒸肉. 손님 접대용 요리 가운데 하나. 삼겹살과 찹쌀가루가 주재료다.
38) 小人書. 이야기 그림책인 연환화(連環畫)를 말한다. 어린이용 출판물이 대부분이지만 혁명 의식을 일깨우는 매체로 쓰이기도 했다.

왕단요.

헛소문이야! 고모가 목이 메었는지 캑캑거리며 얼굴이 벌게졌어요. 누나가 내미는 물 반 컵을 마시고 가슴을 몇 번 두드린 후 고모가 정색하며 말했습니다. 그런 약도 없고, 설사 그런 약이 있다 하더라도 그런 걸 누가 감히 사람에게 먹여?

왕단이 그러는데, 천씨 집성촌에 고모가 처방해 준 약을 먹고 남녀 쌍둥이를 낳은 사람이 있대요.

고모가 손에 쥐고 있던 만두 반쪽을 누나 손에 올려놓고 말했어요. 정말 짜증 나네! 왕단, 이 요사스러운 년, 내가 죽을 힘을 다해 배 속에 있는 아이를 꺼내 줬더니 염치없이 어디 그런 헛소리를 퍼뜨리고 다녀? 보이기만 해 봐라. 그놈의 주둥이를 짝 찢어 놓을 테니!

고모, 화내지 마세요. 저는 몰래 왕런메이의 종아리를 발로 걷어차며 조그맣게 속삭였습니다. 입 다물어!

왕런메이가 호들갑을 떨며 소리쳤어요. 에고, 엄마! 다리 부러지겠네!

어머니가 화가 나서 말했습니다. 그렇게 해서 부러지겠어? 저놈의 개 다리!

어머니! 왕런메이가 소리 질렀어요. 무슨 말씀을 하시는 거예요! 우리 둘째 삼촌네 누렁이 다리를 부러뜨린 건 쇠 덫이라고요.

퇴직 후 고향으로 돌아온 샤오상춘은 온종일 생명이 있는 것들을 해치고 다녔습니다. 공기총을 구해 동네의 새란 새는 모조리 씨를 말려 버렸고, 심지어 마을 사람들이 길조로 여기는 까치까지 잡아 버렸어요. 그물코가 촘촘한 그물을 빙 둘러 치고 손가락 한 마디짜리 치어까지 모두 쓸어 버렸습니다. 게다가 위력이 어마어마한 쇠 덫까지 만들어 숲이나 들판의 묘지에 숨겨 놓고 오소리며 족제비 같은 것들을 잡았어요. 왕런메이 둘째 삼촌네 개가 그만 쇠 덫을 잘못 밟는 바람에 다리가 부러지고 말았답니다.

샤오상춘의 이름을 듣자마자 고모는 낯빛이 변하더니 이를 악물고 말했습니다. 그 악질! 진작에 벼락 맞아 죽었어야 하는데 지금도 늘어지게 잘살고 있다니! 매일 온갖 산해진미를 포식하며 지금도 소처럼 건장한 걸 보면 하늘도 그 악질을 무서워하는 게 분명해!

고모님! 왕런메이가 말했습니다. 하늘은 두려워할지 몰라도 전 그 사람 안 무서워요. 고모 원수면 제가 대신 복수해 줄게요.

기분이 좋아진 고모가 한바탕 크게 웃더니 정색하고 말했어요. 조카며느리, 사실 말이지 처음에 조카가 자네랑 결혼한다고 했을 때 난 반대했어. 그런데 듣자하니 자네가 샤오상춘 아들을 먼저 차 버렸다고 해서 마음이 바뀌었지. 그 정도 배짱이면 좋다고 했어. 대학생이 뭐 대단해? 앞으로 우리 집안 아이는 대학도 명문 대학에 갈 건데. 베이징대, 칭화대, 케임브리지, 옥스퍼드, 학부는 물론이고, 석사, 박사까지 해서 교수도 되고, 과학자도 되고 말이야. 참, 세계 챔피언도 돼야지!

왕런메이가 말했어요. 고모, 그러니까 그 쌍둥이 낳는 약 좀 지어 주세요. 우리 완씨 집안 아이를 하나라도 더 낳아서 샤오상춘 약 좀 올리게요.

세상에! 사람들 모두 자네더러 총기가 좀 부족하다고 하더니만 사람들이 모르는 소리였네! 실컷 그런 생각하지 말라고 훈수를 뒀더니 그걸 또 이렇게 돌려 말하네! 고모가 엄숙하게 말했어요. 자네 같은 젊은이들이 당의 말을 따라 당과 함께 나아가야지, 옆길로 새면 되나! 계획생육은 무엇보다도 중요한 기본 국책이야. 그러면서 고모는 당원의 강령을 읊었습니다. 당 서기의 인솔 아래 당 전체가 움직이며, 솔선수범하여 인민대중을 이끌고, 과학적 연구를 강화하여 기술을 향상하고 조치를 실천한다, 군중의 운동으로 이를 지속적으로 실행한다. 한 가정 한 자녀 낳기는 강철처럼 견고한 정책으로 오십 년 동안 흔들림이 없었어. 인구를 통제하지 못하면 중국은 끝장이야. 샤오파오, 넌 공산당원이자 혁명 군인이니 반드시 솔선수범해야 한다!

고모님, 몰래 주세요, 그냥 제가 한 입에 꿀꺽하면 귀신도 모른다고요. 왕런메이가 말했습니다.

이제 보니 조카 며느리가 좀 말귀를 못 알아듣는구먼. 고모가 말했어요. 다시 한 번 말해 주지. 그런 약은 정말 없어! 있다고 해도 줄 수도 없고! 공산당원이자 정치협상위원회 상임위원이며, 계획생육 지도분과 부과장인 내가 어떻게 먼저 법을 어기겠어? 나는 억울한 일을 많이 당했지만 당원이 지녀야 할 마음만은 일편단심이야. 나면서부터 당의 사람이자 죽어서는 당의 귀신이 될 거니까. 당이 가리키는 곳을 향해 출격하리라! 샤오파오! 네 마누라 정말 좀 모자라나 보다, 도무지 콩인지 메주인지 구분을 못 하는구먼! 하지만 넌 세상이 어떻게 돌아가는지 정확하게 알고 절대 허튼짓을 해선 안 돼! 지금 사람들이 내게 붙여 준 '살아 있는 염라대왕'이란 별명 말이야, 이 고모는 이 별명을 정말 영광스럽게 생각해! 계획생육 정책에 따라 태어나는 아이라면 고모는 향 피우고 목욕재계하고 받겠어. 하지만 정책을 위반한 임신이라면……. 고모가 허공을 향해 손을 내리치며 말을 맺었습니다. 절대 그대로 내버려 둘 수 없어!

3

이 년 후 12월 23일, 조왕제를 지내는 날 딸을 출산했습니다. 사촌 동생 우관이 경운기를 몰고 우리를 공사 위생원에 데려다 줬어요. 퇴원하기 직전에 고모가 말했습니다. 내가 루프 해 줬다. 왕런메이가 얼굴을 가리고 있던 스카프를 젖히더니 고모에게 버럭 화를 냈어요. 왜 말도 안 하고 하셨어요? 고모가 아내의 스카프를 덮어 주며 말했습니다. 이봐, 조카며느리! 오한 들지 않게 잘 덮고 있어. 루프 처방은 계획생육위원회의 철통 같은 명령이야. 농민에게 시집갔으면 첫딸을 낳고 팔 년 후에 둘째를 낳아도 되지만, 자넨 군관인 내 조카와 결혼했지 않나. 군대는 지역보다 규정이 더 엄격해. 산아 제한 규정을 어기면 그대로 고향 앞으로라고! 돌아와서 농사나 지어야지. 그러니 자네 인생에서 또 다른 출산은 아예 생각도 하지 말게. 군관 아내면 군관 아내로서 대가를 치러야지.

왕런메이가 엉엉 울기 시작했습니다.

저는 아이를 외투로 꽁꽁 싸매 경운기에 오른 다음 우관에게 말했어요. 출발해!

경운기가 새카만 연기를 내뿜으며 울퉁불퉁한 시골길을 내달렸습니다. 왕런메이는 짐칸에서 이불을 둘러쓰고 있었어요. 경운기가 어찌나 심하게 흔들리던지 울음소리까지 들까불리는 것 같았습니다. 왜 내 허락도 받지 않고…… 루프를 해 주는데요……. 왜 하나만 낳고 못 낳게 하는데요……. 왜…….

전 짜증 섞인 목소리로 말했습니다. 그만 울어! 국가 정책이 그렇잖아! 아내는 더욱 사납게 울며 이불 밖으로 볏짚이 몇 가닥 달라붙은 머리를 내밀었습니다. 시퍼런 입술에 낯빛은 창백했습니다. 국가 정책 좋아하시네. 모두 당신 고모가 만든 이 지역만의 정책이지. 자오현 쪽은 이렇게 엄격하지 않아요. 고모가 점수를 높여 승진하려는 거지. 사람들이 욕하는 것도 당연…….

조용히 해! 제가 말했어요. 할 말 있으면 이따 집에 가서 해. 왜 길거리에서 울고불고 난리야? 사람들이 비웃는 거 걱정도 안 돼?

아내가 갑자기 이불을 젖히고 일어나 앉더니 큰 눈을 동그랗게 뜨고 물었습니다. 비웃어? 누가 감히 날 비웃어?

우리 옆으로 자전거를 탄 사람들이 계속해서 지나갔습니다. 북풍이 거세게 불고 땅에는 하얗게 서리가 내렸습니다. 붉은 태양이 솟아올랐는데도 사람들이 입김을 불면 금세 눈썹에 하얀 서리꽃이 되어 내려앉았습니다. 아내의 허옇게 떠서 갈라진 입술, 헝클어진 머리카락, 바짝 약이 오른 눈빛을 보고 있으려니 마음이 짠해진 저는 부드러운 말투로 아내를 위로했습니다. 아냐, 누가 비웃는다고 그래? 어서 누워서 잘 덮어. 산후풍에 걸리면 무척 고생한다고 하던데.

안 무서워! 난 태산의 일송정이야. 북풍한설에도 가슴에 아침 태양을 품고 있는 일송정 말이야!

제가 쓴웃음을 지으며 말했습니다. 그래, 잘났다. 당신이 영웅이야! 둘째 낳고 싶다며? 몸이 망가지면 어떻게 둘째를 낳으려고 그래?

갑자기 아내가 눈망울을 반짝거리더니 열을 올리며 말했어요. 그럼 둘째 낳아도 되는 거지? 당신이 말한 거야! 우관, 들었지? 우관이 증인이야!

좋아요! 내가 증인 할게요! 앞에 있던 우관이 중얼중얼 나지막한 소리로 대답했어요.

아내는 얌전히 자리에 누워 이불을 머리끝까지 뒤집어썼습니다. 이불 속에서 아내 목소리가 들려왔어요. 샤오파오, 한번 내뱉은 말은 지켜야 해. 약속 안 지키면 알아서 해!

경운기가 마을 앞 작은 다리에 닿았을 때였습니다. 다리 위에서 두 사람이 입씨름을 하느라 우리 길을 가로막고 있었습니다.

하나는 소학교 동창 위안싸이, 또 하나는 마을 점토 공예가인 하오다서우였습니다.

하오다서우가 위안싸이의 손목을 잡고 있었습니다.

위안싸이가 몸부림치며 소리 질렀어요. 이것 놔요, 어서요!

하지만 그가 아무리 발버둥을 쳐도 소용이 없었습니다.

우관이 경운기에서 내려 앞으로 다가갔습니다. 나리들, 대체 뭐 하는 거요? 아침 댓바람부터 여기서 힘겨루기라도 하십니까?

위안싸이가 말했어요. 마침 잘 왔어, 우관! 내 말 좀 들어봐. 저 사람이 외바퀴 수레를 밀고 가기에 내가 자전거를 타고 앞질러 가려고 했거든. 왼쪽으로 비키려고 해서 내가 오른쪽으로 가려고 했어. 그런데 거의 뒤에 바짝 다가갔을 때 저자가 갑자기 방향을 틀어 오른쪽으로 가는 거야. 그래서 재빨리 핸들 잡은 손을 놓으면서 다리 위로 몸을 던졌어. 내가 워낙 민첩했기에 망정이지 안 그랬더라면 자전거에 사람까지 함께 다리 밑으로 떨어질 뻔했어. 이 엄동설한에 얼음이 꽁꽁 얼어 있으니 떨어져 죽지 않았으면 아마 다쳐서 장애인이 되었을걸? 그런데 하오 아저씨가 오히려 나 때문에 자기 수레가 다리에 부딪쳤다는 거야!

하오다서우는 이렇다 저렇다 말도 없이 그저 계속 위안싸이의 손목만 잡고 있었습니다.

저는 딸을 안은 채 경운기에서 뛰어내렸어요. 발이 땅에 닿는 순간 가슴까지 찌릿할 정도로 다리가 아팠어요.

저는 절뚝거리며 다리 쪽으로 다가갔습니다. 다리 위에 알록달록한 점토 인형들이 한 무더기 쌓여 있었습니다. 멀쩡한 것도 있지만 깨진 것들도 눈에 보였어요. 다리 동쪽 꽁꽁 언 강 위에 낡은 자전거 한 대가 엎어져 있고, 조그만 노란색 깃발이 자전거 옆에 돌돌 말려 있었습니다. 깃발에 분명히 '신선거사(神仙居士)'라고 적혀 있었을 거예요. 위안싸이 이 친구, 어릴 적부터 예사롭지 않더니 나이가 들어 과연 대단한 솜씨를 보여 주었습니다. 자석으로 소 위장에서 못을 꺼내는가 하면 돼지나 개를 거세할 줄도 알고, 마의상법,[39] 풍수, 주역에도 능해 '신선거사'란 별명이 붙었습니다. 그는 발 빠르게 살구색 천을 재단해 그 위에 '신선거사'란 글자를 수놓아 자전거 짐받이에 매달고 다녔습니다. 자전거가 달릴 때마다 깃발이 펄럭거리는 소리가 났습니다. 시장에 가서 깃발을 꽂고 노점을 벌이면 장사가 잘되었어요.

다리 서쪽 빙판에 외바퀴 수레가 비스듬히 넘어져 있었습니다. 손잡이 두 개 가운데 하나가 완전히 부러지고 수레보 양쪽 버들가지 광주리도 부서졌으며, 광주리에 있던 점토 인형들은 죄다 빙판에 흩어져 있었습니다. 대부분 다 깨진 상태라 온전한 건 몇 개밖에 남지 않은 듯했습니다. 하오다서우는 성격이 괴상하긴 하지만 또한 매우 경이로운 인물이기도 합니다. 상대방을 뚫어져라 보며 손으로만 흙 반죽을 주물럭거리는데도 잠시 후면 어느새 상대방과 똑 닮은 인형을 기가 막힌 솜씨로 빚어냅니다. 문화 대혁명 기간에도 점토 인형을 만드는 그의 손길은 멈춘 적이 없습니다. 그의 할아버지도, 아버지도 점토 인형을 만들었습니다. 그에 이르러 솜씨는 훨씬 더 좋아졌습니다. 그는 점토 인형을 빚어 생계를 이었습니다. 사람뿐만 아니라 개나 고양이, 호랑이 등 비교적 만들기가 간단하

---

39) 麻衣相法. 송나라 마의 도사가 남긴 관상학.

고 판로가 넓은 작품도 만들 줄 압니다. 아이들은 이런 걸 좋아하지요. 사실 점토 공예가들이 만드는 작품은 아이들이 주 고객입니다. 좋아하는 건 아이들이고, 어른들은 돈을 낼 뿐입니다. 하지만 그는 오직 사람 인형만 만들었습니다. 그의 집은 안채에 방이 다섯 칸, 사랑채에 방이 네 칸이고, 마당에는 넓은 천막이 쳐져 있습니다. 이 많은 방과 천막 모두에 점토 인형이 가득 쌓여 있습니다. 얼굴색과 눈썹이 모두 그려진 완성품도 있고, 도색 작업이 남은 반제품도 있습니다. 구들장 역시 그가 누울 자리를 제외하면 인형들이 빽빽하게 놓여 있습니다. 얼굴이 붉고 커다란 그는 마흔이 넘은 나이에 백발을 뒤로 묶어 꽁지머리를 하고 있습니다. 구레나룻 역시 모두 하얀색입니다. 우리 인근 현에도 점토 인형을 만드는 사람이 있습니다. 하지만 그 사람 인형은 틀로 찍어 내기 때문에 모양이 한 결같습니다. 하오다서우는 일일이 손으로 빚기 때문에 단 하나도 같은 작품이 없습니다. 가오미 둥베이향의 점토 인형은 모두 그의 작품이라고 합니다. 쌀독에 쌀이 떨어지기 전에는 절대 시장에 인형을 내다 팔지 않는답니다. 인형을 팔 때마다 눈에 눈물이 글썽거린대요. 마치 친자식을 내다 파는 것 같다나요. 그런데 이렇게 인형들이 박살났으니 고통스러운 건 당연하겠지요. 그가 위안싸이의 손목을 놓지 못하는 것도 이해가 갔습니다.

저는 딸을 안고 사람들 앞으로 다가갔습니다. 오랫동안 군관 생활을 하다 보니 일상복이 왠지 부자연스러웠던 저는 출산한 아내를 데리러 병원에 갈 때도 군복 차림이었습니다. 갓 태어난 아이를 안고 있는 젊은 군관은 매우 위엄 있어 보입니다. 제가 말했습니다. 아저씨, 위안싸이 놓아주세요. 일부러 그런 건 아닐 거예요.

네, 그럼요. 아저씨. 정말 일부러 그런 게 아니에요. 위안싸이가 울먹거리며 말했습니다. 용서해 주세요. 부서진 수레랑 광주리는 제가 사람을 시켜 수리해 드릴게요. 아저씨 아이들 깨진 것도 제가 배상할게요.

제 얼굴을 봐서, 그리고 제 딸아이, 제 아내 얼굴을 봐서 저희가 지나갈 수 있게 그만 위안싸이를 놓아주세요. 제가 말했습니다.

왕런메이가 짐칸에서 몸을 내밀고 큰 소리로 고함쳤어요. 하오 아저씨, 제게 인형 두 개만 빚어 주세요. 남자로, 똑같은 모양으로요.

마을 사람들은 하오다서우가 만든 인형을 사서 빨간색 줄을 인형 목에 건 후 아랫목에 모셔 두면 인형과 똑 닮은 아이를 낳을 수 있다고 믿었습니다. 하지만 아저씨 인형은 절대 마음대로 고를 수가 없어요. 이웃 현 아저씨는 사람들이 마음대로 고를 수 있도록 좌판에 인형을 늘어놓습니다. 하오다서우는 인형을 광주리에 넣고 그 위에 작은 이불을 덮어 둡니다. 사람들이 인형을 사러 가면 그는 먼저 가만히 상대를 바라본 후 이불 안으로 손을 넣어 잡히는 대로 인형을 꺼냅니다. 그가 꺼낸 인형이 예쁘지 않다고 싫어하는 손님이 있어도 그는 절대 바꿔 주지 않습니다. 그는 고통스러운 미소를 짓습니다. 무슨 말을 하는 건 아니지만 마치 "아이가 못생겼다고 미워하는 부모도 있습니까?"라고 말하는 것 같습니다. 사람들은 다시 자세히 자기 손에 든 인형을 들여다봅니다. 그럼 서서히 인형의 모습이 눈에 익으면서 점차 인형에 생명이 불어넣어집니다. 아저씨는 절대 값을 부르는 일이 없습니다. 손님이 돈을 주지 않아도 돈을 요구하는 일이 없습니다. 또한 손님이 돈을 줘도 고맙다는 인사를 하지 않습니다. 이렇게 해서 사람들은 서서히 그에게 인형을 사는 것은 진짜 아이를 점지 받는 것과 진배없다고 생각하게 되었습니다. 세월이 갈수록 신통력은 더해 갔습니다. 그가 여자 인형을 팔면 손님은 돌아가 여자아이를 낳았습니다. 남자 인형을 팔았다면 분명 남자아이를 낳을 운명이었습니다. 인형 두 개를 받은 사람은 돌아가 쌍둥이를 낳았습니다. 하지만 이처럼 신비한 약속을 먼저 말로 다 풀어 버리면 신통한 기운이 사라집니다. 이런 이치를 이해할 리 없는 왕런메이 같은 인간이나 소리소리 지르며 남자아이로 둘을 달라고 외쳐 댑니다. 인형 판매에 얽힌 하오다서우의 신비한 이야기를 알게 되었을 때 왕런메이는 이미 임신을 하고 있었습니다. 이런 일은 아기를 갖기 전에 해야 효험을 볼 수 있습니다.

하오다서우가 위안싸이를 놓아주었어요. 제 체면을 톡톡히 살려 준 거죠. 위안싸이가 손목을 어루만지며 울상이 되었습니다. 어쩐지 대문을 나서자마자 암캐가 오줌을 지리더니! 정말 재수 없는 날이야.

하오다서우는 몸을 굽혀 깨진 인형들을 주워 옷 주머니에 넣었습니다. 그러고는 다리 옆에 서서 우리에게 길을 비켜 주었어요. 수염에 서리꽃이 맺혀 있고, 얼굴은 매우 숙연해 보였습니다.

뭐 낳았어? 위안싸이가 물었습니다.

딸!

괜찮아! 다음엔 아들이야.

아이는 이게 마지막이야.

위안싸이가 눈을 껌뻑이며 의미심장하게 말했습니다. 걱정할 것 없어. 결정적인 순간에 이 형님이 다 도와줄 테니!

4

개의 해의 정월 초하루, 제 딸이 태어난 지 9일째 되는 날이었습니다. 마을 풍습에 따르면, 이날 거하게 잔치를 열고 친척과 친구 들을 초대해야 합니다. 전날 우관과 위안싸이를 불러 도움을 청했습니다. 두 사람이 상이랑 의자, 찻주전자, 찻잔, 술잔, 쟁반, 젓가락 등을 빌려 왔습니다. 대략 계산해 보니 남녀 손님이 거의 쉰 명이 될 것 같았습니다. 동쪽과 서쪽 사랑채에 탁자 두 개씩을 놓고 남자 손님을 맞이했습니다. 어머니는 온돌 마루에 상 하나를 차리고 여자 손님을 접대했습니다. 제가 직접 식단을 짰습니다. 식탁마다 차가운 요리 여덟 접시, 더운 요리 여덟 접시와 탕 하나를 준비하기로 했지요. 그런데 위안싸이가 이 모습을 보고 웃었어요. 이봐, 이런 식이면 안 되지. 자네가 초대한 사람들이 모두 농민 아닌가. 하나같이 밑 빠진 독일 텐데, 이래서야 손님들 간에 기별이나 가겠나? 내

말 들어. 이렇게 가짓수만 늘어놓을 것이 아니라 커다란 고깃덩어리와 사발술로 대접하는 거야. 농사일하는 사람들 접대에는 이게 최고지. 자네처럼 그렇게 자잘하게 차려 놓으면 한 젓가락 집으면 없어질걸? 먹을 것도 없이 사람들이 뭘 하겠나? 그야말로 망신 아닌가?

위안싸이 말이 일리가 있다고 생각했습니다. 저는 우관에게 시장에 가서 비계랑 살코기랑 섞어서 돼지고기 쉰 근을 사고, 크고 살 많은 육계 열 마리로 통닭구이를 마련하도록 했습니다. 저는 두부 파는 왕환 집에 가서 두부 마흔 근을 예약하고, 위안싸이에게 배추 열 포기, 당면 열 근, 고량주 스무 근을 사오도록 했어요. 아내 친정에서 달걀 200개를 보냈습니다. 왕런메이 아버지, 즉 장인어른이 제가 준비한 것들을 보더니 흡족한 표정을 지었습니다. 우리 사위가 제법인데? 암, 이렇게 해야지! 자네 집안은 항상 너무 박해서 비웃음을 샀는데, 이참에 좀 화통하단 인상을 주게! 손님들 모두 잔뜩 배를 불리고 돌아갈 수 있도록 하란 말이지! 큰일을 하는 사람은 배포도 커야지!

손님이 반쯤 도착했을 때에야 담배가 빠졌다는 걸 알았습니다. 저는 황급히 우관에게 공급 합작사에 가서 담배를 사오라고 심부름을 시켰어요. 천비와 왕단이 아이를 데리고 들어왔습니다. 우관이 천비 손에 들려 있는 선물을 가리키며 환한 얼굴로 말했습니다. 사 올 필요 없는데!

천비는 최근 몇 년 사이 돈을 많이 벌어 마을에서 유명한 부자가 되었습니다. 그는 먼저 선전시에 가서 전자시계를 도매가로 사들여 유행에 민감한 젊은이들을 대상으로 장사했습니다. 그런 다음 지난으로 가서 담배 공장에서 일하는 지인을 통해 담배를 도매가로 사들인 다음, 왕단에게 시장에서 담배 소매업을 하도록 했습니다.

시장에서 담배를 팔고 있는 왕단을 본 적이 있습니다. 닫으면 상자가 되고, 펼치면 탁자가 되는 기발한 디자인의 담배 판매대에 담배를 담아 가슴에 걸고 있었습니다. 몸에 꼭 맞게 재단한 푸른색 꽃무늬 솜옷을 입고, 등 뒤로 모자 달린 옷에 눈과 코만 빼놓고 폭 싸인 통통한 아기를 업고 있었어요. 왕단을 아는 사람이나 모르는 사람이나 모두 왕단에게 눈길이 향했습니다. 우리 지역 사람들은 그녀가 담배 판매상 천비의 아내이며, 뒤에 업힌 통통한 아기의 엄마라는 걸 잘 알고 있었습니다. 하지만 외지 사람들은 누이동생을 업고 담배를 파는 어린 꼬마 아가씨가 정말 예쁘고 가엽다고 생각할 겁니다. 사람들은 기본적으로 동정심 때문에 담배를 샀습니다.

천비는 딱딱한 돼지가죽 재킷에 목까지 올라오는 굵은 실 스웨터를 껴입고 있었어요. 검붉은 얼굴, 면도 자국이 새파란 아래턱, 높은 코, 움푹한 눈두덩, 회색 눈동자에 곱슬머리였습니다.

우관이 말했습니다. 갑부 납시오.

천비가 말했어요. 갑부는 무슨! 그냥 장사치한테!

위안싸이가 말했어요. 타바리쉬이![40] 중국어를 참 잘하시

40) Товарищ. 러시아어로 '동지'의 의미.

는군요!

천비가 손에 든 종이 봉투를 흔들었습니다. 가만 안 둔다!

담배지? 위안싸이가 말했습니다. 손님들이 담배 달라고 아우성이야!

천비가 들고 있던 종이 봉투를 위안싸이에게 던졌어요. 위안싸이가 종이 봉투를 열자 '대계(大鷄)' 담배 네 보루가 나왔습니다.

큰 장사치답게 손도 정말 크군. 위안싸이가 말했습니다.

위안싸이, 저놈의 주둥이 하고는! 왕단이 작은 목소리로 말했습니다. 위안싸이 저놈의 입심에 죽은 사람도 벌떡 일어나서 디스코를 추겠어!

아이고, 형수님! 실례했습니다! 위안싸이가 말했습니다. 그런데 오늘은 어찌 천비 품에 안겨 있지 않고?

저놈의 주둥이를! 왕단이 씩씩거리며 작은 손을 휘둘렀습니다.

엄마, 안아 줘……. 키가 벌써 왕단만큼이나 자란 천얼이 왕단 뒤에 있다가 앞으로 와서 웅얼거렸어요.

천얼! 제가 몸을 굽혀 천얼을 안았습니다. 삼촌이 안아 줄게.

천얼이 왕 하고 울음을 터뜨렸어요. 천비가 천얼을 데려가 엉덩이를 치며 말했습니다. 얼! 뚝! 해방군 삼촌 보러 가겠다고 했잖아?

천얼이 왕단 쪽으로 손을 뻗었어요.

아이가 낯을 가려서, 원! 천비가 아이를 왕단에게 건네며 말했습니다. 조금 전만 해도 해방군 삼촌 보러 간다고 울고불고 난리를 치더니!

그때 왕런메이가 창문 격자를 치며 소리를 질렀어요. 왕단! 왕단! 어서 와 봐.

천얼을 안은 왕단의 모습이 마치 강아지가 커다란 장난감을 물고 가는 것처럼 우스꽝스럽기도 하고 한편으로 비장한 느낌마저 주었습니다. 짧은 다리로 받은걸음을 옮기는 왕단을 보니 작은 동물이 재빨리 내달리는 만화 영화의 한 장면을 보고 있는 것 같았습니다.

꼬마 아가씨, 정말 예쁜데? 제가 말했어요. 정말 서양 인형 같아!

소련 피가 섞였는데 안 예쁠 수가 있어? 위안싸이가 눈짓했습니다. 천비 형, 정말 지독해! 단 하룻밤도 형수를 가만 놔두지 않는다며?

천비가 말했습니다. 입 닥쳐!

위안싸이가 말했어요. 마누라 아낄 줄도 알아야지. 아들도 낳아야 할 것 아니오?

천비가 위안싸이를 걷어찼어요. 입 닥치라고 했지!

위안싸이가 웃으며 말했어요. 알았어, 알았어! 입 다물지. 하지만 정말 부러워. 결혼한 지 벌써 몇 핸데, 아직도 그렇게 안고 쪽쪽거리고 물어뜯고, 정말 연애 결혼과 중매 결혼이 다르긴 한가 봐…….

천비가 말했어요. 어떤 집이든 문제 없는 집은 없는 거야. 네가 뭘 안다고!

저는 천비의 볼록한 배를 치며 말했어요. 인격도 나오기 시작하셨네!

살기가 편안해졌잖아! 천비가 말했습니다. 내 평생 이런 날이 올 줄은 꿈에도 생각 못 했지.

이거야말로 화 주석[41]에게 감사해야 할 일이야. 위안싸이가 말했습니다.

내가 보기엔 마오 주석에게 절해야 할 것 같은데? 천비의 말이었습니다. 그 노인네가 죽어 주지 않았다면 모든 게 옛날 그대로였을 거야.

그때 다시 손님이 오고 마당에 모인 사람들이 모두 우리 이야기에 귀를 기울이고 있었습니다. 사랑채에 있던 사람들까지 밖이 소란하자 덩달아 밖으로 나왔습니다.

외사촌 동생 진슈가 천비 옆으로 다가오더니 그를 올려다보며 말했어요. 형님, 우리 마을에서는 모두 형님을 신처럼 생각해요. 천비가 담배 한 갑을 꺼내 사촌 아우에게 한 개비를 던진 다음, 자기 담배에도 불을 붙이고 두 손을 비스듬히 재킷 주머니에 꽂더니 으스대며 말했습니다. 나에 대해 뭐라고들 하는데?

형님이 달랑 10위안을 들고 비행기로 선전에 갔대요. 동생이 목을 긁적이며 말했습니다. 형님이 소련 대표단 뒤를 거들먹거리며 따라다니니까 아가씨들이 형님을 대표단 사람이라

41) 마오쩌둥 사후 실권을 장악했으나 곧 덩샤오핑에게 밀려난 화궈펑(華國鋒, 1921~2008)을 가리킨다.

고 생각하고 형님에게 계속 고개를 숙이며 굽실거렸다고 했어요. 그러자 형님이 그 여자들에게 '하라쇼',[42] '하라쇼'를 연발했대요. 선전에 간 형님은 소련 대표단과 함께 고급 호텔에 들어가 사흘을 거나하게 먹고 마시고 선물까지 하나 가득 받아 그 물건들을 거리에 내다 팔았대요. 그걸로 전자 손목시계 20위안짜리를 구입해 고향에 돌아와 시계를 팔아 종잣돈을 만들었고요. 그렇게 몇 번을 굴리니 부자가 되었다고들 말하던데요.

천비가 커다란 자기 코를 만지작거리며 말했어요. 어디, 그래서, 계속해 봐!

사촌 동생이 말했어요. 그리고 지난에 가서 거리를 할 일 없이 떠돌다가 큰길에서 울고 있는 한 노인을 만났대요. 형님이 왜 우느냐고 묻자 노인이 산책을 나왔는데 집을 못 찾겠다고 했고, 형님이 노인네를 집에 데려다주었대요. 그런데 그 노인 아들이 지난 담배 공장 판매과장이었다는 거예요. 과장은 형님의 착한 마음씨에 반해 의형제가 되자고 했고 이렇게 해서 형님이 담배를 도매가로 살 수 있게 되었다고 하더군요.

천비가 껄껄 웃더니 웃음을 멈추고 말했어요. 소설 쓰냐? 사실을 말해 줄까? 그래, 비행기를 타긴 몇 번 타 봤지. 하지만 모두 돈 주고 표 사서 탄 거야. 지난의 담배 공장에 친구들이 몇 명 있긴 해. 하지만 그 친구들을 통해 산 담배는 시중가보다 아주 약간 더 쌀 뿐이야. 한 갑에 3전 정도 남지.

---

42) хорошо. 러시아어로 '좋아'라는 의미.

어쨌거나 형님은 능력이 대단해요. 사촌 동생이 진심에서 우러나 이렇게 말했어요. 우리 아버지가 형님을 스승으로 모시래요.

진짜 능력자는 여기 있지. 천비가 위안싸이를 가리켰어요. 위로는 천문, 아래로는 지리에 능통하고 500년 전 일까지 모르는 일이 없고, 500년 후의 일도 반쯤은 알아. 스승으로 모시려면 이런 사람을 모셔야지.

위안 형님도 대단하시죠. 사촌 동생이 말했어요. 위안 형님은 우리 샤좡 시장에서 판을 벌이고 점을 치는데, 별명이 '신선거사'예요. 우리 큰어머니 댁 암탉이 없어졌는데 위안 형님이 육갑을 짚어 보더니 말했어요. 오리는 물가로 가고, 닭은 풀밭으로 가니 풀숲에 가서 찾아보라는 거예요. 그런데 정말 풀숲에서 찾은 거 있죠?

천비가 말했습니다. 어디 점뿐이야? 능력이 얼마나 많은 사람인데! 그냥 아무거나 전수받아도 아마 평생 먹고살 걱정은 없을걸?

우관이 말했어요. 스승으로 모셔!

아이고, 그게 다 무슨 말이야! 내가 하는 일들은 그렇게 떳떳하게 자랑할 만한 일이 아니야, 모두 천한 일이지! 배우려면 사촌 형처럼 군대에 가서 군관이 되거나 대학에 가야지. 그래야 폼도 나고 떳떳하게 상류 사회 인물이 되는 거다. 위안싸이가 자기 코와 천비의 코를 번갈아 가리키며 말했어요. 천비나 나나 정당한 일을 하는 사람이 아니야. 그저 달리 방법이 없으니 이런 걸 하고 사는 거지. 젊은 사람이 우리 같은 사람 따라 해서야 쓰나!

사촌 아우가 고집스레 말했습니다. 형님들 같은 분들이 진짜 능력 있는 분들이에요. 군대니 대학이니 모두 진짜 능력이 있는 사람이 가는 게 아니라고요.

천비가 말했습니다. 좋아, 젊은이, 자네 나름대로 생각이 있겠지. 그래, 때가 되면 우리 함께 해 보자고!

제가 우관에게 물었습니다. 왕간은 왜 안 오지?

우관이 말했어요. 왕간요, 분명히 위생원 초소에 갔을 거예요.

이 친구, 이거 완전히 귀신에게 홀렸나? 천비가 말했습니다. 웬만해서는 정신 차리게 할 수 없겠는데?

집터가 안 좋아. 이렇게 말하는 위안싸이의 분위기가 묘했어요. 대문 위치도, 화장실 위치도 틀렸어. 십여 년 전, 자네 장인에게 대문도 바꾸고, 화장실도 옮기라고 말했는데, 그렇지 않으면 정신병자가 나올 거라고! 장인은 내가 무슨 저주라도 한다고 생각했는지 채찍을 가지고 날 치려 들더라고! 어떤가? 내 말이 맞지? 자네 장인 말이야, 몽둥이를 짚고 허리를 구부린 채 틈만 나면 위생원으로 달려가 손 벌리고, 행패 부리고 말이야. 이게 정신병자가 아니면 뭔가? 거기다 왕간이야말로 진정한 농민 아닌가. 그런 그가 부르주아 사상에 물들어 얼굴이 여드름투성이인 샤오스쯔에게 홀려 완전히 얼이 나갔으니, 그게 바로 정신병이지.

제가 말했어요. 자, 친지, 친구 여러분. 위안싸이 헛소리 그만 들으시고 착석하십시오. 어서요.

위안싸이가 계속 말했습니다. 우리 공사 마당 풍수도 좋지 않아. 예로부터 관청 입구는 남쪽으로 열려 있어야 해. 하지만 우리 공사는 대문이 북향 아닌가. 게다가 떡하니 정문 맞은편에 도살장이 있어. 종일 멀쩡한 칼이 살과 피가 범벅되어 시뻘겋게 변해 나오니 살기가 번뜩이지. 공사에 말했지만 봉건 미신을 부추긴다고 하마터면 잡혀 들어갈 뻔했어. 하지만 어떤가? 전임 서기 친산은 반신불수가 되고, 그 사람 아우 친허가 미친 건 유명한 일 아닌가! 새로 온 추 서기는 십여 명을 인솔하고 남부 지역 시찰을 갔다가 차 사고가 나는 바람에 죽고 다치고, 거의 전멸 상태가 되었잖아. 풍수가 얼마나 중요한데, 아무리 끗발이 있다 해도 황제보다 막강하겠나? 황제도 다 풍수를 중히 여겼는데…….

앉으시죠! 저는 이렇게 말하며 위안싸이를 툭 쳤습니다. 대사님, 풍수, 그거 중요하죠, 하지만 먹고 마시는 일도 중요합니다.

공사 정문을 바꾸지 않으면 계속 미친 사람이 나올 거야. 큰일도 터질 거고. 못 믿겠으면 두고 보라고! 위안싸이가 말했어요.

5

샤오스쯔를 짝사랑하면서 수없이 기괴한 일을 많이 벌였기 때문에 왕간은 사람들의 비웃음거리가 되었습니다. 사람들은 모였다 하면 왕간 이야기를 입에 올렸죠. 하지만 전 단 한 번도 그를 우습게 생각한 적이 없어요. 전 그가 불쌍하고 한편으로 존경스럽기까지 했거든요. 저는 그가 시대와 장소를 잘못 만난 천재라고 생각합니다. 인연만 닿았으면 천고에 길이 남을 사랑의 시를 써낼 수 있는, 일편단심 민들레와 같은 인물이거든요.

아직 우리가 코흘리개 아이로 남녀 간의 애정에 눈을 뜨지 못했을 때 왕간은 이미 사랑이 뭔지 깨닫고 샤오스쯔를 좋아했습니다. 수년 전에 그가 한 말을 아직도 기억합니다. 정말 아름답다! 객관적으로 볼 때 샤오스쯔는 아름답지 않습니다. 아니, 아예 예쁜 축에도 끼지 못합니다. 고모가 제게 샤오스쯔를 소개시켜 주려고 했을 때 제가 왕간의 짝사랑이란 핑계로 완곡히 거절했던 적이 있습니다. 실제로 전 샤오스쯔를 좋아하지 않았어요. 하지만 왕간의 눈에 샤오스쯔는 세상 최고의 미인이었습니다. 좀 우아하게 말하면 '제 눈에 서시(西施)', 속된 말로 '눈에 콩깍지가 낀 팔불출'입니다.

처음에 샤오스쯔에게 보내는 연애편지를 우체통에 넣은 후 흥분을 감출 수 없었던 왕간은 저를 강둑으로 끌고 나가 자신의 심정을 털어놓았습니다. 1970년 여름, 우리가 막 농업 고등학교를 졸업한 해였어요. 홍수로 강이 불어 강물 위로 농작물이랑 동물 시체가 둥둥 떠가고 외로운 갈매기 한 마리만 조용히 그 위를 날고 있었습니다. 물결이 잔잔한 강가 쪽에서 왕런메이의 아버지가 앉아 낚시하고 있고 그 옆에 우리 후배 리서우가 쪼그리고 앉아 구경하고 있었습니다.

리서우에게 말할까?

갠 아직 꼬마야, 그런 거 몰라.

우리는 강둑 중간 부분에 있는 버드나무 고목을 타고 올라가 강 쪽으로 뻗은 가지 위에 나란히 앉았습니다. 나뭇가지가 강으로 늘어져 물 위에 갖가지 파문이 일었어요.

무슨 일인데? 빨리 말해 봐.

맹세부터 해, 절대 아무에게도 말 안 한다고!

그래, 맹세할게. 왕간의 비밀을 누설하는 날, 나는 강에 빠져 죽으리라.

오늘, 그러니까…… 드디어, 드디어 편지를 우체통에 넣었어……. 왕간이 창백한 얼굴로 입술을 덜덜 떨며 말했습니다.

누구한테 보내는 건데 이렇게 긴장해? 마오 주석에게 보내는 편지라도 돼?

무슨 생각을 하는 거야? 왕간이 말했어요. 마오 주석이 나랑 무슨 상관이야? 그 여자에게 썼어!

그러니까 그 여자가 누구냐고! 제가 다그쳐 물었습니다.

맹세해! 영원히 절대 말하지 않겠다고!

그래, 영원히 말하지 않겠어.

아득히 멀리 있는 것 같지만 바로 가까이에 있어.

뜸들이지 말고!

그 여자는 바로, 바로……. 왕간이 두 눈을 번쩍이더니 간절한 동경의 눈빛으로 말했습니다. 바로 나의 샤오스쯔야…….

왜 그 여자에게 편지를 써? 결혼이라도 하려고?

아, 그건, 그건 말도 안 돼. 내가 어떻게!

생각만으로도 가슴이 벅찬 듯했습니다. 나의 연인, 나의 가장 다정한 연인, 부디 용서해 주오. 당신 이름에 백 번도 더 입맞춤을…….

전 자꾸만 온몸이 오싹해지며 팔에 소름이 돋았어요. 왕간은 편지 내용을 줄줄이 외우고 있었어요. 두 팔로 나무줄기를 껴안고 얼굴을 거친 나무껍질에 붙인 그의 두 눈에 눈물이 반짝였어요.

……샤오파오 집에서 처음으로 당신을 만난 후 난 당신에게 반해 버렸어요. 그 순간부터 지금까지, 그리고 앞으로도 영원히 내 마음은 모두 당신 것입니다. 내 심장을 원하신다면 전혀 주저하지 않고 심장을 파 드리겠어요……. 당신의 선홍색

얼굴, 육감적인 콧방울, 여린 두 입술, 헝클어진 머리카락, 반짝이는 두 눈, 목소리, 향기, 미소, 그 모든 것이 내 마음을 사로잡습니다. 당신이 웃으면 머리가 핑 돌면서 눈앞이 캄캄합니다. 당장에라도 무릎 꿇고 당신의 두 다리를 껴안고 당신의 웃는 얼굴을 올려다보지 못하는 것이 아쉽습니다…….

왕 씨 아저씨가 낚싯대를 세차게 뒤로 젖혔습니다. 낚싯줄에 맺힌 물방울이 햇빛을 받아 마치 진주처럼 영롱하게 빛났습니다. 낚싯바늘에 걸려 있던 찻그릇 주둥이만 한 황토색 아기 자라가 강둑에 툭 떨어졌습니다. 세차게 내동댕이쳐지는 바람에 기절했는지 아기 자라는 조그만 네 발을 뻗고 허연 배를 하늘로 향한 채 바닥에 드러누워 있었습니다. 귀여운 자라가 불쌍하다는 생각이 들었습니다.

리서우가 환호했습니다. 자라다!

샤오스쯔, 내가 가장 사랑하는 당신. 난 미천한 농민의 아들이에요. 하지만 당신은 상품량을 먹는 산부인과 의사입니다. 우리 두 사람의 사회적 지위에 차이가 엄청나지요. 아마 당신은 나에게 전혀 관심이 없을 수도 있고, 내 편지를 읽고 그 사랑스러운 작은 입술에 냉소를 터뜨리며 내 편지를 갈기갈기 찢어 버릴 수도 있습니다. 아니, 내 편지를 받은 후 아예 보지도 않고 그대로 휴지통에 던져 버릴 수도 있습니다. 하지만 사랑하는, 세상에서 가장 사랑하는 당신, 내 사랑을 받아주기만 한다면 나는 맹호가 날개를 단 것처럼, 준마가 아름답게 조각된 안장을 얹은 것처럼 무궁무진한 힘을 얻어, 마치 새끼 수탉 피 주사를 맞은 것처럼 떨쳐 일어나 의기 백배하여 당신의 격려 속에 나 역시 빵이랑 소고기도 먹을 수 있는 상품량을 배급받을 수 있도록 사회적 지위를 높여 당신과 나란히…….

어, 나무 위에서 둘이 뭐 해요? 소설 낭독해요? 리서우가 우리를 발견하고 큰 소리로 물었습니다.

……당신이 허락하지 않는다 해도, 오, 내가 가장 사랑하는 이여, 나는 절대 물러나거나 포기하지 않고 묵묵히 당신을 따를 것이니. 당신이 가는 곳을 좇아, 바닥에 무릎 꿇고 당신의 발자국에 입 맞추고, 당신의 창문 앞에서 실내의 불빛을 바라보며, 불이 켜지는 순간부터 꺼지는 순간까지 나 자신이 양초가 되어 당신을 위해 목숨이 다할 때까지 촛불을 태우겠습니다. 내가 가장 사랑하는 이여, 내가 당신을 위해 피를 토하고 죽거든 은혜를 베푸시어 내 무덤 앞을 지날 때 무덤을 바라봐 주세요. 당신의 눈길 한 번만으로도 나는 만족합니다. 당신이 나를 위해 눈물 한 방울을 흘린다면 나는 죽어도 여한이 없으리니. 당신의 눈물은, 아, 내가 가장 사랑하는 여인이여, 나를 기사회생시켜 주는 영단묘약…….

팔에 돋았던 소름이 모두 사라졌습니다. 점점 그가 읊는 순수한 사랑의 메시지에 마음이 흔들렸습니다. 왕간이 샤오스쯔를 사랑하다니, 그것도 저렇게 미치도록! 그에게 이런 글재주가 있다니, 마치 읍소하듯 이런 사랑의 편지를 쓸 수 있다니. 바로 그 순간, 웅장한 청춘의 문이 저를 향해 열렸습니다. 왕간이 저를 인도했습니다. 그때 저는 비록 사랑이 무엇인지 알지 못했지만 사랑의 찬란한 빛을 따라 마치 뜨거운 불을 향해 뛰어드는 불나방처럼 과감하게 전진했습니다.

그렇게 사랑한다면 그 여자 역시 널 사랑하게 될 거야.

정말? 그가 내 손을 꼭 잡고 두 눈을 반짝이며 말했습니다. 정말 그녀가 날 사랑하게 될까?

응, 분명 그렇게 될 거야. 저는 힘껏 그의 손을 잡고 말했어요. 잘 안 되면 내가 우리 고모를 찾아가 중매를 서도록 해 볼게. 고모 말을 가장 잘 들을 거야.

싫어, 절대 그렇게 하면 안 돼. 다른 누구의 힘도 빌리고 싶지 않아. 꼭지도 안 떨어진 참외를 억지로 따면 그 참외는 달지 않잖아? 난 열심히 노력해서 그녀의 마음을 얻을 거야.

리서우가 우리를 올려다보며 말했습니다. 그 위에서 대체 무슨 이상한 짓을 하는 거예요?

왕 씨 아저씨가 흙을 한 줌 쥐어 우리를 향해 던졌습니다. 조용히들 좀 해! 물고기가 다 놀라서 도망가잖아!

강 하류에서 빨간색, 파란색이 칠해진 철판 기선이 다가오고 있었어요. 배 위에 있는 기기에서 나는 밭은 푸푸 소리 때문에 이상하게 마음이 불안하고 초조했어요. 배가 세찬 물살을 거슬러 느릿느릿 올라오고 있었습니다. 뱃머리의 맹렬한 물거품이 마치 밭두렁처럼 양 갈래로 갈라지면서 자잘한 물거품이 되어 선체 양편으로 흐르다가 점차 다시 하나가 되었습니다. 강물 위로 푸른 안개가 펼쳐지고, 기름 타는 냄새가 우리 코끝까지 전해졌습니다. 회색빛 갈매기 십여 마리가 작은 선체 위를 날고 있었어요.

그 배는 공사 계획생육 지도분과 전용선으로 고모의 전용선이기도 했습니다. 당연히 샤오스쯔도 그 안에 있었어요. 우기에 교량 침수를 방지하고, 강 양쪽 지역의 교통 두절로 불법 임신이나 기타 예기치 못한 문제가 발생하지 않도록 현에서는 특별히 고모를 위해 전용선을 마련해 주었어요. 선체에 작은 선실이 하나 있고, 선실에 인조피혁으로 만든 자리 두 개가 있었습니다. 고물에는 12마력의 디젤 엔진 한 대가 장착되어 있고, 뱃머리에는 확성기 두 대가 마련되어 있었습니다. 확성기에서 마오 주석 찬양가가 울려 퍼졌습니다. 후난 지역의 민요로 아름다운 선율이 매우 감동적인 노래입니다. 음악이 갑자기 그쳤습니다. 잠시 조용하더니 귀가 찢어질 듯 기계음이 울려 퍼졌고, 이어 갑자기 고모의 탁한 목소리가 흘러나왔습니다. 위대한 지도자 마오 주석이 우리에게 가르침을 주셨습니다. 인류는 자신을 통제해야 합니다. 계획적인 인구 증가를 통해…….

고모의 전용선이 우리 시야에 나타난 순간부터 왕간은 입을 다물었습니다. 그의 몸이 떨리고 있었습니다. 입을 헤벌린 채 촉촉한 눈길로 배를 뚫어져라 바라보았습니다. 배가 강 중간 정도에 이르러 선체가 갸우뚱 기울어지자 왕간의 입에서 비명이 흘러나왔습니다. 잔뜩 긴장한 모습이 금방이라도 강에 뛰어들 것 같았습니다. 선체는 물살이 완만한 상류에서 방향을 틀어 경쾌하게 우리를 향해 다가왔습니다. 웅, 웅. 디젤 엔진 소리가 일정한 리듬으로 울려 퍼졌습니다. 고모가 왔습니다. 샤오스쯔도 왔습니다.

선박을 운전하는 사람은 우리도 잘 아는 친허입니다. 문화 대혁명이 끝날 무렵 그의 형은 공사 서기직을 회복했습니다. 동생이 시장에서 구걸을 하다니 아무리 점잖게 구걸한다 해도 서기 체면에 말이 안 되는 소리입니다.

형제 둘이 이야기를 나눈 끝에 친허가 이상한 요구를 내놓았다고 하더군요. 공사 위생원 산부인과에서 일하게 해 줘요. 남자가 왜 산부인과에 가서 일해? 산부인과 의사 가운데 남자도 많아요. 넌 의술을 모르잖아. 내가 왜 몰라요?

이렇게 해서 그는 계획생육 작업선의 기사가 되었습니다. 이후 오랫동안 그는 고모를 따라다니며 배를 운전했습니다. 배가 쉬는 날이면 그는 배에 멍하니 앉아 있었어요.

여전히 반듯하게 가르마를 탄 모습이 마치 영화에 자주 등장하는 오사 운동 시절의 청년 같았습니다. 한여름 날씨에도 여전히 푸른색 두꺼운 개버딘 학생복을 입고 주머니에 만년필 한 자루와 볼펜 한 자루를 꽂고 있었어요. 얼굴이 지난번 만났을 때보다 좀 더 새카맣게 그을어 있었습니다. 그는 타륜을 잡고 선체를 서서히 강변 쪽으로 이동시켜 목이 휘어진 버드나무 고목 쪽으로 다가왔어요. 디젤 엔진이 꺼지고 우리 고막이 다 윙윙거릴 정도로 시끄러운 확성기 소리가 더욱 우렁차게 울려 퍼졌습니다.

목이 휘어진 버드나무 고목 서쪽에 공사에서 특별히 마련한 임시 나루터가 있었습니다. 계획생육 전용선의 정박을 위해 마련한 나루터입니다. 굵은 나무 기둥 네 개를 강바닥에 박은 다음, 나무 끝을 철사로 묶어 가로목을 대고 그 위에 목판을 얹었습니다. 친허는 밧줄로 선박을 고정한 다음, 뱃머리에 섰습니다. 기계 소리가 멈추고, 확성기 소리도 멈췄습니다. 우리는 다시 강물 소리와 시끄러운 갈매기 소리를 들을 수 있었습니다.

먼저 고모가 선실에서 나와 모습을 드러냈습니다. 고모 몸이 갸우뚱거리자 친허가 고모를 부축하려고 손을 내밀었습니다. 그러나 고모는 친허의 도움을 거절했어요. 고모가 몸을 날려 목판 나루로 올라왔습니다. 몸은 많이 불었지만 행동은 여전히 민첩했습니다. 고모 이마에 붕대가 매여 있었어요. 하얀 붕대가 눈부셨습니다.

다음으로 선실에서 나온 사람은 샤오스쯔였어요. 그렇지 않아도 작고 통통한 몸집이 거대한 약 상자 때문에 더 작아 보였습니다. 고모보다 훨씬 젊지만 동작은 고모보다 둔했어요. 그녀가 보이자 왕간은 나무를 껴안았습니다. 얼굴은 창백했고 두 눈에는 눈물이 가득 고였습니다.

세 번째로 선실에서 나온 사람은 황추야였어요. 몇 년 못 보는 사이, 구부정한 허리에 머리는 앞으로 기울고 두 다리는 휘어져 있었습니다. 동작도 느렸습니다. 휘청거리며 두 손을 휘젓는 모양새가 금방이라도 쓰러질 것만 같았습니다. 아마 언덕 위로 올라오려고 하는 것 같은데 그 다리로는 뱃머리에서 나루까지 넘어올 수가 없을 것 같았습니다. 친허는 냉랭하게 바라만 볼 뿐 손을 내밀지 않았습니다. 허리를 구부린 채 두 손을 내미는 모습이 꼭 고릴라가 나루 가장자리에 앉아 있는 것 같았습니다. 그때 고모가 거칠게 소리쳤습니다. 황 선생, 배에서 기다려요. 고모는 고개도 돌리지 않은 채 명령을 내렸어요. 잘 지켜요, 달아나지 않게!

고모의 명령은 친허와 황추야 두 사람을 향한 것이 분명했습니다. 친허가 그 즉시 허리를 굽히고 선실을 들여다봤기 때문입니다. 그때 선실 안에서 나지막하게 울먹이는 여자 목소리가 들렸습니다.

언덕으로 올라온 고모는 성큼성큼 강둑을 따라 동쪽으로 걸어갔습니다. 샤오스쯔는 거의 뛰다시피 해서 가까스로 고모를 따라가고 있었습니다. 피로 붉게 물든 이마의 붕대와 경직된 얼굴, 예리한 눈빛, 결연한 표정 때문에 고모의 인상이 매우 독해 보였습니다. 물론 왕간은 고모를 보지 못했어요. 그의 눈은 계속해서 샤오스쯔를 쫓고 있었거든요.

왕간의 입가가 끊임없이 바들바들 떨렸습니다. 계속 무슨 소리인지 중얼거렸습니다. 조금 불쌍한 생각도 들었지만 그보다는 감동적인 느낌이 훨씬 강했습니다. 당시 저는 어떻게 저렇게 넋이 나갈 정도로 한 남자가 한 여자를 사랑할 수 있는지 도무지 이해할 수가 없었습니다.

나중에 안 일이지만, 해방 전 도적 떼가 들끓고 인심이 고약했던 둥평촌에서 딸을 셋이나 낳고도 넷째를 임신시킨 남자가 몽둥이로 고모의 머리를 내리쳤다고 합니다. 소 같은 두 눈을 가진 장취안이란 이 남자는 출신 성분이 좋아서 마을 안에서 감히 건드리는 자가 없는 막강한 사람입니다. 아이를 둘 낳은 둥평촌의 가임 여성들은 자녀 중 남자아이가 있을 경우 대부분 남편이 정관 수술을 했습니다. 그러나 자녀 두 명 모두 여자아이인 경우, 고모는 농촌의 실상을 고려해 강압적으로 정관 수술을 하지 않는 대신 루프를 해 준다고 합니다. 하지만 아이를 세 명 둔 사람은 세 명 모두 여아라고 해도 반드시 정관 수술을 해야 합니다. 공사 오십여 개 마을 가운데 장취안의 아내만 수술도, 루프도 하지 않고 있다가 결국 또 임신하고 말았습니다. 고모 일행이 장대비를 뚫고 배를 타고 둥평촌을 찾아간 것도 모두 장취안의 아내를 위생원에 데리고 가서 인공 유산을 시키기 위해서였습니다. 고모를 태운 배가 도착하기 전, 공사 당 위원회 서기 친산이 둥평촌의 지부 서기 장진야에게 전화를 걸어 엄명을 내렸습니다. 모든 역량을 결집하여 수단 방법을 가리지 말고 장취안의 처를 공사로 보내 인공 유산을 시키라는 내용이었습니다. 고모 말로는 장취안이 두 눈을 벌겋게 뜨고 가시가 돋친 회화나무 몽둥이를 들고 문 앞에 서서 미친 사람처럼 고함을 지르고 있었다는군요. 장진야와 마을 민병들은 멀리서 주위를 에워싸기만 할 뿐 감히 앞으로 다가서질 못했대요. 세 딸이 미리 각본을 짜 두었는지 문 앞에 꿇어앉아 눈물콧물 범벅이 되어 울며불며 소리를 질렀습니다. 맘씨 좋은 나리, 삼촌, 아주머니, 오빠, 언니 여러분, 저희 엄마를 용서해 주세요. 저희 엄마는 풍습성 심장병이 심해서 소파 수술을 하면 죽을 수밖에 없대요. 엄마가 돌아가시면 우리 모두 엄마 없는 아이가 돼요.

그때를 회상하며 고모가 이렇게 말했습니다. 장취안의 고육지책이 제법 효과가 있더군! 구경꾼들 가운데 눈물을 흘린 여자들이 많이 있었답니다. 물론 심기가 불편한 사람도 많았고요. 둘째 낳고 루프를 하거나 셋째 낳고 정관 수술을 한 사람들은 넷째를 가진 장취안 부부에게 불만이 이만저만이 아니었습니다. 고모는 물이 든 그릇은 반듯하게 들어야 한다고 말했습니다. 장취안이 넷째를 낳도록 그냥 내버려 두면 고모는 아마 여자들에게 산 채로 살가죽이 모두 뜯길 거라고 했습니다. 장취안이 제멋대로 굴도록 내버려 두는 것은 사회주의 기본 사상을 흔드는 일이며 자칫하다가는 계획생육 정책 자체를 무너뜨릴 수 있는 중차대한 문제였습니다.

고모는 샤오스쯔와 황추야에게 손짓한 다음, 장취안에게 다가갔습니다. 샤오스쯔가 정말 대담하더라. 아무리 나에 대한 충성심이 지극하다 해도 그렇지, 그 즉시 내 앞에서 방패막이가 되어 장취안에게 돌격한 거야. 자산 계급 지식인인 황추야는 기술은 어찌어찌 좀 되는지 몰라도, 정작 피를 볼 상황이 되자 그냥 주저앉아 버리는 것 있지?

고모는 성큼성큼 장취안을 향해 다가갔습니다. 장취안이 고모에게 퍼붓는 말이 정말 가관이었나 봐요. 고모가 말했어요. 그 말 다시 옮겨 봤자 네 귀랑 내 입만 더러워져. 당시 내 심장은 강철 같아서 나 개인의 안위 따윈 안중에 없었어. 장취안, 어디 있는 대로 지껄여 봐. 쌍것, 암캐, 살인마왕, 이런 모욕적인 호칭은 다 받아들여 주지. 하지만 당신 마누라는 나랑 함께 가 줘야겠어. 어디 가냐고? 공사 위생원이지 어디긴 어디야?

고모는 흉악하게 일그러진 장취안의 얼굴을 노려보며 한 걸음 한 걸음 다가갔습니다. 여자아이 셋이 울고불고 온갖 욕을 퍼부으며 고모를 향해 달려들었어요. 작은애 둘은 각자 고모 다리를 하나씩 잡고 매달리고, 큰아이는 머리로 고모 배를 들이받았습니다. 고모가 거칠게 몸부림쳤지만 아이 셋은 마치 거머리처럼 고모에게 달라붙어 떨어지지 않았습니다. 고모는 무릎에 통증을 느꼈습니다. 아이가 고모 무릎을 물어뜯었던 거예요. 다시 아이가 고모 배를 머리로 받았습니다. 고모는 뒤로 벌러덩 나자빠졌어요. 샤오스쯔가 큰애의 목을 잡아 한쪽으로 내동댕이쳤지만 아이는 다시 샤오스쯔를 머리로 받았습니다. 아이가 샤오스쯔가 허리에 차고 있던 쇠사슬에 맞아 코피를 흘렸습니다. 코피를 손으로 쓱 훔친 후 아이는 피를 본 두려움 때문인지 더더욱 비장해졌습니다. 장취안이 미쳐 날뛰며 샤오스쯔에게 달려들었어요. 고모가 튀어 올라 샤오스쯔와 장취안 사이로 몸을 날렸습니다. 그 바람에 샤오스쯔 대신 고모 이마에 몽둥이가 날아왔어요. 고모가 쓰러지자 샤오스쯔가 고함을 질렀어요. 사람 죽일 작정이에요? 장진야가 민병과 함께 장취안을 덮쳐 쓰러뜨린 다음, 양손을 뒤로 결박했습니다. 딸 셋이 다시 대들려 하자 마을 여자 간부가 아이들을 일일이 저지했어요. 샤오스쯔와 황추야는 약 상자를 열어 고모 이마에 붕대를 감아 주었어요. 한 바퀴, 다시 한 바퀴 붕대를 감았습니다. 붕대에 피가 스며 나왔어요. 고모는 현기증이 나면서 귀에서 웅웅 소리가 나고 눈앞에 별이 반짝이면서 모든 물건이 핏빛으로 물들었습니다. 사람들 얼굴이 모두 빨갛게 보였대요. 나무까지 수탉 볏처럼 새빨갛게 보였대요. 마치 불길이 꿈틀거리며 하늘을 향해 치솟는 것 같더래요. 강변에 있던 친허가 소식을 듣고 건너왔어요. 그는 부상당한 고모의 모습에 한순간 옴짝달싹하지 못하더니 잠시 후 왝 하는 소리와 함께 입에서 선혈을 뿜었습니다. 사람들이 부축하려 하자 그는 마치 술에 취한 사람처럼 사람들을 헤치고 비틀비틀 앞으로 걸어가 고모의 피가 묻어 있는 몽둥이를 집어 장취안의 머리를 향해 휘둘렀어요! 그만두지 못해! 안간힘을 다해 바닥에서 몸을 일으킨 고모가 친허에게 고함을 쳤습니다. 강가에서 배를 지키라고 했더니 대체 여긴 왜 온 거야? 일만 번거롭게! 친허가 난처한 표정으로 몽둥이를 내려놓은 후 강가로 돌아갔습니다.

고모가 자신을 부축하려는 샤오스쯔를 밀어내고 장취안 앞으로 다가갔습니다. 그때 친허는 통곡하며 강변으로 걸어가고 있었죠. 하지만 고모는 고개도 돌리지 않은 채 장취안만 노려보고 있었고요. 장취안은 구시렁거리며 욕을 하고 있었지만 눈빛에는 벌써 두려운 기색이 역력했습니다. 고모가 장취안의 팔을 잡고 있는 민병을 향해 말했습니다. 놓아줘! 민병이 주저하자 고모가 다시 말했어요. 놓아주라고!

저자에게 몽둥이를 줘! 고모가 말했습니다.

민병이 몽둥이를 끌어다 장취안 앞에 던졌어요.

고모가 냉소를 지으며 말했습니다. 몽둥이 주워!

장취안이 중얼거렸어요. 누구든지 이 장취안의 대를 끊으려는 놈은 절대 가만두지 않겠어!

좋아! 그 용기는 높이 사지! 고모가 자기 머리를 가리키며 말했습니다. 자, 어서 쳐 봐! 어서! 고모가 앞으로 성큼성큼 다가가 큰 소리로 외쳤어요. 오늘 이 완신과 어디 한번 목숨

걸고 붙어 보시지! 나는 왜놈이 칼을 들이대고 협박할 때도 꼼짝하지 않던 사람이야. 그런 내가 너 같은 작자를 무서워할까 봐?

장진야가 앞으로 다가가 장취안을 힘껏 끌어당기며 말했어요. 어서 완 주임에게 사죄 안 해?

사죄 같은 것 필요 없어. 고모가 말했습니다. 계획생육은 국가의 대사야. 인구를 통제하지 못하면 식량도 옷도 부족하고, 교육도 제대로 시킬 수가 없어. 사람들의 수준을 높여 나라를 부강하게 만들 수가 없어. 이 한목숨, 나라의 계획생육 사업을 위해 바칠 수 있어.

샤오스쯔가 말했습니다. 장진야, 어서 공안국에 전화해서 사람을 보내라고 그래!

장진야가 장취안을 걷어찼어요. 얼른 무릎 꿇고 완 주임에게 사죄해!

필요 없다니까! 고모가 말했습니다. 장취안, 나한테 몽둥이를 날린 것만 해도 족히 삼 년 형은 받을 수 있어. 하지만 자넬 다른 사람들과 똑같이 대접하진 않겠어. 놓아주지. 지금 당신 앞에 두 갈래 길이 있어. 하나는 마누라가 고분고분 우리랑 같이 위생원에 가서 중절 수술을 받게 하는 거야. 내가 직접 안전하게 수술해 주겠어. 그렇지 않으면 자네가 공안국으로 가서 처벌을 받는 거야. 당신 마누라가 자진해서 따라나서는 게 가장 좋은 선택이겠지? 원하지 않는다면……. 고모가 장진야와 민병들 쪽으로 고개를 돌리며 명령했습니다. 자네들이 책임지고 여자를 처리해!

장취안은 바닥에 쭈그려 앉아 두 손으로 머리를 감싼 채 흐느끼며 말했습니다. 삼대독자 장취안이 드디어 대가 끊기는구나. 이렇게 그냥 대가 끊겨도 되는 건가? 하느님, 제발 우리를 좀 살펴 주십시오…….

그때 장취안의 아내가 울면서 마당에서 나왔습니다. 머리카락에 잡풀이 묻어 있는 것을 보니 잡초 더미에 숨어 있었던 것 같았답니다. 장취안의 아내가 말했습니다. 완 주임님, 제발 한 번만 봐주세요. 저 사람을 용서해 주세요. 제가 따라가겠습니다…….

이렇게 해서 고모와 샤오스쯔가 배에서 내려 우리 마을 뒤편 강둑을 따라 동쪽으로 가고 있었던 것입니다. 분명히 상황을 보고하러 대대 간부를 찾아가는 거겠지요. 그런데 두 사람이 강둑을 내려가 대대로 향하는 골목에 접어들었을 때 그 여자, 장취안의 아내가 선실에서 나와 강물에 몸을 던졌습니다. 친허가 바로 강으로 뛰어들었지만 수영할 줄 모르니 곧바로 물밑으로 가라앉았습니다. 가까스로 머리를 내밀긴 했지만 또다시 가라앉았습니다. 황추야가 날카롭게 비명을 질렀습니다. 사람 살려요…… 사람 살려…….

나무 위에 있던 우리는 고모와 샤오스쯔가 골목을 돌아 나와 강둑으로 뛰어오는 것을 보았습니다.

왕간이 나무 위에서 몸을 날려 마치 물고기처럼 잽싸게 강으로 뛰어들었어요. 강변에서 자란 우리는 걸음마와 동시에 수영을 배웠습니다. 목이 휘어진 버드나무 고목은 마치 우리의 다이빙 연습을 위해 존재하는 것 같았습니다. 이처럼 날렵하게 강물로 뛰어드는 왕간의 모습을 샤오스쯔가 봤으면 얼마나 좋을까. 저도 왕간을 따라 강물로 뛰어들었어요. 강변에 있던 리서우 역시 뛰어들었고요. 당연히 임신부를 먼저 구해야 했지만 장취안의 아내는 보이지 않고 불쌍한 친허만 우리 눈앞에서 버둥거리고 있었습니다. 마치 끓는 기름에 빠진 길쭉한 꽈배기 같았어요. 왕 씨 아저씨가 큰 소리로 우리에게 알려 주었어요. 머리를 잡아! 손은 안 돼!

왕간이 친허의 뒤로 돌아가 반듯하게 가르마를 탄 그의 커다란 머리를 잡았어요. 머릿결이 정말 좋았다고 하더군요. 후에 왕간은 그의 머리카락이 마치 말 갈기처럼 매끄러웠다고 말했습니다.

우리 가운데 수영 솜씨가 가장 좋은 사람이 왕간입니다. 왕간은 두 손에 옷을 들고도 물 한 방울 묻히지 않은 채 강을 헤엄쳐 건널 수 있어요. 꿈에 그리던 여인 앞에서 수영 솜씨를 뽐낼 수 있다니, 얼마나 소중한 기회입니까! 저와 리서우는 그가 친허를 물가까지 끌고 갈 동안 양쪽에서 그를 보호했습니다.

고모와 샤오스쯔가 달려왔어요.

고모가 버럭 화를 내며 물었어요. 이 멍청이야, 왜 물에 뛰어들어?

친허가 강변에 엎드려 왝왝 강물을 토해 냈어요.

황추야가 울면서 말했습니다. 장취안 마누라가 강에 뛰어드는 바람에 구하러 들어간 거예요.

고모가 파랗게 질려 강물을 바라보았습니다. 그 여잔 어디 있어, 어디 있냐고!

강물로 뛰어들었는데 사라졌어요……. 황추야가 말했습니다.

잘 지켜보라고 했죠? 고모가 배에 뛰어올라 화를 내며 소리쳤어요. 사람을 죽인 것이나 마찬가지잖아요! 책임져요! 어서, 배를 출발시켜요!

샤오스쯔가 서둘러 엔진을 켰지만 아무리 해도 시동이 걸리지 않았습니다.

고모가 소리를 질렀어요. 친허! 어서 와서 시동 걸어 봐!

친허가 부들부들 떨며 일어나더니 허리를 구부리고 물을 토하다 다시 고꾸라졌어요.

샤오파오, 왕간! 얼른 와서 방법 좀 찾아봐! 고모가 소리 질렀어요. 사례는 두둑하게 할게. 우리는 강을 꼼꼼히 살펴보았습니다.

탁한 강물이 도도히 흐르고 거대한 물거품과 잡풀이 둥둥 떠가고 있었습니다. 이때 리서우가 물살이 느린 강가 쪽에서 서서히 앞으로 떠내려가고 있는 수박 껍질 한 덩이를 발견했습니다. 저기 좀 봐!

수박 껍질이 물길을 따라 떠내려가다 때로 수면에서 사라질 때마다 여자의 목과 헝클어진 머리카락이 드러났습니다.

뱃전에 철퍼덕 앉아 있던 고모가 길게 안도의 한숨을 내쉬더니 껄껄거리며 웃기 시작했어요.

우리가 여자를 구하러 물속으로 뛰어들려고 하자 고모가 소리쳤어요. 서두르지 마!

고모가 샤오스쯔에게 물었습니다. 수영할 줄 알아?

샤오스쯔가 고개를 저었어요.

보아 하니 계획생육의 실무 책임자가 되기 위해서는 맷집도 있어야 할 뿐만 아니라 수영도 할 줄 알아야 하나 봐요. 고모는 웃는 얼굴로 떠내려가는 수박 껍질을 가리키며 말했습니다. 저것 좀 봐, 수영 참 잘하지? 옛날에 유격대원들이 왜놈들을 상대할 때 쓰던 방법을 사용하고 있군!

친허가 허리를 구부려 배에 올랐습니다. 온몸에서 물이 뚝뚝 떨어지고 가르마를 탄 머리카락이 마치 헝클어진 잡풀 더미 같았어요. 낯빛이 잿빛이 된 채 입술이 시퍼렇게 질려 있었습니다.

고모가 명령했어요. 어서 배를 출발시켜.

친허가 핸들을 잡고 시동을 켰습니다. 아마도 현기증이 나는지 몸의 중심을 잡지 못하고 마른 토악질을 몇 번 한 후 거품을 토해 냈습니다.

우리는 그와 함께 부두에 매여 있는 밧줄을 풀었습니다. 고모가 말했어요. 너희도 배에 타!

왕간이 얼마나 흥분했는지 가히 상상이 갔습니다. 그는 샤오스쯔에게 몸을 꼭 붙인 채 뱃머리에 앉았어요. 무릎 위에 놓인 그의 두 손, 열 손가락이 신경질적으로 떨리고 있었습니다. 축축하게 젖어 몸에 찰싹 달라붙은 셔츠 속에서 팔딱거리는 그의 심장을 똑똑히 느낄 수 있었어요. 마치 우리에 갇힌 야생 토끼가 울짱에 몸을 부딪치는 것 같았습니다. 온몸이 경직되어 전혀 움직일 수가 없는 것 같았습니다. 뚱뚱한 아가씨 샤오스쯔는 아무것도 느끼지 못한 채 그저 앞에 떠가는 수박 껍질만 바라보고 있었습니다.

친허가 뱃머리를 바깥쪽으로 틀자 배가 근처 강둑의 느릿한 물길을 따라 서서히 앞으로 나아가면서 엔진 소리도 평온해졌습니다. 리서우는 그의 곁에 서서 마치 학생처럼 그의 동작을 관찰했습니다.

고모가 말했습니다. 천천히, 그렇지, 좀 더 천천히!

뱃머리가 수박 껍질에서 약 5미터 정도 떨어졌을 때입니다. 디젤 엔진의 동력을 거의 배가 설 정도로 최대한 낮췄습니다. 그 순간 우리는 수박 껍질 아래 가려져 있는 임신부의 머리를 똑똑히 볼 수 있었어요.

수영 실력 한번 기가 막히네. 고모가 말했습니다. 임신 오 개월에 수영을 이렇게 잘하다니!

고모는 샤오스쯔에게 선창에 가서 확성기를 틀도록 했어요. 샤오스쯔가 즉시 자리에서 일어나 허리를 구부리고 선창으로 들어갔습니다. 왕간은 옆자리가 텅 비자 한없이 허전하고 실망스러운 나머지 고통스러운 표정이었어요. 무슨 생각을 할까? 글재주를 한껏 발휘한 그의 연애편지를 샤오스쯔가 받았을까?

이렇게 혼자 되는 대로 생각에 잠겨 있을 때, 갑자기 뱃머리 확성기에서 큰 소리가 났습니다. 예상하고 있었는데도 확성기 소리에 저는 깜짝 놀랐습니다. 위대한 지도자 마오 주석이 우리를 영도하셨습니다. 인구는 반드시 통제해야 합니다. 확성기가 울리자 임신부가 수박 껍질을 젖히고 더러운 물 속에서 고개를 내밀었어요. 그리고 깜짝 놀라 고개를 돌려 바라본 후 다시 물속으로 쏙 들어갔습니다. 고모가 미소를 지으며 친허에게 속도를 더 낮추라고 눈짓을 보냈습니다. 고모가 나지막한 소리로 말했어요. 둥평촌의 여자분, 수영을 얼마나 잘하는지 좀 지켜봐야겠어. 선창에서 나온 샤오스쯔가 조급하게 뱃머리로 다가와 두리번거렸습니다. 정말 간절히 원하면 하늘도 감동하나 봐요. 샤오스쯔가 풍만한 육체를 왕간 옆에 기대는 걸 보니 왕간에게 조금 질투가 나더군요. 비쩍 마른 원숭이 같은 왕간 옆에 샤오스쯔가 찰싹 달라붙어 있었습니다. 통통하고 탄력 있는 살! 왕간의 느낌이 어떨지 상상해 봤습니다. 분명히 보드라운 감촉과 따스한 온기가 전해졌겠지요, 그리고 분명히……. 여기까지 생각하자 제 가슴이 콩닥콩닥 뛰기 시작했습니다. 추잡한 생각을 하는 제가 한없이 수치스럽다는 생각에 황망히 두 사람으로부터 시선을 거두어 손을 바지 주머니에 쑤셔 넣고 제 허벅지를 세차게 꼬집었습니다.

머리가 나왔어요! 머리가! 샤오스쯔가 고함쳤습니다.

뱃머리에서 50미터 정도 떨어진 곳에서 임신부의 머리가 수면 위로 떠올랐습니다. 여자는 고개를 두리번거리다가 수면 위로 떠올라 두 팔을 세차게 저으며 빠른 속도로 물길을 따라 아래로 헤엄쳐 내려갔습니다.

고모가 친허를 향해 손짓했습니다. 디젤 엔진의 웅 소리와 함께 배는 속도를 높여 임신부 옆으로 다가갔습니다.

고모는 바지 주머니에서 찌그러진 담뱃갑을 꺼내 포장을 벗긴 다음 담배 한 개비를 꺼내 입에 물었습니다. 그리고 다시 더듬더듬 라이터를 꺼내 찰카닥찰카닥 휠을 돌려 불을 붙였습니다. 고모가 실눈을 뜨고 연기를 내뿜었어요. 바람결에 탁류가 배를 자꾸만 앞으로 떠밀었습니다. 12마력으로 달리는 기선을 이길 수는 없을걸. 고음의 확성기를 통해 다시 마오 주석의 후난 민요가 울려 퍼졌습니다. 류양강, 아홉 굽이 돌아, 90리 물길을 따라 샹강에 이르네. 고모가 꽁초를 강에 던지자 갈매기 한 마리가 곤두박질치듯 내려와 꽁초를 물고 다시 하늘로 솟구쳐 날아올랐습니다.

레코드판이 다했는지 고음의 확성기가 지직거렸습니다. 샤오스쯔가 고개를 돌려 고모를 바라보았어요. 고모는 음악은 더 이상 필요 없다고 한 후 큰 소리로 말했습니다. 겅슈롄, 그렇게 계속 헤엄쳐서 동해까지 갈 수 있다고 생각해?

여자는 아무런 대답도 하지 않고 필사적으로 손을 내저었지만 속도가 현저히 떨어졌어요.

좀 현명해지지그래. 고모가 말했어요. 고분고분 배에 올라타. 우리랑 가서 수술하세!

그렇게 고집 피우면 길은 하나, 죽음뿐이야! 샤오스쯔가 화가 머리끝까지 나서 소리쳤어요. 동해까지라도 쫓아갈 테니까.

여자가 큰 소리로 울기 시작했어요. 팔을 휘둘러 물을 가르는 속도가 자꾸만 느려졌습니다.

기운이 다 빠졌지? 샤오스쯔가 웃으며 말했습니다. 할 수 있으면 그렇게 계속 가 봐! 물총새처럼 다이빙도 하고, 개구리처럼 풍덩거려 보라고…….

그 순간, 겅슈롄의 몸이 점점 가라앉는가 싶더니 공기 중에 피비린내가 진동하는 것 같았어요. 고모가 몸을 내밀어 수면을 살피다 소리를 질렀습니다. 이런!

빨리, 빨리 앞질러 가! 고모가 친허에게 이렇게 말한 후 우리에게 물로 뛰어들어 여자를 끌어오라고 했습니다.

왕간이 물속으로 몸을 날렸고 저와 리서우도 바짝 뒤를 쫓았어요.

친허가 뱃머리를 돌려 경슈렌 옆으로 다가갔습니다.

저와 왕간이 여자 곁으로 가까이 다가갔어요. 저는 손을 뻗어 여자의 왼팔을 잡았습니다. 여자가 마치 긴 문어 다리처럼 오른팔을 길게 뻗어 저를 감싸 물속으로 잡아당겼어요. 저는 비명을 지르며 물을 내뱉었어요. 왕간이 여자의 머리채를, 리서우가 여자의 어깨를 잡고 힘껏 위로 끌어 올렸습니다. 그제야 저도 수면으로 떠올랐습니다. 저는 눈앞이 노래지며 심하게 기침을 했습니다. 배가 우리 앞에 이르자 친허는 속도를 줄였어요. 제 어깨와 여자의 몸이 배에 부딪혔습니다. 고모 일행은 갑판에서 손을 뻗어 여자의 머리카락과 팔을 낚아챘고, 우리는 아래에서 여자의 엉덩이와 다리를 받쳤습니다. 한바탕 요란하게 기합을 넣으면서 몇 사람이 힘을 합친 결과 여자를 배 위로 끌어 올릴 수 있었습니다.

여자 다리에 피가 흐르고 있었어요.

너흰 배에 탈 필요 없고, 알아서 헤엄쳐 가. 고모가 우리에게 이렇게 말한 뒤 황급히 친허에게 명령을 내렸어요. 빨리, 뱃머리를 돌려! 어서! 빨리!

고모 일행이 가장 좋은 약을 쓰면서 최선을 다했지만 경슈렌은 끝내 세상을 떠나고 말았습니다.

6

부대 지도자 동지가 긴급 전보를 보내 지시를 내렸습니다. 제 처인 왕런메이가 둘째를 임신했다는 겁니다. 지도자는 엄숙한 어조로 당원이자 간부로서 딸 하나를 낳고 매달 한 자녀 보조금까지 받으면서 어떻게 둘째를 가질 수가 있느냐고 질책했습니다. 전 그저 망연자실할 뿐이었습니다. 지도자가 명령을 내렸어요. 즉시 돌아가 처리하도록!

갑작스러운 저의 등장에 가족들이 많이 놀라는 표정이었습니다. 두 살 난 딸아이가 할머니 등 뒤에 숨어 잔뜩 겁먹은 표정으로 저를 바라보았어요.

갑자기 무슨 일이냐? 어머니는 마음이 답답하신 것 같았습니다.

출장 가는 길에 들렀어요.

옌옌, 아빠 오셨네. 어서 아빠라고 불러야지. 어머니가 딸을 앞으로 떠밀며 말했어요. 아빠 안 온다고 날마다 아빠만 찾더니, 정작 아빠가 오니까 무서워하긴!

제가 손을 뻗어 아이 팔을 잡아 안아 주려 하자 아이가 으앙 하고 눈물을 터뜨렸어요.

어머니가 길게 한숨을 내쉬었어요. 매일 그저 두렵고 무서워서 쉬쉬했는데 결국 이렇게 밝혀지고 마는구나!

대체 어떻게 된 일이에요? 제가 화를 냈습니다. 루프 하고 있었던 거 아니에요?

그게, 일이 밝혀진 후에야 나한테 말하더구나. 네가 집에 온다는 소식을 듣고 위안싸이를 찾아가 뺐던 모양이야.

위안싸이, 이놈의 개망나니! 원망스러운 마음에 욕이 먼저 나왔어요. 범법 행위인 것도 모른대요?

절대 고발해선 안 된다! 런메이가 몇 번이나 찾아가서 애걸복걸하는 바람에 해 준 거야. 해도 해도 안 되니까 나중에는 왕단에게까지 부탁해서 사정한 거야.

얼마나 위험한 일인데. 개나 돼지를 거세하는 위안싸이한테 어떻게 그런 부탁을 해요? 그러다 일 나면 어쩌려고!

사람들이 부탁을 많이 하나 보더라. 어머니가 목소리를 낮추며 말했어요. 며늘아기 하는 말을 들으니, 그 사람 기술이 정말 좋대. 쇠로 된 갈고리로 몇 번 만에 그냥 끄집어냈다고 하던데.

정말 창피해서!

공연한 생각 말고. 어머니가 제 얼굴을 보며 말했어요. 왕단이 같이 갔어. 루프를 뺄 때 위안싸이는 마스크에 선글라스,

비닐장갑을 끼고 했대. 갈고리는 먼저 알코올로 닦고 불로 지져서 소독했고. 걔가 그러는데, 바지도 벗을 필요 없었대. 그냥 바짓가랑이에 구멍만 하나 냈다더라.

그런 뜻이 아니에요.

샤오파오, 어머니가 우울한 표정으로 말했습니다. 큰형, 작은형 모두 아들이 있는데 너만 없잖아! 항상 그게 맘에 걸렸단다. 그냥 낳으라고 하자꾸나!

저도 그러고 싶어요. 하지만 배 속 아이가 남자아이라고 누가 보장하겠어요?

사내애 같아. 옌옌에게 물어봤단다. 옌옌, 엄마 배 속에 있는 아기가 남동생이야, 여동생이야? 옌옌이 남동생이라고 그러더라. 원래 아이들 말이 가장 영험하거든. 설사 딸이라 해도 옌옌이 커서 서로 의지할 수도 있고. 여자애 하나 있다가 무슨 변고라도 생기면 어쩌려고? 어미야 늙었으니 죽어 버리면 상관없어. 다 널 생각해서 하는 말이다.

어머니! 부대에는 질서가 있어요. 둘째를 낳으면 당적을 박탈당하고 직위도 해제돼요. 그러면 집으로 돌아와 농사나 지어야 한다고요. 이렇게 여러 해 동안 열심히 노력해서 겨우 자리를 잡았는데 아이 하나 더 낳자고 모든 것을 다 포기해요? 그럴 만한 가치가 있다고 생각하세요?

어머니가 말했어요. 당적이나 직위 같은 것이 아이보다 소중하냐? 세상에 후손이 없으면 제아무리 높은 자리에 올라도, 설사 마오 주석 다음가는 자리라 해도 그게 무슨 의미가 있어?

마오 주석은 이미 돌아가셨어요.

마오 주석 돌아가신 걸 모를까 봐? 예를 들어 그렇다는 얘기야.

그때 대문 소리가 났어요. 옌옌이 소리 높여 말했어요. 엄마, 아빠 왔어.

딸이 조그만 다리로 뒤뚱거리며 왕런메이를 향해 달려갔어요. 왕런메이는 제가 군대에 가기 전에 입던 회색 재킷을 입고 있었어요. 배가 이미 불룩하더군요. 알록달록한 천이 삐져나온 붉은색 보따리를 옆에 끼고 있었습니다. 아내는 허리를 굽혀 딸아이를 안더니 억지웃음을 지으며 말했습니다. 여보, 어쩐 일이에요?

내가 못 올 곳을 왔나? 잘도 일을 벌여 놨더군! 저는 언짢은 투로 말했어요.

기미가 가득한 얼굴이 하얗게 질리더니 순식간에 다시 벌겋게 달아오르더군요. 아내는 대뜸 소리를 질렀습니다. 내가 뭘? 낮에 밭에 나가 일하고 저녁에 집에 돌아와 아이 보면서 당신한테 미안한 짓은 조금도 한 적이 없는데!

그래도 시치미야? 왜 나한테 말도 안 하고 위안싸이를 찾아가? 왜 말 안 했어?

배신자, 스파이! 왕런메이가 아이를 내려놓더니 씩씩거리며 방으로 들어갔어요. 작은 걸상에 발이 걸리자 런메이는 냅다 걸상을 걷어차며 욕을 했어요. 어떤 양심 없는 놈이 알려 준 거야?

딸아이가 마당에서 큰 소리로 울음을 터뜨렸습니다.

어머니는 부뚜막 옆에서 눈물을 흘리고 있었고요.

조용히 해. 욕도 하지 말고. 조용히 나랑 위생원에 가. 아무 일도 없을 거야.

꿈도 꾸지 마. 왕런메이가 거울을 바닥에 내동댕이치며 고함질렀어요. 애는 내 거야. 내 배 속에 있으니까. 누구든지 털끝 하나라도 건드려 봐, 그 집 문에 목매달고 죽어 버릴 테니!

여보, 당원도, 간부도 그만두고 그냥 집에 돌아와 농사지으면 안 돼? 지금이 무슨 인민공사 시대도 아니고 밭도 다 나눠서 농사를 짓는데! 양식도 너무 많아 다 먹지도 못하고 사람들도 자유롭고, 그냥 집으로 돌아오면…….

안 돼, 절대 안 돼!

왕런메이는 방 안에서 우당탕거리며 트렁크랑 궤짝이랑 다 뒤집어엎고 있었습니다.

나 혼자만의 일이 아니야, 이건 우리 부대의 명예가 걸린 일이라고!

왕런메이가 커다란 보따리를 들고 밖으로 나왔습니다. 제가 런메이를 잡으며 물었어요. 어딜 가려고?

상관 마!

전 아내의 보따리를 잡고 놔주지 않았습니다. 아내가 품에서 가위를 꺼내더니 자신의 배에 대고 두 눈이 벌게져서 앙칼지게 소리 질렀어요. 이거 놔!

샤오파오! 어머니도 소리를 질렀어요.

물론 전 왕런메이의 성질을 잘 알고 있었지요.

가! 하지만 오늘은 도망칠 수 있다고 해도 언젠가는 잡히고 말걸! 어찌 됐든 간에 아이는 꼭 없애야 해!

왕런메이가 보따리를 들고 총총히 밖으로 나갔습니다. 딸 아이가 두 팔을 벌리고 엄마를 쫓아가다 넘어졌지만 왕런메이는 쳐다보지도 않았어요.

제가 달려 나가 아이를 안아 올렸습니다. 품에 안긴 딸이 몸을 뒤로 젖히며 울고불고 엄마를 찾았어요. 순간 저는 착잡한 마음에 눈물이 주르륵 흘러내렸습니다.

어머니가 지팡이를 짚고 비틀비틀 걸어 나왔습니다. 얘야, 그냥 낳게 해라……. 그렇지 않으면 살 수가 없다…….

7

밤이 되자 딸아이가 엄마만 찾으며 울었습니다. 아무리 달래도 그치질 않았어요. 어머니는 저에게 장모님 댁에 가 보라고 했어요. 저는 아이를 안고 장인어른 댁 문을 두드렸습니다. 장인어른이 문틈으로 말했어요. 샤오파오, 자네 집에 시집을 보냈으면 자네 집 사람이야. 왜 여기 와서 아내를 찾나? 내 딸에게 문제가 생겼으면 가만두지 않겠네.

천비를 찾아갔습니다. 대문에 열쇠가 채워져 있고 마당은 칠흑처럼 어두웠습니다.

왕간을 찾아가 한참 동안 문을 두드렸습니다. 대문 안쪽에서 강아지 한 마리가 미친 듯이 짖어 댔습니다. 불이 켜지고 문이 열리면서 왕자오가 몽둥이를 끌고 문 앞에 서서 잔뜩 화가 난 표정으로 말했습니다. 누굴 찾아?

아저씨, 저예요.

넌 줄 알아. 그러니 누굴 찾느냐고!

왕간은요?

죽었어! 왕자오가 이렇게 말하며 세차게 문을 닫았습니다.

물론 왕간이 죽었을 리가 없죠. 지난번 집에 왔을 때 어머니가 한 말이 생각났습니다. 왕간이 왕자오에게 쫓겨나 여기저기 떠돌아다닌다더군요. 가끔 마을에 나타나기도 하는데 어디 사는지는 모른다고요.

딸아이가 울다 지쳤는지 제 품에서 잠이 들었습니다. 전 아이를 안고 거리를 돌아다녔습니다. 답답한 마음을 달랠 길이 없었습니다. 몇 년 전, 마을에 전기가 들어오면서 촌 위원회 뒤편에 확성기 두 개가 달린 높다란 시멘트 전봇대가 섰습니다. 전봇대에 달린 가로등 아래 푸른색 천이 깔린 탁구대가 있었는데 젊은이들 몇 명이 그곳에 모여 왁자지껄 떠들썩하게 놀고 있었어요. 다섯 살 정도 되어 보이는 사내아이가 간단한 음을 낼 수 있는 장난감 전자 오르간을 들고 탁구대 가까이에 놓인 네모난 걸상에 앉아 있었어요. 얼굴형을 보니 위안싸이의 아들인 것 같았습니다.

맞은편에 새로 올린 위안싸이네 커다란 대문이 보였습니다. 잠시 주저하다가 위안싸이를 만나 보기로 했습니다. 왕런메이의 루프를 빼 주는 모습이 상상이 되자 심사가 뒤틀렸어요. 그가 버젓한 의사라면 할 말이 없지만 세상에, 그 자식이……. 제기랄!

제가 등장하자 그는 겁을 잔뜩 먹었습니다. 그는 혼자서 구들장에 앉아 자작하고 있었어요. 좁은 방구들 위에 땅콩 한 접시, 웅어 통조림 하나에 달걀 볶음 큰 접시 하나가 있었습니다. 그가 맨발로 구들장에서 뛰어내리더니 자꾸만 함께 올라가 술을 마시자고 권했습니다. 그는 자기 아내에게 안주를 더 내오라고 말했습니다. 아내 역시 우리 소학교 동창으로 얼굴에 약간 얽은 자국이 있어 별명이 '곰보빵'이었습니다.

부부 둘이 오순도순 재미있나 보네! 제가 구들장 앞 걸상에 앉으며 말했어요. '곰보빵'이 구들장 위에서 편하게 재우겠다며 딸을 안으려 했습니다. 저는 잠시 사양하다 딸아이를 건네주었습니다.

'곰보빵'이 프라이팬을 닦고 불을 올리며 갈치 한 마리를 안주로 튀겨 주겠다고 했어요. 사양했지만 벌써 기름이 지글지글 소리를 내며 근사한 냄새가 퍼지기 시작했습니다.

위안싸이가 자꾸만 신을 벗고 구들장으로 올라오라고 재촉했습니다. 저는 잠시 앉았다 갈 건데 귀찮다며 신발을 벗지 않았어요. 계속 권해도 제가 거절하자 그는 하는 수 없이 구들장 가장자리에 비스듬히 걸터앉았습니다.

그가 술을 한 잔 따라 내 앞에 놓았어요. 그래도 귀한 손님인데! 이제 어디까지 올라갔어? 연대장? 아니면 대대장?

무슨! 아직 중대장이야. 저는 술잔을 들어 벌컥 들이켰습니다. 이것도 오래 못 해. 아마 금세 밭이나 갈러 오겠지!

그건 또 무슨 소리야? 위안싸이도 한 잔을 비웠습니다. 우리 동창 가운데 가장 전도유망한 인물이 넌데. 샤오샤춘하고 리서우는 대학은 다녔어도 모두 너만 못한 인물들이야. 샤오상춘 그 빌어먹을 노인네가 매일같이 큰길에서 자기 아들이 국무원에 들어갈 거라고 허풍을 떨고 다니지만, 샤오샤춘은 빰이 넓고 이마가 좁고 두 귀가 쫑긋한 게 전형적인 지방 관아에서 부리는 종놈 상이고, 리서우는 용모는 수려해도 복이 없는 상이야. 넌 학 다리에 원숭이 팔, 봉황의 눈을 가졌어. 오른쪽 눈 아래 이 눈물점만 아니면 제왕의 상인데. 레이저로 이 점만 없애면 장군이나 재상은 못 된다 해도 사단장, 여단장 하는 건 문제가 없을 거야.

그만해! 시장에서 사람들 상대하는 건 그렇다 쳐도 나한테 그런 말은 왜 해?

이건 관상학이라고, 왜 이래? 조상이 대대로 물려준 위대한 학문을!

쓸데없는 소리 그만 지껄이고! 오늘 너랑 담판 지을 일이 있어 왔다. 이 자식 너 때문에 내가 얼마나 힘든지 알아?

무슨 일인데? 나는 너한테 미안한 일 한 것 없는데!

누가 너더러 왕런메이 루프를 빼 달라고 그랬어? 제가 목소리를 죽여 말했습니다. 지금 어떤 상황인 줄 알아? 누가 부대에 전보를 보내는 바람에 부대에서 왕런메이에게 중절 수술을 시키고 오라고 했어. 그렇지 않으면 직위 해지하고 당적을 박탈하겠대. 왕런메이도 도망가 버렸으니 대체 난 어쩌면 좋으냔 말이야?

그게 무슨 말이야? 위안싸이가 눈을 동그랗게 뜨면서 두 팔을 벌렸습니다. 내가 언제 왕런메이의 루프를 빼 줬다고 그래? 난 점쟁이라고, 사주팔자 보고, 음양에 맞춰 풍수와 길흉을 점치는 게 내 장기야. 남자인 내가 여자의 루프를 빼 줬다고? 체! 말하는 너는 괜찮을지 몰라도 듣는 나는 심히 불쾌하구먼!

내숭 떨지 마! '신선거사'께서 능력자라는 걸 누가 모를까 봐? 풍수, 사주팔자 보는 건 네 전공이고, 돼지, 개 거세 말고도 여자에게서 루프 제거해 주는 건 네 부전공이잖아. 고발은 하지 않겠어. 그래도 넌 욕 좀 들어야 해. 왕런메이 루프를 제거해 주려면 어찌 되었거나 나에게 먼저 말을 했어야 할 게 아니야?

억울해, 정말 억울해! 위안싸이가 말했습니다. 왕런메이를 내 앞에 데려와. 삼자대면해 보자고!

어디로 꺼졌는지 알 수가 없는데, 어디 가서 찾아와? 그리고 왕런메이가 이실직고하겠어? 널 배신하겠냐고!

샤오파오, 이 개자식아, 넌 그냥 평범한 인간이 아니야, 군관이라고, 네 말에 책임을 져야 해. 내가 네 마누라 루프를 빼줬다고 확신할 수 있어? 증거 있어? 이건 분명한 명예훼손이야, 어디 자꾸 그렇게 해 봐, 고발해 버릴 테니!

좋아, 어쨌거나 근본적인 잘못이 너한테 있는 건 아니지. 사실 도움을 받을까 해서 찾아온 거야. 상황이 이렇게 됐으니 내가 어떡하면 좋겠냐?

위안싸이가 눈을 감고 육갑을 짚으며 중얼거리더니 갑자기 눈을 뜨고 말했습니다. 이봐, 아우! 축하하네!

축하라니?

부인께서 회임하신 아기씨는 전대의 귀인이 환생하신 거라네. 귀인의 이름을 발설할 수는 없지만 절대 내가 하는 말을 잊지 말게. 태생부터 골격이 분명하고 출중한 재주에 학업 성과 또한 엄청나리니, 과거 급제는 당연지사요, 귀한 관직에 오를 영광스러운 인물이라네!

그래, 계속 그렇게 떠들어 봐라. 전 입으로는 이렇게 말하면서도 묘하게 마음의 위안이 되었습니다. 그래, 정말 그런 아들만 태어나 준다면…….

위안싸이는 정확하게 제 마음을 꿰뚫고 있었어요. 그는 웃을 듯 말 듯한 표정으로 말했어요. 이봐, 형씨, 이건 하늘의 뜻이야, 하늘의 뜻을 어기지 말게!

제가 고개를 저으며 말했어요. 하지만 왕런메이가 아이를 낳으면 난 끝이야.

옛말에 하늘이 무너져도 솟아날 구멍이 있다고 하지 않나.

빨리 말해 봐!

부대에 전보를 쳐서 왕런메이가 임신한 사실이 없다고 보고하는 거야. 그냥 원한을 가진 인간이 모함을 했다고 말이야.

그걸 지금 묘책이라고 말해 주는 거야? 종이로 불을 감쌀 수 있을 것 같아? 아이가 태어나면 호적은 어떡하고? 학교는? 조언이랍시고 내뱉는 그의 말에 기가 막혔습니다.

이봐, 그렇게 멀고 먼 미래까지 생각할 것 없네. 태어나는 것 자체가 승리야. 우리 지역이야 관리가 엄격하지만 다른 현들은 '어둠의 자식들'[43]이 많아. 어쨌거나 지금은 밭일도 개인적으로 할 수 있고 식량도 있으니 우선 기르고 보는 거지. 호

---

43) 黑孩子. 계획생육 기준을 어기고 낳아 출생 신고를 하지 않은 아이.

적이 있든 없든 모두가 중화인민공화국 국민이 아닌가. 나라에서 이 아이들이 중국인이라는 사실까지 부정할 거라고는 생각지 않네.

하지만 발각되는 날엔 내 미래는 끝장이 나잖아.

그래도 달리 방법이 없지. 모든 게 다 좋을 수 있나.

제기랄, 이 망할 여편네, 정말이지 보자 보자 하니까. 저는 술잔을 마저 비우고 구들장을 내려오면서 이를 갈았습니다. 내 평생 제일 재수 없는 일은 이 여편네를 만난 거야.

이봐, 그런 식으로 말하지 말게. 내가 사주를 보니 왕런메이는 남편을 도와주는 팔자야. 자네가 성공하면 그건 다 왕런메이 덕분이라고!

뭐? 남편을 도와주는 팔자? 전 쓴웃음을 지었어요. 남편을 망치는 팔자가 아니고?

최악의 경우, 왕런메이가 아들을 낳고 자네가 직위 해제되어 고향으로 돌아와 밭을 간다고 쳐. 그게 뭐 대순가? 이십 년 후에 아들이 출세해서 고관대작이 되면 복이 절로 굴러 들어올 텐데, 그럼 뭐 마찬가지 아닌가?

사전에 나에게 상의를 했다면 몰라. 이런 식으로 날 속이다니 도저히 못 참겠어.

샤오파오! 어찌 되었거나 왕런메이 배 속에 든 아기는 자네 씨 아냐? 없애든 남기든, 그건 자네 일이야.

그래, 확실히 내 일이지. 이봐, 다시 한 번 말하겠는데, 영원한 비밀은 없어. 자네도 조심해!

저는 '곰보빵'에게서 곤히 잠든 딸아이를 건네받아 위안싸이 집을 나왔습니다. 고개를 돌려 '곰보빵'에게 작별을 하려고 할 때 '곰보빵'이 몰래 저에게 말했어요. 그냥 낳으라고 하세요. 숨어서 낳으면 돼요. 제가 장소를 알아봐 줄게요.

그때 지프차 한 대가 위안싸이 집 앞에 멈추더니 차에서 경찰 두 명이 내려 살기등등하게 대문으로 들이닥쳤습니다. '곰보빵'이 경찰들을 저지해 보았지만 그들은 그녀를 제치고 잽싸게 방으로 들어갔습니다. 방 안에서 우당탕 소리와 함께 위안싸이의 고함이 들렸습니다. 몇 분 후, 위안싸이가 신발을 질질 끌며 두 손에 수갑을 찬 채 경찰들에게 끌려 나왔습니다.

왜들 이러시오? 이게 뭐 하는 짓들이오? 위안싸이가 고개를 비딱하게 쳐들고 경찰에게 물었습니다.

조용히 해! 경찰 하나가 말했어요. 왜 붙들려 가는지 몰라? 위안싸이가 말했어요. 샤오파오, 날 좀 구해 줘. 난 죄지은 것 없단 말이야.

그때 차 안에서 뚱뚱한 여자 하나가 나왔습니다.

고모?

고모가 마스크를 벗더니 차가운 눈초리로 저를 노려보았어요.

내일 위생원으로 와!

8

고모, 그냥 낳으라고 해요. 전 울상이 되어 말했습니다. 당적도 필요 없고, 자리도 필요 없어요…….

고모가 탁자를 내리치는 바람에 내 앞에 있던 물컵의 물이 튕겨져 나갔습니다.

변변치 못한 놈! 샤오파오! 이건 너 혼자만의 일이 아니야! 우리 공사는 삼 년 연속 단 한 건도 계획생육을 어긴 사례가 없어, 네가 그 기록을 깰 작정이야?

난처해진 저는 이렇게 말했어요. 왕런메이가 죽자 사자 소동을 피우는데, 저러다 정말 무슨 일이라도 저지르면 저는 어떡해요?

고모가 냉정하게 말했어요. 우리 지역 방침이 뭔지 알아? 독약을 먹겠다는 사람은 약병을 빼앗지 않고, 목을 매달려는 사람은 밧줄을 주게 되어 있어.

너무 무지막지해요!

누군 그러고 싶어 그러는 줄 알아? 너희 부대는 무지막지하게 굴 필요가 없지. 도시에서도 마찬가지로 이렇게까지 할 필요가 없어. 외국에서는, 더더구나 서양 여자들은 그저 놀고 즐기기에 바빠서 나라에서 출산을 장려해도 아이를 낳으려 들지 않아. 하지만 여기는 중국 농촌이야. 농민들을 상대해야 한다고. 입이 닳도록 이치를 설득하고 정책을 설명해야 해. 신발 바닥이 닳도록 돌아다니고, 입술이 터지도록 말을 하고 다녀도 누가 네 말을 듣던? 어떻게 할까? 인구를 통제하지 않으면 안 되는데, 나라의 명령도 집행해야 하고, 상부에서 내린 목표도 달성해야 하고, 그럼 어떻게 할까? 계획생육 직원들은 낮에는 손가락질을 당하고, 밤길을 다니다 벽돌에 맞기도 해. 다섯 살 난 어린애까지 송곳으로 내 다리를 찌르더라. 고모가 바짓가랑이를 걷어 올리자 장딴지에 자줏빛 상처가 보였습니다. 봤니? 얼마 전 둥펑촌의 한 사팔뜨기 녀석이 찌른 거야. 너, 장취안 마누라 일 기억해? 저는 고개를 끄덕였습니다. 십여 년 전 도도히 흐르는 강에서 벌어졌던 일이 생각났습니다. 분명히 그 여자가 뛰어드는 바람에 우리가 구하러 들어갔잖아. 하지만 장취안을 포함한 마을 사람들 모두 우리가 정슈롄을 강으로 밀어 죽게 했다고 믿어. 그들은 연명까지 해서 편지를 쓰고 인장 대신 피 묻은 손바닥을 찍어 국무원까지 올려 보냈어. 진상조사를 위해 위에서 사람이 파견되자 하는 수 없이 황추야가 희생양이 됐지. 고모가 담배에 불을 붙이더니 뻑뻑 빨기 시작했습니다. 담배 연기가 삶에 찌든 고모의 얼굴을 휘

감았습니다. 정말 많이 늙으셨다는 느낌이 들었어요. 입가 주름이 턱까지 늘어지고, 눈 밑 주름이 축 처진 데다 눈빛마저 뿌예졌으니까요. 정슈렌을 구하기 위해 우리가 얼마나 노력했니? 게다가 난 피를 500시시나 뽑았어. 그 여자, 선천성 심장병을 앓고 있었더군. 달리 방법이 없어서 장취안에게 1000위안을 배상했지. 당시 1000위안은 결코 적은 돈이 아니었어. 장취안은 돈을 받고도 계속 억지를 부렸어. 짐수레에 아내 시신을 싣고, 세 딸에게 상복을 입혀 현 위원회 마당까지 들어가 소란을 피웠단다. 마침 시찰을 내려왔던 계획생육 사업 성 지도자가 이 모습을 봤어. 공안국에서 낡은 지프차를 몰고 와서 나랑 황추야, 샤오스쯔를 현 초대소로 데리고 갔어. 경찰들이 인정사정없이 욕지거리를 퍼붓고 사람을 밀치면서 완전히 우리를 범인 취급 하더라. 현 지도자가 나랑 말을 하려 하기에 난 고개를 돌리며 당신이 아니라 성 지도자와 이야기하겠다고 말했어. 지도자 방으로 쳐들어갔지. 지도자가 소파에서 신문을 보고 있더구나. 그런데 그 지도자란 사람이 바로 양린인 거야! 부성장이 돼서 살이 피둥피둥해졌더군. 정말이지 속이 부글거려서 속사포처럼 쏘아붙였어. 당신네가 위에서 지시 하나를 내리면 우린 열나게 돌아다니느라 다리는 퉁퉁 붓고, 주둥이는 다 부르터요. 당신들이 요구하는 문화니, 정책이니, 군중 사상 작업이니 하는 것들 말입니다……. 그저 말이나 할 줄 아는 지도자들께서 어찌 실무자들 아픔을 알겠습니까? 아기를 낳아 보지 않았으니 배 아픈 줄을 알겠습니까! 한번 직접 내려와 일해 보시죠. 죽어라 일하고, 욕은 있는 대로 먹고, 피떡이 되도록 맞고, 대갈통 터져서 피를 줄줄 흘리며 일해도 작은 사고라도 났다 하면 지도자라는 사람들이 보탬이 되기는커녕 몰상식한 골칫거리들 편에 서죠. 소름이 다 끼칩니다!

고모가 자부심에 찬 표정으로 그때를 회상했습니다. 다른 사람들은 관리를 보면 감히 입을 열지 못하지만 이 몸은 그런 것 상관 안 해! 난 관리를 보면 입담이 더 좋아지더라고. 내 언변이 좋은 게 아니라 쌓인 게 너무 많아서 그래. 암튼 그렇게 말하면서 눈물을 줄줄 흘리며 머리의 상처를 그에게 보여 줬지. 장취안 몽둥이질에 머리가 터졌는데 이것도 범법 행위 아닌가요? 자기 마누라를 구해 주려고 강으로 뛰어들고 피를 500시시나 뽑았는데, 그 정도면 정말 의롭게 행동한 것 아닙니까? 이렇게 말하면서 나는 대성통곡했어. 노동개조 부대나 감옥에 보내세요, 어차피 이제 나는 일 안 할 거니까. 내 말에 양린이 눈물을 글썽이며 자리에서 일어나더니 물도 따라 주고, 화장실에 가서 뜨거운 물수건을 만들어 가지고 왔어. 양린이 말했어. 어떤 일이건 말단 조직을 다지는 사업이 제일 힘들죠, 마오 주석이 말씀하시지 않았습니까, "심각한 문제는 바로 농민을 교육하는 것이다."라고 말이에요. 동지! 억울한 심정 다 이해합니다. 현의 지도자들도 동지를 이해하고, 우리 모두 동지를 높이 평가하고 있습니다.

그가 내 곁에 다가와 앉더니 물었어. 완 동지! 나랑 성에서 일해 보겠소? 물론 그 말이 무슨 뜻인지 잘 알고 있었어. 하지만 비판 투쟁 대회에서 그가 지껄인 헛소리를 생각하자 그러고 싶은 마음이 싹 가시더라. 난 단호하게 말했지. 아뇨, 안 갈 겁니다. 이곳 일을 놓을 수가 없어요. 그가 유감이라는 듯 고개를 젓더니 말했어. 그렇다면 현의 의원에 가서 일하시오. 아뇨! 전 아무 데도 가지 않습니다. 그를 따라갔어야 하는 건지도 몰라. 그냥 다 털어 버리고 떠나서 아무것도 보지 않으면 심란하지도 않았겠지. 그냥 낳고 싶다는 대로 실컷 낳게 해서 20억, 30억이 되든 말든. 하늘이 무너져도 키 큰 사람이 받쳐주겠지.[44] 내가 이런 걱정한들 뭐하겠어? 내가 평생 손해를 보고 산 건 너무 말을 잘 들어서, 너무 혁명적이어서, 너무 충성이 지나쳐서, 너무 진지해서였어.

지금 깨달아도 늦지 않아요. 제가 말했어요.

허! 고모가 화를 냈습니다. 너 그거 무슨 말이야? 뭐? 깨달아? 고모가 가족이랍시고 네 앞에서 하소연을 좀 늘어놓았기로서니, 이거 안 되겠군! 고모는 충성스러운 공산당원이야. 문화 대혁명 때 갖은 굴욕을 다 당하면서도 흔들리지 않았어. 지금이야 더 말할 나위 없고! 계획생육은 반드시 필요한 사업이야. 그냥 마음대로 낳게 내버려 두면 일 년이면 3000만, 십 년이면 3억, 다시 그렇게 오십 년이 지나면 지구는 중국인들 때문에 찌그러져 버릴 거야. 그러니 당연히 어떤 대가를 치르더라도 출생률을 낮춰야지. 이건 바로 중국이 인류에 공헌하는 길이기도 해!

44) 덩샤오핑이 즐겨 쓴 말로 그의 낙관적인 성격을 잘 표현하고 있다. 키 큰 사람이란 마오쩌둥을 가리킨다.

고모, 그런 근본적인 이치는 나도 알아요. 그런데 지금 당장 왕런메이가 도망을 쳤으니…….

도망가 봤자 부처님 손바닥 안이야. 어디까지 도망갈 수 있을 것 같아? 네 장인 집에 숨어 있는 거라고!

워낙 무모한 성격이라 궁지에 몰리면 정말 무슨 일을 내지 않을까…….

그건 안심해라. 고모는 다 생각이 있다는 듯 말했어요. 내가 아줌마들을 수십 년 상대한 사람인데! 그 사람들 성격을 가만히 들여다보면 이렇게 야단법석을 떨고 걸핏하면 죽네 사네 해도 막상 일은 벌이지 못해. 안심해라. 걔 그렇게 쉽게 안 죽는다! 게다가 수십 년 동안 쌓아 온 친분이 있지 않니! 오히려 새들새들하고 말도 잘 하지 않는 애들이 목을 매든지, 우물에 뛰어들든지, 독약을 마시든지 하더라. 계획생육 사업을 한 지 십 년이 넘었는데 자살한 여자들은 모두 다른 이유 때문이었어. 이 점은 안심해도 된다!

그럼 어쩌실 건데요? 제가 난처한 표정으로 물었습니다. 돼지 묶듯이 런메이를 묶어서 병원으로 데려갈 수는 없잖아요?

정말 방법이 없으면 강압적으로라도 해야지. 특히나 걘 네 안사람인데! 그러기에 누가 내 조카 하래든? 내가 그 애를 내버려 두면 누가 내 말을 듣겠니? 내가 입만 열었다 하면 그 일을 들먹이며 내 입을 막으려 할 텐데.

일이 이 지경이 되었으니 이젠 고모 말을 들을 수밖에 없군요. 부대에 사람을 좀 보내 달라고 할까요?

벌써 너희 부대에 전보 보냈어.

애초에 전보 보낸 것도 고모였어요?

그래.

사실을 알았으면서 왜 일찍 처리 안 했어요?

현에서 두 달가량 회의가 있었어. 다녀온 후에야 알았지. 고모가 화가 나서 말했어요. 위안싸이, 이 후레자식! 어쩌자고 날 이렇게 힘들게 해? 제보자가 있었기에 망정이지, 그렇지 않았다면 일이 더 복잡해질 뻔했어.

구속할 거예요?

마음 같아선 총살해 버리고 싶어. 고모가 씩씩거리며 말했어요.

아마 왕런메이 한 사람이 아닐 거예요.

조사 다 했어. 왕런메이랑 왕씨 집성촌의 왕치 마누라, 쑨씨 집성촌의 샤오진뉴 마누라 그리고 천비 안사람, 왕단이야. 왕단 해산 날짜가 제일 급박해. 다른 현에도 십여 명이 있지만 그건 내 소관이 아니니까. 우선 네 아내부터 수술하고 하나씩 차례로 처리해야지. 누구도 예외는 없어.

외부로 도망가면요?

고모가 차갑게 웃었어요. 원래 손오공이 아무리 신통방통해도 부처님 손바닥을 못 벗어나는 법이야.

고모, 저야 군관이니까 왕런메이는 당연히 수술해야 하지만, 왕단이랑 천비는 모두 농민이잖아요. 첫째 아이가 여자아이니 정책에 따른다 해도 둘째를 낳을 수 있는 것 아니에요? 왕단 같은 몸으로는 임신하기도 쉽지 않을 텐데…….

고모가 제 말을 자르며 비웃었어요. 제 일도 해결하지 못한 놈이 오지랖 넓게 남의 일에 신경을 써? 정책상 둘째를 낳을 수 있긴 하지만 첫째가 여덟 살이 된 다음이라야 해. 그 집 천얼이 이제 몇 살이지?

몇 년 일찍 낳아도 되잖아요?

말은 쉽게도 한다! 몇 년 일찍? 그럼, 모두 몇 년 일찍 낳으면? 그건 안 돼. 한 번 허락하기 시작하면 엉망이 될 거야. 고모가 단호하게 말했어요. 남의 일 걱정하지 말고, 네 일이나 생각해!

9

고모가 계획생육 특별 작업을 위해 대부대를 이끌고 우리 마을에 나타났어요. 고모가 대장, 공사의 인민무장부 부부장이 부대장이었습니다. 대원은 샤오스쯔를 포함해 건장한 민병이 여섯 명이나 있었어요. 확성기를 장착한 미니버스에 마력이 엄청난 무한궤도 트랙터도 몰고 왔습니다.

고모의 대부대가 마을로 들이닥치기 전에 저는 다시 한 번 장인어른 댁 대문을 두드렸어요. 이번에는 장인이 선심 쓰듯 저를 들여보내 주었습니다.

장인어른도 부대에 계셔 보셨으니 군령이 얼마나 엄격한지 아실 거예요. 항명은 절대 불가능합니다.

장인어른이 담배를 피우면서 한참 뜸을 들이다 말했어요. 낳을 수 없다는 걸 알면서 왜 임신은 시켰는가? 이렇게 배가 부른 애를 어떻게 수술해? 혹여 사고라도 생기면 어떡하고!

자식이라고는 이 아이 하나뿐인데!

그건 절 원망하실 일이 아닙니다. 제가 변명했어요.

자네가 아니면 누굴 원망하나?

원망하려면 그 개자식 위안싸이를 원망해야죠. 공안국에서 벌써 그놈을 잡아갔어요.

어쨌거나 내 딸에게 일이 생기면 내 목숨을 걸고라도 자넬 가만두지 않겠네.

고모가 괜찮다고 했어요. 칠 개월 된 산모도 수술한 적이 있대요.

자네 고모는 사람도 아니야, 요괴야 요괴! 장모님이 나와서 말했어요. 수년 동안 대체 얼마나 많은 목숨을 짓밟았나? 두 손에 피를 잔뜩 묻혔으니 아마 죽은 후에 염라대왕이 갈기갈기 찢어 죽일 걸세.

그런 소리는 뭐하러 해? 장인어른이 말했어요. 이건 남자들 일이야.

어째 남자들 일이에요? 장모님이 신경질적으로 쏘아붙였어요. 우리 귀한 딸을 저승길로 밀어 넣는다는데, 그래도 남자들만의 일이에요?

장모님, 장모님과 다투고 싶지 않아요. 그 사람 좀 불러 주세요. 할 말이 있어요.

자네, 어디 와서 런메이를 찾는 건가? 자네 집 사람이니 자네 집에 있겠지. 혹시 자네가 그 앨 어떻게 한 건 아닌가? 런메이가 어디에 있는지는 내가 자네한테 물어볼 말이네!

런메이! 당신 듣고 있지? 제가 큰 소리로 외쳤습니다. 어제 고모와 이야기했어. 내가 당신이 아기를 낳을 수 있게 당적도, 자리도 포기하고 고향에 돌아와 농사나 짓는다고 했어. 위안 싸이 일로 이미 성에서는 난리가 났어. 현에서도 고모에게 엄명을 내렸다나 봐. 불법으로 임신한 사람들을 모두 처리하라고…….

턱도 없는 소리! 무슨 이런 사회가 다 있어? 장모님이 대야에 더러운 물을 가져다 저에게 끼얹으며 욕을 퍼부었어요. 자네 고모인가 뭔가, 그 잡년 오라고 해. 어디 죽도록 한 판 붙어 보게! 지가 아기를 낳지 못하니 질투가 나서 애 가진 사람에게 화풀이하는 게지!

전 온몸에 오물만 뒤집어쓴 채 낭패한 모습으로 처가를 나왔습니다.

계획생육 사업 차량이 처가 앞에 멈췄습니다. 일단 거동이 가능한 마을 사람은 다 처가 앞에 모인 것 같았습니다. 중풍으로 얼굴이 돌아간 샤오상춘까지 지팡이를 짚고 나타났으니까요. 확성기를 통해 격앙된 목소리가 울려 퍼졌습니다. 계획생육은 나라의 미래, 민족의 미래를 좌우하는 무엇보다 중요한 대사이며…… 4가지 현대화[45] 건설을 위해서는 모든 수단을 동원해 인구를 통제하고, 인구의 질을 높여야 합니다……. 불법 임신을 한 사람들은 대충 넘어갈 수 있다는 요행 심리를 버리고……. 인민 대중의 눈이 환하게 빛나고 있습니다. 설사 그대들이 지하 동굴, 밀림 숲에 숨어 있다 해도 도망칠 수 있

45) 1978년 덩샤오핑이 추진한 농업, 공업, 과학 기술, 국방의 현대화 사업.

다는 생각은 절대 하지 마십시오……. 여러 가지 수단으로 계획생육을 파괴하는 자는 당의 기율과 국법에 따라 엄중한 처벌을…….

고모가 앞장서고 공사 인민무장부 부부장과 샤오스쯔가 뒤에서 고모를 엄호했습니다. 장인은 대문을 단단히 걸어 잠갔습니다. 대문에 붙인 대련에 "강산은 천 년을 한결같이 수려하고, 조국은 만 년 동안 봄이라네."라고 적혀 있었어요. 고모가 고개를 돌려 구경꾼들을 향해 말했습니다. 계획생육을 추진하지 않으면 강산은 퇴색할 거고, 조국도 무너질 것이오! 천고의 수려함? 어디 가서 만 년의 봄을 찾는다 말이오? 고모가 문고리를 두드리며 특유의 쉰 목소리로 외쳤습니다. 왕런메이, 돼지우리 옆에 있는 고구마 토굴에 숨어 있는 거 모를까봐? 자네 일로 이미 현 위원회와 군대가 발칵 뒤집혔어. 자넨 악질의 전형이야. 지금 자네 선택은 두 가지뿐일세. 하나는 얌전히 기어 나와 나랑 같이 위생원에 가서 수술을 받는 걸세. 산달이 멀지 않은 걸 참작해 안전을 위해 우리가 직접 현 의원까지 수송해서 최고의 의사에게 수술을 받도록 하겠어. 그게 싫다면 끝까지 저항해 보게. 우리가 트랙터로 자네 친정 이웃집들을 모두 밀어 버리고 나서 자네 친정집까지 엎어 버리겠어. 이웃에 대한 모든 손해 배상은 자네 아버지가 해야 할 걸세. 어차피 그렇게 해도 수술은 해야 할 거야. 다른 사람이라면 내가 좀 살살 할 수도 있겠지만 자네는 절대 봐주지 않겠어! 왕런메이! 똑똑히 들었나? 왕진산, 우슈즈, 사돈어른들도 잘 들었습니까? 고모는 우리 장인 장모의 이름도 함께 불렀어요.

한참 동안 집 안에서는 아무런 소리도 들리지 않았습니다. 잠시 후 어린 수탉이 꼬꼬댁거리더니 이윽고 장인이 울며불며 욕을 퍼부었습니다. 완신, 이 양심이 썩어 문드러진 인간, 인정머리라고는 눈곱만큼도 없는 악마 같은 년…… 절대 고이 죽지 못할 거다……. 죽어서도 칼 산에 오르고, 기름 솥에 빠져 살갗이 벗겨지고, 눈알이 빠진 채 하늘 등불을 밝히게 될…….

고모가 냉소를 지으며 인민무장부 부부장에게 말했어요. 시작하시오!

인민무장부 부부장이 민병을 지휘하여 길고 굵은 철사를 질질 끌고 가서는 먼저 처가 동쪽 이웃 대문에 있는 회화나무 허리에 묶었습니다. 샤오상춘이 막대기를 짚고 사람들 틈에서 뛰어나와 우물거리며 소리 질렀습니다……. 이건…… 이건 우리 집 나무인데……. 그가 들고 있던 막대기로 우리 고모를 때리려고 했어요. 하지만 막대를 들어 올리자마자 그는 몸의 균형을 잃고 말았습니다. 고모가 냉정하게 말했어요. 이게 당신네 나무였던가? 미안하군. 좋은 이웃을 두지 못한 걸 원망하시오.

비적 떼 같은…… 국민당 보갑[46] 대원 놈들…….

국민당은 우리더러 '공비'라더니! 고모가 냉소를 지으며 말했어요. 우리를 비적 떼라고 하는 걸 보니 당신은 국민당만도

---

46) 保甲. 지방의 자치 경찰, 보안 대원.

못하군.

너희 모두 고발해 버릴 테다……. 우리 아들이 국무원에서 일하면…….

고발해 보시지. 더 높은 곳에 고발할수록 좋소!

샤오상춘이 지팡이를 내던지고 두 손으로 회화나무를 껴안은 채 울먹였어요. 내 나무를 뽑지 마쇼……. 위안싸이가 그러는데…… 이 나무가 우리 집 생명줄이라는데……. 이 나무가 무성해야 우리 집안이 번성하고…….

고모가 웃었어요. 위안싸이도 자기가 언제 공안국에 붙잡혀 갈지는 점치지 못했나 보죠?

날 먼저 죽여……. 샤오상춘이 울면서 소리 질렀어요.

고모가 매섭게 쏘아붙였어요. 문화 대혁명 시절 사람들을 괴롭히던 그 대단한 기세는 어디 가셨지? 왜 아낙네들처럼 울고불고 난리신가?

다 알아……. 당신, 공적인 문제에 사사로운 감정이 개입되었다는 걸……. 나에게 복수하려고……. 자네 조카며느리가 아이를 가졌는데…… 왜 우리 나무를…….

당신네 나무만 뽑을 줄 알고? 나무를 다 뽑고 나면 다음은 당신네 대문도, 당신네 기와집도 다 허물어 버릴 거요. 여기서 울어도 소용없습니다, 왕진산에게 매달려야지! 고모는 샤오스쯔가 들고 있던 확성기를 받아 사람들에게 소리쳤어요. 왕진산 이웃들은 모두 들으십시오! 왕진산이 불법 임신한 딸을 은닉하고 정부에 완강히 저항하는 것도 모자라 계획생육 직원들에게 욕까지 퍼부었소. 이에 공사 계획생육위원회의 특별 규정에 따라, 먼저 두 옆집을 허물 것이오. 여러분이 입은 손실 모두, 왕진산의 집에서 배상할 것입니다. 집이 허물어지는 걸 보고 싶지 않으면 왕진산을 설득해서 딸을 내놓도록 하시오.

이렇게 해서 저희 처가 이웃들 사이에 한바탕 소란이 벌어졌습니다.

고모가 인민무장부 부부장에게 말했습니다. 시작해요!

무한궤도 트랙터가 웅 소리와 함께 앞으로 나아가기 시작했어요. 철사 줄이 조금씩 당겨지면서 윙윙 소리를 냈습니다. 나뭇잎이 부들부들 떨리기 시작했어요.

놀란 샤오상춘이 허겁지겁 저희 처가 대문으로 뛰어가더니 미친 듯이 대문을 두드렸습니다. 왕진산! 이 망할 놈의 화상아! 이웃집을 모두 망치고 고이 죽지 못할 거야!

마음이 어찌나 다급했는지 평소의 웅얼대는 말투마저 자취를 감춘 것 같았습니다.

처가는 대문이 굳게 닫힌 채 마당에서 가슴이 찢어지는 듯한 장모님의 통곡 소리가 들려왔습니다.

고모가 인민무장부 부부장을 향해 오른손을 들었어요. 한 번에 쪼개 버려요!

동력 올려! 부부장이 트랙터 기사에게 소리쳤습니다.

고막이 얼얼할 정도로 엄청난 소리였습니다. 일직선으로 당겨진 철사에서 윙윙 소리가 나면서 더 팽팽하게 줄이 당겨졌습니다. 철사가 회화나무를 파고들자 나무 진액이 배어 나왔어요. 트랙터가 서서히 앞으로 나아가자 트랙터 위쪽 철판 연통에서 푸른색 연기가 뭉게뭉게 솟아올랐습니다. 트랙터 기사는 운전하면서 뒤를 돌아보았어요. 깨끗하게 세탁한 푸른 범포 작업복에 목에 하얀 수건을 두르고 챙 모자를 쓰고 윗니로 아랫입술을 깨물고 있었습니다. 구레나룻을 기른 모습이 매우 노련해 보이는 젊은이였어요……. 거대한 나무가 기울어지면서 끼익, 끽 소리를 냈습니다. 매우 고통스럽게 들렸어요. 나무껍질 안으로 철사 줄이 깊이 파고들면서 하얀 나무속이 드러났습니다.

왕진산, 이 개자식, 어서 나와……. 샤오상춘이 대문을 주먹으로 때리고, 무릎으로 치고, 머리로 받았습니다. 처가에서는 아무 소리도, 장모님의 곡성조차도 들리지 않았어요.

회화나무가 기울고, 더 깊게 기울고, 무성한 수관이 퍽 소리를 내며 바닥에 쓰러졌습니다.

샤오상춘이 비틀비틀 나무 곁으로 다가갔습니다. 내 나무…… 우리 집 생명수인데……. 나무뿌리가 꿈틀 일어나더니 지면이 갈라지기 시작했습니다.

샤오상춘이 허우적허우적 처가 대문 쪽으로 다가갔습니다. 왕진산, 이 개자식! 수십 년을 함께 잘 살아 온 이웃한테, 사돈이 될 뻔한 적도 있는데, 네놈이 우릴 이렇게 망쳐…….

나무뿌리가 땅 위로 모습을 드러냈어요. 황토빛 뿌리가 마치 커다란 구렁이처럼 밀려 올라왔습니다……. 끼익 소리와 함께 나무뿌리 일부가 잘리면서 점점 더 긴 뿌리가 끌려 올라왔습니다. 마치 여러 마리의 구렁이가 딸려 오는 듯했습니다……. 수관이 마치 거대한 빗자루처럼 바닥에 쿵 하고 떨어진 후 안으로 밀려들면서 가늘고 작은 가지들이 툭툭 잘리고 먼지가 일기 시작했습니다. 사람들이 콧구멍을 벌름거리며 신선한 흙냄새, 나무 진액 냄새를 맡았습니다…….

왕진산, 개자식아! 너희 대문에 머리를 박고 죽어 버릴 테다……. 샤오상춘이 처가 대문에 머리를 박았어요. 아무 소리도 나지 않았습니다. 아니, 소리가 나지 않은 것이 아니라 커다란 트랙터 소리에 묻혀 버렸습니다.

우람한 회화나무가 샤오상춘 집 대문에서 수십 미터 떨어진 곳까지 끌려가면서 바닥에는 큼지막한 구덩이만 남았습니다. 구덩이 안에 잘린 나무뿌리가 가득했어요. 십여 명의 아이들이 그곳에서 매미 유충을 찾았습니다.

고모가 전동식 확성기로 방송을 내보냈어요. 다음은 샤오상춘 대문이오!

몇몇 사람이 샤오상춘을 한쪽으로 들어 옮긴 다음 그의 인중을 누르고 가슴을 쓸어 주었어요.

왕진산 양옆에 사는 이웃들은 주목해 주십시오. 고모가 차분하게 말했습니다. 집에 돌아가 값나가는 것들을 정리하십시오. 상춘 다음이 당신들 차례입니다. 참으로 얼토당토않은 일 같지만 위대한 이치 앞에서 이런 작은 희생은 어쩔 수 없습니다. 위대한 이치란 무엇이냐? 계획생육, 인구 통제가 바로 위대한 이치입니다. 악질 분자 역할을 하는 건 두렵지 않습니다. 언제나 악질 역을 하는 사람이 있어야지요. 죽어 지옥에나 가라고 절 욕하는 거 다 알고 있습니다. 공산당은 이런 걸 믿지 않습니다. 철저한 유물론자들은 두려움이 없습니다. 설사 정말 지옥이 있다 해도 난 두렵지 않습니다. 내가 지옥에 가지 않으면 누가 가겠습니까! 철사 줄을 풀어 샤오상춘 대문에 걸어요!

처가 옆집에 사는 이웃들이 우르르 처가 대문으로 몰려들어 주먹으로 치고 발로 차고, 깨진 벽돌이며 기와를 마당으로 던졌습니다. 누군가 옥수수 줄기 묶음을 질질 끌고 와 처가 처마 밑에 세워 두고 고함을 치기 시작했습니다. 왕진산! 당장 안 나오면 불을 질러 버리겠어!

마침내 대문이 열렸습니다. 하지만 대문을 연 건 우리 장인어른도, 장모님도 아닌 제 아내였습니다. 헝클어진 머리카락에 온몸이 흙투성이가 되어 왼발에만 신발을 신은 모습이 막 지하 토굴에서 기어 올라온 것이 분명했습니다.

고모님, 제가 지금 가서 수술하면 안 돼요? 아내가 고모 앞으로 다가가 말했습니다.

우리 조카며느리가 대의를 귀히 여길 줄 아는 사람이라는 걸 내 알고 있지! 고모가 웃으며 말했어요.

아내가 말했어요. 고모님, 정말 대단해요. 고모님이 남자였다면 천군만마를 지휘했을 거예요.

자네도 마찬가지야. 고모가 말했어요. 그때 샤오네 집과 과감하게 파혼할 때 자네가 여장부라는 걸 내 한눈에 알아봤지.

런메이, 당신 많이 섭섭했지! 제가 말했어요.

여보, 손 좀 내밀어 봐.

무슨 속셈인지 잘 알 수 없었지만 저는 런메이에게 손을 내밀었습니다.

런메이가 제 손을 잡더니 손목을 야무지게 물어뜯었어요.

전 손을 잡아뺄 수가 없었습니다.

손목에 잇자국이 두 줄로 깊게 파이고, 피가 났어요.

런메이가 퉤퉤 침을 뱉더니 야멸치게 말했습니다.

당신도 피를 흘려야지. 나도 당신 때문에 피를 흘릴 건데.

전 나머지 팔 한 짝도 아내에게 내주었어요.

런메이가 제 손을 밀쳤습니다. 그만! 개 비린내 나!

정신을 차린 샤오상춘은 마치 여자들처럼 땅을 치며 통곡했습니다. 왕런메이, 완샤오파오, 어서 내 나무 물어내……. 내 나무 물어내…….

흥! 웃기고 있네! 아내가 말했어요. 당신 자식이 내 젖퉁이도 만지고, 뽀뽀도 했으니, 내 청춘에 대한 보상이라고 생각해!

와우! 아이들이 화끈한 아내의 말에 손뼉을 치며 환호성을 질렀어요.

런메이! 당황한 제가 고함쳤어요.

웬 호들갑이야? 고모 차에 오른 아내가 고개를 내밀더니 말했습니다. 옷 위로 만진 거야!

10

우리 부대 계획생육위원회의 양 주임이 찾아왔습니다. 양 주임은 군부 고위층의 딸로, 사직[47] 계급입니다. 명성이 자자한 인물이지만 한 번도 직접 본 적은 없었어요.

공사 지도자가 양 주임을 위해 자리를 마련하자 양 주임은 저와 런메이도 연회에 참가시키자고 제안했습니다.

고모는 당신이 신던 구두 한 켤레를 런메이에게 빌려 주었어요.

연회는 공사 기관 식당 별관에서 열렸습니다.

여보, 난 안 가는 게 좋겠어요. 그렇게 높은 사람 만나는 거 무서워. 그리고 뭐 자랑스러운 일이라고 이렇게 야단법석을 떨어요? 런메이가 말했습니다.

---

47) 師職. 영관급 장교.

고모가 웃었어요.

뭐가 무섭다고 그래? 높은 사람이라고 코 두 개에 눈 하나 달린 줄 알아? 다 똑같아!

양 주임은 자리에 앉은 후 저와 런메이를 자기 양옆에 앉혔습니다. 양 주임이 런메이의 손을 잡고 다정하게 말했어요. 왕 동지, 부대를 대표해 고맙다는 인사를 전해야겠어요.

런메이는 마음이 울컥했나 봐요. 지도자 동지, 제 실수로 괜히 힘들게 해 드렸네요.

런메이가 말실수나 하지 않을까 걱정했던 저는 런메이가 깍듯하게 윗사람을 대하는 걸 보고 한시름 덜었습니다.

우리 조카며느리가 실수로 임신해서 그렇지, 워낙 깨달음이 남다른 애라 자진해서 수술해 달라고 절 찾아왔더라고요. 한데 몸이 좀 안 좋아서 지금까지 수술을 미뤘습니다.

완 동지, 좀 혼나야겠어요. 양 주임이 제게 말했습니다. 남자 동지들이 그렇게 안일한 생각으로 대충대충 생활해서 되겠어요?

전 연거푸 머리를 조아렸습니다.

공사 서기가 술잔을 들고 일어섰습니다. 바쁘신데 이렇게 직접 지도를 나와 주신 양 주임에게 감사드립니다.

양 주임이 말했어요. 이곳은 제게 매우 친숙한 곳입니다. 저희 부친께서 이곳에서 유격대 활동을 하셨거든요. 자오허 강 전투 당시 지휘부가 이곳에 있었어요. 이곳에 대한 감회가 남다릅니다.

그러세요? 정말 반갑습니다. 공사 서기가 말했어요. 돌아가

시거든 부친께 꼭 한 번 시찰을 나와 주십사 전해 주십시오.

고모 역시 술잔을 들고 일어섰어요. 양 주임님, 저도 한 잔 올리겠습니다.

공사 서기가 말했어요. 완 주임은 열사의 따님입니다. 어렸을 때 아버지를 따라 혁명에 참가했지요.

고모가 말했어요. 양 주임님, 양 주임님과 제가 인연이 있는 것 같군요. 저희 선친이 팔로군 시하이 병원 원장이셨습니다. 닥터 노먼 베순의 제자로 양 부사령관님의 다리를 치료한 적이 있어요.

그래요? 흥분한 양 주임이 자리에서 벌떡 일어났어요. 요즘 아버님께서 회고록을 집필 중이신데 그 안에 완류푸 선생님 이야기가 나와요!

바로 저희 아버님입니다. 고모가 말했어요. 아버님이 돌아가신 후 어머니와 자오둥 해방구에서 몇 년 살았어요. 양신이라는 여자아이와 함께 놀았는데…….

양 주임이 반가운 마음에 눈물을 글썽거리며 고모의 손을 잡았습니다. 완신, 정말 완신 맞아요?

완신[萬心], 양신[楊心], 두 붉은 심장이라! 고모가 물었어요. 당시 중 주임님이 그렇게 말했죠?

맞아요. 양 주임이 그렁그렁 맺힌 눈물을 닦으며 말했어요. 완신이 자주 꿈에 나왔어요. 그런데 여기서 이렇게 만날 줄이야!

고모가 말했어요. 어쩐지 얼굴이 많이 낯이 익더라고요.

공사 서기가 말했습니다. 자, 오랫동안 헤어졌던 우리 두 주임님의 만남을 위해 건배하지요!

고모의 눈짓에 저는 런메이를 데리고 양 주임 앞으로 갔습니다. 양 주임님, 이런 일로 오시게 해서 정말 죄송합니다.

양 주임님, 죄송합니다. 런메이도 허리를 굽혀 인사했어요. 남편을 탓할 일이 아니에요. 모두 제 잘못입니다. 제가 사전에 콘돔에 바늘로 구멍을 내서 이이를 속이는 바람에…….

양 주임이 잠시 얼떨떨한 표정을 짓더니 이내 웃음을 터뜨렸어요.

전 잔뜩 얼굴을 찌푸리며 런메이를 꼬집었습니다. 무슨 헛소리야!

양 주임이 런메이의 손을 잡더니 위아래로 찬찬히 살펴보며 말했어요. 왕 동지, 난 이렇게 시원시원한 성격이 좋아요. 고모랑 좀 닮았네요.

제가요? 런메이가 말했어요. 고모는 공산당의 충실한 주구(走狗)예요. 당이 가리키는 쪽으로 달려가 물어뜯고…….

또 헛소리!

내가 뭘 어쨌다고 그래요? 왕런메이가 말했어요. 엄연한 사실인데! 당이 고모에게 칼 산에 올라가라면 고모는 칼 산에 올라가고, 불바다로 뛰어들라면 불바다로 뛰어들고…….

됐어, 그만! 고모가 말했어요. 내 이야기는 그만! 난 아직도 한참 더 노력해야 해. 갈 길이 멀어!

양 주임이 말했어요. 왕 동지! 아이를 사랑하지 않는 여자도 있을까요? 한 명, 두 명, 세 명, 아니 열 명을 낳아도 더 낳고 싶을 거예요. 당과 국가 역시 아이들을 좋아합니다. 마오 주석이나 저우 총리도 아이들만 보면 모두 얼굴에 웃음꽃이 피잖아요? 정말 진심으로 마음에서 우러나오는 사랑입니다. 우리가 혁명하는 이유가 뭡니까? 결국 아이들에게 행복한 삶을 열어 주기 위해서 아닙니까? 아이들은 나라의 미래, 나라의 보배입니다. 하지만 지금은 어려움에 봉착해 있어요. 계획생육을 실시하지 않으면 앞으로 아이들은 먹을 것도, 입을 것도 없을 것이고, 학교도 가지 못할 겁니다. 계획생육은 이런 의미에서 소소한 비인도적인 행위로 위대한 인도주의 정신을 실천하는 겁니다. 왕 동지의 작은 인내와 희생을 통해 나라에 큰 공헌을 하는 거예요.

양 주임님 말씀을 따르겠습니다. 오늘 저녁에 수술할게요. 런메이가 고개를 돌려 고모에게 말했어요. 고모, 수술하는 김에 아예 자궁도 들어내 주세요.

놀란 양 주임이 잠시 멍한 표정을 짓더니 다시 웃기 시작했습니다.

사람들도 따라 웃었어요.

양 주임이 절 가리키며 말했어요. 샤오파오, 아내가 정말 귀엽군요. 정말 재미있는 동지예요! 하지만 자궁을 들어내면 안 되죠. 잘 보호해야지! 안 그렇습니까, 완 주임?

우리 조카며느리가 인물이에요. 고모가 말했어요. 수술하고 몸 회복하고 나면 계획생육 부서에 발령을 낼까 합니다. 우 서기님, 어떠세요?

문제없습니다. 공사 서기가 말했어요. 계획생육 부서에는 가장 우수한 인재를 보낼 거니까요. 왕런메이 동지는 솔선수

범했으니 더욱 긍정적인 사업 효과를 거둘 수 있을 겁니다.

완샤오파오! 양 주임이 물었어요. 지금 직책이 어떻게 되지요?

중대장급으로 문화체육 간사를 맡고 있습니다.

그 자리에 얼마나 있었죠?

삼 년 반요.

그럼 곧 부대대장으로 진급이 가능하겠네요. 진급하고 나면 왕 동지도 군대를 따라 베이징으로 올 수 있겠고요.

그럼 우리 딸도 함께 갈 수 있나요? 런메이가 조심스레 물었어요.

물론이죠. 양 주임이 말했습니다.

하지만 군대 소속으로 베이징에 입성하는 건 어려운 일이라 조건이 충족될 때까지 기다려야 한다고 들었는데…….

돌아가서 열심히 일하고 있어요. 양 주임이 말했어요. 내가 알아서 준비할 테니까요.

정말 잘됐다! 런메이가 덩실덩실 어깨춤을 추었습니다. 우리 딸도 베이징에 가서 학교에 다닐 수 있겠네! 우리 딸도 베이징 사람이 되는 거예요!

양 주임이 런메이를 훑어보더니 고모에게 말했어요. 위험에 대비해 수술 준비를 철저히 하세요.

안심하세요. 고모가 말했어요.

11

수술실로 들어가기 전, 런메이가 갑자기 제 손을 잡더니 손목에 난 잇자국을 보며 미안한 듯 말했어요.

여보, 당신을 무는 게 아닌데…….

괜찮아.

아직도 아파?

아프긴! 모기에 물린 거나 비슷해.

그럼, 또 한 번 물게 해 줄래?

됐네요. 어째 하는 짓이 그렇게 애들하고 똑같아?

여보! 옌옌은? 런메이가 제 손을 꼭 잡고 말했어요.

집에서 할아버지 할머니가 보고 계셔.

먹을 것 두고 왔어?

응. 분유 두 봉지, 커스터드 쿠키 두 근, 육송[48] 한 상자, 연근 가루 한 상자, 이렇게 사 두고 왔어. 걱정하지 마!

옌옌은 당신을 닮았네. 외꺼풀이잖아, 난 쌍꺼풀인데.

그래, 당신 닮았으면 좋은데, 당신이 나보다 예쁘니까!

여자애는 아빠 닮고, 남자애는 엄마 닮은 애가 많대!

그렇다지!

배 속의 아이, 사내아이가 틀림없어. 정말이야…….

시대가 달라졌어. 남자나 여자나 다 마찬가지야. 몇 년 있다가 베이징 군대로 이동하면 우리 옌옌, 제일 좋은 학교에 보내서 멋진 인재로 키우자! 잘 키운 딸 하나, 게으른 열 아들 안 부럽게 말이야! 전 일부러 아무렇지도 않은 척 말했어요.

샤오파오…….

왜 또?

샤오샤춘이 내 거기 만진 거 말이야, 진짜 옷 위로 만진 거야!

당신 자꾸 왜 그래? 나는 벌써 다 잊어버렸는데! 제가 웃으며 말했어요.

두꺼운 솜옷 입고 그 안에 다시 스웨터 입고, 그 안에 셔츠, 셔츠 속에…….

브래지어, 그렇지?

아니, 그날 브래지어 빨아서 안 했어. 셔츠 속에 그냥 내의만 입었어.

됐어, 바보 같은 이야기 그만하고!

뽀뽀도 갑자기 덤벼드는 바람에 어쩔 수 없이 했던 거고.

---

48) 肉鬆. 돼지나 소의 살코기를 분말 형태로 가공한 식품.

됐어! 뽀뽀한 게 어때서. 연애하는 사람들이 다 그렇지!

뽀뽀할 때 그냥 가만히 있지 않았어. 아랫배를 발로 걷어차 버렸거든. 샤춘이 배를 움켜쥐고 쪼그려 앉았어.

세상에! 샤오샤춘, 더럽게 재수가 없었구나! 제가 웃으며 말했어요. 내가 뽀뽀할 땐 왜 발로 안 찼어?

샤오샤춘 입에서는 구린내가 났는데 당신 입에서는 달콤한 냄새가 났거든.

그럼 당신은 태어나면서부터 내 아내였다는 거네.

여보, 정말 고마워.

왜?

나도 몰라!

사랑 이야기는 그만하시고! 할 말 있으면 이따가 하시게! 고모가 수술실에서 고개를 내밀더니 런메이에게 손짓했습니다. 들어와!

샤오파오……. 런메이가 제 손을 잡았어요.

무서워하지 마! 저도 말하고, 고모도 말했습니다. 그냥 간단한 수술이야.

집에 가면 암탉 고아 줄게.

좋아, 두 마리 고아 줘야 해!

수술실로 들어가기 전 런메이가 고개를 돌려 절 바라보았습니다. 낡은 회색 재킷은 단추가 하나 떨어져 나가 실밥만 붙어 있었어요. 파란색 바지도 바짓가랑이에 황토가 묻어 있었고요. 거기에 고모가 준 낡은 갈색 구두를 신고 있었습니다.

코끝이 찡하고, 마음이 뻥 뚫린 것 같았습니다. 먼지가 가득한 복도 벤치에 앉아 수술실에서 새어 나오는 금속성 소리를 들었습니다. 수술 도구의 모습이 머리에 떠올랐어요. 눈앞에서 눈부신 금속이 번쩍이는 것 같았고, 차디찬 도구의 냉기가 그대로 느껴지는 것 같았습니다. 위생원 뒷마당에서 아이들의 웃음소리가 들려왔어요. 저는 자리에서 일어나 유리창 너머를 바라보았습니다. 서너 살쯤 되어 보이는 사내아이 하나가 손에 풍선처럼 부풀린 콘돔을 들고 있었습니다. 남자아이가 앞으로 뛰어가자 또래로 보이는 여자아이가 그 뒤를 쫓아갔습니다…….

고모가 수술실에서 뛰어나와 초조한 모습으로 다짜고짜 저에게 물었습니다.

혈액형이 뭐지?

A형요!

걔는?

누구요?

누구겠어? 네 아내 말이야. 고모가 화를 벌컥 냈어요.

아마 O형……. 아니, 저도 잘…….

머저리 같은 놈!

뭐가 잘못됐어요? 고모 가운에 묻은 피를 보는 순간 저는 머릿속이 하얘졌습니다.

고모가 수술실로 돌아가 문을 닫았어요. 문틈에 얼굴을 들이대 보았지만 아무것도 보이지 않았습니다. 런메이의 소리는 들리지 않고, 샤오스쯔의 고함만 들릴 뿐이었습니다. 샤오스쯔가 현 의원에 전화를 걸어 구급차를 불렀습니다.

문을 힘차게 밀었더니 열리더군요. 왕런메이를 보았습니다……. 고모가 소매를 걷어붙이고, 샤오스쯔는 굵은 주삿바늘로 고모 팔에서 피를 뽑고 있었어요……. 왕런메이의 얼굴이 백지장 같았습니다……. 런메이…… 버텨야 해……. 간호사 하나가 저를 밀어냈어요. 제가 말했어요. 들여보내 줘요. 제기랄, 들여보내 달라니까……. 하얀 가운을 입은 사람 몇 명이 복도로 달려왔습니다……. 담배와 알코올 냄새에 찌든 한 중년 남자 의사가 절 벤치에 앉혔습니다. 그가 담배 한 대를 권하며 불을 붙여 준 뒤 절 위로했어요. 진정해요. 현 의원 구급차가 금세 올 거예요. 고모가 자기 피를 600시시나 뽑아 수혈했어요……. 별일 없을 거예요.

구급차 사이렌 소리가 들렸습니다. 사이렌 소리가 줄줄이 뱀이 되어 하나씩 제 몸을 뚫고 들어오는 것 같았습니다. 하얀 가운을 입은 사람들이 약 상자를 들고 있었어요. 가운 차림에 안경을 쓴 사람은 청진기를 목에 걸고 있었고, 하얀 가운을 입은 남자와 여자, 모두 민첩하게 움직이고 있었지만 한결같이 무심한 표정이었습니다. 제게 신경 쓰는 사람은 없었어요. 아무도 절 돌아보지 않았습니다. 입안에서 피비린내가 나는 것 같았습니다…….

……하얀 가운을 입은 사람들이 천천히 수술실을 나와 한 사람씩 구급차에 오르더니 마지막으로 들것을 밀어 넣었어요.

전 수술실 문을 박차고 들어갔습니다. 하얀 천이 런메이를, 런메이의 몸을, 런메이의 얼굴을 덮고 있었습니다. 고모는 온몸에 선혈이 낭자한 채 맥없이 접이식 의자에 앉아 있었습니다. 샤오스쯔 등은 완전히 얼이 나가 있었고요. 아무 소리도 들리지 않는가 싶더니 이어서 마치 작은 벌 몇 마리가 귓가에서 윙윙거리는 것 같았습니다.

고모…… 그러니까…… 고모가 아무 일도 없을 거라고 했잖아요?

고모가 고개를 들었습니다. 심히 볼썽사납게 오만상을 찌푸리는가 싶더니 갑자기 사방이 떠나갈 듯 크게 재채기를 했습니다.

12

올케언니, 큰오빠, 용서를 구하러 왔어요. 고모가 얼빠진 모습으로 마당에 서서 말했어요.

고모가 런메이의 유골함을 안채 한가운데 네모난 탁자에 올려놓았습니다. 탁자 위에는 밀이 가득 담긴 흰 그릇이 놓여 있고 그 안에 향이 세 자루 꽂혀 있었어요. 향이 타며 연기가 뭉게뭉게 피어오르고 있었습니다. 저는 군복 차림으로, 팔에 검은색 상주 완장을 두르고 딸을 안은 채 탁자 옆에 앉아 있었습니다. 상복을 입은 딸이 자꾸만 고개를 들고 저를 바라보며 물었습니다.

아빠, 단지 안에 뭐가 들었어?

아무 말도 하지 않았습니다. 덥수룩한 수염 사이로 눈물이 흘러내렸습니다.

아빠, 엄마는? 엄마 어디 갔어?

엄마 베이징에 갔어……. 며칠 지나면 우리도 베이징으로 엄마 찾으러…….

할아버지랑 할머니도 가?

응, 모두!

아버지와 어머니가 마당에서 버드나무 목판을 톱질하고 있었어요. 목판을 비스듬하게 긴 의자에 묶어 두고 아버지는 서서, 어머니는 앉아서 밀고 당기며 쓱싹쓱싹 톱질했어요. 햇살 아래 톱밥이 이리저리 튀어 올랐습니다.

런메이 관을 만드는 거예요. 우리 지역은 화장하지만 유골함을 둘 공공장소가 없기 때문에 사람들은 유골을 매장하기 위해 분묘를 마련해야 했습니다. 형편이 나은 사람들은 관을 만들어 유골을 쏟아부은 후 유골함을 깨 버렸고, 형편이 안 좋은 사람들은 직접 유골함을 땅에 묻었습니다.

고모가 고개를 숙이고 서 있었습니다. 비통에 잠긴 아버지와 어머니의 얼굴, 기계적으로 반복되는 두 분의 동작도 눈에 들어왔습니다. 고모와 함께 온 공사 서기, 샤오스쯔, 공사 간부 세 사람도 보였습니다. 그들은 알록달록한 점심 찬합을 우물 옆에 두었습니다. 찬합 옆에 놓인 축축한 부들 꾸러미에서 짠 냄새가 풍겼습니다. 생선 자반일 겁니다.

어쩌다 이런 일이! 공사 서기가 말했습니다. 현 의원에서 조사하러 전문가들이 왔었네. 완 주임 일행의 수술 절차는 아무런 실수도 없이 완벽했고, 응급조치도 적절했다는군. 완 선생은 자기 피를 600시시나 뽑아 수혈했고 말이야. 정말 유감으로 생각하네, 정말 비통한 마음…….

눈은 뒀다 뭐해? 갑자기 아버지가 어머니에게 버럭 화를 내며 호통쳤습니다. 여기 검은색 줄 안 보여? 이렇게 빗나갔는데 안 보여? 대체 당신, 할 줄 아는 게 뭐야?

어머니가 몸을 일으키더니 대성통곡하며 방으로 들어갔습니다.

아버지가 톱을 내동댕이치고 구부정한 허리로 물독으로 다가가 바가지로 물을 뜬 후, 고개를 쳐들고 물을 들이부었습니다. 차가운 물줄기가 아버지의 턱과 목을 타고 가슴팍으로 흘러들어 황금색 톱밥을 적셨습니다. 물을 다 마신 다음 아버지는 혼자서 톱을 들고 힘껏 톱질을 시작했습니다.

공사 서기와 간부 몇 사람이 안채로 들어가 런메이 유골함을 향해 세 번 깊이 머리를 조아렸습니다.

간부 하나가 소가죽으로 된 봉투를 부뚜막에 올려놓았어요.

서기가 말했습니다. 동지, 이번 불행한 사건으로 동지가 입은 막대한 피해를 결코 돈 몇 푼으로 보상할 수 없다는 걸 알고 있소. 우리의 조그만 성의요. 5000위안이니 받아 주시오.

비서처럼 보이는 사람이 말했습니다. 나라에서 3000위안을 냈고, 나머지는 우 서기님과 몇몇 공사 지도자분들이 추렴했습니다.

도로 가져가세요. 가져가십시오. 우린 그 돈 필요 없습니다. 제가 말했어요.

마음이 어떨지 잘 알고 있소. 서기가 침통한 표정으로 말했어요. 죽은 사람은 다시 살아날 수 없는 일이고 살아 있는 사람은 계속 혁명을 해야 합니다. 양 주임이 베이징에서 전화했습니다. 왕런메이에 대한 애도의 뜻을 전하고, 유가족에게도 위로를 전하고 싶다고 했소. 그리고 동지의 휴가를 보름 더 연장하겠다고 전해 달랬소. 장례나 집안일 모두 마무리 잘하고 돌아오시오.

고맙습니다. 이제 가 보십시오.

서기 일행은 유골함을 향해 다시 한 번 예를 갖춘 후 허리를 굽히고 방문을 나섰습니다.

사람들의 다리며 뚱뚱하거나 홀쭉한 엉덩이를 바라보고 있으려니 다시 눈물이 흘러내렸습니다.

골목 너머에서 여자의 통곡 소리가 울려 퍼지더니 욕을 퍼붓는 남자의 목소리가 들려왔습니다. 장인어른, 장모님 소리였어요.

장인은 갈퀴를 들고 노발대발 소리를 질렀습니다. 이 개새끼들아, 내 딸 내놔!

작은 발을 동동거리고 두 팔을 휘두르며 고모에게 달려들던 장모님은 제풀에 넘어지고 말았습니다. 장모님은 바닥에 주저앉아 땅을 치며 통곡했습니다. 우리 불쌍한 런메이…… 어찌 이렇게 가 버린단 말이냐……. 우리만 이렇게 내버려 두고, 우리더러 어찌 살라고…….

공사 서기가 앞으로 나와 말했습니다. 아저씨, 아주머니, 그렇지 않아도 찾아 뵈려던 참인데. 이처럼 불행한 일이 벌어지다니, 정말 마음이 괴롭습니다…….

빌어먹을 놈, 어서 나오지 못해!

전 딸을 안고 장인어른 앞으로 나섰어요. 딸아이가 제 뺨에 얼굴을 파묻은 채 제 목을 꼭 껴안았습니다.

전 장인 앞에 서서 말했어요. 아버님……. 절 때리세요…….

장인어른은 나무 막대를 높이 들어 올렸지만 차마 내리치지 못했어요. 장인의 하얀 수염에 방울방울 맺힌 눈물을 바라보며 저는 다리에 힘이 풀려 바닥에 무릎을 꿇고 앉았습니다.

멀쩡한 사람을……. 장인이 막대를 내팽개치더니 꺽꺽 울며 바닥에 주저앉았습니다. 생목숨을 이렇게 끊어 놓고…… 천벌을 받을 놈들…… 하늘이 무섭지 않으냐…….

고모가 앞으로 나와 장인 장모 사이에 서더니 고개를 숙였습니다. 사돈어른, 조카는 아무 죄가 없어요. 제 잘못입니다. 고모가 다시 고개를 들고 말을 이었어요. 제가 책임을 다하지 못했어요. 제때 가임 여성에 대한 교육을 시키지 못한 게 큰 실책입니다. 썩을 놈의 위안싸이가 그런 수술을 하는 줄 몰랐던 것도 제 잘못이고, 런메이를 현 의원으로 보내 수술 받도록 조치하지 못한 것도 제 잘못입니다. 이제……. 고모가 공사서기를 바라보았어요. 위의 처분을 기다리고 있는 중입니다.

결론은 이미 나오지 않았습니까? 서기가 말했어요. 아저씨, 아주머니, 두 분에 대한 보상 문제는 돌아가서 의논할 겁니다. 하지만 완 선생은 잘못이 없어요. 순전히 우발적인 사고입니다. 따님이 특수 체질이었어요. 현 의원에서 수술했다고 해도 결과는 마찬가지였을 것입니다. 그리고……. 서기가 마당에 모여든 사람들과 골목에 몰려든 구경꾼들을 돌아보며 소리 높여 외쳤습니다. 계획생육은 나라의 가장 근본이 되는 정책입니다. 우연한 사건 하나 때문에 정책이 바뀔 수는 없습니다. 불법 임신을 한 사람들은 자진해서 수술해야 합니다. 불법으로 임신한 사람들, 계획생육을 망친 사람들 모두 엄격한 법의 심판을 받게 될 겁니다.

가만두지 않겠어. 갑자기 장모님이 괴성을 지르더니 품에서 가위를 꺼내 고모의 넓적다리를 찔렀어요.

고모가 손을 뻗어 상처를 틀어막았어요. 고모의 손가락 새로 피가 주르르 흘러내렸습니다.

공사 간부 몇 사람이 달려와 장모를 제압하고 가위를 빼앗았어요.

샤오스쯔가 고모 곁에 꿇어앉아 약 상자를 열고 붕대를 꺼내 상처를 단단히 싸맸습니다.

공사 서기가 말했어요. 빨리 전화해서 구급차 불러!

그럴 필요 없어요. 사돈어른! 런메이를 위해 피를 600시시나 뽑았는데, 이렇게 가위에 찔렸으니 이제 피로 진 빚을 피로 갚은 셈이네요. 고모가 말했습니다.

고모가 움직이자 붕대에 다시 피가 배어 나왔어요.

공사 서기가 화가 나서 소리를 질렀습니다. 나이 드신 분이 해도 해도 너무하시는군요. 완 선생에게 문제가 생기면 법적 책임을 지셔야 합니다.

장모님은 고모 다리가 피범벅이 되자 조금 겁이 났는지 다시 땅을 치며 통곡하기 시작했어요.

무서워할 것 없어요. 사돈어른, 제가 파상풍에 걸려 죽는다고 해도 책임지실 필요 없습니다. 이렇게 해서 제 마음의 짐을 내려놓고 신념을 다지는 기회가 되었다고 생각하니 오히려 감사를 드려야겠네요.

고모가 구경꾼들을 바라보며 말했어요. 알아서 위생원으로 날 찾아오라고 천비하고 왕단에게 전하세요. 안 그러면 죽은 사람 무덤에 들어가서라도 끄집어낼 테니. 고모가 피범벅이 된 손을 휘둘렀어요.

3부

친애하는 스기타니 요시토 선생님께

오늘은 새해 첫날입니다. 어제저녁 무렵부터 내리기 시작한 눈이 아직도 내리고 있습니다. 거리가 눈이 부실 정도로 하얗습니다. 거리에서 눈싸움을 하는 아이들의 웃음소리가 들려옵니다. 집 앞 미루나무에 앉은 까치 두 마리의 울음소리가 기쁨으로 가득 찬 듯 느껴지네요.

선생님의 답장을 받고 마음이 무거웠어요. 제 편지 때문에 심각한 불면증에 시달리고 몸까지 그렇게 상하실 줄은 꿈에도 생각지 못했습니다. 선생님의 위로를 받고 저는 정말 감동했어요. 왕런메이가 죽은 부분에서 눈물을 흘리셨다고요. 저 역시 그 부분을 적을 때 눈물이 왈칵 쏟아졌습니다. 고모를 원망하지 않습니다. 고모 잘못은 아니란 생각이 들어요. 요즘 고모는 자기 손에 피를 묻혔다고 자주 참회해요. 하지만 그건 역사였어요. 역사는 결과를 중시할 뿐, 수단에 대해서는 별로 생각하지 않잖아요. 마치 사람들이 중국의 만리장성, 이집트의 피라미드 같은 위대한 건축물을 볼 때 건축 이면에 자리한 수많은 백골을 보지 못하는 것처럼요. 과거 이십여 년 동안 중국인들은 극단적인 방식으로 인구 폭발을 억제했습니다. 사실 이는 중국 자체의 발전뿐만 아니라 인류를 위한 일이기도 합니다. 어쨌거나 우리는 모두 이 조그만 별에 함께 살고 있으니까요. 한정된 지구 자원을 재생이 불가능한 상태로 소비하고 있습니다. 이 점에서 보면 중국이 실시하는 계획생육에 대한 서양 사람들의 비난은 옳지 않습니다.

최근 몇 년 동안 제 고향은 엄청나게 발전했습니다. 신임 서기는 마흔이 채 안 된 젊은 사람입니다. 야망과 패기가 넘치는 미국 박사 출신입니다. 가오미 둥베이향 자오허 강 양안에 대한 대대적인 개발에 착수한다더군요. 수많은 공사 장비가 엄청난 기세로 밀려들고 있습니다. 아마 몇 년 사이 또 큰 변화가 생기겠죠. 선생님이 지난번에 보신 풍경은 완전히 사라질지 모릅니다. 이러한 변화가 결과적으로 좋은 일인지, 나쁜 일인지 판단이 잘 서질 않습니다.

편지와 함께 저희 고모에 관한 자료 세 번째 부분을 선생님께 보냅니다. 이미 편지라고 말하기가 죄송스러운 수준입니다. 물론 제 편지는 계속해서 이어질 것이고, 이런 제 작업에 선생님의 칭찬이야말로 가장 큰 원동력입니다.

선생님 편한 때 다시 한 번 이곳에 오세요. 아마도 오랜 친구처럼 격식 차리지 않고 선생님을 맞이하리라 생각합니다.

제 아내와 저는 퇴직이 얼마 남지 않았습니다. 퇴직 후 고향에 돌아갈 생각입니다. 베이징에서는 언제나 이방인이란 생각이 듭니다. 최근에 인민극장 부근에서 어려서부터 베이징 골목에서 함께 자랐다고 하는 두 여인에게 무려 두 시간이나 막말을 들으며 시달린 후에는 더더욱 귀향에 대한 결심을 굳혔습니다. 고향 사람들은 대도시 사람들처럼 그렇게 사람을 못살게 굴지 않을 거예요. 고향 생활은 아마 문학과 더 가까이할 수 있는 삶이 되겠지요.

2004년 첫날 베이징에서
커더우 올림

1

아내의 장례를 치르고 식구들이 안정을 찾는 걸 보고 전 곧바로 부대로 복귀했습니다. 한 달 후 다시 전보 한 통을 받았습니다. 모친 사망. 속히 귀가 바람. 전보를 가져가 지도자에게 휴가 신청을 하면서 전역 신청서도 함께 제출했습니다.

어머니를 묻고 온 날 밤, 유난히 밝은 달빛이 마당을 온통 환하게 밝혔습니다. 배나무 아래 짚을 엮어 만든 자리에서 잠든 딸아이를 위해 아버지가 부채를 들고 모기를 쫓고 있었어요. 강낭콩 덩굴 위에서 여치가 카랑카랑하게 울고 있고, 강 쪽에서 물소리가 들려왔습니다.

재혼해야지. 아버지가 길게 한숨을 내쉬며 말했어요. 여자가 없으니 집안 꼴이 말이 아니다.

위에 전역 신청서를 냈어요. 돌아온 후에 다시 생각해 볼게요.

멀쩡하던 집안이 순식간에 이 꼴이 되었구나. 아버지가 탄식했습니다. 누굴 원망해야 할지도 모르겠고.

고모 탓이라고 할 수도 없어. 고모가 무슨 잘못이 있는 것도 아니잖니.

고모같이 충성스러운 사람이 없으면 나라에서 내놓는 정책들을 실천하기가 쉽지 않겠죠.

그야 그렇지. 한데 왜 그 일을 네 고모가 떠맡아야 하느냐 말이다. 가위에 찔려 피가 흥건한 걸 보니 내 마음도 아프더라. 어쨌거나 사촌 동생인데.

그거야 할 수 없는 일이죠.

2

아버지 말을 들으니, 고모는 장모님 가위에 찔린 자리가 덧나서 한동안 고열에 시달렸다고 하더군요. 그런데도 그 몸을 이끌고 왕단을 체포하러 갔다는 거예요. 체포라는 말이 좀 그렇긴 하지만 사실이 그랬는걸요.

왕단의 집은 대문이 굳게 닫힌 채 아무 소리도 들리지 않았습니다. 고모가 사람들을 시켜 쇠로 된 자물쇠를 부수고 안으로 들이닥쳤습니다. 아마 사전에 제보자가 있었을 거다! 아버지가 말했어요.

고모는 한쪽 다리를 절룩거리며 왕 씨 집 안채로 들어가 솥뚜껑을 열어 봤습니다. 솥 안에 죽이 반쯤 담겨 있었는데, 만져 보니 아직도 온기가 남았더래요. 고모는 피식 웃으며 큰 소리로 말했어요. 천비, 왕단! 알아서 나올래, 아니면 쥐 잡듯이 구멍에서 끄집어내 볼까? 방에서 아무 소리도 들리지 않았습니다. 고모가 구석의 궤짝을 가리켰어요. 궤짝에는 헌 옷가지가 몇 벌 담겨 있었습니다. 고모가 사람들을 시켜 옷을 치우도록 하자 바닥이 드러났어요. 밀개를 들고 밑바닥을 쿵쿵 내리쳐 본 고모는 아래가 뚫려 있다는 걸 알 수 있었습니다. 고모가 말했어요. 유격대 영웅들, 어서 나오시지. 안에 물이라도 부어 드릴까?

맨 먼저 나온 사람은 왕단의 딸 천얼이었습니다. 회색과 하얀색으로 줄이 가 있는 꼬마 아가씨 얼굴이 꼭 사당 안에 사는 꼬마 귀신 같았습니다. 천얼은 울기는커녕 이를 드러낸 채 킥킥거리며 웃었어요. 이어 천비가 올라왔어요. 구레나룻에 곱슬머리, 낡아 빠진 조끼 사이로 보이는 누런 가슴 털이 참으로 낭패스러웠습니다. 밖으로 기어 나온 천비는 그 큰 키로 고모 앞에 털썩 주저앉아 땅이 쿵 쿵 울릴 정도로 연신 머리를 조아렸습니다. 아버지 말씀이 천비의 곡소리 때문에 마을이 진동했다고 합니다.

고모님, 나의 고모님, 고모님이 처음으로 받은 이 아이를 봐서, 키가 남들 반밖에 안 되는 왕단을 봐서, 고모님 그 귀한 손으로 우리를 풀어 주세요……. 고모님, 대대손손 절대 고모님의 은덕을 잊지 않겠습니다…….

당시 현장에 있었던 사람들 말에 따르면 고모 눈에 눈물이 그렁그렁했대요. 천비, 천비! 이건 내 맘대로 할 수 있는 일이 아니란다. 내 개인적인 일이라면 어찌 돼도 좋다. 내 손을 달라면 이 자리에서 잘라 줄 수도 있어.

고모님, 제발 은덕을 베풀어 주세요…….

천비의 영리한 딸 천얼이 아빠를 따라 무릎을 꿇더니 연신 고개를 조아리며 중얼거렸어요.

은덕을 베풀어 주세요, 은덕을 베풀어 주세요…….

그 순간 마당에 모인 구경꾼들 가운데 우관이 능글맞게 영화 「땅굴 전투」의 삽입곡을 부르기 시작했지요. 땅굴 전투, 헤이! 땅굴 전투, 신출귀몰 수많은 병사를 매복시켜……. 1000리 대평원 땅굴 전투를 펼쳐 완강히 저항하는 그들을 끝장내자…….

고모가 얼굴을 쓱 닦더니 표정이 완전히 달라졌습니다. 됐어! 천비! 어서 왕단 나오라고 해!

천비가 무릎으로 박박 기어가 고모의 다리를 잡았어요. 천얼이 금세 아빠를 따라 고모의 다른 쪽 다리를 잡았습니다.

마당에서 다시 우관이 노래를 부르기 시작했습니다. 1000리 대평원 땅굴 전투를 벌여…… 침략자들이여…… 병사도 말도 모두 뒤엎으리라……. 모든 백성이 질끈 잡아매고, 모든 백성이 피임하여…….

고모가 발을 빼려 발버둥 쳤지만 천비와 천얼이 죽을힘을 다해 매달렸습니다.

고모는 순간 뭔가 깨달은 듯 부하들에게 소리쳤어요. 동굴로 내려가 봐!

민병 한 사람이 손전등을 입에 물고 지하 동굴로 들어갔어요.

또 다른 민병 하나가 그 뒤를 따랐습니다.

동굴 속에서 소리가 들려왔습니다. 안에 아무도 없어요!

화가 치민 고모는 순간 몸이 갸우뚱하더니 그대로 기절해 버렸습니다.

아버지가 말했어요. 천비 녀석 정말 보통 머리가 아니야. 집 뒤로 채소밭 있지? 그 채소밭에 도르래가 달린 우물이 하나 있어. 그 우물이 지하 동굴의 출구였던 거야. 그렇게 엄청난 공사를 대체 어떻게 혼자 했을까? 그렇게 많은 흙을 대체 어디에 두었는지. 천비와 천얼이 고모를 잡고 늘어지는 사이에 왕단이 도르래 줄을 잡고 우물을 빠져나온 거지. 정말 못 할 짓이었을 게다. 그렇게 작은 사람이 남산만 한 배를 해서 줄을 타고 그 깊은 우물을 빠져나왔으니.

사람들 부축을 받으며 우물가에 이른 고모는 화가 나서 발을 동동 구르며 소리 질렀습니다. 멍청하긴! 왜 그 생각을 못 했지? 옛날에 아버지도 시하이 병원에서 사람들을 이끌고 이런 동굴을 팠는데!

사람들이 고모를 병원에 입원시켰어요. 당시 닥터 노먼 베순이 감염되었던 바이러스에 고모도 감염이 되는 바람에 하마터면 저세상으로 갈 뻔했어요. 당에 충성스러운 고모를 당에서도 박하게 대하지 않았습니다. 고모를 구하기 위해 가장 값진 약을 모두 동원했다고 하더군요.

입원한 지 보름이 지나 고모는 다 낫기도 전에 병원을 뛰쳐나왔습니다. 마음이 불편했다나요? 왕단 배 속에 든 아이를 지우기 전에는 밥도 안 넘어가고, 잠도 잘 수가 없었다더군요. 사람이 이 정도까지 책임감이 강할 수 있겠냐? 완전히 신 아니면 악마가 되어 버린 게지. 아버지가 한숨을 내쉬었어요.

천비와 천얼은 계속 공사에 갇혀 지냈어. 거꾸로 매달려 두들겨 맞고 고문을 당했다고 말하는 사람도 있었지만 그건 다 유언비어야. 마을 간부가 가 봤더니 그냥 방 한 칸에 갇혀 있다는구나. 방에 침대랑 이불, 보온병 하나에 컵 두 개가 있었대. 밥이랑 물도 모두 제공되고. 식사는 공사 간부들처럼 하얀 찐빵에 좁쌀죽을 먹고, 끼니마다 반찬도 나온대. 부녀 둘 다 살이 뽀얗게 올랐더래. 물론 공짜가 아니라 돈을 받긴 했지만 말이다. 천비는 장사해서 돈을 많이 벌었거든. 공사에서 은행에 말해 천비의 예금 일체를 찾아갔는데 그 돈이 3만 8000위안이나 되었다는구나. 고모가 입원해 있는 동안 공사에서 사람들을 마을로 보내 회의에서 결정된 사항을 공표했어. 마을 사람들 가운데 걸을 수 있는 사람은 모조리 왕단을 찾아 나섰지. 매일 1인당 5위안이 지급됐는데 그 돈이 천비의 은행 예금에서 공제되었단다. 마을 사람 가운데 의롭지 못한 돈이라고 참가하지 않겠다는 사람도 있었어. 하지만 그렇다고 불참할 수도 없었던 건, 수색에 참여하지 않으면 자기가 5위안을 내야 했거든. 결국 모두 함께 출동했지. 마을 전체 700여 가구 가운데 첫날 300여 가구가 출동해서 밤에 돌아와 '보조금'을 받았지. 한 번에 1800여 위안이 지급됐어. 공사에서 다시 왕단을 발견해서 데리고 오는 사람은 200위안을, 중요한 단서를 제공하면 100위안을 포상하겠다고 말했어. 순식간에 마을 전체가 미친 것 같았지. 손뼉을 치며 좋다고 하는 사람도 있고, 속으로 괴로워하는 사람도 있고. 내가 보기엔 몇몇 사람은 정말 그 포상금들을 탐내는 것 같더라. 하지만 대부분이 대충 마을 밖 작물 밭을 몇 바퀴 둘러보며 "왕단, 어서 이리 나와, 안 나오면 당신네 집 돈 다 없어져."라고 그냥 고함만 치고 돌아와 자기 밭으로 일하러 갔어. 물론 저녁에는 돈을 받으러 갔지. 안 그러면 오히려 벌금을 내야 하니까.

그래서, 못 찾았어요? 제가 물었습니다.

어디 가서 찾아? 아마 멀리 멀리 도망가 버렸을 텐데.

그 조그만 사람이 가면 어디까지 갈 수 있겠어요. 그것도 그 남산만 한 배를 해서! 아마 마을 어딘가에 숨었을 거예요. 제가 나지막한 소리로 말했어요. 혹시 친정집에 숨어 있을지도 몰라요.

누군들 그렇게 생각 안 하겠느냐? 공사 쪽 무지막지한 사람 몇몇은 당장에라도 왕자오 집 마당을 모조리 다 파헤쳐 놓지 못해 안달이었지. 왕단이 아궁이에 숨었을까 봐 구들장까지 모두 들춰 봤어. 아마 마을 사람들은 감히 왕단을 숨겨 줄 생각은 못 할 거다. 몰래 숨겨 줬다가는 벌금이 3000위안인데!

생각이 미치지 못한 건 아닐까요? 강이나 우물 같은 데는요? 안 찾아봤어요?

넌 그 조그만 여자를 과소평가하는구나! 마을 사람 모두 합쳐도 그 애는 못 당할걸? 7척 남자도 그 애만큼 머리가 돌아가지 않을 거다.

그렇긴 그래요. 얼굴은 조그마니 예쁘장하게 생겨서 하는 행동은 얼마나 야무진지, 때로 정말 고집이 세어 보이기도 하고요. 거의 일곱 달이 되어 갈걸요? 전 여전히 걱정을 떨치기 어려웠어요.

그러니까 고모가 저 안달이지. 네 고모가 그러더라. '아기집' 밖으로 나오기 전에는 한 점 살덩어리니 긁어내든 흘려 버리든 상관없지만, 일단 '자궁' 밖으로 나오면 사람이라고! 팔다리가 하나 부족해도 그건 사람이니까 국법의 보호를 받게 되니 그때부터는 골치가 아프지.

머릿속에 다시 왕단의 모습이 떠올랐습니다. 70센티미터 정도밖에 안 되는 키에 불룩한 배를 내밀고 앙증맞은 머리를 쳐든 채 종종걸음을 옮깁니다. 겨드랑이에 커다란 보따리까지 끼고 가시덤불 우거진 산과 벌판을 허둥지둥 달려갑니다. 자꾸만 달려가다 뒤돌아보고, 넘어졌다 다시 일어나 달려가고……. 어쩌면 커다란 나무 대야에 앉아 농가에서 장 담글 때 쓰는 판자를 노 삼아 씩씩거리며 넘실대는 강을 흘러가고 있을지도 모르지요…….

3

장례식 후 사흘째 되는 날은 옛 풍습에 따라 삼우제를 올리고 봉토를 하는 날입니다. 친척, 친구 들과 함께 산소에 가서 종이로 만든 말이랑 사람, 텔레비전을 태웠습니다. 어머니 산소에서 10미터가량 떨어진 곳에 왕런메이의 무덤이 있습니다. 아내의 무덤에는 벌써 푸릇푸릇 들풀이 자라고 있었습니다. 본가 어른들 분부에 따라 왼손에 쌀 한 줌, 오른손에 좁쌀 한 줌을 쥐고 어머니 무덤을 왼쪽으로 세 바퀴, 오른쪽으로 세 바퀴 돌면서 손에 쥔 쌀과 좁쌀을 조금씩 무덤에 뿌리며 속으로 이렇게 중얼거렸어요. 햅쌀, 좁쌀 받고 고인이 평안을 누리게 해 주십시오. 딸이 제 뒤를 따라오며 고사리손으로 무덤에 쌀과 좁쌀을 뿌렸어요.

바쁜 업무에도 불구하고 고모도 산소를 찾아왔어요. 샤오스쯔가 약통을 등에 메고 고모 뒤를 따라왔습니다. 고모는 여전히 다리를 절룩거렸어요. 몇 달 못 보는 사이 부쩍 나이 들어 보였습니다. 고모가 어머니 무덤 앞에 꿇어앉더니 대성통곡했습니다. 처음 보는 고모의 모습에 저는 깜짝 놀랐습니다. 샤오스쯔가 눈물을 머금은 채 숙연한 모습으로 그 옆에 서 있었어요. 여자 몇 명이 다가와 고모를 위로하며 팔을 잡아 일으켰어요. 하지만 여자들이 손에 준 힘을 풀자마자 고모가 다시 철퍼덕 땅에 주저앉아 조금 전보다 더 큰 소리로 울기 시작했어요. 조금 전 울음을 그친 여자들까지 고모 때문에 다시 무덤 앞에 앉아 목청을 길게 빼며 통곡했습니다.

제가 몸을 굽혀 고모를 끌어당기자 샤오스쯔가 옆에서 나지막한 소리로 말했습니다. 그냥 우시게 내버려 두세요. 그동안 쌓인 일이 너무 많아요.

저는 다정다감한 샤오스쯔를 바라보며 마음이 훈훈해졌습니다.

고모가 실컷 울었는지 자리에서 일어나 눈물을 닦고 말했어요. 샤오파오, 양 주임이랑 통화했다. 너 전역하고 싶다고 했다며?

네, 벌써 전역 신청서 제출했어요.

양 주임이 너 전역 못 하게 말리라고 하더라. 양 주임이 너희 간부 쪽에 이야기해 두었어. 계획생육 업무 쪽으로 발령 내 달라고. 양 주임 밑에 있으면 일찍 부대대장으로 승진할 거다. 네가 맘에 드나 보더라.

이젠 의미 없는 일이에요. 차라리 똥 푸는 일을 했으면 했지, 계획생육 일은 하기 싫어요.

그래서 넌 안 돼. 계획생육은 당의 일이기도 해. 중대한 사업이라고!

신경 써 주셔서 감사하다고 양 주임에게 전화해 주세요. 집으로 돌아와야겠어요. 노인네하고 아이하고 둘이서만 어떻게 살겠어요?

그렇게 딱 자르지 말고 진지하게 고민해 봐. 군대에 남을 수만 있다면 남는 편이 좋아. 지방 일이 얼마나 힘든데. 양신이랑 날 봐. 둘 다 계획생육 일에 몸담은 건 마찬가진데, 양 주임은 고상하고 우아하게 유유자적하고 있잖아? 근데 난 뭐냐? 미친년처럼 이리 뛰고, 저리 뛰고, 울다가 피범벅이 되었다가, 대체 이 꼴이 뭐냐고!

4

전 확실히 명예에 눈이 먼 인간인가 봐요. 말로는 전역하고 싶다고 했지만 '일찍 승진할 수 있다', '양 주임의 눈에 들었다'라는 말을 듣고 마음이 흔들리기 시작했어요. 집으로 돌아와 아버지에게 의논하니 아버지 역시 전역을 반대했습니다. 아버지가 말했어요. 예전에 네 큰할아버지가 양 부사령관 다리도 치료해 주고, 아픈 부인도 고쳐 줘서 고마워하는 게야. 지금 그렇게 높은 자리에 있다니 관계를 잘 이어 가면 미래가 보장되는 거 아니냐? 겉으로는 아버지 말을 반박했지만 사실 저도 같은 마음이었습니다. 전 속물이에요. 그냥 평범한 백성으로서 고위층에 빌붙고 싶어 하는 마음을 이해하실 수 있겠지요? 고모가 다시 절 찾아왔을 때 전 태도를 바꿨습니다. 고모가 샤오스쯔와 결혼하라고 했을 때도 전 십 년 넘게 오직 샤오스쯔만을 바라본 왕간의 순정을 들먹였지만 이미 마음의 방어벽이 허물어지고 있었어요.

고모가 말했어요. 난 아이가 없어서 그런지 언제나 샤오스쯔를 내 친딸처럼 생각하고 있었어. 품행도 방정하고 마음씨도 곱고, 나에 대한 마음도 한결같고. 그런 애를 내가 어떻게 왕간에게 보내겠니?

고모, 1970년에 왕간이 샤오스쯔에게 첫 번째 연애편지를 보낸 이후로 자그마치 십이 년이에요. 십이 년 동안 무려 500통이 넘는 편지를 썼대요. 왕간이 직접 저에게 말한 거예요. 게다가 샤오스쯔에 대한 사랑 때문에 자기 누이까지 팔아넘겼어요. 물론 위안싸이와 제 아내까지도요. 그렇지 않았으면 고모 쪽에서 어떻게 위안싸이의 불법 시술이랑 왕런메이, 왕단의 불법 임신 사실을 알았겠어요?

사실 말이다, 그 낯간지러운 편지들은 단 한 통도 샤오스쯔에게 전해지지 않았어. 내가 모두 빼돌렸거든. 우체국장에게 그 애 편지는 모두 나에게 달라고 미리 말해 두었단다.

고모 하시는 일에 왕간 공이 많잖아요. 왕간 아버지가 수술을 받은 것부터 쳐서 쭉요. 이번에는 대의를 위해 자기 누이동생까지 고발하고요.

그러니까 더더욱 보낼 수 없어. 고모가 화를 냈어요. 여자 하나 때문에 친구도, 누이동생도 팔아먹는 사람을 믿을 수 있겠어?

어쨌거나 고모를 돕느라고 그런 것 아니에요?

그거랑 그건 별개야. 고모가 의미심장하게 말했어요. 샤오파오, 잘 들어! 사람이란 뭘 해도 괜찮지만 배신만은 안 돼.

아무리 그럴싸한 이유를 들어도 배신은 절대 안 된다. 동서고금을 막론하고 배신자들은 최후가 좋지 않아. 왕샤오티도 마찬가지야. 황금을 5000량이나 얻었지만 내가 단언하건대 곱게 죽지 못할 거다. 지금 국민당을 위해 황금 5000량을 얻고 투항했다면, 내일 또 다른 당에서 황금 1만 량을 준다고 배반하지 말란 법이 어디 있어? 그래서 왕간이 우리에게 정보를 주면 줄수록 난 그 애를 경멸했어. 내 마음속에서 왕간은 썩은 버러지만도 못해.

하지만 고모! 왕간의 편지를 고모가 가로채지 않았으면 어떻게 됐을까요? 샤오스쯔가 감동해서 결혼했을지도 모르잖아요?

아니! 절대 그럴 리가 없어. 샤오스쯔는 야망이 있는 애다. 어디 왕간뿐이냐? 수년 동안 아마 그 애한테 반한 남자가 한 다스는 될 거다. 그중에는 간부도, 노동자도 있었어. 하지만 샤오스쯔가 맘에 들어 하는 사람은 하나도 없었다.

전 못 믿겠다는 듯 고개를 저었어요. 샤오스쯔가 외모는 좀…….

흥! 보는 눈 하고! 얼핏 보기엔 예뻐 보이는 여자들이 많지? 하지만 자세히 뜯어보면 여기저기 이상한 구석이 많아. 샤오스쯔는? 확실히 첫인상이 별로 좋은 아이는 아니지. 하지만 곰곰이 들여다보면 볼수록 예뻐. 넌 한 번도 자세히 본 적 없지? 고모는 평생 여자들을 상대해 왔잖니. 어떤 여자가 귀한 여잔지 잘 알아. 아직도 기억할지 모르겠지만, 네가 간부로 발탁되던 날, 내가 샤오스쯔를 소개하려고 했는데 그땐 네가 왕런메이하고 벌써 짝을 지었더구나. 속으로 찬성하진 않았지만 자유연애가 대세인 새로운 시대니, 그저 축하한다고 말해 줄 수밖에 없었지. 그런데 이제 왕런메이 자리가 비었으니, 물론 고모도 그 애가 오래오래 장수하길 원했지만, 이건 하늘의 뜻이다. 너랑 샤오스쯔를 부부로 맺어 주려는 하늘의 뜻이야.

고모. 어찌 되었거나 왕간은 제 죽마고우예요. 왕간이랑 샤오스쯔 일을 동네방네 모르는 사람이 없는데 제가 결혼을 해 봐요. 아마 사람들이 내뱉는 침에 빠져 죽을걸요!

그렇지 않아. 왕간은 샤오스쯔를 짝사랑한 거잖아. 샤오스쯔가 좋다고 말한 적은 없다. 샤오스쯔가 너에게 시집간다면 그건 잘난 새는 나무를 봐 가며 둥지를 튼다는 속담을 그대로 보여 주는 거야. 거기다 사랑이란 감정은 남자들의 의리와는 전혀 관계가 없어. 순전히 사사로운 일이라고! 만약 샤오스쯔가 망아지라면, 그렇게 좋아하는 왕간에게 줄 수도 있지. 하지만 그 앤 사람이다! 네가 좋아하면 뺏어라도 와야지. 그렇게 외지를 떠돌고 외국 영화도 많이 봤으면서 어쩌면 그렇게 꽉 막혔니?

설사 제가 좋다고 해도 샤오스쯔가…….

고모가 제 말을 가로막았어요. 그건 걱정하지 마라. 그 애랑 내가 함께한 지 몇 년이냐. 뭘 생각하는지 내가 잘 알고 있어. 사실을 이야기해 줄까? 그 애가 맘에 두고 있는 건 너야. 왕런메이가 저세상으로 가지 않았으면 아마 그 앤 평생 혼자 살았을 거다.

고모, 며칠만 생각해 볼게요. 런메이 무덤의 흙도 채 마르지 않았는걸요.

생각은 무슨? 시간이 많으면 생각도 복잡해지는 법이야. 왕런메이에게 영혼이 있다면 아마 쌍수를 들어 환영할 거다. 왜냐고? 샤오스쯔는 마음이 선량하니까! 딸애가 그런 새엄마를 만나는 것도 다 신의 뜻이야! 규정에 따르면 너와 샤오스쯔는 아이도 낳을 수 있어. 쌍둥이를 낳았으면 좋겠다. 샤오파오, 이런 걸 전화위복이라고 하는 거야!

5

저와 샤오스쯔의 결혼 날짜가 정해졌어요.

모든 일이 고모의 진두지휘 아래 진행되었습니다. 마치 물 위를 둥둥 떠가는 썩은 나무처럼 맥없이 떠밀려 갔습니다.

혼인신고를 하러 공사에 갔습니다. 샤오스쯔와 단둘이 만나는 두 번째 날이었어요.

우리 두 사람이 처음 만난 장소는 고모와 샤오스쯔 숙소였습니다. 그때도 그랬고 지금도 그렇고 모두 토요일 오전의 일이네요. 고모가 우리 둘을 방으로 밀어 넣고 문을 닫고 나갔습니다. 방에는 침대 두 개가 있었어요. 침대 중간에 세 단짜리 서랍이 있는 탁자가 있었어요. 탁자 아래 먼지가 가득 쌓인 신문과 산부인과 서적이 놓여 있었고요. 창밖으로 가지가 우람한 해바라기 십여 그루가 보였습니다. 꿀벌이 해바라기 꽃에서 꽃가루를 실어 나르고 있었습니다. 샤오스쯔가 저에게 물 한 잔을 따라 주고 자기 침대 가장자리에 앉고, 전 고모 침대 가장자리에 앉았습니다. 방에서 비누 향기가 났습니다. 대야 걸이에 홍등(紅燈) 대야가 걸쳐져 있고 대야에 비누거품이 둥둥 뜬 물이 반쯤 담겨 있었습니다. 고모 침대는 이불도 정리되어 있지 않았습니다.

고모는 머릿속에 온통 일 생각뿐인가 봐요.

네.

꿈을 꾸고 있는 것 같아요.

저도요.

왕간에 대해선 잘 알고 있죠? 당신에게 편지를 500통도 넘게 썼는데.

고모님께 들었어요.

어떻게 생각해요?

별생각 없어요.

나는 재혼이에요, 딸도 하나 있고, 성가시다고 생각하지 않아요?

네.

가족들하고 상의해 보지 않아도 돼요?

가족이 없어요.

……자전거 뒤에 그녀를 태우고 공사에 갔습니다. 얼마 전에 깨진 벽돌과 기와 조각을 이용해 길을 깔아서 들쑥날쑥 중심을 잡기가 힘들었습니다. 뒷좌석에 앉은 샤오스쯔가 어깨를 제 등에 기댔어요. 샤오스쯔의 몸이 느껴졌어요. 자전거에 태우기 편한 사람도 있고, 그렇지 않은 사람도 있습니다. 왕런

메이는 태우기가 쉬웠는데, 샤오스쯔는 그렇지 않았습니다. 있는 힘껏 페달을 밟았더니 체인이 끊어졌어요. 가슴이 덜컹 내려앉았습니다. 불길한 징조 아닌가? 이 여자하고도 백년해로하지 못하는 건가? 끊어진 체인이 마치 죽은 뱀처럼 길바닥에 떨어졌어요. 전 체인을 들고 멍하니 사방을 둘러보았습니다. 길 양편으로 펼쳐진 옥수수밭에서 여자 몇 명이 살충제를 뿌리고 있었습니다. 윙, 윙 하며 마치 방공 경보음처럼 살포기가 돌아가는 소리가 들렸어요. 여자들이 비닐 포대를 걸치고 마스크와 두건을 쓰고 있었습니다.

잔혹한 노동입니다. 푸른 옥수수밭에 허옇게 피어오른 살충제 연기가 이 잔혹한 노동에 마치 구름을 타고 피어오르는 안개처럼 시적 정취를 더하고 있었습니다. 왕런메이 생각이 났습니다. 워낙 씩씩했던 런메이는 뱀도 잡을 수 있었어요. 마치 제가 지금 자전거 체인을 들고 있는 것처럼 뱀 꼬리를 잡았어요. 런메이 역시 살충제 살포 일을 한 적이 있어요. 샤오샤춘과 파혼한 후 얼마 되지 않아 학교에서 밀려났거든요. 런메이의 머리에서 진한 살충제 냄새가 났습니다. 웃는 얼굴로 씻을 필요가 없다고 했죠. 그대로 있으면 이도, 모기, 파리도 감히 덤벼들진 못한다고요. 머리를 감을 때 제가 주전자를 들고 목뒤 쪽에서 물을 부어 주면 고개를 숙인 채 키득거렸습니다. 뭐가 그렇게 우스우냐고 물으면 어찌나 깔깔 웃어 대던지 대야가 뒤집혀 바닥에 나뒹굴었습니다. 런메이를 생각하니 죄책감이 들었어요.

샤오스쯔를 힐끗 바라보았습니다. 빨간색 체크무늬 칼라가 달린 새 반팔 셔츠 차림에 반짝거리는 전자시계를 차고 있었습니다. 정말 풍만해 보였어요. 얼굴에 진주 크림 같은 걸 발랐는지 향기가 코를 찔렀습니다. 얼굴에 여드름도 좀 줄어든 것 같았어요.

공사까지 남은 길은 3리, 그냥 자전거를 밀고 갈 수밖에 없었습니다.

공사 도축장 정문 앞에서 천비를 만났습니다. 천얼을 업고 있었어요. 천비는 우리를 발견하자 낯빛이 변했습니다. 그의 눈빛에 전 쥐구멍이라도 있으면 들어가고 싶은 심정이었어요. 천비가 아이를 업은 채로 뒤돌아섰어요. 절 상대하지 않겠다는 뜻이 분명했어요.

천비! 그래도 전 천비를 불렀어요.

이야! 난 또 어디서 어르신이 납셨나 했네! 천비의 말투에 가시가 돋쳐 있었습니다. 그가 샤오스쯔를 노려보았어요.

풀려난 거야?

아이가 아파, 열이 나! 천비가 말했습니다. 별로 나오고 싶은 생각도 없어. 먹을 것, 마실 것 다 있겠다, 그냥 안에서 평생 사는 게 더 좋을 것 같은데!

샤오스쯔가 앞으로 다가가 다정하게 천얼의 이마를 만졌습니다.

천비가 몸을 돌리며 샤오스쯔의 손길을 피했습니다.

빨리 병원에 가서 링거를 맞아야겠어요. 못해도 39도는 될 것 같은데. 샤오스쯔가 말했습니다.

당신네 병원을 병원이라고 할 수 있어? 도살장이지! 천비가 씩씩거리며 말했어요.

우릴 미워하는 건 알지만 우리도 어쩔 수 없는 일이에요.

방법이 없다고? 방법이 많으시던데!

천비! 아이 가지고 괜히 오기 부리지 말고. 자, 내가 같이 가 줄게. 제가 말했어요.

친구, 말은 참 고맙지만 말이야! 좋은 시간 방해하고 싶진 않네. 천비가 냉소를 지었어요.

천비……. 이걸 어떻게 말해야 하나.

아무 말도 할 필요 없어. 넌 사람도 아니야!

마음대로 생각해. 전 지폐 몇 장을 그의 주머니에 쑤셔 넣으며 말했어요. 어서 애 데리고 병원에나 가 봐.

천비가 돈을 끄집어내 바닥에 내동댕이쳤습니다. 네 돈에서는 피비린내가 나!

천비는 아이를 업고 의기양양하게 가 버렸습니다.

전 멍한 얼굴로 점점 멀어져 가는 그의 뒷모습을 바라보다가 돈을 주워 주머니에 넣었습니다.

그쪽 일에 대해 선입견이 강한가 봐요. 제가 샤오스쯔를 힐끗 바라보며 말했어요.

자기 탓이죠! 샤오스쯔도 마음이 불편한 것 같았습니다. 우리 고충을 누구에게 털어놓겠어요?

혼인신고를 하려면 부대에서 발급하는 소개서가 있어야 해요. 하지만 민정 서기인 루마쯔가 히죽거리며 말했습니다. 필요 없어. 고모가 벌써 전화하셨더라. 샤오파오, 우리 아들도 자네 부대에 있어. 재작년에 갔지. 영특한 애라 뭐든 가르쳐 주면 금방 배운다네. 잘 봐주게.

등기부에 지장을 찍는 순간, 전 잠시 망설였습니다. 런메이와 함께 혼인 신고할 때 광경이 떠올랐거든요. 바로 이 등기부에, 바로 이 사무실에서 루마쯔가 신청을 받았는데. 당시 제가 빨갛게 지장을 찍자 런메이가 정말 좋아했어요. 와! 소용돌이 모양이네!

루마쯔가 저와 샤오스쯔를 번갈아 보며 억지웃음을 지었습니다. 샤오파오, 자네는 참 여자 복이 많네. 우리 공사의 1등 미녀를 신부로 맞이하다니! 그가 등기부를 가리키며 말했어요. 어서 찍어! 뭘 망설여?

마치 저를 비웃는 것 같았어요. 사실 비웃고 있는 것이 맞습니다. 제길, 맘대로 생각하라지! 좋아, 찍자! 망설일 것 없어. 평생 아주 많은 일이 운명이란 생각이 들어요. 운명을 거스르기보다는 그냥 운명에 몸을 맡기는 편이 낫겠죠? 이제 와서 혼인 신고를 안 한다고 하면 샤오스쯔는 또 뭐가 되겠습니까? 이미 한 여자를 망쳐 놓았는데 다시 또 한 여자를 망칠 순 없잖아요.

6

당시 전 고모가 저희 둘의 혼사를 챙기느라 왕단을 잊은 줄 알았어요.

고모가 자비로운 마음에 제 혼사를 주관한다는 핑계로 왕단이 아이를 낳을 수 있도록 일부러 시간을 끈다고 생각했습니다. 나중에 안 일이지만 일에 대한 고모의 집착은 이미 거의 미치광이 수준이었답니다. 고모는 용감할 뿐만 아니라 계략도 뛰어났어요. 모든 걸 다 파악하고 계획했으니까요. 물론 저희 결혼식에 대한 고모의 정성은 의심할 여지가 없습니다. 고모는 확실히 우리 둘을 천생배필이라 생각했어요. 하지만 그렇게 요란하게 결혼식을 준비하는 동시에 천비 부녀를 풀어 주고 마을 사람들에게 더 이상 왕단을 찾을 필요가 없다고 선포한 것이 사실은 연막작전이었습니다. 이렇게 해서 왕단과 왕단을 숨겨 준 사람의 경계심을 풀고 일거양득의 효과를 거두려고 했던 거죠. 고모는 딸처럼 아끼는 애제자를 조카와 결혼시켜 가정을 꾸리도록 하는 동시에 왕단의 사건도 처리해서 배속에 든 불법 임신의 씨앗이 '아기집' 밖으로 나오기 전에 없애 버리고자 계략을 꾸몄어요. 이런 식으로 고모를 표현하는 것은 좀 뭣하지만 이보다 더 정확한 말은 없습니다.

결혼식 전날 오전, 옛 풍습에 따라 어머니 산소 앞에서 지전을 태웠습니다. 어머님의 영혼에 결혼 소식을 알리고, 제 결혼식에 초청하는 의미일 겁니다. 지전을 태우자 갑자기 작은 회오리바람이 일어나 재가 산소 앞을 빙글빙글 돌았습니다. 물론 충분히 과학적인 해석이 가능한 현상이었지만 그래도 두려움이 엄습했습니다. 머릿속에 아득하게 어머니의 영상이 떠오르며 귓가에 어머니의 순박하면서도 지혜롭고 의미심장한 말소리가 들리는 것 같아 눈물이 왈칵 쏟아졌습니다. 어머니가 말을 할 수 있었다면 이 혼인에 대해 뭐라고 하셨을까요?

어머니 산소 앞에 맴돌던 회오리바람이 갑자기 풀이 파릇파릇 자라난 런메이의 무덤을 향해 방향을 틀었습니다. 순간 복숭아나무 위의 꾀꼬리가 길게 목청을 뽑으며 마치 심장이 터질 듯 애절하게 울기 시작했어요. 끝없이 펼쳐진 복숭아밭에서는 복숭아가 여물고 있었습니다. 어머니와 왕런메이의 무덤은 저희 집 복숭아밭에 있습니다. 전 발갛게 익은 커다란 복숭아 두 개를 따서 어머니 무덤 앞에 하나를 놓고 다른 하나를 받쳐 들고 복숭아나무 몇 그루를 지나 런메이의 무덤 앞으로 갔습니다.

성묘 오기 전에 아버지가 말했어요. 지전 태울 때 런메이 무덤도 잊지 마라. 하지만 왕런메이 무덤에는 누가 벌써 지전을 태웠더군요. 저는 마음속으로 중얼거렸어요. 왕런메이, 미안해. 하지만 절대 당신을, 당신의 여러 가지 장점들을 잊지 않을 거야. 샤오스쯔가 착한 여자일 거라고 믿고 있어. 옌옌에게 분명히 잘할 거야. 옌옌에게 못되게 굴면 절대 가만 놔두지 않겠어. 런메이의 무덤 앞에서 지전을 태운 후 꼭대기로 올라가 새 지전 하나를 펼쳐 놓고 그 위에 복숭아를 올려놓았어요. 왕런메이! 마음이 좋지 않을 거라는 건 알지만 초대할게. 어머니 모시고 집에 와서 결혼식에 참석해 줘. 안채 제상에 갓 빚은 만두 네 개랑 채소랑 당신이 처음에 약인 줄 알고 먹었다가 흠뻑 빠져 버린 술맛 초콜릿도 올려 줄게. 망자를 위해, 상향!

제를 올리고 돌아오는 길, 오솔길 양편으로 잡초가 무릎까지 무성하게 자라 있고 길옆 개울에 빗물이 넘치고 있었습니다. 양쪽 복숭아밭은 남쪽으로 모수이강, 북쪽으로 자오허강까지 이어집니다. 복숭아밭에서 농부가 과일을 따고 있고, 멀리 큰길에서는 삼륜 트랙터 몇 대가 달려가는 소리가 들렸습니다.

왕간이 제 앞을 가로막았습니다. 마치 땅에서 솟아나온 것 같았어요. 새것처럼 보이는 군복(제가 작년에 선물로 준 군복이더군요.) 차림에 단정하게 고수머리로 이발하고 말끔하게 면도한 모습이었습니다. 여전히 말랐지만 구질구질하고 칠칠찮은 예전 모습과 달리 매우 반듯한 모습이었어요. 이런 그의 모습을 보니 조금 위로가 되긴 했지만 그래도 마음이 불안했습니다.

왕간…… 그게 사실은……. 제가 말했어요.

왕간이 손을 내저으며 누런 치아를 드러내고 웃었습니다. 샤오파오, 변명할 필요 없어. 다 알아. 두 사람 축하해.

친구……. 전 만감이 교차하는 가운데 손을 뻗어 악수를 청했습니다.

그가 뒤로 한 걸음 물러서며 말했어요. 이제야 꿈에서 깬 것 같아. 이제야 사랑이라는 감정이 사실은 심각한 병이라는 걸 깨달았어. 금방 다 나을 거야.

잘됐다. 사실 샤오스쯔랑 넌 잘 안 어울려. 심기일전하면 멋진 일을 할 수 있을 거고, 그럼 더 뛰어난 여자를 고를 수 있을 거야.

난 이미 폐인이야. 너에게 사과하러 왔어. 왕런메이 무덤 앞에 지전 태운 거 못 봤어? 그거 내가 태운 거야. 내 고발 때문에 위안싸이는 쇠고랑을 차고, 왕런메이와 아이까지 다 죽었잖아. 난 살인을 저지른 흉악범이야.

절대 네 탓이 아니야. 제가 말했어요.

그럴듯한 이유로 나 자신을 위로해 보려고 노력해 봤어. 불법 임신 제보는 국민의 의무이니 조국을 위한 일이라면 친족도 가리지 않고 대의를 실현해야 한다고 이유를 생각해 봤지만 전혀 위안이 안 되더라. 그렇게 고상한 생각은 해 본 적도 없고. 모든 것이 내 사심을 채우고 샤오스쯔의 환심을 사기 위한 행동이었어. 잠을 잘 수가 없어. 눈만 감았다 하면 왕런메이가 피 묻은 손으로 내 심장을 파려고 해……. 아마 오래

살지 못할 거야…….

왕간, 너무 깊이 생각하지 마. 네 잘못이 아니야. 미신 같은 것도 믿지 말고. 사람은 죽으면 연기처럼 사라져 버려. 설사 죽어서 영혼이 있다고 해도 런메이가 널 쫓아다니진 않을 거야. 런메이가 원래 단순하고 착한 여자잖아.

정말 좋은 사람이었지. 그래서 내 마음이 더 불편해. 샤오파오! 동정할 필요 없어. 날 용서해 줄 필요는 더더욱 없고. 여기서 널 기다린 건 부탁이 하나 있어서야…….

말해 봐, 친구!

샤오스쯔에게 말해서 고모님에게 전해 주라고 해. 왕단이 우물에서 올라온 그날 바로 우리 집으로 달려왔어. 어쨌거나 내 누이동생이잖아. 그 조그만 애가 남산만 한 배를 해서 나한테 제발 살려 달라고 빌더라. 더구나 그 애 배 속에 아이가 들었는데, 내가 아무리 강심장이라고 해도 마음이 흔들리지 않겠냐? 동생을 거름통에 넣은 다음, 위에 보릿짚을 얹고 다시 포대기로 덮었어. 자전거 뒷자리에 싣고 자전거를 몰고 마을을 빠져나갔지. 마을 초입에서 순찰하고 있는 친허를 만났어. 친허는 너희 고모가 배치해 둔 보초병이야. 고모님은 정말 시대를 잘못 태어났어. 직업도 그렇고. 군대를 진두지휘하며 적과 맞서 싸웠어야 하는데! 난 누구보다도 친허가 가장 두려웠어. 고모 수하라는 걸 아니까. 샤오스쯔를 위해서라면 내가 누구든지 팔아넘길 수 있는 것처럼, 너희 고모를 위해서라면 친허 역시 누구든지 배신할 수 있거든. 친허가 내 앞길을 막았어. 우리 두 사람은 자주 병원 문 앞에서 마주치곤 해. 그에게 아무 말도 하지 않았지만 그가 날 친구로 생각하고 있다는 걸 잘 알아. 우린 동병상련의 아픔이 있거든. 공급 합작사 호텔 앞에서 가오먼, 루화화로부터 공격을 받았을 때 친허를 도와준 적이 있어. 가오먼, 루화화, 친허, 왕간, 이렇게 가오미 둥베이향의 4대 바보가 거리를 누비면, 마치 원숭이 쇼를 구경하듯 사람들이 모여들었어. 친구, 자네는 그거 모르지? 바보가 아닌 사람이 바보라는 별명을 얻으면 사실 엄청나게 자유로워지거든. 난 자전거를 세우고 친허를 똑바로 봤어!

너 시장에 돼지 팔러 가는 거지?

응. 돼지 팔러 가.

난 아무것도 못 본 거다.

친허가 그렇게 날 놓아줬어. 두 바보가 마음이 통한 거야.

샤오스쯔에게 알려 줘. 동생을 자전거에 태우고 자오저우로 가서 거기서 옌타이로 가는 시외버스에 태웠어. 옌타이에 가서 배를 타고 다롄에 간 다음, 다시 기차를 타고 하얼빈으로 가라고 했지. 천비 엄마가 하얼빈 사람이잖아. 거기 친척이 있어. 왕단은 돈도 충분히 가지고 있었어. 왕단이 얼마나 영특한 애인지 알지? 천비도 마찬가지고. 두 사람은 일찍부터 준비를 해 두었어. 십삼 일 전 일이니 아마 왕단은 목적지에 벌써 도착했을 거야. 너희 고모가 아무리 손이 크다고 해도 하늘을 다 가릴 순 없어. 우리 공사에서는 마음대로 하실 수 있지만 외지까지 고모 수완이 통하진 않아. 왕단이 임신한 지 벌써 칠 개월이 넘었으니 고모가 왕단을 찾았을 때는 이미 아이는 세상에 나와 있을 거야. 그러니 고모님더러 그만 포기하시라고 해.

그럼 구태여 이 소식을 알려 줄 필요 없잖아?

나 자신을 위해서야. 내가 너에게 부탁하는 유일한 일이고!

좋아.

7

전 확실히 나약한 남자입니다.

샤오스쯔와 첫날밤을 치르면서, 전 원래 그냥 촛불만 마주한 채 날이 밝을 때까지 홀로 가만히 앉아 런메이에 대한 제 죄책감이나 그리움을 보여 주려 했습니다. 하지만 12시를 넘기기가 무섭게 샤오스쯔를 품에 안았습니다.

왕런메이와 결혼한 날 장대비가 왔는데, 샤오스쯔와 결혼한 날도 폭우가 쏟아졌어요. 번개가 치고 섬뜩하게 시퍼런 번갯불이 번쩍이더니 귀청이 나갈 듯 천둥이 울리면서 폭우가 쏟아졌습니다. 사방팔방에서 엄청난 물소리가 울리고 흙 비린내와 썩은 과일 냄새가 섞인 것 같은 습한 바람이 창문 틈을 타고 신방으로 전해졌습니다. 거의 다 탄 촛불이 부르르 떨리다가 꺼졌습니다. 두려움이 엄습했습니다. 몇 초간 이어지던 번개가 갑자기 요동을 치는 순간 샤오스쯔의 두 눈에서 푸른

빛이 번뜩였습니다. 샤오스쯔의 얼굴이 번갯불 아래 마치 황금처럼 빛나더니 이어 마치 마당에 벼락이라도 떨어진 것처럼 엄청난 천둥 소리가 울리며 고약한 탄내가 코를 찔렀어요. 샤오스쯔가 비명을 지르는 순간 저는 그녀를 껴안았습니다.

목석이라고 생각했는데 뜻밖에 샤오스쯔는 모과 같은 여자였어요. 달짝지근한 즙이 가득 든 모과, 살짝 건드리기만 해도 주르륵 즙이 흘러나오는 그런 모과 말입니다. 옛 사람과 새 사람을 비교하는 건 군자답지 못한 일이라 애써 꼬리에 꼬리를 물고 이어지는 생각을 멈추려 했지만 그게 마음대로 되지 않았어요. 제 육체가 샤오스쯔와 하나가 된 후로는 마음까지 가까워져 버렸으니까요.

전 염치없이 이런 말을 했습니다. 스쯔, 런메이보다 당신이 더 내 인연인 것 같아.

스쯔가 손으로 제 입을 막았어요. 입 밖으로 내선 안 되는 말도 있어요.

왕간이 당신이랑 고모에게 알려 주래. 십삼 일 전에 왕간이 왕단을 자오저우로 보냈다고. 거기서 시외버스를 타고 옌타이까지 가서 다시 둥베이로 갔다더군.

샤오스쯔가 일어나 앉았습니다. 그 순간 다시 번갯불에 스쯔의 얼굴이 비쳤어요. 한껏 달아올라 있던 그녀의 얼굴이 냉정을 되찾고 숙연해졌습니다. 스쯔가 저를 안고 다시 자리에 눕더니 귓가에 속삭였어요. 거짓말이에요. 왕단은 멀리 도망가지 않았어요.

그럼 고모랑 당신은…… 그냥 놔주려는 거야?

내가 아니라 고모님 생각이 중요하죠.

그럼 왜 꼼짝 않고 가만히 있어? 벌써 임신 칠 개월이 넘었다는 걸 모르는 건 아니겠지?

꼼짝 안 하고 있긴요. 벌써 몰래 사람들을 풀어 조사했는데요.

그래서, 찾았어?

그건……. 스쯔는 잠시 주저하더니 제 가슴에 얼굴을 묻고 말했어요. 이제 당신에게는 숨길 게 없겠죠? 옌옌 외할머니 집에 숨어 있어요. 왕런메이가 숨어 있었던 그 지하 동굴에요.

그럼 어떻게 할 건데?

고모님 말씀에 따라야죠.

고모는? 예전에 했던 그 방법대로 하시려는 건가?

고모가 그렇게 멍청하진 않아요.

그럼?

고모가 벌써 천비에게 사람을 보냈어요. 왕단이 왕 씨 집에 있는 걸 알고 있으니 왕 씨 집에 통보하라고요. 왕단을 내놓지 않으면 내일 트랙터를 끌고 가서 왕 씨네 집하고 그 주변 집들까지 다 헐어 버린다고요.

옌옌 외할아버지와 외할머니가 고집이 보통이 넘는데. 그분들이 끝까지 고집을 피우면 정말 다 허물어 버릴 작정은 아니겠지?

고모님도 그분들이 순순히 왕단을 내놓을 거라 생각하지 않아요. 그게 아니라 천비가 왕단을 자진해서 데리고 나오는 거죠. 고모가 천비에게 약속했어요. 왕단을 데리고 와서 아이만 지우면 재산을 다 돌려준다고요. 3만 8000위안이잖아요. 천비도 마음이 움직일 거라고 생각해요.

제가 한숨을 쉬었어요. 왜 그렇게 꼭 다 죽여야 해? 런메이 한 사람 죽인 것만으로도 부족해?

런메이야 자업자득이죠. 샤오스쯔가 차갑게 말했습니다.

스쯔의 몸이 갑자기 싸늘하게 식었습니다.

8

연일 장마가 계속되면서 도로가 끊기고 강물이 범람하는 바람에 복숭아를 사려는 외지 차량이 들어오지 못했습니다.

집집이 수확한 복숭아가 그득했습니다. 광주리에 담긴 복숭아들이 방수용 비닐을 뒤집어쓴 채 조그만 둔덕을 이루고 있었습니다. 그냥 마당에서 쫄딱 비를 맞고 있는 복숭아들도 있었습니다. 복숭아는 원래 저장성이 떨어지기 때문에 예년에는 직접 복숭아밭에 커다란 트럭을 대고 따는 즉시 무게를 달아 차에 실었습니다. 트럭 기사는 수고를 마다치 않고 그날 밤새 내달려 다음 날 아침 1000리나 떨어진 도시에 복숭아를 넘겼습니다. 이렇게 몇 년 동안 계속해서 복숭아 덕에 한몫 단단히 챙겼던 사람들이 올해는 천벌을 받고 있나 봅니다. 복숭아가 익어 갈 무렵부터 맑은 날이 거의 없이 보슬비든 장대비든 돌아가며 줄줄이 비가 내렸습니다. 복숭아를 따지 않아도 나무에서 그대로 썩어 떨어졌습니다. 이미 수확한 복숭아들은 그래도 한 가닥 희망을 품고 날이 개어 차가 들어오길 고대하고 있었고요. 하지만 날이 갤 기미가 보이지 않았습니다.

저희 집은 복숭아나무를 서른 그루밖에 심지 않았습니다. 연로한 아버지가 관리를 잘하지 못한 탓에 품질도 좋지 않았어요. 그런데도 수확량은 6000근이나 됐어요. 광주리가 크지 않아 겨우 열여섯 광주리를 채워 사랑채에 놓고 나머지는 비닐로 덮어 마당에 쌓아 두었습니다. 아버지가 수시로 빗속에 밖으로 나와 비닐 포대를 젖히고 복숭아를 살펴봤어요. 비닐 포대를 젖힐 때마다 썩어 문드러진 복숭아 냄새가 올라왔습니다.

신혼인 저를 위해 딸아이는 아버지가 돌보고 있었어요. 아버지가 마당에 나갈 때마다 딸도 아버지를 따라 달려 나갔습니다.

딸아이는 동물 그림이 가득 그려진 우산을 들고 있었습니다.

딸은 우리 부부에게 언제나 쌀쌀맞을 정도로 깍듯이 예의를 갖추었습니다. 스쯔가 사탕을 주면 팔을 등 뒤로 돌린 채 그저 "감사합니다, 이모."라고 할 뿐 사탕을 받지 않았습니다.

제가 말했어요. 엄마라고 불러야지.

딸이 놀란 눈으로 이상하다는 듯 저를 바라보았습니다.

스쯔가 말했어요. 괜찮아, 뭐라고 불러도 좋아. 사람들이 날 새끼 사자란 뜻에서 '샤오스쯔'라고 부르거든. 스쯔가 우산에 그려진 새끼 사자를 가리키며 말했습니다. 그냥 '사자'라고 부르렴.

아이들을 잡아먹어요? 딸이 물었어요.

난 아이들은 안 잡아먹어. 아이들을 보호하지!

아버지가 도롱이에 반쯤 썩은 복숭아를 담아 와서 녹슨 칼로 잘라 내며 한숨을 내쉬었습니다.

드시려거든 좋은 걸로 드세요.

이게 다 돈 아니냐. 하늘이 우리를 전혀 돌보지 않는구나.

아버님. 스쯔가 조금 전과 달리 살짝 삐딱한 말투로 아버지를 불렀습니다. 정부에서도 손놓고 있지 않을 거예요. 아마 열심히 방법을 강구 중일 겁니다.

정부는 그저 계획생육이나 할 줄 알지 다른 일엔 신경도 안 쓴다! 아버지가 원망스러운 말투로 말했어요.

바로 그때 촌 위원회 확성기에서 소리가 나오기 시작했습니다. 아버지는 혹시라도 방송을 놓칠까 봐 황급히 마당으로 뛰어가 귀를 기울였습니다.

공사에서 이미 칭다오, 옌타이 등과 연계하여 50리 밖 우자 다리 나루터에 가오미 둥베이향 복숭아를 수매할 수 있도록 차량을 집결시켰다는 내용이었습니다. 공사 측은 육상과 해상의 운송 수단을 총동원해 복숭아를 우자 다리까지 실어 나르도록 주민들을 독려했습니다. 가격은 예년과 비교하면 절반 정도밖에 되지 않지만 그냥 썩어 문드러지는 것보다는 나으니까요.

방송이 끝나자마자 마을이 들썩거리기 시작했습니다. 우리 마을뿐만 아니라 가오미 둥베이향의 모든 마을이 같은 모습이었을 겁니다.

우리 마을은 큰 강을 끼고 있지만 배가 그리 많지 않았어요. 생산대마다 조그만 목선이 몇 척 있긴 하지만 농가 세대별 생산 책임제가 실시된 이후 어디로 갔는지 보이질 않았습니다.

인민 대중에게는 무한한 창조력이 잠재되어 있다던 말이 전혀 틀리지 않았습니다. 들보에서 호리병박 네 개를 따고 각목을 네 개 가져다 밧줄을 이용해 마당에서 뗏목을 엮었습니다. 전 겉옷을 벗은 채 바지에 조끼만 입고 아버지를 거들었어요. 스쯔는 제가 비를 맞지 않도록 우산을 받쳐 줬어요. 딸은 조그만 우산을 들고 마당을 이리저리 뛰어다녔습니다. 스쯔에게 아버지 쪽으로 가서 우산을 받쳐 드리라고 하자 아버지는 필요 없다고 하셨어요. 아버지는 어깨에 비닐 포대를 걸쳤습니다. 빗물과 땀이 범벅되어 머리에서 얼굴로 흘러내렸습니다. 아버지처럼 나이 든 농부들은 일할 때 온 신경을 집중하기 때문에 힘이 세고 솜씨가 매우 정확했어요. 필요 없는 군더더기 동작은 찾아보려야 찾아볼 수가 없었습니다. 순식간에 뗏목이 완성되었어요.

뗏목을 둘러메고 나가 보니 강둑은 이미 야단법석 난리가 나 있었습니다. 그동안 보이지 않던 목선이 어디선가 모습을 드러냈어요. 목선과 함께 뗏목 수십 척도 강물 위를 장식했습니다. 뗏목에 호리병박, 바람을 넣은 수레 타이어, 하얀색 스티로폼 등이 동원되었어요. 골목마다 광주리를 둘러멘 사람들이 종종걸음을 옮기고 있었습니다.

집에 나귀나 노새를 기르는 사람들은 복숭아를 가득 담은 광주리를 가축 등에 실었습니다. 수십 필의 가축이 강둑에 일렬로 늘어섰습니다.

헤엄쳐 건너온 공사 간부 한 사람이 바짓가랑이를 걷어 올리고 우비 차림으로 샌들을 든 채 강둑에 서서 고함을 쳤습니다.

우리 뗏목 앞에 호화찬란한 뗏목 하나가 눈에 띄었습니다. 굵은 삼나무 기둥 네 개를 소가죽 끈을 이용해 '정(井)' 자 모양으로 묶고 중간 틈새를 낫자루 정도 굵기의 둥근 나무로 엮었더군요. 뗏목 아래 공기를 잔뜩 넣은 붉은색 마차 타이어가 묶여 있었습니다. 열 개도 넘는 복숭아 광주리가 매여 있었지만 뗏목이 잘 버티고 있는 것을 보니, 타이어 부력이 대단하다는 걸 알 수 있었어요. 뗏목의 네 귀퉁이와 중간에도 모두 다섯 개의 나무 기둥이 묶여 있었는데 옅은 남색 피브이시 판이 받쳐져 있어 햇빛이나 비를 피할 수 있게 되어 있었습니다. 이 정도 뗏목은 절대 반나절 정도 공력을 들여 만들 수 있는 수준이 아니었습니다.

왕자오가 도롱이를 걸치고 삿갓을 쓴 채 뗏목 앞에 쪼그리고 앉아 있는 모습이 마치 낚시꾼 같았습니다.

우리 집 뗏목은 광주리를 겨우 여섯 개 실었는데도 벌써 물에 많이 잠긴 상태였어요. 아버지는 어떻게 해서든지 광주리 두 개를 더 실어 보려 애썼습니다. 제가 말했어요. 두 개 더 올리셔도 되는데, 아버지는 그냥 계세요. 제가 혼자 갈게요.

아버지는 제가 바로 전날 결혼했기 때문에 당신이 가야 한다고 생각하셨나 봐요. 제가 말했어요. 아버지, 괜히 고집 피우지 마세요. 나루터 가득 모인 사람 가운데 아버지 연세에 노 젓는 사람이 어디 있어요?

그럼, 조심해라.

걱정하지 마세요. 다른 건 몰라도 헤엄은 자신 있어요.

풍랑이 거세면 복숭아를 먼저 물에 던져 버려.

안심하시라니까요.

강둑에서 딸아이를 데리고 서 있는 스쯔에게 손을 흔들었습니다.

스쯔도 저에게 손을 흔들었어요.

아버지가 나무에 묶어 놨던 밧줄을 풀어 제게 던졌습니다.

밧줄을 걷어 올린 후 장대를 강둑에 대고 힘껏 밀자 육중한 뗏목이 서서히 움직이기 시작했습니다.

조심해!

제발 조심해요!

저는 뗏목이 강둑에서 멀어지지 않도록 장대로 이리저리 맞추며 서서히 앞을 향해 전진했습니다.

언덕 위의 나귀와 노새가 우리와 함께 나란히 길을 걸었어요. 육중한 복숭아 광주리 때문에 가축들 역시 터벅터벅 힘겹게 발걸음을 내디뎠습니다. 몇몇 세심한 주인이 가축들 목에 단 방울 때문에 딸랑딸랑 소리가 났습니다. 가축 행렬을 따라 함께 걷던 언덕 위 노인과 아이 들이 발을 멈췄습니다.

마을 어귀에서 방향을 틀자 물줄기가 거세졌습니다. 배와 뗏목 들도 이제 슬슬 급류를 타기 시작했습니다. 줄곧 제 앞에서 뗏목을 젓던 왕자오가 급류 쪽 대신 물살이 잔잔한 굽이

진 길목에 뗏목을 댔습니다. 그쪽 강둑에는 관목 덤불이 우거져 있었습니다. 매미 울음소리가 요란하게 울려 퍼졌어요. 호화스러운 왕자오의 뗏목을 처음 봤을 때부터 전 불길한 예감이 들었습니다. 과연 왕자오가 뗏목에 실었던 복숭아 광주리를 물에 던졌습니다. 물 위를 둥둥 떠가는 광주리들은 모두 속이 텅 비어 있었어요. 그가 뗏목을 관목 덤불에 대는 순간, 덩치 큰 천비가 배가 불룩한 왕단을 안고 뗏목에 올라탔고 뒤이어 왕간이 천얼을 안고 뗏목에 올랐습니다.

그들은 즉시 뗏목 꼭대기에 얹어 있던 비닐 포대를 풀어 장막을 쳤습니다. 삿대를 쥔 왕자오의 모습이 긴 채찍을 들고 끌채에 서서 말을 몰던 위풍당당한 시절로 되돌아간 것 같았습니다. 예전과 비교해도 전혀 손색이 없었어요. 허리를 꼿꼿이 세운 모습에서 고모 말대로 그간 구부정하게 굽었던 허리는 모두 연막이었다는 걸 알 수 있었어요. 자식과 인연을 끊느니 마느니 한 것도 그저 순간적으로 화가 나서 한 말이었을 뿐, 막상 중요한 순간에 작전을 펼치기 위해서는 부자간 협력이 필요했습니다. 어찌 되었거나 전 마음속으로 그들의 행복을 기원했어요. 그들이 가고 싶은 대로 왕단을 싣고 훨훨 도망칠 수 있길 바랐어요. 물론 이 일에 고모가 들인 공력을 생각하면 조금 아쉬움이 남기도 했지만요.

왕자오가 만든 뗏목은 부력이 상당했어요. 게다가 복숭아도 싣지 않았기 때문에 왕자오의 뗏목은 순식간에 우리를 앞질렀습니다.

강 양안 마을에서 뗏목과 작은 배 들이 출항 준비 중이었습니다. 예전에 고모가 머리를 다쳐 피가 났던 둥평촌에 이르니 수백 척의 뗏목과 수십 척의 목선이 강 한가운데 모여 길게 행렬을 갖추고 물결을 따라 내려가고 있었습니다.

제 눈길은 줄곧 왕자오의 뗏목을 따라가고 있었어요. 우리를 추월하긴 했지만 아직 제 시야를 벗어나지 않았거든요.

왕자오의 뗏목은 평범한 자동차 대열 가운데 자리한 허머[49] 처럼 초호화판 뗏목이었습니다.

왕자오의 뗏목은 멋질 뿐만 아니라 매우 은밀했어요. 물길이 꺾이는 곳에서 일어난 일을 본 사람들은 비닐 천막 아래 숨겨진 비밀을 잘 알고 있었습니다. 하지만 이 장면을 목격하지 못한 사람은 잔뜩 의심스러운 눈초리로 뗏목을 힐끗거릴 뿐이었습니다. 아무리 봐도 뗏목에 실린 것은 복숭아가 아니었으니까요.

돌이켜 보면 고모가 탄 계획생육 전용선이 최대한 마력을 올려 우리 뗏목 옆을 지날 때 저는 왠지 모르게 벅찬 감동을 느꼈던 것 같습니다. 전용선은 이미 1970년대식 구식 기선이 아니라 크림색 유선형 쾌속정이었습니다. 반폐쇄형 조종실 앞 아크릴판으로 된 창문 너머로 새로 단장한 배를 조종하는 친허가 보였습니다. 머리가 이미 하얗게 셌더군요. 고모와 제 신부인 스쯔가 조종실 난간에 기대서 있었습니다. 바람결에 두 사람의 옷이 뒤쪽으로 펄럭이고 있었어요. 공처럼 둥근 샤오스쯔의 가슴이 눈에 들어왔습니다. 순간 저는 만감이 교차했

49) Hummer. 미국 제네럴모터스에서 생산한 다목적 사륜구동 자동차.

습니다. 맞은편 배의 양쪽 가장자리 부분에 남자 네 명이 앉아 있었습니다. 전용선이 일으키는 물보라가 우리 뗏목 쪽으로 튀고, 소용돌이가 일어나 우리 뗏목이 갸우뚱거렸습니다. 배가 우리 뗏목에 근접했을 때 스쯔가 절 봤다고 생각했지만 스쯔는 알은체도 하지 않았습니다. 결혼한 지 얼마 되지 않은 저의 신부 스쯔가 전혀 딴사람이 되어 있었습니다. 모든 것이 환상 같았어요. 조금 전에 일어났던 일들이 모두 꿈처럼 느껴졌습니다. 스쯔의 냉담한 태도에 저는 도망자들에게 마음이 기울었어요. 왕단, 어서 도망가! 왕자오 아저씨, 빨리 가세요!

고모가 탄 배가 뗏목 대열 사이를 지나 우측 전방에 홀로 떠가는 왕자오의 뗏목을 향해 돌진했습니다.

고모는 왕자오의 뗏목을 추월하지 않고 나란히 달렸어요. 모터 소리도 거의 들리지 않을 정도로 속도를 늦췄습니다. 배와 뗏목 사이 간격이 약 3미터 정도였습니다. 배가 계속해서 뗏목 옆으로 접근했어요. 아마 그런 식으로 뗏목을 강둑 쪽으로 밀어붙일 생각인 것 같았습니다. 왕자오가 삿대로 상대 뱃전을 받치고 있었어요. 아마 이런 식으로 위기를 벗어나려 하는 것 같았습니다. 하지만 뗏목은 반동에 의해 오히려 점점 강 한가운데로 밀려갔습니다.

기선 위에 타고 있던 한 남자가 쇠 갈고리가 달린 장대로 뗏목 꼭대기 비닐 천을 힘껏 잡아당겼습니다. 비닐이 소리를 내며 찢겨 나갔어요. 남자가 몇 번 더 장대를 휘두르자 뗏목 위의 광경이 적나라하게 드러났습니다. 왕간과 천비가 각자 노를 하나씩 잡고 뗏목 양 끝에 앉아 힘껏 젓고 있더군요. 두 사람 중간에 꼬마 요정 같은 왕단이 왼손으로는 자기 겨드랑이에 얼굴을 묻은 천얼을 잡고 오른손으로는 불룩하게 나온 배를 감싸 안고 있었습니다. 장대 소리, 거센 물소리 중간중간 왕단의 날카로운 고함이 들려왔어요. 고귀하신 고모님, 제발 저희를 한 번만 살려 주세요.

뗏목이 점점 모터보트에서 멀어지자 샤오스쯔가 뗏목 쪽으로 힘껏 도약하는가 싶더니 풍덩 물에 빠졌습니다. 수영을 못하는 그녀는 자꾸만 떠올랐다 가라앉았습니다. 고모가 비명을 질렀어요. 사람 살려. 그 기회를 놓칠세라 천비와 왕간이 힘껏 노를 저어 다시 중류 쪽으로 향했습니다.

샤오스쯔를 구하느라 상당히 오랜 시간을 지체했습니다. 배에 타고 있던 남자가 나무 막대기를 스쯔에게 뻗었는데, 막대기에 의지해 뱃전까지 끌려온 스쯔가 남자 다리를 잡는 바람에 그 남자까지 물에 빠졌습니다. 남자도 수영을 잘 못했어요. 배 위에 있던 사람이 두 사람을 구하러 물에 뛰어들 수밖에 없는 상황이었지만 배를 조종하던 친허는 전혀 예전 같지 않았습니다. 화가 난 고모는 배 위에서 폴짝폴짝 뛰며 욕을 퍼부었습니다. 뗏목이나 목선 위에 타고 있는 사람들 중에도 도와주러 나서는 사람이 없었어요. 남편인 제가 가만히 있을 수가 없었습니다. 저는 장대를 밀어 뗏목을 스쯔 가까이 대려고 애를 써 봤지만 뒤편에 있던 뗏목 하나가 비스듬히 치고 들어오는 바람에 하마터면 제 뗏목도 뒤집힐 뻔했어요. 물 위로 샤오스쯔의 머리가 떠오르는 간격이 점점 벌어지자 저는 더 이상 주저할 수가 없었습니다. 저는 뗏목과 복숭아를 버리고 급류로 뛰어들어 아내를 구하기 위해 열심히 팔을 내저었습니다.

샤오스쯔가 물에 뛰어든 그 순간 전 정말 이상한 생각이 들었습니다. 후에 스쯔는 마치 큰 공이라도 세운 것처럼 자신이 산모 특유의 성스러운 피 냄새를 맡았고 동시에 왕단 다리에 흐르는 피를 똑똑히 봤다고 말했어요. 그래서 일부러 물에 빠져(물론 이 부분은 다른 해석도 가능합니다.) 시간을 벌고자 했다는 겁니다. 익사의 위험을 무릅쓰고 시간을 끌며 물속 신령님께 기도했다는군요. 왕단! 어서 빨리! 어서 빨리 아기를 낳아! '아기집'을 나오는 순간 그 애는 하나의 생명으로 중화인민공화국의 국민으로 보호를 받을 수 있어. 아이는 조국의 꽃이고, 조국의 미래니까. 물론 그 정도 잔머리에 고모가 속을 리 없었습니다. 제가 꼬리만 치켜들어도 무슨 똥을 쌀지 아는 고모였거든요.

제가 스쯔와 또 다른 계획생육 간부를 구해 모터보트 위에 끌어 올렸을 때 왕자오의 뗏목은 벌써 3리는 멀리 떨어져 가고 있었습니다. 하필이면 그때 보트가 작동을 멈췄어요. 친허가 땀을 뻘뻘 흘리며 자꾸만 시동을 걸었습니다. 고모는 벼락같이 화를 냈고, 스쯔와 간부라는 사람은 뱃전 밖으로 머리를 내밀고 왝왝 물을 토하고 있었습니다.

펄펄 뛰던 고모가 갑자기 잠잠해졌습니다. 고모의 얼굴에 슬픈 미소가 피어올랐어요. 구름 사이로 비친 햇빛 한줄기가 고모의 얼굴과 굽이굽이 흘러가는 탁한 강물을 비추었습니다. 마치 인생 막바지에 이른 영웅의 모습을 보는 것 같았습니다. 고모가 뱃전에 앉아 나지막한 소리로 친허에게 말했어요. 누가 모를 줄 알아? 시치미들 떼지 마!

친허가 뜨악한 표정을 짓더니 곧바로 시동을 걸었습니다. 보트가 마치 시위를 벗어난 화살처럼 왕자오의 뗏목으로 돌진했습니다.

저는 샤오스쯔의 등을 쳐 주면서 고모를 훔쳐보았습니다. 고모가 눈을 내리깔고 때로 입을 헤벌리며 웃었습니다. 무슨 생각을 하고 계실까? 문득 고모 나이가 벌써 마흔일곱이라는 생각이 들었습니다. 어느덧 좋은 시절은 모두 흘러가고 이제 중년에 접어들었습니다. 온갖 풍상을 겪은 고모의 얼굴에서 어느새 노인의 처량함을 엿볼 수 있었습니다. 어머니가 생전에 자주 하시던 말씀이 생각났어요. 여자는 왜 태어나는지 알아? 결국 아이를 낳기 위해 태어나는 거야. 여자의 위치도 아이를 낳음으로써 생기는 거고, 여자의 존엄 역시 아이를 낳아야 생기는 거다. 여자의 행복이나 영예도 마찬가지란다. 여자가 아이를 낳지 않는다는 건 가장 큰 고통이야. 여자란 모름지기 아이를 낳아야 완전한 여자지. 여자가 아이를 안 낳으면 감정이 무뎌지고 더 빨리 늙는단다. 모든 것이 고모를 두고 한 말이지만 한 번도 고모 앞에서 이 말을 한 적은 없습니다. 고모가 늙은 건 정말 아이를 낳지 않은 것과 관련이 있을까요? 벌써 마흔일곱이 되긴 했지만 결혼을 서두르면 아이를 낳을 수도 있지 않을까요? 고모의 낭군이 될 남자는 대체 어디에 있는 걸까요?

고모가 탄 배는 순식간에 왕자오의 뗏목을 따라잡았습니

다. 어느 정도 거리가 좁혀지자 친허는 속도를 늦추고 조심스럽게 뗏목에 접근했습니다.

왕자오는 뗏목 끝에 서서 긴 삿대를 잡고 금강역사처럼 두 눈을 부릅뜬 채 단단히 각오한 모습이었습니다.

왕간은 천얼을 안고 뗏목 앞부분에 앉아 있었어요.

천비가 왕단을 끌어안은 채 울다가 웃다가 고래고래 소리를 질렀어요. 왕단, 서둘러! 어서! 빨리 아기를 낳으란 말이야! 낳고 나면 설마 눌러 죽이진 않을 것 아냐! 완신, 샤오스쯔, 당신들이 졌어! 하! 하! 당신들이 졌단 말이야.

수염이 덥수룩한 천비의 얼굴에 눈물이 줄줄 흘러내렸습니다.

이와 동시에 왕단이 소름이 오싹 끼칠 정도로 가슴이 갈가리 찢어질 듯 통곡하기 시작했습니다.

모터보트와 뗏목이 맞닿았을 때 고모가 몸을 내밀어 한 손을 뻗었습니다.

천비가 칼을 꺼내더니 흉악한 얼굴로 말했어요. 악마 같은 손 저리 치워!

고모가 담담하게 말했습니다. 악마의 손이 아니라 산부인과 의사의 손이야.

콧날이 시큰해진 저는 문득 떠오른 생각에 큰 소리로 고함을 질렀습니다. 천비, 어서 고모를 뗏목으로 모셔! 고모가 아기를 받아 주실 거야.

전 뗏목 기둥에 장대를 걸었습니다. 고모가 육중한 몸을 옮겨 뗏목에 올랐어요.

스쯔도 약통을 들고 몸을 날려 뗏목에 올랐습니다.

두 사람이 가위로 피가 밴 바지를 자를 때 저는 뒤돌아섰지만 팔을 뒤로 돌려 뗏목과 보트가 떨어지지 않도록 막대를 잡느라 안간힘을 썼습니다.

얼핏 본 왕단의 모습이 눈앞에 어른거렸습니다. 뗏목 위에 피가 흥건한 가운데 왕단이 누워 있었습니다. 배만 볼록 튀어나온 조그만 몸뚱이가 마치 분노와 공포에 휩싸인 돌고래 같았습니다.

출렁이는 강물은 쉬지 않고 흘러갔습니다. 구름이 걷히고 눈부신 햇살이 나왔습니다. 복숭아를 운반하는 뗏목들이 꼬리에 꼬리를 물고 이어졌습니다. 우리 뗏목은 봐주는 이가 없어도 절로 물길을 따라 흘러갔습니다.

간절히 고대했습니다. 왕단이 울부짖는 소리를 들으며, 출렁이는 파도 소리를 들으며, 언덕 위 노새의 새된 울음소리를 들으며, 간절히 소원을 빌었습니다.

뗏목 쪽에서 힘없는 갓난아이의 울음소리가 들려왔습니다.

순간 저는 고개를 돌려 고모가 두 손으로 받쳐 든 갓난아기를 바라보았습니다. 미숙아였어요. 스쯔가 거즈로 아이의 배를 감쌌습니다.

또 여자아이네. 고모가 말했어요.

실망한 천비가 고개를 숙였습니다. 마치 바람 빠진 타이어 같았습니다. 그가 두 주먹으로 자신의 머리를 내리치며 무척 고통스러운 듯 말했어요. 하늘이 날 버렸어…… 하늘이……. 오 대째 독자로 내려오던 천씨 집안이 내 대에서 끝날 줄은…….

고모가 말했어요. 짐승 같은 녀석!

고모가 왕단과 신생아를 태우고 필사적으로 보트를 돌렸지만 결국 왕단의 생명은 구할 수가 없었습니다.

스쯔 말에 의하면, 죽기 직전 잠시 정신이 돌아온 왕단은 의식이 뚜렷했다고 합니다. 피를 너무 많이 흘려 얼굴이 마치 금박지 같았대요. 왕단이 고모를 보고 미소를 지으며 입으로 무슨 말인가를 중얼거렸어요. 고모는 왕단 쪽으로 몸을 숙여 왕단의 말에 귀를 기울였습니다. 스쯔는 왕단이 고모에게 한 말을 잘 알아들을 수 없었지만 고모는 분명하게 들었을 거라고 했어요. 왕단의 황금빛 낯빛이 점차 회백색이 되었습니다. 두 눈을 동그랗게 뜨고 있었지만 더 이상 빛이 나지 않았습니다. 웅크린 왕단의 모습이 마치 식량을 모두 빼낸 쭈그러진 포대 같기도 하고, 나방이 빠져나온 텅 빈 고치 같기도 했어요. 고모는 고개를 푹 숙인 채 왕단 옆에 앉아 있었습니다. 한참이 지난 후에야 고모는 한숨을 길게 내쉬며 자리에서 일어섰어요. 이게 대체 무슨 일이지? 이 말은 스쯔에게 묻는 말 같기도 하고, 혼자 중얼거리는 말 같기도 했습니다.

미숙아로 태어난 왕단의 딸 천메이는 고모와 스쯔의 정성 속에 가까스로 위기를 넘겼습니다.

4부

친애하는 스기타니 요시토 선생님께

퇴직 후 가오미로 돌아와 지낸 지 어느덧 삼 년이 지났습니다. 이런저런 우여곡절이 있긴 했지만 기쁨이 더 큽니다. 제가 보낸 고모에 관한 자료들을 이토록 높이 평가해 주시니 저로서는 그저 황공할 뿐입니다. 약간만 손을 보면 소설로 발표할 수 있을 것 같다고 하셨지만 저는 좀 의구심이 듭니다. 출판사에서 이런 소재의 작품을 받아 줄지도 걱정이 되고, 발표하고 난 다음에 고모가 화를 내면 어쩌나 하는 걱정도 되고요. 되도록 윗사람의 비위를 거스르지 않으려 애를 쓰긴 했지만 어떤 이야기들은 고모에게 가슴 아픈 일들이 많이 포함되어 있으니까요. 하지만 이런 식으로라도 제가 지은 죄를 참회하면 죄가 좀 가벼워지지 않을까 생각합니다. 선생님의 위로와 가르침으로 한결 마음이 가벼워졌습니다. 글쓰기를 통해 속죄

할 수 있다면 저는 계속 글을 쓸 생각입니다. 진정한 글쓰기만이 속죄의 방법이라면 온 정성을 다해 글을 쓰겠습니다.

십여 년 전, 저는 글쓰기를 하려면 가장 가슴 아픈 부분을 건드리고 평생 가장 돌아보고 싶지 않은 기억들을 써야 한다고 말한 적이 있습니다. 지금도 저는 삶에서 가장 난처한 이야기, 삶에서 가장 낭패스러웠던 일을 글로 남겨야 한다고 생각합니다. 자신을 해부대 위 수술용 조명등 아래 두어야 합니다.

이십여 년 전, 저는 뻔뻔스럽게 큰소리를 친 적이 있습니다. 저는 저 자신을 위해 글을 씁니다. 속죄를 위한 글도 물론 저 자신을 위한 글입니다. 하지만 이 정도로는 부족합니다. 전 제가 상처를 준 사람들을 위해서도 글을 써야 하고, 동시에 저에게 상처를 준 사람들을 위해서도 글을 써야 한다고 생각합니다. 전 그들에게 감동하였습니다. 제가 상처를 입을 때마다 제가 상처를 준 사람들을 생각나게 하니까요.

선생님, 제가 일 년 동안 틈틈이 썼던 글을 보냅니다. 고모 이야기는 여기까지 쓰겠습니다. 앞으로 될 수 있는 한 빨리 고모를 극중 인물로 한 극본을 쓰겠습니다.

고모가 절 만날 때마다 선생님 이야기를 해요. 정말 다시 오시면 좋겠대요. 심지어 선생님이 비행기 표 살 돈이 없으신 것 아니냐고 물어보기도 합니다. 만약 그렇다면 고모가 비행기 표를 사 드리겠다고 전해 달래요. 가슴속에 담아 둔 이야기가 너무 많다고 해요. 선생님, 전 그 비밀이 뭔지 대충 알 것도 같습니다. 하지만 선생님이 오셨을 때 고모가 직접 알려 드리는 편이 좋을 것 같습니다.

이 밖에 제가 보낸 자료에도 들어 있긴 하지만 먼저 여기서 선생님께 말씀드리고 싶은 이야기가 있어요. 환갑이 가까워 오는 제가 갓난아기의 아빠가 되었습니다! 존경하는 선생님, 이 아이가 어떻게 우리에게 오게 됐든, 앞으로 아이로 인해 어떤 성가신 일들이 벌어지든, 선생님의 축복을 받고 싶습니다. 괜찮으시다면 아이 이름을 지어 주십시오.

2008년 10월 가오미에서
커더우 올림

1

고모의 담력은 하늘을 찌릅니다. 세상에는 고모가 무서워하는 사람도, 두려워하는 일도 없는 것 같습니다. 하지만 저랑 스쯔는 고모가 개구리 한 마리에 놀라 거품을 물고 혼절하는 걸 본 적이 있어요.

4월의 어느 날 오전이었어요. 저와 스쯔는 위안싸이와 제 사촌 남동생 진슈가 함께 운영하는 황소개구리 양식장에 초대받았습니다. 불과 몇 년의 노력으로 원래 외지고 낙후했던 가오미 둥베이향이 새로이 탈바꿈했습니다. 강 양안에는 견고하고 아름다운 백석(白石) 방파제가 마련되고, 녹화 지대에는 귀한 화초들이 자라고 있습니다. 양안에 십여 곳의 거주지가 형성되면서 빌라와 고층 아파트, 유럽식 별장 건물도 들어섰어요. 이곳은 이미 현성과 연결되어 칭다오 비행장에서 차로 사십 분 정도밖에 걸리지 않습니다. 한국과 일본 사업가 들이 대거 이곳에 투자하여 공장을 건설하였고, 마을 대부분이 골프장이 되었습니다. 지역 이름도 차오양구로 바뀌었지만 우리는 아직도 둥베이향이라는 이름이 익숙합니다.

황소개구리 양식장은 우리가 사는 지역에서 약 5리 정도 떨어져 있습니다. 차로 데리러 오겠다는 동생의 호의를 마다하고 우리는 강변 쪽으로 난 인도를 따라 하류를 향해 걸어갔습니다. 이따금 젊은 여자들이 유모차를 몰고 우리를 지나쳤습니다. 피부가 촉촉하고 눈에 초점이 없는 여자들은 우아한 명품 향수 냄새를 풍겼어요. 유모차에 탄 아이들은 공갈젖꼭지를 물고 곤하게 잠들어 있기도 하고, 말똥말똥 까만 눈동자를 반짝이기도 합니다. 한결같이 모두 달콤한 냄새가 납니다. 유모차를 지나칠 때마다 스쯔는 사람들에게 인사를 하며 뚱뚱한 몸을 숙인 다음 통통한 아기 손과 보드라운 얼굴을 만졌습니다. 표정에서 그녀가 진심으로 아이를 좋아하고 있음을 알 수 있었어요. 금발에 파란 눈을 가진 젊은 외국 여성이 밀고 가는 쌍둥이용 유모차 앞에서 스쯔는 물결무늬가 있는 인도산 직물 모자를 쓴 바비 인형같이 예쁜 혼혈 아기 둘을 번갈아 만져 보며 눈물이 글썽글썽한 채 조그만 소리로 계속 중얼거렸습니다. 예의 바르게 미소를 짓고 있는 외국 여성을 바라보며 저는 스쯔의 옷을 잡아당겼습니다. 아이 얼굴에 침 흘리지 말고!

스쯔가 한숨을 내쉬었어요. 왜 전엔 아이가 이렇게 예쁘게 느껴지지 않았을까요?

우리가 늙었다는 증거야.

꼭 그런 것만은 아니죠. 요즘 생활 수준이 높아지다 보니 아이들 발육도 좋고, 그래서 더 예뻐 보이는 거예요.

우리는 아는 사람을 많이 만났습니다. 그럴 때마다 사람들은 악수하며 '늙었어요.' '순식간에 세월이 지나가 버렸어요.' 같은 말들을 늘어놓았어요.

강 위를 떠가는 울긋불긋하게 치장한 호화 유람선이 마치 패루(牌樓)처럼 보였어요. 굽이굽이 음악 소리가 들려오는 가운데 전통 의상을 입은 여자들이 마치 그림처럼 선창에 앉아 천천히 피리를 불고, 얼후를 연주했습니다. 때로 쾌속정이 뱃머리를 높이 쳐들고 쌩 하고 지나가면 세차게 튀어 오르는 물거품에 놀란 하얀 갈매기들이 하늘로 날아올랐습니다.

손을 잡고 걸어가는 우리 모습은 누가 봐도 다정한 부부 같았지만 우리는 각자 자기 생각에 빠져 있었습니다. 스쯔는 이렇게 생각하고 있겠죠. 저렇게 사랑스러운 아이가 많은데. 하지만 제 뇌리를 스치고 지나가는 장면은 이십여 년 전 바로 이 강 위에서 벌어진 가슴 뛰는 추격전이었습니다.

우리는 준공된 지 얼마 되지 않은 사장교의 인도로 강을 건넜습니다. 다리 위를 오가는 차량 중에는 BMW나 벤츠도 많았습니다. 다리는 마치 갈매기가 날개를 펼친 듯 멋들어진 조형을 자랑했습니다. 다리를 지나니 오른쪽이 골프장, 왼쪽이 그 유명한 낭랑묘[50]입니다.

그날은 음력 4월 초파일, 묘회[51]가 있는 날이었습니다. 낭

50) 娘娘廟. 삼신 할머니를 모시는 도교 사당.

랑묘 주변 공터에 차량이 가득 주차되어 있었어요. 번호판을 보니 대부분 주변 현이나 시에서 온 차들이었고, 그중에는 외지에서 온 것도 있었습니다.

이 지역은 원래 낭랑묘라는 조그만 시골 마을이었습니다. 마을 한가운데 낭랑묘가 있기 때문에 붙은 이름입니다. 전 어렸을 때 어머니를 따라 이곳에 와서 향을 피웠습니다. 오랜 세월이 지났지만 아직도 기억이 납니다. 사당은 문화 대혁명 시기에 완전히 부서졌습니다.

신축한 낭랑묘는 붉은색 벽과 황금빛 기와로 장식된 으리으리한 사당이었습니다. 사당 양쪽에 향, 초, 점토 인형을 파는 노점이 가득 모여 있었어요. 노점 주인이 소리 높여 손님을 불렀습니다.

"인형 팝니다! 인형 사 가세요!"

> 인형 달고 집으로 가요, 온 가족이 신이 나서 하하호호!
>
> 올해에 인형 달고 내년에 아기 낳고, 내후년에 아기가 엄마 아빠를 부르네.
>
> 내 인형이 최고, 공예 대가가 직접 만들었다오.
>
> 내 인형 예쁜 얼굴, 분 바른 얼굴에 도홧빛 뺨, 앵두 같은 입술.
>
> 신통방통 내 인형, 멀리 108개 현[52]까지 인기가 대단해요.

---

51) 廟會. 도교 사당이나 절에서 제사를 지낼 때 그 앞에 임시로 설치된 시장.

52) 산둥성은 명대와 청대에 구주십부(九州十府)가 설치되었는데, 중화민국 초기 모두 폐지되고 108개 현으로 나뉘었다.

하나 걸면 용, 두 개 걸면 용과 봉황,[53)]

세 개 걸면 복록과 장수를 주는 삼성조(三星照), 네 개 걸면 행복을 주는 사천관(四天官),

다섯 개 걸면 과거에 급제하는 오괴수(五魁首),[54)]

여섯 개는 팔지 않네, 자네 아내 입이 삐쭉 나올까 걱정이니.

목소리가 매우 귀에 익었습니다. 가까이 다가가 보니 과연 왕간이었습니다. 그는 일본 아니면 한국 여자로 보이는 몇몇 손님에게 인형을 팔고 있었어요. 마주치면 씁쓸한 마음에 서로 어색하지나 않을까 싶어 샤오스쯔를 데리고 자리를 떠야 하나 망설이고 있을 때였어요. 샤오스쯔가 손을 빼더니 곧장 왕간에게 달려갔습니다.

알고 보니 스쯔는 좌판에서 팔고 있는 인형을 보고 달려갔더군요. 왕간의 선전은 허풍이 아니었습니다. 그가 팔고 있는 인형은 확실히 다른 사람들 것과는 확연하게 달랐습니다. 색채가 화려한 옆 좌판의 인형들은 남자 인형이든, 여자 인형이든 모두가 한 가지 모양이었습니다. 하지만 왕간의 인형은 색채가 자연스럽고 깊이가 있으며 인형마다 모양이며 표정이 모두 달랐습니다. 생동감 넘치는 표정이 있는가 하면 편안하고 침착해 보이는 인형, 개구지고 해학적인 표정, 귀엽고 천진난만한 표정, 화가 나서 입을 삐쭉 내민 모습, 입을 벌리고 크게

53) 용은 아들, 용과 봉황은 아들과 딸 쌍둥이를 의미한다.

54) 지방에서 치르던 시험인 향시(鄕試)에서 수석부터 5등까지 차지한 다섯 사람을 말한다.

웃는 모습 등 가지각색이었어요. 한눈에 인형들의 제작자가 우리 가오미 둥베이향의 점토 공예가인 하오다서우라고 확신했습니다. 1999년에 고모와 결혼한 사람요. 그는 수십 년 동안 자신만의 방식으로 자신의 인형들을 판매해 왔는데 왜 왕간에게 장사를 맡겼을까요? 왕간은 옆 좌판 인형들을 가리키며 여자들에게 속삭였어요. 저 인형들은 확실히 싸긴 싸죠. 하지만 모두 틀로 찍어 낸 거예요. 제 물건은 모두 가오미 둥베이향의 공예 대가인 친허가 눈을 감고 만든 거라고요. 살아 있는 것처럼 생생하고, 톡 하고 건드리면 터져 버릴 것 같다는 말이 뭔지 알아요? 왕간이 입을 삐쭉 내민 모습이 마치 화가 난 것 같은 꼬마 인형을 들어 올리며 말했습니다. 프랑스 마담 투소의 밀랍 인형들은 우리 친 선생 작품에 비하면 한낱 플라스틱에 불과해요. 만물은 모두 흙에서 나오는 거예요, 알아요? 여와도 진흙을 빚어 인간을 만들었어요, 그건 알죠? 흙이 세상에서 가장 영험한 거라고요. 우리 친 선생께서는 특별히 자오허강 밑바닥 깊은 곳의 흙만 사용하십니다. 3000년 전 가라앉은 진흙입니다. 그야말로 문화와 역사가 살아 숨 쉬는 진흙이지요. 이 진흙을 펴내 햇볕에 말린 다음, 다시 달빛에 널어 음과 양의 정수를 받게 합니다. 그리고 다시 방아를 돌려 태양이 붉게 타오를 때나 강 한가운데 달이 막 떠오를 때 퍼 온 우물물을 이용해서 완전히 수작업으로 진흙을 한두 시간 정도 반죽합니다. 이어서 진흙이 밀가루 반죽처럼 될 때까지 방망이로 다시 한 시간이고 두 시간이고 계속 두드립니다. 그런 연후에 비로소 인형을 만들기 시작하시죠. 그리고 중요한 건요, 우리 친 선생님은 인형을 만들 때마다 인형 정수리에 대나무 꼬챙이로 조그만 구멍을 내고 자기 중지를 찔러 피 한 방울을 집어넣은 다음, 구멍을 메우고 인형을 어둡고 서늘한 곳에 두어 사십구 일이 지난 후에야 채색하고 눈과 눈썹을 그려 넣으신다는 겁니다. 이 정도 인형이면 그 자체가 바로 정령이지요. 사실 말인데, 여러분 무서워하지 마십시오, 친 선생님이 만든 진흙 인형은 매달 보름달이 뜰 때마다 피리 소리를 들으면 춤을 춘답니다. 춤도 추고 손뼉 치며 웃기도 하는데, 그 소리가 마치 휴대전화기 너머로 들리는 말소리 같습니다. 크진 않지만 분명하게 들을 수 있어요. 못 믿겠으면 몇 개 줄에 매달아 가져가 보십시오. 제 말이 사실이 아니면 다시 가져와 제 앞에서 부숴 버리십시오. 장담하건대, 절대로 내동댕이칠 수 없을 겁니다. 피가 흘러나오며 곡성을 듣게 될 테니까요.

그가 이처럼 사람들을 현혹하는 사이, 여자 손님 몇 명이 인형 두 개를 샀습니다. 왕간이 상자에 인형을 포장해 줬습니다. 여자 손님들이 신이 나서 돌아가고 난 후에야 왕간은 우리에게 인사했습니다.

아마 진작 우리를 의식하고 있었을 겁니다. 설사 전 알아보지 못한다 해도 십 년이 넘도록 그토록 애타게 사모하던 샤오스쯔를 알아보지 못할 리가 없지요. 하지만 그는 그제야 우리를 발견한 것처럼 놀라서 소리쳤어요.

이런! 두 분이!

잘 지냈어? 친구, 오랜만이네.

스쯔가 그에게 미소 지었습니다. 입에서 뭐라고 우물거리긴 했는데, 무슨 말인지 잘 들리지 않았습니다.

힘차게 그의 손을 잡고 악수한 후 우리는 서로 담배를 권했습니다. 전 왕간이 준 '팔희(八喜)' 담배를, 왕간은 제가 건넨 '장군(將軍)' 담배를 피웠습니다.

스쯔는 인형들을 유심히 살펴보고 있었습니다.

돌아왔다는 이야기는 벌써 들었어. 정말 세상 어딜 가도 고향처럼 좋은 곳은 없나 봐.

응, 여우는 처음 태어난 곳에 와서 죽고, 나뭇잎은 떨어지면 흙으로 돌아가는 법이라잖아. 좋은 시절이 와서 다행이야. 수십 년 전이었으면 감히 상상도 못 할 일이지.

예전에는 사람들이 모두 새장에 갇혀 있었잖아. 그것뿐인가? 목에도 밧줄이 걸려 있었지! 지금은 모든 것이 자유로워졌어. 돈만 있으면 하고 싶은 건 뭐든지 해도 돼. 불법만 아니면 되지.

정말이야. 근데 자네 정말 말재주가 대단하던데? 저것들이 정말 그렇게 신통해? 전 인형들을 가리키며 물었어요.

그럼 내가 그냥 지어낸 이야기일까 봐? 그가 정색하고 말했습니다. 모두 진짜야. 조금 과장된 부분이 있긴 하지만 그 정도야, 뭐! 나라에서 운영하는 매체에서도 어느 정도 필요한 과장은 다 하잖아?

말로는 못 당하겠다. 근데, 이거 전부 친허가 만든 거야?

그런 건 거짓말을 할 수 없지! 인형들이 보름달이 뜬 밤에 피리 소리를 듣고 춤을 춘다는 건 과장이야. 하지만 친 씨가 눈을 감고 빚었다는 건 틀림없는 사실이야. 못 믿겠으면 언제

시간 날 때 데리고 가서 보여 줄게.

친 씨도 여기 사셔?

요즘이야 아무 데나 살고 싶은 데 살지. 고모가 가는 곳마다 항상 친 씨가 쫓아다니니까. 친 씨처럼 죽자 사자 쫓아다니는 사람은 아마 하늘에서도, 땅에서도 찾기 어려울 거야.

스쯔가 마치 중국인과 유럽인 사이에서 태어난 혼혈아처럼 눈이 크고 오뚝한 콧날을 가진 예쁜 인형을 두 손으로 받쳐 들며 말했어요. 이걸로 할래요.

인형을 받쳐 들고 자세히 들여다보았습니다. 마음속에 아련히 이런 생각이 떠올랐습니다. 바로 이거야, 정말 어디선가 본 적이 있는 것 같아. 어디서 봤더라? 누굴까? 세상에! 왕단의 딸 천메이! 고모와 스쯔가 거의 반년간 키우다 어쩔 수 없이 아버지인 천비에게 보낸 천메이였습니다.

천비가 천메이를 내놓으라고 우리 집에 찾아온 날을 정확하게 기억합니다. 설을 앞둔 조왕제 날 밤, 폭죽이 일제히 울려 퍼지면서 폭죽 연기가 자욱했던 밤입니다. 스쯔는 종군 수속을 마치고 공사 위생원과 작별했습니다. 설이 지난 후 저는 스쯔, 옌옌과 함께 기차로 베이징에 갈 예정이었어요. 베이징의 한 부대 마당에 있는 방 두 개짜리 집이 우리 새집이었습니다. 아버지는 고향 땅을 지키겠다며 저희를 따라가지도, 현성에서 일하는 큰형에게 가지도 않았어요. 다행히 둘째 형이 향진(鄕鎭)에서 일하고 있기 때문에 옆에서 가끔 아버지를 들여다볼 수 있었습니다.

왕단이 죽은 후 천비는 온종일 술로 나날을 보냈습니다. 술만 취했다 하면 울고불고 거리를 쏘다녔습니다. 처음에 그를 동정하던 사람들도 시간이 흐르자 짜증을 내기 시작했어요. 왕단을 찾아다닐 당시 공사에서는 천비의 예금으로 마을 사람들에게 보조금을 줬지만 왕단이 죽은 후 대부분은 천비에게 돈을 돌려주었어요. 공사 역시 천비에게 그를 구류할 때 든 식비를 내놓으라고 하지 않았습니다. 대충 계산해도 아마 그의 수중에 3만 위안 정도가 있었을 거예요. 족히 몇 년은 놀고먹을 수 있는 돈이죠. 그는 우리 고모랑 스쯔가 위생원으로 데려가 살려 놓은 딸아이를 잊어버린 것 같았습니다. 왕단이 위험을 무릅쓰고 둘째를 임신한 목적은 바로 천씨 집안의 대를 잇기 위한 것이었습니다. 천신만고 끝에 낳은 아이가 여자라는 걸 알았을 때 그는 머리통을 내리치고 하늘이 천씨 집안 대를 끊으려 한다며 통곡했지요.

고모가 아기 이름을 지었습니다. 눈매가 청초하고 예쁜 데다, 아기 언니의 이름이 천얼이라는 걸 생각해서 '눈썹 미(眉)' 자를 넣어 천메이라고 지었지요. 스쯔가 손뼉을 치며 좋아했어요. 정말 이름이 예뻐요!

고모랑 스쯔는 천메이를 입양하고 싶어 했지만 입양 절차, 호적 처리 등 복잡한 문제가 많았습니다. 결국 천비가 스쯔 품에서 천메이를 데려갈 때까지 천메이는 호적을 갖지 못했습니다. 중화인민공화국 공식 인구에 천메이는 포함되지 않았던 거죠. 천메이는 바로 계획생육 정책으로 인해 호적에 오르지 못한 '어둠의 자식' 가운데 하나였습니다. 당시 이처럼 호적에 이름을 올리지 못한 아이들이 얼마나 많았는지 통계로 나와 있진 않지만 아마도 상당히 놀랄 만한 숫자였을 겁니다. 1990년 4차 인구 조사가 시행되었을 때 이와 같은 아이들의 호적 문제가 해결되었습니다. 하지만 계획생육 위반에 따른 벌금 역시 천문학적인 숫자였을 것인데, 도대체 얼마나 국고로 들어갔는지는 아무도 제대로 계산할 수 없을 정도로 엉망일 겁니다. 최근 십여 년간 사람들은 또다시 이런 '어둠의 자식'을 많이 만들었고, 아마 이 역시 놀랄만한 숫자일 테고요. 벌금이 이십 년 전보다 열 배도 더 뛰었으니 다음번 인구 조사 때 '어둠의 자식'을 가진 부모들이 벌금을 다 내면…….

당시 모성애가 끓어오른 스쯔는 천메이를 안고 끊임없이 입을 맞추고 바라보고 또 바라보았습니다. 혹시 젖도 물린 건 아닌가 하는 의심이 들기도 했습니다. 유두가 조금 이상한 것 같았거든요. 젖이 나온 건지 확인할 수는 없지만요. 하긴 그런 기적이 일어나기도 한다더군요. 어릴 적 연극을 보러 간 적이 있습니다. 갑자기 부모가 변고를 당한 후 집에 열여덟 살짜리 누나와 강보에 싸인 남동생밖에 없는 한 가정이 배경이었습니다. 아무것도 할 수 없었던 누이는 자기 유두를 동생 입에 밀어 넣었습니다. 그렇게 며칠이 지나자 놀랍게도 젖이 나오기 시작했습니다. 이런 일은 현실에서는 거의 가능성이 없는 이야기이지요. 누나가 열여덟 살인데 동생이 겨우 젖먹이라니요? 어머니가 말했습니다. 예전에는 시어머니와 며느리가 동시에 산후조리를 하는 경우도 많았단다. 그런데 요즘 다시 이런 일이 가능해졌습니다. 제 딸아이의 대학 친구는 최근에 여동생이 생겼습니다. 아버지가 탄광주인데 돈이 어찌나 많은

지, 자로 돈을 잰다고 하더군요. 농민공들이 탄광에서 사업장 주인들을 위해 목숨 걸고 일하는 사이 주인들은 베이징, 상하이, LA, 샌프란시스코, 멜버른, 토론토의 호화 별장에서 '둘째 부인' 또는 '셋째 부인'과 아이를 '제조'하고 있답니다……. 미친 듯이 내달리는 말의 고삐를 당기듯 두서없이 흘러가는 제 생각을 되돌려야겠네요.

그러니까, 조왕제가 있던 날 밤, 제가 채반에 놓인 만두를 솥에 넣자 옌옌이 조그만 손으로 손뼉을 치며 만두에 관한 동요를 불렀습니다. 남쪽에서 온 거위 떼가 뒤뚱뒤뚱 물로 들어가요.

스쯔가 천메이를 안고 중얼중얼 끊임없이 이야기하고 있을 때 천비가 닳아 빠진 돼지가죽 재킷을 입고 귀덮개가 달린 모자를 삐딱하게 쓴 채 비틀비틀 저희 집으로 들어왔어요. 천얼이 그의 뒤에서 옷깃을 잡고 따라왔습니다. 천얼은 조그만 솜저고리를 입고 있었는데 껑충한 소매 사이로 시뻘겋게 언 고사리손이 드러나 있었습니다. 머리는 마치 잡초가 우거진 것처럼 엉망진창인 데다 계속 콧물을 훌쩍거리는 걸 보니 감기가 든 것 같았습니다.

마침 잘 왔어. 제가 솥에 든 만두를 저으며 말했습니다. 앉아서 만두 먹어.

천비가 우리 집 문지방에 앉자 아궁이 불빛에 비친 그의 얼굴이 환하게 달아올랐습니다. 거대한 코가 마치 꽁꽁 언 무 같다는 생각이 들었어요. 아빠 어깨에 기대선 천얼의 커다란 눈동자에 두려움과 호기심이 잔뜩 서려 있었습니다. 솥 안에

끓고 있는 만두를 보다가 스쯔와 스쯔 품 안의 아이를 보기도 하고 다시 옌옌과 눈빛을 교환했습니다. 옌옌이 들고 있던 초콜릿 조각을 천얼에게 주었습니다. 아이는 고개를 삐딱하게 기울여 천비를 바라보더니 우리 쪽을 쳐다보았습니다.

받아. 동생이랑 나눠 먹는 거야. 제가 말했어요.

천얼이 잔뜩 움츠린 모습으로 조그만 손을 내밀었습니다.

천비가 꽥 소리를 질렀어요. 천얼!

천얼이 황급히 조그만 손을 도로 쏙 집어넣었습니다.

뭐 하는 거야, 너! 아직 어린애잖아! 제가 말했습니다.

천얼이 왕 하고 울음을 터뜨렸습니다.

제가 방으로 들어가 초콜릿을 한 줌 들고 나와 천얼의 저고리 주머니에 넣어 주었습니다.

천비가 자리에서 일어나 샤오스쯔에게 말했어요. 아이 내놔!

스쯔가 눈이 휘둥그레져서 말했어요. 안 키울 거라면서요?

내가 언제 그랬어? 천비가 씩씩거리며 말했어요. 내 친자식을 안 키우다니 말이 돼?

당신은 키울 자격 없어요. 세상에 나왔을 때 꼭 병든 새끼 고양이 같던 아이를 내가 이만큼 키웠다고요.

당신네들이 계속 쫓아오니까 왕단이 조산한 거잖아! 안 그랬으면 왕단도 안 죽었을 거고! 이게 모두 다 당신들 업보야!

웃기고 있네! 왕단은 임신하면 안 되는 상태였어요. 오직 대를 이을 생각에 왕단의 목숨 같은 건 거들떠보지도 않았잖아요. 왕단은 당신이 죽인 거라고요!

뭐라고? 천비가 버럭 소리를 질렀습니다. 그런 식으로 나오면 너희들 올해 설은 다 쉰 줄 알아!

천비가 부뚜막에서 마늘 찧는 절구를 들더니 솥을 향해 던지려 했습니다.

제가 말했어요. 천비! 너 미쳤어? 너랑 나랑 언제부터 친군데!

이런 세상에 무슨 친구 타령이야? 천비가 냉소를 지었어요. 왕단이 너희 장인 집에 숨어 있을 때 네가 네 고모에게 귀띔한 거지?

이 사람이랑은 관계없어요. 샤오상춘이 찌른 거예요. 스쯔가 말했습니다.

누가 밀고했든 어쨌거나 아이나 돌려줘!

꿈 깨시죠! 이 아이를 당신 손에 죽게 할 순 없어요. 당신이 무슨 자격으로!

이 썩어 문드러진 여자들, 아이도 못 낳는 중성들 주제에! 자기가 아이를 못 낳으니까 남도 못 낳게 하려는 것 아니야! 자기가 못 낳으니까 남의 아이나 가로채려고!

천비! 그 입 못 닥쳐? 제가 화가 나서 소리 질렀습니다. 조왕제 날 남의 집에 와서 무슨 행패야? 어디 부숴 봐! 할 수 있으면 솥에 한번 던져 보라고!

내가 못 할 줄 알고?

그래, 던져!

아이 안 내놓으면 뭐든지 할 수 있어! 살인, 방화, 뭐든지!

방에 숨어 아무 소리도 하지 않던 아버지가 나와서 말했어요. 이보게 천비! 이 늙은이를 봐서, 그래 자네 아버지와 오랫동안 친구로 지낸 날 봐서라도 그 절구통 내려놓게!

그럼 아이 돌려주세요.

자네 아이, 아무도 안 뺏어 가네. 하지만 잘 상의해 보게. 어쨌거나 쟤들 고모나 스쯔 아니었다면 일찌감치 왕단이랑 같이 저세상으로 갔을 아이야.

천비가 절구통을 바닥에 던지더니 문지방에 앉아 엉엉 울기 시작했습니다.

천얼이 그의 어깨를 다독거리며 울었어요. 아빠…… 울지 마…….

그 모습을 보니 저도 콧날이 시큰해져 스쯔에게 말했습니다. 그냥…… 아이 돌려주지그래…….

꿈도 꾸지 마요! 스쯔가 말했습니다. 내가 주워 온 아이예요.

너무하는군……. 말도 안 돼……. 천비가 울며 말했습니다.

고모 오라고 해. 아버지가 말했어요.

부를 필요 없어, 벌써 와 있었어! 문밖에서 고모가 말했습니다.

전 마치 구세주가 나타난 것처럼 고모를 맞이했습니다.

천비, 어서 일어나! 절구를 언제쯤 던질지 기다리고 있었어! 고모가 말했습니다.

천비가 얌전히 자리에서 일어났어요.

천비, 네가 뭘 잘못했는지 알지? 고모가 매섭게 쏘아붙였어요.

제가 무슨 죄가 있는데요?

자식을 버린 죄! 천메이는 우리가 데려와서 좁쌀죽이랑 미음 먹여 가며 가까스로 살린 아이야. 그렇게 반년이 흘렀어. 천비, 네놈은 그동안 얼굴 한 번 내민 적 있어? 이 애가 네 씨인 건 알아, 하지만 아버지로서 네가 뭘 했어?

천비가 중얼거렸습니다. 어쨌거나 이 아이는 제 아이…….

네 아이? 스쯔가 사납게 말했어요. 그럼 이름을 불러 보시지, 이 애가 대답을 할까? 애가 아빠를 알아보면 데려가든지!

당신처럼 막돼먹은 여자랑은 이야기 안 하겠어! 고모, 옛날 일은 제가 잘못했어요. 잘못을 인정해요. 그러니 딸을 돌려주세요.

돌려줄 수는 있지. 먼저 공사에 가서 벌금 내고 난 후에 아이를 입적시켜.

얼만데요?

5800위안!

그렇게 많이요? 저 그렇게 돈 많지 않아요.

돈이 없어? 돈 없으면 애 데려갈 생각하지 마!

5800위안! 5800위안! 돈은 없고, 목숨은 하나뿐이고!

네 목숨은 네가 가져! 돈도 그냥 네가 가지고 있어도 돼. 먹고 마시고 사창가 가서 계집질이나 하든지!

전 안 그래요! 천비가 부끄러운 나머지 버럭 화를 내며 소리쳤어요. 고소하겠어요. 공사에 고소해서 지면 현에 가서 상고하고, 거기서도 지면 성에 가서 상고하고, 그것도 안 되면 중앙에 가겠어요!

중앙에서도 지면? 그럼 유엔에라도 갈 건가? 고모가 그를 비웃었어요.

유엔요? 못 갈 것도 없죠.

능력 한번 끝내주시는데? 어서 썩 못 꺼져? 이기고 나면 와서 데려가. 하지만 잘 들어 둬! 네가 이겨도 나에게 아이를 잘 키우겠다고 약속하고, 나랑 스쯔에게 각자 5000위안씩 수고비를 주겠다는 각서를 써야 할걸!

조왕제 날 밤 천비는 아이를 데려갈 수 없었습니다. 그러나 설이 지나고 정월 보름 다음 날, 천비는 벌금 영수증을 가지고 와서 천메이를 데려갔어요. '수고비'는 고모가 화가 나서 한 말이니 당연히 낼 필요가 없었고요. 스쯔는 몸을 부르르 떨며 울었어요. 마치 누가 친자식을 빼앗아 간 것처럼요. 고모가 야단쳤습니다. 울긴 왜 울어? 아이가 그렇게 좋으면 직접 낳아!

스쯔가 울음을 그치지 않자 고모는 스쯔의 어깨를 쓰다듬으며 이제껏 한 번도 들어 보지 못한 슬픈 목소리로 말했습니다. 내 삶은 이미 정해졌지만 너희는 이제부터 행복 시작이야. 어서 가거라. 일은 잠시 잊고 먼저 아이부터 낳아서 내게 보여 줘…….

베이징으로 옮긴 후 우리는 계속 아이를 가지려 노력했습니다. 하지만 불행하게도 천비의 말은 적중했어요. 스쯔는 아이를 갖지 못했습니다. 스쯔는 옌옌에게 착한 엄마가 되었지만 그래도 꿈에도 잊지 못하는 건 천메이였습니다. 콧날이랑 입매가 꼭 천메이 닮은 인형을 골랐을 때 스쯔의 표정이 이해가 되었습니다. 스쯔는 왕간을 보며, 아니 사실은 저를 보며 이렇게 말했습니다.

저, 이 아이로 주세요.

얼마야? 제가 왕간에게 물었어요.

무슨 소리야? 나 무시하는 거야? 왕간이 화를 냈어요.

오해하지 마! 이런 일은 진심이 담겨야 해. 돈을 안 내면 정성이 안 들어가잖아?

돈을 내면 정성이 안 담기는 거지. 왕간이 나지막한 소리로 말했어요. 흙은 돈으로 살 수 있지만, 아이는 돈으로 살 수가 없어.

그럼 좋아. 빈허 9동 902호, 우리 집 주소야. 우리 집에 한번 들러.

갈게. 일찍 귀한 아들을 낳으라고 기원할게. 왕간이 말했습니다.

전 쓴웃음을 지은 채 고개를 저으며 왕간에게 작별 인사를 했습니다. 스쯔를 데리고 인파를 거슬러 낭랑묘 대전으로 들어갔습니다.

대전 앞 철제 향로에 향불이 모락모락 피어오르며 향내가 진동했습니다. 향로 옆에 붉은색 초가 꽂힌 촛대가 빽빽하게 들어차 있었습니다. 촛불이 흔들리며 촛농이 흘러내렸습니다. 썩은 나무처럼 늙은 여인, 연꽃처럼 아름다운 여인, 남루한 옷차림의 여인, 온갖 금은 장신구를 걸친 여인 등 형형색색의 여인들이 한결같이 경건한 표정으로 희망을 품듯 인형을 가슴에 품고 그곳에서 향을 피우고 촛불을 밝혔습니다.

사십구 개의 백석 계단이 높이 솟은 대전을 향해 뻗어 있었습니다. 고개를 들어 처마 밑 편액을 바라보았습니다. 편액에 금빛으로 '덕육군영'[55]이라는 네 글자가 적혀 있고, 처마 구석에 달린 청동 풍경에서 땡그랑 땡그랑 소리가 울려 퍼졌어요.

계단 위아래로 거의 모두 인형을 든 여인들이었습니다. 여인들 틈에서 저는 방관자의 여유를 누리며 생각에 잠겼습니다. 출산을 통한 번영이라니, 얼마나 장엄하고도 세속적이며, 또한 엄숙하고도 황당한 이야기입니까. 어릴 적 제가 직접 본 광경이 떠올랐습니다. 파사구 운동[56] 전투 부대가 낭랑묘를 철거하고 신상을 부수던 광경입니다. 남자, 여자 할 것 없이 여신상을 들어 강에 버린 후 큰 소리로 외쳤습니다. 계획생육이 최고, 낭랑신은 강에 가서 목욕이나 하시지! 그때 백발이 성성한 할머니들이 강둑에 일렬로 무릎을 꿇고 앉아 중얼거렸지요. "황허강의 물은 삼십 년은 동쪽으로, 삼십 년은 서쪽으로 흐른다."[57] 그런데 정말 그 말대로 낭랑묘 옛터에 으리으리한 새 사당이 세워지고, 대전에 다시 금빛 찬란한 여신상이 들어섰습니다. 전통문화를 계승하면서 새로운 분위기가 조성되었습니다. 대중의 정신적 수요를 만족시키는 동시에 사방팔방에서 관광객을 끌어들여 3차 산업까지 살찌우는 탁월한 경제적 효과를 거둘 수 있었습니다. 공장 하나를 세우는 것보다

55) 德育群嬰. 덕으로써 많은 아이를 기른다는 뜻.

56) 破四舊運動. 구사상, 구문화, 구풍습, 구습관을 파괴하자는 운동.

57) 三十年河東, 三十年河西. 황허강의 물길이 세월에 따라 바뀌는 것처럼 변화무쌍한 세상사를 비유했다.

사당 한 곳을 건설하는 편이 훨씬 나았습니다. 고향 친구, 친척 모두가 이 사당 덕에 살고 있습니다.

고개를 들어 낭랑 여신상을 바라보았습니다. 얼굴은 보름달 같고, 머리는 먹구름 같았습니다. 초승달 같은 눈썹에 옅은 귀밑머리, 따뜻하고 자비로운 모습이었어요. 하얀 옷을 걸치고 목에는 구슬 목걸이를 하고, 오른손에 손잡이가 긴 둥근 부채를 들고 있었어요. 부채 앞면을 어깨 위에 비스듬히 걸치고, 왼손으로 물고기에 올라탄 아이의 정수리를 어루만지고 있었습니다. 양편으로 각기 다양한 자세로 열두 명의 동자상이 서 있었습니다. 동자상들이 모두 어린아이다운 느낌이 물씬 풍기고 생기가 넘쳐 매우 사랑스러웠어요. 가오미 둥베이향에서 이런 동자상을 조각할 수 있는 사람은 하오다서우랑 친허밖에 없다는 생각이 들었습니다. 왕간의 말이 사실이라면 이 동상들은 친허의 작품일 가능성이 큽니다. 송구하게도 하얀 옷을 입은 낭랑의 얼굴과 몸집이 고모 젊은 시절과 많이 닮았거든요. 낭랑 여신상 앞에 놓인 아홉 방석에 아홉 여인이 꿇어앉아 있었습니다. 모두 한번 자리에 앉으면 일어설 줄을 모르고 계속 고개를 조아리거나 합장한 채 낭랑을 바라보며 묵묵히 기도했습니다. 아홉 방석 뒤쪽 대리석 바닥에도 여자들이 하나 가득 앉아 있었습니다. 방석에 앉았든, 바닥에 그냥 앉았든 모두 인형을 낭랑이 볼 수 있도록 가슴 앞에 놓았습니다. 스쯔는 바닥에 앉아 바닥에서 쿵쿵 소리가 날 정도로 열심히 머리를 조아렸습니다. 간절한 마음에 두 눈에 눈물이 고였습니다. 하지만 이런 스쯔의 꿈이 실현될 수 없다는 것을 잘 알고 있었어요. 1950년생이니 벌써 쉰다섯인걸요. 가슴은 아직도 풍만하지만 폐경이 되었습니다. 내가 다른 사람들을 보고 있는 것처럼 다른 사람들도 우리를 보고 있겠지요? 저도 스쯔를 따라 낭랑 여신 앞에 무릎을 꿇었습니다. 아마도 우리를 본 사람들은 '저 노부부가 자식들을 위해 인형을 달았겠지?'라고 생각했을 것입니다.

무릎 꿇고 절한 다음 여자들은 낭랑 신전 앞 붉은 나무 함에 돈을 집어넣었어요. 돈이 적은 사람은 잽싸게, 돈이 많은 사람은 자랑스럽게 돈을 넣었습니다. 봉헌이 끝나면 나무 함 옆에 있던 비구니들이 빨간색 줄을 인형 목에 걸어 주었습니다. 회색 가사를 입고 양쪽에 선 비구니 두 사람은 눈을 내리깔고 목어를 두드리며 뭔가 중얼거리고 있었습니다. 옆으로 눈길을 주지 않는 것처럼 보였지만 봉헌금이 100위안이 넘을 때마다 손에 든 목어를 더욱 열성적으로 두드렸습니다. 아마도 이런 식으로 낭랑 여신의 주의를 깨우는 것 같았습니다.

우리는 원래 이곳에 올 생각이 아니었기 때문에 돈도 가져오지 않았습니다. 애가 탔는지 스쯔는 손에 끼고 있던 금반지를 빼내 봉헌함에 넣었습니다. 비구니 손에 들린 목어가 마치 수년 전 장거리 달리기에 참가했을 때 들었던 출발 총성처럼 땅땅땅 하고 울려 퍼졌습니다.

대전 뒤 배전에 차례로 천선(天仙) 낭랑, 안광(眼光) 낭랑, 자손(子孫) 낭랑, 반진(斑疹) 낭랑, 유모(乳母) 낭랑, 인몽(引蒙) 낭랑, 배고(培姑) 낭랑, 최생(催生) 낭랑, 송생(送生) 낭랑 등이 모셔져 있었어요. 신상마다 앞에 무릎 꿇고 절한 다음 돈을 넣는 사람들과 목어를 두드리는 비구니들이 서 있었어요. 저는 해를 보며 스쯔에게 다음 날 다시 오는 게 어떠냐고 물었습니다. 스쯔는 마지못해 고개를 끄덕였어요. 대전 밖 통로를 따라 나올 때 보니 통로 바깥쪽 작은 방에서 이따금 비구니들이 고개를 내밀며 노래하고 있었습니다.

시주님, 시주님, 아이에게 장수열쇠 해 주세요.
시주님, 시주님, 아이에게 꽃구름 옷 한 벌 해 주세요.
시주님, 시주님, 아이에게 푸른구름 신발 하나 해 주세요.

가진 돈이 없었던 우리는 계속 죄송하다고 말하며 도망치듯 그곳을 빠져나왔습니다.

낭랑묘를 나오니 벌써 정오였습니다. 사촌 동생이 휴대전화로 전화를 걸어 어디냐고 다그치듯이 물었습니다. 시끌벅적한 시내는 사람들이 개미 떼처럼 몰려 있고 물건도 산더미처럼 쌓여 있고, 구경꾼도 정말 많았습니다. 여유를 부릴 시간이 없었던 우리는 사람들을 헤치고 발걸음을 재촉했습니다. 사원 동쪽, 오늘 성대하게 개원식이 열리는 중미(中美) 합자 산부인과 소아과 병원 앞쪽에 동생이 차를 세우고 우리를 기다리고 있다고 했습니다.

우리가 그곳에 도착했을 때는 이미 개원식이 끝난 뒤였어요. 바닥에는 온통 폭죽 잔해들이 흩어져 있고 대문 양쪽에는 봉황이 날개를 펼친 것처럼 수십 개의 축하 화환이 늘어서 있고, 공중에는 거대한 애드벌룬 두 개가 두둥실 떠 있고, 애드벌룬 아래로 거대한 현수막이 달려 있었어요. 파란색과 흰색이 조화를 이룬 아치형 건축물은 마치 쭉 뻗은 두 팔이 평온하면서도 우아하게 포옹하는 것 같은 형상이어서 서쪽에 있는 휘황찬란한 낭랑묘와 선명한 대조를 이루었습니다.

양복에 구두 차림인 사촌 동생과 고모가 동시에 눈에 들어왔습니다. 수많은 사람이 화환에서 꽃을 따고 있었어요. 그 가운데 고모도 끼여 있었습니다. 고모 손에 흰 장미, 붉은 장미, 노란 장미 등 이제 막 봉우리를 터뜨리려는 장미 십여 송이가 들려 있었습니다. 뒷모습만 보고도 고모라는 걸 알 수 있었습니다. 똑같은 색, 똑같은 디자인의 옷을 입은 사람들이 만 명쯤 몰려 있다고 해도 우리는 손쉽게 고모를 찾아낼 수 있습니다.

십 대 남자아이 하나가 하얀 종이에 싼 물건을 고모에게 건네고 재빨리 뒤돌아 달아나 버렸습니다. 종이를 펼친 고모가 몸을 위로 쭉 빼더니 괴성을 질렀습니다. 육중한 몸이 흔들거리더니 뒤로 나자빠졌습니다.

새카맣고 빼빼 마른 청개구리가 고모 곁에서 튀어나왔습니다.

2

황소개구리 양식장 대문에 도착하자 그럴듯하게 차려입은 경비원이 사촌 동생의 차를 향해 익살맞게 경례했습니다. 자동문이 서서히 열리면서 사촌 동생의 폭스바겐 파사트가 미끄러지듯 들어갔습니다. 전직 역술가 겸 돌팔이 의사인 위안싸이가 황소개구리 양식 회사의 사장으로 변신해 시커먼 동상 앞에 서서 우리를 기다리고 있었습니다.

시커먼 동상은 다름 아닌 황소개구리 동상이었습니다.

멀리서 보니 마치 장갑차 같았어요.

동상의 대리석 기단에 다음과 같이 새겨져 있었습니다.

황소개구리. 학명 Rana catesbiana.[58] 양서강, 무미목, 개구리

58) 원서에 'Rana catesbiana'로 표기되어 있으나 실제 황소개구리의 학명은

과, 개구리속. 황소처럼 운다고 해서 이름 지어짐.

사진 찍죠! 위안싸이가 수선을 떨며 사람들을 맞이했어요. 사진부터 찍고 나서 둘러보고 식사들 하시죠.

이 거대한 개구리를 들여다보고 있으려니 절로 경외감이 일었습니다. 시커먼 등, 푸른 주둥이, 황금빛 눈두덩, 수초 같은 무늬가 얼룩덜룩한 몸에는 울룩불룩 혹이 나 있었어요. 툭 튀어나온 커다란 눈은 눈빛이 음침한 것이 마치 저에게 먼 옛날 소식을 전하고 있는 것 같았습니다.

샤오비! 사진기 가져와! 사촌 동생이 소리 질렀어요.

몸매가 날씬하고 빨간 테 안경에 체크무늬 긴 치마를 입은 아가씨가 묵직한 사진기를 들고 뛰어왔습니다.

지둥 대학 예술학과를 졸업한 고급 인재입니다. 우리 회사 사무실 주임으로 있습니다. 사촌 동생이 샤오비를 소개했습니다.

미인에다 수재지, 춤이면 춤, 노래면 노래, 그것뿐인가, 촬영, 조각 등등 못하는 것이 없어. 주량은 또 어떻고! 위안싸이가 말했어요.

사장님, 너무 띄우시네요. 샤오비가 얼굴이 홍당무가 되어 말했습니다.

이 친구도 대단한 인물이지. 어렸을 땐 달리기를 잘했어. 원래 세계 대회에 나가 금메달을 딸 줄 알았는데 뜻밖에 극작가

'Rana catesbeiana'이다.

가 됐어. 위안싸이가 샤오비에게 저를 소개했습니다. 본명은 완쭈, 아명은 샤오파오, 지금은 커더우라고 불러!

커더우는 필명입니다. 제가 말했습니다.

이쪽은 커더우 선생 부인인 샤오스쯔! 산부인과 전문의시지. 사촌 동생이 스쯔를 가리키며 소개했어요.

샤오스쯔는 점토 인형을 안은 채 건성으로 고개를 끄덕였습니다.

위안 사장님, 진 사장님에게 말씀 많이 들었어요. 샤오비가 말했습니다.

천하제일 개구리! 위안싸이가 말했어요.

이 동상은 샤오비 작품입니다. 사촌 동생이 말했어요.

전 약간 호들갑을 떨며 작품을 칭찬했습니다.

커더우 선생님, 많은 조언 부탁드립니다. 샤오비가 말했습니다.

우리는 황소개구리 동상을 한 바퀴 돌아봤습니다. 어떤 방향에서 봐도 황소개구리의 음침하고 커다란 두 눈이 저를 주시하고 있는 것 같았습니다.

사진 촬영이 끝나고 위안싸이, 사촌 동생, 샤오비는 우리에게 개구리 양식장, 올챙이 양식장, 개구리 탈피(脫皮) 양식장, 새끼 개구리 양식장, 사료 가공 공장, 개구리 가공 공장 등을 소개했습니다.

그 후 저는 종종 개구리 양식장 꿈을 꿨습니다. 대략 40제곱미터 정도의 양식장에 0.5미터 정도 깊이로 탁한 물이 고여 있고, 수컷 개구리가 물 위에 떠서 허연 울음주머니를 볼록거리며 소 울음소리 같은 구애의 소리를 냅니다. 암컷 개구리가 수면 위에 사지를 펼치며 서서히 수컷 개구리를 향해 다가갑니다. 이미 상대를 껴안은 개구리도 많습니다. 암컷 개구리가 수컷을 등에 업고 물 위를 떠가면 수컷이 앞다리로 암컷을 안고 뒷다리로 끊임없이 암컷의 배를 밟습니다. 투명한 알갱이가 암컷 생식기에서 흘러나옵니다. 동시에 수컷이 투명한 정액을 수중에 쏟아 놓습니다. 개구리는 체외수정을 하니까요. 사방에서 개구리 울음소리가 울려 퍼집니다. 4월의 태양에 양식장 물이 따뜻해지면서 구역질 나는 비린내가 풍깁니다. 그곳은 짝을 찾는 애정의 장소이자, 자손을 번식하는 생식의 장소이기도 합니다. 암컷 개구리가 더 많이 배란할 수 있도록 사료에 배란촉진제를 첨가했습니다. 꾸악! 꾸악! 꾸악!

사방에 온통 개구리 울음소리가 울려 퍼지는 가운데 머릿속은 온통 개구리 영상뿐이었습니다. 우리는 안내를 받아 호화스럽게 치장된 식당으로 들어갔습니다.

분홍빛 옷을 입은 웨이트리스 두 명이 차를 따라 준 후 음식도 덜어 주고 술도 따라 주었습니다.

오늘은 모두 개구리 요리로 준비했습니다. 위안싸이가 말했어요.

식탁에 놓인 메뉴를 보니 위에서부터 차례로 개구리 뒷다리 고추소금 구이, 개구리 껍질 튀김, 피망 개구리, 죽순 개구리, 올챙이 식초 볶음, 야자나무 전분을 넣은 개구리 알탕…….

미안한데, 난 개구리 안 먹어. 제가 말했어요.

저도 안 먹는데요. 스쯔가 말했습니다.

왜? 이렇게 맛있는 걸 왜 안 먹지? 위안싸이가 놀라서 물었어요.

불룩 튀어나온 눈, 미끈미끈한 피부, 개구리 하면 떠오르는 차갑고 비릿한 인상을 지워 보려 애썼지만 소용이 없었습니다. 저는 힘겹게 고개를 저었습니다.

최근에 한국 과학자가 황소개구리의 피부에서 매우 진귀한 펩타이드란 물질을 추출했다는 이야기를 들었습니다. 항산화 작용을 하는 이 물질은 인체의 활성산소를 없애는 천연의 항노화물질이라고 합니다. 사촌 동생인 진슈가 은밀하게 말했습니다. 물론 그것 말고도 신기한 효능이 많고, 특히 여성들은 둘 또는 그 이상의 아이를 낳을 확률도 엄청나게 높아진답니다.

한번 먹어 보지 않겠어? 어디 한번 용기 내어 맛을 봐. 전갈, 말거머리, 지렁이, 독사도 먹으면서 왜 황소개구리는 못 먹어? 위안싸이가 말했어요.

잊었어? 내 필명이 바로 '올챙이'잖아!

아, 그렇지! 식탁 위 음식 다 치우고 주방에 알려서 다시 한 상 차리라고 해. 개구리 재료는 절대 쓰지 말고! 위안싸이가 아가씨들에게 말했습니다.

새 요리가 올라오고, 술잔이 세 번 돌았습니다.

제가 위안싸이에게 물었습니다. 그런데 어떻게 황소개구리를 키울 생각을 다 했어?

큰돈을 벌려면 남들이 생각하지 못하는 걸 해야지! 위안싸이가 동그란 담배 연기를 내뿜으며 의기양양하게 말했습니다.

정말 재간둥이야! 전 연극배우 같은 말투로 비아냥거렸습니다. 어려서부터 유별났지. 황소개구리를 키우는 건 좋지만 소 위장에서 못을 빼내고, 장터에서 사주 봐주던 별난 능력이 좀 아깝지 않아?

커더우, 이 자식! 사람을 때려도 뺨은 때리지 말고, 욕을 해도 단점은 들추지 말라고 했어! 위안싸이가 말했어요.

갈고리로 여자들 루프도 빼 주고요! 샤오스쯔가 쌀쌀맞게 말했습니다.

아이고, 형수님! 위안싸이가 말했습니다. 그런 이야기까지! 그땐 생각도 짧긴 했지만, 아이 낳고 싶어 환장한 아줌마들 애타는 걸 가만히 보고 있을 수가 있어야지요! 물론 그렇게라도 가난에서 좀 벗어나 볼까 생각하기도 했고요!

지금도 할 수 있겠어? 제가 물었어요.

뭘? 위안싸이가 눈을 동그랗게 뜨고 저에게 물었습니다.

루프 빼 주는 것 말이야.

이 자식 말하는 것 하고는! 내가 건망증이 그렇게 심한 줄 알아? 몇 년 동안 노동개조 부대에 있으면서 환골탈태한 지 오래되었다고! 이제는 정정당당하게 살아. 돈도 정정당당하게 벌고! 법에 저촉되는 일만 아니면 뭐든지 할 수 있지만 불법 행위는 총을 들이대고 협박해도 절대 안 해!

법을 준수하고 규정대로 세금도 꼬박꼬박 냅니다. 공익에 앞장서는 시의 우량 기업인걸요. 사촌 동생이 말했습니다.

샤오스쯔는 자리에 앉아서도 계속 인형을 꼭 쥐고 있었습니다.

위안싸이가 말했어요. 친허 이 사람, 정말 천재야! 아예 시작을 안 하면 모를까, 했다 하면 뭐든지 하오다서우는 저리 가라 할 정도의 재주를 보여 준다니까!

줄곧 미소만 지은 채 입을 다물고 있던 샤오비도 거들었어요. 친 선생님 작품은 작품 하나하나마다 선생님의 감성이 응집된 것 같아요.

점토 인형 만드는 데도 감성이 필요한가? 위안싸이가 물었습니다.

물론이죠. 훌륭한 작품은 모두 예술가의 자식이라고 할 수 있는걸요. 샤오비가 대답했어요.

위안싸이가 마당의 동상을 가리키며 말했어요. 그렇다면 저 커다란 황소개구리도 샤오비 주임의 자식이겠구먼!

샤오비는 얼굴이 홍당무가 되어 입을 다물었습니다.

형수님은 인형이 그렇게 좋으세요? 사촌 동생이 물었습니다.

형수님이 좋아하시는 건 점토 인형이 아니라 진짜 '와와'[59]야. 위안싸이가 말했어요.

그럼 우리 같이 일해요! 사촌 동생이 흥분해서 말했습니다. 형도 우리랑 같이 사업하고요.

우리더러 너희랑 같이 황소개구리를 키우자고? 보기만 해도 온몸에 소름이 돋는데?

형, 우린 황소개구리뿐만 아니라…….

---

59) 娃娃. 갓난아기 또는 인형을 뜻하며 여기서는 갓난아기를 의미한다. 중국어로 개구리의 발음 역시 '와(蛙)'이다.

형님 그만 놀래 드려! 위안싸이가 사촌 동생의 말을 가로막았습니다. 자, 술이나 마시자고, 친구! 옛날에 마오 주석이 그 '지식 청년'들을 어떻게 교육했는지 기억해? 농촌은 광활한 세상이니 그곳에서 한껏 능력을 발휘할 수 있다고 하셨지!

3

예전에 왕간이 지나간 아픔을 되돌아보며 사랑이란 감정은 일종의 병이라고 말한 적이 있습니다. 샤오스쯔를 마음에 품었던 길고 긴 세월 그의 모습을 돌이켜 보면, 스쯔와 내가 결혼한 후 그가 제대로 살아갈 수 있을지 상상이 가질 않았습니다. 그렇게 생각하면 고모에 대한 친허의 무조건적인 사랑 역시 거의 병적인 수준입니다. 고모와 하오다서우가 결혼한 후 친허가 강에 투신 자살하거나 목을 매지 않고, 그 고통을 예술로 승화시켜 탁월한 민간 예술가로 거듭난 걸 보면 마치 진흙탕에서 솟아난 아기 같습니다.

왕간은 우리를 피하지 않았어요. 오히려 자신이 먼저 샤오스쯔를 미친 듯이 사랑했던 과거의 감정을 들먹이며 수다를 떨었습니다. 마치 다른 사람 이야기를 하는 것 같았습니다. 이런 그의 모습을 보니 마음에 위안이 되었습니다. 오랫동안 품고 있던 죄책감이 한결 가벼워지면서 왕간이 더욱 친근하게 느껴지고, 심지어 존경스럽다는 생각마저 들었습니다.

왕간이 말했습니다. 내가 말해도 아마 믿지 않겠지만, 예전에 샤오스쯔가 맨발로 강변을 걸어가면 그 발자국을 따라다니며 마치 강아지처럼 땅에 엎드려 발자국 냄새를 맡았어요. 발자국 위로 눈물을 뚝뚝 떨어뜨리면서 말이야.

괜히 없는 이야기 지어내지 마요! 샤오스쯔가 얼굴을 붉히며 말했습니다.

정말, 거짓말이 아니에요. 단 한 마디라도 거짓말이 있으면 내 손에 장을 지져요. 왕간이 정색하며 말했어요.

샤오스쯔가 제게 말했어요. '장을 지진다'보다 '삼 대가 고자'라는 표현이 낫지 않을까?

정말 재미있는 표현인데? 자네 이야기를 극본에 써야겠어. 제가 말했어요.

고마워! 왕간이란 바보가 했던 우스꽝스러운 짓들을 모조리 집어넣어. 난 이야깃거리가 많잖아. 왕간이 말했습니다.

내 이야기를 쓰면 당신 원고 다 태워 버릴 거예요. 샤오스쯔가 말했어요.

종이 위의 글자는 태울 수 있을지 몰라도 내 마음속의 시는 태울 수 없을걸?

그놈의 사랑 타령 지긋지긋해! 샤오스쯔가 말했어요. 왕간, 지금 생각해 보면 샤오파오와 결혼하느니 그때 당신에게 시집가는 편이 나았을 것 같아요. 어쨌거나 당신은 내 발자국에 엎드려 울기까지 했으니까.

부인! 제발 황당한 농담은 하지 마시지요! 잊지 마십시오, 샤오파오와 당신이야말로 천생연분입니다요!

절대 잊을 수가 없죠! 그야말로 '절대', 대를 완전히 끊는 바람에 아기는 구경도 못 하는걸요.

됐어. 우리 이야기 그만하고, 네 이야기나 해 봐. 세월이 이렇게 많이 흘렀는데 아직도 짝을 못 찾았어?

사랑이란 병에서 깨어나고 나니까 사실 나란 인간이 여자를 별로 좋아하지 않는다는 걸 알겠더라고.

동성연애자라도 돼요? 스쯔가 그를 비웃었어요.

연애는 무슨! 내가 사랑하는 건 나 자신뿐이더라고요. 난 내 팔, 내 다리, 내 손, 내 머리, 내 오관, 내 오장육부, 심지어 내 그림자까지도 사랑하고 있다는 걸 알았어요. 난 늘 내 그림자랑 이야기해요.

또 다른 병이군요. 스쯔가 말했어요.

다른 사람을 사랑하는 건 대가를 치러야 하잖아요. 그런데 자길 사랑하면 그런 건 필요 없거든요. 그냥 내 마음대로 사랑하면 그만이에요. 뭐든지 내 맘대로…….

왕간은 그와 친허가 사는 곳으로 저와 스쯔를 안내했습니다. 대문 옆 벽에 '대사의 공작실'이란 나무 팻말이 걸려 있었어요.

인민공사 시절, 사육장으로 쓰이던 곳입니다. 자주 놀러 오곤 했지요. 그땐 밤낮으로 소똥 냄새, 노새 똥 냄새가 진동했던 기억이 납니다. 마당에 커다란 우물이 있고, 그 옆에 큰 항아리가 있었어요. 매일 아침, 직원 팡 씨가 가축들을 하나씩 데려와 여기서 물을 먹였지요. 또 한 사람, 두 군은 우물 옆에서 끊임없이 우물물을 퍼 항아리에 붓고 있었고요. 사육장 안은 넓고 환했습니다. 안에 돌 구유가 스무 개 넘게 한 줄로 늘어서 있었는데 제일 앞에 있는 커다란 구유는 노새가 썼고, 안쪽 돌 구유는 키가 낮아서 소가 썼습니다.

안으로 들어서니 마당에 아직도 소와 노새를 묶어 두던 나무 기둥 수십 개가 남아 있었습니다. 당시 벽에 붙였던 표어 자국도 남아 있고 심지어 냄새까지 그대로인 것 같았습니다.

왕간이 말했어요. 원래 철거했어야 하는 곳인데, 듣자하니 상부에서 둘러본 후 인민공사 시절 마을을 관광 명소로 개발하겠다고 했다나 봐.

그럼 소랑 말도 길러야 하는 건가요? 샤오스쯔가 물었습니다.

그렇게까지 하진 않겠지요? 왕간이 큰 소리로 외쳤어요. 친형, 친 선생님, 귀한 손님이 오셨어요!

안에서 아무 소리도 나지 않았습니다. 왕간을 따라 안으로 들어가니 돌 구유와 말을 맸던 기둥이 남아 있었습니다. 벽에는 노새가 발로 차는 바람에 움푹하게 파인 부분도 보였고, 말라붙은 소똥도 그대로였습니다. 쇠죽을 끓였던 솥도 있고, 팡 씨네 아들 여섯이 다닥다닥 붙어 칼잠을 잤을 구들도 여전했고요. 예전에 이 구들에서 며칠을 잔 적이 있습니다. 추운 겨울 12월이었어요. 뚝뚝 떨어지는 물이 그대로 얼어 버렸습니다. 가난했던 팡 씨 가족은 이불이 없었기 때문에 아궁이에 풀을 쑤셔 넣어 추위를 쫓을 수밖에 없었습니다. 방바닥이 어찌나 뜨거운지 마치 부침개를 부치는 철판 같았습니다. 팡 씨네 아들들은 습관이 되었는지 하나같이 달게 잠을 잤지만 전 엎치락뒤치락 잠을 이룰 수가 없었어요. 지금은 구들 위에 이불이 두 개 놓여 있고, 구들장 쪽 벽에 '기린송자',[60] '장원광가'[61]가 그려져 있어요. 돌 구유 두 개에 두꺼운 목판이 걸쳐져 있고, 목판 위에 진흙과 도구가 놓여 있었습니다. 목판 뒤 의자에는 오랜 지인인 친허가 앉아 있었고요. 그는 소매와 섶 부분이 얼룩덜룩한 푸른색 저고리 차림이었습니다. 백발에 여전히 앞가르마를 타고 있고, 얼굴은 꼭 망아지 같고, 커다란 두 눈은 우울하고 깊어 보였습니다. 우리가 들어오는 것을 보고 그가 고개를 들어 우리를 바라보더니 입술을 움찔거렸어요. 그걸로 우리에게 할 인사를 대신한 셈이지요. 그는 다시 원래 모습으로 돌아가 두 손으로 뺨을 괴고 벽을 응시했습니다. 뭔가 깊은 생각에 잠겨 있는 것 같았습니다.

우리는 혹여 대사의 사색을 방해할세라 숨을 죽이고 조심조심 걸어 다녔습니다.

왕간을 따라 대사의 작품을 구경했습니다. 대사가 빚어낸 반제품을 소 구유에서 말리는 중이었어요. 흙이 마른 후 색을 입힌 작품은 북쪽 창 가까이 놓인 긴 목판 위에 놓여 있었습니다. 각양각색의 아이들이 소 구유에서 우리에게 인사를 했어요. 색을 입히기도 전에 인형들은 이미 살아 있는 것처럼 보

---

60) 麒麟送子. 상서로운 동물인 기린이 사람들에게 자손을 데려다 주는 내용의 상상화.

61) 壯元逛街. 장원 급제한 사람의 시가 행진을 그린 그림.

였습니다.

왕간이 살짝 알려 주더군요. 대사는 거의 매일 저렇게, 때로 밤에도 자지 않고 구들에 멍하니 앉아 있다고요. 하지만 그는 마치 기계처럼 일정한 시간에 도마 위 진흙을 반죽하여 언제나 전체적으로 균일하게 부드러운 상태를 유지했습니다. 대사는 종일 앉아 있으면서 단 한 점의 인형도 만들지 못할 때가 있었습니다. 하지만 일단 빚기 시작했다 하면 속도가 정말 빨랐어요. 왕간이 말했어요. 지금 나는 친 대사 작품의 판매자일 뿐만 아니라 매니저이기도 해. 마침내 내게 가장 적합한 일을 찾아낸 거지. 마치 대사가 자기에게 딱 맞는 일을 찾은 것처럼.

왕간 말에 의하면 대사는 평소 다른 요구를 하는 일이 없답니다. 식사도 그냥 주는 대로 드셔. 물론 영양가도 높고, 건강에 좋은 식품으로 챙겨 드리지. 대사는 우리 둥베이향의 자랑거리일 뿐만 아니라 현 전체의 자랑거리니까.

어느 날 한밤중에 갑자기 대사가 보이지 않아 황급히 불을 켜고 찾아다녔어. 작업대 앞에도, 마당에도 없더라고. 어디로 갔지? 너무 놀라서 온몸에 진땀이 났어. 정말 대사에게 무슨 일이라도 생긴다면 우리 둥베이향에 막대한 손실이거든. 현장은 문화국장이랑 관광국장을 데리고 이곳을 세 번이나 방문했어. 현장이 누군지 알아? 전에 현 서기로 우리 가오미 둥베이향에서 고초를 겪었고, 고모님과 야릇한 관계가 있었던 양린의 막내아들이야. 양슝이라는 잔데, 엄청난 인재지. 눈빛이 보통이 아니야. 치아가 하얗고 몸에서는 고급 담배 향기가 나는데, 독일 유학을 다녀왔다고 하더군. 첫 번째 방문에서 그는 사육장 철거 철회를 확정했고, 두 번째 왔을 때는 대사를 현에서 열리는 파티에 초청했어. 대사는 마치 예전에 정관 수술을 거부하던 남자들처럼 말을 매어 두는 말뚝을 붙잡고 한사코 연회에 가지 않겠다고 고집을 피우더라고. 세 번째 방문에서 현장은 대사에게 상패하고 '민간 공예 미술 대사'라는 증서를 수여했어. 왕간은 소 여물통에서 도금한 청동 상패와 증서를 찾아냈습니다. 현장은 하오다서우도 현에 초대했는데, 물론 그 역시 연회에 가지 않았지. 연회에 갔다면 그건 이미 하오다서우가 아닌 거지. 왕간은 주머니에서 명함을 한 무더기 꺼내더니 그중 세 장을 골라냈습니다. 이것 좀 봐. 매번 올 때마다 명함들을 주더라고. 현장이 뭐라 그랬는지 알아? 왕 선생, 가오미 둥베이향은 용과 호랑이가 숨어 있는 곳입니다. 왕 선생도 대단하세요. 그래서 내가 말했지. 추잡한 일로 반평생을 실의에 빠져 살았는데도요? 우스꽝스러운 짝사랑 소동만 벌였지, 아무것도 이룬 게 없습니다. 지금은 세 치 혀로 점토 인형 파는 일을 업으로 삼고 있고요. 그랬더니 그 사람이 뭐라고 그랬는지 알아? 반평생 혼신을 다해 연애했다는 것 자체로도 세상에 널리 알릴 만한 인물로 평가받아 마땅합니다. 가오미 둥베이향에는 기인들이 참 많아요. 제가 보기에는 선생도 그중 하난데요? 그 사람 정말 신세대 관리더라고. 예전에 우리가 보던 관리랑은 완전 딴판이야. 다음에 또 오면 만나게 해 줄게.

하여간 현장이 나에게 준 임무가 대사를 보필하고 그의 안전을 책임지는 거야. 그런데 오밤중에 대사가 없어졌으니 난리가 난 거지. 정말 식은땀이 주르르 흘러내리더라고. 대사에게 무슨 변고라도 생기면 현장한테 뭐라고 해? 난 멍하니 부뚜막에 앉아 달빛이 마치 강물처럼 실내로 흘러드는 것을 바라보고 있었어. 귀뚜라미 몇 마리가 맑게 우는데 뭔가 처량한 느낌이 드는 것 있지? 그때 말 여물통에서 기괴한 웃음소리가 들렸어. 자리에서 벌떡 일어나 여물통을 들여다보니까 대사가 그 안에 벌렁 누워 있더라고. 여물통이 작으니 마치 요가 신공을 연마하는 것처럼 가부좌를 튼 채 두 팔을 가슴에 포개고 있더군. 미소를 띤 편안한 모습이었는데, 자세히 들여다보니 단잠을 자고 있더라고. 꿈속에서 웃었다는 이야기지. 아마 가오미 둥베이향의 몇몇 천재적인 인물들은 모두 불면증이 매우 심각하다는 걸 알 거야. 나도 어떻게 보면 천재 기질이 있는데 역시 불면증이 있어. 두 사람도 혹시 불면증이 있으신가?

저랑 스쯔는 마주 보며 고개를 저었어요. 우린 그런 것 없는데. 우린 베개에 머리가 닿기만 하면 드르릉 코를 골거든. 우린 천재가 아닌가 봐.

불면증이 있다고 해서 꼭 다 천재는 아니지. 하지만 천재는 거의 다 잠을 잘 못 자. 왕간이 말했습니다. 고모님 불면증이 이 지역에서는 유명하지. 깊은 밤, 사방이 고요할 때 넓은 들판에 종종 허스키한 노랫소리가 울려 퍼지는데 바로 고모님의 노랫소리지. 고모님이 밤에 산책하러 나가면 하오다서우는 점토 인형을 만들어. 두 사람의 불면증은 주기적이야. 달의 주기에 따라 변하거든. 달빛이 밝아지면 밝아질수록 불면증도

심해지고, 달빛이 잦아들면 쉽게 잠이 들어. 우리 멋진 신세대 현장이 하오다서우의 인형에 '달빛 인형'이라는 이름을 달아 주었어. 교교한 달빛을 조명 삼아 하오다서우가 인형을 빚고 있는 광경을 촬영하도록 현 지역 텔레비전 방송국 사람을 보냈더라고. 두 사람 못 봤지? 그래도 걱정하지 말게. 젊은 현장이 직접 진두지휘한 「가오미 둥베이향의 기인」이란 시리즈물인데, 이 시리즈의 첫 번째 방송이 하오 대사의 「달빛 인형」이었고, 2회가 「말구유 속 대사」, 3회가 「음유 기인」, 4회가 「개구리 울음소리 가운데 노랫소리」야. 보고 싶으면 말해. 전화 한 통이면 방송국에서 디브이디를 보내 줄 거야. 편집하지 않은 원본으로. 방송국에 너희 부부를 소재로 해서 프로그램을 만들어 달라고 할 수도 있어. 제목도 다 내가 생각해 뒀지. 「돌아온 방랑자」라고!

저와 스쯔는 마주 보며 웃었어요. 그의 표현이 이미 예술 창작의 경지로 들어섰다는 걸 알 수 있었습니다. 하지만 구태여 그런 말을 할 필요는 없었습니다. 말한들 무슨 소용이 있겠습니까? 우리는 그저 왕간의 말에 계속 귀를 기울였습니다.

그가 말했습니다. 수년 동안 불면증에 시달리던 대사가 드디어 말구유에서 잠이 들었어. 그것도 아주 깊이. 근심 걱정 하나 없는 갓난아기 같더라고. 수년 전 나무로 만든 말구유에 누워 강을 따라 떠내려온 갓난아기처럼. 순간 울컥해서 눈물이 다 났다니까? 불면증에 시달려 본 사람은 잠을 잘 수 없다는 것이 얼마나 고통스러운지 잘 알아. 그런 사람만이 단잠을 잘 수 있다는 것이 얼마나 행복한지 안다는 이야기지. 난 혹여 무슨 소리라도 내서 대사의 잠을 깨울까 봐 조심스레 말구유 옆에서 숨을 죽였어. 그런데 나도 점점 눈꺼풀이 무거워지면서 정신이 몽롱해지더니 눈앞에 조그만 길이 나타났어. 길 양옆으로 들풀이 무성하게 자라 있고, 오색찬란한 들꽃이 신비한 향기를 풍기고 있었지. 나비가 훨훨 날아다니고, 벌도 윙윙 날고 있었는데, 앞에서 날 부르는 소리가 들렸어. 어떤 여자 목소리였던 것 같아. 저 깊은 곳에서 울려 나오는 듯하면서도 굉장히 친숙한 소리처럼 들리는 것 있지? 소리가 이끄는 대로 앞으로 나아갔지. 상반신은 보이지 않고 하반신만 보였어. 마치 둥근 공처럼 풍만한 엉덩이에 매끈하게 뻗은 다리, 그리고 선홍빛 뒤꿈치가 눈에 들어왔지. 촉촉한 흙길에 선홍빛 뒤꿈치를 따라 살포시 새겨지는 발자국이 정말 신선했어. 길 위에 발바닥 모양이 그대로 찍혔지. 그렇게 그 여인을 따라 걸었어. 마치 그 오솔길이 영원히 계속될 것 같았는데……. 점차 시간이 흐를수록 나랑 같이 걷고 있는 사람이 다름 아닌 대사님이더라고. 언제 어디서부터 나랑 함께한 건지 잘은 모르지만 말이야. 선홍빛 발꿈치를 따라 연못에 이르렀어. 바람결에 연못 깊숙한 곳의 진흙 냄새와 썩은 풀 냄새가 풍겼어. 발 아래에는 향부자, 저 멀리에는 갈대와 창포 그리고 이름 모를 기이한 풀과 꽃이 하나 가득 펼쳐져 있었고. 연못 깊은 곳에서 아이들이 웃고 떠드는 소리가 들려왔는데, 하반신밖에 보이지 않는 그 여인이 그윽하게 울리는 목소리로 연못을 향해 소리 질렀어. 요괴들아, 금포에 옥으로 만든 허리띠를 맨 요괴들아, 은혜를 입은 자는 은혜를 갚고, 빚을 진 자는 빚을 갚고……. 여인의 말이 다 끝나기도 전에 빨간색 배두렁이만 입은, 벌거벗은 아기들이 보였어. 하늘로 솟은 땋은 머리, 민머리, 앞과 좌우 양옆 머리만 약간씩 남겨 놓은 까까머리 등등, 아기들이 일제히 환호성을 지르며 연못에서 달려 나왔어. 아이들이 제법 무게가 나가는 것처럼 보이더군. 연못 표면에 탄력이 넘치는 막이 있는 것 같았어. 아이들이 그 위를 붕붕 뛰어다니면 다닐수록 한층 더 탄력이 붙으면서 아이들 모습이 마치 캥거루가 뛰는 것 같았어. 남자아이들, 물론 여자아이들도 포함해서, 모두 나랑 대사님을 겹겹이 에워쌌어. 남자아이들, 물론 여자아이들도 포함해서, 다리를 잡는 아이, 어깨로 뛰어 올라오는 아이, 귀를 잡고 늘어지는 아이, 머리를 잡아당기는 녀석, 목에 입김을 부는 놈, 눈에 침을 뱉는 놈까지, 아무튼 남자아이들, 물론 여자아이들도 포함해서, 하여튼 아이들 때문에 우린 바닥에 나자빠졌어. 남자아이들, 물론 여자아이들도 포함해서, 모두 진흙을 파내 우리 몸에 쓱쓱 바르고 자기들 몸에도 바르더라……. 그렇게 얼마나 지났는지 아이들이 갑자기 조용해지더니 반원으로 빙 둘러서더라고. 엎드리는 아이, 앉는 아이, 무릎을 꿇고 앉는 아이, 두 손으로 턱을 괴고 생각에 잠기는 아이, 손가락을 물어뜯는 아이, 입을 벌리고 있는 아이……. 어쨌거나 모두 생기발랄하게 각자 자세를 취하더라고. 세상에! 이 아이들이 전부 바로 대사님 작품의 모델이 아니겠어? 대사님은 벌써 작업을 시작했더라고. 한 아이를 계속 주시하며 땅에서 진흙 한 덩어리를 잡아 치대더니 정말 그 모습 그대로 아이를 빚어내더라고. 하나가 끝나자 또 한 아이를 바라보며 바닥에서 진흙 한 덩어리를 집어 치대서 조물조물, 또 하나를 완성했어…….

닭 울음소리에 깜짝 놀라 깨어나 보니 내가 말구유에 엎드려 잠이 들어 있는 거야. 내 침 때문에 대사님 가슴팍 옷자락이 다 젖은 것 있지? 불면증에 걸린 사람은 오로지 꿈에 대한 기억으로 자신이 잠이 들었는지를 알 수 있어. 조금 전 광경이 눈앞에 생생한 걸 생각하니 확실히 잠이 들었다는 것을 알 수 있었지. 수년 동안 불면증에 시달렸는데 말구유에 엎드려 잠이 든 거야. 정말 축하할 만한 희소식이잖아? 더더욱 기쁜 일은 바로 대사님이 주무셨다는 거지. 대사님이 재채기하더니 천천히 눈을 떴어. 그리고 갑자기 무슨 중요한 일이 생각난 사람처럼 구유에서 벌떡 일어나더라고. 막 동이 틀 무렵이었어. 창으로 노을빛이 비치는 가운데 대사님이 작업대 앞으로 달려가 비닐로 겹겹이 싸 둔 진흙을 꺼내 주물럭거리고, 치대고, 다시 만지작거리더니 하늘을 향해 앙증맞게 솟은 머리에 배두렁이를 입은 개구쟁이 아이를 만들었어. 문득 진한 감동이 밀려오며 마치 귓가에 꿈속에서 들었던 감성 넘치는 여인의 목소리가 들리는 것 같았어. 그 여잔 누구였지? 과연 누구였을까? 그분이 바로 대자대비한 삼신 낭랑이었던 거야.

여기까지 말한 왕간의 눈에 정말 눈물이 글썽였습니다. 스쯔의 눈에서도 이상한 광채가 번뜩이더군요. 정말 그에게 완전히 홀린 것 같았습니다.

왕간이 이야기를 계속했습니다. 난 주섬주섬 사진기를 꺼냈어. 차마 플래시를 터뜨리지는 못하겠고, 몰래 대사가 신의 경지에 몰입해 창작하는 사진을 찍었어. 하긴 대사 귓가에 대고 총을 쏜다고 해도 전혀 놀랄 것 같지 않더라고. 대사는 수시로 표정이 변했어. 숙연하고 진지한 표정을 짓다가 개구쟁이처럼 돌변했다가 때로 뭔가 못된 짓을 꾸미는 표정이었다가 쓸쓸하고 비통한 표정을 짓기도 했지. 그 순간, 나는 대사의 표정이 그가 빚고 있는 인형의 표정과 관련이 있다는 걸 깨달았어. 그러니까, 대사는 인형을 빚을 때 바로 그 인형 자체가 되는 거야. 대사와 대사가 빚고 있는 아이가 서로 교감하며 혼연일체가 되는 거지.

대사 작업대 위에 아이들이 자꾸만 늘어났어. 남자아이들, 물론 여자아이들도 있었지. 반원 모양으로 늘어서서 대사를 마주한 모습이 내가 꿈속에 본 것과 똑같은 것 있지? 얼마나 놀라고 기뻤는지 몰라! 정말 감개무량하더라. 두 사람이 똑같은 꿈을 꿨다는 것 아냐? "마음엔 영험한 무소같이 한 점으로 통함이 있었지."[62]라고 옛사람들이 사랑하는 연인의 마음이 하나임을 노래하더니만, 나와 대사도 그렇게 통하더라고. 우리가 비록 연인은 아니지만 동병상련의 아픔이 있지 않겠어? 이쯤 되면 너희도 왜 대사가 이렇게 많은 인형을 만드는데 하나도 같은 표정을 짓는 아이가 없는지 알겠지? 대사는 일상에서도 소재를 취하지만 꿈속에서도 아이들의 형상을 얻는 거야. 난 손재주는 없지만 풍부한 상상력이 있지. 내 눈은 마치 사진기 같아. 한 아이의 모습을 통해 열 명, 백 명, 천 명의 아이

62) 心有靈犀一點通. 당나라 시인 이상은의 시 「무제」의 한 구절.

를 만들어 낼 수 있거든. 또한 천 명, 백 명, 열 명의 모습을 한 아이의 모습으로 응축할 수도 있고. 난 꿈을 통해 내 머릿속에 비축해 둔 아이의 이미지를 대사에게 전달하고, 대사의 손을 통해 작품으로 만들어 내지. 따라서 나와 대사는 하늘과 땅이 점지해 준 기가 막힌 파트너야. 이 작품들은 당연히 우리 공동의 창작물이라고 할 수 있지. 그렇다고 해서 대사의 공로를 가로채려는 건 아니야. 난 젊은 시절 사랑을 통해 세상 이치에 통달한 사람이야. 명예나 이익 같은 건 나에겐 뜬구름 같은 거야. 내가 이런 말을 하는 건 너희들에게 기적에 대해 말하고 싶어서야. 꿈과 예술 창작은 불가분의 관계이고 실연이란 어마어마한 재산이며, 특히 예술 창작을 하는 사람은 실연의 고통을 통해 자신을 담금질하지 않으면 예술 창작의 최고 경지에 도달할 수 없다는 걸 알려 주고 싶어서야.

왕간이 우리에게 주절주절 끊임없이 이야기를 늘어놓는 동안 대사는 아무런 미동도 없이 계속해서 두 손을 괴고 사색에 잠겨 있었습니다. 마치 자신이 점토 인형이 된 것 같았습니다.

4

왕간이 한 남자아이를 시켜 「가오미 둥베이향의 기인 시리즈」라는 디브이디를 우리에게 보냈습니다. 아이는 멜빵 반바지에 피노키오 같은 긴 다리를 드러내고 육중해 보이는 가죽 부츠를 신고 있었어요. 노란 머리카락에 눈썹은 거의 흰색에 가깝고 두 눈이 회남색이었어요. 한눈에 보기에도 혼혈인 것을 알 수 있었습니다. 스쯔가 황급히 사탕을 찾아 왔어요. 아이는 두 팔을 뒤로한 채 강한 가오미 둥베이향 사투리로 말했습니다. 그 사람이 그러는데 적어도 10위안은 주실 거라고 하던데요.

우리는 20위안을 주었습니다. 아이는 고개를 숙여 인사하더니 휘파람을 불면서 아래층으로 내려갔습니다. 우린 창틀에 매달려 마치 만화에 나오는 아이처럼 성큼성큼 맞은편 어린이 유원지로 향하는 아이를 바라보았어요. 저 너머로 롤러

코스터가 문득문득 모습을 드러냈습니다.

며칠 후 강가에서 산책하던 우리는 그 남자아이를 만났습니다. 유모차를 밀고 있는 키 큰 백인 여자와 함께였습니다. 누이동생으로 보이는 여자아이도 있었습니다. 남자아이는 색색으로 장식된 헬멧에 무릎과 팔꿈치에 보호대를 하고 조심스레 롤러스케이트를 타고 있었어요. 백인 여자 뒤로 이목구비가 수려한 중년 남성이 보였습니다. 휴대전화로 통화 중이었는데, 듣기 좋은 장쑤 저장 지역 억양이 섞인 표준어를 하고 있었습니다. 그 뒤로 금빛 털을 가진 덩치 좋은 개가 따르고 있었고요. 전 한눈에 그가 베이징 모 대학의 교수라는 걸 알았습니다. 텔레비전에 자주 얼굴을 드러내는 유명인사입니다. 스쯔가 유모차 안으로 넓적한 얼굴을 들이밀며 파란 눈의 서양 아이를 바라보았습니다. 여자는 미소를 지으며 상당히 품위 있는 태도를 취했지만 교수는 경멸의 기색이 역력했습니다. 저는 황급히 스쯔의 팔을 잡아끌었습니다. 스쯔는 계속 아기만 바라볼 뿐 교수의 표정은 살피지 않았어요. 제가 교수에게 미안하다는 표시로 고개를 끄덕이자 그도 살짝 고개를 끄덕였어요. 전 스쯔에게 예쁜 아기를 볼 때마다 제발 『빨간 모자』에 나오는 늑대 할멈처럼 굴지 말라고 주의를 시켰습니다. 요즘 아이들, 하나같이 다 예뻐. 당신은 아이만 보느라 부모들 얼굴은 안 보지? 스쯔는 억울하다는 듯 계획생육 정책을 무시하고 아이를 낳는 부자들이며, 외국인과 결혼해서 제 세상 만난 사람처럼 맘껏 아이를 낳는 사람들을 비난하더니 이어 자신을 탓하기 시작했습니다. 국가 정책을 실행하기 위해 고모랑 수도 없이 중절 수술을 시켰어요. 자연의 법칙을 거스르는 바람에 내가 벌을 받아 아기를 낳지 못하는 거예요. 그러더니 저에게 서양 여자랑 결혼해 혼혈 아이나 한 무더기 낳았으면 좋겠다고 하더군요. 스쯔가 말했어요. 정말 질투 안 해요. 정말요. 서양 여자랑 결혼해서 낳고 싶은 대로 맘껏 낳아요. 낳아서 나도 주고. 내가 키워 줄게요. 여기까지 말한 스쯔의 두 눈에 눈물이 가득 고였습니다. 밭은 숨을 내쉬며 풍만한 가슴을 자꾸만 들썩였어요. 벅차오르는 모성애를 감당할 수가 없었나 봐요. 금방이라도 스쯔의 가슴에서 젖이 뿜어져 나올 것만 같았습니다.

저는 얼른 왕간이 보낸 디브이디를 틀었습니다.

외지 사람들은 귀에 거슬릴지 모르지만 우리에겐 남다른 의미가 있는 무강[63] 공연 소리가 울려 퍼지는 가운데 고모와 점토 공예가 하오다서우의 생활이 눈앞에 펼쳐졌습니다.

솔직하게 말하면, 전 공개적으로 의견을 밝히진 않았지만, 고모가 하오다서우랑 결혼하는 게 정말 싫었어요. 아버지나 형수님들 생각도 마찬가지였습니다. 고모와 하오다서우는 전혀 어울리지 않는다고 생각했죠. 우리는 어려서부터 고모가 왕샤오티 같은 사람과 결혼해서 우리 집에 큰 영광을 가져다주길 희망했습니다. 하지만 결과는 비참했죠. 후에 관계가 얽힌 양린도 비록 왕샤오티보다는 못했지만 어쨌거나 고위 관리이니 그런대로 봐줄 만했죠. 설사 고모가 미친 친허랑 결혼을

63) 茂腔. 중국 산둥성 동부 지역에서 유행했던 민간 희곡.

한다고 해도 하오다서우보다는……. 우리는 원래 고모가 독신으로 늙을 것에 대비하고 있었습니다. 심지어 말년에 누가 고모를 모시고 임종을 지킬 것인지를 의논하기도 했습니다. 그런데 고모가 별안간 하오다서우에게 시집을 가겠다는 거예요. 당시 베이징에 있던 저랑 스쯔는 소식을 듣고 너무 놀랐어요. 나중에는 황당하다는 생각과 함께 고모 신세가 처량하게 느껴졌습니다.

「달빛 인형」이라는 제목만 보면, 점토 공예가 하오다서우에 대해 이야기하는 것 같지만 사실은 고모가 주인공입니다. 기자를 맞이해 하오다서우의 작업실과 인형 보관 창고를 하나씩 소개해 주는 동안 고모는 항상 화면 정중앙에 있었어요. 고모가 손짓 발짓을 동원해 생동감 넘치게 설명하고 있었고, 그동안 조용히 작업대 뒤에 아무런 표정 없이 멍하니 앉아 있는 하오다서우의 모습은 마치 꿈에나 볼 수 있는 마성이 넘치는 남자였습니다. 모든 점토 공예가가 최고의 경지에 오르면 이렇게 변하는 걸까요? 하오다서우의 명성은 하늘을 찌르지만 전 평생 그를 만난 적이 별로 없습니다. 제 조카 샹췬의 항공대학 입학 축하모임이 열렸던 날 밤, 어둠 속에서 그를 본 이후로 많은 세월이 흘렀습니다. 그리고 이번이 처음이었습니다. 그것도 화면을 통해서 말입니다. 머리는 백발이 되었지만 볼그족족한 얼굴이 무척 느긋하고 단아해 보였습니다. 풍채와 기골이 남달랐습니다. 이 시리즈물을 보면서 저는 뜻밖에 고모가 왜 하오다서우에게 시집을 갔는지 알 것 같았습니다.

고모는 담배에 불을 붙인 후 깊이 한 모금을 빨고 나서 처량한 목소리로 말했습니다. 결혼은 운명이에요. 젊은 사람들에게 이런 이야기를 하는 건 당신들에게 유심론을 주장하려는 건 아닙니다. 전 철저한 유물론자였거든요. 하지만 결혼만은 운명을 따를 수밖에 없어요. 가서 저 사람에게 물어봐요. 고모는 마치 점토 인형처럼 앉아 있는 하오다서우를 가리켰습니다. 저 사람인들 나랑 결혼하리라고 꿈엔들 생각했겠어요?

1997년, 제 나이도 예순이 되었어요. 상부에서 퇴직하라고 하더군요. 물론 퇴직하고 싶지 않았지만 전 이미 다른 사람에 비해 오 년이나 퇴직을 미룬 상태였어요. 그러니 할 말이 없었죠. 위생원 원장, 여러분도 아는 사람이에요, 그 배은망덕한 허시촌 황피의 아들, 황쥔. 별명이 '오이'인 그 자식! 내가 엄마 배 속에서 그 자식을 끄집어냈는데. 그 개자식은 겨우 이틀하고 반나절 위생학교를 다닌 놈이에요. 당연히 청진기를 대고도 심폐 기능이 어떤지 알지 못하고, 주사할 때 정맥도 못 찾고, 맥을 잡아도 촌(寸), 관(關), 척(尺)도 모르는 머저리인데, 글쎄, 원장이 됐다니까요! 그 작자가 위생학교에 다닐 때 내가 위생국 선 국장을 찾아가 사정을 했는데, 하루아침에 권력을 손에 쥐자 완전히 안면 몰수하고 모른 척하더군요. 그 사람은 할 줄 아는 것이 하나도 없답니다. 오직 잘하는 거라곤 손님 접대와 뇌물, 아부 그리고 젊은 여자 유혹하고 농락하는 거죠.

여기까지 말하더니 고모가 가슴을 치고 발을 동동거리며 말했어요. 정말 난 바보예요. 그런 자가 위생원에 들어오게 도와주다니, 이건 완전히 늑대를 불러들인 꼴이라고요! 병원의 젊은 아가씨들을 그가 죄다 갖고 놀았어요. 왕씨 집성촌의 샤오메이, 이제 겨우 열일곱 살 난 아이예요. 길게 땋은 머리, 갸름하고 하얀 얼굴, 마치 나비 날개처럼 긴 눈썹을 깜빡거리며 큰 눈을 동그랗게 뜨고 이야기하는 그런 아이입니다. 사람들이 이구동성으로 장이머우 눈에 띄었으면 아마 공리나 장쯔이보다 더 멋진 스타가 되었을 것이라고 했거든요. 그런 애를 장이머우가 발견하기 전에 그 호색한이 먼저 발견한 거예요. 놈이 왕씨 집성촌에 달려가 죽은 사람도 벌떡 일으키는 그 세 치 혀를 놀려 샤오메이의 부모님을 설득했어요. 샤오메이를 위생원으로 보내 제게 산부인과 일을 배우도록 하라고요. 말은 그렇게 했지만 샤오메이는 단 하루도 산부인과에 나온 적이 없습니다. 그놈이 데리고 있었던 거죠. 샤오메이가 매일 그놈 시중을 들었으니 밤은 물론이고 벌건 대낮에도 그 짓거리를 했습니다. 얼마나 많은 사람이 봤는지 몰라요. 그러다 지겨웠는지 현성에 들어가 공금으로 관리들을 초대해서 현으로 옮기고 싶다고 로비를 하고 다녔어요. 역겨운 그 작자 얼굴 한 번도 못 봤죠? 말같이 긴 얼굴에 거무튀튀한 입술하고 치아 사이로 핏물이 보여요. 구취가 어찌나 심한지 망아지도 그 입 냄새에 졸도할 정도라니까요. 그런 자가 현 위생국에 부국장으로 가고 싶다는 거예요. 그가 샤오메이를 접대부처럼 데리고 갔으니 분명히 관리들이 가지고 놀도록 선물로 줬겠죠. 천벌을 받을 겁니다. 천벌을!

어느 날, 그놈이 갑자기 날 사무실로 부르더라고요. 병원 여자들은 그 사람 사무실에 가는 걸 무서워하거든요. 나야 물론 무서워할 게 없죠. 난 주머니에 작은 칼을 하나 넣어 가지고 다녀요. 언제든지 그놈 거시기를 잘라 버릴 수 있게 말이에요.

그놈이 만면에 함박웃음을 지으며 차를 따라 주더니 한참 동안 아부를 떨더라고요. 내가 말했죠. 황 원장님, 하실 말씀 있으면 빙빙 돌리지 말고 단도직입적으로 하시죠. 그가 실없이 헤헤거리더니 말했어요. 이모님! — 그 개자식이 아직도 날 이모님이라고 불러요. — 이모님이 절 직접 받아 주셨잖아요. 제가 크는 것도 지켜보셨고요. 이모님 친아들이나 진배없죠. 헤헤……. 내가 말했어요. 무슨 말씀을! 어엿한 위생원 지도자께서 저처럼 평범한 산부인과 의사에게! 그런 분이 제 아들을 자청하시다니, 행여 지나치게 복을 받는 바람에 나중에 불행해질까 봐 겁이 나네요. 어서 말씀해 보시죠. 그런데 그 작자가 또 멋쩍게 헤헤거리더니 뻔뻔스럽게 이렇게 말하더라고요. 제가 지도자들이 잘 범하는 그런 우를 저질렀어요. 시기가 좀 어긋나는 바람에 샤오메이가 임신했어요. — 내가 말했어요. 축하합니다! 샤오메이가 귀한 아기를 가졌으니 우리 위생원을 이을 사람이 생겼군요. — 이모님, 놀리지 마시고요. 며칠 동안 어찌나 걱정이 되는지 밥도 잘 안 넘어가고, 잠도 못 자겠고. — 그 짐승 같은 인간도 밥도 못 넘기고, 잠도 못 잘 때가 있더군요! — 샤오메이가 이혼하라고 난리예요. 안 그러면 현 기율위원회에 고발하겠대요. — 왜요? 관리 나리들이야 너도나도 '작은마누라'를 들이는 게 유행 아니던가요? 그냥 별장 사 주고 돌봐 주면 되는 거 아닌가? 이모님! 제 사정 알면서 너무 그러지 마세요. '둘째'니 '셋째'니 하는 이야기는 이 자리에서 할 수 있는 이야기가 아니고요. 그리고 제가 별장 사 줄 돈이 어디 있어요? — 그럼 이혼하시든가! 그랬더니 그놈이 그 말처럼 긴 얼굴이 더 늘어져서 이렇게 말하는 것 있죠? 이모님, 다 아시면서! 장인어른하고 돼지 잡는 제 처남들이 모두 무지막지하잖아요. 그 사람들이 이 일을 알았다 하면 전 그날로 목이 달아나요. — 하지만 명색이 원장님 아닌가? 고위 간부께서! — 됐어요, 이모님! 이 조그만 시골 원장이 이모님 눈에는 아무것도 아닌 것처럼 보이죠? 그만 비꼬세요. 제발 방법 좀 생각해 주세요. — 나한테 무슨 방법이 있다고 그래요? — 샤오메이가 이모님을 존경하잖아요. 몇 번이나 저에게 이모님을 존경한다고 말했어요. 아마 다른 사람 말은 안 들어도 이모님 말은 들을 거예요. — 나더러 뭘 어떻게 해 달라고? — 제발 말 좀 해 주세요. 그 아이 지우라고요. — 이봐, '오이'! 열불이 나서 이야기했죠. 이제는 날벼락 맞을 그런 몹쓸 짓 난 안 해. 평생 이 손으로 지운 아이가 2000명이 넘어! 이런 일 다시는 안 한다고! 아빠 될 준비나 해! 그 애 얼마나 예뻐? 샤오메이가 애를 낳으면 정말 예쁠 거야. 얼마나 잘된 일이야? 가서 샤오메이에게 이야기해. 산달 되면 내가 아기 받아 주겠다고!

그렇게 하고 휙 나와 버렸어요. 정말 통쾌하더라고요. 하지만 사무실로 돌아와 앉아서 물 한 잔 마시고 생각해 보니 마음이 괴로운 거예요. '오이', 이 나쁜 자식, 씨를 말려 버리는 게 좋아. 샤오메이 같은 아이가 그런 독종의 자식을 낳다니 정말 안타까운 일이란 생각이 들었어요. 그렇게 많은 아이를 받는 동안 내가 내린 결론이 있어요. 좋은 사람, 나쁜 사람을 결정짓는 원인 가운데 반은 후천적인 교육이고, 반은 유전이라는 거죠. 당신들은 '혈통론'에 반대할지 몰라요. 하지만 이건 제가 실천적 경험을 통해 얻은 진리입니다. '오이' 녀석 같은 독종의 씨는 태어나자마자 사찰에 데려다 기른다 해도 아마 커서 바람둥이 스님이 될 거예요. 샤오메이 때문에 마음이 괴로웠지만 그 애를 대상으로 '사상공작'을 펼칠 수도 없고, '오이' 그 개자식이 편안하게 마음의 짐을 내려놓도록 할 수도 없었어요. 차라리 세상에 '바람둥이 스님'을 하나 더 만들고 말지! 하지만 결국 난 샤오메이의 중절 수술을 해 주고 말았습니다.

샤오메이가 직접 부탁을 하더라고요! 그 애가 내 앞에 무릎을 꿇고 내 다리를 잡더니 눈물, 콧물 다 흘리는 바람에 내 바지까지 다 더러워졌어요. 샤오메이가 울면서 말했어요. 고모님, 제가 속았어요. 그놈에게 속았어요. 아무리 초호화판 가마를 메고 와서 결혼하자고 해도 그런 짐승 같은 놈, 이젠 제가 싫어요. 그런 놈 아기를 갖고 싶지 않아요…….

그렇게 해서……. 고모가 다시 담배에 불을 붙이고 세차게 담배를 빨았습니다. 진한 담배 연기가 고모 얼굴을 뒤덮었어요. 수술해 줬죠. 이제 막 꽃을 피우려는 장미를 그놈이 짓밟았어요. 고모가 흐르는 눈물을 닦았습니다. 다시는 그런 수술을 하지 않겠다고 결심했는데, 더 이상 견딜 수가 없었어요. 설사 그 아이 배 속에 털 달린 원숭이가 들어 있다고 해도 하지 않았을 거예요. 흡인기 소리만 들어도 마치 커다란 손이 내 심장을 움켜쥐는 것 같아요. 어찌나 고통스러운지 땀이 삐질삐질 나면서 눈앞에 별이 보였어요. 수술이 끝나고 그냥 바닥에 쓰러져 버렸죠…….

아이고! 사람이 나이가 들면 이렇게 자꾸 말이 샛길로 빠지더라! 한참을 떠벌렸는데 아직도 내가 왜 하오다서우와 결혼했는지 말하지 않았네. 퇴직하겠다고 선포한 그날이 음력으로 7월 15일이었어요. '오이' 그놈이 날 붙들고 싶었나 봐요. 퇴직한 후에도 계속 나오면 한 달에 800위안씩 주겠다는 거 있죠? 퉤! 그놈 면상에 침을 뱉었어요. 이 잡종 새끼야, 이 고모님이 이제껏 죽기 살기로 일했어. 몇 년 동안 위생원 수입 가운데 80퍼센트는 내가 번 거야. 온갖 동네에서 위생원에 진찰받으러 오는 사람들이 모두 날 보고 오는 것 몰라? 내가 돈 벌고 싶으면 1000위안, 2000위안은 못 벌 것 같아? 그런데 고작 800위안 가지고 날 매수하겠다고? 농민공도 그것보다는 더 벌어! 반평생 너무 열심히 일해서 이젠 일 안 하고 쉬련다. 가오미 둥베이에 돌아가 요양이나 할 거야! 그랬더니 그놈이 화가 나서 몇 년 동안 온갖 편법을 동원해서 날 괴롭히는 거예요. 하지만 산전수전 다 겪어 본 나 아닙니까? 어렸을 때 일본놈들도 무서워하지 않던 내가 일흔이 넘어서 이제 와서 그 개자식을 무서워해야겠어요? 그렇지, 본론으로 들어가서!

왜 하오 씨랑 결혼했느냐고 했죠? 그건 개구리 사건부터 이야기해야 해요. 퇴직하기로 한 그날 밤, 오랜 동료들하고 호텔에서 한 상 거하게 먹고 있을 때였어요. 그날 밤 내가 좀 취했죠. 사실 그렇게 많이 마시지도 않았는데, 술이 별로 안 좋았나 봐요. 식당의 새끼 사장, 그러니까 제바이좌의 아들 제샤오훼가 새끼 사장인데, 바로 1963년 '고구마 아이' 세대 가운데 한 사람이죠. 걔가 날 대접한다고 우량예 한 병을 가져왔어요. 한데 그놈의 우량예가 가짜였나 봐요. 찻사발로 절반 정도 마셨는데 머리가 어지럽고 눈이 빙글빙글 돌고 천장이 뒤집히더라고요! 같이 술을 마시던 사람들도 하나씩 다 꼬꾸라지고 제샤오훼도 입에 거품을 물고 눈이 완전히 뒤집혔어요.

그렇게 휘청거리며 병원 숙소로 돌아갔습니다. 그런데 분명 숙소로 돌아가려 했는데 저도 모르게 웅덩이가 있는 쪽으로 걸어갔나 봐요. 양쪽으로 갈대가 수북이 자라고 여기저기 물구덩이가 있는 구불구불 오솔길을 따라갔을 거예요. 물구덩이가 달빛을 받아 반짝반짝 빛나는 모습이 마치 유리 같았어요. 두꺼비, 개구리가 꽥꽥, 개굴개굴 정신없이 울었어요. 한쪽이 그치면 다른 한쪽에서 울기 시작하고, 그렇게 번갈아 가며 우는데, 마치 주거니 받거니 노래를 부르는 것 같았어요. 한순간 사방팔방에서 모두 일제히 울기 시작했어요. 어찌나 개굴개굴, 꽥꽥 울어 대는지 소리가 하나로 모여 그대로 하늘로 솟구치는 것 같았습니다. 잠시 후 소리가 멈추고 사방이 고요해졌어요. 그냥 풀벌레 소리만 들리더라고요. 왕진을 가느라 수십 년 동안 밤길을 걸었지만 한 번도 무서워한 적이 없습니다. 그런데 그날 밤은 정말 무서웠어요. 원래 개구리 소리가 북소리 같다고들 하거든요. 하지만 그날 개구리 소리는 곡소리 같았어요. 마치 수없이 많은 갓난아기가 울고 있는 것 같았어요. 나는 원래 아기가 태어날 때 들리는 첫 번째 울음소리를 가장 좋아했습니다. 산부인과 의사에게 갓 태어난 아기의 울음소리는 세상에서 가장 감동적인 음악이거든요. 하지만 그날 밤 들었던 개구리 울음소리엔 원한과 굴욕이 깃들어 있는 것 같았어요. 마치 상처 입은 수많은 아기의 정령이 호소하는 것 같았다니까요? 그날 마신 술이 순식간에 모두 식은땀이 되어 솟구쳐 나오는 것 같았습니다. 제가 술에 취해 환각을 일으켰다고 생각하지 마세요! 땀이 난 후에 약간의 두통 증상 이외에는 정신이 말짱했으니까요. 질척거리는 오솔길을 따라 개구리들의 울음소리에서 도망치려고 애를 썼습니다. 그런데 도저히 벗어날 수가 없는 거예요. 아무리 빨리 달려도 꽥꽥거리는 처량하고 원한에 가득한 울음소리가 사방팔방에서 절 자꾸만 얽어매는 겁니다. 달아나고 싶은데 꼼짝할 수가 없었어요. 오솔길 진창이 마치 젊은 사람들이 뱉은 껌처럼 신발 밑바닥에 딱 붙어서 다리를 들어 올릴 때마다 젖 먹던 힘까지 다해야 했습니다. 신발 밑바닥과 길바닥이 은빛 실로 이어져 있었어요. 그 실을 끊어 버리려고 몸부림쳤지만 발이 닿을 때마다 다시 새로 실이 생겼어요. 신발을 버리고 그냥 맨발로 진창을 달렸습니다. 하지만 맨발로 걷자 진창길이 더 가깝게 느껴지면서 마치 은색 실에 빨판이 생겨난 것처럼 발바닥에 찰싹 달라붙어서 살을 찢어 버릴 것 같더라고요. 바닥에 무릎을 꿇고 마치 거대한 청개구리처럼 기어갔어요. 진흙이 무릎, 종아리, 손바닥에 모두 달라붙었어요. 그때 무성한 갈대밭 깊은 곳, 은빛 수련 잎들 사이에서 수많은 청개구리가 튀어나왔습니다. 온몸이 푸른색인 것도 있고, 전체가 황금색을 띠는 것도 있고, 전기다리미만큼 큰 것도 있고, 대추씨처럼 작은 것도 있었어요. 샛별 같은 눈을 가진 것도, 팥알 정도 크기의 눈을 가진 것도 있었죠. 사방팔방에서 파도처럼 밀려오는 분노의 울음소리로 나를 겹겹이 에워싸더라고요. 단단한 입으로 내 살을 쪼고, 날카로운 발톱이 자라난 발로 살을 잡아뜯으며 등으로, 목으로, 머리로 뛰어올랐어요. 무게를 이기지 못한 나는 바닥에 그대로 뻗어 버렸어요. 가장 큰 공포는 개구리들이 물어뜯고 잡아당기는 것이 아니라 그 차갑고 끈끈한 뱃가죽이 내 피부에 닿는 것이었어요. 정말 말할 수 없을 정도로 구역질이 났어요. 개구리들이 내 몸에 끊임없이 오줌을 쌌는데, 아마 정액이 분사되어 나왔나 봐요. 갑자기 큰할머니가 이야기해 준 개구리 이야기가 생각났어요. 처녀 하나가 밤에 강둑에서 바람을 쐬다가 자기도 모르게 잠이 들었대요. 꿈속에 푸른 옷을 입은 청년과 잠자리를 같이했는데, 꿈에서 깬 후 임신을 했고, 후에 새끼 개구리를 한 무더기 낳았대요. 그 이야기가 생각나자 저는 바닥에서 벌떡 일어났어요. 극도의 공포로 엄청난 괴력이 생기더라고요. 내 몸에 엎드려 있던 개구리들이 진흙 덩이처럼 우수수 떨어졌어요. 하지만 아직도 엄청난 개구리들이 옷이랑 머리카락을 죽어라 붙잡고 있었고, 그중 두 마리가 내 귓불을 물었어요. 무시무시한 귀걸이가 달려 있는 것 같았습니다. 앞으로 그냥 내달리는데 왜 갑자기 지면의 흡착력이 사라졌는지 모르겠더라고요. 달려가면서 몸을 털고 두 손으로 자꾸만 떼어 냈어요. 개구리 한 마리를 잡을 때마다 날카로운 비명이 절로 나왔습니다. 개구리들을 세차게 털어 버렸어요. 귀에 매달린 개구리 두 마리를 떼어 낼 땐 마치 귀가 찢어지는 것 같았어요. 귓불을 물고 늘어지는 모양이 마치 굶주린 아이가 엄마 젖꼭지를 무는 것 같았어요.

고모는 그렇게 고래고래 비명을 지르며 달렸답니다. 하지만 고모를 바짝 뒤쫓아 뛰어오는 개구리를 떨쳐 버릴 수가 없었습니다. 그렇게 뛰어가다 뒤를 돌아본 고모는 혼비백산했답니다. 수많은 개구리가 엄청난 대군이 되어 소리를 지르고, 뛰어오르고, 서로 부딪치고 부대끼며 마치 탁류처럼 빠른 속도로 몰려오고 있더래요. 게다가 길가에서 개구리들이 튀어나와 일부는 고모 앞에 대오를 형성해 앞길을 막아섰더래요. 또한 길가 풀숲에서 갑자기 튀어나온 개구리들까지 달려들었지요. 고모는 그날 원래 큼지막한 검은색 실크 치마를 입고 있었는데 고모를 기습한 개구리들이 치마를 갈기갈기 찢었습니다. 그렇게 길쭉길쭉하게 치마를 찢어 가진 개구리들이 한입에 치마 조각을 삼키더니 목이 메어 안절부절못하고 뒹굴다 허연 배를 드러내었답니다.

강변까지 달려간 고모의 눈에 달빛을 받아 온통 은빛으로 반짝이는 조그만 돌다리가 들어왔습니다. 몸에 걸치고 있던 치마는 이미 개구리들이 모조리 뜯어 젖히는 바람에 거의 반나체로 다리까지 뛰어갔는데 그 순간 하오다서우를 만났습니다.

창피고 뭐고 따질 겨를이 없었어요, 아니, 제가 엉덩이를 거의 다 드러내고 있다는 것조차 생각할 수가 없었거든요. 그때 커다란 도롱이를 걸치고 삿갓을 쓴 사람 하나가 다리 중앙에 앉아서 은빛 찬란한 뭔가를 뭉치고 있었어요. 나중에야 그게 진흙 덩어리라는 걸 알았죠. '달빛 인형'을 만들 때는 반드시 달빛을 받은 흙이 필요하거든요. 그땐 그 사람이 누군지도 자세히 볼 틈이 없었습니다. 누구든 그저 사람이기만 하면 구세주가 따로 없었습니다. 그 사람 품으로 달려가 힘껏 도롱이 안으로 파고들었어요. 등 뒤로 비릿한 개구리의 싸늘하고 오싹한 느낌이 옥죄어 오는 가운데 그 사람의 따뜻한 가슴이 느껴졌어요. 난 소리 질렀어요. 아저씨, 제발 살려 줘요. 그리고 기절해 버렸어요.

고모의 장황한 이야기를 듣는 동안 우리는 개구리가 떼를 지어 몰려드는 광경을 떠올리며 등골이 써늘해졌습니다. 카메라가 다시 하오다서우를 잡았지만 그는 꼼짝하지 않고 조각상처럼 그대로 조용히 앉아 있었어요. 이어 점토 인형을 클로즈업하면서 이와 함께 강가 조그만 돌다리의 원경이 보이고, 다시 카메라가 고모의 얼굴을, 그리고 입을 비췄습니다.

고모가 말했어요. 깨어나 보니 내가 하오 씨네 온돌에 누워 있더라고요. 남자 옷을 걸치고요. 그 사람이 녹두탕을 두 손으로 받치고 날 먹여 줬어요. 녹두 향을 맡으니 정신이 돌아오더군요. 한 그릇 다 마시고 나니 온몸에 땀이 흘렀어요. 몸 이곳저곳에서 바짝바짝 열이 나면서 통증이 느껴졌어요. 하지만 비명이 절로 나오는 싸늘하고 끈끈한 느낌은 점차 사라졌어요. 몸에 포진이 쫙 번졌는데 따끔거리고 가렵고 아프고 난리도 아니었어요. 그러더니 고열이 나면서 헛소리를 했대요. 하오 씨의 녹두탕을 먹고 그 고비를 넘기자 피부가 한 꺼풀

벗겨지면서 뼛속까지 조금씩 통증이 느껴졌어요. 환골탈태에 대한 이야기를 들은 적이 있는데 내가 이른바 그런 환골탈태를 한 거죠. 아프고 난 후 하오 씨에게 말했어요. 오빠, 우리 결혼해요.

거기까지 말한 고모의 얼굴이 눈물로 범벅이 되어 있었습니다.

이어 화면에 고모와 하오다서우가 함께 인형을 만드는 모습이 보였습니다. 고모는 눈을 감고 마찬가지로 눈을 감은 채 흙을 쥐고 있는 하오다서우에게 말했어요. 이 인형은 성이 '관', 이름은 '샤오슝', 아버지 키는 1미터 79센티미터, 긴 얼굴에 하관이 넓고, 외꺼풀에 귀가 크고, 코가 크고, 콧등이 낮음. 엄마는 1미터 73센티미터, 목이 길고, 하관이 좁고, 광대뼈가 나오고, 쌍꺼풀에 눈이 크고, 코끝은 날카롭고, 콧날이 오뚝해. 아이는 엄마를 많이 닮고, 아빠는 약간만 닮고……. 고모가 이렇게 이야기를 하는 사이, 관샤오슝이라는 남자아이가 하오다서우의 손끝에서 태어났습니다. 카메라가 인형을 클로즈업했습니다. 전 얼굴이 맑고 깨끗하면서도 뭔가 말로 할 수 없는 슬픔이 느껴지는 인형을 바라보았습니다. 저도 모르게 눈물이 왈칵 솟구쳤습니다…….

5

스쯔와 함께 중미 합자로 지어진 산부인과 소아과를 둘러봤습니다. 스쯔는 여기서 일하고 싶은데 방법을 찾지 못해 고심 중이었어요.

로비에 들어서자 병원보다는 고급 회원제 클럽 같다는 느낌을 받았습니다. 무더운 여름이었는데도 로비는 상쾌하고 시원했습니다. 우아하고 감미로운 배경 음악이 흐르는 가운데 산뜻한 꽃향기가 가득했어요. 로비 맞은편 벽에 하늘색 병원 로고와 함께 분홍색으로 커다랗게 글씨가 적혀 있었습니다.

"믿음으로 함께하는 평생 약속."

하얀 가운에 하얀 모자를 쓴 아름다운 아가씨 둘이 손님을 맞이했습니다. 얼굴 가득 웃음을 머금었는데 목소리도 무척 상냥했어요.

하얀 가운과 하얀 테 안경을 쓴 중년 여자가 우리 곁으로 다가와 친절하게 물었습니다. 도와 드릴까요?

제가 말했어요. 아뇨. 그냥 둘러보려고요.

그 여자는 우리를 로비 오른쪽 휴게실로 데려갔습니다. 넓은 등나무 의자가 놓여 있는데, 의자 옆 간이 서가에는 산모와 아기에 관한 멋진 잡지들이 가득 꽂혀 있고, 탁자 앞 다탁에는 세련된 병원 소개 책자가 놓여 있었습니다.

여자는 생수대에서 차가운 물 두 잔을 가져다주고 미소를 머금은 채 우리 곁을 떠났습니다.

자료에는 훤한 이마에 눈썹이 시원하게 뻗어 있고, 눈빛이 매우 자상하며, 무테 안경을 쓰고, 하얗고 가지런한 치아를 드러낸 채 자상하게 웃고 있는 중년 여의사가 나와 있었습니다. 가슴 앞에는 사진이 박힌 카드가 달려 있고 왼쪽 어깨 위쪽으로는 "중미 합자 산부인과 소아과는 여러분이 꿈꿔 왔던 신개념 산부인과 소아과 병원입니다. 정성과 친절, 따뜻함이 가득한 가족 같은 분위기에서 품격 있는 서비스를 누리십시오……."라고 적혀 있었습니다.

또한 오른쪽 어깨 위쪽으로 이런 글씨가 적혀 있었지요. "1948년 세계의사회 총회에서 채택된 제네바 선언을 철저하게 준수합니다. 우리는 양심적으로 의료 행위를 실시할 것이며 무엇보다 먼저 환자의 건강을 고려하고, 모든 환자의 비밀을 지킬 것입니다. 최선을 다해 의료계의 명예와 숭고한 전통을 수호하고……."

저는 스쯔를 살짝 곁눈질했습니다. 스쯔는 병원 팸플릿을 뒤적이며 눈살을 찌푸리고 있더군요.

다음 장을 넘기자 매우 침착하고 신뢰감 있는 인상의 산부인과 의사가 줄자로 임신부의 볼록하고 매끄러운 배를 재고 있었습니다. 임신부는 긴 눈썹에 오뚝한 코, 발그레하고 윤기가 흐르는 예쁜 입술을 가지고 있었어요. 피곤하고 초췌한 기색은 전혀 찾아볼 수 없었습니다. 의사의 팔, 임신부의 배 사진 위로 "인간의 생명은 엄마의 배 속에서 시작합니다. 잉태된 순간부터 생명 존중은 시작됩니다."라는 글귀가 적혀 있었어요.

중간 체격에 머리카락이 헝클어지고 명품 캐주얼웨어를 입은 남성이 경쾌하게 로비로 걸어 들어왔습니다. 자신감이 충만한 표정, 살짝 불룩한 배를 보니 상당히 신분이 있는 사람 같더군요. 고위직 관리거나 돈이 많거나 아니면 고위직 관리이면서 돈도 많은 사람일 거란 생각이 들었습니다. 왼손으로 젊은 여성의 손을 가볍게 잡고 있었어요. 큰 키에 늘씬한 몸매의 여성이었습니다. 나풀거리는 베이지색 실크 원피스 안에서 가녀린 허리가 살랑거렸어요. 그 순간 저는 가슴이 철렁했습니다. 위안싸이와 사촌 동생이 동업하는 황소개구리 회사 사무실 주임인 샤오비였거든요. 전 황급히 고개를 숙이고 손에 들고 있던 팸플릿으로 얼굴을 가렸습니다.

다시 한 장을 넘기자 귀엽게 볼록 나온 배 오른쪽 모서리 공백 부분에 아기 다섯이 엉덩이를 내놓고 앉아 있었습니다. 모두 왼쪽으로 고개를 돌린 모습이 누군가 왼쪽에서 아이들을 어르고 있는 것 같았습니다. 동그란 이마와 뺨을 보고 있으니 절로 마음이 흐뭇해졌습니다. 아이들의 표정은 볼 수 없었지만 얼굴 옆선을 보면 분명히 천진무구하게 웃고 있다는 걸 알 수 있었어요. 아이들 머리카락이 세 명은 좀 성글고, 두 명은 빽빽한데, 두 명은 검은색, 한 명은 진한 금발, 두 명은 연한 금발이었습니다. 아이 둘은 귀가 아주 컸어요. 귀가 크면 복이 많다고 하더군요. 사진이 팸플릿에 올라간 걸 보면 모두 엄청난 복을 타고난 사랑받는 아이들인 것 같았습니다. 대략 생후 오 개월 정도 된 것 같았어요. 이제 막 앉는 법을 배우기 시작한 아이들이라 허리를 살짝 구부리고 앉은 모습이 약간 불안해 보였어요. 모두 아기 돼지처럼 동글동글하고, 팔 사이로 볼록한 뱃살이 보였습니다. 한가운데가 살짝 올라간 엉덩이들이 나란히 자리한 모습이 정말 귀여웠어요. 아이들 왼쪽 공백 부분에 "가족 중심의 산부인과 서비스, 임산부와 최고 수준 의료진의 소통을 중요하게 생각하며 임산부에 대한 의학 지식 교육을 강조합니다."라고 적혀 있었지요.

그 중년 남자와 샤오비가 안내데스크에서 직원과 잠시 이야기를 나누더니 우아한 여성의 안내를 받으며 로비 왼쪽에 앉았습니다. 그곳은 귀빈 접대실로 등이 높은 포도주색 소파가 놓여 있고, 소파 앞 테이블에는 자홍빛 장미가 꽂혀 있었습니다. 앉아 있던 남자가 재채기했습니다. 그의 재채기 소리에 저는 자리에서 튀어 일어날 뻔했어요. 괴상하고 특이한 재채기 소리가 마치 뇌관이 폭발한 것처럼 제 기억을 깨웠습니다. 설마?

……의사가 임부의 상태, 태아의 상태, 임부의 영양과 운동에 대해 임부와 가족들과 자세하게 이야기를 나눌 겁니

다…….

전 스쯔에게 그 남자에 대해 이야기해 주고 싶었습니다. 하지만 스쯔는 열심히 책장만 넘기며 중얼거렸어요. 이게 어디 병원이야……. 이렇게 비싼 병원에 누가 입원할 수 있겠어……? 스쯔는 샤오비와 남자를 등지고 앉은 상황이라 그들의 존재를 전혀 모르고 있었습니다.

아마도 너무 눈에 띈다고 생각했는지, 남자가 일어나 샤오비를 데리고 로비 깊숙한 곳에 자리한 커피숍으로 갔습니다. 그곳과 로비 사이에는 칸막이가 하나 있고 중앙에 잎이 짙푸른 몬스테라 화분 몇 개와 천장에 닿을 듯이 잎이 무성한 용나무 분재가 하나 있었어요. 벽에는 붉은색 벽돌 무늬 벽지가 발리고 벽난로가 장식되어 있었습니다. 긴 테이블 뒤쪽 벽 격자장에는 이름난 술이 가득 채워져 있었고요. 검은색 나비넥타이를 한 잘생긴 청년이 그곳에서 커피를 타고 있었습니다. 고급 커피 향과 향긋한 꽃향기에 기분이 황홀해졌습니다.

……그 밖에도 병원에서는 출산을 앞둔 임부들의 분만 연습을 위해 프로그램을 개설했습니다. 의료진이 임부의 상황에 따라 함께 분만 계획을 짜고, 예비 엄마 교실 등 소통을 위한 세부적인 프로그램으로 임산부 여러분이 자신의 요구와 생각, 의문점 들을 충분히 표현할 기회…….

남자가 그곳에 앉아 커피를 들고 샤오비와 다정하게 이야기를 나누고 있었습니다. 맞아, 그 사람 맞아! 말하는 억양은 바꿀 수 있어도 무의식적으로 나오는 재채기 소리는 바꿀 수가 없지. 외꺼풀이 쌍꺼풀이 될 수는 있지만 아무리 고명한 수술로도 눈빛은 바꿀 수가 없다고. 20미터 정도 떨어진 곳에서 그는 유유자적 담소를 나누고 있었지만 어릴 적 친구가 자신을 지켜보고 있으리라고는 꿈에도 생각지 못하고 있었습니다. 귀족적인 외양 속에 숨겨진 외꺼풀의 악랄하고 잔인한 샤오샤춘의 모습이 차차로 드러나고 있었습니다.

가망이 없겠네! 스쯔가 책자를 테이블에 내팽개치더니 몸을 뒤로 젖히며 울상이 되었습니다. 무슨 미국 박사니, 프랑스 박사니, 의과대학 교수니…… 전국 최고 수준 의료진이 어쩌고…… 난 여기 오면 화장실 변기통이나 닦아야…….

고향 친구이고 오랫동안 함께 베이징에 살았어도 한 번도 그를 본 적이 없었습니다. 그가 대학을 졸업한 후 그의 아버지가 거리에서 우리 아들이 국무원으로 발령을 받았다며 큰소리치고 다녔죠. 뒤에 듣자하니 샤춘은 국무원 사무실에서 몇 년 동안 일한 후 장관 비서가 되었고, 그 후에 다시 모 지역에 가서 비정규 부서기가 되었다고 합니다. 그 후 공무원 옷을 벗고 부동산 업계에 투신하여 자산이 수십억이 넘는 갑부가 되었다나요…….

그들을 안내했던 우아한 여자가 다시 그들을 데리고 로비 뒤쪽으로 향했습니다. 저는 책자를 닫고 표지를 바라보았어요. 의사의 손과 임부의 손이 임부의 볼록한 배 위에 포개져 있었습니다. 사진 위쪽으로 "최고의 서비스로 임부와 아기를 가족처럼 모시겠습니다. 아늑한 분위기 속에서 최상의 진료와 서비스를 누리십시오."라고 적혀 있었습니다.

병원을 나온 스쯔는 기분이 축 처져 진부한 정치 표어 등을 동원해 가며 새로운 환경을 끊임없이 저주했습니다. 저는 나름대로 생각을 하느라 말상대를 하고 싶지 않았어요. 끊임없이 주절거리는 스쯔의 넋두리를 도저히 참을 수가 없었습니다.

돼어, 사모님, 제발 질투 좀 그만해.

스쯔는 뜻밖에 불쾌해하기는커녕 쓴웃음을 짓더니 말했습니다. 나 같은 촌뜨기 의사는 위안싸이네 회사에 가서 황소개구리나 키워야겠어요.

말년을 편안하게 보내려고 온 거지, 일하려고 온 게 아니잖아.

어쨌거나 일은 찾아야 하잖아요. 안 그러면 산후 도우미나 해요?

됐어. 내가 조금 전에 누굴 봤는지 알아?

누구요?

샤오샤춘! 성형수술을 했지만 알아보겠더라고!

그럴 리가요! 돈을 그렇게 많이 벌었는데 왜 돌아와요? 잘못 본 거 아니에요?

사람들 눈은 속일 수 있어도 내 귀는 못 속여. 세상에 그런 재채기를 할 사람은 아무도 없어. 그리고 그 눈빛과 웃음소리도 바뀔 수가 없고!

그럼 투자 때문에 왔나 보죠? 여기가 얼마 안 있으면 칭다오로 편입된대요. 일단 칭다오로 편입되면 땅값이랑 집값이랑 모두 대대적으로 오를 것 아니에요?

누구랑 같이 있었을 것 같아?

그걸 내가 어떻게 알아요?

샤오비!

누구요?

샤오비, 위안싸이네 황소개구리 회사에서 본!

내가 그때 척 보고 알았다고요. 천박한 년! 아마 사촌 동생이랑 위안싸이와도 그렇고 그런 사이일걸요?

6

스쯔는 황소개구리 회사를 혐오하기 때문에 위안싸이와 제 사촌 동생에 대해서도 전혀 호감을 느끼지 않았습니다. 하지만 중미 합자 산부인과 소아과를 둘러보고 온 다음 날, 스쯔가 갑자기 그러더라고요. 여보, 황소개구리 회사에 출근해야겠어요.

전 깜짝 놀라 함박웃음을 짓고 있는 스쯔의 넓적한 얼굴을 쳐다봤어요.

정말요, 농담 아니고요. 스쯔가 정색했습니다.

개구리 새끼들, 머릿속에 집요하게 떠오르는 황소개구리들의 모습을 그렇게 지우려고 애를 썼는데(고모네 다큐멘터리를 보고 난 후 전 거의 개구리 공포증에 걸릴 지경이었습니다.) 아예 그곳에 가서 개구리 새끼를 기르겠다고?

사실 개구리가 뭐 무서워요? 사람과 개구리는 조상이 같잖아요. 올챙이랑 사람 정자랑 모습도 비슷하고, 사람 난자랑 개구리 난자도 별반 차이 없어요. 그리고 당신 삼 개월 된 태아 표본 본 적 있어요? 긴 꼬리를 늘어뜨린 모습이 변태기 개구리의 모습과 거의 똑같다고요.

전 더더욱 경악하며 스쯔를 바라보았습니다.

스쯔는 마치 암송하듯 말했어요. 왜 개구리 '와(蛙)'하고 인형 '와(娃)'하고 발음이 같은지 알아요? 왜 엄마 배 속에서 아기가 처음 나왔을 때 우는 소리하고 개구리 울음소리가 비슷한지 알아요? 왜 우리 둥베이향 점토 인형 가운데 많은 수가 개구리 한 마리를 안고 있는지 아냐고요! 왜 인류의 시조를 여와(女娲)라고 할까요? 발음이 같은 걸 보면 인류의 시조가 바로 커다란 암컷 개구리였을 거예요. 인류가 개구리에서 진화했을 거라고요. 유인원에서 진화했다고 말하는 건 완전히 잘못된…….

계속 듣고 있으려니 점점 아내의 말투에서 위안싸이와 사촌 동생의 분위기가 느껴졌습니다. 두 사람의 기막힌 말주변에 스쯔가 넘어간 게 분명했어요.

좋아. 집에 있기가 그렇게 무료하면 심심풀이로 한번 나가 봐. 저는 웃으면서 말했어요. 하지만 아마 일주일도 못 버티고 그만둘걸?

7

선생님, 겉으로는 스쯔가 황소개구리 회사에 나가는 걸 반대했지만 사실 속으로는 기뻤습니다. 전 혼자 다니는 걸 좋아하거든요. 혼자서 한가롭게 거리 구경도 하면서 옛일도 기억하고, 기억할 옛일이 없으면 혼자 여러 가지 생각의 나래를 펼치기도 하고요. 스쯔와 함께 산책하는 것은 제 임무입니다. 임무를 수행할 땐 고통스러워도 즐거운 체할 수밖에요. 하지만 이제 스쯔는 아침 일찍 사촌 동생이 사 줬다는 자전거를 타고 개구리 회사에 나갑니다. 저는 창문을 통해 스쯔가 단정하게 전동자전거에 앉아 미끄러지듯 강변도로를 따라 달려가는 모습을 바라봅니다. 스쯔의 뒷모습이 사라지고 나면 저도 황급히 아래로 내려갑니다.

몇 개월 동안 강변 북쪽의 언덕 지역들을 돌아다녔습니다. 숲이랑 화원이랑 크고 작은 슈퍼마켓, 맹인 안마원, 공공 헬

스클럽, 미장원, 약국, 복권 판매소, 상가 거리, 가구점, 강변 농산물 유통 시장 등 곳곳에 제 발자취를 남겼습니다. 어느 한 장소에 갈 때마다 마치 수캐가 뒷다리를 들고 오줌을 지르는 것처럼 디지털카메라로 사진을 찍었습니다. 아직 개발되지 않은 논밭을 가로질러 토목공사가 한창인 공사 현장도 둘러보았습니다. 공사 현장 중에 이미 주건축물이 완성된 곳은 뭔가 색다른 느낌을 받을 수 있었고, 지반을 다지고 널말뚝을 박고 있는 현장은 앞으로 어떤 모습으로 변신할지 감이 잡히질 않았습니다.

강변 북쪽을 대충 모두 섭렵한 후 발길을 남쪽으로 돌렸습니다. 하늘을 향해 날개를 펼친 듯한 조형의 현수교로 건널 수도 있고, 대나무 뗏목을 타고 강을 따라 내려가면 10여 리 떨어진 곳에 있는 아이자 나루터에 갈 수도 있어요. 전 뗏목이 안전하지 못할까 봐 다리를 건넜습니다. 어느 날 다리에서 차 사고가 나서 교통이 통제되는 바람에 뗏목을 타고 건넜는데, 다시 한 번 예전 정경을 감상할 수 있었습니다.

젊은 뱃사공은 중국식 앞트임 윗옷을 입고 있었습니다. 완벽한 고향 말투였지만 입에서 나오는 단어는 모두 요즘 유행하는 젊은이들 언어였습니다. 그의 대나무 뗏목은 사발 크기만한 맹종죽 스무 개를 묶어 만든 것으로 치켜 올라간 앞부리에 채색한 목각 용머리 장식이 붙어 있었습니다. 뗏목 중앙에 빨간색 플라스틱 의자가 고정되어 있었고요. 청년이 저에게 신발이나 양말이 젖지 않도록 비닐봉지 두 개를 건넸습니다. 그가 웃으며 말했습니다. 도시 사람들은 신발이랑 양말 벗는 걸 좋아해요. 도시 여자들은 마치 은어처럼 작고 하얀 발을 물에 담그고 찰랑찰랑 물장구질하는 것도 좋아하고요. 전 신발과 양말을 벗어 그에게 주었습니다. 그는 제 신발과 양말을 철판으로 만든 트렁크에 넣더니 농담 반, 진담 반으로 말했어요. 보관료 1위안 내셔야 하는데요. 그렇게 하지. 그는 저에게 벽돌색 구명조끼를 주며 말했어요. 아저씨, 이거 꼭 입으셔야 해요. 안 그러면 사장이 제 보너스에서 제해요.

청년이 강변 나루터를 출발하자 강변 언덕에 쪼그리고 앉아 있던 사공들이 고함을 질렀습니다. 벤터우! 운수 대통이야! 강물에 빠져 죽어!

청년이 잽싸게 삿대를 받치며 말했어요. 그건 안 되지. 내가 빠져 죽으면 자네 누이가 청상과부 되게?

뗏목이 중류쯤에 이르자 속도가 붙었습니다. 전 사진기를 꺼내 대교도 찍고, 강변 양쪽 풍경도 찍었습니다.

아저씨는 어디서 오시는 거예요?

내가 어디 사람일 것 같아? 전 고향 사투리로 대답했어요.

이 지역 분이세요?

아마 자네 아버지가 내 친구일걸? 청년을 보니 머리가 넓적하고 길어서 별명이 '벤터우[扁頭]'인 탄씨 집성촌의 친구가 생각났습니다.

하지만 전 아저씨를 모르겠는데요. 고향 마을이 어디세요?

노나 잘 저어. 난 몰라도 상관없어. 내가 자네 아버지랑 어머니를 알면 됐어.

청년은 능숙한 솜씨로 대나무 삿대를 휘두르며 힐끗힐끗

저를 쳐다봤어요. 제가 누군지 알아내려는 것 같았습니다. 전 담배 한 개비를 꺼내 불을 붙였습니다. 그가 코를 벌름거리며 말했어요. 아저씨, 제 추측이 틀리지 않았다면 아저씨가 피우는 게 '중화(中華)'라는 연갑[64] 담배 맞죠?

청년의 말이 맞았어요. 스쯔가 가져온 담배였어요. 위안싸이가 제게 주라고 했다더군요. 높은 분이 하사한 담배인데 자기는 '팔희' 담배만 피우고 다른 담배는 안 피운다고 했대요.

전 담배 한 개비를 꺼내 몸을 앞으로 뻗어 그에게 주었습니다. 청년이 몸을 일으켜 공손하게 인사한 다음 강바람을 피해 담뱃불을 붙였습니다. 담배를 피우자 그의 얼굴이 환해졌어요. 좀 추한 것 같기도 하고 묘하게 멋들어져 보이기도 했습니다. 아저씨, 이렇게 비싼 담배를 피우는 사람은 보통 사람이 아니던데요.

친구가 준 거야. 제가 말했습니다.

아저씨가 안 산 거 알아요. 이런 담배를 누가 자기 돈 내고 피워요? 그가 배시시 웃으며 말했습니다. 언제나 '4대 기본 생활' 하시죠?

'4대 기본 생활'이 뭔데?

담배와 술은 선물 받은 걸로, 월급은 건드리지 않고, 마누라도 기본적으로 건드리지 않으며, 아…… 그리고 나머지 하나가 뭐더라? 잊어버렸네!

---

64) 중국의 담배는 부드러운 연갑과 단단한 경갑으로 구분되며 연갑 담배가 조금 더 비싸다.

밤에 악몽을 꾸고! 제가 말했어요.

기억이 잘 안 나지만 그건 아니에요.

애써 생각할 필요 없어!

내일도 제 뗏목을 타시면 그땐 생각날 거예요. 아저씨, 이제 아저씨가 누군지 알겠어요.

누군데?

샤오샤춘, 샤오 아저씨죠? 청년이 괴상한 표정으로 웃었어요. 우리 아버지가 그러는데요, 아버지 학교 동창 가운데 최고 능력자래요. 아저씨가 친구들의 자랑거리이자 가오미 둥베이 향의 자랑거리라던데요?

확실히 능력이 최고긴 하지. 하지만 난 아니야.

아저씨, 그러지 마세요. 아저씨가 뗏목에 타는 순간 범상한 인물이 아니라는 거 알았어요.

그래? 제가 웃으며 말했습니다.

그럼요. 이마가 훤하고, 머리에 광채가 비치는 게 척 봐도 부귀한 관상이던데요.

위안싸이에게 관상이라도 배웠나?

위안 아저씨도 아세요? 청년이 이마를 치며 말했습니다. 난 왜 이렇게 멍청하지? 모두 한 반 친구셨으니 당연히 알겠죠. 위안 아저씨도 아저씨만은 못하지만 그래도 능력자예요.

자네 아버지도 능력 있어. 물구나무서기 잘하잖아. 농구장 한 바퀴를 물구나무서기로 걸었는데!

그게 뭐가 대단해요? 청년은 생각할 필요도 없다는 듯 딱 잘라 말했어요. 머리가 단순하면 사지가 발달하는 법이에요!

아저씨랑 위안 아저씨는 머리를 쓸 줄 알잖아요. 옛말에 "마음을 쓰는 자는 사람을 다스리고, 육체를 쓰는 자는 다스림을 받는다."[65]라고 했어요.

말재주가 왕간 비슷한데? 제가 웃으며 말했습니다.

왕 아저씨도 천재예요. 하지만 걸어온 길이 아저씨들하고는 달라요. 청년은 영리해 보이는 조그만 눈을 찡그리며 말했어요. 왕 아저씨는 대담하게 미친 척하면서 조심스레 돈을 건지잖아요.

인형 팔아서 돈을 얼마나 벌겠어?

왕 아저씨가 파는 건 그냥 점토 인형이 아니라 예술품이에요. 아저씨, 황금은 가격이 있지만 예술품은 원래 가격을 매길 수 없는 거예요. 물론 왕 아저씨가 버는 돈이야 아저씨랑 비교하면 작은 웅덩이와 바다 차이죠. 위안 아저씨는 왕 아저씨보다 머리가 잘 돌아가지만 그냥 황소개구리만 팔아서는 벌어봤자고요!

황소개구리 양식장이 황소개구리가 아니면 뭘 가지고 돈을 벌어?

아저씨, 정말 모르는 거예요, 아니면 모르는 척하는 거예요?

정말 모르겠는데?

아저씨가 절 가지고 노시네. 아저씨 정도 인물이면 수완이 보통이 아닐 텐데요? 저 같은 평범한 사람도 아는 소식을 아

---

65) 『맹자』 등문공 상(上) 편에 나오는 구절.

저씨가 모르다니 말이 돼요?

돌아온 지 며칠 안 돼서 정말 몰라!

그럼 모른다고 해 두죠. 어차피 아저씨도 남은 아니니 우매한 이 조카가 먼저 궁금증을 풀어 드릴게요. 들어 보세요!

어서 말해 봐.

위안 아저씨가 황소개구리를 내걸고 장사를 하지만 진짜 장사는 '와와'를 대신 키워 주는 거예요.

전 깜짝 놀랐지만 내색하지 않았습니다.

좋은 말로 하면 '대리모 회사'고, 좀 뭣한 표현을 쓰면 아이를 낳고 싶어 하는 사람들을 위해 대신 임신해 줄 여자를 공급하는 거죠.

그런 사업도 있어? 그건 계획생육하고 어긋나는 일이잖아?

아이고, 아저씨, 지금 시대가 어느 때인데, 계획생육이니 뭐니 하는 이야기를 하세요? 이제 돈 있는 사람은 벌금 내면서 낳는 시대잖아요. '폐품왕' 허 씨처럼요. 마누라가 넷째 아이를 낳았을 때 벌금이 60만 위안이 나왔어요. 벌금 청구서가 나왔는데 그다음 날로 60만 위안이 든 뱀 가죽 포대를 둘러메고 계획생육위원회에 다녀왔어요. 돈이 없는 사람은 숨어서 낳는다는 말도 있죠? 인민공사 때는 농민들에 대한 통제가 어찌나 심한지 시장 갈 때도 허가를 받아야 하고, 타지에 나갈 때는 증명서를 발급받아야 했지만 지금은 세상 어디를 간다고 해도 상관하는 사람이 없어요. 외지에 나가 면화 따거나 우산 수리하고, 신발 고치고, 채소 팔고 하면서 지하실 하나 빌리거나 다리 밑에 천막 치고 낳고 싶은 대로 낳는 거죠. 관리들은 작은마누라를 만들어 아이 낳고, 이건 뭐 설명이 필요 없겠죠? 그저 돈 없고 겁 많은 공직자들이나 감히 둘째 낳을 생각을 못 하는 거죠.

자네 말대로라면 나라에서 실시하는 계획생육 정책은 유명무실해진 거네?

그건 아니죠. 정책이 존재하니까 벌금도 매길 수 있는 거잖아요?

그렇다면 그냥 자기가 낳지 뭐하러 위안싸이 '대리모 회사'를 찾아가나?

아저씨, 아저씨는 그저 일만 하고 사신 것 같군요. 도무지 세상 물정을 모르세요! 그가 웃으며 말했어요. 부자들이 돈이 있긴 하지만 '폐품왕' 허 씨처럼 시원시원한 사람은 극소수예요. 대부분 돈이 많아지면 많아질수록 인색하니까요. 거액을 물려줄 아들은 낳아야겠지, 벌금은 싫지. 그러니 대리모를 찾아 핑계도 만들고 벌금도 피하는 거죠. 게다가 요즘 부자들이나 높은 분들은 대부분 아저씨 나이잖아요. 남자는 아직도 정력이 넘치는데 아내들은 대부분 그쪽으로는 이제 꽝이니까요.

그래서 둘째 마누라를 얻는 거잖나.

물론 많은 사람이 둘째, 심지어 셋째, 넷째까지 얻지만 본처도 무섭고, 또 성가신 일이 벌어지기도 하고! 이것저것 귀찮은 사람들이 바로 위안 아저씨네 고객이 되는 거죠.

강둑 너머 멀리 황소개구리 양식장의 작은 분홍색 건물과 황금색 낭랑묘 전각이 눈에 들어왔습니다. 왠지 불길한 생각이 들었습니다. 얼마 전 새벽에 화장실에 소변을 보러 갔다가 돌아와 스쯔와 좀 특이하게 보냈던 밤이 생각났습니다.

아저씨, 아저씨는 아들 없죠? 벤터우의 아들이 물었어요.

전 아무런 대답도 하지 않았습니다.

아저씨, 아저씨같이 뛰어난 사람이 아들이 없다는 건 말도 안 돼요, 안 그래요? 그건 범죄나 마찬가지예요. 공자께서 말씀하셨죠. 세 가지 불효 가운데 후손이 없음이 가장 큰…….

……밤새 참았던 소변을 보고 나니 온몸이 가뿐해져 다시 잠깐 눈을 붙이려 했습니다. 한데 스쯔가 자꾸만 치근거렸습니다. 사실 정말 오래간만의 일이었어요…….

아저씨, 어쨌거나 아들은 하나 있어야 해요. 아저씨 개인의 일일 뿐만이 아니라 우리 둥베이향의 일이기도 해요. 위안 아저씨가 여러 가지 선택 조건을 제공할 거예요. 최고급은 직접 관계를 갖는 대리모예요. 대리모 모두 미인인 데다 건강하고 유전자도 뛰어나죠. 미혼인 데다 학력은 모두 대학 이상이에요. 아저씨 아이를 가질 때까지 동거도 할 수 있어요. 비용은 좀 나가죠. 최소 20만 위안요. 물론 좀 더 우량한 아이가 태어나게 하려면 영양 비용을 제공할 수도 있고, 별도로 보너스도 줄 수 있어요. 제일 위험한 건 동거 기간 동안 두 사람이 서로에게 이끌려 진짜 사랑하는 사이가 되어 버리는 거죠. 그럼 원래 가정에 문제가 생기잖아요. 제 생각에 아주머니가 동의하지 않으실 것 같으니…….

……스쯔는 무척 흥분한 상태인 것 같았지만 육체는 의외로 냉랭했습니다. 아니, 오히려 평소와 좀 다른 모습이었어요. 왜 그러는 거야? 희미하게 여명이 비치는 가운데 스쯔의 두

눈이 반짝였습니다. 스쯔가 묘한 웃음을 띤 채 말했어요. 성적 학대가 좀 필요한데. 스쯔가 검은색 천으로 제 눈을 가렸습니다. 뭐 하는 거야? 풀면 안 돼요. 날 반평생 괴롭혔으니 나도 한 번쯤 복수해야죠. 묶으려고? 스쯔가 시시덕거렸어요. 그럴 순 없죠. 그냥 당신이 즐기게 해 줄게요…….

얼마 전에 한 여자가 소란을 피우며 위안 아저씨 차를 찌그러뜨렸어요. 벤터우의 아들이 말했습니다. 그 아줌마 남편이 대리모 여성과 동거하다 서로 진짜 사랑하는 사이가 돼서 아들을 낳은 후 아내를 차 버렸대요. 제 생각에 아저씨네 아주머니도 동의를 안 하실 것 같네요.

……스쯔의 계속되는 행위에 전 미칠 듯이 흥분했습니다. 스쯔가 저에게 뭔가를 씌운 것 같았어요. 그거 뭐 하는 거야? 그거 꼭 해야 해? 스쯔는 아무 말도 하지 않았죠…….

아저씨, 만약에 그냥 아들만 낳고 싶고, 들꽃을 꺾는 그런 기분은 원하지 않는다면 가장 돈이 덜 드는 방법 한 가지를 알려 드릴게요. 하지만 이건 비밀이에요. 위안 아저씨네 쪽에 제일 싼 대리모 몇 명이 있거든요. 얼굴이 정말 무시무시한데, 사실 그렇게 태어난 건 아니고요, 원래는 정말 미인이었대요. 다시 말해 유전자는 우수하다는 거죠. 아저씨, 둥리 봉제완구 공장 화재 사건 아시죠? 그때 둥베이향 출신 아가씨가 다섯 명이나 타 죽었어요. 그리고 죽진 않았지만 화상을 심하게 입는 바람에 얼굴이 완전히 망가진 채 고통스럽게 살아가는 여자가 세 명 있거든요. 위안 아저씨가 너그럽게 그 여자들을 받아 줬어요. 의식주도 해결해 주고 돈도 벌어서 노후 대책을 세우게 해 줬거든요. 물론 잠자리는 같이 안 해요. 그러니까 그냥 아저씨의 그것, 그 '조그만 올챙이'만 꺼내서 여자들 자궁에 주입하는 거예요. 때가 되면 아기만 데려가면 돼요. 가격도 싸요. 남자아이는 5만 위안, 여자아이는 3만 위안…….

……스쯔의 행위에 전 비명을 지르기 시작했습니다. 온몸이 끝없는 늪으로 빠져드는 것 같았어요. 스쯔가 절 덮어 주고 가만히 자리를 떴어요…….

아저씨, 제 생각에는…….

자네, 위안싸이네 뚜쟁인가?

아저씨, 뚜쟁이라니요, 어떻게 그렇게 고리타분한 표현을 쓰세요? 청년이 웃으며 말했어요. 위안 아저씨네 영업 사원이에요. 위안 아저씨가 이런 돈벌이 기회를 주셔서 정말 감사하고 있죠. 지금 위안 아저씨에게 연락할게요. 청년은 뗏목을 세우고 휴대전화기를 꺼냈어요.

제가 말했습니다. 미안한데, 난 샤오 아저씨도 아니고, 또 그럴 필요도 없네.

8

선생님, 그저께 스쯔와 말다툼을 벌였습니다. 어찌나 화가 나던지 콧속이 터져서 코피를 많이 흘리는 바람에 편지지까지 엉망이 되었습니다. 오늘은 머리가 좀 아프지만 편지를 못 쓸 정도는 아니에요. 극본을 쓸 때는 정성스럽게 문구를 다듬어야 하지만 편지는 그렇게 신경을 쓸 필요가 없습니다. 그저 몇백 자 정도 알고, 하고 싶은 말이 있으면 쓸 수 있는 게 편지입니다. 전처인 왕런메이는 제게 편지를 쓸 때 모르는 글자가 나오면 그림으로 대신했어요. 런메이는 이를 매우 미안하게 생각했습니다. 샤오파오, 내가 수준이 낮아서 그림밖에 그릴 수가 없어요. 제가 말했습니다. 아니야, 당신 수준은 아주 높아. 그림으로 뜻을 전달하잖아, 사실, 글자도 그렇게 해서 만들어진 거잖아! 런메이가 대답했어요. 우리 아들 하나 만들어요. 샤오파오, 우리 함께 아들 하나…….

선생님, 전 벤터우 아들의 말을 듣고 정말 놀랐습니다. 마음이 무척 불안했어요. 스쯔, 아이를 갖고 싶어 안달이 난 이 아줌마가 내 정자를 꺼내 얼굴이 망가진 그 여자들 체내에 주입했을 거야. 제 머릿속에 '올챙이들'이 떼를 지어 난자 하나를 에워싸는 광경이 떠올랐어요. 마치 어린 시절 마을 뒤 바짝 마른 연못에서 봤던 올챙이 떼가 물에 퉁퉁 불어난 만두를 먹고 있는 장면처럼요. 내 아이를 가진 불운한 아가씨가 다른 사람이 아니라 바로 옛 친구인 천비의 딸 천메이라는 상상을 했습니다. 천메이의 자궁 속에 내 아이가 자라고 있는 거죠.

전 황급히 황소개구리 양식 회사로 달려갔습니다. 가는 도중 몇 사람이 제게 인사한 것 같지만 기억나지 않습니다. 은빛으로 반짝이는 자동문 틈으로 위엄이 넘치는 황소개구리 동상이 눈에 들어왔어요. 소름이 끼쳤습니다. 싸늘하고 미끈미끈한, 결코 호의적이지 않은 눈빛, 사실 새삼 그런 느낌을 받은 것이 아니라 예전 기억이 떠오른 것이었어요. 작은 흰색 건물 앞 공터에 울긋불긋한 옷을 입고 화환을 든 여자 여섯 명이 폴짝폴짝 뛰고 있고, 그 옆에 한 남자가 의자에 앉아 손풍금을 연주하고 있었습니다. 여자들이 무슨 리허설을 하고 있는 것 같았어요. 태평세월, 햇살은 따사롭고 살랑살랑 바람이 불어오는 평화로운 세상, 별다른 일이 없는 날이었습니다. 아마 이 모든 것이 제가 괜히 만들어 낸 환상일지도 모릅니다. 전 앉을 만한 곳을 찾아 궁둥이를 붙인 다음, 진지하게 극본을 생각했습니다.

'일이 없을 때는 쥐처럼 조심조심, 일이 있을 때는 호랑이처

럼 담대하게.'

'운명이라면 피할 수 없는 것.'

모두 아버지가 항상 해 주던 말입니다. 노인들 입에서는 원래 잠언이 많이 나오는 법입니다. 아버지의 말을 생각하고 있으려니 배가 고팠습니다. 제 나이 벌써 쉰다섯, 부형이 세상에 있을 때는 감히 늙었다는 이야기를 하지 못하지만 그래도 제 나이 벌써 한창때를 지나 서산으로 해가 기울고 있습니다. 서산으로 해가 저물어 일찍 퇴직하고 고향으로 돌아와 집을 사고 한가하게 노후를 보내는 사람에게 사실 두려워할 일은 별로 없습니다. 이런 생각이 들자 저는 더 배가 고팠습니다.

낭랑묘 앞 광장 우측에 있는 '돈키호테'라는 작은 식당에 들어갔습니다. 스쯔가 양식장에서 일하기 시작한 이후로 제가 애용하는 곳입니다. 창가 쪽 식탁에 앉았습니다. 항상 한산하기 때문에 이곳은 거의 제 전용석이 되었습니다. 작고 통통한 종업원이 다가왔어요. 선생님, 매번 이 자리에 앉아 맞은편의 빈 의자를 바라보며 마음속으로 상상해 봅니다. 어느 날, 선생님이 제 맞은편에 앉아 난산의 고통을 겪은 이 극본에 대해 토론하는 장면을요. 능글맞은 종업원은 매우 공손한 얼굴로 웃고 있지만 저는 언제나 그의 웃음 뒤에 도사린 이상한 표정을 느낄 수 있습니다. 아마도 『돈키호테』에 나오는 하인 산초의 표정이 그럴 거예요. 약간은 짓궂고, 조금 간사해서 나쁜 꾀를 부릴 것 같고, 다른 사람을 놀리면서도 다른 사람에게 놀림을 받을 것 같아요. 사랑스러운 존재인지 아니면 가증스러운 존재인지 도무지 파악이 되지 않습니다. 식탁은 두꺼운 피나무로 만들어져 있는데 기름칠은 전혀 되어 있지 않고, 문양은 닮지 않았지만 간혹 담뱃불에 지진 흔적이 있었습니다. 저는 늘 이 식탁에서 글을 썼습니다. 아마도 언젠가 제 극본이 이름을 날리면 이 식탁은 문화재가 될지도 모릅니다. 그때가 되면 이 식탁에 앉아 술을 마실 때 아마 별도로 돈을 내야 할 것입니다. 이곳에서 선생님과 함께 마주 앉아 있을 수 있다면 더 멋지겠지요. 죄송합니다. 문인은 언제나 이처럼 과대망상을 통해 자신의 창작열에 자극을 주고 싶어 합니다.

선생님, 종업원은 허리를 굽힐 것처럼 공손하게 말했지만 실제 허리를 굽히진 않았습니다. 안녕하세요. 어서 오세요. 위대한 기사의 충실한 하인이 손님을 위해 성심껏 서비스를 제공하겠습니다. 그는 이렇게 말하며 열 가지 언어로 된 차림표를 건넸습니다.

고마워요. 예전 소설에 나오는 주인공 이름들이군! 마거릿 채소 샐러드, 그리고 안토니우스와 옥타비아누스 소고기찜, 맬릭 아저씨 흑맥주 주세요.

종업원은 살찐 오리 엉덩이를 흔들며 멀어져 갔습니다. 전 앉아서 음식을 기다리며 실내 장식을 둘러보았어요. 벽에는 녹슨 갑옷과 긴 창, 적과 결투를 벌일 때 찼던 낡은 장갑이 걸려 있었습니다. 마치 혁혁한 전공과 불후의 업적을 보여 주는 훈장과도 같았습니다. 마치 살아 있는 듯한 사슴 머리 표본, 깃털이 화려한 꿩 표본, 누렇게 바랜 옛날 사진도 걸려 있었습니다. 모두 모조품으로 꾸며진 중세 유럽의 고전적인 분위기였지만 그래도 재미있었습니다. 문 우측에 실물 크기의 여자

동상이 하나 서 있었는데 사람들이 가슴을 어찌나 만져 댔는지 반질반질 닳아 있었습니다. 선생님, 자세히 관찰하니 식당을 드나드는 사람들이 남녀 할 것 없이 모두 동상의 유방을 만지려고 하더군요.

언제나 시끌벅적한 낭랑묘 광장에서 누구보다 활기찬 목소리의 주인공은 왕간입니다. 그는 열심히 손님들을 부르고 있었습니다. 최근 신화 속 '기린송자' 장면을 재현하는 행사가 생겼는데요, 말은 '전통 회복' 운운하지만 사실 시 문화관의 몇몇 문화 사업 직원들이 만들어 낸 것입니다. 이도 저도 아닌 것이 중국 것도, 서양 것도 아니지만 어쨌거나 수십 명의 취업 문제를 해결했으니 좋은 일이죠. 게다가 선생님이 말씀하신 것처럼 소위 전통이란 것도 그 당시의 전위 예술이 아니겠습니까. 텔레비전에서 이와 유사한 프로그램을 많이 봤습니다. 기본적으로 전통, 현대, 관광, 문화가 한데 어우러지면 엄청난 에너지를 발산하며 뿜어내는 열기에 재화가 몰려들게 되어 있습니다. 선생님이 우려하신 것처럼 일부 지역은 축제의 열기가 하늘을 찌르다가 결국 연일 가무를 즐기는 바람에 사치하고 타락한 생활에 물들어 버립니다. 이것이 바로 우리가 사는 세상입니다. 정말 거인이 있다면 그의 몸과 지구는 우리 몸과 축구공의 비례 정도일 것입니다. 그가 앉아서 자기 주위를 빙글빙글 돌고 있는 지구를 바라봅니다. 잠시 평화가, 그리고 전쟁에 이어 성대한 연회가 열리고, 다시 기근이 찾아오고, 이어 가뭄, 다시 물난리……. 그는 어떤 생각을 할지 모르겠군요. 죄송합니다. 선생님! 또 이야기가 빗나갔군요.

산초가 얼음물 한 잔과 작은 접시에 든 빵과 버터, 또 다른 접시에 든 올리브유와 다진 마늘, 간장으로 만든 소스를 가져왔습니다. 이곳은 빵이 정말 맛있어요. 서양의 빵을 먹어 본 사람이라면 모두 이곳 빵이 정말 잘 구워졌다는 걸 인정할 겁니다. 소스에 찍어 먹는 빵만 해도 이렇게 맛있는데 그 뒤에 이어지는 요리와 수프가 얼마나 맛있을지는 구태여 설명할 필요가 없겠지요. 선생님, 꼭 한 번 이곳에 와 보세요. 분명히 이곳의 모든 것을 좋아하실 겁니다. 또한 이 식당은 전통적으로, 아니 전통보다는 관례라는 말이 더 어울리겠네요, 하여튼 매일 저녁 영업 시간이 끝나 갈 즈음 고객들이 가져갈 수 있도록 그날 구운 빵을 긴 빵, 둥근 빵, 검은 빵, 흰 빵, 거친 빵, 고운 빵 할 것 없이 전부 버들가지 광주리에 넣어 둡니다. 달리 뭐라고 써 놓은 것도 아니지만 손님들은 알아서 하나씩만 가져갑니다. 긴 빵, 아니면 네모난 빵, 말랑말랑한 빵 또는 갓 구운 빵을 겨드랑이에 끼거나 가슴에 안고 맥아 냄새, 아마씨 냄새, 살구 냄새, 효모 냄새 같은 신선한 빵 냄새를 맡으며 천천히 밤의 낭랑묘 광장을 거닙니다. 선생님, 전 언제나 진한 감동으로 가슴이 벅차오릅니다. 물론 사치스러운 감정이란 걸 압니다. 아직도 세상 많은 사람이 헐벗고 굶주리며 죽음의 문턱에서 허덕이고 있다는 걸 알고 있으니까요.

마거릿 채소 샐러드는 싱싱한 채소와 토마토, 치커리 등이 들어 있었습니다. 누가 이렇게 요리 이름을 지었을까요? 물론 저의 소학교 친구이자 제게 영감을 주고 격려해 준 스승님의 아들인 리서우입니다. 제가 앞서 편지에서 말씀드린 적이 있습니다. 리서우는 우리 친구들 가운데 가장 재능이 탁월한 친구입니다. 문학가다운 기질이 풍부한 건 리서우였는데 어쩌다 보니 제가 문학을 하고 있습니다. 리서우는 열심히 공부해서 훌륭한 의사가 된 전도유망한 친구였는데, 무슨 이유에서인지 사직하고 고향으로 돌아와 중국식도 서양식도 아닌, 퓨전 요리점을 열었습니다. 식당 이름과 요리 이름을 보면 이 친구에게 문학이 얼마나 큰 영향을 주었는지 알 수 있습니다. 이처럼 토속적인 색채와 서구적인 요소가 혼재하는 이곳에 돈키호테라는 이름의 식당을 연 것 자체가 어쩌면 돈키호테 같은 발상입니다.

리서우는 살이 많이 쪄서 그렇지 않아도 작은 키가 더 작아 보였습니다. 그는 멀찌감치 식당 한쪽 귀퉁이에 앉아 저를 마주 보고 있지만 서로 인사는 하지 않습니다. 전 때로 식탁에서 되는대로 이것저것 느낌을 적습니다. 언제나 왼쪽 팔을 의자 등에 비스듬히 걸치고 오른손은 오른뺨을 괴고 앉습니다. 좀 삐딱하지만 여유 있어 보이는 자세로 길고 긴 시간을 보냅니다.

산초는 제가 주문한 안토니우스와 옥타비아누스 소고기찜과 맬릭 아저씨 흑맥주를 가져옵니다. 요리가 다 나왔습니다. 흑맥주 한 모금을 마시고, 소고기를 한 입 물어 천천히 맛을 음미하며 유리창 너머로 환한 대낮에 성대하게 재연되고 있는 신화의 한 장면을 바라봅니다. 요란한 북소리와 함께 길이 열리고 깃발과 징, 양산과 부채 뒤로 오색찬란한 의상을 입은 비범한 인물이 보입니다. 은 쟁반 같은 얼굴에 별처럼 반짝이는 눈을 가진 여자가 기린 위에 앉아 있고, 여자 품에 얼굴이 뽀얀 아기가 안겨 있습니다. 이 행사를 볼 때마다 전 기린 위에 자리한 여자를 보며 고모를 생각합니다. 하지만 현실 속의 고모는 항상 펑퍼짐한 검은색 외투에 까치집 같은 머리를 하고, 올빼미 같은 웃음소리에 흐리멍덩한 눈으로 두서없이 말을 하는 편이라 제 아름다운 환상을 깨곤 합니다.

삼신 낭랑의 행렬이 광장을 한 바퀴 돈 다음 중앙에 멈춰 대오를 정비합니다. 북소리가 멈춘 후 커다란 관을 쓰고 진홍색 두루마기에 가슴에 홀을 안은 관리(사극에 나오는 태감을 연상하게 하는)가 손에 책을 들고 소리 높여 외칩니다. 하늘이 이 땅을 어여삐 여기시어 오곡을 풍성하게 가꾸시고, 일월성신이 만민을 번성토록 하셨네. 옥황상제의 명령을 받아 삼신 낭랑께서 보석 같은 아이를 데리고 가오미 둥베이향에 내려오시니, 선남선녀, 어진 부부는 아이를 받으시오!

부부 역을 맡은 남녀는 언제나 아들을 받아 가지 못합니다. 결국 귀한 아이(사실은 점토 인형이지만)는 광장에 모인 이들 가운데 아들을 바라는 여자가 뺏어 갑니다.

선생님, 제가 이런저런 말로 저 자신을 위로하지만 어쨌거나 저 역시 밴댕이 소갈머리에 걱정이 팔자인 남자입니다. 저는 이미 천메이라는 여자의 자궁 속에 제 아이가 자라고 있다는 생각에 엄청난 죄책감에 시달리고 있습니다. 천메이는 제 친구 천비의 딸입니다. 우리 고모와 스쯔가 키운 적도 있고, 그때 제 손으로 직접 그 조그만 입에 분유를 먹인 적도 있습니다. 제 딸보다도 나이가 어린 아이예요. 만약 천비, 리서우,

왕간 같은 옛 친구들이 이 사실을 아는 날엔 개가죽을 뒤집어쓴다 해도 사람들을 볼 면목이 없을 겁니다.

고향에 돌아온 후 천비를 두 번 만났습니다.

처음으로 본 건 작년 연말 눈발이 흩날리던 저녁 무렵이었어요. 스쯔가 아직 황소개구리 회사에 다니기 전이었습니다. 눈 속을 천천히 거닐며 황금빛 등불 아래 눈발이 휘날리는 모습을 보고 있었습니다. 멀리서 때때로 폭죽 터지는 소리가 울려 퍼지며 연말 분위기가 물씬 풍기고 있었어요. 멀리 스페인에 있는 딸과 통화했습니다. 남편과 세르반테스의 고향 마을을 산책하고 있다고 했습니다. 저와 스쯔가 손을 잡고 돈키호테 식당으로 들어가던 참이라 이런 기막힌 우연을 딸에게 알려 주었습니다. 수화기 너머로 딸아이의 명랑한 웃음소리가 들렸습니다.

지구가 너무 작아요, 아빠.

선생님, 문화의 위력이 정말 엄청납니다.

당시 우리는 아직 식당 주인이 리서우라는 걸 모르고 있었습니다. 하지만 분명 식당 주인이 그냥 평범한 사람은 아닐 거라 생각했어요. 식당에 들어서는 순간 식당 실내 장식에 반했습니다. 전 육중한 식탁과 의자를 아주 좋아합니다. 식탁에 정갈하고 하얀 식탁보가 깔렸다면 정말 유럽 같았을 텐데. 하지만 후에 리서우의 설명을 듣고 나서 저는 그의 의견이 옳다고 생각했습니다. 그가 연구한 바로는 돈키호테 시대에 스페인 시골 마을 식당에는 식탁보가 깔려 있지 않았다는 겁니다. 그는 귀동냥한 지식을 총동원해서 "그 시대에 유럽 여성들이 브래지어를 안 했던 것처럼."이라고 덧붙였습니다.

선생님, 솔직히 말씀드리면 식당 문을 들어서자마자 사람들이 만지는 바람에 가슴이 반질반질해진 그 동상에 저 역시 절로 손이 갔습니다. 제 마음 역시 얼마나 추잡한지를 보여주는 것이지만 한편으로 전혀 거리낌이 없었습니다. 스쯔가 헛기침 소리로 주의를 주더군요. 제가 말했습니다. 어때서? 이건 예술이야. 스쯔가 매섭게 쏘아붙였어요. 대부분 문화 건달들이 그렇게 말하죠. 산초가 미소를 지으며 다가왔습니다. 그는 고개 숙여 인사하는 시늉만 했습니다. 신사, 숙녀 여러분! 어서 오십시오.

그가 제 외투와 스카프, 모자를 받아 든 후 우리를 홀 중앙 식탁으로 안내했습니다. 식탁에는 물이 담긴 유리 등잔이 놓여 있고 그 안에 하얀색 초가 떠 있었습니다. 그 자리가 마음에 들지 않았던 우리는 창가 쪽 자리를 선택했습니다. 이 자리가 좋아. 창 너머로 가로등 아래 휘날리는 눈발도 구경하고, 실내 광경도 환히 보이고. 맨 구석 자리 식탁에, 이후로 제가 애용하게 된 자리에 자욱한 담배 연기와 함께 한 남자가 앉아 있는 것이 보였습니다.

무명지가 없는 오른손! 그가 누군지 알 수 있었습니다. 크고 붉은 코를 보고도 알 수 있었습니다. 천비, 미남이었던 그가 지금은 정수리는 다 벗겨지고 뒤통수만 성글게 머리카락이 남아 있는 모습이 마치 세르반테스의 머리를 보는 것 같았습니다. 홀쭉해진 얼굴에 유난히 움푹 들어간 뺨은 어금니가 빠진 것처럼 보였고 그 때문에 코가 더 커 보였습니다. 오른손

손가락 세 개로 거의 다 피운 꽁초를 빠듯하게 잡고 있었어요. 공기 중에 담배 필터가 탄 것 같은 역한 냄새가 가득했습니다. 담배 연기가 커다란 그의 콧구멍을 통해 뿜어져 나왔습니다. 흐리멍덩한 눈빛, 대개 실의에 빠진 이들이 이런 눈빛을 하고 있지요. 그를 쳐다보기가 민망했지만 자꾸만 눈길이 갔습니다. 베이징 대학 캠퍼스에서 본 세르반테스 동상이 생각나자 천비가 왜 이곳에 앉아 있는지 알 수 있었습니다.

정체가 불분명한 이상한 옷차림에 목에는 하얀색 인도산 직물을 두르고 있었어요. 그의 곁에 검이라도 한 자루 놓여 있어야 하지 않나라고 느끼는 순간, 과연 모서리에 비스듬히 세워 둔 검과 함께 철제 장갑, 방패, 긴 창을 발견했습니다. 또한 그의 다리 옆에 더럽고 비쩍 마른 개도 한 마리 있어야 구색이 맞지라고 생각하는 순간, 과연 그다지 마르지는 않지만 지저분한 개 한 마리도 발견했습니다. 세르반테스는 오른손 손가락 하나가 없다더군요. 하지만 세르반테스는 방패나 창 같은 것은 가지고 다니지 않았습니다. 그런 걸 가지고 다니는 사람은 돈키호테지요. 하지만 돈키호테의 모습이 세르반테스와 비슷했대요. 어쨌거나 우리는 아무도 진짜 세르반테스를 본 적이 없고 더더구나 애초에 돈키호테도 실존 인물이 아닙니다. 그렇다면 천비가 흉내 낸 인물은 세르반테스일까요, 아니면 돈키호테일까요? 그건 각자 생각하기 나름입니다. 옛 친구의 처지를 보니 서글픔이 밀려왔습니다. 전에 천비의 아름다운 두 딸에게 닥친 비참한 사고를 들었습니다. 천얼과 천메이는 우리 가오미 둥베이에서 가장 아름다운 자매였습니다.

자세한 내력이야 알 수 없지만 천비는 분명 타민족의 피가 섞였으리라 생각합니다. 덕분에 딸 둘은 두루뭉술 납작하지 않고 이목구비가 또렷한 얼굴을 가지고 있습니다. 중국 고전 시가나 소설에 나오는 미녀의 모습과는 다릅니다. 둘은 양 떼 속 낙타이며, 군계 속 선학(仙鶴)입니다. 만약 두 자매가 부귀한 집이나 동네에서 태어났다면, 아니 설사 빈곤하고 외진 땅에서 태어났다 해도 인연만 잘 닿았다면 귀인을 만나 순식간에 출세했을 겁니다. 두 자매가 함께 남쪽으로 내려가 외지로 떠돈 것도 아마 이런 기회를 찾기 위해서였겠지요. 저는 두 자매가 둥리 봉제완구 공장에 갔다는 소식을 들었습니다. 공장주는 외국인이라고 하는데 진짜 외국인인지 어쩐지는 잘 모르는 일입니다. 두 사람 모두 예쁘고 똑똑하니 번화한 곳에서 돈이나 벌어 인생을 즐기려고 생각했다면 그냥 몸을 팔 수도 있었을 겁니다. 하지만 자매는 공장에서 열심히 일했습니다. 몸을 혹사하며 비인간적인 착취를 참고 견뎠습니다. 그러다 결국 전국을 경악하게 한 대형 화재에 휩싸여 한 사람은 숯검정이 되어 버리고 한 사람은 얼굴이 심하게 훼손되었습니다. 동생이 죽음의 문턱에서 살아 돌아올 수 있었던 것은 언니가 몸을 던져 동생을 막았기 때문입니다. 너무도 슬프고 비참한 이야기입니다. 두 자매 모두 타락과는 거리가 먼, 청옥처럼 순결하고 착한 아이들임이 분명합니다. 죄송합니다, 선생님, 또 흥분하고 말았네요.

천비의 삶이 참으로 비참합니다. 돈키호테라는 식당에서 그가 고인이 된 유명인이나 소설 속 괴짜를 흉내 내고 있는 모습은 베이징의 '천당'이란 카바레 앞에 서 있는 난쟁이들이나 광저우 '수렴동(水帘洞)' 사우나 앞에 서 있는 거인들과 별반 다르지 않다고 생각합니다. 그들은 모두 육체를 팔고 있습니다. 난쟁이들은 왜소한 육체를 팔고, 거인들은 커다란 키를 팔고, 천비는 큰 코를 팔고 있습니다. 그들 처지가 모두 비참합니다.

선생님, 그날 저녁 저는 한눈에 천비를 알아봤습니다. 만나지 못한 지 거의 이십 년이 다 되어 가지만 설사 백 년 만에 만리타향에서 만났다 해도 그를 알아볼 수 있을 것입니다. 물론 우리가 그를 알아본 것처럼 그 역시 우리를 알아볼 것입니다. 어린 시절 친구는 두 눈을 동원하지 않고 그저 귀로 한숨이나 재채기 소리만 들어도 정확하게 알아낼 수 있습니다.

다가가서 인사를 할까? 아니면 아예 합석해서 같이 식사할까? 저랑 스쯔는 망설였습니다. 시큰둥한 표정으로 벽에 걸린 사슴 머리만 응시한 채 옆으로 눈길을 돌리지 않는 것을 보니 그 역시 우리에게 알은척을 해야 하나 망설이고 있다는 것을 알 수 있었습니다. 조왕제 날 밤, 그가 천메이를 데려가려고 천얼을 데리고 우리 집에 왔던 광경이 하나씩 머릿속에 떠올랐습니다. 거대한 체구에 빳빳한 돼지가죽 재킷을 입은 모습, 우리 집 만두 솥에 마늘 절구를 던지려던 모습, 씩씩거리며 거칠게 화를 내던 모습은 마치 극도로 흥분한 곰을 보는 것 같았습니다. 그 후로 한 번도 만난 적이 없습니다. 우리가 옛일을 생각하고 있을 때 그도 옛일을 회상하고 있을 것이며, 우리의 만감이 교차할 때 그 역시 만감이 교차할 것이라고 생각했습니다. 사실 우리는 한 번도 그를 증오한 적이 없습니다. 우린 천비의 불행을 진심으로 동정합니다. 우리가 그 즉시 자리에서 일어나 그를 알은척하지 못한 것은 어떤 태도를 보여야 할지 판단이 잘 서지 않았기 때문입니다. 객관적으로 확실히 우리는 천비보다 잘살고 있습니다. 잘사는 사람이 잘살지 못하는 친구를 어떻게 대해야 할지 그리 쉽게 판단을 내릴 수 없었습니다.

선생님, 전 아직도 담배를 끊지 못했습니다. 유럽, 미주, 선생님이 사시는 일본까지 흡연에 많은 제한을 두기 때문에 흡연자들은 곳곳에서 자신이 무식하고 교양이 없는 사람이란 생각을 하게 되지요. 하지만 제가 사는 이곳은 아직 그런 제한이 없습니다. 저는 담뱃갑을 꺼내 담배 한 개비를 꺼내 물고 성냥으로 불을 붙였습니다. 저는 성냥불을 붙이는 순간 퍼지는 유황 타는 냄새를 좋아합니다. 선생님, 그날 저는 '금각(金閣)' 담배를 피웠습니다. 이 지역에서 유명한 비싼 담배입니다. 한 상자에 200위안, 한 개비당 10위안입니다. 밀 한 근에 80전이니 밀을 열두 근 반이나 살 수 있는 가격이지요. 이 담배 한 개비면 밀 열두 근 반을 사서 빵 열다섯 근을 구울 수 있고, 그럼 한 사람이 족히 열흘을 살 수 있는데, 이 담배 한 개비는 몇 모금 빨면 그걸로 끝입니다. 포장이 휘황찬란한 '금각' 담배는 교토에 있는 금각사를 연상시킵니다. 이 담배를 디자인한 사람이 그곳에서 영감을 얻었을지도 모릅니다. 아버지는 이런 담배를 피우는 저를 못마땅하게 생각합니다. 천벌받을 거다! 전 황망히 핑계를 댔어요. 제가 산 게 아니라 선물 받은 거예요. 아버지는 더욱 쌀쌀맞게 대꾸했어요. 그건 더더욱 천벌받을 짓이지. 전 아버지께 담배 가격을 알려 드린 일이 후회되었습니다. 제 허영심과 천박함을 그대로 드러내 버린 꼴이 되었으니까요. 본질적으로 명품이나 밝히고 새로 얻은 첩이나 자랑하는 벼락부자들과 별 차이가 없습니다. 하지만 이렇게 비싼 담배를 아버지의 말 한마디로 버릴 수는 없습니다. 그냥 버리면 그야말로 업에 또 업을 더하는 일이 아니겠습니까? 이 담배에는 특별한 향료를 첨가했기 때문에 담배가 탈 때 황홀한 냄새가 납니다. 천비가 몸을 가누지 못하고 연신 재채기를 하더니 사슴 표본을 보고 있던 눈길을 서서히 우리 쪽으로 돌렸습니다. 처음에는 겁먹은 듯 주저주저 눈빛이 흔들리다가 갈망과 탐욕, 심지어는 흉악한 속내가 느껴지는 듯한 매우 복잡한 시선으로 우리를 바라보았습니다.

선생님, 천비가 마침내 자리에서 일어나 지팡이를 끌듯 검을 끌고 절룩거리며 다가왔습니다. 식당 불빛이 밝지 않았지만 그의 얼굴을 똑똑히 볼 수 있었습니다. 그의 오관과 얼굴 근육이 연합해서 말로는 형용할 수 없는 복잡한 표정을 짓고 있었습니다. 저를 보는 건지 아니면 제 담배 연기를 보고 있는 건지 순간적으로 판단을 내릴 수가 없었습니다. 저는 황급히 자리에서 일어났습니다. 끼익, 의자를 뒤로 뺐습니다. 스쯔 역시 자리에서 일어났습니다.

그가 우리 앞에 멈추자 저는 황망히 손을 내밀며 마치 그제야 그를 발견한 것처럼 기쁜 표정을 지었습니다. 천비……. 하지만 그는 제 인사를 받지도, 저랑 악수하지도 않았습니다.

그는 예의 바르게 거리를 유지한 채 깊숙이 고개를 숙이더니 두 손으로 녹슨 검을 잡고 마치 연극배우처럼 말했습니다. 귀하신 부인, 귀하신 선생님, 전 스페인 라만차에서 온 기사 돈키호테라고 합니다. 심심한 경의를 표합니다. 보잘것없는 제가 두 분을 위해 성심껏 서비스하겠습니다.

그만 놀리고! 천비! 웬 돈키호테 흉내야? 나야, 완쭈, 여긴 샤오스쯔…….

존경하는 선생님, 고귀하신 부인, 충성스러운 기사에게 손에 든 검으로 평화를 수호하고 정의를 펼치는 것보다 더 신성한 일은 없습니다…….

이봐, 친구, 연극 그만하고!

세상은 거대한 무대입니다. 매일 똑같은 제목의 공연이 이루어지고 있지요. 선생님, 부인, 들고 계신 담배 한 개비를 주시면 멋진 검술 공연을 보여 드리겠습니다.

저는 황급히 담배 한 개비를 그에게 주고 정성껏 성냥불도 붙여 주었습니다. 그가 담배 한 모금을 깊이 빨았습니다. 담뱃불이 환하게 빛나며 바지직 타들어 갔습니다. 그가 눈을 게슴츠레 뜨고 얼굴 주름을 한데 모으더니 천천히 긴장을 풀었습니다. 커다란 콧구멍에서 두 줄기 연기가 뿜어져 나왔습니다. 담배 한 개비에 이처럼 긴장을 풀고 흐뭇해하다니 정말 놀랍고 감탄스러운 일입니다. 저는 오래전부터 담배를 피우긴 했지만 그렇게 즐기는 편은 아니라 눈앞에 있는 천비 같은 기분을 느낄 수 없습니다. 그가 다시 한 모금을 깊게 빨았습니다. 담배가 거의 다 타들어 가고 있었습니다. 얼마나 비싼데! 교활하게도 필터를 길게 만들고 담배 용량을 줄여서 건강이 걱정되면서도 금연하지 못하는 부유한 흡연자들을 위로하는군요. 그는 겨우 세 모금 만에 담배 한 개비를 피웠습니다. 전 아예 담뱃갑을 통째로 그에게 주었습니다. 그는 겁먹은 듯 주위를 살펴보더니 재빨리 담배를 낚아채 소맷부리에 넣었어요. 그는 저에게 멋진 검술을 보여 주겠다던 약속도 잊은 채 검과 한쪽 다리를 질질 끌면서 뒤뚱거리며 입구로 달려갔습니다. 게다가 입구에 이르러서는 광주리에서 빵 한 덩어리까지 챙겨서 달아났습니다.

돈키호테! 너 또 손님 것 뺏었지! 뚱뚱한 산초가 거품이 넘치는 흑맥주를 들고 우리를 향해 걸어오면서 천비에게 고함질렀습니다. 유리창 너머로 녹슨 검과 절룩거리는 다리, 길게 늘어진 그림자를 질질 끌며 불쌍한 천비가 광장을 가로질러 어둠 속으로 사라졌습니다. 매우 긴장해 보이는 개가 바짝 그의 뒤를 따르고 있었습니다. 사람은 엉망이 되었는데 개는 오히려 기고만장입니다.

썩을 놈! 산초가 사과하는 건지 자랑스러워하는 건지 알 수 없는 말투로 말했습니다. 언제나 사장님을 등에 업고 우리 얼굴에 먹칠한다니까요! 우리 사장님을 대신해 선생님과 부인께 사과하겠습니다. 하지만 몰락한 기사에게 담배 몇 개비, 동전 몇 닢 시주하는 건 싫지 않으시겠지요?

말투가 왜 저럴까요? 뚱뚱한 종업원의 말투는 정말이지 적응이 되지 않습니다. 영화를 찍는 것도, 연극을 하는 것도 아닌데 왜 그런 말투로 이야기하는지!

저 사람, 여기서 고용한 사람입니까? 제가 물었습니다.

선생님, 사실 처음 식당을 열었을 때 우리 사장님이 저 인간을 불쌍히 여겨 돈키호테 차림으로 식당 입구에서 저와 함께 손님을 맞도록 했습니다. 하지만 저 사람, 문제가 너무 많아요. 술독에 빠져 있는 데다 담배 중독이에요. 일단 회까닥했다 하면 아무것도 안 합니다. 비루먹은 개 한 마리가 그에게 꼭 붙어 다니는 데다가 저 사람은 위생하고는 거리가 멀어요. 전 매일 두 번 샤워해요. 얼굴은 별로여도 몸에서 항상 기분 좋은 냄새가 나도록 신경 쓰죠. 이게 바로 최고의 종업원이 갖추어야 할 직업 윤리입니다. 하지만 저 자식은 몇 번 흠씬 비를 맞는 것 말고는 한 번도 목욕을 안 해요. 몸에서 어찌나 냄새가 나는지 손님들이 질색해요. 게다가 손님에게 금품을 요구하지 말라는 사장님 금지령을 자꾸만 어깁니다. 제가 사장이었다면 이렇게 막돼먹은 자는 벌써 몽둥이찜질을 해서 내쫓아 버렸을 겁니다. 하지만 사장님 마음이 너무 착해서 벌써 몇 번이나 개과천선할 기회를 주셨어요. 이런 인간은 제 버릇 개 못 준다고 절대 안 달라지죠. 사장님이 이제 그만 오라며 돈을 줬는데 돈만 다 쓰고 다시 나타났어요. 제가 사장이라면 아마 벌써 경찰에 신고했을 겁니다. 하지만 관대한 사장님은 장사가 조금 손해를 보더라도 그를 그냥 받아 주기로 했어요. 뚱뚱한 종업원은 목소리를 낮췄습니다. 나중에 안 일인데 그자가 우리 사장님 학교 친구라는 것 있죠. 아무리 친구라고 해도 그렇게 너그러울 필요 없잖아요? 나중에 결국 어떤 사람이 사장님에게 돈키호테 몸에서 나는 지린내와 비루먹은 개에 득실거리는 벼룩 때문에 죽겠다고 불만을 털어놓았어요. 사장님이 사람을 써서 강제로 그를 개와 함께 대중목욕탕에 밀어 넣고 꼼꼼하게 목욕을 시켰어요. 그래서 이젠 규칙적으로 매달 한 번씩 목욕 행사를 강행합니다. 근데 저 사람, 고마워하기는커녕 매번 있는 욕, 없는 욕을 퍼부어요. 목욕탕에서 큰 소리로 외치면 다 들려요. 리서우! 이 개새끼, 기사의 존엄을 이런 식으로 망가뜨리다니!

선생님, 그날 저녁 식사 후 저랑 스쯔는 우울한 기분에 젖어 강변을 따라 새집으로 돌아가고 있었습니다. 천비를 다시 만나니 온갖 생각에 가슴이 울컥했죠. 지난 일은 돌이키고 싶지 않았습니다. 수십 년 세월이 흐르는 사이 강산이 변해도 엄청나게 변했어요. 옛날에는 꿈도 꾸지 못했던 일들이 이루어지고, 과거엔 목이 날아갈 일들도 이젠 우스갯거리가 되었습니다. 우리 두 사람은 서로 이야기를 나누진 않았지만 아마도 마음속으로 같은 생각을 하고 있었을 거예요.

선생님, 두 번째로 그를 만난 건 개발구 병원에서였어요. 저랑 리서우, 왕간도 있었습니다. 시 공안국 파출소 경찰차에 치였더라고요. 운전했던 경찰이나 지나가던 목격자에 따르면 경찰차는 정상 운행을 하고 있었는데 천비가 길가에서 갑자기 튀어나왔다는 거예요. 정말이지 죽기를 작정한 사람 아닌가요? 그 개도 같이 튀어나왔대요. 천비는 차에 부딪친 후 길가 관목 수풀로 나가떨어졌고, 개는 그대로 차바퀴에 깔려 완전히 묵사발이 되었습니다. 천비는 두 다리가 으깨지고, 팔과 척추도 다쳤지만 생명에 지장은 없었습니다. 하지만 개는 내장이랑 머리가 터져 주인을 위해 순교했고요.

리서우가 천비의 부상 소식을 알려 주었습니다. 경찰은 책임이 없는 게 확실하지만 천비의 상황을 고려한 데다 리서우가 뒷줄을 댄 덕분에 공안국에서 1만 위안을 배상하기로 했대요. 하지만 이 정도 중상을 치료하기에는 어림도 없는 액수입니다. 리서우가 옛 친구들을 불러 모아 병문안을 가자고 한 것도 천비의 병원비를 추렴하기 위한 거였어요.

그는 12인실 큰 방, 창가 자리 9번 병상에 있었어요. 5월 초라 창밖으로 자목련이 활짝 피어 진한 향기를 내뿜고 있었습니다. 병상은 많았지만 매우 청결했어요. 베이징이나 상하이의 대규모 병원에 비할 수는 없지만 이십 년 전 공사 위생원과 비교하면 엄청난 발전입니다. 선생님, 예전에 저희 어머니를 모시고 공사 위생원에 일주일간 입원한 적이 있습니다. 병상에 이가 득실거리고, 벽은 온통 핏자국에다 파리가 득실거렸어요. 그때 생각만 해도 소름이 끼칩니다. 천비는 두 다리와 오른쪽 팔에 깁스를 한 채 벌러덩 누워 있었습니다. 움직일 수 있는 건 왼쪽 팔뿐이었어요.

우리가 나타나자 천비는 한쪽으로 고개를 돌렸습니다.

위대한 기사님, 어쩌다 이렇게 되셨어? 풍차와 싸움이라도 하셨나? 아니면 정적과 결투라도 하셨나? 왕간의 너스레에 어색한 분위기가 사라졌습니다.

리서우가 말했어요. 살고 싶지 않으면 말을 할 것이지. 왜 경찰차는 들이받고그래?

정말 기사 흉내를 내는 건지, 천비는 우리에게 말을 걸지 않았습니다. 스쯔가 말했어요. 모두 리서우 탓이에요. 완전히 미친 사람으로 만들어 놨잖아요!

리서우가 말했습니다. 천비가 미쳤다고? 천비는 미친 척하는 왕자라니까!

천비가 갑자기 흑흑거리며 울기 시작했습니다. 옆으로 돌린 고개를 더 깊숙이 숙이고 어깨를 들썩거리며 유일하게 움직일 수 있는 왼손으로 벽을 긁어 댔어요.

빼빼 마르고 키가 큰 간호사가 재빨리 다가와 차갑게 우리를 노려보고는 철제 침대를 두드리며 사납게 쏘아붙였어요. 9번 병상 환자, 소란 피우지 마세요.

천비는 즉시 울음을 그치더니 고개를 돌려 혼탁한 눈빛으로 우리를 뚫어져라 바라보았습니다.

간호사는 우리가 침대 머리쪽 찬장에 놓아둔 꽃다발을 가리키며 짜증스레 코를 실룩거리더니 우리에게 명령했어요. 병원 규정상 꽃다발은 안 됩니다.

스쯔가 불만스러운 표정으로 물었습니다. 무슨 그런 규정이 있어요? 베이징의 종합 병원들도 그런 규정은 없는데.

간호사는 스쯔의 말에 대꾸할 가치도 없다는 듯 천비를 보고 말했습니다. 빨리 가족들에게 계산하라고 하세요. 오늘까지입니다!

뭐 하는 겁니까? 제가 화를 냈어요.

간호사가 입을 삐죽거리더니 말했습니다. 일하는 건데요?

도대체 인도주의 정신이 있는 겁니까, 없는 겁니까? 왕간이 말했어요.

간호사가 말했습니다. 난 전달하는 것뿐이에요. 그럼 인도주의 정신이 뛰어나신 여러분이 병원비를 내주시던가요. 그럼 우리 원장님이 여러분에게 '인도주의 모범상'이라고 박은 상패 하나씩 안겨 주실 것 같은데요?

왕간이 다시 뭐라고 대꾸하려 하자 리서우가 제지했습니다.

간호사가 씩씩거리며 나가 버렸어요.

우리는 서로 쳐다보며 속으로 머리를 굴렸습니다. 이 정도 중상이면 병원비도 어마어마할 텐데.

왜 날 여기 데려다 놨어? 천비가 원망스러운 말투로 말했습니다. 내가 죽겠다는데 뭔 상관이야? 여기 안 데려왔으면 벌써 죽었을 텐데. 이렇게 누워서 괜히 생고생할 필요도 없고.

우리가 구한 게 아니야. 너를 친 경찰이 전화로 구급차를 부른 거지! 왕간이 말했어요.

너희가 데려다 놓은 게 아니라고? 그가 차갑게 말했어요. 그럼 뭐 하러 왔어? 내가 불쌍해서? 동정 때문에? 필요 없어! 빨리 꺼져, 너희가 가져온 독가스 뿜어 대는 저 꽃도 가져가! 저것들 때문에 머리가 지끈지끈해. 병원비라도 도와주려고? 필요 없어. 이 당당한 기사님의 벗이 누군지 알아? 국왕님이셔! 왕후도 잘 알아. 이깟 병원비쯤이야 당연히 나라에서 내겠지. 국왕이나 왕후가 병원비를 안 내준다고 해도 너희가 계산할 필요는 없어. 나한테 선녀 같은 두 딸이 있거든. 동해처럼 복이 많은 아이들이야. 왕후는 안 된다 해도 왕비는 될 테니까. 두 애 손가락 틈새로 흘러나온 돈만 가지고도 이 병원 따위는 사고도 남아!

선생님, 우린 천비가 지껄이는 헛소리의 의미를 알고 있었습니다. 미친 척하지만 속은 빤한 거죠. 미친 척하는 것도 관성이 있어서 오래 하다 보면 정말 어느 정도는 미쳐 버려요. 우린 리서우를 따라 병문안을 왔지만 사실 마음이 불안했어요. 꽃 몇 송이 사 들고 몇 마디 위로나 하다가 몇백 위안 정도 돈을 내는 건 문제가 없지만 거액의 병원비를 내라고 하면 그건 좀……. 어쨌거나 천비랑 무슨 친척도 아닌 데다 상황이 상황이니만큼, 그가 정상인이라면 또 모르지만……. 어쨌거나 선생님, 우리가 아무리 정의감에 불타고 마음이 약하다 해도 결국은 모두 평범한 속인에 불과합니다. 아낌없이 주머니를 털어 기부하는 사람들 정도로 수준이 높지 않습니다. 천비가 지껄이는 미친 소리를 핑계 삼아 난처한 자리를 벗어나고 싶었습니다. 우리는 우리를 소집한 리서우를 바라보았습니다. 그가 머리를 긁적거리며 말했어요. 천 형, 안심하고 몸조리 잘해. 경찰이 치었으니 끝까지 책임을 지겠지. 그래도 부족하면 우리가 다시 방법을…….

꺼져! 천비가 말했어요. 내 이 손으로 창만 들 수 있으면 너희 그 멍청한 대가리를 부숴 버렸을 건데.

병실을 벗어날 절호의 기회였습니다. 우리가 싸구려 에센스 향을 뿌린 꽃다발을 들고 막 병실을 나서려는 순간 조금 전 나갔던 간호사가 하얀 가운을 입은 남자를 데리고 들어왔습니다. 간호사가 소개했어요. 재무담당 부원장님이세요. 간호사는 부원장에게 9번 병상 환자의 친척이라며 우리를 소개했습니다. 부원장은 단도직입적으로 우리에게 청구서를 내보이며 천비에 대한 응급 치료비, 의료비 합계가 벌써 2만 위안이 넘었다고 말했습니다. 그는 그래도 원가만 계산한 금액이라 이 정도지 원래대로 계산하면 훨씬 더 많은 금액이라고 강조했습니다. 그사이 천비는 계속 폭언을 퍼부었어요. 꺼져, 이 고리대금이나 놓는 악덕 장사치들! 시체 구더기나 먹고 사는 놈들! 내가 너희 같은 자식들을 어떻게 알아? 그는 유일하게 움직이는 팔을 휘둘러 벽을 친 뒤, 더듬더듬 병상 머리맡 탁자 위의 병을 잡아 맞은편 병상으로 던졌습니다. 병은 그대로 링거를 맞고 있던 중환자 노인에게 명중했어요. 꺼져, 이 병원은 우리 딸 거야. 너희 모두 우리 딸이 고용한 직원들이잖아. 내 말 한마디면 너희 밥그릇은 모두 끝장이야…….

그렇게 정신없이 소란스러운 사이, 선생님, 검은색 치마에 검은색 베일을 쓴 여인 하나가 병실로 들어왔습니다! 선생님, 제가 말씀드리지 않아도 그 여인이 누군지 아실 겁니다. 네, 그렇습니다. 바로 천비의 작은딸, 완구 공장 화재에서 구사일생으로 살아난 딸, 얼굴에 중화상을 입은 천메이입니다.

천메이는 마치 유령처럼 스르르 병실로 들어왔습니다. 검은색 치마에 검은색 베일이 신비스러운 느낌을 주었습니다. 마치 지옥의 음산한 기운까지 몰고 온 것 같았습니다. 그 즉시 소란이 멈췄습니다. 마치 소음을 내는 기계의 전원을 차단해 버린 듯했습니다. 습하고 더운 공기마저 차가워진 것 같았습니다. 창밖 나무 위에 앉은 새 한 마리만이 정겹게 울었어요.

얼굴을 똑똑히 살펴볼 수도, 어느 한구석 피부를 볼 수도 없었습니다. 그저 늘씬하고 팔다리가 긴 모델 같은 몸매만 느낄 수 있었습니다. 천메이라는 걸 알 수 있었습니다. 저랑 스쯔는 이십여 년 전, 강보에 싸인 아기의 모습을 떠올렸습니다. 천메이가 우리를 향해 고개를 끄덕이더니 부원장에게 말했습니다. 제가 딸이에요. 진료비는 제가 내지요!

선생님, 베이징 304병원 화상연구소 연구원으로 있는 친구가 있습니다. 그 친구 말이 화상 환자에게 육체적인 고통보다 더 견딜 수 없는 건 정신적인 고통이라고 했습니다. 처음 거울에 비친 자신의 얼굴을 봤을 때 느끼는 충격과 고통은 감당하기 어려운 수준이라고 하더군요. 얼굴이 망가진 화상 환자들은 엄청난 용기가 있어야 살아갈 수 있다고 했습니다.

선생님, 인간은 환경의 산물입니다. 어떤 특별한 환경에 놓이면 겁쟁이도 용사가 될 수 있고, 강도도 선행을 할 수 있습니다. 털 하나 뽑지 않을 만큼 인색한 자린고비도 한순간 천금을 내놓을 수 있습니다. 병원에 나타나 진료비를 떠맡겠다는 천메이의 용기에 우리는 부끄러움을 감출 수 없었습니다. 부끄러워진 우리는 의로운 일을 위해 정의롭게 행동하기로 결심하고 돈주머니를 풀었습니다. 리서우에 이어 우리 모두 천메이에게 말했습니다. 메이야, 정말 착하구나. 아버지 병원비는 우리가 분담할게.

천메이가 차갑게 대꾸했어요. 신경 써 주셔서 감사합니다. 하지만 지금껏 너무 많은 빚을 졌어요. 더 이상은 거절하겠어요.

천비가 고래고래 고함을 질렀어요. 꺼져! 검은색 베일 요괴! 어디 감히 내 딸 흉내를 내? 내 딸들 중 하나는 스페인에서 유학 중이야. 지금 왕자와 연애 중이라고! 곧 결혼할 거야!

다른 한 명은 이탈리아에 있는 유럽에서 가장 오래된 술 공장을 사서 최고급 술을 빚었다고. 지금 1만 톤 선박에 가득 채워 중국으로 오는 중이야…….

9

선생님, 정말 창피하게도 선생님이 그토록 오랫동안 기다리신 극본은 아직도 손을 대지 못하고 있습니다. 이야깃거리가 너무 많아요. 개가 태산을 물려 하니 어디서부터 입을 대야 할지 모르는 그런 기분입니다. 극본 소재와 관련된 자질구레한 일화들과 극적인 사건들이 자꾸만 제 구상을 방해합니다. 게다가 요즘 제가 무척 번거로운 일에 휘말려 그 일에서 어떻게 빠져나와야 할지, 아니면 그 일에서 제가 어떤 역할을 해야 할지 종잡을 수가 없습니다.

선생님, 아마 벌써 예상하고 계실 거라고 생각합니다. 앞에서 제가 말씀드렸던 일이 그저 제 상상이 아니라 명확한 현실이 되었습니다. 마침내 스쯔가 시인했어요. 정말 제 '어린 올챙이들'을 몰래 빼내 천메이 몸속에 주입했답니다. 제 아이가 자라고 있다더군요. 피가 거꾸로 솟구치는 것 같았습니다. 너무 화가 나서 스쯔의 뺨을 후려쳤습니다. 폭력은 나쁜 행위입니다. 더구나 극작가로서 더더욱 이런 야만적인 행위를 해서는 안 된다는 걸 압니다. 하지만 선생님, 그땐 정말 화가 나서 미칠 것 같았어요.

벤터우의 아들을 만나고 돌아온 저는 조사를 시작했습니다. 하지만 황소개구리 양식 센터에 갈 때마다 경비원들이 절 가로막았습니다. 전 위안싸이와 사촌 동생에게 전화를 걸었지만 둘 다 휴대전화 번호가 바뀌었더군요. 스쯔를 다그치자 스쯔는 제가 너무 과민하게 군다고 웃어넘겼습니다. 저는 황소개구리 회사 홈페이지에 나온 대리모 내용을 인쇄해서 시 계획생육위원회에 신고했습니다. 계획생육위원회에서 제 자료를 받고도 아무런 응답이 없자 공안국으로 찾아갔습니다. 하지만 공안국 직원은 이 일이 자기네 소관이 아니라고 하더군요. 시장 핫라인으로 전화를 걸었습니다. 안내원은 시장님께서 반드시 살펴보실 거라 말했지만……. 선생님, 이렇게 해서 몇 달이 지났습니다. 스쯔 입을 통해 진상을 파악했을 때는 이미 천메이가 임신 육 개월에 접어들고 있었습니다. 쉰다섯이나 된 제가 이런 식으로 얼렁뚱땅 한 아기의 아빠가 된다니요. 독하고 위험한 약물로 유산을 유도하지 않는 한 제가 아빠가 되는 건 기정사실입니다. 젊은 시절 아기 때문에 전처인 왕런메이를 보낸 일이 저에겐 가장 큰 고통입니다. 결코 씻을 수 없는 죄가 되었어요. 제가 지금 아무리 마음을 독하게 먹는다 해도 소용이 없습니다. 황소개구리 양식 센터는 아예 들어갈 수도 없으니까요. 그리고 설사 들어갈 수 있다고 해도 천메이를 만날 수가 없습니다. 제 추측에 황소개구리 양식 센터에는 지하 미궁으로 통하는 복잡한 비밀 통로가 있을 겁니다. 또한 스쯔의 말을 들어 보면 위안싸이와 제 사촌 동생이 불법 중개인이라는 사실을 짐작할 수 있습니다. 문제가 생기면 아마 친척도 나 몰라라 하고 무슨 일이든 할 사람들입니다.

제게 뺨을 맞은 스쯔가 뒤로 몇 걸음 물러나 그대로 바닥에 주저앉았습니다. 코피가 주르르 흘렀습니다. 스쯔가 한참 만에 소리를 냈습니다. 하지만 우는 것이 아니라 저를 비웃었습니다. 날 쳐요? 샤오파오, 날강도 같은 인간! 날 치다니! 양심은 개가 물어 갔군요. 이 모든 것이 아들 없이 딸만 있는 당신을 위해서인데. 아들이 없으면 대가 끊긴다고요. 내가 아들을 낳아 줄 수 없어서 얼마나 가슴이 아픈지 알아요? 한이 되지 않으려고 당신을 위해 대리모를 구했어요. 당신 아들을 낳아서 당신 혈통을 이어 주려고요! 그런데 감동은커녕 날 때려요? 정말 가슴이 아프군요…….

여기까지 말한 스쯔가 울기 시작했어요. 눈물과 코피가 범벅되었습니다. 마음이 아팠습니다. 하지만 이렇게 엄청난 일을 속였다고 생각하니 다시 혈압이 치솟았습니다.

스쯔가 울면서 말했어요. 6만 위안이 아까운 거 알아요. 그 돈, 당신이 안 내도 돼요, 내 퇴직금으로 할 거예요. 아이가 태어난 후에도 당신은 키울 필요 없어요. 내가 키울 테니. 어쨌거나 당신하고는 관계없어요. 신문에 보니 정자 제공 1회에 100위안이라는군요. 당신에게 300위안 줄게요. 그냥 정자 제공 한 번 한 셈 쳐요. 당신, 베이징으로 돌아가도 좋고, 나랑 이혼해도 좋고, 그냥 살아도 좋아요. 어쨌거나 모두 당신과 관계없는 일이에요. 스쯔가 마치 결전을 앞둔 용사처럼 얼굴을 쓱 닦으며 말했어요. 하지만 아이를 없애려고 하면 그땐 그 자리에서 죽어 버리겠어요.

선생님, 제가 쓴 편지를 보셨으니 선생님도 스쯔 성격이 어떤지 잘 아실 거예요. 예전에 고모를 따라 이쪽저쪽을 옮겨 다니며 오만가지 사람들을 상대하면서 영웅 같은 기개에 건달 같은 무모함까지 더해진 사람이에요. 다급해지면 못하는 일이 없어요. 그저 다독거리면서 또박또박 이치를 설명해 가며 감정에 호소하는 것이 이 난제를 해결하는 최고의 방법입니다.

인공 유산만 생각하면 마음이 싸늘해지고 뭔가 불길한 생각이 들지만 그래도 이 방법만이 난제를 해결할 수 있을 것이라 생각합니다. 천메이가 대리모가 된 것도 결국은 돈 때문입니다. 그렇다면 돈으로 이 문제를 해결하는 것이 올바른 순서입니다. 문제의 핵심은 제가 어떻게 천메이를 만나는가 하는 일입니다.

천비의 병실에서 한 번 본 이후로 천메이를 본 적이 없습니다. 검은색 치마와 검은색 베일로 몸과 얼굴을 가린 채 행적이 묘연한 천메이를 생각하며 저는 가오미 둥베이향에 제가 한 번도 가 보지 못한 신비한 세계가 있을 거라고 생각했습니다. 그 세계에는 협객과 영혼을 교감하는 사람, 그리고 복면한 사람 들이 살고 있을 것입니다. 얼마 전 천비 치료비를 위해 리서우에게 5000위안을 주며 천메이에게 전해 달라고 했습니다. 그런데 며칠 지나 리서우가 돈을 돌려줬습니다. 천메이가 돈을 거절했다더군요. 아마 대리모를 하는 것도 아버지 치료비 때문일 것입니다. 그렇게 생각하니 마음이 더 심란하네요. 이건 정말이지, 그 짜증 나는 샤오스쯔 때문입니다. 저는 하는 수 없이 리서우를 찾아갔어요. 우리 친구들 가운데 그나마 정상인 사람은 리서우뿐이니까요.

어제 오전, 돈키호테 식당 구석 자리에 리서우와 마주 앉았습니다. 광장에 사람이 개미 떼처럼 많았어요. '기린송자' 행사가 펼쳐지고 있었거든요. 산초가 우리에게 생맥주 두 잔을 준 다음 눈치껏 자리를 피했습니다. 어정쩡하게 웃는 모습이 마치 제 은밀한 비밀을 간파하고 있는 것 같았습니다. 전 겨우겨우 힘겹게 더듬거리며 리서우에게 이야기를 털어놓았는데, 리서우는 인정머리 없이 웃기 시작했습니다.

남의 불행이 곧 너의 행복이지? 전 퉁명스레 말했습니다.

그가 잔을 들어 제 잔에 부딪친 다음 맥주를 들이켰습니다. 그게 무슨 불행이야? 친구, 축하해! 늙어서 자식을 얻으니 인생의 큰 기쁨이네!

놀리지 마. 전 근심에 가득 차 말했습니다. 퇴직했지만 어쨌거나 공무원이야. 아이를 낳으면 조직에 뭐라고 말하나?

리서우가 말했어요. 친구! 조직이니, 기관이니 모두 스스로 옭아맨 밧줄이야. 우리에게 중요한 사실은 네 정자와 하나의 난자가 결합해 새 생명이 만들어졌고, 얼마 안 있으면 세상에 나온다는 거지. 인생 최대의 즐거움은 바로 자신의 유전자를 가진 생명이 탄생하는 거야. 그 아이가 태어난다는 건 네 생명이 계속해서 이어진다는 거잖아.

제가 그의 말을 잘랐습니다. 문제의 핵심은 말이야, 그 아이가 태어나면 호적을 어떻게 하냐고!

그깟 일로 누가 널 괴롭히겠어? 지금은 시대가 달라. 돈만 있으면 불가능한 일이 없는 시대야. 그리고 설사 호적에 올리지 못한다고 해도 어엿한 사람이야. 명명백백 지구에 살고 있으니 개인의 모든 권리를 누리게 되어 있어.

됐어. 뭔가 방법이 있을까 해서 찾아왔더니만 쓸데없는 말이나 늘어놓고. 고향이라고 돌아와 보니 너흰 어째 공부를 한 놈이나 안 한 놈이나 모두 연극 대사 같은 말만 늘어놓는 건데? 대체 모두 누구에게 배운 거야?

그가 웃었습니다. 그게 바로 문명사회거든. 문명사회를 살아가는 사람이라면 모두 연극배우, 영화배우, 탤런트, 만담가야. 사람들 모두가 연극을 하고 있잖아. 사회가 결국 거대한 무대 아니겠어?

그만 주절거리고! 빨리 방법이나 생각해 봐. 너도 내가 천비를 장인어른이라고 부르는 걸 바라지는 않겠지?

그럼 또 어때? 태양이 없어져? 아니면 지구가 멈춰? 내가 뭐 하나 알려 줄까? 세상 모든 사람이 너만 바라보고, 너에게 관심을 쏟는 줄 알아? 사람마다 근심거리가 있어. 자네 일에 관심 없다고! 자네가 천비 딸이랑 결혼해서 아들을 낳든, 다른 여자와 결혼해서 딸을 낳든, 모두 자네 일이야. 남의 이야기 하기 좋아하는 사람들이 조금 수군거리긴 하겠지만 그것도 한순간이야. 바람 따라 흘러가면 그만이라고! 중요한 건 아이가 자네 혈육이고, 태어나면 한몫 크게 벌 거라는 거지.

하지만 나랑 천비는……. 이건 말 그대로 근친상간이나 다름없어.

무슨 소릴 하는 거야? 자네랑 천메이랑 무슨 혈연관계가 있어? 근친상간은 무슨! 나이? 그건 더더욱 문제가 안 되지. 여든 노인과 열여덟 소녀의 결합도 수많은 사람에게 찬사를 받지 않던가! 중요한 건 자네가 천메이 몸은 구경도 못 했다는 거야. 천메이는 그냥 도구야. 자네가 잠시 세를 낸 것뿐이라고! 그냥 거기까지야. 그러니까 친구, 그렇게 복잡하게 생각할 필요 없어! 사서 고생하지 말라고. 운동이나 하면서 아들 기를 준비나 해!

쓸데없는 소리 그만하고! 제가 물집이 가득 생긴 입술을 가리키며 말했습니다. 나 정말 죽을 맛이라고! 친구 얼굴을 봐서 제발 부탁인데, 천메이에게 말 좀 전해 줘. 아기만 지워 주면 원래 대리모 비용도 지불하고 중절 수술로 인한 육체적 피해에 대해서도 별도로 1만 위안을 보상하겠다고 그래! 부족하면 1만 위안 더 줄게.

구태여 뭘 그래? 기꺼이 돈을 쓰겠다면 차라리 아기 낳고 돈 좀 써서 호적에도 올리고 정정당당하게 아빠가 돼!

조직에 뭐라고 말을 해야 할지 모르겠어.

무슨 대단한 인물이라고 그래? 리서우가 비웃었어요. 조직이 그렇게 한가한 줄 알아? 자네가 뭐나 된 줄 아나 보지? 보는 사람도 별로 없는 한심한 극본 몇 편 쓴 것밖에 더 있어? 자네가 황제의 친척이라도 돼? 아들 낳으면 거국적으로 축하라도 해야 하는 거야?

그때 배낭을 멘 여행객 몇 명이 식당 안을 기웃거리며 들어왔습니다. 산초가 공처럼 또르르 굴러 나가 웃는 얼굴로 맞이했습니다. 제가 목소리를 낮추었습니다. 내 평생 자네에게 딱 한 번 부탁하는 거야.

그는 팔짱을 끼고 고개를 저으며 도와주고는 싶지만 불가능하다는 뜻을 전했습니다.

자식, 정말 그냥 그렇게 친구가 불구덩이로 뛰어드는 걸 눈 뜨고 보고만 있을 거야?

자네 살인을 도우라는 건데. 그 역시 나지막한 소리로 말했습니다. 임신 육 개월이면 뱃가죽만 가르면 '아빠'라고 부를 정도로 성장한 태아라고!

도와줄 거야, 말 거야?

자네는 내가 천메이를 만날 수 있다고 생각해?

천비를 만날 수 있잖아. 내 말을 천비에게 전해 줘. 천비에게 천메이 좀 찾아보라고 해.

천비를 만나긴 쉽지. 매일 낭랑묘 앞에서 구걸하니까. 저녁 무렵이면 동냥한 돈을 가지고 여기서 술을 마시지. 나가면서 빵도 하나 가지고 가고. 여기 앉아서 기다려도 되고, 저 앞에 가서 찾아봐도 돼. 하지만 천비에게 말하지 않는 게 좋아. 말해 봤자 입만 아플 테니. 자네도 자비스러운 마음이 있다면 그런 문제로 천비를 괴롭히지 말게. 최근 몇 년 동안 내가 얻은 결론이 하나 있는데, 급작스러운 일을 해결하는 최상의 방법은 조용히 앉아 변화를 지켜보고 물 흐르는 대로 흘러가는 거야.

좋아. 그럼 그냥 물 흐르는 대로 흘러가 보기로 하지.

아기 낳고 한 달 되면 내가 잔치를 열고 제대로 한번 축하해 주지.

10

식당을 나왔습니다. 기분이 한결 홀가분해졌습니다. 생각해 보니 무슨 대단한 일도 아니었습니다. 그냥 아기가 태어나는 일인데! 햇빛은 여전히 찬란하고, 새도 여느 때처럼 즐겁게 노래를 부르고, 꽃도 피고, 풀도 푸르고, 바람도 변함없이 잔잔하게 불고 있었습니다. 광장에서는 삼신 낭랑의 의장대가 마치 기러기 날개처럼 늘어서서 북소리가 하늘을 찌르는 가운데 간절히 아이를 바라는 사람들이 앞으로 몰려들어 낭랑의 손에서 소중한 아기를 낚아챘습니다. 사람들 모두가 온 정성을 다해 아기 낳기를 소원하는데 저는 누군가 제 아기를 가졌다고 초조한 마음으로 걱정하고 고통스러워합니다. 그렇다면 이건 사회적으로 문제가 생긴 것이 아니라 저 자신이 문제라는 증거입니다.

선생님, 낭랑묘 대문 우측, 굵은 기둥 뒤편에 천비와 그의 개가 있었습니다. 온몸에 검은색 점이 난 서양 개입니다. 바퀴에 깔려 죽은 국산 개보다 훨씬 더 귀해 보입니다. 저렇게 귀해 보이는 서양 개가 왜 건달과 짝이 되었을까요? 뭔가 비밀스러운 일인 것 같지만 생각해 보면 이상할 것도 없습니다. 가오미 둥베이향이라는 신개발 지역은 재래식과 현대식이 혼재하고, 아름다운 것과 추한 것, 좋은 것과 나쁜 것이 뒤섞여 구분이 어렵습니다. 유행을 좇는 벼락부자들은 부자가 되자마자 당장에라도 애완용 호랑이를 사들이지 못해서 조바심치지만 파산했다 하면 그 즉시 마누라까지도 담보로 잡히지 못해 안달입니다. 대로에 떠도는 숱한 들개들 중에는 사실 얼마 전까지만 해도 부잣집에서 호의호식하던 몸값 비싼 명견들이 많습니다. 19세기 초, 러시아에서 혁명이 일어나 수많은 백러시아 귀족 부인들이 하얼빈으로 흘러들었습니다. 그들은 먹고살기 위해 몸을 팔거나 육체노동에 종사하는 하층민과 결혼해 이 지역에 혼혈 후손을 남겼습니다. 천비의 큰 코와 움푹 들어간 두 눈은 아마도 당시 역사와 관련이 있을 것입니다. 떠돌이 점박이 개와 천비의 만남도 이와 유사한 부분이 있습니다. 전 이런저런 생각을 떠올리며 천비와 개에서 10여 미터 떨어진 측면에서 그들을 관찰했습니다. 천비는 곁에 목발을 내려놓고 앞에 빨간색 천을 깔았습니다. 빨간색 천에는 장애인들이 구걸할 때 쓰는 문구가 적혀 있었습니다. 때때로 장신구를 주렁주렁 단 여자가 몸을 굽히며 지폐 한 장 또는 동전 몇 닢을 천비 앞에 놓인 쇠 사발에 던집니다. 사람들이 시주할 때마다 점박이 개는 고개를 쳐들고 부드럽고 정겹게 세 번 소리 내어

짖습니다. 매번 더도 덜도 아니고 꼭 세 번입니다. 시주하는 이들은 내심 감동합니다. 어떤 이는 돈을 더 주기도 하고요. 사실 전 이미 거금을 들여 천비의 마음을 사거나 그를 동원해 천메이를 수술시킬 생각은 사라졌습니다. 전 그를 향해 걸어갔습니다. 과연 그의 앞에 놓인 빨간색 천에 무슨 글자가 쓰여 있는지 호기심이 발동했습니다. 이건 문인들의 악습이기도 합니다.

빨간색 천에는 다음과 같이 적혀 있었습니다.

> 저는 본래 하늘의 철괴[66]로 옥견(玉犬)을 데리고 세상에 내려왔습니다. 삼신 낭랑은 저희 고모님으로 저를 이곳에 보내 시주를 받도록 했습니다. 제게 적은 돈을 시주하사 장원 급제하여 말을 타고 행진하는 귀한 자식을 얻기 바랍니다.

아마도 문장은 왕간이 지었을 것이며 글자는 리서우가 썼을 겁니다. 그들은 모두 각자의 방식으로 곤경에 빠진 친구를 돕고 있었던 겁니다. 천비는 넓은 바지통을 걷어 올려 문드러진 가지처럼 생긴 다리를 드러내고 있었습니다. 저도 모르게 어머니가 해 준 이야기가 생각났습니다.

> 철괴가 신선이 된 후 집에는 쌀도 땔감도 없었어. 그의 아내

66) 鐵拐. 도교의 여덟 신선 중 가장 나이가 많은 인물로 철괴리(鐵拐李)라고 부르기도 한다.

가 물었지. 뭘 태우죠? 그가 말했어. 다리를 태우지. 그러고는 다리 한 짝을 아궁이에 넣고 불을 붙였어. 아궁이에 불이 활활 타오르고, 솥에서 김이 모락모락 나면서 밥이 거의 다 되었단다. 그때 철괴의 형수가 집에 들렀다가 이 광경을 보고 놀라서 말했어. 아이고, 절름발이 안 되게 조심해야지. 그 바람에 철괴는 정말 절름발이가 됐단다.

어머니는 이 이야기를 마친 다음 우리에게 주의를 주었습니다. 신의 행적에 대해서는 침묵을 지켜야 해. 절대 별일도 아닌데 소란을 피워선 안 된단다.

기름때가 번질번질한 천비의 벽돌색 파카는 마치 갑옷 같았습니다. 음력 4월이었어요. 따뜻한 바람이 불어왔습니다. 젊은 처녀들이 얇은 실크 치마를 입고 한껏 몸매를 자랑했습니다. 한데 천비는 아직도 똑같은 복장입니다. 그를 보고만 있어도 무척 더웠어요. 하지만 그는 몸을 잔뜩 웅크리고 바들바들 떨고 있었습니다. 얼굴은 낡은 구릿빛에 민머리가 된 정수리가 마치 사포로 민 것처럼 반짝거렸습니다. 커다란 코 때문에 사람들의 시선을 받을까 봐 저 더러운 마스크를 쓴 걸까? 움푹 들어간 그의 두 눈과 잔뜩 겁에 질린 제 눈이 마주쳤습니다. 전 황급히 그의 개 쪽으로 시선을 돌렸습니다. 개 역시 온기도, 초점도 없는 눈빛으로 절 바라보았습니다. 개 앞발 하나가 없는 게 분명했습니다. 날카로운 뭔가에 잘린 것 같았습니다. 그제야 저는 이 개와 주인이 동병상련의 아픔을 겪고 있다는 걸 알았습니다. 그에게 아무 말도 할 수 없었습니다. 제가 할 수 있는 유일한 행동은 돈이나 조금 놓고 빨리 이곳을 떠나는 것뿐이었습니다. 주머니에 달랑 100위안짜리 지폐밖에 없었습니다. 원래 점심 저녁 값으로 챙겨 온 돈이지만 전 서슴지 않고 그의 앞에 놓인 쇠 사발에 지폐를 넣었습니다. 그는 아무런 반응도 보이지 않았습니다. 개는 평소와 다름없이 세 번 짖었습니다.

전 한숨을 쉬며 자리를 떴습니다. 열 걸음쯤 가다 말고 다시 고개를 돌렸습니다. 그 돈을 어떻게 할 건지 자꾸만 궁금증이 일었습니다. 사발에 든 돈들은 대부분 1위안짜리 지폐나 동전, 그나마도 더럽기 그지없는 것뿐이던데. 액면가가 높은 사발 속 분홍빛 지폐가 얼마나 눈이 부실까! 저처럼 아낌없이 돈을 주는 사람은 없을 거란 생각이 들었습니다. 빳빳한 100위안짜리 지폐에 아무런 느낌이 없으리라고는 생각할 수 없었습니다. 선생님, 전 정말 소인의 마음으로 군자의 속마음을 헤아리는 사람입니다. 고개를 돌린 순간, 저는 화가 치밀어 올랐습니다. 열 살 조금 넘은 시커멓고 뚱뚱한 남자아이가 기둥 뒤에서 튀어나와 돈이 든 사발 앞으로 허리를 굽히더니 잽싸게 100위안짜리 지폐를 쥐고 옆쪽으로 달아났습니다. 행동이 어찌나 재빠르던지, 제가 뭘 어떻게 해 보기도 전에 아이는 벌써 10미터 넘게 떨어진 곳에 있는 사당 옆 조그만 골목으로 들어가 중미 합자 산부인과 소아과 방향으로 달려가고 있었습니다. 내사시인 남자아이의 얼굴이 무척 낯이 익었습니다. 분명히 어디서 본 얼굴인데. 그 순간 생각이 났습니다. 확실히 본 적이 있는 아이였습니다. 제가 처음 고향에 돌아온 그해에 중미 합자 산부인과 소아과 병원이 개원하던 날, 종이에 까무잡잡하고 비쩍 마른 청개구리를 싸서 고모를 기절시킨 그 아이였습니다.

갑작스러운 변고에도 천비는 아무런 반응도 보이지 않았습니다. 점박이 개가 남자아이를 향해 몇 번 으르렁거리나 싶더니 고개를 들어 주인의 표정을 살핀 후 조용히 고개를 앞발 위에 올렸습니다. 사방이 다시 잠잠해졌습니다.

제가 화가 난 건 천비와 그의 개가 걱정되어서만은 아니었습니다. 그 돈은 제 돈이기도 했으니까요. 주위 사람들에게 말하고 싶었지만 사람들은 각자 제 일에 바쁜 데다 너무도 순식간에 벌어진 일이라 무슨 일이 있었던 흔적조차 찾을 수 없었습니다. 그래도 그냥 두고 볼 수가 없었습니다. 그 아이는 우리 가오미 둥베이향의 소박한 미풍을 해쳤어요. 어느 집 불량한 후손인지 몰라도 저런 식으로 여자나 장애인을 괴롭히는 것은 양심이라고는 눈곱만큼도 없는 흉악한 일입니다. 능숙한 솜씨로 볼 때 천비의 사발에서 돈을 빼낸 것이 절대 처음은 아닌 것 같았습니다. 저는 재빨리 남자아이가 달려간 방향으로 질주했습니다. 아이가 50미터 정도 앞에 가고 있었습니다. 그냥 걸어가고 있었습니다. 저는 껑충 뛰어올라 연한 새잎이 무성하게 돋아난 길가 버드나무 가지 하나를 꺾었습니다. 버들가지를 이리저리 흔들고 내리쳐 봤습니다. 아이는 뒤를 돌아보지 않았어요. 훔친 돈의 주인인 절름발이나 절름발이 개가 자신을 뒤쫓아 오지 않을 것을 아는 겁니다. 꼬마야, 기다려! 내가 간다!

아이는 강가에 있는 농수산물 시장 쪽으로 방향을 틀었습니다. 천막 지붕이 초록색 비닐로 덮여 있어서 시장 안은 온통 초록빛이었어요. 시장 안에서 움직이는 사람들이 모두 물속을 헤엄치는 물고기 같았습니다.

시장은 온갖 물건으로 가득 차 있었습니다. 가게들이 줄지어 늘어서 있는 모습이 마치 구불구불한 회랑 같았어요. 채소 과일 상점에서는 시골 출신인 저조차 잘 모르는 신기한 채소와 과일 들이 오색찬란한 빛깔을 뽐내고 있었습니다. 기이하게 생긴 과일도 많았습니다. 삼십 년 전 모든 것이 부족하던 시절을 떠올리니 감탄이 절로 나왔습니다. 아이는 익숙한 발걸음으로 곧장 어시장으로 갔습니다. 전 빠른 걸음걸이로 아이를 따라가면서도 자꾸만 양옆으로 진열된 각종 해산물에 시선이 갔습니다. 새끼 돼지처럼 붉은 속살에 은빛 비늘이 반짝이는 연어는 러시아산입니다. 집게발이 쩍 벌어진, 거대한 거미처럼 생긴 털게는 일본 북해도산이고요. 이 밖에 남미산 바닷가재, 호주산 전복도 있었습니다. 물론 청어, 병어, 조기, 쏘가리 같은 평범한 물고기도 많았습니다. 손질된 연어는 분홍빛 속살을 드러낸 채 하얀 얼음 위에 놓여 있습니다. 생선구이 가게에서 기분 좋은 냄새가 피어오릅니다. 아이는 오징어 구이 가게에서 지폐를 꺼내 오징어 한 줄을 산 후 거스름돈 한 줌을 받았습니다. 아이가 고개를 쳐들더니 해산물이 꽂힌 쇠 꼬치를 입안으로 들이밀었어요. 그 자세가 마치 낭랑묘 앞 광장에서 검을 입안에 집어넣는 곡예단 단원 같았습니다. 아이가 암홍빛 즙이 뚝뚝 떨어지는, 촉수 달린 길고 가느다란 오징어 다리를 낼름 삼키려는 순간 저는 단번에 튀어 나가 뒤쪽에서 아이의 목덜미를 잡았습니다. 제가 고함을 질렀습니다.

어딜 도망가? 이 도둑놈의 새끼!

아이는 몸을 움츠리더니 제 손아귀에서 목을 뺐습니다. 저는 얼른 아이의 팔을 잡았습니다. 아이가 저를 향해 오징어 살이 덜렁거리고 육즙이 뚝뚝 떨어지는 쇠 꼬치를 휘둘렀습니다. 당황한 제가 손의 힘을 빼는 사이 아이가 미꾸라지처럼 빠져나갔습니다. 앞으로 튀어 나가 아이의 어깨를 잡았습니다. 아이가 몸부림치자 삭을 대로 삭은 티셔츠가 지직 소리를 내며 찢어지면서 거무죽죽한 삼치 같은 반들반들한 몸이 드러났습니다. 아이가 왕 하고 울음을 터뜨렸습니다. 하지만 눈물은 흘리지도 않은 채 그저 늑대 같은 소리만 내지르며 오징어가 달린 쇠 꼬치로 냅다 제 배를 찔렀습니다. 전 황급히 몸을 피했지만 왼팔을 다쳤습니다. 처음에는 아프지 않았어요. 그냥 좀 얼얼한 느낌이 들 뿐이었습니다. 하지만 잠시 후 심한 통증과 함께 검은 피가 솟구쳤습니다. 전 오른손으로 상처를 막고 소리 질렀습니다.

도둑이야, 저 녀석이 장애인 돈을 훔쳤어요!

꼬마 도둑이 마치 미친 돼지처럼 고래고래 고함지르며 저를 향해 달려들었습니다. 눈빛이 정말 무시무시했어요. 선생님, 전 정말 무서웠습니다. 계속해서 뒤로 물러나 아이를 피하면서 소리 질렀어요.

아이는 절 찌르며 울면서 소리쳤어요. 내 옷 물어내! 내 옷

물어내란 말이야!

아이는 차마 글로 옮기기도 민망한 욕지거리를 있는 대로 퍼부었습니다. 선생님, 둥베이향에 이런 아이들이 자라고 있다니 정말 창피합니다. 다급한 나머지 저는 가판대에서 생산지와 가격이 쓰여 있는 목판을 잡아 아이의 공격을 막았습니다. 다시 오른손이 찔려 피가 줄줄 흘렀습니다. 선생님, 머릿속이 엉망이 되면서 아무런 생각도 나지 않았습니다. 그저 살기 위해 본능적으로 자꾸만 비틀비틀 뒷걸음질 치며 피할 뿐이었어요. 몇 번이나 발뒤꿈치가 생선 광주리나 목판 같은 데 걸려 뒤로 벌러덩 나자빠질 뻔했어요. 만약 그때 넘어졌다면 아마도 지금 이 편지를 쓰고 있지 못하겠지요. 만약 그때 넘어졌다면 그 자리에서 표범처럼 용맹한 그 아이에게 찔려 죽었거나 중상을 입고 병원으로 이송되었을 겁니다. 선생님, 저는 공포에 사로잡힌 나머지 나약하고 겁 많은 천성을 남김 없이 드러냈습니다. 다급해진 저는 양쪽을 둘러보며 시장 상인들 가운데 누군가 나서서 저를 위험에서 구해 주길 바랐습니다. 하지만 시장 상인들은 보고도 못 본 척하거나 아예 관심이 없거나 심지어 박장대소를 했습니다. 선생님, 전 정말 쓰레기입니다. 그저 죽는 게 두려워 벌벌 떨면서 투지라고는 전혀 없는 모습으로 겨우 열 살이 조금 넘어 보이는 아이에게 몰려 자꾸만 뒤로 물러났습니다. 제 입에서 나오는 소리라고는 그저 울먹거리며 사정하는 소리뿐이었습니다. 간혹 매 맞는 개나 낼 법한 깨갱 소리도 낸 것 같습니다.

살려 줘……. 제발 살려 줘…….

아이는 울음을 그친 후였습니다. 아니, 아예 운 적도 없습니다. 동그랗게 치켜뜬 아이의 두 눈에는 흰자위라곤 없었습니다. 마치 살찐 올챙이 한 마리가 들어 있는 것 같았어요. 아이가 아랫입술을 깨물고 절 노려보더니 잠시 멈췄다가 갑자기 튀어 올랐습니다. 사람 살려……. 전 소리를 지르며 목판을 잡았고……. 하지만 다시 꼬치에 손이 찔려 피를 뚝뚝 떨어뜨렸고……. 아이는 다시 튀어 올랐고……. 아이는 그렇게 거듭 공격했고, 저는 그렇게 살려 달라고 소리를 지르며 비겁한 모습으로 찬란한 햇빛이 쏟아지는 시장 밖으로 내몰릴 때까지 뒷걸음질 쳤습니다.

전 팻말을 버리고 몸을 돌려 달아나며 소리 질렀습니다. 사람 살려! 선생님, 제가 보인 추태는 정말 말씀드리기가 창피할 정도입니다. 하지만 선생님이 아니면 달리 하소연할 데도 없습니다. 전 너무 당황해서 길인지 뭔지 생각지도 못한 채 무조건 달렸습니다. 양옆 사람들의 고함에 귀청이 떨어질 것 같았습니다. 먹자골목과 길가 조그만 가게들을 지나 은회색 차가 한 대 멈춰 서 있는 곳까지 달려갔습니다. 식당에 검은색 팻말이 걸려 있었습니다. 까투리라는 뜻의 '자치(雌雉)'라는 붉은색 글자가 쓰인 이상한 팻말이었어요. 식당 입구에 여자 둘이 앉아 있었습니다. 한 사람은 체격이 크고 뚱뚱하고 한 사람은 작고 앙증맞았습니다. 여자들이 벌떡 일어섰어요. 저는 마치 구세주를 만난 것처럼 여자들을 향해 달려들었어요. 발이 걸려 바닥에 고꾸라지면서 입술이 터지고 잇새로 피가 나왔습니다. 쇠기둥 두 개를 연결하고 있는 쇠사슬에 걸려 넘어진 거였어요. 쇠기둥 하나가 바닥에 엎어졌습니다. 여자들이 인정사정없이 제 뺨을 후려쳤어요. 얼굴에 여자들 침이 엄청나게 튀었습니다. 아이는 절 쫓아오지 않았습니다. 그나마 저는 다행이라고 생각했어요. 선생님, 문제는 제가 다시 '자치'라는 식당 여자 둘에게 단단히 걸렸다는 겁니다. 여자 둘이 이구동성으로 주장하기를, 제 다리가 쇠사슬에 걸리는 바람에 쇠사슬이 매여 있던 기둥이 넘어지면서 자기들 차에 흠집이 났다는 겁니다. 선생님, 그 차 후미에 정말 철침만 한 하얀 흠이 있었지만 결코 그 기둥 때문에 흠집이 생긴 건 아니었어요. 여자들이 절 잡고 욕을 퍼붓기 시작하자 구경꾼들이 엄청나게 모여들었습니다. 두 여자 가운데 작은 여자가 더 사나웠어요. 여자 생김새가 절 죽어라 쫓아오던 남자아이와 매우 흡사했습니다. 여자가 손톱으로 계속 저를 찌르는데 마치 제 눈을 찌르는 것 같았습니다. 제가 변명을 늘어놓았지만 끊임없이 쏟아지는 여자들의 욕지거리에 묻혀 버렸어요. 선생님, 전 머리를 감싸 안은 채 바닥에 웅크리고 앉아 절망에 빠졌습니다. 그런 느낌은 난생처음이었어요. 스쯔와 함께 고향에 돌아와 살기로 마음먹은 건 베이징 호국사 거리에서 이와 유사한 일을 겪은 후였습니다. 그 식당은 인민극장 맞은편에 있었는데 식당 이름이 야생 꿩이라는 뜻의 '야치(野雉)'였어요. 인민극장 포스터를 보러 갔다가 쇠사슬이 걸려 있던 빨간색과 흰색이 칠해진 쇠기둥을 넘어뜨렸습니다. 그때 넘어진 기둥은 분명히 하얀 차에서 멀리 떨어져 있었습니다. 그런데도 '야치' 식당 앞에 앉아 있던 염색한 금발에 얼굴이 작고, 입술이 칼날처럼 날카로운 젊은 여자가 뛰쳐나와 차 후미에서 바늘귀만 한 흰 흠집을 발견하고는 우리가 넘어뜨린 쇠기둥 때문에 생긴 자국이라고 우겼습니다. 여자는 손발을 휘저으며 베이징 골목에서 유행하는 상스러운 욕을 모두 동원해서 우리에게 욕을 퍼부었습니다. 여자는 자기가 이 골목에서 쭉 자랐는데 한 번도 우리를 본 적이 없다고 했습니다. 촌것들이 토굴에나 납작 엎드려 있을 것이지, 베이징에는 뭐하러 왔어? 중국 인민 얼굴에 먹칠할 일 있어? 고약 냄새를 풀풀 풍기는 뚱뚱한 여자까지 튀어나와 주먹을 휘둘렀어요. 여자의 주먹질에 제 코가 나갔습니다. 구경하던 까까머리 남자랑 배불뚝이 노인까지 합세해서 베이징 토박이임을 과시하며 우리에게 사죄와 함께 배상을 요구했어요. 선생님, 전 주눅이 들어 돈도 물어 주고 사과도 했습니다. 그리고 집에 돌아와 머리를 부둥켜안고 통곡하며 고향인 둥베이향에 돌아가 살겠다고 결심했습니다. 제 고향이라면 감히 누가 우릴 괴롭히지 못할 거라고 생각했습니다. 하지만 뜻밖에도 이곳에서 만난 두 여자는 베이징 호국사 거리에서 만났던 그 두 여인 못지않았습니다. 선생님, 정말 모르겠어요. 사람들은 왜 이렇게 무서운 거죠?

선생님, 그런데 더 큰 위험이 다가오고 있었습니다. 표범 같은 그 남자아이가 보였거든요. 쇠 꼬치에 달린 오징어를 다 먹은 뒤라 더 날카로운 기세로 사람을 찌를 것 같았습니다. 그 순간 전 문득 이 남자아이가 작은 여자의 아들이고, 또 다른 뚱뚱한 여자는 분명히 이모일 거란 생각이 들었습니다. 살고자 하는 본능이 깨어나면서 가까스로 일어난 저는 달아날 준비를 했습니다. 달리기라면 제 장기니까요. 몇 년 풍족하게 사는 동안, 전 제가 예전에 달리기를 얼마나 잘했는지 잊고 있었습니다. 목숨이 경각에 달리자 문득 제 장기가 생각났습니다. 두 여자가 절 잡으려는 순간, 남자아이도 고함을 질렀고, 저 역시 마치 궁지에 몰린 개처럼 비명을 질렀습니다. 온몸이 피투성이가 된 채 이를 드러내고 소리를 질렀습니다. 아마 여자들도 조금은 무서웠을 거예요. 제가 소리를 지르는 순간 여자들 얼굴이 얼이 빠진 것 같았거든요. 전 언제나 이런 표정을 짓는 여자들을 동정합니다. 여자들이 잠시 얼이 빠진 틈을 타 전 두 자동차 사이를 단번에 뛰어넘었습니다. 달리자! 완쭈! 완샤오파오, 쉰다섯의 완샤오파오가 다시 쾌속질주의 본능을 회복했습니다. 저는 닭튀김 냄새, 생선 비린내, 양고기 구이 냄새 그리고 제가 모르는 숱한 냄새가 풍기는 골목을 내달렸습니다. 다리가 마치 풀처럼 가벼웠습니다. 발을 내딛는 순간 땅이 마치 거대한 탄력 덩어리처럼 느껴지면서 다음 발걸음이 더 큰 탄력을 받았습니다. 전 한 마리 사슴, 한 마리 가젤, 달 표면에 올라 제비처럼 사뿐히 뛰어오르는 초인이 되었습니다. 한 마리 말, 한 마리 한혈보마,[67] 날아다니는 제비를 발굽으로 밟을 수 있는 말, 하늘을 나는 천마, 아무것도 거리낄 게 없는 그런 말이 되어…….

하지만 천마가 하늘을 나는 것 같은 느낌은 잠시 잠깐의 환각이었습니다. 사실 저는 숨을 헐떡이며 불을 뿜듯 콧김을 내

---

67) 汗血寶馬. 달릴 때 피 같은 땀을 흘린다는 서역 태생의 명마.

쉬고, 북처럼 심장이 뛰고 가슴이 벌렁거리고, 머리가 팽창하면서 눈앞이 자꾸만 까매지고 혈관이 다 터져 버릴 것 같았습니다. 살고자 하는 본능이 기진맥진 쓰러지기 일보 직전의 몸을 겨우겨우 떠받치고 있었습니다. 말 그대로 저는 죽음의 문턱에서 최후의 발악을 하고 있었습니다. 주위에서 천둥 같은 고함이 들렸습니다. 맞은편에 수염을 기르고 검은색 중산복[68]을 입은 청년이 나타났습니다. 푸른 두 눈이 마치 어두운 밤 산길에 날아다니는 반딧불 같았어요. 창백하리만치 하얀 그의 손가락이 저를 잡는 순간 저는 창백한 청년의 얼굴을 향해 더러운 피를 뿜었습니다. 순식간에 청년의 낯빛이 붉게 물들었습니다. 청년은 참담한 비명과 함께 얼굴을 움켜쥐고 바닥에 쪼그리고 앉았습니다. 선생님, 그 순간 전 너무 미안했습니다. 그가 절 막은 건 자기가 악한 사람이 아니라는 걸 말하고 싶기 때문이었어요. 제 더러운 피는 황급히 도망치는 갑오징어가 뿜어낸 내장처럼 청년의 얼굴과 눈을 더럽혔습니다. 정말 미안했습니다. 만약 제가 고상한 인간이라면 아무리 뒤에서 날카로운 칼이 저를 뒤쫓고 있었다 해도 발길을 멈추고 그에게 사과하고 용서를 구했을 것입니다. 하지만 전 그렇게 하지 않았습니다. 선생님, 선생님 가르침이 부끄러울 뿐입니다. 저만치 떨어진 길가에서 이 장면을 목격한 몇몇 점잖은 사람이 소리를 질렀어요. 아마 입으로 피를 토해 내는 제 절묘한 재주에 간담이 서늘했나 봐요. 사람들은 반쯤 먹은 콜라를 저

68) 쑨원이 고안한 인민복.

에게 던졌습니다. 미국 문화를 상징하는 간장 색깔 액체가 황금색 거품과 함께 제 몸에 흩뿌려졌습니다.

선생님, 모든 일은 끝이 있는 법이죠. 아무리 좋은 일도, 아무리 나쁜 일도 결국 모두 끝이 있습니다. 시시비비가 무의미해진 추격과 도주는 제가 완전히 탈진한 상태로 중미 합자 산부인과 소아과 병원 앞에 쓰러진 후 막을 내렸습니다. 그때 마침 사파이어처럼 찬란하게 빛나는 BMW 한 대가 푸른 나무 그늘과 꽃향기가 가득한 병원 마당을 빠져나왔습니다. 차 안에 타고 있던 사람은 분명히 그대로 고꾸라지는 제 모습에 극히 불쾌한 인상을 받았을 겁니다. 온몸이 피범벅이 된 채 마치 하늘에서 떨어진 죽은 개 꼴이었거든요. 처음에는 놀랐겠지만 곧이어 재수가 없다고 생각했을 거예요. 원래 부유한 사람일수록 미신을 잘 믿거든요. 부와 미신은 정비례 관계입니다. 부자는 가난한 사람보다 운명에 더 집착하고 목숨을 더 소중하게 생각합니다. 그게 정상이지요. 가난한 사람은 자포자기하고 살아가지만 부자는 마치 엄청난 가치의 청화자기를 떠받드는 것처럼 자신의 부귀를 떠받들고 살아가거든요. 제가 갑자기 BMW 앞에서 쓰러지자 BMW는 마치 한 마리 말처럼 앞발을 들고 눈이 휘둥그레져서 공포에 질려 비명을 질렀습니다. 정말 미안한 일입니다. 죄송합니다, 정말 송구스럽습니다. 전 엉금엉금 일어나 BMW에게 길을 비켜 주려 했습니다. 그런데 마치 압핀에 꼬리가 잡힌 벌레처럼 옴짝할 수가 없었습니다. 어린 시절, 아니 성년이 된 후에도 종종 즐겨 놀았던 장난이 생각났습니다. 청색 또는 초록빛을 띤 벌레의 꼬리를 압핀이나 가시로 땅이나 벽에 고정한 다음 발버둥 치는 모습을 구경했습니다. 살려는 의지와 의지대로 말을 듣지 않는 몸이 어떻게 서로 줄다리기를 하나 구경했습니다. 불쌍하다는 생각은 전혀 하지 않았고, 심지어 재미있다고 생각했습니다. 곤충에 비하면 저는 힘이 정말 센데, 곤충이 상상도 하지 못할 정도로 센데 말입니다. 곤충에게 저는 엄청난 재난을 일으킬 신비한 힘을 가지고 있습니다. 곤충은 악독한 짓을 저지르는 제 손의 존재는 알지도 못한 채 그저 압핀이나 가시의 존재만 느낄 뿐입니다. 저는 제가 괴롭혔던 조그만 곤충이 겪었을 고통을 느꼈습니다. 곤충들아, 미안하다, 정말 미안해, I am sorry!

차 안에 탄 남자가 핸들을 가볍게 터치하자 우아한 클랙슨 소리가 났습니다. 차를 몰고 있는 사람이 상당히 교양 있고 참을성 있는 사람인가 봅니다. 그냥 흔히 볼 수 있는 벼락부자는 아니라는 이야기입니다. 그렇고 그런 벼락부자였다면 아마 공습경보처럼 클랙슨을 울려 대며 창문 밖으로 얼굴을 내밀고 온갖 더러운 욕을 퍼부었을 겁니다. 이처럼 좋은 사람을 위해 전 되도록 빨리 일어나 그에게 길을 내주고 싶었지만 정말 몸이 말을 듣지 않았습니다.

그 남자는 참다못해 차에서 내렸습니다. 살구색 캐주얼 복장으로 옷깃과 소매에 오렌지색 체크무늬가 있었습니다. 베이징에서 밥벌이할 때 세계적인 명품을 잘 아는 사람 하나가 이 상표의 중국어 이름을 말한 적이 있는데 갑자기 생각이 나지 않았습니다. 아마 영원히 명품 이름은 기억하지 못할 겁니다. 일종의 심리적 거부 반응, 높으신 분들에 대한 하층민의 적대

감, 질투 같은 마음의 비뚤어진 표현이겠지요. 예전에 만두를 들먹이며 빵을 과소평가하고, 두유를 들먹이며 치즈를 우습게 평가했던 것처럼 말입니다. 차에서 내린 남자는 제게 욕을 퍼붓지도, 절 걷어차지도 않았습니다. 그저 초조하게 병원 정문에 있는 경비원에게 명령을 내릴 뿐이었습니다. 저 사람 좀 빨리 한옆으로 치워요.

명령을 내린 그가 갑자기 실눈을 뜨고 고개를 들더니 눈부신 햇살을 더듬다가 큰 소리로 재채기했습니다. 지난 일이 생생하게 떠올랐습니다. 이번에도 재채기 소리로 그가 누군지를 알 수 있었습니다. 샤오샤춘, 고위 공직자로 있다가 갑부가 된 소학교 친구입니다. 듣자하니 그는 '석탄 투기' 붐이 일어났을 때 공직에서 물러나 '석탄 투기'로 첫 번째 일확천금을 벌었다고 합니다. 그 후 정계에 있을 때 쌓은 인맥을 이용해 갖가지 수단으로 돈을 벌어들여 수십억 위안의 자산가가 되었습니다. 그를 취재한 기사를 본 적이 있습니다. 그런데 놀랍게도 그가 어릴 적 석탄을 먹었던 이야기를 하더군요. 그가 석탄을 먹지 않았다는 사실을 똑똑히 기억하고 있습니다. 그는 그저 우리가 석탄 먹는 모습을 바라보며 들고 있던 석탄을 유심히 살폈을 뿐입니다. 선생님, 이렇게 만신창이가 된 순간에도 진지하게 그런 생각을 하고 있다니 정말 구제불능이죠?

경비원 혼자 역부족이었는지 두 명이 달라붙어 제 팔을 한 쪽씩 잡고 그래도 점잖게 절 병원 정문 동쪽 거대한 광고판 아래로 데려갔습니다. 그들은 절 벽에 기대 앉도록 했습니다. 샤오샤춘이 차로 들어가더군요. 그리고 조심스럽게 정문의 과속 방지 턱을 넘어 모퉁이를 돌아 사라졌습니다. 뒷좌석을 봤다기보다는 상상했다고 하는 편이 옳겠지요. 그곳에 까만 머리를 어깨까지 늘어뜨린 아름다운 샤오비가 발그레한 갓난아기를 안고 있었습니다.

절 쫓던 사람들이 모두 모여들었습니다. 두 여자와 남자아이, 그리고 제가 검은 피를 뿜었던 청년, 코카콜라 병을 제게 던진 사람까지 모두 저를 들여다보았습니다. 제 코앞에서 수십 개의 얼굴이 정체불명의 구도를 형성하고 있었습니다. 남자아이는 여전히 쇠 꼬치로 절 찌르려 했지만 조금 젊어 보이는 여자가 아이를 제지했습니다. 교수같이 생긴 사람 하나가 길고 가는 손가락을 제 코 밑에 가져다 댔습니다. 제가 숨을 쉬는지 알아보려는 거지요. 전 숨을 멈췄습니다. 역시 저 자신을 보호하는 방법 가운데 하나였습니다. 어렸을 때 생계를 위해 둥베이 지역으로 들어온 한 아저씨 말이, 산에서 호랑이나 곰을 만났을 때 가장 좋은 대처 방법은 땅에 누워 숨을 멈춘 채 죽은 체하라는 거였어요. 맹수들은 영웅의 기질을 어느 정도 가지고 있기 때문에 시체는 먹지 않는다고 합니다. 제 선택은 제법 효과가 있었습니다. 그 교수가 뜨악한 표정을 짓더니 아무 소리 하지 않고 그 자리를 떠났습니다. 그의 행동은 주변 사람들에게 "이 사람은 이미 죽었다."라고 선포하는 것이나 마찬가지였어요. 설사 그 사람들이 마음속으로 저를 남의 재물이나 빼앗는 도둑이라고 생각했을지라도 중국의 법은 정의감에 불타는 백성에게 길바닥에서 너도나도 달려들어 좀도둑을 처형할 권리까지 주지는 않습니다. 사람들이 모두 황망히 흩어졌어요. 쓸데없이 일을 벌이는 건 현명한 행동이 아니니까요. 두 여자 역시 사내아이를 데리고 황급히 자리를 떴습니다. 저는 길게 한숨을 내쉬었습니다. 죽은 자의 존엄과 위엄을 제대로 체험한 셈입니다.

분명히 조금 전 경비원들이 경찰에 신고했을 겁니다. 경찰차가 사이렌을 울리며 다가왔을 때 경비원 두 사람이 경찰에게 무슨 이야기인가를 하고 있었거든요. 경찰 세 명이 제 앞으로 다가와 상황을 물어보았습니다. 무척 젊어 보이는 경찰들이었어요. 누런 이로 보아 모두들 둥베이 사람이었습니다. 전 콧날이 시큰해지며 눈물이 왈칵 솟구쳤습니다. 전 마치 밖에서 억울한 일을 당한 후 부모를 만난 아이처럼 울먹이며 이야기를 하기 시작했습니다. 경찰 세 명 가운데 미간에 조그만 점이 난 경찰만 진지하게 제 말을 경청했고 나머지 두 명은 광고판만 올려다보고 있었습니다. 제 말이 끝나자 미간에 점이 난 친구가 말했습니다. 아저씨가 한 말이 모두 사실이라는 걸 어떻게 증명하죠? 천비에게 물어봐도 돼요. 키가 큰 또 다른 경찰 하나가 여전히 눈은 광고판을 향한 채 제게 물었습니다. 어떠세요? 병원에 가셔야겠어요? 다리랑 발을 움직여 보니 이제 움직일 수 있을 것 같았고 팔이랑 손에 난 상처도 피가 멈춰 있었습니다. 미간에 점이 있는 친구가 말했습니다. 귀찮아하지 마시고 우리랑 서에 가서 신고하시죠. 귀찮으면 그냥 집으로 돌아가 쉬시고요. 제가 말했습니다. 그냥 이렇게 모든 일을 덮어 버리는 겁니까? 미간의 점이 있는 친구가 말했어요. 아저씨, 물론 다 잘잘못이 있겠죠. 하지만 증거랑 증인이 있어야 해요. 천비랑 생선 장수들이 증인이 되어 줄 것 같아요? 그 여자들이랑 남자애가 오히려 아저씨를 물고 늘어지면요? 그 남자애는 둥펑촌 건달 장취안의 외손자예요. 완전히 악질이죠. 하지만 아직 애잖아요, 아저씨가 어쩌겠어요? 자, 고생한 만큼 얻은 것도 있죠? 이 연세에 괜히 밖에서 남의 일 참견하지 마시고 집에서 손자나 보면서 즐겁게 지내세요. 그럼 얼마나 좋아요? 고마워요. 나라 기름 쓰고, 나라 차량도 닳게 하고, 경찰 나리들까지 괜히 번거롭게 해 드렸네요. 아저씨, 우리 놀리는 거예요? 무슨 말씀을, 내가 어떻게 경찰을 놀리겠습니까? 진심입니다, 마음에서 우러나온 진심이라고요. 미간에 점이 난 경찰과 꺽다리 경찰이 막 자리를 뜨려고 하는데 얼굴이 넓적한 경찰이 여전히 광고판을 바라보며 꼼짝하지 않았습니다. 점이 난 경찰이 말했어요. 왕 형, 어서 가자고! 얼굴이 넓적한 경찰이 입맛을 다시며 말했습니다. 아기를 보니 발길이 안 떨어지네! 너무 귀엽네! 정말! 점 난 경찰이 말했어요. 그럼 빨리 형수더러 아기 낳으라고 해요! 얼굴이 넓적한 경찰이 말했습니다. 완전히 소금밭이야. 씨를 아무리 뿌려도 싹이 나질 않아! 꺽다리 경찰이 말했어요. 형수만 원망하지 말고 형님도 검사를 좀 받아 봐요. 형님 씨가 볶은 씨일지 누가 알아요? 얼굴이 넓적한 경찰이 말했어요. 그럴 리가…….

경찰들은 저만 광고판 아래 남겨 둔 채 왁자지껄 차에 올랐습니다. 답답했습니다. 하지만 어쩔 수가 없었습니다. 경찰들과 공안국에 가서 신고한다 한들 뭘 어떻게 하겠습니까? 두 여자가 장취안의 딸이라면 우리 고모는 저들에게 원수나 다름없습니다. 그 사내아이가 왜 개구리로 우리 고모를 기절시켰는지 알 것 같았습니다. 모르긴 몰라도 자기 엄마나 이모가 시켜서 한 짓이겠지요. 그런 식으로 자기 외할머니 복수를 했을 거예요. 외할머니 죽음이 우리 고모 탓은 아니라 하더라도 말이죠. 이런 사람들에게 뭘 따지겠습니까? 됐습니다. 그냥 재수 옴 붙었다 생각하자. 아니, 하느님이 날 시험하고 있다고 생각하자. 참기로 했습니다. 참을 수 있으면 편안해질 겁니다. 큰 뜻을 품은 사람에게, 극본을 쓰고 있는 작가에게 이런 사건, 이런 감정은 모두 최고의 소재입니다. 큰 인물이 크게 된 이유는 바로 보통 사람은 참을 수 없는 고난, 굴욕을 참았기 때문입니다. 예를 들면 남의 사타구니 밑을 지나가는 치욕을 견딘 한신,[69] 진채지액[70]을 당한 공자, 자기 똥을 삼킨 손빈[71] 등……. 이런 성인, 선현들과 비교하면 제 고통이며 모욕이 뭐 대수이겠습니까? 선생님, 이렇게 생각하니 분이 풀리면서 제대로 숨도 쉴 수 있고, 눈도 맑아지고, 기운도 났습니다. 커더우, 일어나, 하늘이 네게 큰 임무를 내릴 거야. 용감하게 고난을 이겨 내야지. 누구도 원망하거나 미워해서는 안 돼.

바닥에서 일어났습니다. 다친 곳도 아프고, 배도 고프고, 다리도 맥이 풀리고, 눈앞도 어지러웠지만 절대 다시 주저앉지 않았습니다. 처음에는 아직도 많은 사람이 절 보고 있는

---

69) 韓信(?~BC 196). 중국 한나라 초기 무장.

70) 陳蔡之厄. 공자가 진나라와 채나라 사이 들판에서 식량이 떨어지는 곤경에 처했던 일을 가리킨다.

71) 孫臏(?~?). 중국 전국 시대 제나라의 전략가.

줄 알았습니다. 하지만 아무도 없었습니다. 병원 정문 경비원들조차 저에게 무관심했습니다. 리서우가 한 말이 생각났습니다. 리서우를 생각하니 천메이 배 속에서 자라고 있는 아기도 생각났습니다. 오전과는 전혀 다른 느낌이었습니다. 오전에는 어떻게 해서든지 배 속의 아기를 죽이려 했지만 지금은 아닙니다. 고개를 돌려 광고판을 보는 순간, 제 생각은 분명해졌습니다. 아이를 낳겠어! 절실하게 아이가 필요했습니다. 하느님이 제게 주신 보물, 제 고난도 모두 아이 때문에 빚어진 일입니다.

선생님, 광고판에 커다란 아이들 사진이 수백 장 들어 있었습니다. 웃는 아이, 우는 아이, 눈을 감은 아이, 실눈을 뜬 아이, 두 눈을 동그랗게 뜬 아이, 윙크하는 아이, 위를 올려다보는 아이, 앞을 똑바로 보는 아이, 두 손을 뻗어 뭔가 잡으려고 하는 아이, 뭔가 화가 난 것처럼 주먹 쥔 아이, 손가락을 문 아이, 두 손을 귓가에 대고 있는 아이, 눈을 뜨고 웃는 아이, 눈을 감고 웃는 아이, 눈을 뜨고 우는 아이, 눈을 감고 우는 아이, 머리카락이 하나도 없는 아이, 머리가 새카만 아이, 부드러운 금발 머리 아이, 벨벳처럼 반짝이는 은발 머리 아이, 마치 난쟁이 마냥 얼굴에 주름이 가득한 아이, 새끼 돼지같이 머리와 귀가 큰 아이, 잘 익은 경단처럼 동글동글한 아이, 석탄처럼 시커먼 아이, 화가 난 것처럼 작은 입을 삐쭉 내민 아이, 고함을 지르는 것처럼 입을 크게 벌린 아이, 젖꼭지를 찾는 것처럼 입을 내민 아이, 우유 먹기 싫다고 입을 다문 아이, 빨간 혀를 내민 아이, 혀끝만 내민 아이, 두 뺨에 보조개가 있는 아이, 한쪽 뺨에만 보조개가 있는 아이, 쌍꺼풀이 있는 아이, 외꺼풀인 아이, 조그만 머리가 공처럼 둥근 아이, 얼굴이 호박처럼 긴 아이, 철학자처럼 눈썹을 잔뜩 찌푸린 아이, 연예인처럼 눈빛이 날렵한 아이……. 저마다 생김새도 다르고 표정도 다른 수백 명의 아기가 정말 생기발랄하고 귀여웠습니다. 광고 문구를 보니 병원이 개원한 후 이 년 동안 이곳에서 태어난 아이들의 사진이었습니다. 병원 사업의 성과를 전시한 것이라 할 수 있습니다. 이것이야말로 진정으로 위대하고 고상하며 사랑스러운 사업입니다……. 선생님, 진짜 감동적이었습니다. 저는 눈물이 그렁그렁한 채 가장 신성한 목소리의 부름을 들었습니다. 인류의 가장 장엄한 감정을 느꼈던 것입니다. 그것은 바로 생명에 대한 사랑입니다. 이에 비하면 다른 사랑들은 하나같이 모두 평범하고 저속합니다. 선생님, 제 영혼이 엄숙한 세례를 받은 것 같습니다. 과거 모든 죄악에 대한 속죄의 기회를 잡았습니다. 어떤 사연으로 저에게 왔건, 아이로 인해 어떤 일이 생기건 개의치 않고 저는 두 팔을 활짝 열어 하늘이 주신 제 아기를 받아들이겠습니다.

11

선생님, 그날 수백 장의 아기 사진이 들어 있는 광고판 앞에서 제 영혼은 장엄한 세례를 받았습니다. 망설이고, 방황하고, 찔리고, 맞고, 욕먹고, 죽음의 위협을 받는 등, 이 모든 것이 필요한 과정이었던 겁니다. 마치 당나라 삼장법사가 불경을 구하러 가는 길에 겪었던 여든한 가지 시련과 마찬가지입니다. 고난을 겪지 않았는데 어찌 정과(正果)를 얻을 것이며, 고난을 겪지 않았는데 어찌 인생의 진리를 깨닫겠습니까?

집에 돌아간 후 저는 직접 알코올 솜으로 상처를 소독하고, 백주에 타박상 치료에 좋다는 '운남백약'을 타서 마셨습니다. 육체적 고통은 일시에 없앨 수 없었지만 원기는 왕성했습니다. 저는 귀가한 스쯔를 포옹하며 제 뺨을 스쯔의 뺨에 비벼 댔습니다. 전 스쯔를 안고 말했습니다. 여보, 아이 만들어 줘서 고마워. 당신 자궁을 거치진 않았지만 당신 마음으로 낳는 아이야. 그러니까 우리 친아들이 되는 거야.

스쯔가 울었습니다.

선생님, 책상 앞에 앉아 선생님께 편지를 쓰면서 어떻게 이 아이를 기를까 생각 중입니다. 우리 부부는 환갑이 다 되어 갑니다. 체력도 정력도 모두 소진한 지 오래입니다. 육아 경험이 있는 보모나 젖먹이를 키우는 유모를 청해 우리 아이에게 사람의 젖을 먹여 인간미가 좀 더 흐르게 해야 할 것입니다. 예전에 어머니가 말했어요. 우유나 양젖으로 자란 아이는 사람 냄새가 안 난다고요. 우유로도 아이를 키울 수 있지만 위험천만입니다. 비양심적이고 간악한 장사치들이 '저질 분유', '멜라민 분유' 사건 이후 그들의 '화학' 실험을 끝냈을까요? '대두 아기'와 '결석 아기'[72]에 이어 이번엔 또 어떤 아이가 나올지 누가 알겠습니까? 지금이야 꼬리를 감추고 몽둥이찜질을 당한 개처럼 불쌍한 척하고 있지만 몇 년 못 가 다시 꼬리를 높이 추어올리고, 더 가증스러운 방법으로 사람을 해칠 겁니다. 세상에서 가장 소중한 액체는 바로 엄마 젖입니다. 엄마의 초유에는 신비한 물질이 하나 가득 들어 있습니다. 이 신비한 물질은 사실 모성애가 물화된 결과입니다. 대리모를 구했던 사람들이 아이를 건네받은 후 다시 거금을 들여 그 대리모의 초유를 얻어 간다더군요. 어떤 이들은 심지어 대리모에게 한 달 동안 수유를 시킨 후 아이를 데려간답니다. 물론 비용

72) 비정상적으로 머리가 큰 아기와 몸 안에 결석을 지녀 건강상에 문제가 있는 아기를 말한다. 실제로 근년에 중국에서 저질 분유를 먹인 아기들에게 이런 증상이 나타났다.

이 더 들겠지요. 스쯔 말이, 대리모 회사 사람들은 이런 행위를 정말 싫어한대요. 일단 대리모가 아이에게 젖을 먹이면 정이 쌓이게 되고 그럼 번거로운 일이 줄줄이 이어질 수 있으니까요. 스쯔의 눈이 반짝거렸습니다.

내가 엄마면, 젖도 나오겠네!

예전에 어머니에게 비슷한 이야기를 들은 적이 있습니다. 하지만 너무도 기이한 일이었기에 신빙성이 별로 없습니다. 아마도 출산 경험이 있는 젊은 여성은 젖이 나온 적이 있기 때문에 아기가 그 조그만 입으로 자극을 주면 위대한 모성애로 젖 분비의 기억을 되살릴 수도 있을 것입니다. 하지만 예순이 다 된 데다 임신 경력도 없는 스쯔에게 이런 기적이 일어날 리 없습니다. 만약 그렇다면 그건 기적이 아니라 신의 경지라고 할 수 있겠죠!

선생님, 이런 이야기를 하면서도 전혀 수치스러운 생각이 들지 않습니다. 위대한 사랑으로 병원에서 가망이 없다는 판정을 받은 아이를 다 큰 성인으로 훌륭하게 키워 낸 아버지이기도 하시니 선생님도 아이를 키우는 동안 거의 신의 경지에 가까운 체험을 많이 하셨으리라 생각합니다. 그렇기에 분명히 제 심정을, 그리고 제 아내의 집착을 이해하시리라 생각합니다. 평소 바람 든 무 같던 스쯔가 요즘은 밤마다 달콤한 수밀도같이 변합니다. 거의 기적에 가까운 스쯔의 변신이 그저 놀랍고 기분 좋을 뿐입니다. 매번 스쯔가 제게 환기를 시켜 줍니다. 커더우, 살살 해요. 너무 거칠어요. 우리 아들이 다치면 안 되잖아요. 잠자리 후 아내는 항상 제 손을 자기 배에 올려놓고 말합니다. 이것 좀 봐요. 발로 차요. 아침이면 스쯔는 온수로 가슴을 마사지합니다. 움푹 들어간 유두를 부드럽게 잡아당기면서요.

우리는 아버지에게 스쯔가 임신했다는 소식을 알려 드렸어요. 연세가 아흔 가까이 된 아버지가 순간 눈물을 줄줄 흘리며 감격에 겨워 말했어요. 수염이 다 바들바들 떨릴 정도였습니다.

하늘이 보우하사, 조상님이 복을 내려 주신 게야. 착한 일을 많이 한 사람에게 좋은 일이 생기는 법이지, 아미타불!

선생님, 아기 용품도 모두 준비했습니다. 하나같이 제일 좋은 것들입니다. 일제 유모차에 한국산 아기 침대, 상하이산 종이 기저귀, 러시아산 고무 목욕통……. 스쯔는 절대 우유병을 못 사게 했어요. 그래도 만약에 젖이 부족하면 어떻게 해? 그래도 하나만 예비로 준비해 두지. 우리는 프랑스산 우유병과 뉴질랜드산 분유를 준비했습니다. 뉴질랜드에서 수입한 분유도 조금 걱정이 되어서 저는 아내에게 산양 한 마리를 사들여 아버지 댁에서 기르자고 했습니다. 우리가 그곳에 가서 살면서 매일 아침 짠 신선한 양젖을 우리 아기에게 먹일 수 있으니까요. 스쯔는 커다란 자기 가슴을 손으로 받치며 뾰로통한 얼굴로 말했어요.

젖이 분수처럼 솟을 거라고요!

멀리 스페인에 있는 딸이 전화해서 뭐가 그리 바쁘냐고 물어봅니다. 제가 말했어요. 옌옌, 정말 창피한 일이긴 한데, 확실히 희소식은 희소식이야. 엄마가 아기를 가졌단다. 이제 곧 남자 동생이 생길 거야. 딸이 잠시 어안이 벙벙한 것 같더니 금세 기쁜 목소리로 물었습니다. 아빠, 정말? 물론, 정말이지. 하지만 엄마가 나이가 얼만데! 인터넷에 찾아보니 최근에 덴마크에서 예순두 살 노인이 건강한 아이를 낳았다더라. 딸이 환호성을 질렀습니다. 너무 잘됐다, 아빠! 정말 축하해요. 진심으로요! 뭐 필요해, 아빠? 여기서 보내 줄게요. 아무것도 필요 없어. 여기 있을 것 다 있다. 딸이 말했어요. 필요하든 안 하든 나도 선물을 해야죠. 누나의 성의 표신데! 아빠, 축하해요. 천 년 철 나무도 꽃이 피고, 만 년 고목도 싹이 난다더니 아빠랑 엄마가 기적을 일으켰네?

선생님, 전 딸에게 줄곧 심한 죄책감을 가지고 있었어요. 친엄마의 죽음이 저와 직접적인 관계가 있으니까요. 전 제 앞길을 위해 왕런메이와 배 속의 아기까지 저세상으로 보냈습니다. 지금 살아 있다면 그 아이는 벌써 이십 대 청년이 되었겠네요. 어쨌거나 이제 아들이 하나 생기니 저는 이 아이가 그 아이려니, 그냥 이십 년 늦게 왔지만 어쨌든 이렇게 태어나게 된 거려니 생각하며 스스로를 위로합니다.

선생님, 정말 창피한 일이지만 극본은 나중에 써야 할 것 같아요. 곧 태어날 아기가 극본보다 훨씬 더 중요하니까요. 좋은 일이겠죠? 이제까지 제 머리에 떠오른 구상은 모두가 어둡고, 피비린내 나는 것들이었습니다. 파괴와 절망만 가득하고 탄생이나 희망은 보이지 않았어요. 이런 작품을 창작한다는 건 사람들의 영혼에 독을 뿌리는 일이고 제 죄를 더 심각하게 만드는 일입니다. 믿어 주세요, 선생님. 극본은 반드시 쓰겠습니다. 아이가 태어나면 펜을 들어 새로운 생명을 위해 찬가를 노래하겠습니다. 선생님, 실망시키지 않을 거예요.

최근에 스쯔와 함께 고모를 찾아뵈었습니다. 햇빛이 정말 좋은 날이었어요. 고모네 마당에 회화나무 두 그루가 있습니다. 꽃이 만개한 가지도, 떨어진 가지도 있었습니다. 고모가 회화나무 아래 단정히 앉아 눈을 감고 속으로 뭔가를 중얼거리고 있었습니다. 헝클어진 풀숲처럼 빽빽한 고모의 흰머리 위로 회화나무 꽃이 수북이 떨어졌습니다. 벌 몇 마리가 왱왱거리며 머리 위를 날고 있었고요. 창가 청석판 앞 작은 의자에 하오다서우, 우리 고모부가 앉아 있었습니다. 현에서 민간 공예 미술 대사라는 호칭을 받은 고모부가 열심히 진흙을 반죽하고 있었습니다. 멍한 눈빛을 보니 정신이 몽롱한 것 같았습니다.

고모가 말했어요. 아이 아버지는 둥근 얼굴에 가늘고 긴 눈, 콧날이 꺼지고, 입술이 두껍고 귓불이 두껍고, 엄마는 여위고 갸름한 얼굴에 살구씨 같은 눈, 쌍꺼풀에 입이 작고, 콧날이 오뚝하고 귀가 얇고, 귓불이 없어요. 전체적으로 엄마 모습으로, 하지만 입은 엄마보다 조금 크고, 입술은 엄마보다 더 두껍게, 귀는 엄마 귀보다 조금 크게, 콧날은 엄마보다 조금 낮게…….

고모가 중얼거리는 동안 고모부의 손을 통해 점토 인형이 서서히 모습을 드러냈습니다. 고모부가 대나무 꼬챙이로 인형 눈을 그리더니 잠시 꼼꼼하게 살펴보며 몇 군데 수정을 했습니다. 고모부가 인형을 목판에 받쳐 고모에게 내밀었습니다.

고모가 인형을 받쳐 들고 살펴보더니 말했어요. 눈을 좀 더 크게 하고, 입술도 조금만 더 두껍게 해요.

고모부가 인형을 받아 수정한 후 다시 고모에게 주었어요. 회백색 짙은 눈썹 아래 고모부의 두 눈이 번개처럼 번뜩였습니다.

인형을 받쳐 든 고모가 멀리서 혹은 가까이서 인형을 요리조리 살펴보았습니다. 고모의 얼굴이 한껏 포근해졌습니다. 그래요, 바로 이 모습이에요. 그 애예요. 고모는 갑자기 말투를 바꾸어 인형에 대고 말했습니다. 바로 너야, 꼬마 요정! 빚 받아 가야지! 이 고모할머니가 저세상으로 보낸 2800명 아이 중에 네 녀석이 빠졌어. 이제 너까지 모였으니 모두 모인 셈이구나!

저는 우량예 한 병을 창틀에 놓고 스쯔는 사탕 상자를 고모 발치에 내려놓으며 말했습니다. 고모 뵈러 왔어요.

고모는 마치 불법 제품을 만들다가 들킨 사람처럼 당황하며 어쩔 줄을 몰랐어요. 고모는 옷으로 인형을 가리려다 잘 되지 않자 그냥 포기했습니다. 숨기려고 했던 건 아니야.

제가 말했습니다. 고모, 왕간이 다큐멘터리 찍은 거 보내 줬어요. 다 이해해요. 고모 마음도 알겠고요.

그럼 됐다. 고모가 자리에서 일어나 조금 전에 만든 인형을 들고 동쪽 곁채로 들어가면서 뒤도 돌아보지 않고 근엄하게 말했습니다. 따라 들어와! 검은색 옷차림의 비대한 고모 몸이 묘한 압박으로 다가왔습니다. 아버지는 벌써부터 고모의 정신 상태가 어딘가 정상이 아니라고 말해 왔습니다. 그래서 우리는 고향으로 돌아온 후에도 고모를 자주 찾아뵙지 못했습니다. 그 옛날 고모의 화려했던 명성을 떠올리니 처량한 고모의 지금 모습에 문득 슬픔이 밀려왔습니다.

동쪽 곁채는 빛이 잘 들어오지 않았어요. 음습한 기운이 코를 찔렀습니다. 고모가 벽의 줄을 잡아당기자 100와트 전구가 방 구석구석을 비췄습니다. 세 칸짜리 곁채는 창문이 모두 날벽돌로 막혀 있었습니다. 동, 남, 북, 세 면 벽에 놓인 똑같은 크기의 목제 격자장에 칸칸마다 점토 인형 하나씩이 놓여 있었어요.

고모가 들고 있던 인형을 하나 남은 빈 공간에 올려 두고는 한 걸음 뒤로 물러나 중앙에 놓인 조그만 제사상 위에 향 세 자루를 피운 다음 무릎을 꿇고 두 손을 합장한 후 중얼거렸습니다.

우리도 황급히 고모를 따라 꿇어앉았습니다. 뭐라고 기도를 해야 할지 알 수가 없었습니다. 중미 합자 산부인과 소아과 정문 밖 광고판에서 본 생기발랄한 표정의 아이들 얼굴이 마치 양파 껍질을 벗기듯 머릿속에 차례로 스쳐 지나갔습니다. 머릿속이 감사와 은혜, 죄책감과 공포심으로 가득 찼습니다. 고모가 유산시킨 아이들이 고모부의 손을 통해 하나씩 재탄생하고 있었습니다. 고모는 이런 식으로 마음속의 죄책감을 덜어 보려고 하는 것 같습니다. 하지만 고모를 탓할 일이 아닙니다. 고모가 그 일을 하지 않았다 해도 누군가 그 일을 했을 것입니다. 또한 불법으로 임신한 부부들도 책임을 회피할 수 없습니다. 게다가 이런 일을 하는 사람이 없었다면 오늘날 중국이 어떤 모습일지 정말 난감합니다.

고모가 향을 다 피운 후 일어나 웃는 얼굴로 말했습니다. 샤오파오, 스쯔, 마침 잘 왔어. 드디어 내 소원이 다 이루어졌단다. 잘 봐, 이 아이들 모두 이름이 있어. 여기다 모아 놓고 우리가 모실 거야. 아이들이 모두 영성을 얻게 되면 각자 좋은 부모를 찾아서 이 세상에 태어날 거다. 고모가 우리에게 인형들을 하나하나 보여 주며 아이들이 가는 곳을 설명해 주었습니다.

이 여자애는(고모가 살구씨 같은 두 눈에 작은 입을 오물거리는 인형을 가리켰어요.) 원래 1974년 8월 탄씨 집성촌 탄샤오류와 둥웨어 사이에 태어났어야 하는 아인데 내가 수술했어. 이제 됐어. 이 아이 아버지는 채소 농사로 돈을 많이 벌었고, 엄마는 손재주가 좋은 사람이야. 집에서 우유로 셀러리 키우는 방법을 발명했는데, 셀러리가 얼마나 싱싱하고 연한지 1킬로그램당 60위안에 팔린대.

그리고 이 남자아이는(고모가 격자장 안에서 작은 실눈을 뜨고 바보같이 입을 헤벌리고 있는 인형을 가리키며 말했어요.) 1983년 2월 우자 다리 근처 우쥔바오하고 저우아이화 부부의 아이로 태어났어야 하는데 고모가 없앴어. 지금은 좋아. 복을 많이 받아서 칭저우푸의 관리 집에 태어났어. 아빠랑 엄마가 모두 고위 간부고, 아이 할아버지도 성의 고위직에 있어. 텔레비전에도 자주 보이더라. 아가야, 고모할머니가 이제야 면목이 선다!

그리고 여기 이 자매는(고모가 격자장 안 두 인형을 가리켰습니다.) 원래 1990년에 태어났어야 했어. 부모가 한센병 환자지. 이제 다 낫긴 했지만 손이 마치 마귀처럼 오그라져 있어. 이런 집에 태어나면 두 아이 모두 고통의 불구덩이로 뛰어드는 거나 마찬가지야. 고모가 아이들의 생명을 끊었지만 구원을 했다고 말할 수도 있어. 지금은 좋아. 2000년 양력 새해 저녁에 자오저우성 인민의원에서 태어났어. 2000년에 태어난 이 아이들의 아버지는 무강 배우고, 어머니는 의상실 사장이야. 작년 설 특집 프로그램에서 자매가 함께 텔레비전에 나와 유명한 무강 작품 「조미용관등(趙美蓉觀燈)」을 불렀지. 가지 등(燈)은 가지 빛깔, 부추 등은 부추처럼 덥수룩하고, 오이 등은 오이처럼 가시가 있네. 무 등은 무 모양에 물이 많은 무처럼 영롱하네. 주먹을 불끈 쥐고 눈을 부릅뜬 게 등도, 꼬꼬댁 막 알을 낳은 암탉 등도…….

아이들 부모한테서 전화가 왔어. 애들이 자오저우 방송에 나오니까 보라는 거야. 어찌나 눈물이 나던지…….

그리고 이 아이는(고모가 사팔뜨기 인형 하나를 가리키며 말했어요.) 둥펑촌 장취안 집에 태어났어야 하는데 내가 수술했어. 모든 게 내 탓은 아니지만 내게도 책임이 있어. 1995년 7월 둥펑촌 장취안네 둘째 딸인 장라이디 집에 태어났어. 장라이디가 고모를 찾아왔더라. 여자애 둘을 낳았으니 또 낳으면 계획생육 제한을 어기는 거였어. 예전에 고모가 그 여자 아버지에게 맞아 머리가 터졌잖아. 정말 지긋지긋한 인연이지만 고모는 원래 그 여자 엄마가 낳았어야 할 애를 그 여자에게 줬어. 원래대로 태어났다면 남동생이 되었을 애가 자기 아들이 된 거지. 이 비밀은 고모 혼자만 알고 있단다. 너희 둘도 입을 꽉 다물어야 해. 그 녀석 때문에 얼마나 골머리를 앓는지 아니? 고모가 개구리 무서워한다는 걸 알고 개구리를 종이에 싸서 쥐여 주는 바람에 고모가 기절했잖아. 하지만 고모는 그 애가 안 미워. 원래가 그런 세상이잖아, 뭐. 좋은 사람도 사람이고, 나쁜 사람도 사람이고…….

마지막으로 고모가 조금 전에 올려놓은 인형을 가리키며 말했어요. 누군지 알겠어?

제가 눈물을 글썽이며 말했어요. 고모, 말하지 마세요, 저도 알아요…….

스쯔가 말했습니다. 고모님, 이 아이, 이제 곧 태어날 거예요. 아버지는 극작가, 엄마는 퇴직한 간호사……. 고모, 고맙습니다. 저 임신했어요…….

선생님, 제가 쓴 내용이 모두 정신 나간 이야기라고 생각하진 않으세요? 고모가 정신적으로 문제가 있는 건 확실합니다. 제 아내 역시 아들을 바라는 마음이 너무 간절해서 정신적으로 그다지 정상은 아니에요. 하지만 선생님이 두 사람을 용서하고 이해해 주시길 바랍니다. 자기가 죄를 지었다고 생각하는 사람은 어쨌거나 자신을 위로할 방법을 찾아야 합니다. 선생님도 잘 알고 계신 루쉰의 소설 『축복』에 나오는 샹린댁[73] 처럼요. 제정신인 사람들은 샹린댁의 허황한 생각을 굳이 들

73) 두 번 결혼했으나 두 남편 모두 세상을 떠난 비운의 여인. 두 남편의 죽음이 자신의 잘못이 아닌데도 샹린댁은 토지묘에 시주함으로써 속죄하려 한다.

추지 않고 한 가닥 희망을 지켜 주고 싶어 했어요. 그렇게 해서라도 샹린댁이 악몽에서 벗어나 죄책감에 시달리지 않고 평범한 사람들과 똑같이 생활하길 원했으니까요. 전 고모와 아내의 말을 따르고 있고, 두 사람이 믿는 것들을 믿으려고 노력하고 있어요. 이것이 옳은 선택이겠죠. 과학적인 사고방식을 가진 사람들은 절 비웃을지도 모릅니다. 도덕군자들 역시 절 비판할지도 모르며 심지어 생각이 다른 사람들은 관련 기관에 절 고발할지도 모릅니다. 하지만 제 생각은 변함이 없습니다. 아이를 위해, 특수 업무에 종사했던 고모와 스쯔를 위해 기꺼이 어리석은 인간이 되기로 했습니다.

그날 고모는 진짜처럼 그럴듯하게 청진기로 스쯔를 진찰했습니다. 스쯔가 행복한 얼굴로 배를 드러내고 천장을 바라보고 누웠습니다. 고모가 진지한 표정으로 스쯔의 상태를 점검했습니다. 진찰이 끝난 후 고모는 우리 어머니가 몇 번이나 경탄했던 그 손으로 스쯔의 배를 어루만졌습니다. 다섯 달 정도 됐지? 아주 좋네. 태아 심장 소리가 아주 분명하게 들려, 자리도 잘 잡았고.

육 개월이에요. 스쯔가 부끄러운 듯 말했습니다.

일어나 봐. 고모가 스쯔의 배를 두드리며 말했어요. 나이가 많긴 하지만 자연 분만 해야지. 제왕 절개는 반대야, 산도 분만을 안 한 엄마는 절대 완벽하게 엄마의 느낌을 가질 수 없어.

걱정이 좀 돼요……. 스쯔가 말했습니다.

내가 있는데 무슨 걱정? 고모가 두 손을 들더니 말했어요. 아이를 1만 명이나 받은 이 손을 믿어야지.

스쯔가 고모의 한 손을 자기 얼굴에 대며 애교 만점 딸처럼 말했어요. 고모님, 고모님만 믿어요…….

12

선생님, 기뻐해 주세요!

제 아들이 어제 새벽에 세상에 나왔습니다.

아내 스쯔가 초고령 산모라 영국, 미국 유학을 다녀왔다는 중미 합자 병원의 박사들도 감히 출산을 맡겠다고 나서지 못했습니다. 당연히 전 고모를 생각했죠. 생강도 오래된 것이 맵다고 하질 않습니까. 제 아내가 유일하게 믿는 사람도 바로 고모였습니다. 아내는 고모와 숱한 아이를 받았으니, 위급 상황에서 고모가 보여 준 대장다운 모습을 기억하겠지요.

스쯔는 위안싸이와 사촌 동생이 운영하는 황소개구리 양식장에서 야근하고 돌아온 날 진통을 시작했습니다. 사실 그쯤 됐으면 당연히 집에서 쉬어야 하는데 고집이 어느 정도여야죠. 도무지 말을 듣지 않았습니다. 불룩한 배를 내밀고 거들먹거리며 다니는 스쯔의 모습에 사람들이 입방아를 찧는가 하면 부러운 시선을 보내기도 했습니다. 스쯔를 아는 이들은 멀리서 스쯔에게 인사를 했어요. 아주머니, 그 배를 해서 집에서 쉬지 않고요? 커더우 아저씨도 어지간하시네. 스쯔가 말했어요. 이게 뭐 대수예요? 박이 익으면 절로 떨어지듯 아이도 때가 되면 나오는 거죠. 농촌 아줌마들 보세요. 목화밭이나 강변 수풀 같은 곳에서도 잘만 낳잖아요? 임신했다며 유난 떠는 여자일수록 오히려 문제가 많죠. 스쯔는 늙은 한의사 같은 소리를 늘어놓았어요. 그때마다 사람들은 고개를 끄덕이며 맞장구를 쳤어요. 그 자리에서 반박하는 사람은 별로 없었습니다.

소식을 듣고 양식장으로 달려갔을 때는 이미 위안싸이가 사촌 동생을 보내 고모를 모셔 온 후였어요. 하얀 가운에 커다란 마스크를 쓰고 헝클어진 머리를 하얀 모자 안으로 쑤셔 넣은 고모의 눈빛이 엄청나게 진지해 보였어요. 많이 흥분한 모습이더군요. 고모의 모습을 보고 있으려니 '노기복력'[74] 이란 사자성어가 생각났습니다. 고모가 하얀 옷을 입은 아가씨를 따라 은밀하게 준비된 분만실로 들어가고 전 위안싸이의 사무실에 앉아 차를 마셨습니다.

사무실 중앙에 탁구대만 한 자홍색 사무 탁자가 있고 그 뒤로 등받이가 높은 검은색 가죽 회전의자가 있었습니다. 탁자에는 두꺼운 책들이 쌓여 있었는데 뜻밖에 선홍빛 오성홍기가 반듯하게 꽂혀 있었어요. 제 마음을 간파했는지 위안싸

74) 老驥伏櫪. 우리에 엎드린 늙은 천리마란 뜻.

이가 진지하게 말했어요. 강도도 애국할 권리는 있어.

그는 매우 능숙한 솜씨로 제게 궁푸차[功夫茶]를 따라 주며 자랑스럽게 말했어요. 우이산에서 나는 다훙파오[大紅袍]야. 최상품은 아니어도 그래도 고급이야. 현장께서 납셔도 아까워서 잘 안 타 주네. 그런데도 네게 이런 걸 내놓는 건 내가 인품이 좀 된다는 이야기지.

제 마음이 딴 데 가 있는 걸 보고 위안싸이가 말했습니다. 안심해. 내가 맡은 이상 마음 놓아도 돼. 아무 탈 없이 매사 순조로울 테니. 우리가 함부로 네 고모를 모셔 오진 않아. 노인네야 우리 가오미 둥베이향의 수호신 아닌가. 고모님이 납셨으니 산모나 아기 모두 평안하게 모든 일이 잘될 거야.

저는 넓고 편안한 가죽 소파에 비스듬히 기대 잠이 들었습니다. 꿈속에 어머니와 왕런메이가 나왔어요. 어머니는 번쩍거리는 의상을 입고 손에 용머리가 새겨진 지팡이를 들고 있었습니다. 왕런메이는 붉은색 솜 조끼에 초록색 바지 차림으로 촌스럽지만 귀여워 보였습니다. 런메이가 왼쪽 팔에 붉은색 보따리를 끼고 있었어요. 보따리 틈새로 노란색 스웨터가 삐져나와 있었습니다. 두 사람이 계속해서 복도를 걷고 있었어요. 어머니의 지팡이 소리가 그리 서두르고 있는 것 같진 않았지만 전 자꾸만 초조했습니다. 제가 말했어요. 어머니, 좀 앉아서 쉬실래요? 그렇게 돌아다니니까 사람들이 모두 불안해하잖아요. 어머니는 소파에 앉았지만 금세 바닥으로 자리를 옮겨 양반다리를 했습니다. 소파에 앉으면 숨을 쉴 수가 없다고 했습니다. 왕런메이는 잔뜩 겁을 먹은 표정이었어요. 조금 수줍어하며 어린 아가씨처럼 어머니 뒤에 숨어 있었습니다. 제가 바라보면 얼른 고개를 한쪽으로 돌렸어요. 런메이가 노란색 스웨터를 보따리에서 꺼내 펼쳤습니다. 성인 손바닥 정도 크기였어요. 제가 말했어요. 인형이나 입겠네. 런메이가 얼굴을 붉히며 말했습니다. 배 속에 있는 아기를 재서 짠 거예요. 전 그제야 런메이의 배가 불러 있는 걸 발견했어요. 얼굴에 낀 기미를 보니 임신 중인 것 같았습니다. 제가 말했어요. 배 속에 있는 아이라고 해도 이렇게 작진 않아! 런메이의 눈이 순간 붉게 물들었어요. 샤오파오, 고모에게 말해서 나도 아이 낳게 해 줘요. 어머니가 지팡이로 바닥을 내리쳤습니다. 지금 낳아라. 내가 여기서 널 보호해 줄 테니. 노인네 지팡이는 위로는 어리석은 임금을, 아래로는 간사한 신하를 내리치는 거야. 감히 내 지팡이를 막는 놈이 있으면 신상에 좋지 않을 거다. 어머니가 지팡이로 벽을 치자 비밀의 문이 서서히 열렸습니다. 조명이 대낮처럼 환했습니다. 하얀 시트를 깐 수술대 양쪽에 하얀 가운을 입고 커다란 마스크를 쓴 사람이 네 명 서 있었어요. 침대 머리맡에 서 있는 고모 역시 수술복을 갖춰 입고 손에 수술 장갑을 끼고 있었습니다. 안으로 들어간 런메이가 이 광경을 보고 되돌아 도망가려고 했어요. 그러자 고모가 손을 뻗어 런메이를 잡았습니다. 런메이는 마치 아무도 도와줄 사람이 없는 아이처럼 울면서 제게 소리쳤어요. 샤오파오, 수년 동안 우리 부부였잖아요. 절 좀 구해 줘요……. 마음이 쓰리고 아팠습니다. 눈물이 났습니다……. 고모가 손짓하자 간호사 차림을 한 사람 네 명이 달려들어 왕런메이를 수술대 위에 올린 후 연합해서 런메이의 옷을 모두 벗겼어요. 런메이 두 다리 사이에 붉은 아기 손이 뻗어 나와 있었습니다. 작은 엄지가 비죽 나와 있고, 새끼손가락과 무명지가 구부러져 있고, 식지와 중지는 브이 자 모양을 그리고 있었어요. 그 모습을 본 고모랑 간호사들이 계속 깔깔거렸습니다. 고모가 실컷 웃더니 말했습니다. 그만! 이제 꺼냅시다. 아이가 천천히 산도를 비집고 나왔습니다. 주위를 두리번거리며 살피는 모습이 교활한 새끼 동물 같았어요. 고모가 잽싸게 아이의 귀를 잡는 동시에 머리를 안아 힘껏 밖으로 뽑아냈습니다. 어서 나와! 마치 팝콘 터지는 것 같은 소리와 함께 피와 점액으로 뒤덮인 갓난아기가 고모 손에 들려 있었습니다…….

깜짝 놀라 잠에서 깨어났습니다. 온몸에 소름이 끼쳤어요. 사촌 동생과 스쯔가 문을 밀고 들어왔습니다. 스쯔가 품에 안은 포대기에서 아기 울음소리가 들려왔습니다. 사촌 동생이 숨을 죽인 채 말했어요. 정말 축하해요. 아드님이에요!

사촌 동생이 차를 몰아 저희를 아버지가 사는 촌까지 데려다 주었어요. 이 촌 마을은 벌써 도시의 일부가 되었습니다. 전에 보낸 편지에서도 말씀드렸듯이 우리 현장이(지금은 이미 시장이 되었습니다.) 이곳을 문화마을로 지정하여 보존하도록 한 덕분에 벽에 붙은 표어나 혁명 팻말, 마을의 확성기, 생산대 집회장 등, 문화 대혁명 당시의 모습을 고스란히 간직하고 있습니다. 날이 밝을 시간이었지만 거리에 행인들의 모습은 보이지 않고 몇몇 귀신 같은 승객들을 태운 새벽 버스가 질주하고 있을 뿐이었어요. 두 눈만 내놓고 얼굴을 가린 청소원들이

인도에서 빗자루를 휘두르며 먼지를 쓸고 있었고요. 아이 얼굴이 보고 싶었지만 그 어떤 산모 못지않게 피곤해하면서도 행복에 겨운 스쯔의 표정을 보니 차마 입이 떨어지지 않았습니다. 머리에 간장 색 스카프를 두른 스쯔는 입술이 다 부르튼 모습입니다. 아이를 품에 꼭 안은 채 때때로 고개를 숙이는 스쯔의 모습이 아이를 들여다보는 것 같기도 하고 아이에게서 나는 냄새를 들이마시는 것 같기도 했습니다.

저희는 아이를 위해 준비한 물건을 아버지가 계신 곳에 미리 옮겨 두었습니다. 양젖을 받을 양을 구하지 못해서 아버지는 임시방편으로 마을에서 소를 키우는 두 씨에게 우유를 예약해 두었습니다. 두 씨네 집은 젖소 두 마리를 키우고 있는데 매일 백 근 정도 우유를 생산했어요. 아버지는 그 어떤 성분도 우유에 넣지 말라고 신신당부했습니다. 두 씨가 말했어요. 어르신, 저도 못 믿겠으면 직접 우유를 짜세요.

사촌 동생이 차를 아버지 댁 마당 밖에 세웠어요. 아버지는 이미 길가에서 우리를 기다리고 있었습니다. 아버지와 함께 둘째 형수랑 젊은 여자 몇 명이 함께 기다리고 있었어요. 아마도 큰형님네 조카며느리들인 것 같았습니다. 둘째 형수가 재빨리 아이를 받았고 다른 여자들이 차에서 내리는 스쯔를 부축해 마당을 지나 일찌감치 준비해 둔 '산후조리' 방에 데려갔습니다.

둘째 형수가 포대기 한쪽을 젖히고 아버지에게 뒤늦게 세상에 나온 손자를 보여 주었습니다. 아버지는 뜨거운 눈물을 쏟으며 마냥 행복한 표정이었어요. 저 역시 까만 머리에 볼이 발그레한 갓난아기를 보며 만감이 교차했습니다. 눈물이 났습니다.

선생님, 아이를 통해 저는 청춘과 영감을 되찾았습니다. 다른 아이들과 달리 기구한 사연이 있는 아이인 데다 아이에게 법적 지위를 부여하려면 여러 가지 시급한 문제들이 발생할 수도 있지만 고모 말씀대로 '아기집'을 나온 순간부터 아이는 하나의 생명으로 나라의 합법적인 국민이 되어 나라가 아이에게 부여하는 모든 복지와 권리를 누릴 것입니다. 문제가 생겨도 그건 이 아이를 세상에 내놓은 우리가 책임져야 하며 우리가 아이에게 줄 것은 사랑, 오직 사랑밖에 없습니다.

선생님, 내일부터 원고지를 펴고 산고의 고통이 심각했던 극본을 완성하겠습니다. 다음에 선생님께 드리는 편지는 영원히 상연되지 않을지도 모르는 극본, 바로 「개구리」입니다.

5부

친애하는 선생님께

마침내 극본을 완성했습니다.

현실에서 일어난 수많은 이야기가 제 극본의 내용과 얽히고설켜 때로 제가 픽션을 창작하고 있는 건지 아니면 논픽션을 쓰고 있는 건지 분간이 가지 않을 때가 있었습니다. 저는 불과 닷새 만에 극본을 완성했습니다. 마치 자신이 본 것, 생각한 것을 한시라도 빨리 부모에게 알려 주려는 아이 같았습니다. 쉰이 넘은 사람이 자신을 아이에 비유하다니 너무 어리광을 부리는 것 같기도 하지만 정말 제 심정이 그렇습니다. 글을 쓴다는 사람이 이런 치기 어린 용기마저 없다면 펜을 놓아야 할 것입니다.

이 극본은 저희 고모 이야기를 떼어 놓고 생각할 수 없습니다. 어떤 내용은 실제로 일어난 일은 아니지만 제 마음속에서는 있었던 일이나 마찬가지입니다. 그래서 저는 이 모든 이야기가 진짜라고 생각하고 있습니다.

선생님, 원래 저는 창작이 속죄의 한 방식이 될 수 있다고 생각했습니다. 그러나 극본이 완성된 후 마음속에 자리한 죄의식이 줄어들기는커녕 오히려 더 커진 것 같습니다. 왕런메이와 그녀 배 속의 아이(물론 제 아이기도 합니다.)가 죽은 원인에 대해 여러 가지 핑계를 들먹이며 저는 쏙 빼고 그 책임을 고모와 계획생육 실무자들, 위안싸이, 심지어 왕런메이에게 전가하려 했지만(수십 년 동안 저는 줄곧 이렇게 생각했습니다.) 지금 저는 그 어느 때보다도 분명하게 제가 바로 유일한 원흉이란 점을 깨닫고 있습니다. 제 '미래'를 위해 왕런메이와 아이를 지옥으로 보냈습니다. 천메이가 낳은 아이가 일찍 저세상으로 떠난 아이의 환생이라고 상상했지만 그건 단지 자기 위안일 뿐입니다. 점토 인형에 대한 고모의 마음이나 매한가지입니다. 모든 아이는 저마다 유일한 존재이며 다른 무엇으로 대체될 수 없습니다. 손에 묻힌 피를 영원히 씻을 수 없는 걸까요? 죄의식에 얽매인 영혼을 벗어던질 방법은 영원히 존재하지 않는 걸까요?

선생님, 답장 기다리겠습니다.

2009년 6월 3일

커더우 올림

개구리

9막

등장인물

고모	퇴직한 산부인과 의사, 칠십 대
커더우	극작가, 고모의 조카, 오십 대
샤오스쯔	일찍이 고모의 조수로 일함, 커더우의 아내, 오십 대
천메이	대리모, 이십 대, 화재 현장에서 다행히 목숨을 건졌지만 얼굴에 심한 화상을 입음
천비	천메이의 아버지, 커더우의 소학교 친구, 걸인, 오십 대
위안싸이	커더우의 소학교 친구, 황소개구리 회사 사장, 불법 '대리모 회사' 운영, 오십 대
사촌 동생	진슈, 커더우의 사촌 남동생, 위안싸이의 부하, 사십 대
리서우	커더우의 소학교 친구, 레스토랑 주인, 오십 대
파출소장	경관, 사십 대
샤오웨이	경찰 학교를 갓 졸업한 여경, 이십 대
하오다서우	점토 공예가, 고모부
친허	점토 공예가, 고모의 추종자
류구이팡	커더우의 소학교 친구, 현 초대소 소장
가오멍주	중화민국 시기 가오미현의 현장

잡역 ○ 명

병원 경비 두 명

복면 차림의 검은색 옷을 입은 인물 두 명

텔레비전 방송국 촬영 기사, 여기자 등 약간 명

1막

중미 합자 자바오 산부인과 소아과. 호화스러운 정문이 마치 정부 기관을 연상케 한다. 정문 좌측 대리석 장식 부분에 병원 팻말이 붙어 있다.

정문 우측에 각기 다른 포즈의 아기 사진 수백 장이 인쇄된 거대한 광고판이 보인다.

회색 제복을 입은 경비 한 사람이 정문 좌측에 반듯하게 서서 병원으로 출입하는 호화로운 자동차들을 향해 경례한다. 지나치게 과장된 동작이 조금 우스꽝스럽다.

달빛이 휘황찬란하다. 무대 뒤에서 폭죽 소리가 들려오고 이따금 찬란한 불꽃이 하늘을 환하게 밝힌다.

경비 (호주머니에서 휴대전화를 꺼내 문자 메시지를 보다가 참지 못하고 웃음을 터뜨린다.) 크크…….

(경비 반장이 소리 없이 정문 밖으로 나온다.)

반장 (살며시 경비병 뒤에 서서 나지막한 소리로 호통을 친다.) 리자타이, 뭐가 그렇게 우스워? (뭔가 발 위로 툭 하고 튀어 오른다.) 어? 지금이 어느 땐데 새끼 개구리들이 이렇게 많지? 뭐가 그렇게 우스운데?

경비 (깜짝 놀라 허둥지둥 차려 자세를 취한다.) 반장님께 보고합니다. 지구 온난화에 따른 온실 효과 때문입니다. 별로 우스운 일이…….

반장 우스운 일도 아닌데, 왜 웃고 그래? (발 위로 튀어 오른 개구리 새끼를 털어 내며) 무슨 일이야? 설마 또 지진이라도 나는 거야? 내가 물었잖아? 뭐가 그렇게 우스워?

경비 (사방에 사람이 없는 걸 확인하고 웃으며 말한다.) 반장님, 이 메시지가 너무 재밌어요…….

반장 내가 말하지 않았나! 근무 시간에 문자 금지라고!

경비 반장님께 보고합니다. 문자를 보낸 게 아니라 그냥 봤을 뿐입니다.

반장 그게 그거 아냐? 류 처장 눈에 띄면 자넨 그냥 해고야.

경비 자르려면 자르라지요. 어차피 더 있을 생각도 없으니까. 황소개구리 양식 회사 사장이 제 사촌 이모부라고요. 엄마가 벌써 사촌 이모를 통해 이모부께 부탁을 넣어 놨어요. 사촌 이모부가 제게 자리를 마련해 주기로…….

반장 (귀찮다는 듯) 됐어, 됐어. 무슨 사촌이 어쩌고저쩌고, 정신이 하나도 없네. 자네야 빌붙을 사촌 이모부라도 있으니까 해고되어도 염려할 필요가 없겠지. 하지만 이 몸은 여기서 먹고살아야 한다고! 그러니 근무 시간에 메시지 주고받는 것, 전화 받는 것 모두 금지야!

경비 (가슴을 내밀고 차려 자세를 취하며) 네! 반장님!

반장 조심해!

경비 (가슴을 내밀고 차려 자세를 취하며) 네! 반장님! (그러다 더 이상 참지 못하고 다시 키득거린다.) 크크…….

반장 이놈이 암캐 오줌을 마셨나, 아니면 꿈에 돈 많은 젊은 여자를 얻었나? 대체 뭐가 그렇게 우스워? 어서 말해 봐!

경비 뭐 우스운 건 없는데요…….

반장 (오른손을 뻗으며) 내놔!

경비 뭘요?

반장 뭐긴 뭐야! 휴대전화 말이야!

경비 반장님, 절대 안 보겠다고요. 그럼 된 것 아니에요?

반장 군소리 말고! 어서 안 내놔? 안 내놓으면 류 처장에게 보고하겠어.

경비 반장님, 한창 열애 중인데, 휴대전화가 없으면 안 되잖아요…….

반장 너희 아버지 시절에는 연애할 때 전화 같은 것 없어도 결혼만 잘했어. 어서!

경비 (하는 수 없이 휴대전화를 반장에게 건네며) 괜히 웃는 게 아니라 이 문자가 너무 우스워서요.

반장 (휴대전화를 만지작거리며) 어디 좀 보자. 대체 무슨 내용이기에 그렇게 웃어? ……우수한 단거리 운동선수를 육성하기 위해 국가체육위원회에서는 남자 100미터 금메달 선수 첸뱌오와 여자 장거리 금메달 선수 진루에게 결혼할 것을 명령했다. 만삭이 된 진루가 병원에 아기를 낳으러 갔다. 첸뱌오가 의사에게 물었다. 아이는 어때요? 의사가 말했다. 잘 못 봤습니다. 배 속에서 나오자마자 잽싸게 어디론가 뛰어가 버렸어요. 이런 구닥다리 이야기가 웃겨? 내가 몇 개 읽어 주지. (반장이 자기 휴대전화를 꺼내 읽으려다가 갑자기 무슨 생각이 났는지 자기 휴대전화를 경비의 휴대전화와 함께 자기 주머니에 넣는다.) 오늘 한가위잖아. 류 처장이 명절일수록 경계를 게을리하지 말랬어!

경비 (손을 내밀며 휴대전화를 요구한다.) 제 휴대전화요.

반장 잠시 몰수한다. 퇴근할 때 돌려주지.

경비 (애걸한다.) 반장님, 오늘 같은 명절날, 다른 사람들은 온 가족이 둘러앉아 집집이 즐겁게 월병도 먹고, 폭죽을 터뜨리며 달 구경도 하고, 연애도

하잖아요. 말뚝처럼 여기 콕 박혀 있는데 여자 친구 문자도 못 보게 하면 어떡해요.

반장 중얼거리지 말고, 당직이나 잘 서. 이곳저곳 잘 살피고 무슨 소리가 나나 잘 듣고, 의심이 가는 사람 안으로 들이지 말고…….

경비 됐어요. 대갈장군 류 씨 말에 신경 쓰지 마세요. 이런 명절에 누가 여길 옵니까? 강도, 좀도둑도 명절은 지내야지요!

반장 좀 진지해져 봐! 지금 너하고 장난하는 줄 알아? (목소리를 깔더니 뭔가 은밀한 분위기로) 설날 저녁에 테러분자들이 산부인과 소아과 병동에 난입해 (음흉한 표정으로) 영아 여덟 명을 훔쳐 달아나 인질로 삼고…….

경비 (진지한 표정으로) 오…….

반장 (신기하다는 듯) 누구 둘째 부인이 우리 병원에서 분만 대기 중인 줄 알아?

경비 (귀를 기울인다.)

반장 (소리를 낮춰 흥미롭다는 듯) ……알겠어? 잘 들어! 그 까만 벤츠랑 초록색 BMW가 모두 그 사람 거야. 차량이 완전히 지나갈 때까지 시선 떼지 말고 반듯하게 경례해! 조금이라도 소홀해선 안 돼!

경비 네, 반장님! (손을 내밀며) 이제 제 휴대전화 주실 거죠?

반장 안 돼. 절대로! 오늘 저녁이 길일이라 진 사장님네도 아기를 낳을 가능성이 있고, 쑹 서기님 며느리도 예정일이 오늘이야. 까만 아우디 A6, 차 번호 08858이 나타나면 눈을 동그랗게 뜨라고!

경비 (짜증스러운 표정으로) 이 꼬맹이 자식들, 날짜도 잘도 맞춰서 나오네. 제 여자 친구가 그러는데요, 오늘 밤 달이 오십 년 만에 가장 크고, 가장 둥글대요. (달을 바라보며) 밝은 달은 언제부터 있었는지, 술잔을 잡고 푸른 하늘에 묻네…….[75]

반장 (비웃듯이) 진부하긴! 학교 다닐 때 열심히 외웠으면 이렇게 경비는 안 서지! (경계하듯) 저건 뭐야?

(천메이가 검은색 외투를 입고 검은색 베일로 얼굴을 가리고 손에 작은 붉은색 스웨터를 들고 등장한다.)

천메이 (마치 술에 취한 듯 휘청거린다.) 우리 아기…… 우리 아기…… 어디 있는 거니? 엄마가 왔어, 어디 숨었니?

경비 또 그 여자네. 미친년!

반장 어서 쫓아 버려!

경비 자리를 뜨지 말라면서요?

반장 정문에서 좌우 50미터까지는 경비 범위야.

경비 정문 주위에 수상한 상황이 벌어지면 당직 경비는 초소를 지켜 수상한 사람이 정문 안으로 난입

---

75) 소동파(蘇東坡, 1039~1101), 「수조가두·명월기시유(水调歌頭·明月幾时有)」의 첫 구절.

하지 못하도록 엄중히 방어하고 그 즉시 반장에게 보고한다. (허리춤에서 무전기를 꺼낸다.) 반장님, 보고합니다. 정문 우측 광고판 아래 수상한 사람 출현! 조속히 인원을 증강 배치해 주십시오!

반장 미친놈!

(스포트라이트가 광고판 앞을 비추고 있다.)

천메이 (광고판의 아기들 사진을 가리키며) 아기, 내 아기, 엄마가 부르는데 안 들려? 엄마랑 술래잡기하려고? 장난꾸러기 우리 아기! 어서 나와, 엄마가 젖 줄게. 안 나오면 강아지가 엄마 젖 다 먹는다……. (광고판의 한 아이를 가리키며) 젖 먹을래? 아니, 넌 안 줄 거야. 내 아기가 아니니까. 우리 아기는 큰 눈에 쌍꺼풀이 있는데, 넌 눈이 작잖아……. 너도 내 젖이 먹고 싶겠지만 넌 내 아기가 아니니까. 우리 아기는 얼굴이 발그레한 사과 같은데 넌 누렇잖아……. 넌 분명히 우리 아기가 아니야. 우리 아가는 오동통한 사내 아기인데, 넌 여자애지, 여자애는 못써……. (강한 어조로) 남자아이를 낳으면 5만 위안, 여자아이는 겨우 3만 위안이야! 이 개자식들……. 남존여비, 봉건주의자들, 너희 엄마들은 여자 아냐? 할머니는? 남자만 낳고 여자는 안 낳으면 이 세상이 돌아가겠어? 고위 공직자, 지식인, 많이 배웠다는 똑똑한 양반들이 그렇게 단순한 이치도 몰라? ……어? 내 아가라고?

우리 강아지, 엄마 젖 냄새 맡고 배고팠구나? (콧구멍을 벌름거리며) 어디서 날 속이려고, 아가, 꿈도 꾸지 마! 너희가 검은색 천으로 내 눈을 가려도, 아이들 천 명 가운데 내 아기를 섞어 놓아도 난 냄새로 다 찾아낼 수 있어. 네 엄마가 말해 주지 않던? 아이마다 다 냄새가 달라. 젖 먹고 싶으면 네 엄마 찾아가. 그래, 너희 부잣집 애들은 '엄마'라고 부르지 않고 '맘'이라 부르지? "젖 먹을래." 하는 것도 "맘……." 하고. 뭐? 너희 엄만 젖이 안 나온다고? 젖도 안 나오는 게 그게 엄마야? 너흰 매일 진화를 부르짖지만 내가 보기에 너희는 퇴화하고 있는 거야. 그래서 아기를 낳을 때 산도로 자연 분만을 하지도 않고 젖도 안 나오는 거고! 자기가 할 일을 소에게, 양한테 시키는데! 우유 먹고 자란 애는 소 비린내가 나고, 양젖 먹고 자란 애는 양 지린내가 나! 엄마 젖 먹고 자란 아이나 사람 냄새가 나는 거야. 돈 내고 내 젖을 먹겠다고? 꿈 깨! 황금으로 만든 산을 준다 해도 내 젖은 팔지 않아. 내 젖은 우리 아가 거야. 아가야, 빨리 와……. 안 오면 다른 아이가 엄마 젖 다 먹어 버린다! 자, 봐, 어찌나 젖을 먹고 싶은지 아이들 입이 다 헤벌어졌어. 모두 배가 고프대. 아기 엄마들이 젖을 다 팔아 버렸대. 젖 판 돈으로 화장품 사서 얼굴에 떡칠하고, 향수 사서 온몸에 뿌리고! 모두 좋은 엄마가 아니야, 자기 얼굴만 신경 쓰고, 애들 건강은 안중에도 없고……. 착한 아가, 어서 와!

반장 (차려, 경례 후) 부인, 여긴 산부인과 소아과 병원입니다. 산모와 아기 들이 안정을 취해야 하니 여기 이렇게 서서 떠들면 안 됩니다!

천메이 누구세요? 여기서 뭐 해요?

반장 전 여기 경비입니다.

천메이 경비가 뭐 하는 건데요?

반장 사회 질서를 유지하고, 기관과 학교, 기업체, 우체국, 은행, 상가, 식당, 역 등의 안전을 유지하는 사람입니다.

천메이 나 당신 알아! (미친 듯이 웃는다.) 당신 안다고! 위안싸이 경비원이잖아. 사람들이 당신들을 '문지기 개'라고 하는데!

반장 우리 인격을 모독하지 마시오. 우리가 없으면 사회 질서는 엉망이 됩니다.

천메이 당신이 내 아이 뺏어 갔지? 하얀 가운이랑 커다란 마스크가 없어도 난 당신 알아볼 수 있어.

반장 (당황하며) 부인, 말 함부로 하지 마시오. 무고죄로 고발할 수도 있으니 조심해요!

천메이 옷을 갈아입었다고 내가 못 알아볼 줄 알아? 경비복만 입으면 다야? 넌 위안싸이의 개지? 완신, 늙은 마귀! 내 아이를 받아서 그렇게 딱 한 번 보여 주고……. (고통스러워하며) 아냐……. 단 한 번도 나에게 보여 준 적이 없어……. 흰 천으로 내 얼굴을 쌌어. 내 아이를 보고 싶었는데, 단 한 번만이라도. 하지만 그 사람들, 나에게 아이를 보여 주지도 않고 데리고 갔어……. 하지만 아이 울음소리를 들었어. 울면서 날 찾았어. 아이도 내가 보고 싶은 거야. 세상에 엄마를 보고 싶지 않은 아이가 어디 있어? 그런 아이를 강제로 안고 가 버렸어. 배가 고팠던 거야. 젖을 먹고 싶었던 건데, 그 사람들도 엄마 초유가 아이에게 얼마나 좋은 건지 다 알고 있어. 너흰 내가 공부 좀 못했다고, 그런 것도 모를 거라고 생각하지? 하지만 난 알아, 뭐든지 알아. 온몸의 가장 좋은 것들이 모두 가슴으로 간다는 거 알아. 뼛속 칼슘, 골수에 든 기름, 핏속에 든 단백질, 살 속에 든 비타민까지 모든 것이 가슴으로 몰려 아이가 초유를 먹으면 감기도 안 걸리고, 설사도 안 하고, 열도 안 나고 건강하고 똑똑한 아이로 쑥쑥 크는 거 알아. 하지만 젖을 단 한 방울도 못 먹였는데 데리고 가 버렸어.

(앞으로 다가가 반장을 잡아챈다.)

반장 (당황하며) 아주머니, 사람 잘못 보셨어요. 분명히 잘못 보신 거예요. 둥근 빵이니, 네모난 얼굴이니, 전 그런 사람 전혀 몰라요…….

천메이 물론 모르시겠지. 도둑, 강도, 아기나 도둑질하는 마귀 같은 놈들. 너흰 날 몰라도 난 너흴 알아. 내 아이를 뺏어 간 후에 나에게 수면제 두 알을 먹여 재웠잖아? 내가 깨어나자 아이가 세상에 나오다 죽었다고 내게 거짓말을 했잖아? 가죽을 홀라당 벗긴 죽은 고양이를 내 앞에 흔들며 우리 아이 시신이라고 말하지 않았어? 날강도 같은 놈들, 내 아이를 뺏어 간 것도 모자라 내 수고비까지 떼먹으려고 해? 사내아이를 낳으면 5만 위안이라더니 죽은 아이를 낳았다고 1만 위안만 줘 놓고, 내 아이를 데려간 것도 모자라 내 초유를 달라고? 그릇하고 우유병을 들고 와서 초유를 짜 가지고 1밀리리터에 10위안이라고? 짐승 같은 놈들, 내 초유는 내 아기 거야. 10위안? 10만 위안을 줘도 안 팔아!

반장 부인, 제발 부탁인데 어서 비키세요. 안 그러면 경찰에 신고하겠습니다.

천메이 경찰? 좋아! 그렇지 않아도 경찰에 신고하려고 했어. 인민을 사랑하는 인민의 경찰이니, 인민이 아이를 잃었다면 당연히 신경 써 주겠지?

반장 물론이죠. 아이가 아니라 강아지 한 마리를 잃어버렸다고 해도 경찰이 도와줄 겁니다.

천메이 좋아. 경찰서에 가 봐야겠어.

반장 그래요. 어서 가 보세요. (방향을 가리키며) 이 길로 쭉 가다가 신호등에서 오른쪽으로 꺾어지면 카바레 옆에 바로 빈허로에 공안 파출소가 있습니다.

(자동차 한 대가 클랙슨을 울리며 병원에서 나온다.)

천메이 (잠시 멍한 표정을 짓더니 갑자기 뭔가 깨달은 듯) 내 아이. 내 아이를 저자들이 저 차에 태워 데리고 갔어. (차를 향해 돌진한다.) 도둑놈들아, 내 아이 돌려줘…….

(반장이 천메이를 저지하려 하지만 천메이의 괴력에 오히려 반장이 비틀거린다.)

반장 (버럭 화를 내며) 저 여자를 막아!

(입구에 서 있던 경비가 달려가 차량을 가로막는 천메이를 잡는다. 천메이가 필사적으로 버둥거린다. 반장이 합세하여 두 사람이 천메이를 제압한다. 버둥대는 가운데 천메이의 검은색 베일이 벗겨지며 화상을 입은 흉측한 몰골이 드러난다. 경비 두 사람이 깜짝 놀라 뒷걸음질 친다.)

경비 억, 이건!

반장 (차에 치이고 사람에게 밟힌 새끼 개구리들을 바라보며) 세상에, 어디에서 이 귀신 같은 것들이 이렇게 많이 나왔어?

(막이 내린다.)

2막

초록 불빛이 비치는 가운데 무대 전체가 마치 어두컴컴한 수중 세계 같다. 무대 구석에 잡풀이 무성하게 자라난 동굴이 하나 있다. 때로 개구리 울음소리와 아기 울음소리가 들려온다. 십여 명의 아이가 무대 위에 축 늘어진 채 걸려 있다. 아이들의 사지가 꿈틀거리는 가운데 무대가 온통 울음소리다.

무대 앞부분에 점토 인형을 만드는 목판이 놓여 있고, 하오다서우와 친허가 양반다리를 한 채 목판 안쪽에 앉아 정신없이 점토를 반죽하고 있다.

고모가 동굴에서 기어 나온다. 펑퍼짐한 검은색 도포 같은 것을 입고, 머리는 심하게 헝클어져 있다.

고모 (책을 읽는 듯한 말투로) 전 완신이라고 합니다. 올해 일흔세 살, 자그마치 오십 년 동안 산부인과

일을 했습니다. 퇴직한 후에도 낮이고 밤이고 한가했던 날이 없습니다. 제 손을 거쳐 태어난 아이가 모두 9883명……. (고개를 들어 공중에 매달린 아이를 쳐다보며) 애들아, 우는 소리가 정말 듣기 좋구나. 너희 울음소리를 듣고 있으면 고모는 마음이 놓여. 너희 울음소리가 들리지 않으면 마음이 텅 빈 것 같단다. 너희 울음소리는 세상에서 가장 아름다운 소리야. 너희 울음소리는 고모의 영혼을 편안하게 해 준단다. 안타깝게도 예전에는 녹음기가 없어서 너희가 태어날 때 소리를 녹음하지 못했어. 고모가 살아 있는 한 매일 너희 울음소리를 틀어 놓을 거고, 고모가 죽은 후에는 장례식장에서 너희 울음소리를 틀어 놓을 거야. 9883명의 아이가 일제히 울면 얼마나 감동적인 음악이 될까……. (무한한 동경을 담고) 너희 울음소리로 천지를 감동시키겠어, 너희 울음소리로 고모가 천당에 들어가고…….

친허 (음침하게) 저 애들 울음소리가 당신을 지옥으로 데려가지 못하게 조심해요.

고모 (매달려 있는 아이들 사이를 가벼운 발걸음으로 지나가는 모습이 마치 한 마리 물고기가 물속을 경쾌히 헤엄쳐 가는 것 같다. 아이들 사이를 걸어가며 손바닥으로 아이들 엉덩이를 두드린다.) 울어, 우리 보배들, 울어! 울지 않으면 그건 병이 있다는 소리고, 울면 건강하다는 뜻이지…….

하오다서우　정신병자!

친허　누가 그렇다는 이야기예요?

하오다서우　나 말이야.

친허　당신이라면 모를까, 난 정신병자가 아닙니다. (자랑스레) 전 가오미 둥베이향에서 가장 유명한 점토 공예가거든요. 동의하지 않는 사람도 있지만 그건 그 사람들 일이고요. 점토를 다루는 데는 제가 천하제일이죠. 사람은 반드시 자신의 가치를 향상하는 법을 배워야 해요. 스스로 자신을 보잘것없다 여기는데 누가 당신을 쓸 만한 사람이라 생각하겠어요? 제가 빚어낸 인형이야말로 진정한 예술품이죠. 하나에 100달러 값어치가 있습니다.

하오다서우　모두 들었죠? '뻔뻔스럽다'라는 말 알아? 내가 점토를 반죽할 때 당신은 땅바닥에서 닭똥이나 집어 먹고 있었어. 이 몸이야말로 현장이 임명한 민간 공예 미술 대사라고! 네까짓 게 뭐라고!

친허　동지 여러분, 친구 여러분, 모두 들었죠? 하오다서우, 당신은 뻔뻔스러운 게 아니라 완전히 부끄러움도 모르고 강박관념에 사로잡힌 정신병자야. 평생 점토 인형을 빚어 놓고도 여전히 완성품 하나 내놓질 못했잖아? 언제나 하나 빚고 하나 망가뜨리고, 언제나 다음 것이 그 전 것보다 좋다고 하고. 당신은 드넓은 옥수수밭 사이를 다 걷고도 겨우 옥수수 하나만 가지고 나오는 멍청이 곰이야. 동지 여러분, 친구 여러분, 저자의 두 손을 보세요. 이름과는 거리가 멉니다. 저자 손은 손이 아니라 개구리 발, 오리 발, 손가락 사이에 물갈퀴가 자란…….

하오다서우 (화가 나서 손에 들고 있던 점토를 친허에게 던진다.) 헛소리 집어치워! 이 정신병자, 썩 꺼지지 못해?

친허 당신이 뭔데 나더러 꺼지래?

하오다서우 여긴 우리 집이니까.

친허 이게 당신 집이라고 누가 그래? (고모와 걸려 있는 인형들을 가리키며) 고모님이? 아니면 저 아이들이?

하오다서우 (고모를 가리키며) 물론 고모가 증명할 수 있지.

친허 어떻게?

하오다서우 내 마누라니까!

친허 뭘 믿고 고모님이 당신 아내래?

하오다서우 내가 저 여자랑 결혼했으니까.

친허 어떻게 당신이랑 결혼할 걸 증명해?

하오다서우 나랑 잤으니까!

친허 (무척 고통스러운 듯 머리를 감싸 안는다.) 아냐, 거짓말쟁이! 날 속였어, 당신을 위해 청춘을 바쳤는데, 약속했잖아, 다른 누구하고도 결혼하지 않겠다고! 평생 결혼하지 않겠다고!

고모 (하오다서우에게 벌컥 화를 낸다.) 왜 친허를 건드려요? 전에 약속했잖아요.

하오다서우 잊어버렸어.

고모 잊어버렸다고요? 다시 말해 줄게요. 그때 내가 그랬죠, 당신과 결혼하는 대신 반드시 친허도 받아들여 줘야 한다고, 그를 내 남동생으로 삼겠다고요. 미친 짓을 해도, 바보 같은 짓을 해도, 말을 함부로 지껄여도 다 받아 주겠다고 했잖아요? 친허의 의식주를 다 챙겨 주겠다고!

하오다서우 당신이랑 자는 것도 봐줘야 하나?

고모 미친……. 당신들 둘 다 미쳤어!

친허 (화가 나서 하오다서우를 가리키며) 저자가 미쳤지, 난 정상이야.

하오다서우 그렇게 떠들어 봤자 소용없어. 부끄럽고 분하다고 화를 내 봤자 소용없다고. 네 녀석이 주먹을 나무보다 더 높이 들어 올릴 수 있고, 눈에서 빨간 앵두가 튀어나오게 하고, 네 머리에서 양 뿔이 돋아나게 하고, 네 입에서 작은 새가 튀어나오게 하고, 온몸에 돼지 털이 돋아나게 할 수 있다고 해도 네가 미쳤다는 사실은 변하지 않아. 이건 마치 바위에 새긴 글자처럼 명명백백한 사실이야.

고모 (조롱하듯) 말버릇들 하고. 커더우가 쓴 글 보고 흉내 내는 거죠?

하오다서우 (친허를 가리키며) 넌 두 달 걸러 한 번씩 평얼산 정신 병원에 석 달씩 입원해야 하잖아. 꽉 끼는 옷에 진정제 먹고 그것도 안 되면 전기의자에 앉는 거야. 얼마나 고역이었는지 알겠더군. 피골이 상접하고 놀란 토끼 눈이 된 그 모습이 마치 아프리카 어린애 같았어. 그 작은 얼굴에 파리똥이 가득 묻은 모습이 마치 헌 담벼락 같았다고. 거기서 도망 나온 지 두 달 됐지? 내일 아니면 모래 또 거기 가야지? (그럴듯하게 구급차 사이렌 소리를 흉내 내자 친허가 온몸을 부들부들 떨며 바닥에 꿇어앉는다.) 이번에 들어가면 나오지 마. 너 같은 폭력형 정신병자가 사회에 나온다는 건 사회의 조화를 해치는 일이야.

고모 그만하면 됐어요!

하오다서우 내가 의사였다면 너 같은 인간은 영원히 병원에 가둬 둘 거야. 전기 몽둥이로 내리쳐 거품을 물고 쓰러져서 온몸이 오그라지게! 완전히 골로 가게 만들어야지, 영원히 깨어나지 못하도록 말이야. 설사 깨어난다 해도 완전히 기억상실에 빠지도록!

(친허가 머리를 감싸 안고 바닥을 데굴데굴 구르며 소름 끼치도록 비참한 비명을 지른다.)

하오다서우 이런 잔재주를 보고 당나귀도 구르는 재주가 있다는 거야. 굴러, 계속 굴러 봐. 이봐! 얼굴이 길어졌잖아? 자기 얼굴 좀 만져 보라고! 귀가 커졌어. 이제 당나귀로 변신하겠네! 방아 돌리는 당나귀 어때? 계속 돌고 돌아 방아를 돌리는 거야. (친허가 팔다리로 땅을 짚더니 엉덩이를 쳐들고 당나귀가 방아 돌리는 흉내를 낸다.) 그래, 그거야. 훌륭한 당나귀야! 검은콩 두 되 갈고, 수수도 한 말 갈아! 좋은 당나귀는 눈도 가릴 필요 없고, 아랫돌에 흘러나온 곡물도 훔쳐 먹는 일이 없지. 일 잘하면 주인이 푸대접은 안 할 거다. 벌써 너 주려고 여물을 섞어 놨어.

(고모가 다가와 친허를 잡아당기려 하자 친허가 고모의 손을 문다.)

고모 호의도 분간할 줄 몰라?

하오다서우 내가 말했지. 여기에 당신이 할 일은 없다고! 당신은 저 아이들이나 잘 돌봐. 아이들 춥지 않게, 배고프지 않게. 너무 많이 먹이지 말고, 너무 따뜻하게 입히지 말고. 당신이 매번 말하는 것처럼 아이들은 어느 정도 배고프기도 하고, 춥기도 해야 잘 자라는 거야. (친허 쪽으로 돌아서며) 왜 안 돌려? 이 게으름뱅이 나귀야. 꼭 채찍으로 후려쳐야 일을 하겠어?

고모 괴롭히지 마요. 병자잖아요.

하오다서우 병자라고? 내가 보기엔 당신이 병자야.

(친허가 거품을 물고 무대에 쓰러진다.)

하오다서우 일어나, 죽은 척하지 말고! 어디 한두 번 속았어야지! 이런 짓은 똥 덩어리에 달라붙은 말똥구리도 할 줄 알아. 죽은 척해서 날 놀리려고? 흥! 누가 무서워할 줄 알아? 죽으면 좋지! 질질 끌지 말고 그냥 죽어 버려!

(고모가 급히 다가가 응급조치를 취하려고 한다. 하오다서우가 일어나 고모를 말린다.)

하오다서우 (고통스럽게) 참을 만큼 참았어. 더 이상 이런 식으로 친허를 보살피지 마…….

(고모가 왼쪽으로 피하면 하오다서우도 왼쪽으로 따라가고, 고모가 오른쪽으로 피하면 하오다서우도 오른쪽으로 따라간다.)

고모 병자잖아요! 우리 같은 의사들 마음속에는 세상에 딱 두 종류의 사람만 존재한다고요. 바로 건강한 사람과 병든 사람이죠. 어제 내 부모를 때린 사람이라고 해도 오늘 병이 나면 그 원한을 잊고 치료해 줄 거고, 그 사람 형이 날 강간하려다 갑자기 발작을 일으켰다 해도 응급조치를 해 줄 거예요.

하오다서우 (몸이 갑자기 뻣뻣해지며 고통스럽게 중얼거린다.) 그런 식으로 인정하는군. 결국 저 형제 둘과 애매한 관계가 있다는 거지.

고모 이건 역사예요. 수천 년의 문명사! 역사를 인정하는 사람은 역사의 유물론자고, 역사를 부인하는 사람은 역사의 유심론자라고요!

고모 (친허 옆에 앉아 마치 어린 아기를 안듯 친허를 끌어안고 흔들며 나지막한 소리로 흥얼흥얼 노래를 부른다.) 당신을 생각하면 내 가슴이 찢어지고……. 당신을 생각하면 울고 싶어도 눈물이 나오질 않아……. 편지를 쓰고 싶어도 주소를 찾을 길 없고, 노래를 부르고 싶어도 노랫말이 기억나지 않네……. 키스를 하고 싶어도 당신 입술을 찾을 수가 없고, 끌어안고 싶어도 몸을 찾을 수가 없으니…….

(개구리 한 마리가 수놓인 초록빛 배두렁이를 입고 수박 껍질처럼 머리를 빡빡 민 아이 하나가 휠체어에 앉은 개구리, 양쪽에 지팡이를 짚은 개구리, 앞발에 붕대를 맨 개구리를 데리고 어두컴컴한 동굴에서 나온다. 어린이들이 개구리 역할을 맡는다. 초록빛 아이가 큰 소리로 외친다. "빚 받으러 가자! 빚 받으러!" 개구리들이 개골개골 울어 젖힌다.)

(고모가 참담한 비명을 지르며 친허를 내팽개친다. 무대 위 초록빛 아이와 개구리들을 피해 달아난다.)

(하오다서우와 정신이 든 친허가 초록빛 아이와 개구리들의 공격으로부터 고모를 방어하며 퇴장한다. 초록빛 아이와 개구리들이 쫓아 내려간다.)

(막이 내린다.)

3막

공안국 파출소 민원 접수실. 실내에 긴 탁자 하나, 탁자 위에 전화기 한 대가 놓여 있다. 벽에 페넌트와 상장 같은 것들이 걸려 있다.

여경 샤오웨이가 탁자 뒤쪽에 앉아 천메이에게 탁자 앞에 놓인 의자를 권한다. 천메이는 여전히 검은색 외투 차림에 검은색 베일로 얼굴을 가리고 있다.

샤오웨이 (단정한 모습에 학생 같은 말투로) 방문객은 자리에 앉아 주십시오.

천메이 (밑도 끝도 없이) 로비에 왜 북이 없어요?

샤오웨이 북이라뇨?

천메이 예전에는 큰 북이 있었는데, 왜 지금은 없어요? 북이 없으면 백성들이 억울한 일이 있어도 털어놓질 못하잖아요?

샤오웨이 그건 봉건 시대 관아에서나 있던 일이죠! 지금은 사회주의 시대입니다. 그런 건 폐지된 지 오래예요.

천메이 개봉부에서는 폐지가 안 되었는데…….

샤오웨이 텔레비전 연속극에서 봤죠? 포청천[76]이 개봉부[77]에 앉아 있는…….

천메이 포청천을 만나야 해요.

샤오웨이 여긴 빈허로 공안국 파출소 민원 접수실이고, 전 당직 경찰 웨이잉입니다. 문제가 있으면 제게 말씀하세요. 말씀하신 문제는 파일에 기록해서 상급자에게 보고하니까요.

천메이 심각한 문제라 포청천밖에 해결할 수 없어요.

샤오웨이 포청천이 오늘 안 계시니 먼저 제게 말씀해 주세요. 제가 책임지고 포청천께 보고하죠. 됐습니까?

천메이 보장할 수 있어요?

샤오웨이 네! (맞은편 의자를 가리키며) 앉으세요.

천메이 민가의 여식은 앉을 수가 없습니다.

샤오웨이 앉으라면 앉으세요.

천메이 그럼, 소녀 감사히 앉겠습니다.

샤오웨이 물 마시겠어요?

---

76) 包青天(999~1062). 송나라 정치가. 부패한 정치가들을 엄하게 다스려 청백리로 칭송된다.

77) 북송의 도읍지인 개봉(지금의 허난성 카이펑)에 설치된 행정, 사법을 관장하는 관서.

천메이 소녀는 물을 마시지 않습니다.

샤오웨이 사극 흉내 그만 내고요, 네? 이름이 뭐죠?

천메이 상것은 원래 천메이라는 이름이 있었어요. 하지만 천메이는 죽었습니다. 아니, 반은 죽고 반은 살아 있다고 할 수 있죠. 그래서 소녀는 소녀의 이름을 모릅니다.

샤오웨이 이봐요, 지금 저 놀리는 거예요? 아니면 놀아 달라는 거예요? 여긴 공안국 파출소예요. 장난치는 곳이 아니라고요.

천메이 원래 가오미 둥베이향에서 제일가는 눈썹을 가졌다고 해서 천메이라는 이름이 붙었어요. 하지만 이제 눈썹이 없어졌으니……. 아니, 이 눈썹뿐만 아니라 (날카롭게) 속눈썹에 머리카락까지 다 타 버렸어요! 난 이제 천메이라고 불릴 자격이 없어요.

샤오웨이 (감 잡았다는 듯이) 괜찮다면 베일을 벗어 줄 수 있겠습니까?

천메이 그럴 수 없어요!

샤오웨이 제 짐작이 틀리지 않다면 당신은 둥리 완구 공장 화재로 화상을 입은 사람 맞죠?

천메이 정말 머리가 좋으시군요.

샤오웨이 당시 경찰 학교 재학 중이었어요. 텔레비전에서 화재 모습을 봤거든요. 자본가 놈들, 하나같이 속이 시커멓죠. 정말 안됐어요. 당시 사고에 대한 배상 문제 때문이라면 법원이나 시청, 아니면 언론

쪽을 찾아가 보는 게 좋습니다.

천메이 포청천 알아요? 제 일은 그분만이 해결할 수 있어요.

샤오웨이 (하는 수 없다는 듯) 좋아요. 어디 한번 말해 봐요. 최선을 다해 당신 안건을 상부에 올릴게요.

천메이 고발할 거예요. 그자들이 내 아이를 빼앗아 갔다고요.

샤오웨이 아이를 빼앗아 갔다고요? 침착하게, 천천히 말해 봐요. 우선 물 한 잔 마시고 목을 푸는 게 좋겠어요. 목이 다 쉬었어요.

(샤오웨이가 물 한 잔을 따라 천메이에게 건넨다.)

천메이 아뇨. 물 마시는 틈에 제 얼굴을 보려는 거죠? 제 얼굴, 정말 보고 싶지 않아요. 물론 다른 사람이 제 얼굴을 보는 것도 싫고요.

샤오웨이 정말 미안해요. 그런 뜻은 아니었어요.

천메이 다친 후에 딱 한 번 거울을 봤어요. 그 후로 거울은 물론이고 모습을 비출 수 있는 건 모조리 증오해요. 아버지 빚을 다 갚고 나면 자살할 생각이었어요. 하지만 지금은 아니에요. 내가 죽으면 우리 애가 굶어 죽을 테니까요. 내가 자살하면 우리 애는 고아가 돼요. 아이 울음소리를 들었어요. 들어 봐요……. 목이 다 쉬었어요. 젖을 줘야 하는데, 가슴이 풍선처럼 부풀어 올라서 금방이라도 터져 버릴 것만 같아요. 하지만 그놈들이 아이를 숨겨서…….

샤오웨이 그놈들이 누군데요?

천메이 (경계하듯 입구를 바라보며) 황소개구리요. 솥뚜껑처럼 거대한 황소개구리, 음매 음매 하고 우는 황소개구리, 어린아이도 잡아먹는 흉악한 황소개구리…….

샤오웨이 (일어나 문을 닫는다.) 아주머니, 안심해요. 여긴 방음 장치가 되어 있어요.

천메이 그자들은 수단이 보통이 아니에요. 정부 관리들과도 친분이 두터워요.

샤오웨이 포청천은 그런 자들을 두려워하지 않아요.

천메이 (자리에서 일어나 무릎을 꿇고 앉으며) 포 대인, 소저의 억울함이 바다와 같습니다. 대인께서 소저의 억울함을 풀어 주십시오.

샤오웨이 이야기해 봐요.

천메이 말씀드리겠습니다, 대인! 소녀의 이름은 천메이로 가오미 둥베이향 사람입니다. 제 아비 천비는 남존여비 사상이 강한 사람이에요. 당시 아들을 낳기 위해 계획생육 제한을 무시하고 제 어미에게 임신을 시켰습니다. 하나, 불행하게도 일이 발각되자 이리저리 숨어 지내다가 이후 강 위에서 관아에 쫓기는 신세가 되었습니다. 제 어미는 뗏목 위에서 소녀를 낳은 후 불행히도 저세상으로 떠났습니다. 또 딸을 낳자 제 아비는 크게 실망하여 그대로 소녀를 내버려 둔 채 거들떠보지도 않다가 나중에야 다시 저를 거두어들였습니다. 소녀가 계획생육의 제한을 무시하고 세상에 나온 아이라 아비는 5800위안을 벌금으로 물었습니다. 아비는 그때부터 매일 술독에 빠져 살았으니, 술만 취하면 소녀 자매에게 구타와 욕설을 서슴지 않았습니다. 후에 소녀는 언니인 천얼을 따라 광둥의 한 공장에서 일했습니다. 아비 빚을 갚기 위해 돈을 벌며 미래를 꿈꾸었습니다. 저와 언니 천얼은 모두가 알아주는 미인입니다. 수단과 방법을 가리지 않았다면 쉽게 돈을 벌 수 있었습니다. 하지만 저희 둘은 진흙에서 피어나는 연꽃을 생각하며 정조를 지켰습니다. 그러나 불행히도 큰 화재가 발생해 언니는 죽고 제 얼굴은 이 모양이…….

(샤오웨이가 휴지로 눈물을 훔친다.)

천메이 언니는 절 구하느라 불에 타 죽었어요……. 언니……. 왜 절 구했어요? 이렇게 흉측한 몰골로 사느니 차라리 죽는 편이…….

샤오웨이 가증스러운 자본가들! 전부 잡아들여 사형시켜야 해!

천메이 그래도 우리 언니 빚 2만 위안도 모두 탕감해 주고, 제 병원비도 모두 내주고 제게 1만 5000위안을 줬어요. 전부 아버지께 드리며 말했어요. 아버지, 제가 태어나서 낸 벌금에 이십 년 이자까지 합쳤어요. 이걸로 빚은 모두 갚은 셈이에요.

샤오웨이 당신 아버지도 좋은 사람은 아니에요.

천메이 아무리 나빠도 아버지는 아버지예요. 경관님이 제 아버지를 욕할 자격은 없어요.

샤오웨이 그래서 당신 아버지는 그 돈으로 뭘 했나요?

천메이 뭘 할 수 있겠어요? 그저 먹고 마시고 담배 사는 데 다 써 버렸죠.

샤오웨이 망할 인간, 정말이지 개돼지만도 못한 남자군!

천메이 제가 말했죠? 우리 아버지를 욕하는 건 용납 못 해요.

샤오웨이 (자조하듯) 나도 참, 괜히 혼자 흥분했군. 그래서 그 후에는요?

천메이 황소개구리 회사에서 일했어요.

샤오웨이 나도 그 회사 알아요. 아주 유명하죠. 요즘 황소개구리 피부에서 고급 화장수를 추출해 내는 연구를 하고 있다고 하던데. 일단 성공하면 세계 특허도 신청할 수 있고요.

천메이 내가 고소하려는 상대가 그자들이에요.

샤오웨이 말해 봐요.

천메이 겉으로는 황소개구리 양식을 한다고 하고선 진짜 본업은 바로 '와와'를 생산하는 거예요.

샤오웨이 '와와'라니요?

천메이 젊은 여자들을 고용해서 아이가 필요한 부자들에게 아이를 낳아 주는 거요.

샤오웨이 어떻게 그런 일이?

천메이 그 회사에 밀실이 스무 칸이나 있는데 그곳에 회사에서 고용한 여자 스무 명이 살고 있어요. 결혼한 사람도 있고, 그렇지 않은 사람도 있고, 못생긴 사람도, 잘생긴 사람도, 성관계하고 낳는 사람도, 그렇지 않은 사람도 있고요…….

샤오웨이 잠깐, 잠깐! 성관계가 어쩐다고요? 그게 무슨 말이에요?

천메이 뭘 순진한 척 그러세요? 정말 몰라요? 아직 처녀예요?

샤오웨이 정말 이해가 잘…….

천메이 그러니까 임신이 될 때까지 마치 부부처럼 같이 살면서 잠자리하는 사람도 있고, 그냥 남자 정자만 추출해서 여자 자궁에 주입하는 식의 시험관 아이를 낳는 사람도 있다고요. 아직 처녀예요?

샤오웨이 당신은요?

천메이 전 물론 처녀예요.

샤오웨이 하지만 조금 전에 아이를 낳았다고 했잖아요.

천메이 네. 하지만 처녀예요. 뚱뚱한 그 간호사가 시험관에 든 정액을 내 자궁에 주입했어요. 그러니 임신하고 아이도 낳았지만 남자랑 잠자리한 적은 없어요. 난 순결한 처녀예요.

샤오웨이 당신이 말하는 그 사람들이란 게 누구예요?

천메이 그건 말할 수 없어요. 말하면 그자들이 내 아이를 죽일 거예요.

샤오웨이 황소개구리 회사의 뚱뚱이 사장요? 그러니까 그 위안싸이라는 사람?

천메이 위안싸이 지금 어디 있어요? 내가 찾는 사람이 바로 그 사람이에요. 짐승 같은 놈! 날 속여? 모두 작당해서 날 속인 거라고. 아이가 태어나자마자 죽었다면서 가죽을 벗긴 죽은 고양이를 내 아이라고 했어. 현대판 「태자를 살쾡이와 바꿔치기하다」[78]를 연출한 거야. 그런 식으로 내 돈을 떼먹고, 그런 식으로 내가 아예 아이를 찾을 생각조차 하지 않도록 만들려 한 거야! 돈, 그까짓 것 필요 없어요. 저는 돈을 좋아하지 않아요. 제가 돈을 좋아했다면 광둥에 있을 때 삼 년 동안 절 만나는 대가로 100만 위안을 주겠다던 타이완 사장을 따라갔을 거예요. 아기를 원해요, 저의 아기는 세상에서 제일 예쁜 아기예요. 포 대인, 소녀의 억울함을 풀어 주세요…….

샤오웨이 대리모 계약은 했나요?

천메이 했어요. 계약 후 대리모 비용의 3분의 1을 주고,

---

78) 원나라 잡극 「금수교진림포장합(金水橋陳琳抱粧盒)」에 나오는 이야기를 각색한 작품. 송나라 진종이 유비와 이비 가운데 먼저 태자를 생산한 이를 황후로 삼겠다고 하자 유비는 환관과 공모하여 죽은 살쾡이의 가죽을 벗겨 이비가 낳은 아들이라고 속인다.

아이를 낳아 인도한 후 나머지 금액을 주기로요.

샤오웨이 그거 좀, 일이 귀찮게 되었네요. 하지만 뭐, 상관없어요. 포 대인은 사건을 명철하게 판단할 테니. 계속 이야기해 봐요.

천메이 그자들 말이 정자 주인이 유명한 인물이랬어요. 유전자가 뛰어나대요. 천재라나 봐요. 그 사람은 건강한 아이를 낳기 위해 담배도 술도 끊고 매일 전복 하나, 해삼 두 개를 장장 반년이나 먹었대요.

샤오웨이 (비웃듯이) 밑천을 톡톡히 들였네요.

천메이 잘난 후손을 양성하는 일이야 백년대계이니 당연히 투자를 아끼지 말아야지요. 그 사람들 말이 정자 주인공인 유명 인사가 사고당하기 전의 제 사진을 보고 혼혈 미인이라고 생각했대요.

샤오웨이 돈은 안 좋아한다면서 왜 대리모를 했어요?

천메이 제가 돈을 안 좋아한다고 말했던가요?

샤오웨이 방금 전에 그랬잖아요.

천메이 (기억을 더듬으며) 생각났어요. 우리 아버지가 교통사고 때문에 입원했어요. 아버지 입원비 때문이었어요.

샤오웨이 정말 효녀네요. 그런 아버지라면 그냥 죽게 내버려 두지.

천메이 그렇게 생각한 적도 있죠. 하지만 어쨌거나 아버지잖아요.

샤오웨이 그래서 내가 당신을 효녀라고 하는 거예요.

천메이 제 아이는 살아 있어요. 태어날 때 울음소리를 들었거든요……. 들어 봐요, 또 울고 있어요……. 내 아기, 태어나서 엄마 젖 한 번 먹지 못하고……. 불쌍한 내 아기…….

(파출소장이 문을 밀고 들어온다.)

파출소장 울고불고 웬 난리야? 할 말이 있으면 똑바로 해 보쇼.

천메이 (무릎을 꿇고) 포 대인! 소저의 억울함을 풀어 주십시오.

파출소장 이건 또 뭐야? 정신 사납게!

샤오웨이 (작은 소리로) 소장님, 엄청난 사건 같아요! (기록을 소장에게 건네자 소장이 시큰둥하게 파일을 들춰 본다.) 조직적인 매춘, 아동 인신매매가 틀림없습니다.

천메이 포 대인, 제 아이를 구해 주세요…….

파출소장 좋소. 천메이 소저, 소장은 본관이 접수했으니 반드시 포 대인에게 알릴 것이오. 우선 돌아가 소식을 기다리도록 하시오.

(천메이가 무대를 내려간다.)

샤오웨이 소장님!

파출소장 온 지 얼마 안 돼서 상황을 이해하지 못하나 본데. 저 여자는 둥리 완구 공장에 화재가 났을 때 심하게 화상을 입어서 정신이 온전치 못해. 한참 된 일이야. 동정은 가지만 도와주려 해도 도와줄 수가 없는 여자라고.

샤오웨이 소장님, 제가 봤는데…….

파출소장 뭘 봤는데?

샤오웨이 (난처한 듯) 젖이 나오더라고요!

파출소장 땀이겠지! 샤오웨이, 발령을 받은 지 얼마 안 됐지? 우리 일을 하려면 항상 긴장을 유지해야 하지만 너무 예민한 것도 좋지 않아.

(막이 내린다.)

4막

2막과 같은 무대.

하오다서우와 친허가 각자 탁자 앞에서 인형을 빚고 있다.

구깃구깃한 회색 정장 차림에 빨간색 넥타이, 주머니에는 만년필을 꽂고, 겨드랑이에는 서류 가방을 낀 중년 남자가 조용히 등장한다.

하오다서우 (고개도 들지 않은 채) 커더우, 또 무슨 일인가?

커더우 (공손하게) 정말 도인 같으세요, 소리만 듣고 전 줄 알다니.

하오다서우 소리가 아니라 냄새로 아는 걸세.

친허 개의 후각은 사람보다 만 배는 더 예민하지.

하오다서우 어디서 욕지거리야?

친허 내가 욕을 했던가? 난 그냥 개 후각이 사람보다 만 배는 더 예민하다고 했을 뿐인데.

하오다서우 그래도 이 자식이! (손에 들고 있던 점토로 재빨리 친허의 얼굴 모양을 빚더니 커더우와 친허에게 보여 준 후 바닥에 내동댕이친다.) 염치를 모르는 얼굴이니 묵사발이 되어도 싸지!

친허 (역시 질세라 하오다서우의 모습을 빚어 커더우에게 보여 준 후 내동댕이친다.) 개자식도 이렇게 묵사발을 만들어야지!

커더우 하오 아저씨 화 푸세요. 친 삼촌도요. 두 분 모두 그렇게 훌륭한 작품을 만들어 놓고 망쳐 버리시다니, 너무 아까운데요.

하오다서우 조용히 해. 너도 저 모양으로 만들기 전에!

커더우 제발 하나 만들어 주세요. 대신 내동댕이치진 마시고요. 제 극본이 책으로 나오면 표지 사진으로 넣어야겠어요.

하오다서우 내가 진작부터 말했지? 자네 고모는 나무에 오르는 개미를 보면 봤지, 자네 엉터리 극본은 안 볼 거야!

친허 열심히 농사나 짓지, 극본은 무슨! 자네가 정말로 극본을 쓰면 이 흙들을 내가 다 먹어 버릴 거야.

커더우 (겸손하게) 고모가 연로하셔서 시력이 안 좋으세요. 감히 직접 읽으시라고 못하죠. 제가 읽어 드릴 거예요. 두 분께도요. 차오위[79]도 라오서[80]도 극

79) 曹禺(1910~1996). 중국 극작가. 대표작 『뇌우』.

장에서 감독과 연기자 들에게 극본을 읽어 줬던 걸 아실 거예요.

하오다서우 자넨 차오위도 아니고, 라오서는 더더욱 아니야.

친허 우리 역시 연기자도 아니고, 감독은 더더욱 아니지.

커더우 하지만 모두 극본 등장인물이에요. 제가 두 분을 미화하느라 얼마나 신경을 썼는데요. 아마 제 낭독을 거부하시면 손해 막심일걸요? 들어 보고 맘에 안 드는 부분이 있으면 수정하실 수도 있고요. 그렇게 싫다고만 하시다가 무대에 오르고, 출판이 되고 나면 그때 가서 아무리 후회해도 소용없어요. (갑자기 비장한 모습으로) 이 극본을 쓰느라 십 년이 걸렸어요. 가산도 모두 탕진하고요. 지붕 서까래까지 다 뽑아서 팔았습니다. (가슴을 움켜쥐며 고통스럽게 기침을 몇 번 한다.) 이 극본을 쓰느라 독한 잎담배를 피웠어요. 담뱃잎이 없을 때는 회화나무 잎을 피웠고요. 불면으로 하얗게 지새운 밤이 셀 수도 없어요. 제가 대체 뭘 위해서 이렇듯 제 생명을 담보로 건강까지 위협하며 글을 썼을까요? 명예? 돈? (귀청이 떠나갈 정도로) 아닙니다! 고모에 대한 사랑 때문이에요. 가오미 둥베이향의 성모인 고모를 기념하기 위해서요. 두 분

80) 老舍(1899~1966). 중국 작가. 대표작 『낙타샹쯔』.

이 오늘 제 극본을 듣지 않으시겠다면 이 앞에서 목숨을 끊겠습니다!

하오다서우 지금 누굴 위협하는 거야? 어떻게 죽을 건데? 목을 매서? 아니면 약 먹고?

친허 듣기에는 제법 감동적이군. 나는 한번 들어 보고 싶은데?

하오다서우 좋아, 하지만 내 집에서는 안 돼.

커더우 하오 삼촌 집이기 전에 이 집은 고모 집이에요.

(고모가 동굴 입구에서 기어 나온다.)

고모 (나른한 표정으로) 누가 내 얘길 하는 거야?

커더우 고모, 저예요.

고모 넌 줄 알았어. 무슨 일로 왔어?

커더우 (급히 서류 가방을 열고 원고 뭉치를 꺼내 재빨리 읽는다.) 고모, 저, 저는 량셴툰촌의 커더우입니다. (친허와 하오다서우가 답답한 듯 눈빛을 교환한다.) 위페이성이 아버지, 쑨푸샤가 어머니입니다. 제가 '고구마 아이' 세대잖아요. 고모가 받아 준 첫 아이이기도 하고요. 아내 이름은 탄위얼, 아내 역시 고모가 받아 주었어요. 아내 아버지는 탄진하이, 어머니는 황웨링…….

고모 그만해! 극작가는 성도 바꿔? 출생 연월일도 바꾸고? 부모랑, 마을도? 아내도? (고모가 무대 위에 걸려 있는 열 명이 넘는 아이들 사이를 지나간다. 이따금 고개를 숙이고 생각에 잠기기도 하고, 발을 동동 구르며 가슴을 치기도 한다. 한 아기의 엉덩이를 세차게 손바닥으로 때리자 아기가 울기 시작한다. 고모가 주절주절 넋두리를 시작하자 아이의 울음소리가 점점 잦아든다.) '고구마 아이들'아, 어디 잘 들어 보렴. 이 손으로 직접 받은 아이들이지! 아가들아, 어느 한 녀석도 고생을 안 시킨 녀석이 없어. 고모가 이 일을 한 지 오십 년이 넘었지만 지금껏 쉬어 본 적이 없다. 오십 년 동안 따뜻한 밥은 단 한 끼도 먹어 본 적이 없어. 단잠을 잔 적도 별로 없고. 두 손에 피를 묻힌 채 온통 땀에 젖어 똥오줌 범벅으로 세월을 보냈어. 시골 산부인과 의사 노릇이 쉬운 줄 알아? 가오미 둥베이향 열여덟 개 마을, 5000여 가구 가운데 내가 안 가 본 집이 있는 줄 알아? 너희들 엄마, 아내 가운데 내가 거무죽죽한 뱃가죽을 안 본 사람이 있는 줄 알아? 그때 그 망할 놈의 아비들, 내가 다 거시기를 묶어 줬다고! 관리가 된 녀석이든, 갑부가 된 녀석이든 모두 현의 우두머리나 시장 앞에서 건방도 떨고 망나니짓도 할 수 있지만 내 앞에서는 고분고분할 수밖에 없었어. 그때 고모 생각대로 요 조그만 수컷들도 모조리 거세해서 마누라들 고생을 덜었어야 하는데. 히죽거리지 마! 모두 좀 진지해지라고! 계획생육은 국가 민생이 걸린 가장 중요한 사업이야. 험악한 얼굴을 해 봤자 소용없어. 유산시킬 건 시키고, 거세할 건 해야지. 남자란 것들은 단 한 놈도 좋은 것들이 없어. 누가 그랬냐고? 아는 사람 없어? 나도 몰라. 난 그저 남자란 좋은 것들이 하나도 없다는 것만 알 뿐이야. 좋은 것들은 없어도 또 그것들을 떠나서는 살 수 없지. 세상이 열릴 때 하느님이 그렇게 만들어 놨으니까. 호랑이, 산토끼, 매, 참새, 파리, 모기까지 그 어느 하나라도 없으면 세상이 돌아가지 않아. 아프리카 원시림에 거대한 나무에서 생활하는 부족이 있어. 나무에 수없이 많은 둥지를 만들고 여자들이 둥지 안에 알을 낳지. 여자들은 나뭇가지에 쪼그리고 앉아 야생 열매를 따 먹고, 남자들은 커다란 나뭇잎을 걸치고 둥지에 앉아 사십구 일 동안 알을 품어. 알을 깨고 밖으로 나온 아이들은 나오자마자 나무를 탈 수 있어. 내 말이 믿어져? 너흰 못 믿는다 해도 난 믿어! 내가 알 하나를 직접 받은 적이 있는데, 축구공만 한 그 알을 보름 정도 아랫목에 뒀더니 통통한 아기가 알에서 나왔어. 뽀얗고 통통한 아이에게 알에서 태어났다는 의미로 단성[蛋生]이란 이름을 지어 줬지. 안타깝게도 그 애는 뇌염에 걸려 죽었어. 살아 있다면 마흔 살이 되었을 텐데. 단성이 살아 있다면 대문호가 되었을 거야. 돌잔치 때 처음 잡은 물건이 붓이었거든. 산중에 호랑이가 없으면 원숭이가 왕 노릇을 한다더니, 단성이 없어서 네가 펜대를 휘두를 수 있는 거야…….

커더우 (감탄을 금치 못한다.) 고모 말솜씨는 끝내줘요. 고모는 뛰어난 산부인과 의사일 뿐만 아니라 훌륭한 극작가네요! 아무렇게나 말해도 한마디 한마디가 모두 끝내주는 무대 대사가 되는데요?

고모 '아무렇게나 말해도'라니? 고모는 언제나 심사숙고해서 말해. (커더우가 손에 들고 있는 원고 뭉치를 가리키며) 그게 네가 쓴 극본이야?

커더우 (겸손한 말투로) 네.

고모 제목이 뭔데?

커더우 『와(蛙)』요.

고모 아기라는 뜻이야, 아니면 개구리라는 뜻이야?

커더우 잠정적으로 개구리라는 뜻의 '와'라고 했어요. 물론 여와의 '와(娲)'를 쓸 수도 있어요. 여와가 사람을 만들었고, 개구리 '와(蛙)' 역시 다산의 상징이잖아요. 개구리는 우리 가오미 둥베이향의 토템이에요. 개구리 점토 인형이나 설날 실내에 붙이는 민화에 개구리가 들어간 걸 보면 알 수 있죠.

고모 고모가 개구리를 무서워한다는 사실을 모르는 건 아니겠지?

커더우 제 극본에서 고모가 개구리를 무서워하는 원인을 분석했어요. 고모가 제 극본을 다 읽고 나면 고모의 콤플렉스도 해결하고 자연히 더 이상 개구리도 무서워하지 않게 될 거예요.

고모 (손을 내밀며) 극본 이리 내놔 봐.

(커더우가 공손하게 극본을 고모에게 건넨다.)

고모 (친허와 하오다서우에게) 두 사람, 누가 이 헛소리 보따리 좀 태워 줄래?

커더우 고모, 제가 십 년 동안 공들인 거라고요!

고모 (커더우의 손을 뿌리치자 원고가 무대에 흩어진다.) 읽어 볼 필요도 없어. 냄새만 맡아 봐도 네가 무슨 개소리를 해 놨는지 알 수 있으니까. 네까짓 소양으로 내가 개구리를 무서워하는 이유를 분석하겠다고?

(커더우, 친허, 하오다서우, 세 사람이 무대 가득 흩어진 원고를 추스른다.)

고모 (옛 생각에 빠져들며) 네가 태어나던 날 아침이었어. 강가에서 손을 씻다가 물속에 우글거리는 올챙이 떼를 봤어. 가뭄이 심한 해였는데, 올챙이가 물보다 더 많아 보일 정도였어. 그 많은 올챙이 가운데 마지막까지 살아남아 개구리가 되는 건 1만 분의 1에 불과해. 대부분 올챙이는 진흙이 되지. 남자 정자랑 정말 흡사하다는 생각이 들었어. 떼를 지어 달려가는 정자 가운데 난자와 결합해 아기가 되는 건 아마 1000만 분의 1도 안 될걸? 올챙이와 인류의 삶이 신비하게 비슷한 점이 있다고 생각했지. 네 엄마가 네 이름을 지어 주겠다고 했을 때 나도 모르게 말했어! 올챙이라는 뜻에서 커더우 어때요? 엄마가 그러더라. 이름 좋네요. 정말요! 커더우, 천한 이름일수록 잘 큰다잖아요. 커더우, 정말 귀하신 이름이지!

(커더우, 친허, 하오다서우 모두 원고지 몇 장씩을 집은 채로 조용히 귀를 기울인다.)

커더우 고모, 고마워요!

고모 후에 《인민일보》에서 '올챙이 피임법'을 소개한 적이 있어. 배란기의 여성에게 잠자리에 들기 전에 살아 있는 올챙이 열네 마리를 먹이는 거야. 하지만 그 결과, 피임은커녕 여자들이 모두 개구리를 낳았다니까!

하오다서우 그만해요. 그러다 병이 도지겠어요.

고모 누가? 난 아픈 적 없어. 병이 든 건 그 사람들이지. 개구리 먹었던 사람들, 그자들이 여자들에게 강가에서 가위로 개구리 머리를 자르게 했어. 마치 바지를 벗기듯 개구리 껍질을 벗겼지. 개구리 다리가 여자들 허벅지랑 똑같았어. 그때부터야. 그때부터 개구리를 무서워하기 시작했어. 개구리 허벅지가…… 여자 허벅지처럼…….

친허 개구리를 먹었던 사람들 모두 결국 업보를 얻게 됐지. 개구리 기생충이 그자들 뇌로 들어가 모두 백치가 됐어. 표정까지 모두 개구리처럼 되어 버렸다니까?

커더우 중요한 부분이네. 개구리를 먹은 사람들이 모두 개구리가 되었고, 고모는 개구리를 보호하는 영웅이다, 그건가요?

고모 (고통스러운 듯) 아니, 고모 손에는 개구리 피가 묻었어. 아무것도 모르고 그놈들에게 속아 개구리 살을 다져서 만든 완자를 먹었지. 큰할아버지가 들려준 이야기처럼 말이야. 주나라 문왕이 아무것도 모르고 자기 아들 살을 다져서 만든 완자를 먹은 것처럼! 후에 조가[81]를 도망쳐 나온 주 문왕이 고개를 숙이고 완자 몇 개를 토했는데, 완자가 바닥에 닿자마자 토끼로 변했어. '투쯔(兎子, 토끼)'라는 발음이 '투쯔(吐子, 자식을 토하다)'랑 똑같잖아. 그날 집으로 돌아오니 고모 배가 막 뒤틀리더라고. 막 꾸르륵 소리가 나고. 어찌나 메스껍고 역겹던지 강가에 가서 고개를 숙이고 초록색 덩어리들을 토해 냈어. 덩어리들은 물에 닿자마자 개구리로 변했고…….

(초록빛 배두렁이를 입은 아이가 다친 개구리들을 이끌고 동굴에서 기어 나온다. 아이가 고함을 지른다. 빚 받으러 가자! 빚 받으러 가자! 개구리들이 꾸르륵거리며 분노의 함성을 지른다.)

(고모가 외마디 비명을 지르며 기절한다.

81) 朝歌. 허난성 허비시의 옛 지명으로 상나라의 수도.

하오다서우가 고모를 잡고 인중을 누른다.

친허가 아이와 개구리들을 쫓아낸다.

커더우가 원고를 한 장씩 줍기 시작한다.)

커더우 (품에서 붉은 초대장 하나를 꺼낸다.) 고모, 사실 고모가 개구리를 무서워하는 원초적인 이유를 알아요. 또한 몇 해 동안 고모가 스스로 '죄악'이라 생각하는 것들을 여러 가지 방식으로 보상하려 했다는 것도 알고요. 사실 고모는 잘못이 없어요. 잘게 다져진 개구리들은 모두 고모가 심리적으로 만들어 낸 환영이에요. 고모, 고모 덕분에 제 아들이 태어났어요. 그래서 제가 거하게 자리를 마련했습니다. 고모를 초대할게요. (하오다서우와 친허 쪽으로 몸을 돌리며) 두 분도 와 주시면 영광입니다!

(막이 내린다.)

5막

밤. 등불이 무대 전체를 휘황찬란하게 비춘다.

낭랑묘 구석, 큰 복도 기둥 아래 천비와 그의 개가 웅크리고 있다. (사람이 개로 분장해도 된다.) 천비 앞에 낡은 쇠 사발이 놓여 있고, 그 안에 지폐와 동전 몇 닢이 들어 있다. 나무 지팡이 두 개가 옆에 놓여 있다.

천메이가 검은색 외투를 입고 검은색 베일로 얼굴을 가린 채 유령처럼 무대에 등장한다. 검은색 옷에 검은색 베일로 얼굴을 가린 두 남자가 그 뒤를 따른다.

천메이 (애타게 울부짖으며) 아이…… 내 아이……. 아가, 어디 있니……. 내 아이…… 어디 있니…….

(검은색 옷차림의 두 사람이 천메이에게 접근한다.)

천메이 당신들 누구예요? 왜 모두 검은색 옷에 검은색 베일을 하고 있어요? 어? 알겠다! 당신들도 그때 화재 때문에…….

검은색 옷 1 네. 우리도 그 화재 때 다친 사람들이에요.

천메이 (퍼뜩 정신을 차린 듯) 아뇨! 그때 다친 사람들은 모두 여공이었어요. 당신들은 분명히 남잔데.

검은색 옷 2 다른 화재 때 다친 사람들이에요.

천메이 정말 불쌍해…….

검은색 옷 1 네. 우린 정말 불쌍한 사람들이에요.

천메이 고통스럽겠어요…….

검은색 옷 2 네, 정말 고통스러워요.

천메이 당신들도 피부를 이식받았어요?

검은색 옷 1 (이해가 안 가는 듯) 무슨 피부 이식요?

천메이 그러니까, 당신 엉덩이나 허벅지 같은, 화상을 입지 않은 부분의 멀쩡한 피부를 떼어 화상을 입은 부분에 갖다 붙이는 거요. 설마 이식 안 한 거예요?

검은색 옷 2 했죠, 했죠. 의사가 엉덩이 피부를 떼어 얼굴에 붙였어요…….

천메이 눈썹도 했어요?

검은색 옷 1 했죠, 했어요.

천메이 머리카락으로 했어요, 아니면 음모로?

검은색 옷 2 뭐라고요? 음모도 눈썹이 될 수 있어요?

천메이 두피가 모두 탔으면 음모를 쓸 수밖에요. 머리가 없는 것보다야 낫지요. 음모마저 없으면 할 수 없이 그냥 반들반들하게 개구리같이 살든지.

검은색 옷 2 맞아, 맞아. 우린 털이 하나도 없으니 반들반들한 게 개구리랑 같네.

천메이 거울 본 적 있어요?

검은색 옷 2 우린 거울 같은 건 비춰 보지 않아요.

천메이 우리 화상 환자들이 가장 두려워하는 물건, 가장 증오하는 물건 역시 거울이죠.

검은색 옷 1 맞아요. 우리도 거울을 보면 그냥 깨어 버려요.

천메이 그래 봤자 소용없어요. 모든 가게 유리창을 깰 수도 없고, 대리석 바닥을 깨부술 수도 없고, 우리 얼굴을 비추는 물을 죄 말려 버릴 수도 없어요. 우리를 바라보는 사람들의 눈을 멀게 할 수는 더더군다나 없고요. 사람들은 우릴 보면 놀라서 소리를 지르거나 도망가요. 아이들은 놀라서 울음을 터뜨리기도 해요. 우리보고 귀신이래요, 요괴래요. 사람들 눈이 우리의 거울이죠. 당연히 모든 거울을 부술 수는 없어요. 가장 좋은 방법은 얼굴을 가리는 거죠.

검은색 옷 2 맞아요, 맞아! 그래서 우리가 베일로 얼굴을 가리는 거죠.

천메이 자살을 생각해 본 적 있어요?

검은색 옷 2 우린…….

천메이 화상을 입었던 우리 동료 가운데 벌써 다섯 명이 자살했어요. 거울을 본 후…….

검은색 옷 1　모두 거울 탓이에요.

검은색 옷 2　그래서 거울을 보면 다 부수는 거예요.

천메이　저도 원래는 자살하고 싶었지만 나중에 생각이 바뀌었어요.

검은색 옷 1　죽는 것보다야 낫죠. 개똥밭에 굴러도 이승이 저승보다 낫다는 말이 있잖아요.

천메이　아기를 가진 후로는, 작은 생명이 내 배 속에 꿈틀거리고 있는 걸 느낀 후로는 죽고 싶다는 생각이 없어졌어요. 나 자신이 추한 꼬치고, 그 안에 아름다운 생명이 자라고 있다는 느낌이에요. 생명이 꼬치를 깨고 나오면 난 빈껍데기가 되는 거죠.

검은색 옷 2　멋진 표현이군요.

천메이　아이가 태어난 후 전 빈껍데기가 되어 죽지 않았어요. 삶이 더 알차게 변했습니다. 마르고 쪼글쪼글한 껍질이 아니라 더 물이 올랐어요. 얼굴이 팽팽해지고 촉촉해지고, 가슴도 젖으로 가득 차고요……. 하지만 그자들이 제 아이를 뺏어 갔어요…….

검은색 옷 1　우리랑 같이 가요. 당신 아이가 어디 있는지 압니다.

천메이　내 아기가 어디 있는지 안다고요?

검은색 옷 2　당신 아이를 찾아 주려고 왔어요.

천메이　(흥분해서) 천지신명님, 너무 감사합니다. 어서 가요. 어서 내 아길 만나러 가요.

(검은색 옷의 남자들이 천메이를 부축하고 내려가려 한다.)

(천비 곁에 있던 개가 재빨리 뛰어가 검은색 옷 1의 왼쪽 다리를 문다.)

(천비 역시 벌떡 일어나 지팡이 두 개를 짚고 다가가서 지팡이 하나만 의지한 채 다른 지팡이로 검은색 옷 2를 내리친다.)

(검은색 옷의 남자들이 개와 천비를 피해 무대 한쪽으로 물러난다. 손에 비수 같은 흉기가 번뜩인다. 천비와 개가 함께 서 있다. 무대 앞에 천메이가 두 무리와 삼각형 구도를 이루고 서 있다.)

천비 (울부짖는다.) 내 딸을 내버려 둬!

검은색 옷 1 이 늙은 영감탱이, 죽지도 않고! 술꾼, 건달, 거지 주제에 어디서 아버지를 사칭해?

천비 메이…… 불쌍한 내 딸…….

천메이 (차갑게) 잘못 아신 것 같군요. 사람 잘못 보셨어요.

천비 (침통한 듯) 메이, 아빠를 미워한다는 거 안다. 아빠가 미안해, 네 언니에게도, 네 엄마에게도. 아빠가 너희를 망쳤어. 아빠가 죄인이야. 난 폐인이다. 반은 이미 죽은 사람이나 마찬가지야…….

검은색 옷 1 그런 걸 참회라고 하지? 이 부근에 교회당 없나?

검은색 옷 2 강을 따라 동쪽으로 20리 가면 얼마 전에 복원된 천주교 성당이 있어.

천비 메이, 너는 저놈들에게 속고 있는 거야. 널 속인자들은 아빠의 옛 친구들이야. 이 아빠가 네 억울함을 씻어 주마!

검은색 옷 1 영감탱이는 저리 비켜.

검은색 옷 2 아가씨, 우리랑 갑시다. 우리가 꼭 아이를 찾아 보여 주겠소.

(천메이가 검은색 옷의 남자들에게 걸어가자 천비와 개가 앞을 가로막는다.)

천메이 (분노한다.) 당신이 뭔데! 당신이 뭔데 날 가로막아요? 내 아이를 찾으러 가겠다고요, 그래도 모르겠어요? 아이가 태어난 후로 젖 한 번 못 먹였다고요. 이대로 가면 아기는 굶어 죽을 거예요. 알겠어요?

천비 메이, 날 미워하는 건 다 이해한다. 날 모른 체해도 좋다. 하지만 저놈들을 따라가면 안 돼. 네 아이를 팔아먹은 놈들이야. 저놈들을 따라가면 널 강물에 빠뜨려 죽이고, 자살처럼 위장해 놓을 거다. 이런 일, 한두 번 해 본 자들이 아니야…….

검은색 옷 1 쭈그렁 영감탱이가, 정말 죽고 싶은가 보군! 어디다 누명을 씌워?

검은색 옷 2 지금 무슨 헛소리야? 우리 사회에 당신이 말하는 그렇게 흉악하고 끔찍한 살인이 일어난다는 말이야?

검은색 옷 1 아마 길가 상점에서 비디오테이프를 너무 많이 본 게지.

검은색 옷 2　머릿속에 환각만 가득한 거야.

검은색 옷 1　사회주의를 자본주의처럼 생각하는군.

검은색 옷 2　좋은 사람을 나쁜 사람으로 만들어.

검은색 옷 1　선량한 호의를 고약한 탐욕으로 곡해하고!

천비　원래부터 심보가 못된 놈들이야! 터진 내장, 개나 고양이 오물처럼 더러운 자식들, 우리 사회의 밑바닥 쓰레기 같은 놈들…….

검은색 옷 2　밑바닥 쓰레기라고? 쓰레기 더미나 뒤져 먹는 돼지 같은 영감이! 우리가 뭐 하는 사람들인 줄 알아?

천비　당연하지. 뭐 하는 사람인지 알다뿐이냐? 네놈들이 한 일들도 다 알고 있어!

검은색 옷 1　보아하니, 강가로 모셔 가서 냉수마찰을 좀 시켜 드려야겠군.

검은색 옷 2　내일 아침이면 인형을 매달고 향을 피우러 오는 사람들이 사당 문 앞에서 구걸하던 늙은 거지가 사라진 걸 발견하겠지. 절름발이 개도 함께 말이야.

검은색 옷 1　사람들은 저런 놈이나 개한테는 관심도 없어.

(검은색 옷의 남자들이 천비와 개에게 폭력을 휘두른다. 개는 맞아 죽고, 천비는 바닥에 쓰러진다. 검은색 옷의 남자들이 천비를 찔러 죽이려고 하는 순간, 천메이가 베일을 벗고 흉악하고 무섭게 생긴 얼굴을 드러내며 악마같이 날카로운 비명을 지른다. 검은색 옷의 남자들이 천비를 내동댕이치고 도망가 버린다.)

(막이 내린다.)

6막

거대한 원탁이 농가 마당에 놓여 있고 탁자에 잔과 접시가 차려져 있다. 무대 배경에 "우리 진와[82]가 태어난 지 삼십 일 되는 날."이라는 글자가 보인다.

커더우가 '복(福)', '수(壽)' 자가 새겨진 번쩍거리는 중국 비단옷을 입고 무대 앞에 서서 손님들을 맞이한다.

커더우의 소학교 친구 리서우, 위안싸이와 사촌 동생 등이 차례로 등장하여 그렇고 그런 축하 인사를 한다.

고모가 긴 자줏빛 도포를 입고 하오다서우와 친허의 호위를 받으며 위풍당당하게 등장한다.

커더우 (기쁜 낯으로) 고모, 오셨네요.

---

82) 金蛙. 금개구리라는 뜻.

고모 완씨 가문에 귀한 아들이 태어났는데 안 올 수 있어?

커더우 진와가 완씨 문중에 태어날 수 있었던 일등공신은 고모예요.

고모 무슨 말을! (사람들을 둘러보며 웃는다.) 우리 모두가 다 일등공신이야. (일동 이해가 안 간다는 얼굴로 고모를 바라본다. 고모가 하오다서우와 친허를 가리키며) 두 사람만 빼놓고 모두 내가 직접 받은 아이들이군. 엄마들 뱃가죽에 점이 몇 개 있는지까지 내가 다 알지. (사람들이 웃는다.) 왜 사람들을 세워 두고 있어?

커더우 고모가 안 오셨는데 누가 감히 앉을 수 있겠어요?

고모 아버지는? 나와서 상석에 앉으셔야지.

커더우 요 며칠 감기 기운이 있어서 누나 집에 쉬러 가셨어요. 고모님을 상석에 모시랬어요.

고모 그럼 사양하지 않을게.

사람들 그럼요. 당연하죠.

고모 커더우, 샤오스쯔랑 너랑 모두 쉰이 넘었는데 이렇게 떡두꺼비 같은 아들을 낳다니. 기네스북 등재를 신청할 정도는 아니라도 오십 년 넘는 산부인과 의사 경력에 이런 일은 처음이다! 정말 큰 경사야!

(사람들이 덩달아 경사니, 기적이니 하는 말로 이들을 축하한다.)

커더우 모두 고모의 영약 덕분이에요.

고모 (감개무량한 듯) 고모는 젊었을 때 철저한 유물론자였지. 그런데 나이가 들고 나니 점점 유심론자가 되는 것 같아.

리서우 철학사에 유심론도 당연히 존재하는 것 아닙니까.

고모 저것 좀 보게. 역시 공부한 사람과 안 한 사람은 차이가 있어.

위안싸이 우리야 배운 게 없어서 유심론이니, 유물론이니 그딴 건 모르죠.

고모 이 세상에 귀신이 존재하는지는 잘 모르겠지만 분명히 인과응보는 있어. 커더우와 샤오스쯔 모두 쉰이 넘었는데도 귀한 아들을 얻을 수 있었던 건 전생에 완씨 집안이 큰 덕을 쌓았기 때문이지.

사촌 동생 고모 약도 큰 힘이 되었어요.

고모 마음이 간절하면 꿈이 이루어지는 법이야. (커더우에게) 너희 엄마는 정말 인색해. 이제 돈도 좀 모이고 생활도 나아졌잖아. 큰 경사가 났으니 이젠 좀 분위기를 바꿔서 베풀며 사는 게 좋겠다.

커더우 안심하세요, 고모. 낙타 발굽이나 곰 발바닥 요리는 없지만 차릴 만큼 다 차렸어요.

고모 (식탁 위 음식들을 살펴보며) 그릇 수는 대충 맞췄지만 음식은 그냥 그러네. 술은? 술은 뭘로 준비했어?

커더우 (탁자 밑 상자에서 마오타이 두 병을 꺼낸다.) 마오타이요.

고모 진짜, 가짜?

커더우 시 초대소 류구이팡 소장 쪽에서 구했어요. 100퍼센트 진품 보장한다던데요?

리서우 오랜 친구 사이예요.

위안싸이 원래 사기를 치는 것도 오랜 친구들이지.

고모 류 소장이 류씨 집성촌 류바오푸네 둘째 딸이잖아, 그 애도 내가 받았지.

커더우 제가 특별히 그런 사연을 이야기했더니 정중하게 금고에서 꺼내 준 술이에요.

고모 그래. 아마 내게 가짜 술을 먹일 수는 없을 게다.

(커더우가 술을 따라 고모에게 드린다.)

고모 좋은데? 100퍼센트 진짜야. 자, 모두 마시자고!

(커더우가 사람들에게 술을 따른다.)

고모 이왕 상석에 앉았으니 내가 술자리를 이끌도록 하지. 자, 첫 번째 잔은 가난에서 벗어나 부를 축적하고 사상 해방을 이루어 행복한 나날을 보내게 해 준 훌륭한 공산당의 영도를 위해! 훌륭한 지도가 이루어지지 않았다면 좋은 일도 있을 수 없었겠지? 모두 어떻게 생각해?

(사람들이 일제히 고모의 말에 동조한다.)

고모 건배!

(모두 건배한다.)

고모 두 번째 술은 하늘에 계신 완씨 집안 조상님들에

게 감사의 뜻을 담아! 평생 조상들이 쌓은 덕이 있어 후손들이 이런 행복을 누리고 있는 거야.

(모두 건배한다.)

고모 세 번째 잔은 본론으로 들어가, 말년에 아들을 얻어 운수대통한 은혜로운 부부, 커더우와 샤오스쯔를 위해!

(사람들이 모두 잔을 들어 시끌벅적하게 부딪친다. 류구이팡이 종업원 두 사람에게 종이상자 몇 개를 들려 안으로 들어온다. 그 뒤를 텔레비전 방송국 여기자와 촬영 기사 한 무리가 따라 들어온다.)

류구이팡 축하합니다!

커더우 어이, 친구! 어쩐 일이야?

류구이팡 축하주 마시러 왔지! 반갑지 않아? (식탁을 돌며 사람들과 악수하며 인사를 나눈 후 고모 손을 잡는다.) 고모님, 회춘하시나 봐요?

고모 늙은 요괴가 되어 가는 거겠지!

커더우 초청해도 쉽게 올 수도 없는 사람이! 이렇게 와 주는 것만도 고마운데 뭘 이렇게 많이 들고 왔어? 괜히 신경만 쓰게 했네!

류구이팡 내가 원래 요리사잖아, 신경은 무슨? (상자를 가리키며) 내가 직접 튀긴 조기랑 돼지 껍질하고 만두야. 모두들 한번 맛보시죠. 고모님, 오십 년 된 마오타이 대령입니다. 특별히 고모님을 위해 대령했습니다.

고모 오십 년 된 마오타이는 역시 뭔가 다르더군. 작년 봄에 핑난시 지도자가 며느리를 시켜 한 병을 보내 왔는데, 마개를 따자마자 향내가 온 방에 진동하더라고!

커더우 (조심스럽게) 이봐, 이 사람들은 뭔가?

류구이팡 (여기자를 잡아당기며) 소개하는 걸 깜빡 잊었군. 시 텔레비전 방송국 기자인데, 「사회만상」 프로그램 진행자 겸 제작자야. 이쪽은 커더우, 극작가! 말년에 귀한 아들을 얻었으니 정말 대단하지. 이 분은 (여기자를 고모 앞으로 끌어당기며) 우리 가오미향의 성모와 같은 존재. 나이 고하를 막론하고 모두 다 '고모님'이라고 불러. 우리 세대는 물론이고 우리 다음, 그다음 세대까지 모두 고모님이 받아 주셨지.

고모 (여기자의 손을 잡으며) 정말 인물이 좋네. 기자님만 봐도 부모님 모습이 어떤지 알겠어요. 예전에는 혼사를 정할 때 주로 집안을 봤는데, 요즘 난 먼저 유전자를 보고 그다음에 가문을 봐야 한다고 주장하고 있어요. 유전자가 좋아야 건강하고 총명한 자손을 낳을 수 있거든요. 유전자가 나쁘면 모두 다 허사야.

여기자 (따라다니며 계속 찍으라고 손짓한다.) 정말 진보적인 분이세요.

고모 진보적이라고 하기는 뭐하고 그저 여러 업종에 종사하는 사람들을 만나다 보니 요즘 유행하는 표현을 좀 알지…….

커더우 (조그만 소리로 류구이팡에게 묻는다.) 이봐, 이런 일은 방송에 내보내기 좀 그렇지 않나?

류구이팡 (조그만 소리로) 장차 우리 집 며느리로 들일 애인데 방송국 경쟁이 너무 치열해서 정보나 소재를 찾느라 전전긍긍이야. 우리가 좀 도와주자고.

여기자 고모님 생각에 커더우 선생님과 부인이 저 나이에 아들을 얻을 수 있었던 것도 탁월한 유전자 덕분이라고 생각하세요?

고모 물론이죠. 두 사람 모두 훌륭한 유전자를 가지고 있지요.

여기자 그럼 커더우 선생님과 부인 두 사람 중에 누구 유전자가 더 좋다고 생각하세요?

고모 먼저 유전자란 것이 무엇인지 파악한 후에 다시 물어보도록 해요.

여기자 간단하게 우리에게 유전자에 대해 설명해 주실 수 있나요?

고모 유전자? 유전자란 명(命), 바로 운명이지!

여기자 운명요?

고모 파리는 틈이 없는 온전한 달걀에는 꼬이지 않는다는 말 알아요?

여기자 네.

고모 나쁜 유전자를 가진 사람은 암탉이 낳았을 때부터 흠이 있는 달걀과 같아요, 알겠어요?

류구이팡 가오 양, 한숨 돌리시도록 고모님께 먼저 술 한 잔 올려. 우선 커더우 아저씨부터 취재하도록 하지. 이쪽은 위안싸이, 이쪽은 리서우, 모두 내 친구야! 유전자 문제에 모두 정통한 사람들이니 차례로 취재해도 돼. (고모에게 술을 따라 주며) 만수무강하시고, 영원히 우리 둥베이향의 아이들을 지켜 주세요.

여기자 커더우 아저씨. 1953년생이시라고 알고 있는데요. 그럼 올해 쉰다섯이시네요? 우리 고향에선 손자를 볼 나이인데 이번에 아들을 낳으셨어요. 쉰 넘은 나이에 아들을 낳은 소감이 어떠세요?

커더우 지난달에 올해 일흔여덟이신 지둥 대학 리 교수님이 태어난 지 한 달 된 아들을 안고 입원 중인 103세 아버지를 병문안하는 사진 봤어요?

여기자 네.

커더우 남자에게 오십 대는 한창이죠. 문제는 여자 쪽입니다.

여기자 부인을 취재해도 될까요?

커더우 지금 쉬고 있어요. 조금 있으면 손님들 대접하려고 나올 겁니다.

여기자 (마이크를 위안싸이 쪽으로 넘기며) 위안 사장님, 커더우 선생님이 아들을 얻었는데, 사장님도 하나 더 낳고 싶은 마음이 간절하지 않으세요?

위안싸이 거참! 낳고 싶은 마음이 간절하냐고요? 그런 마음이 간절하긴 하지만 진짜 낳으려고 하진 않지요. 내 유전자는 그냥 그렇고 그래요. 아들이 둘인데 하나같이 빚 받으러 나온 녀석들 같다니까? 하나 더 낳아도 아마 별 볼 일 없을 겁니다. 마누라는 또 어떻고요? 밭이 완전히 메말라서 나무를 심어 봤자 며칠 지나지 못해 지팡이나 만들어야 할 겁니다.

리서우 둘째 부인을 얻으면 되지 않나?

위안싸이 아이고, 나잇살이나 먹은 사람이! 우리처럼 교양 있는 사람들이 어떻게 그런 추한 일을 할 수 있어?

리서우 추하다고? 요즘 얼마나 유행인데! 대세야, 대세! 유전자를 개량하고, 가난하고 약한 사람들을 구제하는 동시에 내수를 촉진하는 일 아니겠어?

위안싸이 그만해. 이런 거 방송 나가면 잡혀가지 않겠어?

리서우 방송에 내보낼 만한지 자네가 물어보지그래?

여기자 (웃기만 할 뿐 대답하지 않고 고모에게 질문을 던진다.) 폐경이 된 여성들에게 젊음을 찾아 주는 회춘 약을 만드셨다고 들었는데요?

고모 많은 사람이 내 약을 먹고 배 속 아이 성별이 변했다고 그래요. 기자 아가씨는 그 말 믿을 수 있겠어요?

여기자 그런 경우가 없다고는 할 수 없죠.

고모 신이 있다고 믿으면 있는 거고, 믿지 않으면 그냥 진흙으로 빚은 우상으로 끝나는 거죠. 사람 마음은 다 그래요.

커더우 가오 양, 방송국 분들도 앉아서 술 좀 들어요. 술 한잔하고 취재하는 게 어때요?

여기자 어서 드세요. 저희는 그냥 없다고 생각하세요.

리서우 이렇게 눈앞에서 왔다 갔다 하는데, 어떻게 없다고 생각해요?

여기자 저희는 신경 쓰지 마시고 그냥 편하게 생각하세요.

위안싸이 구이팡, 어릴 적 나의 우상, 자, 한 잔 들게나.

류구이팡 (위안싸이와 술잔을 부딪친다.) 옛 친구의 황소개구리 사업이 번창하기를! 위안 사장네 '동안 크림'이 빨리 출시되길 바라며!

위안싸이 말 돌리지 말게! 학창 시절에 자네가 얼마나 내 선망의 대상이었는지 짚고 넘어가야겠어.

류구이팡 괜히 너스레 떨지 말고! 위안 사장네 황소개구리 회사에 미녀들이 득시글득시글하다던데!

여기자 (그 틈에 마이크에 대고 입을 연다.) 시청자 여러분! 오늘 「사회만상」에서는 가오미 둥베이향의 경사 하나를 소개하려고 합니다. 유명한 극작가 커더우, 샤오스쯔 부부가 퇴직 후 귀향해서 창작 활동에 전념하고 있는데요. 두 분 모두 쉰이 넘은 나이에 지난달 보름, 건강하고 귀여운 아드님을 얻었습니다…….

고모 손님들에게 아이 보여 줘야지.

(커더우가 달려 나간다.)

류구이팡 (위안싸이에게 눈을 부릅뜨며 낮은 목소리로) 헛소리 하지 마, 고모님도 계신데.

(커더우가 샤오스쯔를 데리고 등장한다. 샤오스쯔, 머리에 수건을 매고 품에 강보를 안고 있다.

촬영 기사가 열심히 찍는다.

사람들이 박수치며 축하한다.)

커더우 먼저 고모가 보셔야죠.

(샤오스쯔가 아이를 고모 앞으로 데려간다. 고모가 강보 자락을 걷고 들여다본다.)

고모 (감개무량한 듯) 잘났네. 정말 잘났어. 좋은 유전자라 역시 달라. 어쩜 이렇게 잘생겼을까? 봉건 사회에 태어났다면 장원감이 틀림없어!

리서우 장원뿐이겠어? 황제가 되었을지도 모르지.

고모 우리 둘이 허풍이 좀 심한가?

여기자 (마이크를 고모 앞으로 내밀며) 고모님, 이 아이도 고모님이 받으셨죠?

고모 (봉투를 강보에 밀어 넣자 커더우와 샤오스쯔가 사양한다. 고모가 손을 내두른다.) 다 이렇게 하는 거야. 고모할머니 돈 있어. (기자에게) 모두가 날 믿어 준 덕분이죠. 산모가 고령이라 스트레스가 컸어요. 병원에 가서 제왕 절개를 하라고 권했는데, 싫다는 거예요. 나야 적극 찬성했지요. 여자란 산도로 아이를 낳아야만 진정한 여자, 진정한 엄마가 될 수 있다고 했어요!

(고모가 기자에게 답변하는 동안, 샤오스쯔와 커더우가 아이를 손님들에게 보여 주고 있다. 손님들도 각자 가져온 축의금을 강보 안으로 밀어 넣는다.)

여기자 고모님, 이 아이가 고모님이 받은 마지막 아이가 될까요?

고모 기자 아가씨는 어떻게 생각하시나?

여기자 우리 둥베이향 여자들만 고모님을 믿고 의지하는 것이 아니라 핑두, 자오저우에 사는 산모들도 고모님을 찾아오지요?

고모 바쁜 건 타고났나 보우.

여기자 고모님 손에 신비한 마력 같은 게 있다고 들었어요. 임신부 배 위에 고모님 손을 올려놓으면 임신부들 통증이 사그라지면서 초조하고 불안했던 마음도 사라진다고요.

고모 원래 신화라는 게 이렇게 해서 만들어진다오.

여기자 고모님, 양손 좀 내밀어 주세요. 사진 좀 찍게요.

고모 (조소하듯) 인민 대중에게는 신화적인 뭔가가 필요한 법이지. (사람들을 향해) 지금 내가 한 말이 누구 말인지 아나?

리서우 위인이 한 말인가 봐요?

고모 내가 한 말이야.

위안싸이 고모님도 위인인 셈이죠.

여기자 (장엄한 모습으로) 바로 이 평범한 손으로 이 세상에 나오는 수천 명의 아이를 받은 거네요.

고모 또한 수천 명의 아이를 지옥으로 보내기도 했고! (술 한 잔을 다 비운 후) 이 손에 두 종류의 피가 묻어 있어. 향기나는 피하고 비린내 나는 구린 피!

류구이팡 고모님은 우리 둥베이향의 살아 있는 보살, 삼신할멈이세요. 낭랑묘 신상을 보면 볼수록 고모님을 닮았다니까요? 마치 고모님을 본떠 만든 것 같아요.

고모 (취기가 오른 모습으로) 인민 대중에게는 신화적인 뭔가가 필요한 법이지.

여기자 (마이크를 샤오스쯔 앞으로 내밀며) 부인, 기분이 어떠세요?

샤오스쯔 무슨 이야기를 하나…….

여기자 아무거나 말해 주세요. 예를 들면 처음 임신 소식을 알았을 때의 소감이나 임신 도중에 느낀 점들, 왜 고모님에게 해산을 부탁했는지 같은 거요.

샤오스쯔 처음 임신 소식을 알았을 때 정말 꿈을 꾸고 있는 것 같았어요. 쉰이 넘은 데다 생리도 끊긴 지 이 년이 넘었거든요. 그런데 갑자기 아기를 가진 거예요! 임신한 동안 기쁘기도 했지만 걱정도 그만큼 컸죠. 가장 기뻤던 건 드디어 엄마가 된다는 사실이었고요. 산부인과 의사로 고모를 따라다니며 십 년 넘게 수많은 아이를 받았잖아요. 그런데 정작 제 아이는 없는 거예요. 아이를 낳지 못한 여자는 완전한 여자라고 할 수 없습니다. 아이를 가지지 못한 여자는 남편 앞에서 고개를 들 수가 없어요. 이제 이 모든 것이 해결되었어요.

기자 걱정은요?

샤오스쯔 나이가 가장 걱정이었죠. 건강한 아이를 낳을 수 있을까, 자연 분만을 하지 못하면 제왕 절개를 해야 할까. 물론 분만할 때 고모가 제 배에 손을 올려놓으시니까 모든 걱정이 사라졌어요. 고모가 시키는 대로 따라 하니까 편안하게 분만할 수 있었습니다.

고모 (취기가 올라 몽롱한 상태에서) 향긋한 피로 비린내 나는 구린 피를 씻어 내는…….

(천비가 양쪽에 지팡이를 짚고 무대에 등장한다.)

천비 외손자가 태어난 지 한 달이 되었는데, 외할아버지는 초대도 않다니 이거 말이 안 되는 것 아닌가?

(모두 경악한다.)

커더우 (당황한 모습으로) 노형, 정말 미안해, 자네를 깜빡했군…….

천비 (미친 듯이 웃으며) 노형이라고? 하! 하! (지팡이로 샤오스쯔 품에 안긴 아이를 가리키며) 여기 식대로라면 당연히 내 앞에 무릎을 꿇고 머리를 세 번 조아리며 장인어른이라고 불러야 하는 것 아닌가?

위안싸이 (앞으로 천비를 끌어당기며) 이봐, 자네! 자, 자, 바오츠황[83] 한 상 근사하게 차려 줄게.

천비 저리 안 꺼져? 비열하고 파렴치한 소인배! 썩어 문드러진 해산물 나부랭이로 내 입을 틀어막으려고? 꿈도 꾸지 마! 오늘이 우리 외손자를 축하하는 날인데, 내가 가긴 어딜 가? 바로 여기서 술을 마셔야지! (자리에 앉아 고모를 바라본다.) 고모님은 다 알고 계시죠? 우리 가오미 둥베이향에서 출산과 관계된 일은 모두 고모님이 관리하시지요? 누구 집 씨앗이 싹이 안 나는지, 누구 집 땅에 풀이 자라지 않는지 다 아시지 않습니까! 사람들 대신 씨앗도 빌리고, 땅도 빌리죠. 겉은 멀쩡히 놔두고, 내용만 바꾸는 투량환주(偸梁換柱), 거짓 정보를 흘리고 몰래 허를 찌르는 암도진창(暗渡陳倉), 아무렇지도 않은 척 상대를 속이고 소기의 성과를 이루는 만천과해(瞞天過海), 작은 손해 대신 큰 승리를 거두는 이대도강(李代桃僵), 상대방의 마음을 사로잡기 위해 상대를 풀어 주는 욕금고종(欲擒故縱), 남의 칼을 빌려 상대를 죽이는 차도살인(借刀殺人)……. 삼십육계를 모두 동원해서…….

고모 그중 네가 쓴 건 두 개뿐이지. 상대를 혼란에 빠뜨리고 허를 찌르는 성동격서(聲東擊西), 원형은

---

83) 鮑翅皇. 전복, 상어 지느러미 등이 들어간 요리.

그대로 두고 실리를 빼내는 금선탈각(金蟬脫殼)! 그때 하마터면 너한테 속을 뻔했어. 내 손에 묻힌 피비린내 (코끝에 대고 냄새를 맡으며) 반은 네 녀석이 묻힌 거야!

리서우 (천비에게 술을 따라 주며) 천 형, 자, 술 들어!

천비 (잔에 담긴 술을 한 번에 다 마신다.) 어이, 우리 스승님의 아드님! 자넨 공정한 사람이니 자네가 말해 보게.

리서우 (천비의 말을 자르고 다시 큰 잔에 술을 따른다.) 공정한지 공정하지 않은지는 하느님만 알아! 천 형, 큰 잔으로 바꿨소!

천비 이렇게 들이부어 취하게 하려고? 술로 내 입을 틀어막으려고? 자네 실수하는 거야.

리서우 물론 내 실수지. 자네 주량이 말술이니 1000잔인들 취하겠나. 오늘 술, 진짜 마오타이니까 안 마시면 손해겠지? 자, 건배하세!

천비 (고개를 쳐들고 다시 큰 잔을 한꺼번에 들이켜더니 눈물이 그렁그렁한 채 숨을 헐떡인다.) 고모님, 커더우, 샤오스쯔, 위안싸이, 진슈, 이 천비가 이 지경이 되다니, 너무 비참하오! 열여덟 개 마을, 5만 주민 가운데 이 천비보다 더 비참한 사람이 있겠소? 어디 말해 보쇼, 있습니까? 없습니까? 없어요, 없어! 나보다 더 불쌍한 사람은 없소. 하지만 당신들! 서로 짜고 병신인 날 속여? 날 기만하는 건 그렇다 쳐! 어차피 난 근본이 그른 사람이니까. 당신들이 하늘을 대신해 날 벌준 셈 치지! 하지만 내 딸, 천메이한테는 그럼 못써! 그 애가 크는 걸 봤잖아! 가오미 둥베이향에서 가장 예쁜 아가씨잖아. 그 애 언니 천얼도 그렇고. 황실에 들어가 왕후나 왕비가 되었어야 하는 아이들이야. 그런데…… 모두 내 탓이지…… 인과응보야……. 그 애가 네놈 대리모로 나섰어. (분노에 차 커더우를 가리키며) 내 병원비를 갚으려고! 하지만 너희, 어릴 적 친구, 아저씨, 삼촌이란 것들이, 명색이 극작가, 사장이란 놈들이 감히 아이가 태어나자마자 죽었다고 거짓말을 하고 대리모 비용 4만 위안을 등쳐 먹어? ……하늘이 무섭지도 않냐? 하느님, 어째서 이런 작자들을 가만히 놓아두십니까! 극악무도한 불한당들을 보십시오……. 방송국 동지, 어서 찍어요. 이걸 전부 찍으라고요. 나도 찍고, 저 여자도 찍고, 전부 찍어서 온 인민이 보게 하라고요…….

류구이팡 천비야, 술주정이 한도 끝도 없구나. 술 두 잔에 이 무슨 망발이야?

천비 구이팡, 정말 대단해. 초대소 제도가 바뀌니 사장님으로 대변신을 하셨네. 억만장자가 되었다며? 제발 우리 딸에게 일자리 좀 줘! 주방에서 불을 때도 상관없어. 하지만 그런 은혜는 베풀지 않겠지. 자네 회사가 한창 감원 중이라고 들었어. 좋은 일을 하긴 쉽지 않지. 하지만…….

류구이팡 이봐, 친구, 모두 내 잘못이야. 천메이는 나에게 맡겨. 한 사람 더 먹이는 거야 어렵지 않지. 내가 데리고 있을게, 됐어?

(위안싸이, 진슈 등이 천비를 끌어내려 한다.)

천비 (버둥대며) 아직 외손자도 못 봤는데, (품에서 돈 봉투를 꺼낸다.) 얘야, 외할아버지가 가난하긴 하지만 그래도 챙길 건 챙긴다. 축의금도 가져왔어…….

(위안싸이, 진슈 등이 천비를 끌어낸다. 그때 무대 다른 쪽에서 천메이가 검은색 외투 차림에 검은색 베일을 쓰고 등장한다.

천메이를 발견한 사람들이 깜짝 놀라고, 무대에 순간적으로 정적이 감돈다.)

천메이 (과장된 표정으로 킁킁 냄새를 맡으며, 처음에는 조그만 소리로 속삭이다가 점점 소리를 높인다.) 아가, 우리 아가, 우리 아기 냄새가 나는데? 향긋하고, 달콤한 젖비린내가 (맹인처럼 더듬으며 샤오스쯔 곁으로 다가간다. 그때 강보에 싸인 아이가 울기 시작한다.) 아가, 우리 착한 아기…… 태어나서 엄마 젖 한 번 빨지 못하고, 아가를 굶겼어…….

(천메이가 샤오스쯔 품에서 아기를 빼앗아 재빨리 퇴장한다. 갑작스러운 일에 사람들이 모두 깜짝 놀라 어찌할 바를 모른다.)

샤오스쯔 (두 손을 벌리며 절망한 모습으로) 내 아이, 우리 진와…….

(샤오스쯔가 먼저 천메이를 쫓아가고, 커더우 등이 그 뒤를 따른다. 무대가 혼란스럽다.)

(막이 내린다.)

7막

무대 뒤 배경이 계속해서 변한다. 번화한 거리 모습에 이어 사람들이 몰려 있는 시장, 도심 공원 등이 보인다. 태극권을 하는 사람, 새를 데리고 산책을 하는 사람, 얼후를 타는 사람 등……. 모두 천메이가 도망가고 있는 거리의 모습이다.

천메이가 아이를 안고 도주한다. 천메이가 달려가면서 아이에게 횡설수설한다.

천메이 우리 금쪽같은 아가…… 드디어 찾았네……. 다시는 헤어지지 말자…….

(샤오스쯔, 커더우 등이 뒤를 쫓는다.)

샤오스쯔 진와…… 내 아들…….

(무대 위. 때로 천메이 혼자 달려간다. 천메이가 달려가며 수시로 뒤를 돌아본다. 주변 사람들에게 소리를 지

르기도 한다. 제발 도와줘요. 제발 제 아기를 구해 주세요.)

(때로 쫓는 자와 쫓기는 자 들이 동시에 무대에 나오기도 한다. 천메이가 행인들에게 도움을 청한다. 저자들을 막아 줘요. 우리 아이를 빼앗아 가려고 해요. 미친 사람들…….

천메이가 넘어졌다가 일어나고 또다시 넘어졌다가 일어난다.

7막 내내 촉박하고 날카로운 징후[84] 연주 소리와 아이의 울음소리가 뒤엉킨다.)

(막이 내린다.)

84) 京胡. 경극에 쓰이는 호금.

8막

텔레비전 연속극 「가오멍주(高夢九)」 촬영 현장.

무대에 중화민국 시기 현청 마루가 꾸며져 있다. 개혁은 이루어졌지만 여전히 구제도를 답습하고 있다. 마루 정중앙 높은 곳에 '정대광명(正大光明)'이란 편액이 걸려 있다. 편액 양쪽에 커다란 대련이 걸려 있다. 위쪽에 '비와 바람과 맑은 하늘', 아래쪽에 '문(文)과 무(武)와 야만'이라 적혀 있다. 마루 책상 위에 커다란 신발 한 짝이 올려져 있다.

가오멍주가 검은색 중산복 차림에 예모를 쓰고 있다. 앞가슴에 회중시계의 은줄이 나와 있다. 무대 양쪽에 사람들이 반은 붉은색, 반은 검은색의 몽둥이인 수화곤(水火棍)을 들고 서 있다. 역시 검은색 중산복을 입고 있어 모습이 좀 우스꽝스럽다.

감독, 촬영 기사, 녹음 기사 등 드라마 촬영 스태프들이 분주하게 움직인다.

감독 각자 자리로, 준비, 시작!

가오멍주 (신발로 탁자를 세게 내리친다.) 아으……. 정말 귀찮아! (노래한다.) 가오즈현 법정 심의안 한 건, 전답을 둘러싼 장씨, 왕씨 집안 사이의 소송이 올라와 있군. 두 집 모두 전답에 대한 권리를 주장하고 있으니, 대체 누구 주장이 옳은지는 본관이 결정해야 한다, 이 말이지!

본관의 성은 가오, 이름은 멍주, 톈진 웨이바오디현 사람으로 소년 시절 종군하여 펑위샹 부대에 들어가 각지에서 큰 공을 세운 끝에 펑 장군에 의해 경위(警衛) 대대장으로 발탁되었다. 어느 날, 부하 하나가 선글라스를 쓰고 기녀를 옆에 끼고 거들먹거리며 거리를 활보하다 펑 장군의 눈에 띄는 바람에 부대 관리를 소홀히 했다고 질책을 받았다. 수치심을 떨쳐 버릴 수 없었던 가오멍주는 자신을 키워 준 펑 장군의 기대를 저버렸다고 생각하고 사직한 후 귀향하였다. 1930년, 동향이자 군대 동료인 한푸쥐 산둥성 주석이 가오멍주를 삼고초려하였다. 한 주석의 정성을 더 이상 거절하기 난처했던 가오멍주는 산둥성으로 가서 성 참의원을 지낸 후 핑위안현과 취푸현의 장을 역임하다 가오미에 오게 되었다. 가오미는 주민들의 기질이 험악하고 억세며 도적이 창궐하고 도박과 아편이 성행하는 등 사회 치안이 상당히 열악하다. 가오멍주가 온 후 대대적인 개혁을 통해 도적을 근절하고 효를 주창하였다. 또한 일부러 초라하게 입고 다니며 골치 아픈 미해결 사건들을 해결하였다. (작은 소리로) 물론 웃음거리가 된 적도 있었다. 사람이 성현이 아닌 바에야 어찌 과오가 없겠는가? 아니, 설사 성현이라 해도 과오가 없겠는가? 시골 유지들이 그에게 대련을 보냈으니, 그 내용인즉, 비와 바람과 맑은 하늘, 문과 무와 야만이라. 기막힌 표현이 아닌가? 정말 훌륭하다! 또한 그들은 가오멍주에게 '가오얼의 신발창'이란 별명을 붙여 주었다. 가오멍주가 골칫거리 남자, 몰상식한 여자 들의 얼굴을 신발창으로 갈겨 주는 바람에 생긴 별명이다. (노래.) 난세의 관리 노릇 엄격한 법률이 필요하네……, 야만스러워야 할 때는 야만스럽고……, 간계로 도적들을 유인해 죽일 때도 있으니…… 신발창, 가오칭톈[高晴天] 등장이오…… 여봐라.

포졸들 네!

가오멍주 준비되었느냐?

포졸들 네!

가오멍주 원고, 피고 모두 대령하라!

포졸 1 원고, 피고 모두 대령이오!

(천메이가 아이를 안고 비틀거리며 뛰어온다.)

천메이 포 대인, 소녀의 억울함을 풀어 주십시오.

(샤오스쯔, 커더우 등이 연달아 올라온다.
원래 극에서 장 씨, 왕 씨 역을 맡은 연기자들도 한데 섞여 있다.)

감독 (격분하여) 그만! 그만! 이게 대체 어떻게 된 거야? 엉망진창이군! 무대 감독, 무대 감독!

천메이 (법정에 털썩 꿇어앉으며) 포 대인, 포청천, 소녀의 억울함을 풀어 주세요.

가오멍주 본관은 성이 포씨가 아니고, 가오씨요.

천메이 (아이의 울음소리) 포 대인, 소녀는 정말 억울합니다. 제발 공정하게 판결해 주십시오.

(위안싸이와 사촌 동생이 감독을 끌어당겨 속닥거린다. 감독이 연신 고개를 끄덕인다. 어렴풋이 위안싸이의 말이 들린다.
우리 회사에서 찬조금으로 10만 위안을 내겠습니다.
감독이 가오멍주 곁으로 다가가 귓속말한다.
감독이 촬영을 계속하라는 손짓을 한다.
위안싸이가 커더우와 샤오스쯔 곁으로 가서 나지막한 소리로 몇 마디 당부를 한다.)

가오멍주 (신발창을 들며 탁자를 내리친다.) 앞의 여인은 들어라. 본관은 오늘, 규정과 별도로 그대의 안건을 심의하도록 하겠다. 그대의 이름과 본적, 사건과 고발 대상을 한 치의 거짓도 없이 고하도록 해라. 거짓 진술에 대한 본관의 규정을 알고 있는가?

천메이 모릅니다.

포졸들 (일제히) 우우……! (웅장한 분위기를 자아내는 소리.)

가오멍주 (신발창을 잡더니 탁자를 세차게 내리친다.) 조금이라도 거짓이 있을 때는 본관이 신발창으로 네 뺨을 칠 것이다.

천메이 알겠습니다.

천메이 말씀드리겠습니다. 소녀 천메이는 가오미 둥베이향 사람입니다. 어려서 어머니를 여의고 언니와 함께 자랐습니다. 후에 언니를 따라 완구 공장에서 일했습니다만 공장에 불이 나는 바람에 소저의 언니는 불에 타 죽고, 소녀는 얼굴에 화상을 입었습니다…….

가오멍주 천메이는 들어라. 베일을 벗어 내게 얼굴을 보여라.

천메이 포 대인, 벗을 수 없습니다.

가오멍주 왜 벗을 수 없느냐?

천메이 베일을 하고 있으면 사람이지만 베일을 벗으면 소녀, 귀신 같습니다.

가오멍주 천메이는 들어라. 본관은 법적 절차에 따라 안건을 판결한다. 베일을 하고 있으면 네가 누군지 내가 어떻게 알겠느냐?

천메이 대인, 저자들이 눈을 가리도록 해 주십시오.

가오멍주 모두 눈을 가려라.

천메이 대인, 잘 보십시오. 대인, 소녀의 운명이 너무 비참합니다.

(아이를 내려놓으며 베일을 벗더니 다시 두 손으로 얼굴을 가린다.

가오멍주가 앞을 향해 눈짓하자 샤오스쯔가 달려들어 아이를 품에 안는다.)

샤오스쯔 (울먹이며) 아가, 진와! 우리 진와! 어디 좀 보자……. 커더우, 이것 좀 봐요. 아니…… 악독한 년, 미쳤어, 아이를 던져 죽였어!

천메이 (고함을 지르며 미친 듯이 샤오스쯔에게 달려든다.) 내 아이……. 나리, 저 여자가 내 아이를 빼어 갔어요.

(포졸들이 천메이를 제지한다.

고모가 서서히 등장한다.)

커더우 고모님 오셨어요?

샤오스쯔 고모님, 진와가 왜 이래요?

(고모가 아이의 몸 여기저기를 눌러 본다. 아이가 울기 시작한다. 커더우가 우유병을 샤오스쯔에게 건네자 샤오스쯔가 아이에게 우유를 먹인다. 울음소리가 그친다.)

천메이 나리, 저 여자가 우리 아가에게 우유를 먹이지 못하게 하세요. 우유에는 독이 있어요, 제 젖이 나오는데……. 못 믿겠으면 제가 짜서 보여 드릴게요. 나리…….

(천비와 리서우가 올라온다.)

천비 (지팡이를 휘두르며) 하늘을 걸고 맹세해! 하늘을 걸고…….

가오멍주 (슬픈 모습으로) 천메이는 들어라, 얼굴을 가리도록!

천메이 (부끄러운 듯 베일을 더듬어 얼굴을 가린다.) 나리, 놀라셨죠……. 죄송해요, 나리…….

가오멍주 천메이, 그대의 안건이 본관에게 넘어왔으니 자초지종을 들어야겠다.

천메이 감사합니다. 나리.

(커더우와 위안싸이가 샤오스쯔를 에워싸 데리고 나가려 한다.)

가오멍주 (신발창으로 탁자를 친다.) 거기 서라! 본관이 아직 판결을 내리지 않았거늘, 누가 감히 자리를 뜨는가! 포졸! 저들을 감시해라!

(감독이 가오멍주에게 손짓, 눈짓을 보내지만 가오는 짐짓 못 본 척한다.)

가오멍주 천메이, 그대는 말끝마다 이 아이가 네 아이라고 하는데, 그렇다면 네게 묻겠다. 아비는 누구냐?

천메이 높은 관직에 돈도 많은 귀인입니다.

가오멍주 관직이 높든, 돈이 많든, 아무리 유명한 귀인이든, 모두 이름이 있지 않겠느냐?

천메이 소녀, 그의 이름은 잘 모릅니다.

가오멍주 음, 갈수록 오리무중이군. 남자와 잠을 잔 것도 아닌데 어찌 회임하고 아이를 낳았는고? 이 정도 생물학적 상식도 모른다는 말인가?

천메이 나리, 소녀의 말은 모두 사실입니다. (샤오스쯔를 가리키며) 유리관으로 제게…….

가오멍주 시험관 아기군.

천메이 시험관 아기는 아니에요.

가오멍주 이제야 알겠네. 마치 가축장에서 실시하는 인공 수정 같은 거로구먼…….

천메이 나리 (꿇어앉으며) 제발 현명한 판단을 내려 주십시오. 소녀, 원래 이 아이를 낳아 준 대리모 비용으로 아버지 병원비를 갚은 후 강에 빠져 자살하려 했습니다. 하지만 아이를 임신한 후 배 속의 아이가 꿈틀거리기 시작하자 죽고 싶은 생각이 사라졌습니다. 저랑 비슷하게 임신한 사람들이 여러 명 있었습니다. 그들 모두 배 속의 아이를 사랑하지 않았지만 전 달랐어요. 소녀, 얼굴과 몸의 상처 때문에 비가 오는 궂은 날이면 상처 부위가 찌릿찌릿 정말 아픕니다. 건조할 때는 갈라져 피가 나기도 하고요. 소녀, 임신한 열 달 동안 정말 힘들었습니다. 나리, 이루 말로 다 할 수 없는 고통을 견디며 조심스럽게 열 달을 보내고 드디어 아이가 태어났습니다. 그런데 저자들이 아이가 죽었다고……. 아이는 죽지 않았습니다……. 찾고 또 찾아다니다 드디어 아이를 찾았습니다……. 대리모 수고비, 그딴 것 필요 없습니다. 100만, 아니 1000만 위안을 준다고 해도 다 필요 없습니다. 제게 필요한 건 아이뿐입니다. 나리, 제발 은혜를 베푸시어 아이를 되찾게 해 주십시오…….

가오멍주 (커더우, 샤오스쯔에게) 두 사람은 합법적인 부부인가?

커더우 결혼한 지 삼십 년이 넘었습니다.

가오멍주 결혼한 지 삼십 년이 넘도록 아이를 안 낳았다는 말이냐?

샤오스쯔 (불만스러운 듯) 얼마 전에 낳지 않았습니까?

가오멍주 나이가 쉰이 넘지 않았느냐?

샤오스쯔 그렇게 물어보실 줄 알았어요. (고모를 가리키며) 저분은 우리 가오미 둥베이향 산부인과 의사세요. 수천 명이나 되는 아이를 받은 데다 불임증 환자를 수도 없이 고쳤어요. 나리도 저분이 받았을지 모르죠! 고모님에게 물어보세요. 제 임신에서 분만까지 모든 과정을 고모님이 증언할 수 있으니까요.

가오멍주 일찍부터 고모님의 명성을 듣고 있었습니다. 마을의 유지이신 데다 덕망 또한 높으시니 고모님의 일언이 중천금입니다.

고모 이 아이는 내가 받았어요.

가오멍주 (천메이에게 묻는다.) 고모님이 그대의 아기도 받아 주었느냐?

천메이 나리, 분만실에 들어갈 때 전 눈을 가리고 있었어요.

가오멍주 이 사건은 본관이 판단하기 어려울 것 같다. DNA

조사를 하도록 해라.

(감독이 가오멍주에게 귓속말을 한다. 가오멍주가 소리를 낮추어 그와 언쟁을 벌인다.)

가오멍주 (길게 한숨을 내쉰 후 노래를 부른다.) 기이한 사건, 정말 기이한 사건일세, 본관을 정말 힘들게 하는구나, 아이를 대체 누구에게 줘야 하나. 한 가지 묘안이 떠오르는군. (법정 아래로 내려온다.) 모두 들어라. 여러분이 본관 법정에 호소하여 본관이 진짜 법정을 열게 되었으니 사건에 대한 판결을 내리겠노라! 포졸!

포졸들 네!

가오멍주 본관의 명령을 듣지 않는 사람은 신발창으로 얼굴을 갈겨라!

포졸들 네!

가오멍주 천메이, 샤오스쯔, 두 사람의 의견이 팽팽히 맞서는 바, 모두 나름대로 이치가 합당하다. 이 자리에서 판결을 내리기가 쉽지 않으니 샤오스쯔는 아이를 우선 나에게 맡겨라.

샤오스쯔 그건 안 되는…….

가오멍주 포졸들!

포졸들 (일제히) 예이!

(감독이 커더우에게 귓속말을 하자, 커더우가 샤오스쯔의 옆구리를 찌르며 아이를 가오멍주에게 건네주라고 한다.)

가오멍주 (고개를 숙여 품 안의 아기를 들여다본다.) 정말 잘생겼네. 두 집에서 서로 데려가겠다고 할 만해. 천메이와 샤오스쯔는 들어라. 본관은 아기가 누구에게 가야 할지 판단할 방법이 없다. 하여, 본관의 손에서 뺏어 가는 사람이 이기는 걸로 할 것이다. 엉터리 안건은 엉터리로 해결하는 법이니! (아기를 들어 올린다.) 시작!

(천메이와 샤오스쯔가 아이에게 달려들어 서로 아기를 잡아당기자 아기가 울기 시작한다. 천메이가 와락 아기를 품에 안는다.)

가오멍주 포졸들, 천메이를 데려가고 아기를 데려오너라!

(포졸들이 아이를 뺏어 가오멍주에게 준다.)

가오멍주 간도 크지, 천메이, 아이의 엄마를 사칭하고도 아이를 낚아챌 때 전혀 애달픈 마음이 보이지 않더군. 그대는 가짜 엄마가 틀림없다. 샤오스쯔는 아이가 울자 혹여 아이가 다치지나 않을까 일부러 손의 힘을 풀었다. 이런 종류의 사건에 대해 당시 개봉부의 포 대인도 비슷한 판결을 내렸다. "손을 놓은 자가 친모다!"라고 말이야. 선례에 따라 아이를 샤오스쯔에게 돌려주겠노라. 천메이는 남의 아들을 빼앗고, 거짓을 날조하였으니 신발창으로 스무 대를 칠 것이나, 장애가 있음을 참작하여 형벌을 내리지 않겠다. 물러가거라!

(가오멍주는 아기를 샤오스쯔에게 돌려준다.

천메이가 발버둥 치며 고함을 지르자 포졸들이 제지한다.)

천비 가오멍주! 어리석기 짝이 없군!

리서우 (천비를 쿡쿡 찌르며) 천 형, 이렇게 하지! 위안싸이랑 커더우랑 상의했는데 천메이에게 10만 위안을 보상하기로 했어.

(막이 내린다.)

9막

앞 장면과 같은 고모 집 뜰 풍경이 펼쳐진다.

하오다서우와 친허가 여전히 인형을 빚고 있다.

커더우가 원고 뭉치를 들고 한쪽에 서서 소리 높여 대본을 읽는다.

커더우 ……누군가 가오미 둥베이향의 주된 색채가 무엇이냐고 묻는다면 난 전혀 주저하지 않고 초록이라 대답할 것이다.

하오다서우 (불만스러운 듯 중얼거린다.) 그럼 붉은색은? 붉은 수수, 붉은 무, 붉은 태양, 붉은 솜저고리, 붉은 고추, 붉은 사과…….

친허 누런 흙, 누런 똥, 누런 이, 누런 족제비, 그저 황금만 없을 뿐…….

커더우 누군가 나에게 가오미 둥베이향의 주된 소리가 무엇이냐 묻는다면 나는 자랑스럽게 말할 것이다. 개구리 울음소리!

하오다서우 그게 뭐가 자랑스러워?

친허 갓난아기 울음소리가 자랑스럽지!

커더우 송아지 우는 소리같이 답답한 개구리 울음소리, 새끼 양 우는 소리처럼 슬픈 개구리 울음소리, 암탉이 알 낳을 때처럼 카랑카랑한 개구리 울음소리, 갓난아기 우는 소리같이 청랑하면서도 구슬픈 개구리 울음소리…….

하오다서우 그럼 개 짖는 소리는? 고양이 울음소리는? 당나귀는 어떻고?

커더우 (화가 나서) 지금 모두 시비 거시는 거죠?

하오다서우 자네 극본이 본질적으로 시비투성이인데, 뭐.

고모 (냉랭하게) 지금 금방 네가 읽은 내용, 내가 한 말이냐?

커더우 극중에 나오는 '고모'가 한 말이에요.

고모 극중 '고모'가 나잖아, 나 아니야?

커더우 고모일 수도 있고, 아닐 수도 있고.

고모 그게 무슨 말이야?

커더우 예술 창작이 원래 그런 거잖아요. 세 분이 빚는 점토 인형들처럼, 현실에서 이미지를 취하지만 세 분의 상상과 창조력이 들어가는 것처럼요.

고모 네 극본을 무대에 올리면 성가신 일이 생길 것 같지 않아? 전부 실명인데!

커더우 이건 초고예요. 고모, 원고를 마감하면 인명은 모두 외국 이름으로 바꿀 거예요. 고모는 마리아 아주머니, 하오 아저씨는 헨리, 친허 아저씨는 아옌데, 천비는 피가로……. 가오미 둥베이향이란 지역도 마콘도[85]로 바꾸고요.

하오다서우 헨리? 재미있는 이름인데?

친허 난 로뎅이나 미켈란젤로 같은 이름이 좋은데. 그 사람들 창작 스타일이 나랑 비슷하거든.

고모 커더우, 연극은 연극, 현실은 현실이야. 난 언제나 여기 있는 사람들 모두, 물론 나도 마찬가지고, 천메이에게 죄를 짓고 있다는 생각이 들어. 요즘 다시 잠을 못 자. 빚쟁이 아이가 다친 개구리들을 몰고 매일 밤 나타나 시끄러워 죽겠어. 그 차가운 뱃가죽에다 개구리의 비리고 차가운 냉기까지…….

하오다서우 신경 쇠약 때문에 일어나는 환각이야. 전부 다!

커더우 고모님 심정은 이해가 가요. 그런 식으로 일을 처리하고 나니 저도 마음이 자꾸만 켕겨요. 하지만 달리 방도가 없잖아요? 어쨌거나 천메이는 정신병자에 얼굴이 너무 험악하게 일그러졌어요. 아이를 천메이에게 주는 건 아이에게 무책임한 행

---

85) Macondo. 가브리엘 가르시아 마르케스의 소설 『백년의 고독』에 나오는 가상의 도시 이름.

동이에요. 또, 제가 원한 아이는 아니었지만 생물학적 의미에서 제가 아빠잖아요. 아이 엄마가 실성해서 자기도 건사하지 못하는데 아빠가 아이를 돌보는 건 당연한 거예요. 아마 최고인민법원에 가도 판결은 마찬가지일 겁니다, 안 그래요?

고모 우리가 아이를 천메이에게 돌려주면 좋아지지 않을까? 엄마와 아이 사이의 기적 같은 일이 일어날 수 있지 않을까…….

커더우 아이를 가지고 그런 위험한 시도를 할 수는 없어요. 정신병자들은 무슨 일을 저지를지 모르니까요.

고모 정신병자도 아이는 사랑해.

커더우 하지만 천메이의 사랑은 아이에게 상처를 줄 수 있어요. 제발 이 일 때문에 죄책감 갖지 마세요. 우리는 이미 할 만큼 다 했어요. 두 배로 보상도 해 줬고, 병원에 보내 치료도 받게 해 줬고요. 천비 역시 홀대하지 않았어요. 앞으로 천메이의 병이 완전히 낫고 아이가 크면 적당한 시기에 아이에게 진실을 말해 줄 수도 있어요. 하지만 그건 아이에게 고통만 가져다줄 가능성도 있어요.

고모 사실 말인데, 난 요즘 자꾸 죽음에 대해 생각하게 돼.

커더우 고모님, 절대 쓸데없는 생각하지 마세요. 이제 겨우 일흔이 조금 넘었을 뿐인데요. 고모님을 정오의 태양처럼 찬란하다고 말하는 건 조금 과장이겠지만 오후 두세 시경의 태양에 비유하는 건 절대 아침이 아니에요. 가오미 둥베이향 인민들은 고모님이 없으면 안 돼요!

고모 물론 죽고 싶지는 않아. 아프지도 않고 특별히 재난이 닥친 적도 없고, 그냥 잘 먹고 잘 자면, 누군들 죽고 싶겠어? 그런데 도통 잠이 안 와. 한밤중에 사람들이 모두 잠들었는데 깨어 있는 건 나랑 나무 위 부엉이뿐이야. 부엉이는 쥐를 잡느라 깨어 있다지만 난 대체 왜 그러는 건지!

커더우 수면제를 드세요. 위대한 인물 가운데 불면증에 시달리는 사람이 많아요. 그 사람들 모두 수면제를 먹는다고요.

고모 수면제가 듣질 않아.

커더우 그럼 한약이라도…….

고모 내가 의사잖니! 이건 병이 아니야. 인과응보의 시간이 온 거지. 빚쟁이 아이가 개구리들을 데리고 빚을 청산하라고 찾아온 거야. 고요한 밤에 부엉이가 나무 위에서 부엉부엉 울면 그것들이 나타나. 온몸이 피에 물들어서 꽥꽥 울어. 다리, 발이 없는 개구리들이 한데 섞여 있어. 개구리 귀신들 울음소리가 개구리 울음소리와 엉켜 구분이 안 가. 쫓아오는 걸 피하느라 마당을 뱅글뱅글 돈단다. 그것들이 날 물까 봐 겁이 나는 게 아니야. 싸늘한 뱃가죽, 몸에서 나는 비릿하고 차가운 느낌이 싫어. 고모가 평생 무서워하는 게 뭔지 알아? 호랑이, 표범, 늑대, 여우같이 보통 사람들이 무서워하는 건 하나도 안 무서워. 하지만 개구리 귀신들은 정말 무서워.

커더우 (하오다서우에게) 도사를 불러 기도라도 해야 하는 거 아니에요?

하오다서우 고모가 말하는 것은 모두 연극 대사야.

고모 잠이 안 올 때 내 삶에 대해 생각해. 첫 번째 아이를 받았을 때부터 마지막 아이를 받았을 때까지. 하나, 하나, 마치 영화 속 장면처럼. 평생 별로 악한 일을 한 것 같지 않은데……. 그런 일들…… 그것도 악한 일이었을까?

커더우 고모님, 그때 일들이 '악한 일'인가에 대해 지금은 단정하기가 어려워요. 설사 '악한 일'이라고 결론이 난다 해도 고모님이 책임질 필요는 없어요. 자책하거나 죄책감에 시달릴 필요도 없어요. 고모님은 죄인이 아니라 공신이에요.

고모 정말 내가 죄인이 아니란 말이야?

커더우 둥베이향 사람들에게 '좋은 사람 뽑기' 투표를 하라고 하면 아마 가장 많은 표를 받을 사람이 고모님일걸요?

고모 이 두 손이 깨끗해?

커더우 깨끗하다뿐이에요? 신성한 손이죠.

고모 잠을 잘 수 없을 때는 장취안의 아내, 왕런메이,

왕단이 죽은 일들이 생각나…….

커더우 전부 고모님 탓 아니에요. 절대로요!

고모 장취안의 아내가 죽기 직전 뭐라고 했는지 알아?

커더우 아뇨.

고모 그 여자가 그랬어. 완신, 고이 죽지 못할 거다!

커더우 망할 놈의 여편네. 말도 안 돼!

고모 왕런메이가 죽을 때 뭐라고 했는지 알아?

커더우 뭐라고 했는데요.

고모 그 애가 말했어. 고모님, 너무 추워요…….

커더우 (고통스러운 표정으로) 런메이, 나도 추워…….

고모 왕단이 죽기 전에 뭐라고 했는지 알아?

커더우 모르겠는데요.

고모 알고 싶어?

커더우 물론이죠……. 하지만…….

고모 (의기양양해서) 그 애가 말하더라. 고모님, 아이를 구해 주셔서 고마워요. 내가 왕단의 아이를 구했다고 생각해?

커더우 물론이죠.

고모 그럼 이제 안심하고 죽어도 되겠군.

커더우 고모님, 그렇게 말씀하시면 안 되죠. 그래, 안심하고 자도 되겠어. 잘 살아야지! 이렇게 말씀하셔야죠.

고모 죄를 진 사람은 죽을 수도 없고, 죽을 권리도 없단다. 죽지 못하고 목숨 부지한 채 온갖 시달림

속에 고통스럽게 살아가야 해. 생선전처럼 이리저리 뒤집히면서, 부글부글 끓어오르는 약재처럼 들볶이면서 속죄하는 삶을 살아야지. 그렇게 죗값을 치르고 나서야 편안한 마음으로 죽을 수 있는 거야.

(무대에 커다란 검은색 밧줄 올가미가 축 늘어져 있다. 고모가 앞으로 다가가 목을 집어넣고 발아래에 있던 걸상을 걷어찬다.

하오다서우와 친허는 각자 인형을 만드느라 여념이 없다.

커더우가 칼을 움켜쥐고 걸상으로 뛰어 올라가 줄을 끊는다. 고모가 바닥으로 떨어진다.)

커더우 (고모를 부축하며) 고모님! 고모님!

고모 나 죽었던 거야?

커더우 그렇게 생각할 수도요. 하지만 고모님 같은 사람은 안 죽어요.

고모 그럼 다시 태어난 거네?

커더우 네. 그렇게 말할 수 있어요.

고모 모두 안녕하신가?

커더우 모두 좋아요.

고모 진와도 잘 있어?

커더우 아주 잘 커요.

고모 샤오스쯔 젖 나와?

커더우 네.

고모 잘 나와?

커더우 풍풍 잘 나와요.

고모 얼마나?

커더우 샘물처럼 솟아요.

(막이 내린다.)

작품 해설

개구리의 강한 생식력에 반하는 계획생육을 이야기하다

모옌은 중국 작가 가운데 우리들에게 비교적 익숙한 소설가이다. 그의 중편소설 「붉은 수수(紅高粱)」를 영화화한 장이머우 감독의 데뷔작 「붉은 수수밭」이 베를린 영화제에서 황금곰상을 수상하면서 공전의 히트를 쳤고, 이미 그의 작품 대다수가 우리말로 번역되어 있으며, 2011년 제15회 만해대상 수상자로 선정되어 널리 알려졌기 때문일 것이다. 실제로 그는 중국 문단뿐만 아니라 세계 문단에 널리 알려져 프랑스 예술문화훈장, 이탈리아 노니노 국제 문학상, 일본 후쿠오카 아시아 문화상 대상을 수상하는 등 여러 나라에서 그의 문학적 업적을 높이 평가받고 있다. 2012년에는 노벨 문학상을 수상하는 영예를 안았다.

모옌의 본명은 관모예(管謨業)이며, 1955년 산둥성 가오미현에서 태어났다. 그는 소학교를 다니다 5학년 때 그만두고 귀향하였는데, 일반적인 학교 교육에 물들기 전에 시골 생활에 익숙해진 것은 오히려 그의 문학에 보탬이 된 듯하다. 혹자는 그를 일러 야성과 광기의 이야기꾼이라고 말하기도 하는데, 어쩌면 이는 어린 시절의 경험과 관련이 있을지도 모른다. 1976년 그는 군대에 들어가서 다년간 습작을 하다가 1981년 단편소설 「봄밤에 비는 부슬부슬 내리고(春夜雨霏霏)」로 데뷔했다. 그리고 1984년 7월 해방군예술학원에 문학과가 개설되자 그곳에서 본격적인 문학 수업을 받았으며, 이후 북경사범대학과 루쉰 문학원에서 석사 학위를 받았다. 작품으로 「붉은 수수」를 비롯한 중단편 소설 이외에도 『홍까오량 가족(紅高粱家族)』(1987), 『열세 걸음(十三步)』(1988), 『티엔탕 마을 마늘종 노래(天堂蒜薹之歌)』(1988), 『풍유비둔(豊乳肥臀)』(1995), 『사십일포(四十一炮)』(2003), 『인생은 고달파(生死疲勞)』(2006) 등 십여 권의 장편소설을 발표했다.

그는 스스로 한군데 국한되기를 거부했지만 굳이 현대 중국의 문학 사조로 따져 본다면, 1985년부터 다시 불기 시작한 서구 모더니즘의 영향을 받은 선봉문학(先鋒文學, 전위파) 계열의 작가이다. 사회주의 리얼리즘은 물론이고 신시기 초기의 상흔(傷痕)과 반사(反思) 문학에서 벗어나 '삶의 문제'를 주제로 한 문학 본연의 사명으로 돌아가는 한편 「붉은 수수」의 경우처럼 전통적인 서술 방식보다 의식의 흐름 기법이나 마환주의(魔幻主義, 판타지) 기법을 활용하고, 심지어 『인생은 고달파』에서 볼 수 있는, 중국의 전통적인 소설 형식인 장회체(章

回體)를 사용하는 등 새롭고 다양한 실험적인 형식을 추구했다는 점에서 그러하다. 그런가 하면 그의 초기작 「붉은 수수」나 『풍유비둔』, 『사십일포』의 경우처럼 주로 한 시대의 역사를 배경으로 하고 있다는 점에서 역사 문학가로 평가되기도 하는데, 특히 「붉은 수수」는 문화 대혁명 이전의 혁명 역사 소설이 주로 직접 전투에 참가한 이들에 의해 창작되어 르포 분위기를 벗어나지 못하는 한계를 지닌 것과 달리 보다 새로운 시각과 필법으로 역사 소설의 새로운 영역을 개척했다는 점에서 신역사주의 작가로 분류되기도 한다. 또한 그는 자신의 고향이기도 한 중국 산둥성의 가오미현을 주요 무대로 삼고 있다는 점에서 향토 소설 또는 심근(尋根) 소설가로 볼 수도 있다. 그의 소설은 향토색이 짙으며, 걸쭉한 사투리와 지방 민속이 적지 않게 노출되어 있다. 이는 독자, 특히 외국 독자들에게 생경하여 이해하기 어렵다는 불편을 주지만 반면 중국적 특색을 농밀하게 드러낸다는 점에서 모옌 문학의 장점이 되기도 한다. 한 작가 또는 작품에 이처럼 다양한 사조를 갖다 붙일 수 있는 것은 흔치 않은 일인데, 아마도 이는 그가 끊임없이 이야기를 생산해 낼 수 있는 천부적인 이야기꾼이자 폭넓은 문학 세계에 침잠하여 다양한 문체나 서술 방식을 고민하고 실천하는 문학가이기 때문일 것이다.

어느 문학 사조에 속하든지 그가 소설을 통해 인성(人性)을 묘사하고 있다는 점은 동일하다. 예컨대 역사 소설의 경우, 역사는 주인공의 영혼과 감정, 운명의 변화를 표현하는 일종의 환경이자 배경일 따름이라는 뜻이다. 모옌 스스로도 이렇게 말한 바 있다. "소설은 인성을 묘사할 뿐이며 감정을 묘사해야만 더욱 풍부해지고 영향 또한 오래 지속될 수 있다." 이렇듯 복잡하고 미묘한 '인성' 묘사를 소설의 궁극적인 목적으로 삼고 있기 때문에 '인성'이 그러한 것과 마찬가지로 그의 붓 또한 현묘할 수밖에 없을 것이다. 현실과 가상을 종횡으로 넘나들고, 고금이 동시에 존재하며, 심지어 뜬금없는 환상의 세계가 펼쳐지기도 한다. 이러한 서술 방식의 다양성은 그가 가진 탁월한 상상력의 소산으로 내용의 풍부성과 맞물려 타의 추종을 불허하는 그만의 문학 세계를 구축하고 있다.

이번에 소개하는 작품 『개구리(蛙)』 역시 그러하다. 이 소설은 다른 작품과 마찬가지로 작가의 고향이기도 한 가오미현을 무대로 하고 있는데, 중국 현대사에서 사십여 년간 정책적으로 지속되었던 '계획생육'을 소재로 삼고 있다는 점에서 흥미롭다. 그러나 저자 자신이 말한 대로 '계획생육' 역시 하나의 배경일 따름이며, 핵심은 그것과 관련된 사람 그리고 그것으로 인해 변해 가는 인성에 관한 이야기이다.

이른바 '계획생육'이란 중국에서 만혼(晩婚), 만육(晩育), 소생(少生), 우생(優生)을 통해 계획적으로 인구를 통제하자는 정책이다. 1950년대 북경대 총장이었던 마인추는 『신인구론』 등을 통해 중국 공산당 지도자들에게 하루빨리 '계획생육'을 실시해야 한다고 주장했다. 그러나 마오쩌둥은 1957년 이렇게 말했다. "사람이 많은 것이 좋은가? 아니면 적은 것이 좋은가?

내 생각에 지금은 사람이 많은 것이 좋다." 결국 마인추는 북경대 총장 자리에서 쫓겨났고, 그의 주장은 폐기되었다. 그러는 사이에 인구는 급속도로 증가했다. 1949년 신중국 성립 이후 5억 4천 100만여 명이었던 것이 1969년에 들어서면서 8억을 넘어섰으니, 이십 년 만에 근 3억 정도의 인구가 증가한 셈이다. 이에 비로소 심각성을 느끼기 시작한 마오쩌둥을 비롯한 당 지도자들은 '계획생육'을 고민하기 시작한다. 대책마련을 위한 고심의 시기를 거쳐 본격적으로 '계획생육'이 시작된 것은 1971년 국무원에서 「계획생육 사업 완수에 관한 보고」를 통해 인구 증가 억제 지표를 국민경제 발전 계획에 처음으로 추가하면서부터이다.

중화인민공화국 헌법은 "국가는 계획생육을 추진하여 인구의 증가가 경제와 사회 발전계획에 서로 부응하도록 한다."라고 규정했다. 이렇듯 헌법에 규정될 정도로 강력한 정책이 되었으니 비록 조문에 '강제'라는 말 대신 '제창'이란 말만 있다고는 하지만 강제성을 띠어 이에 따른 부작용이 심각해지는 것은 필연적이었다. 왜냐하면 그것이 더 이상 미룰 수 없는 필수적인 정책이라고 할지라도 일반 백성들의 관념과 자연 윤리를 거스르는 일임에는 틀림없기 때문이다.

실제로 "초과 출산하면 곧바로 (정관을) 묶어 버린다."라는 굵고 간결한 구호를 시작으로 "묶지 않으면 가옥을 무너뜨리고, 유산시키지 않으면 방을 허물고 소를 끌어낼 것이다." "핏물이 강을 이룰지라도 초과 출산은 허락할 수 없다." "한 사람이 초과 출산하면 온 마을 남자들을 묶어 버릴 것이다." "끌어

낼 것은 끌어내고, 유산시킬 수 있는 것은 유산시켜 단호하게 낳을 수 없도록 하자." 등 살벌한 구호가 난무하였고, 이에 따른 비극이 도처에서 발생했다.

이는 과거의 일이 아니라 현재도 진행되는 일이기도 하다. 자택 연금 상태에서 비밀리에 탈출하여 미국 대사관을 거쳐 미국으로 망명한 시각장애 인권변호사 천광청은 산둥성 정부의 폭력적인 산아 제한 정책을 비판하다 2006년 사 년 삼 개월 실형을 선고받은 바 있다. 이는 '계획생육'이 낳은 폭력과 비극이 여전히 '현재진행형'이라는 사실을 보여 주는 예이다.

이렇듯 1970년대 본격적으로 시작되어 1982년 12월에 헌법에 명시된 '계획생육'은 오랜 시간 중국의 기본 국책이었다. 하지만 1980년대 출생자들이 결혼 적령기가 된 이후 인구가 감소하고 고령화 문제가 대두하자 조건부로 두 자녀를 허용하는 등 일부 수정이 이루어졌다. 그러다 2021년 5월 31일 한 부부가 세 명까지 자녀를 낳을 수 있게 허용하는 조치를 발표하며 사실상 산아 제한 정책을 폐지하는 수순에 들어갔다.

소설 『개구리』는 이런 '계획생육'에 대한 이야기이다. 형식적으로 이 소설은 작가 자신의 1인칭 소설이되 실제 주인공은 고모이며, 소설이기는 하되 작가가 수신자인 스기타니 요시토에게 보내는 네 통의 장문 편지이다. 또한 소설 마지막에 전체 9막의 극본이 붙어 있기도 하다. 그런 까닭인지 대화에 별도의 따옴표도 없고, 존댓말을 위주로 하면서 반말이 불쑥 들어가기도 한다. 어떻게 보면 편지글이 분명한데, 대부분의 내용은 소설처럼 읽히고, 어찌 보면 소설인데 작가 스스로 밝힌 것처럼 분명 서신체이다. 서신이라면 당연히 발신자와 수신자가 있을 것인데, 발신자는 작가 자신이라고 해도 수신자로 적혀 있는 스기타니 요시토가 과연 누구인지 정확하지 않다. 작가가 서언에서 오에 겐자부로를 특기한 것을 보면, 수신자가 바로 그일지도 모른다는 추측을 가능하게 만든다. 그러나 모옌은 부정하고 있다. 사실 그가 누구인지는 전체 소설에서 그다지 중요한 부분이 아니다.

일반적으로 서신은 허구를 전달하는 도구가 아니다. 반대로 소설은 어떤 사실을 전달하는 도구가 아니다. 만약 소설이 사실만 전달한다면 그것은 기실(記實) 문학, 즉 르포나 논픽션이 되고 만다. 따라서 소설에서 서신체를 쓴다는 것은 서신이 지닌 사실성과 소설이 지닌 허구성을 섞겠다는 의도일 것이다. 또한 연극은 소설과 다르다. 소설은 일반적으로 화자가 등장하여 전체 이야기를 이끌어 가지만 연극은 모노드라마가 아닌 이상 몇 명의 화자가 동시에 등장하여 대화를 통해 이야기를 전개한다. 『개구리』는 그러한 소설과 연극이 함께 들어가 있는 소설이다. 서신으로 이루어진 소설에는 자신이 소설의 주인공인 고모에 대한 극본을 쓰겠다는 내용이 들어가 있다. 그렇다면 마지막에 붙은 극본은 당연히 고모에 대한 이야기가 적혀 있어야 할 것이다. 그러나 극본에는 고모 이야기 대신 전체 소설의 결말이 들어가 있다. 다시 말해 극본은 작가가 소설 속의 수신자인 스기타니 요시토의 허락을 받아 완성한 결과물이자 소설 이야기 서술의 완성이라는 뜻이다. 이렇듯 극본은 서신의 부산물이자 또한 그것과 병렬되는 예술 형식이다.

그렇다면 왜 모옌은 이러한 새로운 형식을 택했을까? 이에 대해 그는 이렇게 말한 바 있다.

> "나는 소설 구성에서 서신체와 연극을 서로 결합시킨 새로운 형식을 창조했다. 이는 분량이 너무 많다는 문제를 해결해 줄 것이며, 동시에 허구와 진실이 번갈아 등장하는 방식과 '연극 속에 연극이 있는' 일종의 소격 효과는 소설의 서사 공간을 크게 확대시켜, 소설을 더욱 풍부하고 다의적으로 만들 것이다."

소설의 화자는 작가 자신이지만 소설의 주인공은 고모이다. 그녀는 작가 모옌의 실제 고모로 산부인과 의사이자 '계획생육'의 실무자이다. 고모는 새로운 서양 의술을 익힌 산부인과 의사로서 누구보다 생명의 가치와 권리를 존중하는 사람이었다. 그러나 1965년 가오미현 공사의 계획생육 지도분과 부과장이 되어 국가 정책을 집행하는 책임자가 되자 인권(자연 윤리)보다는 국권(國權, 국가 윤리)에 충실한 도살 집행자가 되고 만다. 그녀는 결국 자신의 조카이자 소설 화자인 커더우의 아내마저 죽음으로 몰고 간다. 끝내 자신의 신념을 버리지 않았던 그녀는 퇴직한 후에야 비로소 자신이 죽인 아이들의 모습을 점토 인형으로 빚으며 속죄의 모습을 보인다. 어쩌면 이 소설은 그런 고모의 속죄와 참회의 기록일 수도 있다. 그러나 소설은 단순히 사필귀정, 인과응보의 전통적인 결말을 거부한다.

그것은 '계획생육'과 또 다른 형태의 생육인 '대잉(代孕)', 즉 대리모의 문제로 연결되면서 보다 극명하게 드러난다. 소설의 화자인 커더우는 첫째 부인인 왕런메이가 고모의 집도하에 낙태 수술을 받다가 죽은 후 고모의 조수였던 샤오스쯔와 재혼한다. 두 사람은 아이를 갖지 못하자 '황소개구리 양식장'이란 간판을 걸고 대리모 사업을 하는 친구의 도움을 받아 커더우의 소학교 동창인 천비의 딸 천메이의 배를 빌려 아이를 얻게 된다.

소설 말미에 붙은 극본은 중미 합자 자바오 산부인과 소아과에서 천메이가 미친 듯이 자신이 낳은 아이를 찾아 달라고 애걸하는 모습으로 시작된다. 뜬금없이 텔레비전 연속극 「가오멍주」의 촬영 현장이 나오고, 돌연 촬영 무대인 현청에서 아이의 소유권을 안건으로 재판이 열린다. 송대 개봉부 판관 포청천처럼 판관 역할을 맡은 가오멍주는 진짜 모친인 천메이 대신 샤오스쯔의 손을 들어준다. 증인으로 등장한 고모는 자신이 직접 샤오스쯔의 아이를 받았다고 천연덕스럽게 말한다. 마지막 9장에서 고모는 스스로 검은색 밧줄에 목을 매달았으나 커더우가 발견하여 다시 살아난다. 그리고 그녀가 묻는다. "샤오스쯔, 젖 나와?" "풍풍 잘 나와요." "얼마나?" "샘물처럼 솟아요."(580~581쪽)

이렇게 해서 소설의 화자는 '계획생육'에 대해서도, 대리모에 대해서도 끝내 비난할 수 없게 된다. 그것은 주인공인 고모의 경우도 마찬가지이다. 다만 속죄와 참회만 남을 뿐이다.

이것이 사필귀정, 인과응보로 끝날 수 없는 이유이자, 현실을 직시하면서도 끝내 비난의 화살을 당기지 않는 이유이기도 하다. 모옌에게 소설은 창과 칼이 아니라 그냥 소설이기 때문이다.

처음 이 책을 받아보았을 때 '개구리'라는 제목이 참 흥미로웠다. 왜 '개구리'라는 제목을 달았을까? 문득 올챙이처럼 생겼다는 남자의 정자가 생각났다. 개구리의 강한 생식력과 함께.

커더우는 이렇게 말했다. "(극본 이름을) 잠정적으로 개구리라는 뜻의 '와'라고 했어요. 물론 여와의 '와(媧)'를 쓸 수도 있어요. 여와가 사람을 만들었고, 개구리 '와(蛙)' 역시 다산의 상징이잖아요. 개구리는 우리 가오미 둥베이향의 토템이에요. 개구리 점토 인형이나 설날 실내에 붙이는 민화에 개구리가 들어간 걸 보면 알 수 있죠."(528쪽)

더 이상 이야기하지 않겠다. 독자 여러분께서 읽어 보시면 또 다른 이유를 능히 아실 수 있을 것이다.

흥미롭지만 낯설고, 잔혹하지만 때로 실소를 머금게 되는 이 소설의 번역을 허락해 준 작가 모옌 선생에게 감사의 말씀을 전한다. 2011년 겨울 어느 날 북경에서 선생과 시인 왕주신, 소설가 웨난 등 산둥 지역 작가들과 함께 식사를 한 적이 있다. 물론 독한 술과 함께. 느낌이 참 좋았다. 이번에 본서가 민음사 세계문학전집에 포함되어 새로운 옷을 입게 되었다. 이 기회에 다시 한 번 원문과 대조하며 부족한 점을 보완하였다. 독자 여러분이 이 소설을 통해 중국과 중국인에 대해 더 많은 이해와 관심을 갖게 되기를 기대한다.

2021년 5월

제주 월두마을에서 심규호

작가 연보

1955년 2월 17일 중국 산둥성 가오미현 허야구 다란향 핑안촌의 농민 가정에서 3남 1녀의 막내로 태어났다. 본명은 관모예(管謨業).

1961년 다란 중심 소학교에 입학했다.

1966년 중앙 정부가 '5.16' 통지를 발표하면서 문화 대혁명 시작. 모옌은 학교 선생님, 동학들과 함께 그 당시 베이징의 대표적 지식인 그룹이었던 '삼가촌(三家村)'을 비판하는 대자보를 썼다.

1967년 큰형이 가지고 온 조반파(造反派)의 전단에 영향을 받아, 학교에서 조반에 참가. 교사를 '노예주'라고 매도하고 교과 과정표를 찢으며 전투대를 만듦. 이 사건으로 인해 학교에서 제적당했다.

1968년 생산대 사원이 되어, 목지에서 풀을 베고 소를 기르는 등의 일을 했다. 자오허의 홍수 방지댐 건설에 참가했다가 너무 배가 고파 무를 훔쳐 먹다 걸려 마오쩌둥 주석 동상 앞에 무릎을 꿇고 앉아 사죄하기도 했다.

1970년 허야 공사 식품부에서 판매한 소고기가 변질되어 304명이 식중독에 걸리고 1명이 사망하는 사건 발생. 이는 소설 『소(牛)』의 소재가 되었다.

1973년 자오차이허 준설 공사에 참가. 이는 소설 『교채하반(膠菜河畔)』의 소재가 되었다. 처음으로 입대 원서를 내고 체력 검사에 합격했으나 허가를 받지 못했다. 가오미현 면유(棉油) 가공 공장에서 임시 노동자로 일했다.

1976년 저우언라이 총리가 사망하고 천안문 사건이 발생. 세 번의 신청 끝에 인민해방군에 입대했다.

1978년 소설 창작 연습을 시작. 소설 「엄마의 이야기(媽媽的故事)」, 희곡 「이혼」 등을 썼으나 스스로 불태워 버렸다.

1979년 두친란(杜芹蘭)과 결혼했다. 대약진 운동을 소재로 한 단편 「소외(異化)」를 집필. 부대에서 보밀원, 정치교원 등으로 근무하면서 소설 「재난의 여파」, 「시끌벅적한 극단(鬧戲班)」 등을 썼으나 모두 불태워 버렸다.

1980년 정식 공산당원이 되었다.

1981년 문학 격월간지 《연지(蓮池)》에 첫 번째 단편 「봄밤에 비는 부슬부슬 내리고(春夜雨霏霏)」를 발표하면서 등단. 딸 샤오샤오(笑笑)가 태어났다.

1982년 《연지》에 단편 「못생긴 병사(醜兵)」, 「아이를 위하여(爲了孩子)」를 발표했다.

1983년 《연지》에 단편 「수면대로(售棉大路)」, 「민간음악(民間音樂)」을 발표했다.

1984년 《장성(長城)》에 단편 「섬 위의 바람(島上的風)」, 「비 오는 강(雨中的河)」 발표. 《무명문학(無名問學)》에 「금빛 날개 잉어(金翅鯉魚)」, 「오리를 놓아주다(放鴨)」 발표. 《해방군문예》에 발표한 중편 「검은 모래사장(黑沙灘)」으로 올해의 우수 소설상 수상. 《소설창작》에 「큰바람(大風)」 발표. 해방군 예술학원 문학과에 입학. 중편 「황금색 빨간 무」에 대해 루쉰 문학상 수상 작가 쉬화이중(徐懷中)이 크게 찬사를 보내며, 제목을 「투명한 빨간 무」로 개작하고 《중국작가》에 추천했다.

1985년 《중국작가》에 중편 「투명한 빨간 무」가 발표되면서 큰 반향을 일으켰다. 《북경문학》에 단편 「마른 강(枯河)」이 발표되어 올해의 우수 소설상 수상. 「금발의 어린아이(金髮嬰兒)」, 「구상섬전(球狀閃電)」, 「맷돌(石磨)」, 「백구와 그네(白狗秋千架)」, 「낡은 총(老槍)」, 「유수(流水)」, 「추수(秋水)」, 「세 마리 말(三匹馬)」 등을 발표했다.

1986년 「붉은 수수(紅高粱)」, 「고량주(高粱酒)」, 「고량빈(高粱殯)」, 「구도(狗道)」, 「기사(奇死)」 등 붉은 수수 연작 발표. 그 가운데 「붉은 수수」가 《소설선간(小說選刊)》, 《중편소설선간(中篇小說選刊)》, 《중화문적(中華文摘)》 등에 연재되었으며 제4회 전국 우수 중편 소설상을 수상함. 《인민문학》에 「폭발(爆炸)」, 《청년문학》에 「짚신 토굴(草鞋窨子)」 발표. 첫 번째 소설집 『투명한 빨간

무』를 출간했다. 중국 작가협회에 가입했다. 해방군 예술학원을 졸업했다.

1987년 「붉은 수수」로 제4회 전국 중편 소설상 수상. 중편 「환락」, 「붉은 누리(紅蝗)」, 「죄과(罪過)」, 「영아 유기(棄嬰)」, 「비정(飛艇)」 등 발표. '붉은 수수' 연작을 『홍까오량 가족(紅高粱家族)』으로 묶어 출간. 《인민일보》에 르포 문학 「가오미의 빛(高密之光)」, 「가오미의 별(高密之星)」, 「가오미의 꿈(高密之夢)」을 발표했다.

1988년 중편 「붉은 수수」를 모티브로 한 장이머우 감독의 영화 「붉은 수수밭」이 베를린 국제 영화제에서 황금곰상을 수상했다. 《시월(十月)》에 장편 「톈탕 마을 마늘종 노래(天堂蒜薹之歌)」 발표. 산둥 대학과 산둥 사범 대학 공동 주최로 가오미현에서 '모옌 창작 심포지엄' 개최. 산둥 대학교 출판부에서 심포지엄 관련 논문집 『모옌 연구 자료』 출간. 베이징 사범 대학교와 루쉰 문학원이 공동으로 주관하는 '창작연구생반'에 입학했으며 소설집 『폭발(爆炸)』을 출간했다. 작가출판사에서 장편 소설 『열세 걸음(十三步)』 출간. 「장미 향기가 코를 찌르고(玫瑰香氣扑鼻)」, 「고양이 양육 전문 농가(養猫專業戶)」, 「말을 몰아 늪을 가로지르다(馬驅橫穿沼澤)」 등 발표. '글로만 쓸 뿐 말로 하지 않는다.'라는 뜻의 모옌(莫言)을 필명으로 사용하기 시작했다.

1989년 「백구와 그네」로 대만 《연합보(聯合報)》 소설상 수상. 작가출판사에서 중·단편 소설집 『환락 13장(歡樂十三

章)』을 출간했다.

1990년 문학 석사 학위를 취득했다. 소령으로 진급했다.

1991년 「붉은 귀(紅耳朶)」, 「꽃을 품은 여인(懷抱鮮花的女人)」, 「사람과 짐승(人與獸)」 등 발표. 말레이시아 《남양상보(南洋商報)》, 《성주일보(星洲日報)》, 타이완 《중국시보》, 《연합문학》 등에 「나는 새(飛鳥)」, 「한밤의 게잡이(夜漁)」, 「신표(神嫖)」, 「어시장(魚市)」, 「양의(良醫)」 등 발표. 중·단편 소설집 『흰 목화(白棉花)』를 출간했다.

1992년 「고모의 보도(姑母的寶刀)」, 「모식과 원형(模式與原型)」, 「몽경과 잡종(夢境與雜種)」, 「유머와 취미(幽默與趣味)」, 「마비된 아이(痲風的兒子)」 등을 발표했다.

1993년 호남 문예출판사에서 장편 『술의 나라』 출간. 『꽃을 품은 여인』, 『풀 먹는 가족(食草家族)』, 『신의 한담(神聊)』 등을 출간했다.

1994년 단편 소설집 『묘사회췌(猫事薈萃)』를 출간했다.

1995년 장편 『풍유비둔(豊乳肥臀)』 집필 후 잡지 《대가(大家)》에 연재하면서 찬반양론의 반향을 일으켰다.

1996년 작가출판사에서 모옌 문집 다섯 권 출간. '대가, 홍하(紅河) 문학상' 수상. 『풍유비둔』을 각색한 영화 「태양은 귀가 있다(太陽有耳)」가 베를린 국제 영화제에서 은곰상을 수상했다.

1997년 창작 희곡 「패왕별희(霸王別姬)」(공동 집필)를 발표했다. 최고인민검찰원 소속 《검찰일보》에 입사했다.

1998년 산문집 『노래를 부르는 담장(會唱歌的牆)』 출간. 반부

패를 소재로 한 18부작 연속극 「붉은 숲(紅樹林)」 집필. 「메뚜기 괴담」, 「백양 숲의 전투(白楊林裏的戰鬪)」, 「은행나무에 거꾸로 매달린 이리(一匹倒掛在杏樹上的狼)」, 「창안대로 위의 나귀 타는 미인(長安大道上的騎驢美人)」 등을 발표했다.

1999년 《수확》에 중편 「사부님은 갈수록 유머러스해진다(師傅越來越幽默)」 발표. 연속극을 개작한 장편 소설 『붉은 숲』 출간. 소설집 『창안대로 위의 나귀 타는 미인』 출간. 「우리의 일곱 번째 아저씨(我們的七叔)」, 「사령관의 여인(司令的女人)」, 「장보도(藏寶圖)」, 「아이의 적(兒子的敵人)」, 「심원(沈園)」 등을 발표했다.

2000년 「사부님은 갈수록 유머러스해진다」가 장이머우 감독에 의해 「행복한 날들」로 영화화. 『붉은 수수』가 《아주주간》이 선정한 '20세기 100대 중국 소설'에 선정되었다. 『모옌 단편 소설 정선(莫言小說精短系列)』(3권), 『모옌 산문』 출간. 단편 「후미족」, 「천화난타(天花亂墮)」, 「빙설 미인(冰雪美人)」 등 발표. 『술의 나라』로 프랑스 로르 바타용 문학상을 수상했다.

2001년 장편 『단향형(檀香刑)』 출간. 타이완 《연합보》 '2001년 10대 좋은 책'에 선정. 『그릇 속의 서사(籠中敍事)』(『열세 걸음』, 『환락』, 『빙설 미인』 합본) 출간. 제6차 중국 작가 대표 대회에 참가하여 중국 작가 협회 전국 위원회 위원에 피선되었다.

2002년 일본 NHK 방송국의 '21세기 인물'로 선정. 단편 소설

집 『엄지 수갑(拇指銬)』 출간. 산문집 『맑은 정신의 환상가(清醒的說夢者)』, 『어떤 냄새가 가장 아름다운가(什麼氣味最美好)』 등을 출간했다.

2003년 『단향형』으로 제1회 정균(鼎鈞) 문학상 수상. 『사십일포(四十一炮)』 출간. 『백구와 그네』를 영화화한 「놘(暖)」이 도쿄 국제 영화제 황금기린상을 수상했다.

2004년 단편 「큰 주둥이(大嘴)」, 「보통화(普通話)」, 「토기 사육 수첩(養兎手册)」, 「마비녀의 연인(痲風女的情人)」 발표. 프랑스 중국도서전에 참가하여 프랑스 문화예술기사 훈장 수상. 「달빛을 베다(月光斬)」가 《인민문학》에 발표되어 '마오타이배상(茅台杯獎)'을 수상했다.

2005년 이탈리아 노니노 문학상 수상. 한국 대산문화재단 주최 세계문학포럼 참석. 홍콩 공개(公开) 대학교 명예 문학 박사 학위를 취득했다.

2006년 작가출판사에서 장편 『인생은 고달파』 출간. 후쿠오카 아시아문화상 대상 수상. 『달빛을 베다』, 『인생은 고달파(生死疲勞)』 출간. 제7차 중국 작가 대표 대회에 참가하여 전원 일치로 주석단 위원에 피선되었다.

2007년 중국 문학 평론가 10인이 뽑은 '중국 최고의 작가' 1위에 선정. 해천(海天)출판사에서 산문집 『말해 봐, 모옌(說吧, 莫言)』 출간. 한중 교류 15주년 기념 '한중 문학인 대회'에 참석하기 위해 중국 작가 스물두 명과 함께 서울과 전주를 방문하고 강연도 했다.

2008년 『인생은 고달파』로 홍콩 침회(浸會) 대학교 문학원이 주관하는 제2회 '홍루몽 상'을 수상했다.

2009년 독일 프랑크푸르트 도서전 개막식 강연. 상해 문예출판사에서 『개구리(蛙)』를 출간했다.

2011년 한국 만해대상(萬海大賞) 수상. 『개구리』로 제8회 마오둔(茅盾) 문학상 수상. 청도 과학기술 대학교 객원 교수로 초빙. 중국 작가 협회 제8회 전국 위원회 제1차 전체 회의에서 부주석에 피선되었다.

2012년 노벨 문학상 수상. 화둥 사범 대학교 겸직 교수 초빙. 극본 「우리의 형가(我們的荊軻)」로 전국 연극 문화상 편집상을 수상했다.

2013년 문학 창작자 육성을 위한 '사이버 문학 대학교'의 명예 학장에 임명되었다.

2014년 마카오 대학교 명예 박사 학위를 취득했다.

세계문학전집 364

개구리

1판 1쇄 펴냄 2012년 6월 29일
1판 17쇄 펴냄 2020년 9월 2일
2판 1쇄 펴냄 2021년 6월 18일
2판 7쇄 펴냄 2024년 10월 24일

지은이 모옌
옮긴이 심규호, 유소영
발행인 박근섭, 박상준
펴낸곳 (주)민음사

출판등록 1966. 5. 19. (제 16-490호)
서울특별시 강남구 도산대로1길 62(신사동) 강남출판문화센터 5층 (우편번호 06027)
대표전화 02-515-2000 팩시밀리 02-515-2007
www.minumsa.com

ISBN 978-89-374-6364-8 04800
ISBN 978-89-374-6000-5 (세트)

* 잘못 만들어진 책은 구입처에서 교환해 드립니다.

민음사 세계문학전집

세계문학전집 목록

1·2 **변신 이야기** **오비디우스 · 이윤기 옮김** 서울대 권장도서 100선
3 **햄릿** **셰익스피어 · 최종철 옮김** 서울대 권장도서 100선 | 미국대학위원회 선정 SAT 추천도서
4 **변신 · 시골의사** **카프카 · 전영애 옮김** 서울대 권장도서 100선
5 **동물농장** **오웰 · 도정일 옮김** 미국대학위원회 선정 SAT 추천도서 | 《타임》 선정 현대 100대 영문소설
6 **허클베리 핀의 모험** **트웨인 · 김욱동 옮김** 《뉴스위크》 선정 100대 명저
7 **암흑의 핵심** **콘래드 · 이상옥 옮김** 미국대학위원회 선정 SAT 추천도서 | 《뉴스위크》 선정 10대 명저
8 **토니오 크뢰거 · 트리스탄 · 베네치아에서의 죽음** **토마스 만 · 안삼환 외 옮김** 노벨 문학상 수상 작가
9 **문학이란 무엇인가** **사르트르 · 정명환 옮김**
10 **한국단편문학선 1** **김동인 외 · 이남호 엮음** 국립중앙도서관 선정 청소년 권장도서
11·12 **인간의 굴레에서** **서머싯 몸 · 송무 옮김**
13 **이반 데니소비치, 수용소의 하루** **솔제니친 · 이영의 옮김** 노벨 문학상 수상 작가
14 **너새니얼 호손 단편선** **호손 · 천승걸 옮김**
15 **나의 미카엘** **오즈 · 최창모 옮김**
16·17 **중국신화전설** **위앤커 · 전인초, 김선자 옮김**
18 **고리오 영감** **발자크 · 박영근 옮김**
19 **파리대왕** **골딩 · 유종호 옮김** 노벨 문학상 수상 작가 | 《타임》 선정 현대 100대 영문소설
20 **한국단편문학선 2** **김동리 외 · 이남호 엮음**
21·22 **파우스트** **괴테 · 정서웅 옮김** 서울대 권장도서 100선 | 미국대학위원회 선정 SAT 추천도서
23·24 **빌헬름 마이스터의 수업시대** **괴테 · 안삼환 옮김**
25 **젊은 베르테르의 슬픔** **괴테 · 박찬기 옮김** 논술 및 수능에 출제된 책(1998~2005)
26 **이피게니에 · 스텔라** **괴테 · 박찬기 외 옮김**
27 **다섯째 아이** **레싱 · 정덕애 옮김** 노벨 문학상 수상 작가
28 **삶의 한가운데** **린저 · 박찬일 옮김**
29 **농담** **쿤데라 · 방미경 옮김**
30 **야성의 부름** **런던 · 권택영 옮김**
31 **아메리칸** **제임스 · 최경도 옮김**
32·33 **양철북** **그라스 · 장희창 옮김** 노벨 문학상 수상 작가 | 서울대 권장도서 100선
34·35 **백년의 고독** **마르케스 · 조구호 옮김** 노벨 문학상 수상 작가 | 서울대 권장도서 100선
36 **마담 보바리** **플로베르 · 김화영 옮김** 서울대 권장도서 100선
37 **거미여인의 키스** **푸익 · 송병선 옮김**
38 **달과 6펜스** **서머싯 몸 · 송무 옮김**
39 **폴란드의 풍차** **지오노 · 박인철 옮김**
40·41 **독일어 시간** **렌츠 · 정서웅 옮김**
42 **말테의 수기** **릴케 · 문현미 옮김**
43 **고도를 기다리며** **베케트 · 오증자 옮김** 노벨 문학상 수상 작가 | 서울대 권장도서 100선
44 **데미안** **헤세 · 전영애 옮김** 노벨 문학상 수상 작가
45 **젊은 예술가의 초상** **조이스 · 이상옥 옮김** 서울대 권장도서 100선
46 **카탈로니아 찬가** **오웰 · 정영목 옮김**
47 **호밀밭의 파수꾼** **샐린저 · 정영목 옮김** 《타임》 선정 현대 100대 영문소설 | 미국대학위원회 선정 SAT 추천도서 | 《뉴스위크》 선정 100대 명저 | BBC 선정 꼭 읽어야 할 책
48·49 **파르마의 수도원** **스탕달 · 원윤수, 임미경 옮김**
50 **수레바퀴 아래서** **헤세 · 김이섭 옮김** 노벨 문학상 수상 작가 | 국립중앙도서관 선정 청소년 권장도서

51·52 내 이름은 빨강 파묵 · 이난아 옮김 노벨 문학상 수상 작가
53 오셀로 셰익스피어 · 최종철 옮김 서울대 권장도서 100선
54 조서 르 클레지오 · 김윤진 옮김 노벨 문학상 수상 작가
55 모래의 여자 아베 코보 · 김난주 옮김
56·57 부덴브로크 가의 사람들 토마스 만 · 홍성광 옮김 노벨 문학상 수상 작가
58 싯다르타 헤세 · 박병덕 옮김 노벨 문학상 수상 작가
59·60 아들과 연인 로렌스 · 정상준 옮김 《뉴스위크》 선정 100대 명저
61 설국 가와바타 야스나리 · 유숙자 옮김 노벨 문학상 수상 작가 | 서울대 권장도서 100선
62 벨킨 이야기 · 스페이드 여왕 푸슈킨 · 최선 옮김
63·64 넙치 그라스 · 김재혁 옮김 노벨 문학상 수상 작가
65 소망 없는 불행 한트케 · 윤용호 옮김 노벨 문학상 수상 작가
66 나르치스와 골드문트 헤세 · 임홍배 옮김 노벨 문학상 수상 작가
67 황야의 이리 헤세 · 김누리 옮김 노벨 문학상 수상 작가
68 페테르부르크 이야기 고골 · 조주관 옮김
69 밤으로의 긴 여로 오닐 · 민승남 옮김 노벨 문학상 수상 작가 | 미국대학위원회 선정 SAT 추천도서
70 체호프 단편선 체호프 · 박현섭 옮김
71 버스 정류장 가오싱젠 · 오수경 옮김 노벨 문학상 수상 작가
72 구운몽 김만중 · 송성욱 옮김 서울대 권장도서 100선 | 국립중앙도서관 선정 청소년 권장도서
73 대머리 여가수 이오네스코 · 오세곤 옮김
74 이솝 우화집 이솝 · 유종호 옮김 논술 및 수능에 출제된 책(1998~2005)
75 위대한 개츠비 피츠제럴드 · 김욱동 옮김 《타임》 선정 현대 100대 영문소설
76 푸른 꽃 노발리스 · 김재혁 옮김
77 1984 오웰 · 정회성 옮김 《타임》 선정 현대 100대 영문소설 | 《뉴스위크》 선정 100대 명저
78·79 영혼의 집 아옌데 · 권미선 옮김
80 첫사랑 투르게네프 · 이항재 옮김
81 내가 죽어 누워 있을 때 포크너 · 김명주 옮김 노벨 문학상 수상 작가
82 런던 스케치 레싱 · 서숙 옮김 노벨 문학상 수상 작가
83 팡세 파스칼 · 이환 옮김
84 질투 로브그리예 · 박이문, 박희원 옮김
85·86 채털리 부인의 연인 로렌스 · 이인규 옮김
87 그 후 나쓰메 소세키 · 윤상인 옮김
88 오만과 편견 오스틴 · 윤지관, 전승희 옮김 미국대학위원회 선정 SAT 추천도서
89·90 부활 톨스토이 · 연진희 옮김 논술 및 수능에 출제된 책(1998~2005)
91 방드르디, 태평양의 끝 투르니에 · 김화영 옮김
92 미겔 스트리트 나이폴 · 이상옥 옮김 노벨 문학상 수상 작가
93 페드로 파라모 룰포 · 정창 옮김
94 차라투스트라는 이렇게 말했다 니체 · 장희창 옮김 국립중앙도서관 선정 청소년 권장도서
95·96 적과 흑 스탕달 · 이동렬 옮김 국립중앙도서관 선정 청소년 권장도서
97·98 콜레라 시대의 사랑 마르케스 · 송병선 옮김 노벨 문학상 수상 작가 | BBC 선정 꼭 읽어야 할 책
99 맥베스 셰익스피어 · 최종철 옮김 서울대 권장도서 100선 | 미국대학위원회 선정 SAT 추천도서
100 춘향전 작자 미상 · 송성욱 풀어 옮김 서울대 권장도서 100선
101 페르디두르케 곰브로비치 · 윤진 옮김
102 포르노그라피아 곰브로비치 · 임미경 옮김
103 인간 실격 다자이 오사무 · 김춘미 옮김
104 네루다의 우편배달부 스카르메타 · 우석균 옮김

105·106 **이탈리아 기행** 괴테 · 박찬기 외 옮김
107 **나무 위의 남작** 칼비노 · 이현경 옮김
108 **달콤 쌉싸름한 초콜릿** 에스키벨 · 권미선 옮김
109·110 **제인 에어** C. 브론테 · 유종호 옮김 BBC 선정 꼭 읽어야 할 책
111 **크눌프** 헤세 · 이노은 옮김 노벨 문학상 수상 작가
112 **시계태엽 오렌지** 버지스 · 박시영 옮김 《타임》 선정 현대 100대 영문소설 | 《뉴스위크》 선정 100대 명저
113·114 **파리의 노트르담** 위고 · 정기수 옮김 미국대학위원회 선정 SAT 추천도서
115 **새로운 인생** 단테 · 박우수 옮김
116·117 **로드 짐** 콘래드 · 이상옥 옮김 《뉴스위크》 선정 100대 명저
118 **폭풍의 언덕** E. 브론테 · 김종길 옮김 미국대학위원회 선정 SAT 추천도서
119 **텔크테에서의 만남** 그라스 · 안삼환 옮김 노벨 문학상 수상 작가
120 **검찰관** 고골 · 조주관 옮김
121 **안개** 우나무노 · 조민현 옮김
122 **나사의 회전** 제임스 · 최경도 옮김 미국대학위원회 선정 SAT 추천도서
123 **피츠제럴드 단편선 1** 피츠제럴드 · 김욱동 옮김
124 **목화밭의 고독 속에서** 콜테스 · 임수현 옮김
125 **돼지꿈** 황석영
126 **라셀라스** 존슨 · 이인규 옮김
127 **리어 왕** 셰익스피어 · 최종철 옮김 서울대 권장도서 100선 | 《뉴스위크》 선정 100대 명저
128·129 **쿠오 바디스** 시엔키에비츠 · 최성은 옮김 노벨 문학상 수상 작가
130 **자기만의 방 · 3기니** 울프 · 이미애 옮김
131 **시르트의 바닷가** 그라크 · 송진석 옮김
132 **이성과 감성** 오스틴 · 윤지관 옮김
133 **바덴바덴에서의 여름** 치프킨 · 이장욱 옮김
134 **새로운 인생** 파묵 · 이난아 옮김 노벨 문학상 수상 작가
135·136 **무지개** 로렌스 · 김정매 옮김
137 **인생의 베일** 서머싯 몸 · 황소연 옮김
138 **보이지 않는 도시들** 칼비노 · 이현경 옮김
139·140·141 **연초 도매상** 바스 · 이운경 옮김 《타임》 선정 현대 100대 영문소설
142·143 **플로스 강의 물방앗간** 엘리엇 · 한애경, 이봉지 옮김 미국대학위원회 선정 SAT 추천도서
144 **연인** 뒤라스 · 김인환 옮김
145·146 **이름 없는 주드** 하디 · 정종화 옮김
147 **제49호 품목의 경매** 핀천 · 김성곤 옮김 《타임》 선정 현대 100대 영문소설
148 **성역** 포크너 · 이진준 옮김 노벨 문학상 수상 작가 | 퓰리처상 수상 작가
149 **무진기행** 김승옥
150·151·152 **신곡(지옥편 · 연옥편 · 천국편)** 단테 · 박상진 옮김 《뉴스위크》 선정 100대 명저
153 **구덩이** 플라토노프 · 정보라 옮김
154·155·156 **카라마조프가의 형제들** 도스토옙스키 · 김연경 옮김
157 **지상의 양식** 지드 · 김화영 옮김 노벨 문학상 수상 작가
158 **밤의 군대들** 메일러 · 권택영 옮김 퓰리처상 수상 작가
159 **주홍 글자** 호손 · 김욱동 옮김 서울대 권장도서 100선 | 미국대학위원회 선정 SAT 추천도서
160 **깊은 강** 엔도 슈사쿠 · 유숙자 옮김
161 **욕망이라는 이름의 전차** 윌리엄스 · 김소임 옮김
162 **마사 퀘스트** 레싱 · 나영균 옮김 노벨 문학상 수상 작가
163·164 **운명의 딸** 아옌데 · 권미선 옮김

165 **모렐의 발명** 비오이 카사레스 · 송병선 옮김
166 **삼국유사** 일연 · 김원중 옮김 서울대 권장도서 100선
167 **풀잎은 노래한다** 레싱 · 이태동 옮김 노벨 문학상 수상 작가
168 **파리의 우울** 보들레르 · 윤영애 옮김
169 **포스트맨은 벨을 두 번 울린다** 케인 · 이만식 옮김
170 **썩은 잎** 마르케스 · 송병선 옮김 노벨 문학상 수상 작가
171 **모든 것이 산산이 부서지다** 아체베 · 조규형 옮김 《타임》 선정 현대 100대 영문소설
172 **한여름 밤의 꿈** 셰익스피어 · 최종철 옮김 미국대학위원회 선정 SAT 추천도서
173 **로미오와 줄리엣** 셰익스피어 · 최종철 옮김 미국대학위원회 선정 SAT 추천도서
174·175 **분노의 포도** 스타인벡 · 김승욱 옮김 노벨 문학상 수상 작가 | 《타임》 선정 현대 100대 영문소설
176·177 **괴테와의 대화** 에커만 · 장희창 옮김
178 **그물을 헤치고** 머독 · 유종호 옮김 《타임》 선정 현대 100대 영문소설
179 **브람스를 좋아하세요...** 사강 · 김남주 옮김
180 **카타리나 블룸의 잃어버린 명예** 하인리히 뵐 · 김연수 옮김 노벨 문학상 수상 작가
181·182 **에덴의 동쪽** 스타인벡 · 정회성 옮김 노벨 문학상 수상 작가
183 **순수의 시대** 워튼 · 송은주 옮김 《뉴스위크》 선정 100대 명저 | 퓰리처상 수상작
184 **도둑 일기** 주네 · 박형섭 옮김
185 **나자** 브르통 · 오생근 옮김
186·187 **캐치-22** 헬러 · 안정효 옮김 《타임》 선정 현대 100대 영문소설
188 **숄로호프 단편선** 숄로호프 · 이항재 옮김 노벨 문학상 수상 작가
189 **말** 사르트르 · 정명환 옮김
190·191 **보이지 않는 인간** 엘리슨 · 조영환 옮김 《타임》 선정 현대 100대 영문소설
192 **왑샷 가문 연대기** 치버 · 김승욱 옮김 퓰리처상 수상 작가
193 **왑샷 가문 몰락기** 치버 · 김승욱 옮김 퓰리처상 수상 작가
194 **필립과 다른 사람들** 노터봄 · 지명숙 옮김
195·196 **하드리아누스 황제의 회상록** 유르스나르 · 곽광수 옮김
197·198 **소피의 선택** 스타이런 · 한정아 옮김 퓰리처상 수상 작가
199 **피츠제럴드 단편선 2** 피츠제럴드 · 한은경 옮김
200 **홍길동전** 허균 · 김탁환 옮김
201 **요술 부지깽이** 쿠버 · 양윤희 옮김
202 **북호텔** 다비 · 원윤수 옮김
203 **톰 소여의 모험** 트웨인 · 김욱동 옮김
204 **금오신화** 김시습 · 이지하 옮김
205·206 **테스** 하디 · 정종화 옮김 미국대학위원회 선정 SAT 추천도서 | BBC 선정 꼭 읽어야 할 책
207 **브루스터플레이스의 여자들** 네일러 · 이소영 옮김
208 **더 이상 평안은 없다** 아체베 · 이소영 옮김
209 **그레인지 코플랜드의 세 번째 인생** 워커 · 김시현 옮김 퓰리처상 수상 작가
210 **어느 시골 신부의 일기** 베르나노스 · 정영란 옮김
211 **타라스 불바** 고골 · 조주관 옮김
212·213 **위대한 유산** 디킨스 · 이인규 옮김 서울대 권장도서 100선 | BBC 선정 꼭 읽어야 할 책
214 **면도날** 서머싯 몸 · 안진환 옮김
215·216 **성채** 크로닌 · 이은정 옮김
217 **오이디푸스 왕** 소포클레스 · 강대진 옮김 서울대 권장도서 100선
218 **세일즈맨의 죽음** 밀러 · 강유나 옮김
219·220·221 **안나 카레니나** 톨스토이 · 연진희 옮김 서울대 권장도서 100선

222 **오스카 와일드 작품선** 와일드 · 정영목 옮김
223 **벨아미** 모파상 · 송덕호 옮김
224 **파스쿠알 두아르테 가족** 호세 셀라 · 정동섭 옮김 노벨 문학상 수상 작가
225 **시칠리아에서의 대화** 비토리니 · 김운찬 옮김
226·227 **길 위에서** 케루악 · 이만식 옮김 《타임》 선정 현대 100대 영문소설 | 《뉴스위크》 선정 100대 명저
228 **우리 시대의 영웅** 레르몬토프 · 오정미 옮김
229 **아우라** 푸엔테스 · 송상기 옮김
230 **클링조어의 마지막 여름** 헤세 · 황승환 옮김 노벨 문학상 수상 작가
231 **리스본의 겨울** 무뇨스 몰리나 · 나송주 옮김
232 **뻐꾸기 둥지 위로 날아간 새** 키지 · 정회성 옮김 《타임》 선정 현대 100대 영문소설
233 **페널티킥 앞에 선 골키퍼의 불안** 한트케 · 윤용호 옮김 노벨 문학상 수상 작가
234 **참을 수 없는 존재의 가벼움** 쿤데라 · 이재룡 옮김
235·236 **바다여, 바다여** 머독 · 최옥영 옮김
237 **한 줌의 먼지** 에벌린 워 · 안진환 옮김 《타임》 선정 현대 100대 영문소설
238 **뜨거운 양철 지붕 위의 고양이 · 유리 동물원** 윌리엄스 · 김소임 옮김 퓰리처상 수상작
239 **지하로부터의 수기** 도스토옙스키 · 김연경 옮김
240 **키메라** 바스 · 이운경 옮김
241 **반쪼가리 자작** 칼비노 · 이현경 옮김
242 **벌집** 호세 셀라 · 남진희 옮김 노벨 문학상 수상 작가
243 **불멸** 쿤데라 · 김병욱 옮김
244·245 **파우스트 박사** 토마스 만 · 임홍배, 박병덕 옮김 노벨 문학상 수상 작가
246 **사랑할 때와 죽을 때** 레마르크 · 장희창 옮김
247 **누가 버지니아 울프를 두려워하랴?** 올비 · 강유나 옮김
248 **인형의 집** 입센 · 안미란 옮김
249 **위폐범들** 지드 · 원윤수 옮김 노벨 문학상 수상 작가
250 **무정** 이광수 · 정영훈 책임 편집 서울대 권장도서 100선
251·252 **의지와 운명** 푸엔테스 · 김현철 옮김
253 **폭력적인 삶** 파솔리니 · 이승수 옮김
254 **거장과 마르가리타** 불가코프 · 정보라 옮김
255·256 **경이로운 도시** 멘도사 · 김현철 옮김
257 **야콥을 둘러싼 추측들** 욘존 · 손대영 옮김
258 **왕자와 거지** 트웨인 · 김욱동 옮김
259 **존재하지 않는 기사** 칼비노 · 이현경 옮김
260·261 **눈먼 암살자** 애트우드 · 차은정 옮김 《타임》 선정 현대 100대 영문소설
262 **베니스의 상인** 셰익스피어 · 최종철 옮김
263 **말리나** 바흐만 · 남정애 옮김
264 **사볼타 사건의 진실** 멘도사 · 권미선 옮김
265 **뒤렌마트 희곡선** 뒤렌마트 · 김혜숙 옮김
266 **이방인** 카뮈 · 김화영 옮김 노벨 문학상 수상 작가 | 미국대학위원회 선정 SAT 추천도서
267 **페스트** 카뮈 · 김화영 옮김 노벨 문학상 수상 작가 | 국립중앙도서관 선정 청소년 권장도서
268 **검은 튤립** 뒤마 · 송진석 옮김
269·270 **베를린 알렉산더 광장** 되블린 · 김재혁 옮김
271 **하얀 성** 파묵 · 이난아 옮김 노벨 문학상 수상 작가
272 **푸슈킨 선집** 푸슈킨 · 최선 옮김
273·274 **유리알 유희** 헤세 · 이영임 옮김 노벨 문학상 수상 작가

275 픽션들 보르헤스 · 송병선 옮김 서울대 권장도서 100선
276 신의 화살 아체베 · 이소영 옮김
277 빌헬름 텔 · 간계와 사랑 실러 · 홍성광 옮김
278 노인과 바다 헤밍웨이 · 김욱동 옮김 노벨 문학상 수상 작가 | 퓰리처상 수상작
279 무기여 잘 있어라 헤밍웨이 · 김욱동 옮김 미국대학위원회 선정 SAT 추천도서
280 태양은 다시 떠오른다 헤밍웨이 · 김욱동 옮김 《타임》 선정 현대 100대 영문 소설
281 알레프 보르헤스 · 송병선 옮김
282 일곱 박공의 집 호손 · 정소영 옮김
283 에마 오스틴 · 윤지관, 김영희 옮김
284·285 죄와 벌 도스토옙스키 · 김연경 옮김 미국대학위원회 선정 SAT 추천도서
286 시련 밀러 · 최영 옮김
287 모두가 나의 아들 밀러 · 최영 옮김
288·289 누구를 위하여 종은 울리나 헤밍웨이 · 김욱동 옮김 노벨 문학상 수상 작가
290 구르브 연락 없다 멘도사 · 정창 옮김
291·292·293 데카메론 보카치오 · 박상진 옮김
294 나누어진 하늘 볼프 · 전영애 옮김
295·296 제브데트 씨와 아들들 파묵 · 이난아 옮김 노벨 문학상 수상 작가
297·298 여인의 초상 제임스 · 최경도 옮김 미국대학위원회 선정 SAT 추천도서
299 압살롬, 압살롬! 포크너 · 이태동 옮김 노벨 문학상 수상 작가
300 이상 소설 전집 이상 · 권영민 책임 편집
301·302·303·304·305 레 미제라블 위고 · 정기수 옮김
306 관객모독 한트케 · 윤용호 옮김 노벨 문학상 수상 작가
307 더블린 사람들 조이스 · 이종일 옮김
308 에드거 앨런 포 단편선 앨런 포 · 전승희 옮김 미국대학위원회 선정 SAT 추천도서
309 보이체크 · 당통의 죽음 뷔히너 · 홍성광 옮김
310 노르웨이의 숲 무라카미 하루키 · 양억관 옮김
311 운명론자 자크와 그의 주인 디드로 · 김희영 옮김
312·313 헤밍웨이 단편선 헤밍웨이 · 김욱동 옮김 노벨 문학상 수상 작가
314 피라미드 골딩 · 안지현 옮김 노벨 문학상 수상 작가
315 닫힌 방 · 악마와 선한 신 사르트르 · 지영래 옮김
316 등대로 울프 · 이미애 옮김 《타임》 선정 현대 100대 영문소설 | 《뉴스위크》 선정 100대 명저
317·318 한국 희곡선 송영 외 · 양승국 엮음
319 여자의 일생 모파상 · 이동렬 옮김
320 의식 노터봄 · 김영중 옮김
321 육체의 악마 라디게 · 원윤수 옮김
322·323 감정 교육 플로베르 · 지영화 옮김
324 불타는 평원 룰포 · 정창 옮김
325 위대한 몬느 알랭푸르니에 · 박영근 옮김
326 라쇼몬 아쿠타가와 류노스케 · 서은혜 옮김
327 반바지 당나귀 보스코 · 정영란 옮김
328 정복자들 말로 · 최윤주 옮김
329·330 우리 동네 아이들 마흐푸즈 · 배혜경 옮김 노벨 문학상 수상 작가
331·332 개선문 레마르크 · 장희창 옮김
333 사바나의 개미 언덕 아체베 · 이소영 옮김
334 게걸음으로 그라스 · 장희창 옮김 노벨 문학상 수상 작가

335 **코스모스** 곰브로비치 · 최성은 옮김
336 **좁은 문 · 전원교향곡 · 배덕자** 지드 · 동성식 옮김 노벨 문학상 수상 작가
337·338 **암 병동** 솔제니친 · 이영의 옮김 노벨 문학상 수상 작가
339 **피의 꽃잎들** 응구기 와 시옹오 · 왕은철 옮김
340 **운명** 케르테스 · 유진일 옮김 노벨 문학상 수상 작가
341·342 **벌거벗은 자와 죽은 자** 메일러 · 이운경 옮김 퓰리처상 수상 작가
343 **시지프 신화** 카뮈 · 김화영 옮김 노벨 문학상 수상 작가
344 **뇌우** 차오위 · 오수경 옮김
345 **모옌 중단편선** 모옌 · 심규호, 유소영 옮김 노벨 문학상 수상 작가
346 **일야서** 한사오궁 · 심규호, 유소영 옮김
347 **상속자들** 골딩 · 안지현 옮김 노벨 문학상 수상 작가
348 **설득** 오스틴 · 전승희 옮김
349 **히로시마 내 사랑** 뒤라스 · 방미경 옮김
350 **오 헨리 단편선** 오 헨리 · 김희용 옮김
351·352 **올리버 트위스트** 디킨스 · 이인규 옮김
353·354·355·356 **전쟁과 평화** 톨스토이 · 연진희 옮김
357 **다시 찾은 브라이즈헤드** 에벌린 워 · 백지민 옮김
358 **아무도 대령에게 편지하지 않다** 마르케스 · 송병선 옮김
359 **사양** 다자이 오사무 · 유숙자 옮김
360 **좌절** 케르테스 · 한경민 옮김 노벨 문학상 수상 작가
361·362 **닥터 지바고** 파스테르나크 · 김연경 옮김 노벨 문학상 수상 작가
363 **노생거 사원** 오스틴 · 윤지관 옮김
364 **개구리** 모옌 · 심규호, 유소영 옮김 노벨 문학상 수상 작가
365 **마왕** 투르니에 · 이원복 옮김 공쿠르상 수상 작가
366 **맨스필드 파크** 오스틴 · 김영희 옮김
367 **이선 프롬** 이디스 워튼 · 김욱동 옮김 퓰리처상 수상 작가
368 **여름** 이디스 워튼 · 김욱동 옮김 퓰리처상 수상 작가
369·370·371 **나는 고백한다** 자우메 카브레 · 권가람 옮김
372·373·374 **태엽 감는 새 연대기** 무라카미 하루키 · 김난주 옮김
375·376 **대사들** 제임스 · 정소영 옮김
377 **족장의 가을** 마르케스 · 송병선 옮김 노벨 문학상 수상 작가
378 **핏빛 자오선** 매카시 · 김시현 옮김
379 **모두 다 예쁜 말들** 매카시 · 김시현 옮김
380 **국경을 넘어** 매카시 · 김시현 옮김
381 **평원의 도시들** 매카시 · 김시현 옮김
382 **만년** 다자이 오사무 · 유숙자 옮김
383 **반항하는 인간** 카뮈 · 김화영 옮김 노벨 문학상 수상 작가
384·385·386 **악령** 도스토옙스키 · 김연경 옮김
387 **태평양을 막는 제방** 뒤라스 · 윤진 옮김
388 **남아 있는 나날** 가즈오 이시구로 · 송은경 옮김
389 **앙리 브륄라르의 생애** 스탕달 · 원윤수 옮김
390 **찻집** 라오서 · 오수경 옮김
391 **태어나지 않은 아이를 위한 기도** 케르테스 · 이상동 옮김 노벨 문학상 수상 작가
392·393 **서머싯 몸 단편선** 서머싯 몸 · 황소연 옮김
394 **케이크와 맥주** 서머싯 몸 · 황소연 옮김

395 **월든** 소로 · 정회성 옮김
396 **모래 사나이** E. T. A. 호프만 · 신동화 옮김
397·398 **검은 책** 오르한 파묵 · 이난아 옮김 노벨 문학상 수상 작가
399 **방랑자들** 올가 토카르추크 · 최성은 옮김 노벨 문학상 수상 작가
400 **시여, 침을 뱉어라** 김수영 · 이영준 엮음
401·402 **환락의 집** 이디스 워튼 · 전승희 옮김
403 **달려라 메로스** 다자이 오사무 · 유숙자 옮김
404 **아버지와 자식** 투르게네프 · 연진희 옮김
405 **청부 살인자의 성모** 바예호 · 송병선 옮김
406 **세피아빛 초상** 아옌데 · 조영실 옮김
407·408·409·410 **사기 열전** 사마천 · 김원중 옮김 서울대 권장도서 100선
411 **이상 시 전집** 이상 · 권영민 책임 편집
412 **어둠 속의 사건** 발자크 · 이동렬 옮김
413 **태평천하** 채만식 · 권영민 책임 편집
414·415 **노스트로모** 콘래드 · 이미애 옮김
416·417 **제르미날** 졸라 · 강충권 옮김
418 **명인** 가와바타 야스나리 · 유숙자 옮김 노벨 문학상 수상 작가
419 **핀처 마틴** 골딩 · 백지민 옮김 노벨 문학상 수상 작가
420 **사라진 · 샤베르 대령** 발자크 · 선영아 옮김
421 **빅 서** 케루악 · 김재성 옮김
422 **코뿔소** 이오네스코 · 박형섭 옮김
423 **블랙박스** 오즈 · 윤성덕, 김영화 옮김
424·425 **고양이 눈** 애트우드 · 차은정 옮김
426·427 **도둑 신부** 애트우드 · 이은선 옮김
428 **슈니츨러 작품선** 슈니츨러 · 신동화 옮김
429·430 **세계의 끝과 하드보일드 원더랜드** 무라카미 하루키 · 김난주 옮김
431 **멜랑콜리아 I–II** 욘 포세 · 손화수 옮김 노벨 문학상 수상 작가
432 **도적들** 실러 · 홍성광 옮김
433 **예브게니 오네긴 · 대위의 딸** 푸시킨 · 최선 옮김
434·435 **초대받은 여자** 보부아르 · 강초롱 옮김
436·437 **미들마치** 엘리엇 · 이미애 옮김
438 **이반 일리치의 죽음** 톨스토이 · 김연경 옮김
439·440 **캔터베리 이야기** 초서 · 이동일, 이동춘 옮김
441·442 **아소무아르** 졸라 · 윤진 옮김
443 **가난한 사람들** 도스토옙스키 · 이항재 옮김
444·445 **마차오 사전** 한사오궁 · 심규호, 유소영 옮김
446 **집으로 날아가다** 랠프 엘리슨 · 왕은철 옮김
447 **집으로부터 멀리** 피터 케리 · 황가한 옮김
448 **바스커빌가의 사냥개** 코넌 도일 · 박산호 옮김
449 **사냥꾼의 수기** 투르게네프 · 연진희 옮김
450 **필경사 바틀비 · 선원 빌리 버드** 멜빌 · 이삼출 옮김
451 **8월은 악마의 달** 에드나 오브라이언 · 임슬애 옮김

세계문학전집은 계속 간행됩니다.